U0859499

中国历代民歌整理与研究丛书

教育部哲学社会科学研究重大课题攻关项目
"中国历代民歌整理与研究"（项目批准号：09JDZ0012）

陈书录 丛书主编

明代民歌集

修订本

周玉波 陈书录 编

南京师范大学出版社
NANJING NORMAL UNIVERSITY PRESS

图书在版编目(CIP)数据

明代民歌集/周玉波,陈书录编. —南京:南京师范大学出版社,2009.8(2019.8 重印)
(中国历代民歌整理与研究丛书)
ISBN 978-7-81101-994-0/I·39

Ⅰ. 明… Ⅱ. ①周… ②陈… Ⅲ. 民歌—作品集—中国—明代 Ⅳ. I276.2

中国版本图书馆 CIP 数据核字(2009)第 133964 号

丛 书 名　中国历代民歌整理与研究丛书
书　　名　明代民歌集(修订本)
丛书主编　陈书录
编　　者　周玉波　陈书录
责任编辑　王欲祥
出版发行　南京师范大学出版社
地　　址　江苏省南京市玄武区后宰门西村 9 号(邮编:210016)
电　　话　(025)83598919(总编办)　83598412(营销部)　83373872(邮购部)
网　　址　http://press.njnu.edu.cn
电子信箱　nspzbb@njnu.edu.cn
印　　刷　南通印刷总厂有限公司
开　　本　787×1092　1/16
印　　张　33.5
字　　数　638 千
版　　次　2009 年 8 月第 1 版　2019 年 8 月第 2 次印刷
书　　号　ISBN 978-7-81101-994-0
定　　价　148.00 元

出 版 人　彭志斌

南京师大版图书若有印装问题请与销售商调换
版权所有　侵犯必究

我明一绝是民歌

（代前言）

周玉波

1922 年，胡适在《读书杂志》第 4 期发表《元人的曲子》一文，其中对明代民歌下过这样的评语："明代的小曲，也是最有价值的文学，不幸是没有人留意到它们。"[①]这与鲁迅评论《儒林外史》所说的"伟大也要有人懂"[②]庶几近之。"最有价值"云云，则与卓珂月的"我明一绝"[③]说含义相同。那么明代民歌的价值主要体现在哪儿？私意可从两个层面略加论述：第一，明代民歌的价值，主要体现在它对明代文学创作的促进和文学理论的丰富上，更确切地说，是体现在它对晚明文学新思潮的贡献上；第二，明代民歌的价值，还取决于它本身的内容和与内容密切相关的表现形式、艺术特色——这两点亦是"我明一绝"的根基所在。正是由于明代民歌具有令人耳目一新的内容，采取了直截了当、不加虚饰以及民歌特有的其他一些表现手法，才会引起李梦阳等人的注意，才会得到社会公众的欢迎，才会赢得"我明一绝"的殊荣。

一

陈寅恪《元白诗笺证稿》第四章《艳诗及悼亡诗　附读〈莺莺传〉》中云："纵览史乘，凡士大夫阶级之转移升降，往往与道德标准及社会风习之变迁有关。当其新旧蜕嬗之间际，常呈一纷纭综错之情态，即新道德标准

① 胡适：《元人的曲子》，《胡适古典文学研究论集》第 494 页，上海古籍出版社 2013 年版。

② 鲁迅：《叶紫作〈丰收〉序》，《且介亭杂文二集》第 4 页，人民文学出版社 1973 年版。

③ 陈宏绪《寒夜录》上卷说："友人卓珂月曰：我明诗让唐，词让宋，曲又让元，庶几《吴歌》《挂枝儿》《罗江怨》《打枣竿》《银绞丝》之类，为我明一绝耳。"《续修四库全书》第 1134 册第 700 页，上海古籍出版社 2002 年版。李日华亦引臧懋循语云："我明事事俱落古人后，其超绝者，茶酒墨与《打枣竿》而已。"见李日华：《味水轩日记》第 35 页，上海远东出版社 1996 年版。

与旧道德标准，新社会风习与旧社会风习并存杂用，各是其是，而互非其非也。斯诚亦事实之无可如何者。”[①]他又说：

> 吾国文学，自来以礼法顾忌之故，不敢多言男女间关系，而于正式男女关系夫妇者，尤少涉及。盖闺房燕昵之情意，家庭米盐之琐屑，大抵不列载于篇章，惟以笼统之词，概括言之而已。此后来沈三白《浮生六记》之《闺房记乐》，所以为例外创作，然其时代已距今较近矣。[②]

少言“男女间关系”者，只是我国文学中文人创作一类，亦即向来所说的正统、主流文学，若如胡适所说，将民间创作如民歌视为文学且是“最有价值的文学”，情形则非如是。《宋书·乐志》云，《襄阳乐》《寿阳乐》《西乌夜飞》诸曲，“歌词多淫哇不典正”，王运熙以为，“用传统的眼光看，这句评语可以应用于全部的吴声、西曲歌词，数百首吴声、西曲歌词，内容流连于情爱，而且表现得非常大胆、泼刺，跟汉乐府相和歌辞相比，它委实是‘淫哇’”[③]。吴声、西曲歌的“淫哇不典正”，与明代民歌的纵情声色有共通性，后者尤其具有强烈的在场感，典型者如冯梦龙、袁宏道诸公，是随时关注、随时鼓吹、随时传播的。他们本身也是剧中人物，剧中人物与传播的受众，形成共鸣、共振，明代民歌终于借助这种声势惊人的共鸣、共振，成为推动晚明文学新思潮的有生力量，而情爱，是形成共鸣、共振的核心元素。

冯梦龙《太霞新奏·序》云：“文之善达性情者，无如诗，《三百篇》之可以兴人者，惟其发于中情，自然而然故也。”也就是说，《诗经》中有情爱，南北朝民歌中也有情爱。情爱本是民歌的传统，无情爱则无民歌，只是在明代民歌中，情爱的表现更为“大胆、泼刺”，对时人的刺激烈度更为巨大。以深受李梦阳、何景明“酷爱”的《锁南枝》为例，其《泥捏人》云：

---

① 陈寅恪：《元白诗笺证稿》第 99 页，上海古籍出版社 1982 年版。

② 陈寅恪：《元白诗笺证稿》第 99 页，上海古籍出版社 1982 年版。

③ 王运熙：《乐府诗述论（增补本）》第 19 页，上海古籍出版社 2006 年版。

傻酸[1]角，我的哥，和块黄泥儿捏咱两个。捏一个儿你，捏一个儿我，我捏的来一似活托，捏的来同床上歇卧。将泥人儿摔碎，着水儿重和过。再捏一个你，再捏一个我，哥哥身上也有妹妹，妹妹身上也有哥哥。[2]

《鞋打卦》云：

无处所求，粉脸上含羞，可在神面前出丑。神前出丑，告上圣听诉缘由。他如何把人不睬不瞅，丢下了我又到别人家闲走。绣鞋儿亵渎神明，告上圣权将就。或是他不来，或是他另有。不来呵根儿对着根儿，来时节头儿抱着头。丁字儿满怀，八字儿开手。[3]

如果说前一首"哥哥身上也有妹妹，妹妹身上也有哥哥"因疑似文人手笔，不失雅洁，那么后一首"绣鞋儿亵渎神明""丁字儿满怀"数语，虽然也有"雅"的痕迹，在本质上却已是民歌中的香艳体做派，与《挂枝儿》时代大规模描摹"淫媟情态"的手段，相去未远。

香艳的基础，是男女间的至性至情，是以冯梦龙说："桑间陌上，《国风》刺焉，尼父录焉，以是为情真而不可废也。"[4]唯情真，才能动人，这也正是李梦阳、李开先等人肯定、称赞民歌的真正原因。

情真不可废，情真而又格调清健最可宝贵。关德栋认为，冯梦龙辑《挂枝儿》的精华部分，在于"富于民主精神，要求挣脱封建枷锁，要求获得个性解放和自由；宣扬着合于人民需要的道德、伦理观念，以及与此相适应的美学趣味和观点，所以其中优美的诗篇是思想健康、真挚感人、质朴可喜的"[5]。关先生的意见带有时代的印记，但总体判断大致不差，明代民歌中大部分有关情爱的内容，确乎称得上"思想健康、真挚感人、质朴可

---

① "酸"《南宫词纪》作"俊"。

② 又见于《南宫词纪》卷六。李开先于此曲下有注云："他书相传以为赵文敏及管夫人作。"李开先：《词谑》，《李开先全集》中册第1553页，上海古籍出版社2014年版。

③ 李开先：《一笑散》。

④ 冯梦龙：《叙山歌》。

⑤ 见关德栋为《挂枝儿》所作《序》，《明清民歌时调集》上册第22页，上海古籍出版社1987年版。

喜”。如《大明天下春》卷七中层《戈(弋)阳童声歌》云：

时人作事巧非常，歌儿改编弋阳腔。唱来唱去十分好，唱得昏迷姐爱郎。好难当，怎能忘，勾引风情挂肚肠。

郎唱山歌唱得新，姐在房中不做声。悄悄听他唱甚么，唱来唱去动奴心。好难禁，我的亲，几时鸾凤得和鸣。

紫竹箫儿肚里明，轻轻吹出巧样声。温存只在舌尖上，要讨风情指下生。俏风情，俏肝心，倩我吹送故人听。

天是阳来地是阴，也有同心会合情。愿郎一似天心正，姐心好似地心平。天地心，两分明，与你姻缘有几成。

天地神明一样心，彼此相交要长情。我郎惟愿松柏老，姐如翠竹四时新。我的亲，要真心，鸾凤和鸣到鬓星。

《九句妙龄情歌》云：

郎做鱼儿水上游，姐做金丝钓鱼钩。当初只因错开口，如今吞了倒须钩。挂住喉，怎开交；我心焦，我的娇，教我难舍又难丢。

正月初一来拜年，双膝跪在姐跟前。十指纤纤掺(搀)郎起，我两相交拜甚年。莫歪缠，请向前；叙姻缘，听奴言，早晚奉事不周全。

江水混(浑)来河水清，我两相交要长情。任他毁讪狂言语，浑的浑来清的清。我的亲，久长情；休丢罢，不恋新，教奴日夜好伤心。

郎在杭州寄书来，姐在房中忙拆开。眼里看书心里想，提起教人泪满腮。汗巾揩，哭声哀；叫声乖，好伤怀，为何书来人不来。

三条丝线白青黄，造成哑谜寄情郎。白白丢奴清清冷，相思害得脸皮黄。只为郎，病在床；苦难当，寄衷肠，叫郎三思百忖量。

在《山歌》的序言中，冯梦龙指《山歌》所收，是“民间性情之响”，“皆私情谱耳”，郑振铎在《跋〈山歌〉》中，认为《山歌》里“也只有咏歌‘私情’的篇什写得最好”[①]。《山歌》如此，《挂枝儿》如此，其他选本的情况，亦大体如

---

① 郑振铎：《说俗文学》第311页，上海古籍出版社2000年版。

此。“男女间关系”“情爱”云云，实即“私情”之代名词，所以以“私情谱”概括明代民歌的基本内容，应该说是比较贴切的。而“私情谱”中，成就最高最值得珍视的，即是如上举“郎做鱼儿水上游，姐做金丝钓鱼钩”这样的佳构，它表达的是男女间的纯真感情，“一方面具有民间恋歌中所特有的明白如话，质朴可爱，而秀美动人的风趣，一方面又蕴着似浅近而实诚恳，似直捷而实曲折，似粗野而实细腻，似素质而实绮丽的情调”①。类似篇什尚有许多。如《徽池雅调》卷二《劈破玉歌》云：

负心

好笑好笑真好笑，好笑我相交的没下梢，痴心人又被负心人儿笑。薄情人心忒狠，也是我命所招。相交了一场也，你不曾道奴声好。

无心

闷来时到园中寻花儿戴，猛抬头见茉莉花两边排，将手采一枝儿戴。花儿采到手，花心尚未开。早知道你无心也，花，我毕竟不来采。

十爱

一爱你二爱你聪明伶俐，三爱你四爱你人物标致，五爱你六爱你一团和气。七爱你说话儿巧，八爱你投我机。九爱你温存也，十情爱着你。

十恨

一恨你二恨你亏心短行，三恨你四恨你负义忘情，五恨你六恨你言而无信。七恨你丢了我，八恨你厚别人。九恨你杂情也，十恨你心肠狠。

“私情谱”中极为精彩的，还有诉说相思离合之情的那些民歌。

在明代民歌中，以相思离合为吟咏对象的篇什比比皆是，《风月锦囊》卷一有数十首以“相思病”起头的时曲，诉说为情所缠的万千心绪。如《楚江秋》曲云：

---

① 郑振铎：《跋〈挂枝儿〉》，见《说俗文学》第305页，上海古籍出版社2000年版。

相思病渐难，时时损旧颜。从来谁也曾经惯，怎今(禁)的双(奴)寒风紧枕头单。废寝忘食，百般提起心头懒。春来望不还，枫林树老胭脂办(瓣)。

相思病渐缠，新年又一年。添愁送恼莺和燕，想着他眉清目朗似神仙。仿佛云烟，花阴月影栏杆转。心儿也是偏，情儿也是偏，别人见了偏不愿。

相思病渐妖，恹恹怎再熬。夜来曾向苍天合(告)，但愿我凤友鸾交在今宵。月转花梢，天□试把前缘了。心儿也是焦，情儿好是焦，□帘惟恐莺花笑。

《大明春》卷二、卷三分别是《汇选离别寄赠妙诗》《汇选离别歌词》，包括送夫、辞妻、别妓等，内容比较宽泛，不全是男女私情。冯梦龙辑《挂枝儿》和《山歌》中，情形稍有不同，一是有关相思的比例增大，二是内容大抵局限在男女私情的范围，三是基本脱离了“相思病渐来”一类的文人小曲色彩。如《挂枝儿》中，《别部》的全部和《想部》《感部》的部分，均与男女相思有关。《想部·相思》有云：

前日个这时节与君相谈相聚，昨日个这时节与君别离，今日个这时节只落得长吁气。别君止一日，思君到有十二时。惟有你这冤家也，时刻在我心儿里。

别人家念亲亲有时儿住，谁似我自子时直想到亥时，没黄昏没白日把心脾碎。一月三十日，一日十二时，那十二时的中间也，又刻刻想着你。

害相思害得我心神不定，茶不思饭不想酒也懒去沾唇，聪明人闯入迷魂阵。口说丢开罢，心里又还疼。若说起丢开也，我到越发想得紧。

姊妹们害相思我从来不信，到如今看看要轮到自身，想着他念着他恹恹成病。不茶还不饭，不痒又不疼。同般样的相思也，我相思又害得狠。

《词林一枝》卷一中层《罗江怨歌》22首作品中，直接写相思的达一半以上，且情真意切，几乎无一首不是精品。如下面一首：

纱窗外，月正收，送别情郎上玉舟。双双携手叮咛嘱，嘱咐你早早回头。热碌碌难舍难丢，难丢难舍心肝肉。旱路儿去早早投宿，水路儿去少坐舡头。夜风吹了无人顾，那时节郎在京都，小妹子独守秦楼，相思两下难禁受。

另，《八能奏锦》卷三中层有《新增急催玉歌》云：

一重山两重山，阻隔着关山迢递，恨不得来看你空想着佳期。默地里思一会想一会，要写封情书捎寄。刚才的放上一只桌儿，铺上一张纸儿，磨了一池墨儿，提起一枝笔儿，正写着衷肠，泪珠儿滴湿了纸。

"别君止一日，思君到有十二时。惟有你这冤家也，时刻在我心儿里。""放上一只桌儿，铺上一张纸儿，磨了一池墨儿，提起一枝笔儿，正写着衷肠，泪珠儿滴湿了纸。"诚可谓语近情遥，婉丽动人。在《徽池雅调》卷二、卷三中层，编选者分别以《离别寄赠妙诗》《离别歌词杂曲》为题，辑录了50馀首专门吟咏相思离情的篇什。这些作品中，尽管大多数并非民歌，而且有些作品咏的不是男女私情而是普通的友情，但是即便是文人创作的部分，也具有民歌风味。

在相思离别类民歌中，另有一部分读来哀哀戚戚，表达的是一种痛不欲生的情绪，甚者因离生隙，因隙生怨，因怨生恨，恨到极处，有时竟成"塌地唤天"（北朝民歌《地驱乐歌辞》）式的咒骂。这些"塌地唤天"式骂人的情歌，使得本来就不太轻松的相思类民歌，呈现出一种伤感、伤痛的色彩。如《挂枝儿》中《隙部》《怨部》的大部分作品，都是如此。另如《大明春》卷五中层《汇选倒挂枝儿》有云：

俏冤家一去了无消息，狠心肠不寄书一纸。早知你撇我，又无人来往，病恹恹害相思没药医，死在黄泉，我也要告你。

汗巾儿本是丝织就，上写着散相思诗一首，临行时放在你衫儿袖。你若害相思，汗巾是念头，要解愁肠，轻轻拿在手。

“要解愁肠，轻轻拿在手”，还颇有“怨而不怒”的风致，“死在黄泉，我也要告你”，虽是一往情深，却让人不寒而栗。

相思离别之外，鱼水和谐、两性相悦之乐亦是情歌的常见内容。尤其在明代民歌中，表达欢娱之情的篇什，大胆出位，少见遮掩，与相思离别类情歌相比，有着不一样的神采，因而在最引人关注的同时，也最招诟病。冯辑《挂枝儿·私部》一卷有云：

佳期

灯儿下细把娇姿来觑，脸儿红嘿不语只把头低，怎当得会温存风流佳婿。金扣含羞解，银灯带笑吹。我与你受尽了无限的风波也，今夜谐鱼水。

《欢部》二卷有云：

做梦

我做的梦儿倒也做得好笑，梦见你与别人调，醒来时依旧在我怀中抱。也是我心儿里丢不下，待与你抱紧了睡一睡着。只莫要醒时在我身边也，梦儿里又去了。

感恩

感深恩无报答只得祈天求地，愿只愿我二人相交得到底，同行同坐不厮离。日里同茶饭，夜间同枕席。死便同死也，与你地下同做鬼。

《挂枝儿·隙部》五卷中又有说偷情云：

醋

俏冤家情性儿我就拿你不定，瞒着我背地里两下去偷情，缘何口应心不应。欲待打你又下不得手，骂你我又先自疼。我为你一团呕气在心中也，只得在心中暗自去忍。

跳槽

你风流我俊雅和你同年少，两情深罚下愿再不去跳槽，恨冤家瞒了我去偷情别调。一般滋味有什么好，新相交难道便胜了旧相交。扁担儿的塌来也，只教你两头儿都脱了。

有嘲畸情云：

男风

痴心的悔当初错将你嫁，却原来整夜里搂着个小官家，毒手儿重重的打你一下。他有的我也有，我有的强似他。你再枉费些精神也，我凭你两路儿都不得下马。

《谑部》九卷有说曲中场景云：

鸨儿

攒上些活本钱，做些风流生意。竖几个肉招牌来卖，问时值估价也不十分贵。也有三钱的，也有五钱的。好件道地的东西也，主顾儿不误你。

鸨妓问答

老鸨儿拿银子在钱铺上换，换钱的说道是一块铅，一斤只值得三分半。忘八顿下脚，妈儿哭皇天。整日里哄人，天那，谁知人又哄了俺。小姐姐双膝儿忙跪下，告娘亲息怒果是我差，是铜是铁权且收留下。虽然不折本，只是便宜了他。再来的低银也，在试金石上打。

这一类作品，举凡打情骂俏，寻死觅活，荒诞不经，甚者宣泄肉欲，追求感官刺激，不管不顾地将民歌任性而发的特点发挥到了极致，也使得“私情谱”的特征得到了充分的展示，更将时人“诲淫导欲”[1]、坏人心术的指控落到了实处。

---

① 顾起元:《客座赘语》第302页，中华书局1987年版。

二

“私情谱”中是处可见的情欲的张扬，除了民间制作与生俱来地有着百无禁忌的特点外，还有一个重要因素，就是其中有相当一部分与青楼有涉。除了《大明天下春》有以嘲谑为能事的《新编百妓评品》外，众多跳墙、偷情类民歌从字面上即可看出人物身份；从大处说，青楼更是民歌的温床，是民歌生产与发酵的理想土壤。冯梦龙辑《挂枝儿·别部》四卷有《送别》云：

送情人直送到无锡路，叫一声烧窑人我的哥，一般窑怎烧出两般样货。砖儿这等厚，瓦儿这等薄，厚的就是他人也，薄的就是我。劝君家休把那烧窑的气，砖儿厚瓦儿薄总是一样泥。瓦儿反比砖儿贵，砖儿在地下踹，瓦儿头顶着你。脚踹的是他人也，头顶的还是你。

冯梦龙于歌后有记云：

后一篇，名妓冯喜生所传也。喜，美容止，善谐谑，与余称好友。将适人之前一夕，招余话别。夜半，余且去，问喜曰："子尚有不了语否?"喜曰："儿犹记《打草竿》及《吴歌》各一，所未语若者独此耳。"因为余歌之，《打草竿》即此。其《吴歌》云："隔河看见野花开，寄声情哥郎替我采朵来。姐道我郎呀，你采子花来。小阿奴奴愿捉花谢子你，绝弗教郎白采来。"呜呼，人面桃花，已成梦境，每阅二词，依稀绕梁声在耳畔也。佳人难再，千古同怜，伤哉。

这是明确记录了《挂枝儿》中一些作品的来处。

谢肇淛《五杂组》卷八《人部》有云：

今时娼妓满布天下，其大都会之地动以千百计，其他穷州僻邑在在有之，终日倚门献笑卖淫为活，生计至此亦可怜矣。两京教坊，官收其税，谓之“脂粉钱”，隶郡县者则为乐户，听使令而已。唐、宋皆以官伎佐酒，国初犹然，至宣德初始有禁，而缙绅家居者不论也，故虽绝迹公庭而常充牣里闬。又有不隶于官，家居而卖奸者，谓之“土妓”，俗谓之“私窠子”，盖不胜数矣。[1]

《明史》卷二八六《文苑》二《郑善夫传》后附《谢肇淛传》，云其为“万历三十年进士”，《五杂组》所记时事，大都亲历确闻，由是知“今时娼妓满布天下”的说法是符合实际情况的。类似的描述还有很多，如顾起元《客座赘语》、沈德符《万历野获编》等，都有详尽的记载。

明代民歌也恰恰是在这个时候处于最兴盛的状态。这两者兴盛时期的重叠，有着必然的联系。联系就在于民歌的特点契合了娼妓（甚至包括形形色色的“恩客”）这一特殊人群的人生际遇，能够在一定程度上满足其感情宣泄的需要。袁宏道《叙小修诗》指出，“闾阎妇人孺子所唱《劈破玉》《打草竿》之类”的最大特点，是“任性而发，尚能通于人之喜怒哀乐嗜好情欲”[2]。由于各种原因沉沦于生活底层的娼妓，其皮肉生涯最突出最外在的表现，就是情欲的张扬，全无约束的民歌，正可以满足张扬的需要，是以《万历野获编》卷二十五《时尚小令》云“北方惟盛爱《数落山坡羊》，其曲自宣、大、辽东三镇传来，今京师妓女，惯以此充弦索北调”[3]，从中可以看出民歌在娼妓中的流行，的确是一个普遍的现象。这是一方面。另一方面，青楼的存在，为“非正式男女间关系”的自由发展提供了可能，以“诲淫导欲”为能事的民歌，自然就有了用武之地。

弗洛伊德认为，人格由三大部分组成，分别是本我、自我和超我。“本我处于无意识状态，主要由人的性本能构成，是一股盲目的内驱力。它没有价值判断，也不考虑客观现实的环境，只是追求着直接的满足。”[4]本我实质上是一种动物的本能，因此最接近真实，最具震撼人心的力量。与娼妓有关的民歌，牵扯的恰恰是这样一种本能，因而也恰恰具有这样一种力量，一种“情欲张扬”的力量。这种力量使得程朱理学一类约束和规范，受

---

① 谢肇淛：《五杂组》第 157 页，上海书店出版社 2001 年版。

② 袁宏道：《叙小修诗》，见《袁宏道集笺校》卷四第 188 页。

③ 沈德符：《万历野获编》第 647 页，中华书局 1997 年版。

④ 张方：《风流人格》第 5 页，华文出版社 1997 年版。

到了前所未有的冲击。娼妓题材的介入，也给这些民歌的放胆发挥，找到了一个极好的切入点和突破口。

三

明代民歌之所以能够得到时人的喜爱并在韵文发展史上占据重要地位，更大程度上是因为它真正做到了了无遮拦，直抒胸臆，与一般民众同其声气，也就是说，明代民歌实际上反映的是其时一般民众的心声，如对真情的渴望和对一切陈规旧习的冲击与反拨——其中，私情的宣泄固然是最重要的部分，私情之外，勾勒出极为广阔的社会画卷的那部分民歌，同样有其特殊的价值。

明代民歌的内容远不是情爱能够概括的，如在讨论明清时调小曲的问题时，有专家指出，明清时，《老长工》《小长工》《孟姜女》等，及以《杨家将》《穆桂英》《梁祝》等为内容的小曲、时调"已经非常流行了"[①]。谢国桢极重野史笔记之作用，谓"要广泛地研究当时的社会情况，就不能不注意野史笔记、私人诗集和地方志乘以及各项档案资料"[②]。明代民歌的内容十分丰富，从中正可以了解明代社会生活各个层面的情况。如冯梦龙辑《挂枝儿·杂部》十卷有《银匠》云：

> 倾银的分明是活强盗，他恨不得一火筒夺去了你的银包，你如何不识机落他圈套。他把炭火儿簇一会，瓦盖儿揭几遭，撒上一把硝儿也，把银子儿偷去了。

这一首民歌，就让我们真切地见识了某一类凭借自己的手艺挣钱者的伎俩。

有一组是包括《八能奏锦》《摘锦奇音》在内许多刻本中都收录的《劈

---

① 洛地：《明清时调小曲的音乐系统》，《四川戏剧》1996 年第 1 期。
② 谢国桢：《明代社会经济史料选编·前言》，福建人民出版社 2004 年版。

破玉》之“渔樵耕读士农工商”[1]，其中《工》《商》两首分别说：

手艺人其实有些妙，幼而学壮而行手段精高，白手能赚钱和钞。不用爷娘本，安分过一生，无忧无虑，无忧无虑，谁不道你好。

做生涯委实真堪羡，走燕齐经楚粤，天南地北都游遍。江湖随浪荡，万贯在腰缠，四海为家，四海为家，到处堪消遣。

虽然在《渔》《樵》《士》《农》等部分，也是谀词多多，如说“读书人本是个无价宝”(《士》)等等，但是联系晚明私营经济萌芽以及“士与商之间的相互交流，相互影响”[2]的社会背景，来理解“万贯在腰缠”一类描述的真正含义，能真切地感觉到明代民歌中已经显现出一种全新的价值观，那就是对财富的肯定和对享乐生活的向往。

另如山人。冯梦龙辑《山歌》卷九《杂咏长歌》中有《山人》，刘大杰以为“讥骂晚明那些附庸风雅装腔作势的山人，真是淋漓尽致，不失为一篇讽世的好作品”[3]。《四库全书总目》卷一三二《杂家类》存目《增定玉壶冰》云：“山人墨客，莫盛于明之末年，刺取清言，以夸高致，亦一时风尚如是也。”[4]山人的出现，有相应的社会基础；山人的现实境况与内心世界，也极其复杂，但是通过《山歌》中的《山人》，我们仍然能够认识某一类型的山人形象，这一形象，是《山人》以接近白描的手法刻画出来的。如其开头云：

---

① 《风月锦囊》之《南仙吕傍妆台》录有“渔、樵、耕、牧”四首。另有一个有意思的现象值得一说。余英时在分析何心隐《答作主》中“商贾大于农工，士大于商贾，圣贤大于士”(《何心隐集》第三卷)的论断时，得出了这样一个结论，即当时的社会结构实况是“四民的排列是士、商、农、工”。这个排列，或许只是当时如何心隐这样“坐在利欲盆中”(顾宪成《小心斋札记》卷十四)的思想激进的“士”们的看法，在一般民众心目中，还是士、农、工、商这样的顺序。而出现在供普通人消遣的戏剧选集中的民歌，反映的恰恰是民众的观点，何况即使是读书人，也有人以为“四民之业，惟士为尊，然无成则不若农贾”(李维桢《乡祭酒王公墓表》，《太泌山房集》卷一〇六，引自《士与中国文化》)。余先生的原话，见《士与中国文化》第460页，上海人民出版社1987年版。

② 陈书录：《士商契合与明清性灵思潮的转变》，见何永康、陈书录主编：《首届明代文学国际研讨会论文集》第105页，南京师范大学出版社2004年版。

③ 刘大杰：《中国文学发展史》下册第1103页，上海古籍出版社1984年版。

④ 永瑢等：《四库全书总目》卷一三二《增定玉壶冰》提要，中华书局1965年版。

说山人，话山人，说着山人笑杀人。（白）身穿着僧弗僧俗弗俗个沿落厂袖，头带子方弗方圆弗圆个进士唐巾。弗肯闭门家里坐，肆多多在土地堂里去安身。土地菩萨看见子，连忙起身便来迎。土地道："呸！出来，我只道是同僚下降，原来倒是你个些光斯欣。咦弗知是文职武职。咦弗乔监生举人。咦弗知是粮长升级。咦弗知是讼书老人。

在这首《山人》的后面，冯梦龙说："或云张伯起先生作，非也。盖旧有此歌，而伯起复润色之耳。"冯梦龙的话，是有所指的，《万历野获编》卷二十三说《山人歌》云：

张伯起孝廉凤翼长王百谷八岁，亦痛恶王为人，因作《山人歌》骂之，其描写丑态，可谓曲尽。初直书王姓者名，友人规之，改作沈嘉则明臣，复有谏止者，并沈去之。张以母老，至庚辰科即绝意公车，足迹不入公府，与王行径迥别，故有此歌，然亦褊矣。①

又如前说之男风。沈德符《万历野获编》卷二十四《风俗》有云：

宇内男色有出于不得已者数家：按院之身辞闺阁，阉黎之律禁奸通，塾师之客羁馆舍，皆系托物比兴，见景生情，理势所不免……至于习尚成俗，如京中小唱、闽中契弟之外，则得志士人致娈童为厮役，钟情年少狎丽竖若友昆，盛于江南而渐染于中原。至今金陵坊曲有时名者，竞以此道博游婿爱宠，女伴中相夸相谑以为佳事，独北妓尚有不深嗜者。②

谢肇淛则在《五杂组》卷八《人部》中，更详细地描述此一情景云：

今天下言男色者，动以闽、广为口实，然从吴越至燕云，未有不如此好者也……今京师有小唱，专供缙绅酒席，盖官妓既禁，不得不用之

① 沈德符：《万历野获编》第 585 页。
② 沈德符：《万历野获编》第 622 页。

耳。其初皆浙之宁、绍人，近日则半属临清矣，故有南北小唱之分。然随群逐队，鲜有佳者，间一有之，则风流诸缙绅莫不尽力邀致，举国若狂矣，此亦大可笑事也。外之仕者，设有门子以侍左右，亦所以代便辟也，而官多惑之，往往形之白简，至于娟丽儇巧，则西北非东南敌矣。①

关于"小唱"如何奔走于缙绅之门的情形，《金瓶梅》等小说中多有反映。谢肇淛进而分析了其时男风渐盛的原因：

衣冠格于文网，龙阳之禁宽于狭邪，士庶困于阿堵，断袖之费杀于缠头，河东之吼，每未减于敝轩，桑中之遇，遂难偕于倚玉，此男宠之所以日盛也。②

《挂枝儿·隙部》五卷中的《男风》后面，冯梦龙有一节附记云：

男风之说，《素问》已及之，其来远矣。然破老破舌分戒男女，未有合而一者。迩年间往往闻女兼男淫，亦异事也。适有狎客述夫人自称曰"小童"，题破云"即夫人之自称"。而帮君之所好可知矣。可发一笑，因附记此。

对文学研究者来说，这样的记载确是只有"可发一笑"的效用，但是在社会学、风俗学专家来看，类似文字，则是难得的材料，因为从这些材料中，我们确乎可以"窥测中国民众的性的心理"③。

明代民歌的内容极其丰富，除了私情，还有展露忧国忧民和愤世嫉俗之心，并表现放荡自适的情致，揭露社会黑暗，讥讽世风衰败，感慨仕途坎坷以及描绘酒色遭逢的内容，而且这些内容对体制的批判力量，有时候有着震撼人心的效果。比如在冯梦龙的《挂枝儿·谑部》九卷中，就有一些讽刺性的优秀作品——"《山人》(按与《山歌》中《山人》不同)讥笑了封建

---

① 谢肇淛：《五杂组》第146页。
② 谢肇淛：《五杂组》第146页。
③ 周作人：《征求猥亵的歌谣启》，《语丝》1925年第48期。

阶级帮闲文人的丑态,《门子》描绘了官署爪牙的贪婪罪行,《当铺》刻画了典当商人的剥削本质,都富于现实意义。”另外还有《子弟》《小官人》《假纱帽》诸篇,“都是较佳之作”,这些作品“表现了民歌中的光辉,特别值得我们重视”①。

诚如论者所言,明代民歌中固然多有价值较高的作品,但是也不乏“恶俗、粗糙、抄袭和敷衍”②的内容,尤其是一些追求感官刺激的民歌,格调低下,当时即有人从社会影响、艺术价值等不同角度,对这些所谓的“新声”提出批评,最为著名者如前说顾起元以为这些民歌虽为人所喜闻乐见,但是“视桑间濮上之音,又不翅相去千里,诲淫导欲,亦非盛世所宜有也”③。此外,李开先在《市井艳词》的《序》及《后序》中,对《锁南枝》《山坡羊》一类民歌“淫艳亵狎,不堪入耳”的表现形式和“颇坏人心”④的社会影响,也是持不以为然的态度。万历年间进士吕坤在为《闺范》所作的序文中,则举例细化了相同的观点。他说:

> 自世教衰,而闺门中人竟弃之礼法之外矣。生间阎内,惯听鄙俚之言;在富贵家,恣长骄奢之性……舅姑妯娌,不传贤孝之名;乡党亲戚,但闻顽悍之恶,则不教之故。乃高之者,弄柔翰,逞骚才,以夸浮士;卑之者,拨俗弦,歌艳语,近于倡家,则邪教之流也。⑤

其中“拨俗弦,歌艳语,近于倡家”云云,与顾起元等人的批评基调一致。

客观地说,作为研究对象的民歌与作为欣赏客体的民歌,是两个不同性质的存在。作为研究对象,我们的着眼点是在承认民歌是一种历史遗存的基础上,分析其发生、发展和壮大的时代背景,揭示其与晚明文化、文学思潮的互动关系。一方面,明代民歌中“淫艳亵狎,不堪入耳”的内容,

---

① 刘大杰:《中国文学发展史》下册第1100页。

② 谢桃坊:《论明清时调小曲的艺术价值》,《贵州社会科学》1996年第5期。

③ 顾起元:《客座赘语》第302页。

④ 李开先:《市井艳词序》《市井艳词后序》,《闲居集》卷六,《李开先全集》上册第565—567页。

⑤ 吕坤:《吕坤全集》下册第1409页,中华书局2008年版。

违背了儒家的礼教，对社会风气带来某些消极的影响；另一方面，包括“私情谱”在内的真声真情的明代民歌具有反抗封建礼教、反对文学复古思潮的积极作用。冯梦龙在《叙山歌》中指出：“书契以来，代有歌谣。……但有假诗文，无假山歌，则以山歌不与诗文争名，故不假。苟其不屑假，而吾藉以存真，不亦可乎。……若夫借男女之真情，发名教之伪药，其功于《挂枝儿》等。”这不仅揭示了民间歌谣“真情”的文学本质，也指明了明代中后期从封建礼教和拟古风气中突围的文学革新的目标与方法。我们考察明代中后期民歌，可见明代中后期“借男女之真情，发名教之伪药”或曰反抗封建礼教和拟古风气的文学思潮有两支队伍推进，一支是以主张“童心说”的思想家李贽、宣扬“情至”论的剧作家汤显祖、倡立“情教”的冯梦龙、高举“独抒性灵”的文学家袁宏道等组成的文人队伍；一支是大唱民歌时调的民间无名士群体。前者侧重于精英群体的哲学思想与文学审美创造，后者侧重于大众群体通俗歌谣的创作和传播，两者相辅相成，互动共进。显然，作为“我明一绝”的民歌不仅有通俗美学的意义，也有以民间群体的力量从封建礼教和拟古主义诗学中突围、推进文学启蒙思潮的积极作用。

又，关于“明代民歌”的定名，旧版《明代民歌集·前言》中已经作了梳理，此处仍略作陈述。是集所说“民歌”，是个较为宽泛的概念，大致包括三部分内容。

一是通常意义上的民歌（也即冯梦龙《叙山歌》所说的“民间性情之响”，如《山歌》《五句妙龄情歌》《桐城歌》等）及少量的民谣（如李梦阳《空同集》记录的《郭公谣》）。《古谣谚·凡例》云虽然谣与歌相对，有徒歌合乐之分，“而歌究系总名，凡单言之，则徒歌亦为歌，故谣可联歌以言之，亦可借歌以称之”①，以“民歌”统括歌谣，当无疑义。

二是俗曲。亦称俚曲、小曲，主要特征是有“定谱”（曲牌，如“劈破玉”“银纽丝”；或字格腔格，如“五更调”）。俗曲又分两种，一是如《万历野获编》《客座赘语》等所记的《锁南枝》《傍妆台》《山坡羊》《银纽丝》《打枣竿》《挂枝儿》等等。此类俗曲有定谱，创作主体（出身）与受众，均在民间，且仍有流传（以江苏为例，至今仍在传唱的扬州清曲、盐连地区五大宫调，均

---

① 杜文澜：《古谣谚·凡例》，岳麓书社 1992 年版。

保存有相当数量的《打枣竿》《银纽丝》等传统俗曲），与冯辑《山歌》一样，属于“民间性情之响”，归入“民歌”旗下，亦是理所应当。二是文人小曲。任半塘《散曲概论》卷二《派别》，激赏民间俗曲，以为“若明人独创之艺，只此小曲耳”，进而云“小曲精神”“不仅在小曲本身，且侵入南北小令之中矣”。按事实也是如此，受民间俗曲广为流行的影响，徐渭、刘效祖等曲家直接用“挂枝儿”“锁南枝”等牌名，创作了一批内容、形式乃至情趣均与民间俗曲相近相通的散曲，实质上是拟民歌作品。是集酌情收录部分，是为了见出民歌对其时文人创作的影响。

三是特种歌谣。如宝卷、傩歌、婚嫁歌等，广义上也属于民歌的一种。

综而言之，在具体的整理与研究实践中，我的做法是对相关概念要有清晰的认识，必要时做严格的区分，但是在更多情况下，为了行文的简洁与展开的方便，就不再区分所谓的民歌、民谣、俗曲、小曲的差异，而是以“民歌”统括之。

如上所说，明代民歌虽然很有价值，但是除了冯梦龙所辑《挂枝儿》《山歌》（《夹竹桃》是拟民歌作品）外，明代集中收录民歌作品的专门的集子，今天已难以见到[①]，明代民歌更多地是以“寄生”于各种戏曲选集的形式，被无意识地保存下来。所谓“寄生”，就是指在戏曲选集刻本中，刊刻者将页面分成上下两栏或上中下三栏，其中一栏（多是中栏或上栏）辑录时调小曲或其他体裁的作品如灯谜、歇后语等，用作人们案头阅读时的消遣，众多的民歌，则因此而流传下来。万历年间，这种形式的刻本因《词林一枝》《大明春》等的问世而风行一时，成为中国版刻史上引人注目的现象。戏曲选集之外，各类笑书（笑话集）[②]、散曲集、笔记、小说、戏曲和文人别集中，也保留了一些精彩的明代民歌。今仅就眼界所及，加以辑录、整理，识见有限，遗漏、讹误在所难免，尚望方家不吝赐教。

多年来诸师友多方照拂勉励；家人给予理解支持，尤其是小女安若多次至北京、上海等地查补有关资料，在此一并致谢。

---

① 明代尚有《挂枝儿》的其他选本，如醉月子辑有《新镌雅俗同观挂枝儿》，其内容大体不出冯梦龙辑《挂枝儿》。

② 知名者有《博笑珠玑》《雅俗同观》等。

凡　例

其一，本书所录，除大部取自明代文献外，尚包括少量清代作者所作但载明反映明代人事之小说、戏曲、笔记中民歌[①]；为免过于芜杂，明代作者创作反映前朝人事之小说、戏曲、笔记中民歌，原则上不予收录[②]。有特殊情况者作例外处理。如褚人获撰《坚瓠集》，作者虽“不序岁时之今古，不列朝代之后先”（《坚瓠集引》），然毛宗岗有序，称之“搜录秦汉以来遗书，广求故明一代遗事”，既云“故明”，则从中酌情选取“吴歌”等以作代表。另如《醒世恒言》第三卷《卖油郎独占花魁》说宋朝故事，其中有若干《挂枝儿》，系明季流行曲，仍酌予收录。

又杜文澜《古谣谚・凡例》云：谣与歌相对，则有徒歌合乐之分，而歌究系总名，凡单言之，则徒歌亦为歌。故谣可联歌以言之，亦可借歌以称之。以是之故，编者自各类文献中辑录适量谣（谚），以见民歌内容之丰富。

其二，关于作品编排。先归类，同类作品大致以时间为序次第辑录。冯梦龙辑《挂枝儿》《山歌》几集明代民歌之大成，而且品评相当精彩。经权衡，本书将《挂枝儿》《山歌》单列一辑，《词林一枝》《大明春》等文献中收录民歌，如又见于冯辑《挂枝儿》《山歌》，一般情况下不作互见处理。盖因在《词林一枝》《大明春》等文献中，此类篇什有作《罗江怨》《劈破玉》或《急催玉》等，冯梦龙均一概将其纳入《挂枝儿》名下。予以全文辑录，可以借此领略吴地民歌以强势文化身份同化其他地区民歌之情景。

其三，为尽可能吸取最新学术成果，全书采引文献，冯梦龙辑《挂枝

---

① 唐圭璋《全宋词》有“元明小说话本中依托宋人词”，此处乃仿其体例。

② 如《醒世恒言》第二卷《三孝廉让产立高名》（亦见《今古奇观》）说东汉光武年间故事，其中有口号云：假孝廉，做官员；真孝廉，出口钱。假孝廉，据高轩；真孝廉，守茅檐。假孝廉，富田园；真孝廉，执锄镰。真为玉，假为瓦；瓦登厦，玉抛野。不宜真，只宜假。另有歌云：今人兄弟多分产，古人兄弟亦分产。古人分产成弟名，今人分产但嚣争。古人自污为孝义，今人自污争微利。孝义名高身并荣，微利相争家共倾。安得尽居孝弟里，却把阋墙人愧死。此等口号、歌依例不录。

儿》《山歌》据上海古籍出版社排印本《明清民歌时调集》(1987 年版),参校上海古籍出版社《冯梦龙全集》(1993 年版);《大明春》《乐府万象新》等据《善本戏曲丛刊》(王秋桂编,台湾学生书局版)、《海外孤本晚明戏剧选集三种》(李福清、李平编,上海古籍出版社 1993 年版)等;小说、戏曲、笔记亦多据新近出版物。

其四,关于互见作品处理。如内容相同而字句各具风采,亦酌情两出。

其五,关于文字校勘。俗字、异体字一般不改,酌情出校记。

目　录

第一辑

新编四季五更驻云飞[①]

明成化七年(1471)北京鲁氏刻本，书末题“成化七年金台鲁氏新刊印行”。全书收录时曲《驻云飞》七十九首。

【驻云飞】

咏道情

若说仙家，牢锁心猿和意马。心内无牵挂，《黄庭》看诵罢。嗏，仙酒共仙花。富豪夸，闲引仙童，共与猿猴要，散但[②]逍遥谁似他。

又

去赴瑶池，四对仙鹤慢慢飞。摆立成行对，蓝采和闲游戏。嗏，铁拐李笑希希[③]。王母生日，八个神仙，都赴蟠桃会，韩湘子鲜花篮内提。

又

纸袄麻衣，不惹人间闲是非。有块闲田地，整日为活计。嗏，便是俺仙机。不论兴亡，纳被蒙头睡，自在逍遥更有谁。

---

① 《新编四季五更驻云飞》《新编太平时赛赛驻云飞》等选集中所收俗曲，可以看作是介于文人小曲与民歌中间的过渡性作品。依郑振铎所说，其中“重要的作品并不怎样多，但我们可以看出流行于民间的俗曲，究竟是怎样的东西”(《中国俗文学史》下册第十章《明代的民歌》)。自郑先生始，文学史家多以为《新编四季五更驻云飞》等乃明代最早的民歌选集。

② “散但”当作“散诞”，下同。此首《雍熙乐府》卷十五题作“道院”，末句为“散诞逍遥谁似咱”。

③ “笑希希”当作“笑嘻嘻”。

又

山涧里修行，独盖茅庵发善心。养性修真定，并无闲愁闷。嗏，跳出虎狼丛。弃功名，日月巡还，有一神仙分，散但逍遥独自行。

又

弃子抛妻，不惹人间闲是非。逃隐在深山内，散但无活计。嗏，淡饭且冲饥。少人知，紫陌红尘，不恋名和利，丫髻环绦破衲衣。

又

来到山溪，且躲人间闲是非。每日家醺醺醉，醉倒和衣睡。嗏，不用费心机，下一盘围棋。我在山中，炼药烧丹记，更有仙鹤左右随。

咏题情

初鼓才敲，正是黄昏人静悄。闷把栏杆靠，祷告灵神庙。嗏，心急好难熬。每夜烧香，只把青天告，早早团圆交我有下稍[①]。

又

月下星前，拜罢烧香只靠天。但得重相见，称了平生愿。嗏，动岁又经年。泪涟涟，若得成双，方称于飞愿，早早团圆答谢天。

又

闷对银缸，坐想行思只为郎。寂寞销金帐，懒把帏屏傍。嗏，交奴细思量。自参详，便把情人望，一回寻思愁断肠。

又

手捻花枝，闷闷无言自散思。又没闲传示，诉不尽心间事。嗏，辜负少年姿。一时思，倘若来时，却说从前志，一任交他心上思。

---

① “交”今作“教”。“稍”当作“梢”。本书“稍”“梢”“捎”“艄”等时相混用，类似情形下不出注。

咏听琴

崔莺莺听琴　董秀英听琴

卓文君听琴　苏小卿听琴

待月西厢，夜静听琴暗断肠。腹内添惆怅，愁锁眉尖上。嗏，嘱咐小红娘。好商量，休负张生，匹配销金帐，将他灭寇恩情莫要忘。

又

花月东墙，夜半听琴感叹伤。心内添悲怆，眉蹙何时放。嗏，央及小梅香。细思量，说合书生，云雨高堂①上，我将你通问殷勤不肯忘。

又

卖酒当炉②，月下听琴独影疏。他把飘零诉，我把凄凉助。嗏，心内自然孤。枕边无，自奔相如，休把青春负，今夜团圆莫要辜。

又

闷坐茶舡，忽听琴声到水边。想起双生面，何日重相见。嗏，侧耳听鸣弦。好音传，报道苏卿，我是双知县，撇下冯魁醉自眠。

咏题情

扯住郎均③，悄语低言问几声。你若心中顺，我也情怀应。嗏，月下系良姻。问冰人，怨女旷夫，今日交秦晋，人月团圆花遇春。

又

同赴罗帏，倒凤颠凰玉体偎。绣枕偏云髻，春透酥胸腻。嗏，檀口揾香肌。性情迷，汗湿鲛绡，鱼水同欢会，只愿金鸡莫要啼。

---

① “堂”当作“唐”。类似情形下不出注。

② “炉”当作“垆”。类似情形下不出注。

③ “均”当作“君”。类似情形下不出注。

又

重整金钗，雨歇云收鸾凤开。再结合欢带，红粉娇无奈。嗏，今夜早些来。共和谐，巴到黄昏，我倚定门儿待，休似王魁音信乖。

又

月户云窗，梦醒瑶台夜未央。寂寞添惆怅，幔卷金钩上。嗏，冷落象牙床。皆[①]银缸，萦损柔肠，离恨添凄怆，忍听樵[②]楼更漏长。

又

独守香闺，落日帘栊燕子飞。闷拥罗衾睡，梦绕巫山翠。嗏，忽听杜鹃啼。意孤恓，何处笛声，吹得人心碎，背立东风珠泪垂。

又

心事愁烦，终日昏昏醉梦间。离恨谁曾惯，不住长嗟叹。嗏，无语倚栏杆。晚风寒，望断云山，长是将他盼，社燕归来人未还。

又

两泪盈腮，愁锁春山怎顿开。染病经年害，瘦损多娇态。嗏，寂寞楚阳台。恨敲[③]才，敢是前生，少欠相思债，何处飘蓬不见来。

又

时遇新正，满邸从容百事宁。又直[④]元宵令，良夜多佳兴。嗏，街市放花灯。世升平，岁久安居，边境狼烟静，胜赏良辰和气生。

又

月转晴光，数盏花灯锦绣张。灿烂金莲放，席卷高堂上。嗏，翠袖舞

---

① “皆”当作“背”。

② “樵”当作“谯”。类似情形下不出注。

③ “敲”当作“乔”。

④ “直”当作“值”。谢伯阳《全明散曲》作“是”。

红妆。品笙簧，玉盏频传，痛饮葡萄酿，一任酕醄夜未央。

又

喜遇良宵，弛禁金吾胜赏饶。车马街衢闹，处处闻喧笑。嗏，弦管韵风飘。舞纤腰，纵尔严城，鼓打三更报，宴饮无辞乐醉醄。

又

好是新年，三五元宵景致鲜。灯火真堪羡，月色团圆现。嗏，天官降福缘。静三边，午夜金莲，万斛都开遍，绝胜蓬瀛并洞天。

又

昨夜黄昏，点上银灯独自寝。黯骂他薄幸，交我成孤另①。嗏，一旦冷清清。问东均，不与平安信，欲要相逢，奈不关山近。一夜思量，交我自上②心。

又

不论青春，有之人便做亲。少年成何用，生的庞儿俊。嗏，辜负少年人。若有钱时，不与高人论，月里姮娥嫁老君。

又

月里姮娥，只为人间是非多。青天都蹉过，为人休似我。嗏，怨恨我哥哥。但与商量，便把言来破，五十之人配寻我。

又

美貌当年，红粉娇娥只爱钱。不信旁人劝，弟兄都错见。嗏，媒婆又来缠。错配姻缘，奴奴心里怨，便做冯魁干有钱。

又

若说吴详，只为斗宝嫁楚王。怎和你同罗帐，彭祖一般样。嗏，屈杀

① “另”当作“零”。类似情形下不出注。

② “上”或作“伤”。

女娥皇。晓夜思量，把奴身屈丧，恼恨爷娘无主张。

又

若说佳人，辜负花枝不遇春。命主孤辰运，前生安排定。嗏，年老有金银。买转爷娘，教把情意顺，奴奴姻缘错配成。

又

每日沉沉，晓夜思量咂口唇。懒把身躯整，羞照菱花镜。嗏，到老也无心。使尽金银，奴奴心不顺，受尽诸般不称心。

又

受尽荣华，红粉娇娥不顺他。名声天来大，说起家常话。嗏，把奴配与他。你有钱时，买求媒人话，空有珍珠都是假。

又

说起名声，年少娇娥不顺情。闲人都来问，穷的穷干净。嗏，辜负小书生。独守空房，不把姻缘整，但有钱的便做亲。

又

宝贵荣华，奴奴身躯错配他。有色金银价，惹的旁人骂。嗏，红粉牡丹花。绿叶青枝，又被严霜打，便做僧尼不嫁他。

咏酒色财气　咏酒

村醪新篘，要解愁肠须带酒。壶内馨香透，盏内清光溜。嗏，何必恁多羞。且略沾口，勉意休推，展却眉儿皱，一醉能消心上愁。

又[①]

盏落归台，却见两朵桃花上脸来。深感君相待，深谢心相爱。嗏，擎樽捧多才。量如沧海，满饮一杯，暂把情宽解，乐以忘忧须放怀。

---

① 此首又见元无名氏杂剧《鲁智深喜赏黄花峪》第一折李幼奴唱词。

又[1]

潋滟流霞，不比寻常卖酒家。村店多消[2]洒，坐起极幽雅。嗏，何必论杯斝。试尝酬价，爱饮神仙，玉珮曾留下，今后逢人吃甚茶。

又

闷可消除，只怕醉倒黄公旧酒炉[3]。天晓催人去，好酒留人住。嗏，香醪岂寻俗。味若醍醐，曾向江头，点滴在波深处，万里摇舡捉醉鱼。

咏色

美貌倾城，款就金莲月下行。那更多丰韵，体态生来俊。嗏，可意俏佳人，携手肩相并。共效于飞，今日成秦晋，称了风流年少心。

又

酒艳花浓，切[4]玉偷香一但[5]空。怎似天台洞，那讨襄王梦。嗏，共枕绣帏中，美满如鸾凤。一片虚心，假意相陪奉，又阻巫山十二峰。

又

俊俏风流，倚翠偎红不肯休。潘安眉频皱，沈约腰肢瘦。嗏，多病更多愁，两意相迤逗。海誓山盟，一但成虚谬，弃舍了烟花断送了愁。

又

红粉娇姿，正遇花开三月时。相如题桥志，宋玉多才思。嗏，休折出墙枝。莫要贪他，损却身心事，今后休攀墙外枝。

---

① 此首又见元施惠《幽闺记》第二十二出《招商谐偶》。

② “消”当作“潇”。类似情形下不出注。

③ 此句见唐陆龟蒙《和袭美春夕酒醒》。

④ “切”当作“窃”。

⑤ “但”当作“旦”。类似情形下不出注。

咏财

买卖行商，宿水餐风路渺茫。那得清闲享，落得多劳攘。嗏，不觉鬓边霜。卖犀求象，终了今朝，又算明朝帐，管取金银千万箱。

又

积玉堆金，自古荣华谁似您。都是前生定，不枉了今生命。嗏，金珠可通神。有钱无病，每日宽闲，享用何时尽，不称心时须称心。

又

得失由天，但愿儿孙似我贤。幸喜身康健，落得行方便。嗏，沧海变桑田。递传如箭，翻手荣华，覆手身贫贱，休取人间不义钱。

又

富贵豪家，广有钱财莫要夸。休得闲言大，惹的担惊怕。嗏，不如种桑麻。似此奢华，暖阁红炉，一刻千金价，若见人贫莫笑他。

咏气

秦并诸侯，六国英雄不肯留。事业真堪究，更有强中手。嗏，咸阳焰烟收。两家争斗，谁信乌江，一旦无兵救，合放饶时须罢休。

又

怒气冲天，百万军中逞向先。楚汉相攻战，讲好何曾谏。嗏，兴衰总由天。几多更变，独向乌江，有力无由展，回首家乡锁暮烟。

又

休论兴亡，自是男儿当自强。莫学闲浮荡，管取为卿相。嗏，十年向萤窗。有功名望，一跳龙门，三月桃花浪，衣锦身荣归故乡。

又

莫逞刚强，韩信功名遭祸殃。霸主乌江丧，孟德遭风浪。嗏，皆因气中伤，且把心舒畅。夺利争名，总是虚飘荡，都不如归山张子房。

咏五更离情

初鼓频敲，门掩黄昏意攘劳。一盏孤灯照，几扇帏屏靠。嗏，明月上花稍，宿鸟枝头叫。听罢东邻，弦拨相思调，越引奴奴心上焦。

又

二鼓咚咚，斗转星移夜色浓。锦帐无人共，绣被犹馀空。嗏，明月上帘栊，交我离情重。听罢西邻，宴赏琴三弄，翠袖殷勤揾泪重。

又

三鼓频喧，枕乘[①]衾馀怎的眠。有酒和谁劝，闺阁无人伴。嗏，明月上窗前，无计相留恋。听罢南邻，箫管真堪羡，交我凄凉闷转添。

又

四鼓频催，吹灭银灯入绣帏。独自和衣睡，孤枕强眠寐。嗏，明月上朱扉，檐下征铁骑。听罢北邻，板响音声细，阁[②]不住恓惶珠泪垂。

又

五鼓声扬，好梦难成暗断肠。挂起销金帐，倚枕推窗望。嗏，明月下西厢。银汉迢迢，数点残星像。听彻邻家，报晓鸡三唱，无计支吾此夜长。

又

离榻披衣，不整乌云懒画眉。恰把青鸾对，黄犬门前吠。嗏，莫是负心贼。未归期，不克伤怀，粉脸弹珠泪，交我无言心上疑。

又

侧耳听声，却是郎均手打门。我这里将言问，他那里低低应。嗏，不

---

① “乘”当作“剩”。类似情形下不出注。

② “阁”当作“搁”。类似情形下不出注。

由我笑欣欣。去相迎，准备着万语千言，见了都无论，今日相逢可意人。

又

忽上心来，咬碎银牙跌绣鞋。你那里贪欢爱，我这愁无奈。嗏，骂你个谎娇才[①]。不归来，撇我空房，你却安何在，交我一夜愁眉不放开。

又

你跪在床前，巧语花言莫要缠。我更愁无限，你休闲作念。嗏，莫想共衾眠。过一边，莫入兰堂，还去花街串，我放下鲛绡各自眠。

又

仔细思量，下[②]不的将他恶语论。我这里强拦当，他故意将咱晃。嗏，不由我泪汪汪。又参想，扯起情人，共入绡金帐，再将这海誓山盟莫要忘。

咏四季悲欢离合

丽日初迟，春到人间草木知[③]。粉蝶花前戏，紫燕成双对。嗏，见了暗伤悲。有谁知，深掩闺门，锦帐孤眠寐，酩子[④]里偷将珠泪垂。春悲

又

玩赏名园，万紫千红争斗鲜。摇曳垂杨线，牵惹桃花片[⑤]。嗏，见了泪涟涟。闷恹恹，泪湿香罗，低首将娘怨，也是我寡宿孤辰前世缘。春悲

又

节近清明，懒刺红绡针线停。门掩人幽静，因此伤春病。嗏，终日泪盈盈。越伤情，独枕孤眠，分浅因前定，仔细思量愁更增。春悲

---

① “娇”当作“乔”。

② “下”当作“舍”。

③ 此句见宋张栻《立春偶成》。

④ “酩子”当作“酩酊”。

⑤ 王实甫《西厢记》第一折[寄生草]云：“兰麝香仍在，佩环声渐远。东风摇曳垂杨线，游丝牵惹桃花片，珠帘掩映芙蓉面。你道是河中开府相公家，我道是南海水月观音现。”

又

绿暗红希[①]，莺老花残春渐归。水面鸳鸯戏，枝上黄鹂对。嗏，见了泪淋漓。觑沟溪，无限凄凉，红叶凭谁寄，入户穿帘柳絮飞。春悲

又

夏日初长，江上龙舟竞渡忙。阶下红榴晃，池内青荷放。嗏，时值遇端阳。共才郎，携手相随，玩赏高楼上，酒泛金栀[②]蒲艾香。夏欢

又

绿树阴浓，拂面薰风热更融。避暑亭前共，小扇郎陪奉。嗏，啼鸟噪青松。觑长空，红日炎威，院宇无凉送，共入兰堂画阁中。夏欢

又

玩罢凉亭，并倚香肩携手行。笑脸将言问，今夜同眠困。嗏，香醪再频斟。俺欢欣，沉李浮瓜，俏语闲评论，云雨高堂入梦魂。夏欢

又

共枕同衾，月老将绳系好姻。你我心中顺，美满相傒倖。嗏，才子配佳人。莫离分，同效于飞，沙暖交鸳颈，多谢殷勤冰上人。夏欢

又

秋景消消，衰草齐迷万物凋。聒耳蝉声噪，北雁长空叫。嗏，车马过溪桥。冷风飘，断送情人，一去无消耗，今日分携心内焦。秋离

又

正值秋天，针指[③]无心不持拈。美酒无人劝，只有梅香伴。嗏，明月更

---

① “希”当作“稀”。类似情形下不出注。

② “栀”当作“卮”。

③ “指”当作“黹”。类似情形下不出注。

团圆。我孤眠，独入兰房，自把青天怨，此夜更长胜似年。秋离

又

菊绽东蓠，露结为霜黄叶飞。花也无娇媚，我也添憔悴。嗏，瘦损小腰围。褪罗衣，铁马叮当，助我愁萦系，作念情人何日归。秋离

又

深锁香闺，脂粉香消懒画眉。闷把孤灯对，怕入罗帏内。嗏，屈指数归期。几时回，画损金钗，越越无消息，愁锁眉尖意似痴。秋离

又

冬景严疑，凛冽寒风似箭急。塞上回征骑，准备重欢会。嗏，四野冻云飞。放江梅，仙女歌残，玉树琼花坠，再整鲛绡携手随。冬合

又

景色凄然，远望山川似粉填。猛见情郎面，马上将奴唤。嗏，天降并头莲。笑开颜，去岁分离，今日重相见，正应了枝头鹊噪喧。冬合

又

诉罢离别，对面相逢情更热。今日团圆夜，锦帐同欢悦。嗏，柔损降裙折[①]。莫推拽，美爱幽欢，高照灯休灭，将往日相思枕上说。冬合

又

共入兰堂，暖帐红炉莫要忙。慢饮葡萄酿，拍手低低唱。嗏，昨日凤求凰。效鸳鸯，一对双飞，共歇梧桐上，莫信旁人话短长。冬合

咏太平

五谷丰登，万国来朝入凤城。四海烟尘静，八面干戈定。嗏，处处得安宁。瑞云生，清气乾坤，盖世都欢庆，黎庶讴歌乐太平。

---

① 此句谢伯阳《全明散曲》作“柔损绛裙褶”。

又

此处瑶池，每乐朝欢称好期。少者成佳配，老者同欢会。嗏，齐唱[驻云飞]。共相陪，雨顺风调，共赏升平世，喜享新声永远期。

新编太平时赛赛驻云飞

明成化七年(1471)北京鲁氏刻本，收时曲《驻云飞》三十八首。

【驻云飞】

咏太平

四海无虞，黎庶讴歌乐有余。幸喜丰年遇，老少同完最[①]。嗏，处处得安居。望空虚，祷告神天，好把明香炷，男女欢欣眉目舒。

又

八面无征，海宇安然乐太平。盖世乾坤定，万里烟尘净。嗏，处处听弦鸣。瑞云停，雨顺风调，耕牧闲歌令，永远恩波万载兴。

又

万国来朝，洪福齐天过舜尧。正是邦存道，大小人欢乐。嗏，民物甚逍遥。觑荒郊，麦陇兹青，草舍农喧笑，正遇三春花放娇。

又

时遇良期，享贺丰年歌唱齐。幸长金台地，曲调偏能会。嗏，赛赛驻云飞。是新题，莫惜囊钱，日月休虚废，好把词章看几回。

---

① “最”当作“聚”。

题风花雪月　风

无影无踪，拂柳吹花春意浓。弦管因风送，铁马因风动。嗏，摇拽[①]响帘笼。画堂中，惊觉佳人，醒后思情重，无奈孤眠埋怨风。

花

积锦堆霞，万紫千红枝上发。长在湖山下，数朵都开罢。嗏，花影上窗纱。绣床榻，引动佳人，心内情牵挂，无计孤眠埋怨花。

雪

飘絮飞蝶，玉甲银鳞乱穰趄。有似琼林叶，好相[②]梨花卸。嗏，放下翠帘遮。绣衾揭，冻损佳人，越惹情怀趄，无奈孤眠埋怨雪。

月

玉兔圆缺，四大神州光照彻。正遇良宵夜，碧汉银河泻。嗏，花影走龙蛇。下西斜，引动佳人，伤感无欢悦，无奈孤眠埋怨月。

题歌妓恨毒

□□□□，□□□□中好意无。开下迷魂路，暗把（下缺）。

又

（上缺）身难借。嗏，胜负□□□。□□□，□□□坑，舍命临风月，躲不过伏兵半路截。

又

唱的情希，舌剑唇枪摆阵势。铠甲罗裙携，壮帽堆云髻。嗏，义勇怎生敌。最难及，多少英雄，中了牢笼计，若不回头都是痴。

---

① “拽”当作“曳”。
② “相”谢伯阳《全明散曲》作“像”。

又

唱的情虚，送旧迎新递缄书。才送出张郎去，又与刘郎遇。嗏，妆点俏身躯。倚门闾，鞘里藏刀，往往无人惧，杀尽愚夫不信诛。

咏苏小卿题恨金山寺

苏氏伤悲，无语低头珠泪垂。拆散鸳鸯对，到[①]与乌鸦配。嗏，美貌嫁冯魁。怎相陪，怕到黄昏，懒入罗帏内，埋怨亲娘没见识。

又

上的茶舡，无语低头珠泪涟。心内思双渐，何日重相见。嗏，错配好姻缘。这熬煎，甚日何时，得会才郎面，埋怨亲娘忒爱钱。

又

上得舡来，无语低头泪满腮。水面行程快，交我心无奈。嗏，叫道把舡开。越伤怀，往日恩情，一旦今何在，埋怨亲娘忒爱财。

又

行罢多时，举目抬头观觑之。宫殿堪堪至，牌上书金字。嗏，心内喜孜孜。莫推辞，揽住茶舡，玩赏金山寺，此处堪题离恨词。

又

下的茶舡，入的山门拜圣贤。转过伽蓝殿，来到回廊面。嗏，不用草花笺。粉墙边，写下言词，拜上双知县，不是奴奴意不坚。

又

拜上双生，莫恋秋江即快行。来早重欢庆[②]，迟了坑人命。嗏，径到豫章城。莫消停，弯住舡儿，久等多才性，也显奴奴心志诚。

---

① “到”当作“倒”。类似情形下不出注。

② “欢庆”蒲泉、群明编《明清民歌选》甲集作“欢聚”。

又

嘱咐尊师，拔下金钗当布施。留下闲文字，诉我心间志。嗏，壁上有言词。细寻思，若见双生，与我多传示，显的情人信有之。

又

出的山门，怎听冯魁催趱程。天意无情分，下水风又顺。嗏，番[1]滚浪流津。似雷声，聒耳难言，来把稍公问，游玩秋江慢慢行。

咏双渐赶苏卿

双渐还乡，未会苏卿心意忙。来把虔婆望，将我虚谦让。嗏，俊俏在何方。入兰房，尘锁妆台，空挂红罗帐，止不住腮边泪两行。

又

上的骅骝，来到长江古渡头。勒马停时候，去把商舡就。嗏，雇只小扁舟。浪波流，正遇秋天，两岸芦花瘦，意急心忙不自由。

又

嘱咐稍公，顺水行舡趁好风。不觅张骞共，不恋游仙梦。嗏，扯起五合蓬[2]。望江东，甚日何年，会了鸾和凤，仔细思量愁更浓。

又

意不俄延，跳上张帆下水舡。恰似流星现，不若离弦剑。嗏，急递马加鞭。望江天，举目遥观，见座琉璃殿，礼拜茄[3]蓝求圣签。

又

拜罢金容，问有何人到寺中。法座僧人动，阶下忙陪奉。嗏，游玩梵

---

① “番”当作“翻”。类似情形下不出注。

② “蓬”当作“篷”。类似情形下不出注。

③ “茄”当作“伽”。

王宫。礼禅宗，意急心忙，交我情尤重，无计支吾萧寺空。

又

行者来迎，报与东君侧耳闻。休的心中闷，与你通音信。嗏，见个俏佳人。泪纷纷，伴着茶商，对我闲评论，走向回廊书下文。

又

听说心忙，急出僧房转过廊。举目睁睛望，离恨题墙上。嗏，怨恨两三行。诉衷肠，无限相思，交我心不放，甚日登临过大江。

又

看罢端的，唤稍公莫要迟。恨不得腾云内，早到江南地。嗏，不避苦禁持。为娇媚，想像行容，留恋别无计，怎得青霄跨凤飞。

又

水路难行，是等来人问好音。若有姻缘分，胜似权州印。嗏，来到豫章城。日西沉，玉兔东生，慢把舡儿趁，彩凤求鸾何处寻。

又

意不肖[①]停，只听江楼打二更。夜永人幽静，交我心不硬。嗏，辜负旧恩情。意无宁，膝上横琴，弦拨相思令，雁杳鱼沉信不凭。

又

苏氏心惊，走向舡头倾耳听。恍惚心不定，月下寻芳径。嗏，恰似稍[②]书生。把弦鸣，这弄琴声，正是双县令，句句分明音韵清。

又

会合江州，两下相思一笔勾。展放眉尖皱，欣喜还依旧。嗏，急急上

---

① “肖”《全明散曲》作“稍”。

② “稍”当作“俏”。

归舟。意难留，匹配夫妻，休把风声漏，撇下冯魁村纣牛。

题王魁负桂英

薄命王魁，应举求官不见归。恨毒无仁义，忘了言盟誓。嗏，何日会佳期。减香肌，倚遍栏杆，目断秋云察①，甚日何年鸾凤栖。

又

瘦损妖娆，无限相思心内焦。自把帏屏靠，只听家童报。嗏，不必用心劳。向前瞧，手执花笺，报有书来到，甚日相逢鸾凤交。

又

折放封皮，半晌无言双泪垂。看罢其中意，按不住心头气。嗏，薄幸有天知。好伤悲，辜负前音，来把休书寄，则怕文齐寿不齐。

又

扯碎花笺，跌脚搥胸珠泪涟。自把青天怨，似此无灵验。嗏，番做歹姻缘。庙堂前，诉尽衷肠，神目明如电，报应休辜义不全。

咏②

惜花春起早　爱月夜眠迟
掬水月在手　弄花香满衣

惜

早起因花，一夜狂风不住刮。恐伤了蔷薇架，怕损了荼蘼挂③。嗏，推枕离床榻。自嗟呀，整起芳丛，不觉鸡鸣罢④，露湿凌波凉更滑。

---

① “察”当作“际”。
② 以下四首又见《雍熙乐府》卷十五“南曲小令”。
③ 此两句《雍熙乐府》均无“了”字。
④ 此两句《雍熙乐府》作“起整花丛，惊觉宿林雅”。

爱

爱月登楼，碾破银河碧汉流。皎洁明如昼，光射纱窗透。嗏，万里楚天秋。雾云[①]收，赏罢银蝉[②]，不觉三更后，斗转星移尤未休。

掬

月色荧光，露滴梧桐秋夜凉。水溅[③]银波样，高捧花台放。嗏，盆内玉纤长。弄蝉光，十指才拳，月满金镯上[④]，恰似嫦娥对镜妆。

弄[⑤]

花木芳菲，万紫千红似锦堆。采了兰边桂，又采蔼边瑞。嗏，竹叶手中提。喜忘归，衣荡花枝，惹得馨香气，急至回头日坠西。

新编题《西厢记》咏十二月赛驻云飞

明成化七年(1471)北京鲁氏刻本，收时曲《驻云飞》七十二首。

【驻云飞】

题《西厢记》十咏

汉卿文能，编作《西厢》曲调精。灯下搜才性，静坐添馀幸[⑥]。嗏，广览圣群经。议皆明，徵羽宫商，腔普清新令，翰墨词章未诉成。

---

① "云"《雍熙乐府》作"俘"。

② 此句《雍熙乐府》作"赏玩银蟾"。

③ "水溅"《雍熙乐府》作"浅浅"。

④ 此两句《雍熙乐府》作"十指才舒，宝鉴来掌上"。

⑤ 此首据《雍熙乐府》补。《雍熙乐府》作"摘花香满衣"。

⑥ "幸"当作"兴"。

又

王家增修，补足《西厢》音韵周。后把词章辏，意味都参透。嗏，风月至今留。号春秋，咏月嘲风，湖海传扬后，锦绣心胸世未休。

又

均瑞斯儒，游艺中原普救居。懒往京师去，流落蒲东住。嗏，贪恋女娇姝。不攻书，夜月鸣琴，拨出求凰句，病染相思瘦损躯。

又

郑恒无才，只为莺莺撞死阶。不把功名爱，自己遭残害。嗏，只为女群[1]衩。惹非灾，不期乎衙，惹的人人怪，也是书生命运乖。

又

飞虎贼人，围困山门着火焚。强要求匹娉，不想难逃奔。嗏，丧了五千人。死相侵，舞剑挥戈，彼斩蒲州郡，为尔贪淫泰损身。

又

白马将军，要逞豪杰闲斗狠。一字排开阵，两下交兵刃。嗏，立甚好功熏[2]。害黎民，赡[3]举兵戈，不顾元戎印，若是输呵灭己身。

又

法聪无知，不理禅宗撞阵势。铁棒生杀气，去把三军退。嗏，光顶又无盔。染衣披，剑戟丛中，火速将书递，取救来擒不义贼。

又

郑氏夫人，幼女孤儿寺内存。失却闺门训，险把贼兵顺。嗏，无智老

---

① “群”当作“裙”。

② “熏”当作“勋”。

③ “赡”谢伯阳《全明散曲》作“擅”。

尊亲。败家门，怕掠强徒，既许无忠信，纵女闲游失大伦。

又

崔氏莺莺，背母偷期月下行。酬和诗相应，拜月临花径。嗏，书舍去听琴。动心情，躲离西厢，去探张生病，云雨高堂偶配成。

又

侍妾红娘，勾引莺莺出绣房。迤逗人情狂，两下里都说上。嗏，舌唾润寒窗。觑张郎，送暖偷寒，言语无的当，寄简传书鱼雁忙。

题《东墙记》五咏

文辅书生，琴剑书箱去赴京。旅馆人幽静，忧虑心无定。嗏，搬至海堂[①]亭。叙前情，指腹姻缘，旧约皆无应，失破偷期才配成。

又

秀英胡为，未合姻缘暗赴期。写简央梅递，花月东墙配。嗏，犹自未通媒。自相倍[②]，夜静更深，吟咏无眠寐，废寝忘餐病损肌。

又

梅香随邪，忙里偷闲递简帖。伺候到更深夜，搬弄的花残卸。嗏，两下里送喉舌。巧言说，着甚来由，那讨茶红谢，只落的同房做侍妾。

又

夫人差错，不把姻缘好配合。则为个倍钱货，都做了尊堂过。嗏，识破结丝罗。自评詖，失却闺门，泄漏风声破，辱莫家门没奈何。

又

医者呼郎，攻治相思无较量。草药无停当，标写在招牌上。嗏，此病

---

① “堂”当作“棠”。类似情形下不出注。

② “倍”当作“赔”。本书“倍”“陪”“赔”时相混用，类似情形下不出注。

岂非常。用宾郎，爱宝贪财，险把人魂丧，不体先贤遗效方。

又

山寿徕儿，开蒙攻书去拜师。不读先贤书，不习龙蛇字。嗏，隔壁讨花枝。去巡私，虽顺师言，损却干[①]罗志，虚负神童少小诗。

咏十二月题情

正月元宵，万盏花灯齐点着。车马长街闹，来往人欢笑。嗏，西江月儿高。好难熬，斜倚帏屏，一盏孤灯照，只听的漏滴铜壶更鼓敲。

又

二月初春，万物生芽都变新。风过催花信，露滴青苔润。嗏，西江月儿沉。梦难成，闷倚妆台，一盏孤灯映，满腹愁肠无处伸。

又

三月寒食，雨细风微草色迷。柳影莺声细，花下蜂蝶戏。嗏，西江月儿迟。好孤恓，倚遍帏屏，一盏孤灯对，无限凄凉诉与谁。

又

四月之间，绿暗红希柳似绵。画阁梁间燕，弄巧相呼唤。嗏，西江月儿圆。好熬煎，斜倚栏杆，一盏孤灯现，枕乘衾余不待眠。

又

五月蕤宾，艾叶如旗插户庭。处处笙歌应，画鼓清江庆。嗏，西江月儿明。好伤情，靠定纱窗，一盏孤灯并，心系情怀睡不宁。

又

六月炎天，独立槐阴两泪涟。心内思量遍，意也难留恋。嗏，西江月

---

① “干”当作“甘”。

儿悬。好心酸，懒上妆楼，一盏孤灯伴，只落的心内空思口内掂[①]。

又

七月星河，织女停机歇玉梭。今夜双星贺，鹊渡银河过。嗏，西江月儿蹉。是因何，偏我伤怀，独对孤灯坐，无奈眉尖颦皱多。

又

八月中秋，蓦听长空雁过楼。叶落梧桐瘦，铁马檐前斗。嗏，西江月儿游。闷无休，靠损朱扉，一盏孤灯透，怎奈今宵一夜愁。

又

九月重阳，飒飒金风透户窗。满目黄花放，秋夜浓霜降。嗏，西江月生光。好难当，手托香腮，一盏孤灯晃，兜上心来暗断肠。

又

十月交冬，虎啸龙吟刮地风。天冷溪河冻，边塞寒衣送。嗏，西江月儿弓。绣帏空，倚定绞[②]绡，一盏孤灯共，独枕孤眠愁越浓。

又

十一月天寒，瑞雪飘飘樵鬓斑。山岭梅初绽，惟有青松伴。嗏，西江月儿弯。好难担，守定红炉，一盏孤灯灿，素女青娥真个难。

又

十二月严疑，雪满长空蝶乱飞。片片梨花坠，滚滚鹅毛碎。嗏，西江月儿迷。自伤悲，冬夜难熬，一盏孤灯际，换岁交年愁不离。

题《西厢记》

跪落香闺，告姐姐今宵莫要推。好歹要同欢会，共枕同眠寐。嗏，休

---

① “掂”当作“惦”。类似情形下不出注。

② “绞”当作“鲛”。类似情形下不出注。

负这佳期。入罗帏，解了湘裙，成就了鸳鸯配，只愿金鸡莫要啼。生唱

又

诉与郎知，今夜难同往日期。老母犹未睡，怎配鸳鸯会。嗏，踏翻这消息。母亲知，问我前因，交我无言对，你且在书斋我索归。旦唱

又

跪倚帏屏，小姐心中莫要惊。但得肩相并，玉体相偎定。嗏，风月尽今生。雨云情，我若空回，枉惹相思病，今日无成何日成。梅唱

又

听说缘因，请起先生莫要禁。虽是心中顺，又怕亲娘问。嗏，倘若漏风声。坏家门，说事[①]谈非，更着旁人论，益[②]日天交好事临。旦唱

又

扯起书生，姐姐今朝且顺情。匹配了鸳鸯颈，怕甚么萱堂命。嗏，吹灭绛台灯。莫消停，共入罗帏，月朗人幽静，您早早收拾休别情。梅唱

又

你款款轻轻，俺姐姐从来不惯经。你休要将他硬，你则可将他敬。嗏，枕上听钟鸣。便回程，莫等梅香，来往相催并，诚恐夫人窗外听。梅唱

又

您玉腕交加，带雨犹云入楚峡。准备着香罗帕，取喜在罗帏下。嗏，柔损绛裙纱。似娇花，正遇三春，一刻千金价，我润破窗儿视看咱。梅唱

又

上的牙床，枕上低低嘱咐郎。今日同罗帐，休把恩情忘。嗏，交罢凤

---

① “事”谢伯阳《全明散曲》作“是”。
② “益”谢伯阳《全明散曲》作“翌”。

和凰。倚红妆，展放香罗，灯下偷睛望，几点新红暗暗藏。旦唱

又

跪在庭阶，多谢娇娥莫见责。交我心无奈，孤枕难担待。嗏，鱼水得和谐。可憎才，断送忧愁，还了相思债，是必今宵早早的来。生唱

又

坐在庭前，心内沉吟女少年。这两日形容变，不由我心中掂。嗏，仔细察其言。不中瞒，都是梅香，引起这针和线，定与书生一处眠。夫人唱

又

叫过梅香，你对我从头说短长。手拿着黄桑棒，阁在你皮肤上。嗏，我和你好商量。莫慌张，坐守行监，谁着你厮说上，迤逗莺莺出绣房。夫人唱

又

我急转兰堂，姐姐的营生我受殃。老母在前庭上，唤你相侵旁。嗏，言语要安详。你思量，事不干休，先取咱招状，常言道家丑何须向外扬。梅唱

又

去见夫人，缓蹴金莲慢慢行。自把亲娘问，有甚言词训。嗏，何必苦劳心。为何因，恶恨无休，怒发如雷震，此处全无子母恩。旦唱

又

你是娇羞，背母恩情自配偶。等的更深后，月下将生就。嗏，女大不中留。这情由，都是梅香，把你相迤逗，相国的芳名被你休。夫人唱

又

我跪在前头，都是夫人事不周。想当日强兵斗，也亏他除贼寇。嗏，何必苦追求。意相投，前夜听琴，昨夜才成就，既有夫人便索休。梅唱

又

不负前因，去唤张生配合亲。你若心间顺，与你求匹娉。嗏，不可失人伦。庆新婚，以女妻之，酬谢驱兵信，我乃知恩当报恩。夫人唱

又

今日成亲，燕尔新婚不负恩。不失夫人信，才显文章分。嗏，才子配佳人。好名声，俊俏风流，塞满蒲东郡，也不辱咱家相甫门。梅唱

又[1]

唱的每婆娘，打扮了身躯坐店房。有钞的同鸳帐，没钞的不相傍。嗏，豆腐酒便商量。就成双，问甚么北畲南蛮，配合在牙床上，总要了钱财也不甚香。

又

唱的每无知，不问村愚俊俏的。有钱的和他成双对，无钱的绿豆皮儿退。嗏，胜似热粘皮。不相离，问甚么耕牧渔樵，便和他同欢会，总要了钱财置甚么颓。

又

唱的每如花，见个农夫去哄他。故意高抬价，共枕在纱窗下。嗏，搂着个碜庄家。怎睃他，村嘴村舌，那讨句风流话，总要了钱财不甚夸。

又

唱的每无才，爱的是铜钱和绢帛。有钱的和他同欢爱，没钱的把他心中怪。嗏，冷句子早趔来。就和谐，问甚么老少村愚，便和他同相待，总要了钱财也不甚乖。

---

① 以下当不属于“题《西厢记》”。

又

唱的每情偏，不爱风流只爱钱。根本生来贱，坐向招商店。嗏，筝板一齐喧。向人前，嘲惹的郎均，到晚来成姻眷，若是无钱莫要缠。

又

唱的是行家，把一个庄农捉弄杀。那个又将他骂，这个又胡说话。嗏，一个把帽儿挝。眼睛花，推出门来，搡在房檐下，拿块苏砖在脸上搽。

又

唱的每情杂，见了人人惜爱他。有钱的心牵挂，没钱的和他罢。嗏，树俏共床榻。意儿差，接了张三，又去迎刘大，问甚么兵牌僧道家。

又

唱的每风流，点手招人不识羞。口儿内将人斗，眼儿又将人溜。嗏，接了个老田头。效绸缪，土坑上无席，解开衫儿扣，拿块泥砖做枕头。

又

唱的每标致，打扮的风流门外立。见一个当该吏，扯住他相调戏。嗏，土坑又无席。便胡为，干罢营生，各自寻活计，都落了一屁股精泥两手灰。

又

昨夜黄昏，倚定门儿等那一个人。这早晚无音信，越交我心中闷。嗏，不知甚时分。听钟声，画鼓三咚，又早把行人禁，独枕孤眠被怎温。

又

跪落尘埃，我与多娇脱绣鞋。你休要将咱怪，我其实心中爱。嗏，欢喜上床来。翠裙开，十指纤纤，解了香罗带，软玉温香抱满怀。

又

跪落庭前，扯住罗衣叫可怜。告姐姐行方便，小生也心中怨。嗏，匹配凰和鸾。莫孤眠，共枕同衾，放下罗帏幔，只愿今宵夜似年。

又

跪落阶基，扯住罗衣没话题。笑脸儿强央及，悄悄的言调戏。嗏，搂定小腰围。厮谦推，按在牙床，鬓鬅乌云坠，意美情浓似酒迷。

又

跪落床边，扯住香茶[1]罗带缠。见姐姐多娇艳，引的我心撩乱。嗏，不敢便当先。口难言，情急心忙，两意相留恋，携手归房共枕眠。

嘲庄家

乡里庄家，来到城中叫土巴。才撇了犁和耙，便往拘栏里爬。嗏，见个女娇娃。貌如花，走向前来，将他忙跪下，把一个庄家显[2]唬杀。

又

乡里庄家，来到拘栏卖弄他。绵袄宽又大，布衫长又乍[3]。嗏，来到唱的家。自言夸，见个虔婆，唬的心里怕，叫了夫人叫妈妈。

又

乡里庄家，伴着个婆娘闲磕牙。说的是农夫话，开口将巴骨骂。嗏，秕谷烂芝麻。手中拿，穿对油靴，拗破无毡袜，两腿黄泥一脸沙。

又

乡里婆娘，来到城中卖弄他强。口似合包样，脚似傍牌像。嗏，牙齿赛金妆。比金黄，折朵荆花，插在额髅[4]上，走动张狂手脚忙。

---

① “茶”谢伯阳《全明散曲》作“佩”。
② “显”谢伯阳《全明散曲》作“险”。
③ “乍”谢伯阳《全明散曲》作“窄”。
④ “髅”谢伯阳《全明散曲》作“颅”。

又

乡里婆娘，两只刀麻有四尺长。鞋替槽儿样，裹脚量三丈。嗏，恰似画舡仓。唤梅香，脱下鞋来，放在床儿上，掇倒了梅香压扁了箱。

又

乡里村人，村女村男村断筋。村妇把村夫称，村夫把村妇奔。嗏，村口揾村唇，会村亲。村腿村腰，村鲁村发狠，这是村中村汉村。

又[①]

和尚每难熬，见个婆娘点手招。白日里修行道，黑地里沿墙跳。嗏，贪恋女多娇。外人瞧，锁上房门，连把诸佛叫，便有救苦难观音也不饶。

又

寺里尼姑，缺少孩儿[②]没丈夫。每日持[③]斋素，又没个神仙度。嗏，扯碎大衣服。变规模，留起头发，走上烟花路，嫁个郎均不受孤。

又

昨夜黄昏，雨洒浮萍点点青。荷花叶儿圆如镜，藕芽儿截截嫩。嗏，荷花满池红。水面上，鸳鸯赛过鸾和凤，水底下，金鱼捉对儿行。

又

奴骂才郎，叶落归秋在那厢。撇奴在销金帐，闪的我身飘荡。嗏，不住泪汪汪。倚定门儿，不住奴连连望，忽上心来痛断肠。

又

夏有凉风，满院榴花如火红。金盏儿转杯送，风摆的荷花动。嗏，高

---

① 以下当不属于“嘲庄家”。

② “孩儿”蒲泉、群明编《明清民歌选》甲集作“儿孩”。

③ “持”蒲泉、群明编《明清民歌选》甲集作“吃”。

楼上听蟾声。水面上，鸳鸯赛过穿花凤，水底下，金鱼捉对儿行。

又

家有铜钱，珠翠金银在眼前。住的是高堂院，穿的是绫罗缎。嗏，逐日家喜团圆。闹喧喧，象板银筝，置酒在人前献，吃醉了销金帐里眠。

又

你是铜钱，里头方来外面圆。住在铜山面，普天下铜钱遍。嗏，眼儿着绳穿，人人在手中掂。四字分明，通宝儿当中现，南北东西我向前。

题驻云飞收尾

音韵新题，窗下灯前幸健笔。出落着《西厢》配，褒贬着《东墙》会。嗏，十二月紧相随。四方知，俊俏村愚，都写入新腔内，时遇丰年歌唱齐。

新编寡妇烈女诗曲[①]

明成化七年(1471)北京鲁氏刻本。有残缺，兹录《后增寡妇诗·鹧鸪天》十首。

【鹧鸪天】

春月伤情泪滴涟，尊堂不与配姻缘。游蜂对对穿花尽，粉蝶双双戏牡丹。城外景杏花天，正逢美女动心间。诗中已点流情泪，转眼抛□难上难。

又

夏月伤情泪滴涟，薰风吹动好心酸。同年一会成婚配，偏我孤身独自眠。流痛泪湿衣衫，思量才子有情堪。鸳鸯拆孤飞散了，两下分离难上难。

① “诗曲”谢伯阳《全明散曲》作“时曲”。

又

秋月伤情泪滴涟，金风催趱减容颜。年少子弟无婚配，半枕空闲独自眠。贪花色是前缘，今生不得早团圆。牛郎隔在天河岸，织女团圆难上难。

又

冬月伤情泪滴涟，寒风数九冻山川。晚夜月凉无心睡，怎得情人共枕眠。常忧虑把心牵，已[①]时能勾[②]得团圆。一心只想思[③]情意，若要相逢难上难。

又

四季伤情泪滴涟，乌云不整病来缠。凛凛寒风吹入户，片片鹅毛坠落天。心惨凄受孤单，自嗟自叹数千番。何年月日重欢会，若要团圆难上难。

又

寡妇思情春月间，愁怀无语靠栏杆。鸳鸯枕伴生拆散，鸾凤抛离不见踪。添悲切泪如倾，因他愁闷减精神。晚间独对孤灯影，斜倚帏屏哭到明。

又

寡妇思情夏月间，金莲举步出庭栏。娇花细雨残蕊蕊，明月云遮不见天。观看景动心间，游蜂采蕊燕呢喃。雌雄百鸟都成对，奴奴孤单独自眠。

又

寡妇思情秋月间，离怀憔悴减朱颜。风吹叶落残蝉噪，檐前铁马闹声

---

① “已”当作“几”。

② “勾”当作“够”。类似情形下不出注。

③ “思”谢伯阳《全明散曲》作“恩”。

喧。伤感痛话难传，宾鸿空惹里[1]情牵。风流自古遭磨难，锦被重重懒去眠。

又

寡妇思情冬月间，朔风似箭透窗寒。绣帏冷落梧桐叶，悲帝烦恼已千番。鹅毛雪拥栏杆，香房四季受孤单。烛残香烬更深后，枕冷窗寒懒去眠。

又

春夏秋冬万物先，真诚守分锁心猿。梳妆惨淡香肌瘦，罗裙宽褪掩斜遍[2]。无声气怨神天，金炉焚降白檀香。何年在会绫绡帐，甚日何时一处眠。

① “里”谢伯阳《全明散曲》作“意”。

② “遍”谢伯阳《全明散曲》作“偏”。

第二辑

一笑散

李开先撰，辑录元、明两代散曲、民歌，并对作品、作者进行品评。学者以为是书与《词谑》系同一稿本。

【锁南枝】[①]

傻酸[②]角，我的哥，和块黄泥儿捏咱两个。捏一个儿你，捏一个儿我。我捏的来一似活托，捏的来同床上歇卧。将泥人儿摔碎，着水儿重和过。再捏一个你，再捏一个我。哥哥身上也有妹妹，妹妹身上也有哥哥。

又

提起你的势，笑掉我的牙。你就是刘瑾江彬，要柳叶儿刮，柳叶儿刮。你又不曾金子开花，银子发芽，我的哥哟，你休当顽当耍。如今的时年，是个人也有三句话。你便会行船，我就会走马。就是孔夫子也用不着你文章，弥勒佛也当下领袈裟。

又 鞋打卦

无处所求，粉脸上含羞，可在神面前出丑，神前出丑。告上圣听诉缘由，他如何把人不睬不瞅，丢下了我又到别人家闲走。绣鞋儿亵渎神明，告上圣权将就。或是他不来，或是他另有。不来呵根儿对着根儿，来时节头儿抱着头。丁字儿满怀，八字儿开手。

---

① 《一笑散》于此曲下有注云："他书相传以为赵文敏及管夫人作。"又见《南宫词纪》卷六。

② "酸"《南宫词纪》作"俊"。

【山坡羊】

你性情儿随风倒舵，你识见儿指山卖磨。这几日无一个踪影，你在谁家里把牙儿磕。进门来床儿前快与我双膝儿跪着，免的我下去揣你的耳朵。动一动就教你死，那一那[①]惹下个天来大祸。你好似负桂英王魁也，更在王魁头上垒一个儿窝。哥哥，一心里爱他，一心里爱我。婆婆，一头儿放水，一头儿放火。

又　嘲女长不嫁

熬这顶鬏髻，如同熬纱帽。想这纸婚书，如同想官诰。听的人家来通媒行礼，患病的得了一帖灵丹妙药。福分薄，才有几分成，又早把卦来变了，好似做官的得了升转，原来是虚传的一个通报。花朵身子一年大似一年哟，只恐怕弄的我有上梢无下梢。我的娘，你试听着，这件事靠不的哥哥，告诉不的嫂嫂。我的娘，你再听着，生不的娃娃，谁叫你姥姥。

又

熨斗儿熨不展眉尖折皱，竹掤儿掤不开面皮黄瘦。顺风船儿撑不过相思黑海，千万里马儿也撞不出四下里牢笼扣。俺如今吞了倒须钩，吐不的咽不的，何时罢休。奴为你梦魂里抱[②]破了被角，醒来不见空迤逗。泪道也有千行哟，恰便是长江不断流。休休，阎罗王派俺是风月场行头。羞羞，夜叉婆道你是花柳营对手。

---

① “那一那”当作“挪一挪”。

② “抱”《词谑》作“挝”。

雍熙乐府[①]

二十卷，无撰人名氏，或称郭勋编，有嘉靖足本、万历节本。足本前有序，署“嘉靖丙寅岁中秋日安肃春山谨识”。主要收录元明剧曲、套曲和杂曲，其中多有时尚小曲。

卷十五

【驻云飞】

闺怨

泼水难收，一度思量一度愁。止望长相守，谁想不能勾。嗏，一笔尽可勾。免僝僽，月下星前，题着名儿咒，咒你心肠不应口。

又

知在谁家，卖弄精细闲磕牙。全无真实话，色胆天来大。嗏，若还到奴家，跪在床前，笑脸由咱骂，一半儿真情一半儿假。

又

是话休题，你是何人我是谁。你把奴抛弃，皮脸没仁义。呸，骂你声负心贼。歹东西，不上我门来，到去寻别的，负了奴情迁万里。

又

题起情人，悔我从前错用心。将你十分敬，敬你成何用。人，题起来

① 郑振铎《三十年来中国文学新资料发现记》称，明正德间无名氏编的《盛世新声》、嘉靖间张禄编的《词林摘艳》（即据《盛世新声》而增删的）也有一部分民歌，而郭勋所辑《雍熙乐府》则尤为集大成之书，所录元明间小曲民歌，为数极多，元明间的民歌赖之得以流传至今。然亦有专家指以上选集中小曲面目真假难辨，其中大部分当为文人作品。兹以《雍熙乐府》《南宫词纪》等为此类著述之代表，酌情辑录之。

痛伤心。傍人论，负了我前情，自有天作证，昧了恩情自你省。

【傍妆台】

相思[①]

为才郎，不茶不饭懒梳妆。我命运多乖蹇，他情性太疏狂。盖为你瞒天谎，被老母通天障。良宵永，更漏长，终朝无寝象牙床。

又

问才郎，连宵不到在谁行。两膝盖绵团软，一张口赛沙糖。必有一个多情种，实与我一纸招伏状。无情况，有伎俩，如何敢上象牙床。

又

被才郎，百般寒贱厮徉相。我欲待把鞋帮儿点，他特故扇烛光。我爱他庞儿俊，舍不的将他抢。我口虽强，心内痒，不由我不随顺上象牙床。

又

共才郎，同谐连理效鸾凰。见他腰肢瘦，共私语口暗香。成就了鸳鸯侣，才趁了风流况。金钗坠，宝钏响，被翻红浪在象牙床。

---

① 《全明散曲》据《摘锦奇音》辑，"相思"作"丽情"，且注云："'丽情'四首曲牌原误作'象牙床'。"《摘锦奇音》内容与《雍熙乐府》稍有差别，录如次：

为才郎，不茶不饭懒梳妆。我命运多乖蹇，他情性太疏狂。盖因他说下瞒天谎，被老母设下通天障。良宵永，更漏长，今宵寂寞在这象牙床。

又

问才郎，连宵不见在谁行。两膝盖绵团也似软，一张口赛沙糖。别有个多情况，实与我一纸招伏状。无行影，少智量，今宵谁敢上象牙床。

又

被才郎，百般寒贱弄轻狂。我欲待把鞋帮点，他特故里扇灯光。我爱他庞儿俊，舍不的将他抢。口儿里强，心儿里痒，不由我便随顺上象牙床。

又

共才郎，同谐连理效鸾凰。越显的腰肢瘦，共私语口脂香。成就了鸳鸯侣，匹配上风流况。金钗坠，宝钏响，被翻红浪在象牙床。

卷十八

【红绣鞋】

恩爱[①]

裁剪下才郎名讳，端详了展转伤悲，把两个字儿灯焰上燎成灰。或搽在双云鬓，或搽在两蛾眉，则要我眼根前常见你。

又

裁剪下才郎名号，妆点的字样妖娆，做一个面花儿铺翠镂金描。欢喜时贴脸上，烦恼时贴眉梢，则教我眼根前把你瞧。

又

剪裁下才郎名字，五色绒绕的标致，做个应节令端午符牌儿。或挑在云髻上，或插在鬓边垂，则教我眼根前常见你。

又

裁剪下才郎名号，五色线合就花条，用心儿结做个纽子好奇巧。或缀在罗衫领，或缀在锦束腰，我将你酥胸上常厮靠。

卷十九

【寄生草】

他生的百清秀，百清秀两意浓，两意浓只为风流种，风流种委实堪人重，堪人重行坐肩相并，肩相并同乐广寒宫，广寒宫做了桃源洞。

---

① 任讷《曲谐》卷一《雍熙乐府》云“小曲痴情幻想，真可谓层出不穷”，所举例，即为此处《红绣鞋》之“裁剪下才郎名讳”“裁剪下才郎名号”。

又[1]

他生的颜如玉，颜如玉脸衬霞，脸衬霞娇美堪描画，堪描画檀口些娘大，些娘大紧衬凌波袜，凌波袜轻踏淡春山，淡春山两道眉谁画。

又

将我这桃花面，桃花面憔悴损，憔悴损不是伤春困，伤春困不减前春恨，前春恨到今愁无尽，愁无尽只为俏书生，俏书生一去无音信。

又

待不写鸳鸯字，鸳鸯字锦绣诗，锦绣诗写在花笺纸，花笺纸诉尽心间事，心间事寄与多才士，多才士和我再成双，再成双谢此鸳鸯字。

卷二十

【河西六娘子】

四时思情

景色春来燕子双，见一对戏水鸳鸯，不由奴一阵儿来心上。嗏，相思泪两行，相思泪两行。扯碎香罗骂粉郎，扯碎香罗骂粉郎。

又

不觉熏风三伏天，熬煎的旧病儿来缠，凉亭水阁无心玩。嗏，榴花照眼前，榴花照眼前。羞折将来插鬓边，羞折将来插鬓边。

又

叶落梧桐又早秋，猛听得雁过南楼，声声把咱心肠斗。嗏，思情无了休，思情无了休。止不住腮边泪珠流，止不住腮边泪珠流。

---

① 谢伯阳《全明散曲》有按语，云《梨园乐府》有[寄生草]一首："他生的颜如玉，他生的脸衬霞，他生的腰肢一捻堪描画，朱唇一点些娘大，金莲半折凌波袜。他生的庞儿丰韵可人憎，不剌，你眉儿淡了教谁画。"谢氏指《雍熙乐府》似即改此曲而成者。

又

瑞雪飘飘凛冽天，抛奴家独守炉边，银瓶有酒谁来劝。嗏，焚香祝告天，焚香祝告天。只愿的冤家在眼前，只愿的冤家在眼前。

闺怨

锦被斜搭象牙床，脚踏上睡着梅香，翻来覆去添惆怅。嗏，猛然叫一声娘，猛然叫一声娘。惊醒奴家愁断肠，惊醒奴家愁断肠。

又

锦被摺在紫帐中，俏冤家那里胡行，怕到黄昏添愁闷。嗏，乔才不志诚，乔才不志诚。好似王魁负桂英，好似王魁负桂英。

又

锦被无心去整摺，摺起来感的伤嗟，乔才去了三四夜。嗏，孤另怎生说，孤另怎生说。怨只怨当初奴做的拙，怨只怨当初奴做的拙。

又

锦被斜倚枕头儿挨，恰便似仙子下瑶台，娇滴滴模样儿着人爱。嗏，斜插短金钗，斜插短金钗。好似杨妃出浴来，好似杨妃出浴来。

风月锦囊

戏剧和散曲合集，成书情况复杂，具体刊刻时间亦难以确定[①]。此书原藏西班牙圣·劳伦佐皇家图书馆，中华书局于2000年出版了经孙崇涛、黄仕忠整理的笺校本。

---

① 书末云“嘉靖癸丑岁秋月詹氏进贤堂重刊”。

【新增楚江秋后联清江引】[①]

闺阁怀春

[楚汉秋]相思病渐浓，海棠花又红，主人别后身如梦。怎禁他无端黄鸟闹春风，声在墙东，猛然把我愁怀动。眉头两翠重，心头万恨重，扑梭梭泪眼珍珠迸。

[清江引]扑梭梭泪眼珍珠迸，滴湿吴笺重。书成和泪封，没个人儿送。越思量，越思量越教人越心痛。

绣窗凝思

[楚江秋]相思病渐黄，含情倚象床，银钩高挂销金帐。自从他前春去了减容光，恼乱柔肠，可怜消瘦人模样。云鬟也怕妆，花钿也怕妆，菱花尘满香台上。

[清江引]菱花尘满香台上，这病多魔障。冤家及早回，免得教人望。最怕底，最怕底枕衾寒更漏响。

归期暗算

[楚江秋]相思病渐滋，春来又几时[②]，如今过了三之二[③]。想当初临歧惜别算归期[④]，说道春归，春光已去人不至。神魂也似痴，形容[⑤]也似痴，起来羞展鸳鸯被。

[清江引]起来羞展鸳鸯被，见了教人气。当初相见时，只说不相离。到如今，到如今都做了风中絮[⑥]。

---

① 《风月锦囊》中《楚江秋》《清江引》《山坡羊》《一封书》等时曲，任性而发，语意清新，与其时一般文人创作略有不同。此处辑录作此类作品之代表。正文与校勘依笺校本。

② “又”《大明天下春》作“知”。

③ 此句《大明天下春》作“如今过了三和四”。

④ 此句《大明天下春》作“想当初临岐分别问归期”。

⑤ “形容”《大明天下春》作“形骸”。

⑥ 《大明天下春》“到如今”无重叠。他处同此。

玉箸频垂

[楚江秋]相思病渐羸，双双玉箸垂，眉儿哭损肠儿碎。薄情的徜徉去了不思回，芳草萋萋，天涯何处迷踪迹。平康巷马蹄，章台路马蹄，那知有个人憔悴。

[清江引]那知有个人憔悴，别后相思味。纱窗月影移，照见和衣睡。这其间，这其间满怀愁仗谁洗。

望断鳞鸿

[楚江秋]相思病渐枯，雁鱼音信疏，平安欲问关山阻。恨伊家这般薄幸把人辜，忒也模糊，全然不顾花无主。蛛丝验也无，灯花验也无，几番不准佳期误[①]。

[清江引]几番不准佳期误，幽恨和谁诉。秋月与春花，流年暗中度。撮弄底，撮弄底害相思最苦。

追思往昔

[楚江秋]相思病渐来，终朝懒放怀，忘食废寝愁无奈。忆当年花前月下喜盈腮，共举金杯，歌声笑语都安在。琴囊也怕开，棋盘也怕开，几时偿了风流债。

[清江引]几时偿了风流债，镜里朱颜改。空有好花儿，羞折花儿戴。挂牵人，挂牵人恨冤家心忒歹。

路远音稀

[楚江秋]相思病渐氏[②]，关山劳梦魂，三年一去稀音信。怎么的尺书不寄意中人，心下评论，多应路远风无顺。情儿可是真，意儿可是真，归来毕竟从头问。

[清江引]归来毕竟从头问，诉与相思恨。知他知不知，罗带都宽尽。只落得，只落得晓夜里心不稳。

---

① “误”《大明天下春》作“数”。

② “氏”当作“昏”。

鸟啼花落

[楚江秋]相思病渐难,冤家不见还,口儿念了千千万。我为他梨花带雨泪阑干,寂寞愁颜,这般症候谁曾[①]惯。花开也又残,莺啼也又残,指尖揉碎荼蘼瓣[②]。

[清江引]指尖揉碎荼蘼瓣,暗自心伤惨。甜话许多般,被你将人赚。哄的奴,哄的奴挂断肠望眼穿。

银筝写恨

[楚江秋]相思病渐攒,东风料峭寒,春衫欲寄情人畔。怎当他书儿写下去时难,万水千山,秦鸿不到吴鱼断[③]。泪珠也暗弹,泪珠也自弹[④],老天不管人离散。

[清江引]老天不管人离散,筝马斜排雁。弹到断肠诗,句句声声慢。似问天,似问天怎么的发付俺。

别怀弄琴

[楚江秋]相思病渐缠,熏风人入弦[⑤],画梁早见生成燕[⑥]。粉墙西新篁脱笋绿娟娟,意惹情牵,归期数到摇纨扇。天时似去年,楼台似去年,去年心上人不见。

[清江引]去年心上人不见,撇得[⑦]常常念。闲时弄曲琴,写出相思怨。不觉的,不觉的泪湿琴弦遍。

好梦箫惊

[楚江秋]相思病渐妖[⑧],是谁家品玉箫,江城吹出梅花调。向晚来池

---

① "曾"《大明天下春》作"经"。

② 此句《大明天下春》作"指尖掐破归期限"。

③ "断"《大明天下春》作"雁"。

④ 此句《大明天下春》作"衾寒枕又单"。

⑤ 此句《大明天下春》作"纷纷珠泪涟"。

⑥ 此句《大明天下春》作"画梁早见双飞燕"。

⑦ "撇得"后《大明天下春》有"奴"字。

⑧ "妖"《大明天下春》作"侥"。

台明月好良宵，睡眼才交，分明梦见他来到。魂灵也似飘，身躯也似飘，合欢未了将人搅[①]。

[清江引][②]合欢未了将人搅，越转添焦燥[③]。本待说衷肠，被你生拗巧。愿只愿，愿只愿吹箫的长睡着。

七夕离忧

[楚江秋]相思病渐多，牵牛又渡河[④]，彩楼乞巧陈瓜果。但愿得人间天上两团和，恼杀姮娥，他们此夜年年过。床空怎奈何，衾空怎奈何，广寒孤另谁怜我。

[清江引]广寒孤另谁怜我，硬把牙儿挫。秋来夜正长，教我如何过。几番家，几番家压不住心头火[⑤]。

三秋别恨

[楚江秋]相思病渐加，淹缠都为他，一年害得春连[⑥]夏。到如今[⑦]秋来症候转酥麻，短命冤家，几番叫着名儿骂。拈香也是差，山盟也是差，负心不道干休罢[⑧]。

[清江引]负心不道干休罢[⑨]，这病教人怕。假若害杀奴，扯住郎一把。咱两个，咱两个鬼门关同去耍。

关山夜月

[楚江秋]相思病渐呆，疏桐弄影斜，十分明月清秋夜。敢则是我们此处较光[⑩]，他那里云遮多，应不照亏心者。登楼暗自嗟，凭栏暗自嗟，知他

---

① “搅”《大明天下春》作“恼”。

② 此首《大明天下春》作：“合欢未了将人恼，展转添焦躁。分明诉衷肠，又被你来惊觉。愿只愿吹箫的长睡着。”

③ “燥”当作“躁”。类似情形下不出注。

④ 此句《大明天下春》作“牛织会银河”。

⑤ 此句《大明天下春》作“几回压不住心头火”。

⑥ “连”《大明天下春》作“与”。

⑦ “到如今”《大明天下春》作“到于今”。

⑧ 此句《大明天下春》作“负心人自有天鉴察”。

⑨ 此句《大明天下春》作“负心自有神明鉴”。

⑩ 此处疑有缺字。

都被谁人借[1]。

［清江引］知他都被谁人借，半路抛人也。当初两意投，话儿甜如蔗。到如今，到如今变做了若黄蘗[2]。

泽国秋风

［楚江秋］相思病渐成，芙蓉照水明，一枝点染秋江胜[3]。自和他阳关唱彻百忧生，瘦得伶仃，至今羞观花枝盛[4]。龟儿又不灵，签儿又不灵，几时脱送淹缠症[5]。

［清江引］几时脱送淹缠症，吃得奴还硬。春来害到秋，越发寻人盛。这番儿，这番儿定去赴阎罗命。

银烛擎秋

［楚江秋］相思病渐稠，银台烛泪流，知他因甚相迤逗。却原来恁般烟火燎心头，我的离愁，也还像似他们否。他心还自忧，奴心还自忧，明朝风雨还重九。

［清江引］明朝风雨还重九，羞对茱萸酒。黄花冷笑人，人□[6]黄花瘦。他怎知，他怎知恁庞儿都非旧。

寒蛩搅夜

［楚江秋］相思病渐深，寒蛩儿处吟，声声似把人愁衬。更不道凄清钻破别离心，特故追寻，前生想是亏伊甚。衾儿冷又侵，床儿冷又侵，泪流湿透珊瑚枕。

［清江引］泪流湿透珊瑚枕，已自难禁忍。空阶不又来，搅得愁成阵。雨和泪，雨和泪隔窗儿来的紧。

---

① “借”笺校本以为当作“惜”。

② “若黄蘗”笺校本以为当作“苦黄蘗”。

③ “胜”《大明天下春》作“景”。

④ 此句《大明天下春》作“至今羞观菱花镜”。

⑤ 此句《大明天下春》作“几时解脱恹恹病”。

⑥ 所缺字笺校本以为当作“比”或“似”。

情何以堪

[楚江秋]相思病渐馋，心中暗自惭，多愁多闷奴招揽。悔当初一时相会共言谈，两下相贪，如今着重风流担。由他又不甘，去他又不甘，这般负累何时减。

[清江引]这般负累何时减，害得人人罕。从头捡药方，都没相思散。敢则是，敢则是鬼病儿罢休咱。

岁云暮矣

[楚江秋]相思病渐添，空中雪散盐，楼台都是银妆点。这么样清清冷冷朔风严，直透珠帘，不知你在谁行便。眉儿蹙破尖，归期不准年华变。

[清江引]归期不准年华变，窗外梅花见。书来说道来，几次都无验。早写下，早写下明年的相思券。

【清江引】

[楚江秋]一十九阅，谩把琵琶拨。钩帘晚坐时，仰见天边月。试问他，试问他自别来几圆缺。

又

一年是十二个月，月月有磨灭。缺了还又圆，圆了还又缺。只有咱，只有咱害相思无辨别。

又

相思病儿来的陡，就把容颜瘦。空有海上方，总是难医救。不知道，不知道怎么底才罢手。

又

相思病儿来的陡，说与君知否。去岁洛城花，往日章台柳。都不曾，都不曾着落了他人手。

又

相思病儿来的陡，羞向人开口。试听楚江秋，都是相思凑[①]。写别恨，写别恨说离愁十九首。

又

相思病儿来的陡，害底庞儿丑。眉压楚山低，体怯罗衣瘦。待归来，待归来问他们知得否。

【北一封书】

风月事，最难调，不知亲亲何处摇。真个恼，心内焦，又无便人把书稍。有朝一日成就了，满斗焚香天地烧。心难熬，意难熬，何日相逢搂抱着。

又

帘儿外，眼儿梭[②]，出门撞着可意哥。来回顾，语声多，两下相思没奈何。有心与他鸾凤交，白日青天人更多。俏哥哥，俊哥哥，准备今宵来会我。

又

高楼上，满街市，巧梳油头穿素衣。微微笑，语声低，金莲小脚步行迟。爱他红粉樱桃口，杏子双双柳叶眉。左相随，右相随，话不迷人人自迷。

又[③]

推窗看，二更天，短命乔才谁家眠。奴家盼，眼儿穿，心中一似滚油

① “凑”笺校本以为当作“奏”。

② “梭”当作“睃”。

③ 此首《大明天下春》作：“推窗看，二更天，短幸乔才那里眠。奴盼望，眼儿穿，心中一似滚油煎。你在谁家闲挽耍，撇得奴家意悬悬。哭青天，叫青天，枕头儿双双奴独眠。”又《大明天下春》另有“推窗望，一鼓初”。

煎。你在谁家闲挽耍，别[1]得奴家守孤单。哭青天，叫黄天，枕儿双双人又单。

又

情人去，扯住衣，各[2]泪汪汪送别离。情正□，欢又美，有心结个鸳鸯枕。打散鸳鸯两处飞。你也飞，我也飞，你在东头我在西。

又

元宵夜，看罢灯，正撞姮娥游月宫。天香喷，奏乐声[3]，髻若堆鸦体无尘[4]。红裙罩着金莲小，纵有丹青难画成[5]。想不成，画不成，梦里相逢才认真[6]。

又

书中意，你[7]自知，拜上亲亲莫待迟。黄昏后，起更时，妹子专心等待你[8]。今夜与你成鸾配，来时休与外人知[9]。俊人儿，俏人儿，莫把青春错过时。

又

红绫被，象牙床，怀中搂抱可意郎。情人睡，脱衣裳，口吐舌尖赛沙糖。叫声哥哥慢慢耍，休要惊醒我的娘。可意郎，俊俏郎，妹子留情你身上[10]。

---

① “别”笺校本以为当作“撇”。

② “各”笺校本以为当作“阁”或“搁”。

③ “奏乐声”《大明天下春》作“环佩声”。

④ 此句《大明天下春》作“髻若堆鸦爱杀人”。

⑤ “成”《大明天下春》作“描”。

⑥ 此三句《大明天下春》作“画不成，描不成，梦里相思才认真”。

⑦ “你”《大明天下春》作“只”。

⑧ “你”《大明天下春》作“伊”。

⑨ 此二句《大明天下春》作“今夜与他成双对，来时休被外人知”。

⑩ 此三句《大明天下春》作“俊才郎，俏才郎，剪发拈香切莫忘”。

又[1]

开舡后，往下摇，手攀舡舷望上瞧。情人去，把手招，紧叫稍公慢慢摇。急水滩头流不住，我为亲亲走一遭。哭滔滔，泪滔滔，转个湾儿不见了。

又

黄昏后，点上灯，手托香腮想那人[2]。亲娘叫，不敢应[3]，说谎[4]乔才不志诚。欲[5]待收拾归房睡，只[6]恐亲亲来叫门。俏书生，俊书生，今夜不来想[7]杀人。

又[8]

帘儿内，换绣鞋，胆大乔才抢入来。纽扣松，□□腰，漂白裤儿脱下来。这朵鲜花由你采，休在人前去卖乖。俏多才，俊多才，休向人前说出来。

又

秋千下，正撞他，好似观音活菩萨。樱桃口，鬓堆鸦，十指纤纤似笋芽。一对金莲刚半拆[9]，许下丹青难画他。恨杀咱，闷杀咱，两下相思活害杀。

---

① 此首《大明天下春》作："开舡罢，往下摇，手扳舡舷望上瞧。情人去，把手招，快叫艄公缓缓摇。急水滩头流不住，我为亲亲走一遭。叫声高，泪滔滔，转个湾儿不见了。"

② "那人"《大明天下春》作"情人"。

③ 此两句《大明天下春》作"妈妈叫，不做声"。

④ "说"后《大明天下春》多"的"字。

⑤ "欲"《大明天下春》作"本"。

⑥ "只"《大明天下春》作"又"。

⑦ "想"《大明天下春》作"愁"。

⑧ 此首《大明天下春》作："销金帐，脱绣鞋，大胆乔才走进来。罗裙解，抱在怀，白绫裤儿脱下来。一朵鲜花由你采，休向人前去卖乖。俏多才，俊多才，忙里偷闲早些来。"

⑨ "拆"当作"拃"，笺校本以为当作"折"。

又

高楼上，望下睄，看见高官来下操。铜锣响，金鼓敲，对对旌旗摆列着。红棕大帽垂金顶，左插弯弓右带刀。缝红袍，系蛮条[①]，人又英雄马又高。

又[②]

男儿汉，性气刚，打扮奴家去为娼。伽蓝殿，去烧香，寺里遇着巧和尚。和尚爱我年纪小，我爱和尚两头光。大和尚，小和尚，慢慢消停不用忙。

又

天津卫，姐儿多，那见外郎养老婆。三分银子尤[③]嫌少，且将[④]隶巾来当着。外郎哥，提控哥，明日升堂戴甚么[⑤]。休管我，且快活，明日升堂带旧个。

又[⑥]

床儿侧，枕儿偏，轻轻挑起小金莲。身子动，屁股颠，一阵昏迷一阵酸。叫声哥哥慢慢要，等待妹子同过关。一时间，半时间，惹得魂灵飞上天。

又[⑦]

相思病，几时休，我为亲亲不自由。你在谁家贪花酒，撇下奴家没人

---

① “条”笺校本以为当作“绦”。

② 此首《大明天下春》作：“男儿汉，性儿刚，打扮奴家去为娼。伽蓝殿，去烧香，回廊遇着俏和尚。和尚爱我金莲小，我爱和尚两头光。大和尚，小和尚，慢慢消停不要忙。”

③ “尤”《大明天下春》作“又”。

④ “将”《大明天下春》作“把”。

⑤ 《大明天下春》此句作结。

⑥ 此首《大明天下春》作：“床儿上，枕儿边，一双玉手挽金莲。身子动，腿儿颠，一阵昏迷一阵酸。叫声哥哥缓缓要，等待妹子同过关。俊心肝，俏心肝，小妹子留情在你身上。”

⑦ 此首《大明天下春》作：“相思病，几时休，我为情人不自由。何处去，不回归，撇下奴家不睬偢。几时守得同衾枕，白发夫妻直到头。俏风流，俊风流，急早回来解我忧。”

俅。几时守得同衾枕，白发夫妻直到头。俏风流，俊风流，及早回来解奴愁。

又

凄惶泪，两泪流，我为情郎不自由。姊妹劝我我也罢，今日开舡两下丢。有朝一个中他意，惹得旁人把话羞。俏风流，俊风流，一去衡阳不转头。

又 骨牌名

拆[①]脚雁，顺水鱼，宾鸿中弹两分离。八不就，火烧梅，隔子眼儿珠泪垂。桃红柳绿君[②]去也，寒鹊争梅不见归。正马君贼，拗马君贼，贪花不满三十[③]。

又 曲牌名

七娘子，进绣房，口口声声骂玉郎。销金帐，脱布衫，收拾金钗[④]八宝妆。你今贪恋红娘子，忘了神前一炷香。俊才郎，俏才郎，一夜思量一夜长。

又

一更里，月儿高，照得牙床冷似冰。单衾枕，谁怜我，他那里贪欢有别人。想亲亲，恋亲亲，难记星前月下盟。

又

二更里，月儿圆，奴把新香对月烧。保他身安归故里，早得和谐鸾凤交。想哥哥，忆哥哥[⑤]，怎下得心肠把我抛。

---

① “拆”笺校本以为当作“折”。

② “君”《大明天下春》作“人”。

③ 此句《大明天下春》作“正双飞，拗双飞，贪花不满三十岁”。

④ “钗”《大明天下春》作“钩”。

⑤ 后一“哥”字据笺校本补。

又

三更里，月儿清，一种相思泪两行。孤灯剔尽和衣卧，番来复去不成眠。想情郎，忆情郎，不到相逢泪不干。

又

四更里，月儿歪，说道他来又不来。偶然一梦同欢会，软褥温香袍[①]满怀。想多才，恋多才，醒后依然不见来。

又

五更里，月儿收，泪到天明枕欲浮。恹恹闷，病难熬，待要休时又不休。想风流，恋风流，不是冤家不到头。

汉刘王，怒发嗔，咬定牙根骂歹臣。金銮殿，手捶胸，可耐奸臣太不仁。寡人有何亏负你，欺灭朝庭损正宫。劝手[②]童，且回宫，拿住奸臣剐了筋，不剐奸臣不做帝君[③]。

【新增山坡羊】

王昭君背着金箱[④]玉石琵琶一面，我在黑水河岸上嗟叹。我这里思君想主，盼不见南来孤飞雁。孤雁见[⑤]，叫得我怜，你飞下来与我把信传。拜上软弱刘王我主，要见时难得见，可奈延寿贼子，将咱红粉去和了北番。伤惨，哎，声声哭过雁门关。伤惨，怀抱琵琶懒去弹。

---

① “袍”当作“抱”。

② “手”笺校本以为当作“梓”。

③ 笺校者有注云：“本首曲前未题‘又’字，格律亦异于以上各首，且所叙为昭君题材，疑系非同一曲牌之曲羼入本篇。”

④ “箱”笺校本以为当作“镶”。

⑤ “见”疑当作“儿”。

又 骨牌名

恓惶泪把锦裙襕湿遍，想冤家把□[①]米粟不恋。你在那里鱼游春水，别得奴如同折脚雁。苏秦背剑何日还第[②]，望月望得奴眼儿穿。许下奴观灯十五，如今十月□小春怎不见面。恨只恨揉碎梅花也，哎，劈破运[③]蓬何日再员[④]。伤惨，绿暗红稀流落在那边。伤惨，一见了双飞燕，越交人熬煎。

又 药名

想槟榔相思成病，寄杏仁一封书信，因何半夏白芷不见一张影。我为你焚沉香叩伏[⑤]神，我为你使君子拜南星。指望当归远志，谁知甘草口改变做个黄莲[⑥]意。闪得我好似柴胡也，哎，麦冬门请太医。伤悲，到把三梭针住我的大腹皮。孤恓，哎，三黄汤交奴怎的吃。思知，枳实茴香莫待迟。

又 药名

姐姐听朱苓一言诉与，怎忘你细辛恩义。怨只怨黄芪贝母，道你另嫁了牵牛婿。恼得我气，川芎没药医。闷得我麻黄，跳绽了地骨皮。一见陈皮故纸，方表姐姐人参意。恨不得插翅飞来也，哎，知母防风不放离。伤悲，厚朴恩情你自知。休痴，待从[⑦]蓉附子归。须知，哎，我把山坡羊诉与你。

又

冰肌消翠[⑧]，裙儿掩过珠泪垂。香腮拭破，重门半掩，独对着银缸坐。

---

① 所缺字笺校本疑当作“碎”。

② “弟”当作“第”。

③ “运”当作“莲”。

④ “员”当作“圆”。本书“员”“圆”“元”“园”时相混用，类似情形下不出注。

⑤ “伏”笺校本以为当作“茯”。

⑥ “莲”当作“连”。类似情形下不出注。

⑦ “从”当作“苁”。

⑧ “翠”笺校本以为当作“瘁”。

见花稍月影多，那愁肠眉□锁。绞绡帐冷，免[①]强在床上卧。听尽残更也，哎，寂寞的那曾睡着。情多，哎，情多恨也多。恩多，哎，恩多怨也多。

又

月儿缺星儿不缺，花儿谢枝儿不折。月儿缺尚有星朗，花儿谢尚有枝和叶。月似区区，花似那姐姐，两下相思不得个妥帖。月儿缺还有个十五，花儿谢尚有个春三月。月缺花残尚有归期来也，哎，相交的人儿岂无一个断绝。伤嗟，哭[②]，且自沽酒赏花玩月。

又 官名

通判的无音无信，到如今县[③]成疾病。请一位郎中参议，推官主事害了相思病。叹绣衣检校红，闷恹恹尚书了几声。猛听得员外侍郎言语，连使梅香将他理问。梅香道门外都司行人来也，哎，提举起司狱心。驲丞，哎，耽搁了幼年少卿。

又 离家自叹

常言道人离乡贱，虎离乡善，蛟龙离大海，凤凰落在鸡群伴。吕洞宾追[④]落在凡间，有谁人晓得他是神仙。夫子在陈绝粮七日，薛仁贵受尽了多磨难。休提起三百个古人来，离乡人只在外边伤残。哎，人离家到处又难。听言，哎，人善人欺，恶被人嫌。听言，哎，在家千日好，出路半朝难。

又

月在天边云黯，人在招商旅店。雁为群失楚，人为才[⑤]不把家乡恋。雁为食飞在他方，人为财抛离在外邦。雁无食不把翎毛去整，人无财做不得风流汉。雁思江展翅腾空来也，哎，人思乡千难万难。伤惨，哎，雁与人

---

① "免"当作"勉"。类似情形下不出注。

② "哭"笺校本以为当如前之"哎"。

③ "县"疑当作"悬"。

④ "追"当作"坠"。

⑤ "才"当作"财"。类似情形下不出注。

总是一般。常言，哎，雁飞不到处，人为利名牵。

又

自恨五行不通不至，受尽了人无端之气。好一似游龙戏水，鱼虾每都来相调戏。虎落平阳被着犬欺，退毛鸾凤不如鸡。有朝一日虎归山，凤归巢，龙归沧海，那时节整翎毛，露头角，现牙爪，方显的是英雄志。贫富由天，谁能料己。听知，哎，要量人先度自己。听知，哎，苦尽甘来，泰生否极。

又

好花儿又被强风吹落，好恩情返将仇报。好人儿相交去了，好灵鹊飞在山林里叫。好山儿叹岭高，好水儿终归海潮。好风儿无踪无影，好月儿又被乌云罩。似这等好事难成也，哎，好姻缘不能凑巧。听着，哎，正好烧香，又被庙门儿闭了。听着，哎，正好抚琴，又被弦儿断了。

又

姐姐似钓鱼人在钓台上行坐，小兄弟好似游鱼儿在水面上游卧。你把垂钩放下，钩儿上搭着一块甜滋味。游鱼儿游得肚饥，近前来吞在口里。到如今吞不得吐不出，牵肠割肚，神钩搭在心肝肺。本待要吐出神钩也，哎，舍不得甜甘甘、香馥馥一口食。听知，哎，游鱼似我，垂钩似你。听知，哎，哑子吃黄连，苦在心里。

又

鸳鸯镜尘埋了难照，凤凰箫风吹了别调。妙人知他那里，瘦损了潘安貌。五更鼓儿点敲，一寸心到有百样焦。几时再得和他戏耍，搂抱着花枝笑。从不曾受过这样凄凉也，哎，好姻缘难凑巧。听着，哎，相思担两下里挑。今宵，哎，灯尽了情难尽，香消了恨未消。

又

孤雁儿我在半空中哀怨，孤人儿在绣房中嗟叹。孤雁儿叫得悲悲切切，孤人儿哭得肝肠断。孤雁儿叫得可怜，孤人儿怎不悲怨。孤雁儿到晚来落在孤林[①]中来也，孤人儿只在孤枕上叹。伤惨，想那孤雁儿和那孤人儿一般。伤惨，哎，几时守得那孤雁儿成双，和那孤人儿团圆。

又

青铜镜隔窗儿难照，上水舡急慌忙不到。他那里传书寄柬，书到人不到。到如今把俺抛，好夫妻不能凑巧。我欲待提名儿骂你，又恐怕人知道。交我好似刀割心肠也，哎，如同在那火上烧。心焦，哎，番来复去睡不着。难熬，哎，过了今宵，又怕明朝。

又

姐姐生得娇态，比杨妃真个无赛。椒子眼儿鬓堆鸦，樱桃小口谁不爱。罗裙又被风闪开，露出一双红绣鞋。不由人见着越爱，□□[②]得人魂不在。几时得和他共枕同衾也，哎，许下三牲，共拜着玉台。哀哉，哎，莫不是玉天仙降下来。

又

小丫头谁人不爱，长大时成人作怪。佐娘的牢看牢于[③]，于[④]得你身在心不在。好一似墙里花去墙外开，墙外开谁人不采。你又不是风吹雨洒，自己要把名儿坏。好似路柳墙花也，哎，路柳墙花人人折采。伤哉，哎，都因上梁不正下梁歪。

又

两情浓，销金帐里鏖战，一霎时魂灵儿不见。我和你波番浪滚，香汗交流，泪滴一似珍珠串。枕头儿不知坠在那边，乌云髻散了乱挽。一霎时雨收云散，舌尖儿一似冰冷□。双手搂抱心肝来也，哎，似睡不睡，朦胧磕眼。心肝，哎，一个昏昏，一个气喘。心肝，嗏，哥哥腰痛，小妹子□[⑤]酸。

---

① “材”当作“林”。
② 此处夺字，《全明散曲》补“勾得”。
③ 此句《全明散曲》作“在娘的牢看生子”。
④ “于”《全明散曲》作“子”。
⑤ “□”《全明散曲》作“腰”。

新增南京时曲

【楚江秋】

骨牌名

金菊对美[①]蓉，奴似秃武龙，群鸦偏打孤飞风[②]。好教□[③]梯望月盼多情，劈破莲蓬，二士悟[④]入桃源洞。西施醉七红，杨妃醉八红，鱼游春水伤情重。

又

人别天念三，奴心火炼丹，终朝盼望折脚雁。一似宾鸿中弹不□□[⑤]，苦在心，哥嫂太□[⑥]情。返[⑦]面忘恩，头麦水尽，二搅先秤[⑧]。我和你一母同胞，何况区区陌路人。

又

五更时候，犬吠鸡鸣，晕的奴搭伏定，汗[⑨]咳嗽吁吁心内疼。挨磨暂时，挑水到黄昏。叫天不应，叫地不闻，受尽了万苦千辛。奴宁死，如何嫁别人。

又 张生见莺莺

张生有意挂梧桐，带领琴童。普救清闲到寺中，见莺莺就问法聪。他是个仙女下界，怎不引了魂灵。听说弗[⑩]话僧言，谨敲西厢面前门，面前门。

---

① “美”当作“芙”。

② “风”当作“凤”。

③ 缺字笺校本疑当作“踏”，《全明散曲》补“我”。

④ “悟”当作“误”。

⑤ 所缺两字笺校本疑为“回还”。

⑥ “□”《全明散曲》作“无”。

⑦ “返”笺校本作“反”。

⑧ 此三句《全明散曲》作：“返面忘恩□，水尽二搅先秤。”

⑨ “汗”笺校本疑为衍或误字。此二句《全明散曲》作“晕的奴搭伏定汗，咳嗽吁吁心内疼”。

⑩ “弗”当作“佛”。

又　孙飞虎围寺

贼兵飞虎，要掳莺莺。闹喊摇旗，征[1]动山门，怎不唬杀人。叫法聪献出莺莺，夫人失色，怎□□兵。假若退了强徒，亲许我的莺莺，与他配成亲，配成亲。

又

张生听道，喜色重重。吾有个故人相识，镇守蒲关，他独总兵。写书文拜上亲朋，兴军发马，不必消停。若解退贼兵，我生死难忘你的恩，你的恩。

又　莺红自咏

落红成阵，万点正愁人，早是伤神。无语凭栏，却负春困腾腾，情思沉沉。红娘，我有一腔春病，谁与奴温存。想是你分浅缘深，雨打梨花深闭门，深闭门。红娘，尔只管□，娘着我的来。

又

时时刻刻，不曾离身。（红）不干红娘之事，具[2]是尔老夫人如此。（莺）是我的萱亲，着甚么来由防备人。那日兵围普救寺节[3]呵，是你亲口许为亲。背面忘恩，他是相国家风，到做了人而无信，悔懒人婚姻。我若不与尔守着香闺节志呵，纵有铁壁铜墙，枉使机关拘系紧。（红）姐姐，尔梳头去。

又

花钿慵整，（红）姐姐，和尔去佛殿耍子。（莺）我也懒去登临。（红）推□香被，姐姐可去垂[4]了。（莺）纵有兰麝熏香，那有心情捱着枕。我这已[5]日是神思困倦，坐卧不宁，敢必想着张君瑞，睡不宁坐又不安。（红）姐姐，张君瑞有甚么好

---

① “征”当作“震”。

② “具”当作“俱”。

③ “节”笺校本以为“节”前脱“时”字。

④ “垂”当作“睡”。

⑤ “已”当作“几”。

处，尔这等爱他。（莺）我爱他风流清俊，贯世忽[1]明。谁肯向东邻，把我针儿将线引。（红）姐姐我与你把针儿将线引。（红）姐姐，看尔这几日有头无尾，面带忧容，可相行事起来一般。（莺）贱人，尔□□□。

又

没情没绪，闷倚帏屏。（红）姐姐，和尔秀[2]房中左[3]些针凿。（莺）心在他行，交颈鸳鸯绣不成。眼睁睁，天也不从人。张衙内，想是你前生误我，我负你今生。影只形单，羞观牛郎织女星。

又

他本是英雄将士，要去做个栋梁。急得他怒法[4]从心，怒气冲天又奔忙。告穷[5]苍保佑夫郎，愿他龙门一跳虎榜名标。与他洗却俺羞，免被旁人说短长，免被旁人说短长。

又

奴家命薄，匹配夫郎。他不本分营生，要去求名显姓扬。到秦邦遇着商鞅，谗臣毒害，打落文章。他又使尽黄金，空手回来羞这场。

又

弓鞋袜小，步出兰房，要见我的夫郎。半炷新香答上苍。细思量，痛断肠。荣情薄幸，与意难忘[6]。我今夜里，要去寻他，未审君家在何方。

【楚江秋】

相思病渐来，形容瘦似柴，老天不管人禁害。也是我三生分浅命儿该，梦里阳台，向人羞把金钱买。恹恹闷满怀，盈盈泪满腮，为他强把心儿耐。

---

① “忽”当作“聪”。

② “秀”当作“绣”。类似情形下不出注。

③ “左”当作“做”。

④ “法”当作“发”。

⑤ “穷”当作“穹”。

⑥ “荣”“与”笺校本疑误。

又

相思病渐难，时时损旧颜，从来谁也曾经□[1]。怎今[2]的双[3]寒风紧枕头单，废寝忘食，百般提起心头懒。春来望不还，秋来望不还，枫林树老胭脂办[4]。

又

相思病渐缠，新年又一年，添愁送恼莺和燕。想着他眉清目朗似神仙，仿佛云烟，花阴月影栏杆转。心儿也是偏，情儿也是偏，别人见了偏不愿。

又

相思病渐妖，恹恹怎再熬，夜来曾向苍天合[5]。但愿我凤友鸾交在今宵，月转花梢，天□试把前缘了。心儿也是焦，情儿好是焦，□帘惟恐莺花笑。

又

（前缺）回还，紫燕穿帘，油瓶盖破恩情断。空垂八珠还，空悬叠胜环，桃红柳绿光心恋。

又

十月应小春，锦裙拦[6]碎木粉，樱桃□熟添人闷。想当初观灯十五会思情，龙虎风云，贪花不满三十运。想杀人正马军，闷杀人拗马军，料他都挂将军印。

---

① 缺字笺校本以为或作“惯”。

② “今”笺校本以为当作“禁”。

③ “双”当作“霜”。

④ “办”笺校以为当为“瓣”。

⑤ “合”当作“告”。

⑥ “拦”笺校本以为当作“襕”。

又

揉碎一枝花，隔[1]子眼望他，梅梢月上香烧罢。一似苏秦佩剑在天涯，揉碎梅花，红稀绿暗心索[2]挂。争梅寒雀喧，霞天一雁斜，朝天五岳丢不下。

又　子弟俏[3]娼妓

一见了那娇娆，俊庞儿难画描，鹅[4]眉淡锁秋波妙。我爱他桃花如脸柳如腰，体态娇娆，香肩斜插金莲巧。甜口点樱桃，粉蝶戏鲜[5]腰，玉人模样生得俏。

又

姐姐你休卖乖，心中你自猜，当初因把相思害。你在后花园里会乔才，引意安排，把你羞睹在门儿外。风强脚又害，颠强头又歪，那时节不把羞来害。

又

相思病渐浓，谯楼夜撞钟，猛然惊醒团圆梦。好教人难挨难起恨匆匆，好事成空，无言独把寒衾拥。窗棂忽透风，灯花忽爆红，朱[6]帘不卷金钩控。

又

相思病渐黄，梅梢月印窗，分明心上人模样。想当初罗衫乍解玉腮

---

① “隔”笺校本以为当作“槅”。

② “索”当作“牵”。

③ “俏”笺校本以为当作“诮”。

④ “鹅”当作“蛾”。

⑤ “鲜”当作“纤”。

⑥ “朱”笺校本以为当作“珠”。

香[1]，躲躲藏藏，银灯笑剪精神爽[2]。这愁我怎忘，这愁我怎当，何时再整[3]销金帐。

又

相思病渐多，光阴疾似梭，谁人把我愁城破。想当初广寒宫里遇嫦娥，醉恨摩□，至今常把眉儿锁。心儿怎耐[4]何，情儿怎耐何，数声啼鸟窗前过。

又

相思病渐加，人儿自离家，转头过了春和夏。空教人夜来魂梦绕天涯，心痒难抓[5]，书来未审真和假。有时还怨他，有时还恨他，何时教我丢得下。

又

相思病渐成，西廊[6]待月明，多情去了人孤另。想着他鸾凤被里意儿饧，细语低声，今宵门掩人空等。寒窗挑尽灯，寒帏数尽更，月移花影摇松径。

---

① 此句《大明天下春》作“想当初罗衣半解玉肌香”。

② 此二句《大明天下春》作“躲躲深藏，银灯笑剔精神爽”。

③ “整”《大明天下春》作“共”。

④ “耐”当作“奈”。本书“耐”“奈”“赖”等时相混用，类似情形下不出注。

⑤ “抓”原作“孤”，从《全明散曲》。

⑥ “廊”《全明散曲》作“厢”。

第三辑

词林一枝

《词林一枝》全称为《新刻京板青阳时调词林一枝》(封面又作《海内时尚滚调刻词林第一枝》),卷一题"古邻玄明黄文华选辑,瀛宾郗绣甫同纂,闽建书林叶志元绣梓"。全书四卷,每面分上、中、下三栏,上、下栏为正文主体,收录戏曲,中栏收时曲。《词林一枝》书末注明"万历新岁孟冬月叶志元绣梓"。

卷一中栏

【新增楚歌罗江怨】[1]

纱窗外,月正圆,洗手焚香祷告天,对天发下洪誓愿。一不为自己身单,二不为少吃无穿,三来不为家不办,只为妙人儿我的心肝,阻隔在万山千山。千山万水难得见,告苍天早赐一阵神风,把冤家吹到跟前,那时方显神明现。

又

纱窗外,月正收[2],送别情郎上玉舟。双双携手叮咛嘱,嘱咐你早早回头。热碌碌难舍难丢,难丢难舍心肝肉。旱路儿去早早投宿,水路儿去少坐舡头。夜风吹了无人顾,那时节郎在京都,小妹子独守秦楼,相思两下难禁受。

---

① 《词林一枝》等所收《罗江怨》《劈破玉》等,多为时尚小曲,且在不同选集中常被冠以不同名目(如冯梦龙即将其列在《挂枝儿》名下)。据《万历野获编》等文献所记,将其作为民歌处理。

② "正收"《摘锦奇音》作"转楼"。

又

纱窗外，月正西，洗手焚香到庙里，双膝跪在尘埃地。祷告着过往神祈[①]，保佑奴成就夫妻，大红袍一领，还有猪羊祭。签筒儿拿在手里，抽一签上上大吉，一签抽到三十四。签簿上写得明白，一句句许我佳期，那时方显神灵应[②]。

又

纱窗外，月影斜，奴害相思为着他，如何叫我撇[③]得下。终日里默默自嗟[④]，不由人珠泪如麻，双手指定冤家[⑤]骂。骂几句短幸天杀，怨几句幸短冤家，如何将奴抛撇下。忽听得数鸟归巢，又听得[⑥]唧唧喳喳，教奴孤[⑦]守心惊怕。

又

纱窗外，月转西，思忆情人不见归，贪花恋酒何方地。莫不是改了初心，发誓愿一似故纸，虚空过往神如会。真心儿向着他人，假意儿戏着奴心，迎新弃旧多薄幸。

又[⑧]

纱窗外，月影昏，手扳床厅叹一声，凄凄冷冷谁来问[⑨]。也不必二意三心，要丢你等不得如今，把心猿意马牢拴定。爱只爱伶俐聪明，为只为软款温存，谁人似你心相称。又何须海誓山盟，也不必剪下香云，把心一

---

① “祈”当作“祇”。

② 此句《八能奏锦》作“那时节方遂奴心意”。

③ “撇”《摘锦奇音》作“丢”。

④ “自嗟”《摘锦奇音》作“咨嗟”。

⑤ “冤家”《摘锦奇音》作“名儿”。

⑥ “又听得”《摘锦奇音》作“一对对”。

⑦ “孤”《摘锦奇音》作“独”。

⑧ 此首《摘锦奇音》作：“黄昏后，着一惊，手扳床厅叹一声，清清冷冷有谁瞅问。切莫要二意三心，你要去不到如今，心猿意马难拴定。喜只喜你伶俐聪明，爱只爱你软款温存，谁人似我心相称。他不必海誓山盟，又何须剪下香云，中心一点为媒证。”

⑨ 此二句《八能奏锦》作“手板床前听，一声凄冷谁来问”。

点为媒证。

又①

纱窗外，月影朦，见个和尚进院门，包头扎恼②挨身进。那和尚起了欲心，那秃驴败坏山门，旁人见了心不忿。送到官问你不应，要私和取下砂盆，砂盆擂了还打三十棍。告施主早发善心，放了我念佛看经，保佑你福寿康宁，算来和尚孤单命。

又③

纱窗外，月正明，张生月下等莺莺，一等等得更阑静。粉墙外站立张生，太湖石斜倚莺莺，红娘递柬传书信。那张生跳过墙来，双手儿搂抱莺莺，轻言细语低声问。肯不肯见怜小生，我为你死里逃生，生生死死忧成病。

又

纱窗外，月影清，秦楼盼见我的情人，人前懒堆乌云鬓。鬓松松染病耽惊，惊几个戴月披星，星前那有个人来问。问神天我会遭坑，坑得奴独守孤灯，灯前冷冷空愁闷。闷煎煎展转难眠，眠思梦想在奴前面，面生少欠相思愿。

又

纱窗外，月影歪，山伯来访祝英台，冤家闪得我无聊赖。在杭州卖尽巧乖，今日里诉出情怀，教人牵惹得相思害。想当初老实痴呆，谁猜你是个裙钗，这场瞒哄真奇怪。想前生分薄缘亏，今世里不得和谐，生生再结同心带。

---

① 此首《摘锦奇音》作："纱窗外，月正昏，见一和尚进院门，包头裹耳黑夜进。这和尚玷辱山门，出家人起怀欲心，傍人见了你心不忿。送你到官司，问你个不应。与你私和，擂你的沙钵，砂钵擂了还有一百棍。望施主免我残生命，回山门与你多看经，算来都是孤单命。"

② "恼"当作"脑"。

③ 此首《摘锦奇音》作："纱窗外，月影昏，莺莺红娘后花园内等，一等等得更阑静。粉墙外站立张生，太湖石倚着莺莺，红娘寄柬传书信。那张生跳过墙来，双手儿接抱莺莺，轻言细语低声儿问。我为你死里逃生，你缘何不下顾学生，学生为你忧成病。"

又

纱窗外，月影昏[①]，我为冤家半掩门，绣衾鸳枕安排定。等得我意懒心慵，向灯前抚会瑶琴，弹来满指都是相思韵。在谁家恋着闲花，别[②]得我冷冷清清，清清冷冷谁愁问。也不是弃旧迎新，也不是负义忘恩，算来还是奴薄命。

又

临行时，扯住衣襟，问冤家几时回程[③]，要回直待桃花绽。这杯酒递与心肝，双膝儿跪在跟前，临行嘱咐千千万[④]。逢桥时须下雕鞍，过渡时切莫争先，在外休把闲花恋。得意时急早回旋，免使我受尽熬煎，那时节方遂奴心愿。

又

思罢了想，想罢了焦，写下情书无人稍[⑤]，方才写下宾鸿到。此封书寄与多娇，一路上少把[⑥]人瞧，书到就把相思害[⑦]。你对他说黄瘦多少，再对他说我命难熬，相思害得无倚靠。来得早还与你相交，来得迟我命难逃，相思要好除非冤家到。

又

恼得奴是，怪得奴该，我和你相交等待谁来，甜言蜜语将人爱。动不动就要丢开，说个明白，明明说了有何害。相当初曾与你好来，到如今情性更改，冤家有些蹊跷怪。你说你恼恼不上心来，你说你乖谁又痴呆，冤家休把我做孩童待。

---

① “昏”《摘锦奇音》作“横”。

② “别”《摘锦奇音》作“抛”。

③ “程”《摘锦奇音》作“还”。

④ “千千万”《摘锦奇音》作“千千遍”。

⑤ “稍”《摘锦奇音》作“寄”。

⑥ “把”《摘锦奇音》作“与”。

⑦ “害”《摘锦奇音》作“告”。

又[1]

烟花寨埋伏窝巢，绣房中刑部天牢，汗巾儿一似追魂票。破窗皮任你们烧，青丝发剪了几遭，烧剪都是催钱钞。你说我笑，笑里藏刀，香茶哑谜虚圈套。有钱的是我孤老，无钱的两下开交，有钱哪管村和俏。

又

纱窗外，月正圆，恨不得情人到枕边，终朝为你空留恋。空行下两次三番，受尽了许多闲言，口儿不语心中厌。我与他两下情真，到跟前不敢高声，权权谨守娘亲命。怎奈他手内无钱，受尽了许多熬煎，声声只把苍天怨。几番间推他出门，心儿里好不酸疼，冤家说我多薄幸。寄一封书哑谜传情，明日里少要来行，来时又惹妈妈恨。真心肠那有别人，我与你两下情真，茶思饭想忧成病。药方儿写得分明，望冤家逐一查清，如同妹子眼前问。吃黄连苦苦思君，服甘草想你温存，川芎血结成了相思病。知母亲爱的金银，愿槟榔拨雾开云，苁蓉唤我柴胡进。这银子若有黄芩，使君子茯苓长情，情长白芷包不尽。

又

相思病，病缠身，身似麻揩[2]苦伶仃，叮咛嘱咐早寄平安信。信难通雁杳鱼沉，思闷你忍气吞声，吞声只把君身恨。恨当初差结姻亲，亲口儿誓不忘恩，恩亲今已成孤另。冷清清泪滴罗襟，罗襟上形迹留存，存心休惹得旁人论。

又

纱窗外，月影开，乖亲要去奴泪盈腮，临行时扯住衣衫扣带。嘱咐你早些回来，枕边言切莫丢开，闲花野草休贪恋。戒指儿授送多才，闷来时留解愁怀，心猿意马牢拴在。程途上早早安排，旅店中休逞刁乖，夜眠少

---

① 此首《摘锦奇音》作："烟花寨埋伏柯巢，绣房中刑部的天牢，汗巾儿都是拘魂票。安枕皮的肉尽他去烧，青丝发剪下几遭，烧剪只为催钱钞。你说我笑，笑里藏刀；你说我哭，嫁了几遭，香茶哑谜都是虚圈套。有钱的是奴孤老，无钱的就要开交，冤家哪管你村和俏。"

② "揩"当作"秸"。

起怕风吹怀。好姻缘平白的分开，撇得奴孤枕难捱，冤家怎舍得你在天涯外。

又

纱窗外，月影昏，只见才郎进院门，丫头站立忙恭敬。入门来请号尊名，唤鸨儿连把茶斟，花言巧语相调戏。步房帏肴酒忙随，那妈妈恐把银催，眉来眼去都是连环计。铁心肠想得痴呆，枕边言百事相依，良田万顷都坑费。

又

纱窗外，月影光，照在奴家在绣房，凄凄冷冷谁为伴。想才郎痛断肝肠，盼才郎泪洒千行，一时谁把冤家放。梦儿里搂抱胸堂，醒来时独守空房，薄衾单枕无倚仗。去时节嫩柳成行，到如今菊老花黄，冤家来了才把相思放。

又

纱窗外，月儿昏，奴为亲亲伴孤灯，灯前凄惨谁瞅问。问苍天奴命何孤，辜负奴二八青春，春光满眼都成恨。恨只恨一片真心，心儿里无限离情，情真牵惹相思病。病沉沉暮想朝思，思量起举目无亲，亲亲谁想言无信。

又

纱窗外，月影高，忽听得秦楼品玉箫，箫中吹出凄凉调。调宫商尽是离愁，愁杀人寂寞无聊，聊将心事从头告。告苍天怎不由人，人别后水远山遥，遥听得孤雁天边叫。叫丫环掩上东窗，窗儿里烛灭灯消，消魂落魄谁知道。

卷三中栏

【续罗江怨】

妾命薄，泪满腮，独自思量命里乖，爹娘不幸将奴卖。怎不卖与富室豪门，做个丫环甘受裙衩，如何卖在烟花寨。动不动就骂奴才，受尽了多少亏来，含悲怎敢将他怪。朝早起离了妆台，系红裙站立花街，茶盐柴米都是奴身待。遇知音强把颜开，接村郎不称奴怀，虔婆只把钱财爱。奴不[1]是嫩蕊初开，怎禁他蝶去蜂来。愁云怨雨心无乐，几番间跌绽绣鞋。正青春失陷尘埃，何时了却冤孽债。迷魂阵四下安排，陷人坑苦把人埋。有一日年迈颜衰，纵打扮不似初来，相交人我爱他他不爱。

又

纱窗外，月正圆，争奈手内又无钱。受尽了多少亏来，旁人把奴多轻贱。几番要撇下冤家，丢不开左难右难，声声只把苍天怨。暗修书多拜上心肝，到明日少要来行，行时友[2]惹爹娘恨。

又

妾命薄，泪满眶，独自悲啼情惨伤，万般愁苦凭谁向[3]。奴既有月貌花容，怎不生绣阁兰房，如何流落在秦楼上。到早来把粉梳妆，整日里站立门旁，饥寒饱暖谁倚仗。到晚来独自归房，老妈儿冷脸如霜，教奴怎把心儿放。受尽了贱语轻言，受尽了伴月凄凉，谁人痛我心儿上。受尽了冷冷清清，受尽了恓恓惶惶，人儿须有都是虚情况。不疼热枉自思量，有钱来强要成双，暂时搂抱在销金帐。那人儿倚着多钱，他怎肯惜玉怜香，村头村脑村模样。本待要寻个知音，知音的就[4]短拳长，无钱不把门儿上。每日里思思想想，那有个接客心肠，何时填满穷坑垱。无人处痛哭一场，叫不应养我爹娘，如何卖我在烟花巷。欲待要寻个无常，辜负了年少春光，回头且把程途望。欲待要收拾从良，怕那人性气不常，那时我在孤洲[5]上。本待要又恋烟花，细思量无底空囊，百年却把谁倚仗。奉劝你姐妹同行，趁青春急早从良，你牢牢紧记住在心儿上。

---

① “不”当作“本”。

② “友”当作“又”。

③ “凭谁向”谢伯阳《全明散曲》作“凭谁问”。

④ “就”谢伯阳《全明散曲》作“鹫”。

⑤ “洲”谢伯阳《全明散曲》作“舟”。

又

寄封书哑谜传情，俏冤家仔细思寻，离多会少忧成病。线系着十二个时辰，真心肠那有别人，茶思饭想恹恹闷。想得奴闷闷恹恹，害得奴骨瘦伶仃，灵丹妙药难调性。断头香烧在前生，鸳鸯枕不得交成，长吁短叹奴薄命。

又

纱窗外，月影西，净手焚香祷告神祇，双膝跪在尘埃地。保佑我的人①早早回归，保佑我成就②了夫妻，绛红袍一领还有猪羊祭。签筒儿拿在手里，赐灵签早定归期，求阡③发筶全不济。我这里常常念你，你那里知也不知，这还是谁是谁不是。

又

纱窗外，月影④黄，只为长江水渺茫，忽然又听人歌唱。好姻缘不得双双，好姊妹不得久长，昏昏日日悬悬望。想只想我的亲亲，痛只痛碎裂肝肠，何日得同销金帐。终有日等他还乡，会见时再结鸾凤⑤，那时节才把相思放。

又

纱窗外，月影⑥光，奴去后花园烧夜香，轻轻便把桌儿放。又恐怕墙外人张，又恐怕惊了爹娘，抬头只把姮娥⑦望。一炷香祷告穹苍，保佑他早早还乡，愿郎早共销金帐。焚罢香单入兰房，听檐前铁马叮当，凄凄冷冷添愁怨⑧。

---

① “人”摘锦奇音》作“情人”。

② “成就”《摘锦奇音》作“早成就”。

③ “阡”当作“签”。

④ “影”《摘锦奇音》作“儿”。

⑤ “鸾凤”《摘锦奇音》作“鸾凰”。

⑥ “影”《摘锦奇音》作“儿”。

⑦ “姮娥”《摘锦奇音》作“嫦娥”。

⑧ “愁怨”《摘锦奇音》作“惆怅”。

又

纱窗外，月影残，忙叫丫环取过课钱来[①]，对天慢[②]把周易算。先卜的单上见拆，后卜的拆上见单，卦中许我目前见。猛听得窗外人言，却原来是妙人儿心肝，卦中爻象无虞[③]断。喜孜孜满面笑盈，并搂香肩，今宵才遂奴心头愿。

又

纱窗外，月影昏，独自寒窗半灭灯，灯前冷眼谁瞅问。问青天奴命何辜，辜负奴二八青春，春光满眼都成恨。恨冲冲一片痴心，心儿里无限伤情[④]，情真牵惹得相思病。病沉沉坐想行思，思量起举目无亲，谁想你原无音信。曾经害有时休，不似今番害得愁，无明九夜因他瘦。不由人意惹情牵，不由人常挂心头，不由人常把眉皱。我爱你伶仃聪明，我爱你软款温柔，为温柔把奴牵瘦。我与你死也不丢，我和你死也不愁，愁只愁你和别人厚。

又

我与你两下情真，在人[⑤]前不敢高声，拳拳谨守娘亲命。几番间要撇下冤家，线系了十二个时辰，茶思饭想忧成病。想得我昏昏沉沉，真情那有别人，口中不语心中明。那人儿没[⑥]信音，害得我骨瘦伶仃，良医妙药难医证。我若不死写分明，药味儿照样查清，即同小妹子灵神跟前问原因。谁想你的温存，服黄连苦苦思君。川芎活血结，害了相思病。知母亲爱的是金银，恳槟榔拨雾见明。休把闲花恋，得意早回还，免得奴受尽熬煎，那时方称奴心愿。

---

① “课钱来”《摘锦奇音》作“课钱”。

② “慢”《摘锦奇音》作“谩”。

③ “虞”《摘锦奇音》作“差”。

④ “春光”等三句《摘锦奇音》作：“春光满眼都成梦。梦一片心无限伤情。”

⑤ “人”《摘锦奇音》作“跟”。

⑥ “没”《摘锦奇音》作“杳没”。

【哭皇天歌·闹五更】

一更

一更里靠新月正照纱窗，虞美人在谁家双劝酒，唔唔唔，不想还乡。骂玉郎情性歹，铁打心肠，空撇下一枝花年纪小，唔唔唔，独守空房。实指望凤鸾交，与你地久天长。到如今相思害得我，唔唔唔，泪眼汪汪。愁也是自己当，闷也是自己当，兀的不是叨叨令，唔唔唔，割不断，唔唔唔，心想才郎。

二更

二更里秦楼月正照花稍，空撇下象牙床鸳鸯枕，唔唔唔，被冷鲛鮹。太平年普天乐，最有我难熬。滚绣球心不定，唔唔唔，可忆多娇。夜行船来接你，又被水远山遥。一封书写不尽，唔唔唔，絮絮叨叨。行也为你焦，坐也为你焦，兀的不是称人心成就了，唔唔唔，凤友[①]鸾交。

三更

三更里西江月正照窗棂，空撇下销金帐睡朦胧，唔唔唔，独自温存。倘秀才如梦令正和奴云雨交情，又被那狂风吹铁马，唔唔唔，惊散情人。醒来时剔银灯，照得奴冷冷清清。空屈指数归期，唔唔唔，不知何日回程[②]。枕冷有谁温，兀的不是误佳期，耽搁了，唔唔唔，年少青春[③]。

四更

四更里新夜月正挂艮[④]钩，听樵[⑤]楼三棒鼓，唔唔唔，画角悠悠。想当初惜花心软款温柔，又被那一江风生拆散，唔唔唔，比目鱼游上小楼，来望你不见你回头。好姐姐傍妆台，唔唔唔，无语娇羞。朝也为你忧，暮也为

---

① “友”《摘锦奇音》作“交”。

② 此句《摘锦奇音》作“何日里回程”。

③ 此句《摘锦奇音》作“鱼水和谐”。

④ “艮”当作“银”。

⑤ “樵”当作“谯”。类似情形下不出注。

你忧，兀的不是愿成双[①]花下死，唔唔唔，做鬼也风流。

五更

五更里梅稍月正照平川，菱花镜照得奴，唔唔唔，瘦损容颜。贺新郎曾发下誓海盟山，想当初共罗帏，唔唔唔，凤倒鸾颠。乌鸦啼心痛，想真个熬煎。顺水鱼向东流，唔唔唔，不饵绦纶。愁也对谁言，闷也对谁言，兀的不是苏学士忆秦娥，唔唔唔，衣锦回旋[②]。

香袋[③]

香袋儿绣将来四四方方，路州绣南京城顾家桥，唔唔唔，甜净合香。子弟们带着了熏透衣裳，姐妹们带着了，唔唔唔，引动才郎。行也一阵香，坐也一阵香，怕你带久了情意冷，唔唔唔，撇在衣厢。

八能奏锦

《八能奏锦》全称为《鼎雕昆池新调乐府八能奏锦》，六卷，各卷中栏录《罗江怨歌》《劈破玉歌》等时曲。题“汝川黄文华精选，书林蔡正河绣梓”。卷末署有刊刻日期，曰“皇明万历新岁”。

卷一中栏

【罗江怨歌】

复出

纱窗外，月正圆

---

① “成双”《摘锦奇音》作“情投”。

② “兀的不是苏学士忆秦娥，唔唔唔，衣锦回旋”《摘锦奇音》作“兀的不是三学士忆秦娥，唔唔唔，衣锦还乡”。

③ 此首《摘锦奇音》作：“香袋儿寄将来四四方方，南京城路州绣顾春桥，唔唔唔，占尽了合香。窗儿前灯儿下，绣成一对鸳鸯。送情人寄情哥，唔唔唔，地久天长。子弟们带着了他熏透衣裳，姐妹们带了他，唔唔唔，引动了才郎。行也一阵香，坐也一阵香，怕带旧了不用我，唔唔唔，丢落在衣厢。”

纱窗外，月正西
纱窗外，月影斜
纱窗外，月影昏
（见《词林一枝》卷一中栏）

卷二中栏

【时尚劈破玉歌】

春

到春来梅蕊传春信，孟浩然处处寻，寻来诗句添半韵[①]。俄然逢驿使，寄与陇头人。嘱咐我的冤家，乖，好耐冰霜冷。

夏

到夏来池内钱儿串，周濂溪载酒看，看来[②]雨过琼珠溅。菡萏双出水，想是并头莲。应看我的冤家也，乖，罗带同心绾。

秋

到秋来黄菊东蓠放，陶渊明诗兴狂，白衣送酒多情况。风中香袅娜，霜下色悠扬。怎得我的冤家，乖，同在花前赏。

冬

到冬来六出花撩乱，韩文公马不前，茫茫空把家乡盼。蓝关隔千里，秦岭阻三千。不见我的冤家，乖，昨夜牵着俺[③]。

四季[④]

一年四季光阴过，叹韩彭空战争，比印山下无音信。满斟樊哙酒，莫

① “半韵”《摘锦奇音》作“风韵”。
② “来”《摘锦奇音》作“他”。
③ 此句《摘锦奇音》作“别处将谁恋”。
④ “四季”《摘锦奇音》作“合”。

听楚歌声。胶漆的冤家，乖，于今成画饼。

吹

碧玉箫夜夜在风前弄，按新声怀旧侣人去楼空，想萧郎昔日同乘凤。馀音空自好，密约甚时逢。哽咽儿杜鹃，乖，泪珠似浪涌。

弹

盼才郎闲步在月明儿下，闷无聊谩拨一曲琵琶，想昭君曾抱你把单于嫁。嘈嘈如急雨，溶溶似落花。音律儿凄凉，乖，孤单杀了咱。

歌

俏婵娟手执一把桃花扇，奏霓裳歌曲调展转新鲜，阳春白雪人争羡。流莺啼树梢，明珠走玉盘。恼乱苏川，乖，回肠日九转。

舞

俊庞儿标格十分俏，天生成描不出一种娇娆，谩霓裳歌舞天然妙。樱桃樊素口，杨柳小蛮腰。飞燕迎风，乖，翠袖儿舞得好。

琴

抚瑶琴又被宫商乱，弹一曲《昭君怨》珠泪涟涟，阳关三叠曾留恋。寡鹄孤鸾□，思归永不还。盼杀了秋鸿，乖，音书未寄转。

棋

闷来时取过棋来下，棋儿好一似我的冤家，兵行诡道皆虚诈。不学车行直，偏学马行斜。正好叫将军，哥，又把炮来打。

书

拂花笺写下离情怨，自觉得有些儿羞惭，没来由何故的将他恋。不记得香罗帕，猩红一点鲜。耽误我的终身，乖，天教命儿短。

画

染霜毫描出丹青意，画一幅比翼鸟连理枝，鸳鸯交颈池塘内。寄与情哥看，知他知不知。树鸟也会成双，乖，那个像着你。

渔

姜子牙把钓在磻溪际[①]，使直钩不设饵志不在鱼，兆飞熊勾引得文王至。载之归上国，礼拜做将军。伐纣兴周，乖，功勋世无比。

樵

朱买臣原是读书客，住会稽时未来也曾去卖柴，妻儿嗟怨愁无奈。逼勒生离去，谁知时运来。一旦身荣，乖，名扬于四海。

耕

有伊尹[②]昔日身贫困，把犁锄亲稼穑去耕有莘，乐尧天歌舜日能安分。一朝逢帝王，三聘建功勋。青史上标名，乖，光辉荣昼锦。

读

汉匡衡[③]好学家无烛，一心心要读那二典三谟，偷光凿壁能勤笃。学成文武艺，货与帝王都。金榜上题名，乖，流芳于万古。

士

读书人本是无价宝，占鳌头中状元直上云霄，封妻荫子添荣耀。前呼并后拥，五花头踏驷马高车，乖，方显读书好。

农

务农人委实身安乐，春去耕夏去耘真个逍遥，秋收冬藏年又到。干柴

---

① 此句《徽池雅调》作“姜子牙把钓在渭溪际”。

② “有伊尹”《博笑珠玑》作“商伊尹”。

③ “匡衡”《乐府玉树英》作“康衢”。

并白米，安享过时光。老幼团圆，乖，谁不道你好[①]。

工

手艺人的实真个妙，幼而学壮而行手段精高，白手能攒钱和钞。不用爹娘本，安分过一生。无忧无虑，乖，谁不道你好。

商

做生涯委实直堪羡，走燕齐经楚粤，天涯海角都游遍。江湖随浪荡，万金腰系缠。四海为家，乖，到处随消遣。

卷三中栏

【新增急催玉歌】

首

青山在绿水在冤家不在，风常来雨常来情书未来，灾不害病不害相思常害。春去病未去，花开恨未开。倚定着门儿，手托着腮儿，心想着人儿，泪珠儿汪汪，滴满了东洋海。

又

钦天监造历的人儿不知趣，偏闰年偏闰月不闰五更，鸳鸯枕上情难尽。刚才合着眼，不觉就鸡鸣。恨的是更儿，恼的是鸡儿，可怜我的人儿，热烘烘丢开，心下如何忍。

又

俏冤家来一遍看一遍，只落得冤家一看，你有情我有意不得团圆，到如今你愿我愿天不从人愿。早知道相思苦，空惹下这熬煎。可怜见可怜，心肝上心肝。不得和你成双，我死也不闭眼。

---

① 此句《摘锦奇音》作“谁不道你美”。

又

忆当初那人儿我爱他百般标致，可人处杨柳腰樱桃口柳叶眉儿，秋波一转娇滴一笑千金价，美貌赛西施。曾记他半启着窗儿，刚照个面儿，卖一个俏儿，冷丢下眼儿，想起那多娇，魂也不着体。

又[①]

一重山两重山阻隔着关山迢递，恨不得来看你空想着佳期，默地里思一会想一会要写封情书稍寄。刚才的放下一只桌儿，铺上一张纸儿，磨了一池墨儿，提起一枝笔儿，正写着衷肠，泪珠儿滴湿了纸。

又

自那日手挽手诉衷肠[②]难割舍分离去，细叮咛重嘱咐曾许下佳期[③]，到如今屈指儿数将来数将去，眼巴巴意悬悬不见情书稍寄。闷将来卸倒在床儿，手摸着胸儿，我想我的情儿，待他的意儿，仔细思量，那些儿亏负了你。

又

俏冤家昨对奴亲把佳期许下，许今夜黄昏后来会奴家，到如今更儿阑人儿静为甚的不见来，看看月上荼蘼架。哄得奴半开着门儿，空待着月儿，望穿我的眼儿，不见他的影儿。恨杀这冤家，脱空将人要。

又

黄昏后夜沉沉冷清清静悄悄孤灯独照，闷[④]杀人情惨惨意悬悬，愁听那窗儿外淅零零雨把[⑤]芭蕉，形单影只心惊跳。闷恹恹卸倒在床儿，刚合

---

① 此首《摘锦奇音》作："一重山两重山阻隔着关山迢递。恨不得来见你空想着佳期，默地里思一会想一会要写封情书稍寄。才放一只棹儿，铺上一张纸儿，磨着一池墨儿，拿起一枝笔儿，未写着衷肠，泪珠儿先湿透了纸，先湿透了纸。"

② "衷肠"《摘锦奇音》作"衷情"。

③ "佳期"《摘锦奇音》作"归期"。

④ "闷"《摘锦奇音》作"闪"。

⑤ "把"《摘锦奇音》作"打"。

着眼儿，做个梦儿，见个人儿，正诉着衷肠，又被风铃儿惊散了。

又

忆当初与那人两情浓鱼水同戏，恨那人拆鸳鸯两处分飞，到如今隔着山隔着水，雁儿杳鱼儿沉，不得情书稍寄。几回间静掩着门儿，倦抛着书儿，斜倚着屏儿，谩剔着牙儿，冷地里思量，我的心肝儿在那里。

又

俏冤家你钟情我得意，两相交是真情实意。愿许下与天长并地久，海枯干石烂了两情不替。谁知你心变了，情词不再题。哄得奴上了楼儿，掇了梯儿，忘了恩儿，负了心儿，这苦[①]诉与天知，神明儿摆布你。

又

俏心肝我和你相交情厚，做一双厢边鞋寄与你穿，穿时休把泥中串。鞋儿不打紧，我做的[②]实艰难。到晚来[③]点上一盏灯儿，铺着一片鞋儿，拿起一个针儿[④]，瞒着我的亲夫，昼夜把工夫赶，昼夜把工夫赶[⑤]。

又

钓鱼的我笑你是个痴呆汉，镇日里在江边空执着钓竿，那鱼儿上钩也要二比[⑥]情愿。不贪你香饵美，不上你的钩儿也是闲。用尽了机关废寝忘食，想断了你的肝肠，望穿了你的眼。

又

俏冤家我与你曾发下山盟咒，灯儿前枕儿上[⑦]同订着生死相交，到如今心儿变情儿冷意儿丢，没来由又和那人儿厚。几回间手摩着胸儿，暗想

① "苦"《摘锦奇音》作"苦情"。
② "的"《摘锦奇音》作"得"。
③ "来"《摘锦奇音》作"间"。
④ 此句《摘锦奇音》作"拿一枚针儿"。
⑤ 末三句《摘锦奇音》作"瞒着我的儿夫，彻夜把工夫赶，把工夫赶"。
⑥ "比"疑当作"厢"。
⑦ "上"《摘锦奇音》作"边"。

他情儿，细忖他话儿，就做一个梦儿，谁想这冤家不耐长和久①。

又

俏冤家肯不肯你也说一句真情话，我被你哄去得心撩乱魂飘荡饿眼昏花，真个是茶里思饭里想梦魂中也撇你不下。肯也是不肯，和咱也不和咱。为甚的狠着脸儿，低着月②儿，害着羞儿，不答半句话儿，对面的惺惺，半真还半假。

又

当初待我似门神，朝朝夕夕不离门。只为日久颜色淡，贴上新人换旧人。我的亲，旧人昔日也曾新。

大明天下春

全称为《精镌汇编杂乐府新声雅调大明天下春》，藏于奥地利维也纳国家图书馆，由俄罗斯科学院通讯院士、汉学家李福清发现并与李平共同编校，由上海古籍出版社于1993年收入《海外孤本晚明戏剧选集三种》中出版发行。根据其中所收俗曲多与嘉靖重刊之《风月锦囊》相同、相近及不见万历中后期流行的《挂枝儿》《劈破玉》等情形，编校者以为《大明天下春》应是万历前期的戏剧选集。

卷四中栏

【楚江秋曲】③

一

昨宵一梦间，骑鲸上广寒，姮娥接我在清虚殿。殷勤笑指桂花攀，插

① 末句《摘锦奇音》作“想这冤家，也耐不得长和久”。

② “月”疑当作“头”。

③ 《大明天下春》卷四中栏《楚江秋曲》《清江引调》《新增一封书》大部又见于《风月锦囊》卷一上栏。

戴儒冠，临行更把金杯劝。仙风两袖翩，天香万斛传，这回遂了男儿愿。

又

相思病渐焦，纷纷珠泪抛，才郎心狠将奴抛。过渡折了桥，痴心想你天知道。金钗儿你戴着，汗巾儿你袖着，冤家休惹旁人笑。

复出

相思病渐加
相思病渐滋
相思病渐枯
相思病渐来
相思病渐难
相思病渐攒
相思病渐缠
相思病渐侥①
相思病渐多
相思病渐成

（见《风月锦囊》卷一上栏）

又

相思病渐沾，为他春色鲜，不由我不把心思念。怕的是黄昏时候苦熬煎，意惹情牵，教人想得肝肠遍。睡来在眼前，坐来在眼前，何时得遂阳台愿。

又

相思病渐熬，纷纷珠泪抛，情书到了人不到。恨只恨才郎心狠把奴抛，过河拆了桥，亏心自有天知道。金钗奴戴着，汗巾你系腰，冤家莫把王魁效。

---

① “侥”《风月锦囊》作“妖”。

复出

相思病渐黄

（见《风月锦囊》卷一上栏）

又

奴家去观花，园里遇着他，双手搂抱在荼蘼架。罗裙底下海棠花，白玉无瑕，哥哥色胆天来大。你头在手里拿，舌尖在口里揸，冤家快快来了罢。

又

多情人未归，恹恹懒画眉，寸肠百结浑如醉。怕的是山遥路远音信稀，雁断鱼沉，不觉两眼双垂泪。梦多相见稀，相思只自知，何时再共鸳鸯被。

又

黄莺枝上啼，紫燕藏在花间语，□□[①]叫道添奴气。怎能勾，鸳鸯戏水两相随，锦帐欢娱鸾凤配，合成姻契。斑鸠独自啼，粉蝶正双飞，失群孤雁声嘹唳。

又

牵牛婿不归，□绽了地骨皮，甘草□改做黄连味。曾许我红花紫草是归期，枳实当归，槟榔厚朴忘恩义。怒川芎没药医，为杏仁不见归，偷情贝母君须记。

又

思量恨转加，纷纷泪似麻，亏心自有天鉴察。你在人前背后短奴家，短幸油花，多言多语将奴骂。非奴性儿花，哥哥你自差，从今两下丢开罢。

---

① “□□”疑当作“杜鹃”或“杜鸡”。

又

相思病在床，汪汪泪不干，只因错放相思帐。昏昏闷闷，恼恼烦烦，长江洗不尽相思状。愁来我自当，苦也我自当。一日难熬十二时，想只为人远路途长，待归来与你算一算相思帐。

又

十五去观灯，踏梯望月月又圆，孩儿十扯住裙儿褊。隔子眼里偷睛看，看见二士入桃源，一霎时楚汉争锋难留连。梅梢月儿转，顺水鱼何时便。若得天圆地方正，双飞遂了奴心愿。

又

虞美人病缠，倘秀才忙把药来点，山坡羊宰倒告苍天。焚动桂枝香，保佑他身清健。那时节集贤宾贺太平，好姐姐都欢忭，称人心无嗟怨。普天乐吾门独盛，快活三喜共团圆。

又

和你两交情，被爹娘骂得不成人，我也只是低头忍。好也只在心，歹也只在心。我也不女妇人劝，你休将假认真。若还争闲来吃醋，莫说爹娘怕见人。细叮咛，莫负星前月下盟。

【清江引调】[①]

其一

冤家去了丢不下，使奴心牵挂。望得眼儿穿，倚遍荼蘼架。俏冤家，恋新人忘记咱。

---

① 《风月锦囊》卷一上栏作《新增楚江秋后联清江引》，即每一《楚江秋》后，以顶真法接一《清江引》，如《楚江秋》："相思病渐滋，春来又几时，如今过了三之二。想当初临岐惜别算归期，说道春归，春光已去人不至。神魂也似痴，形骸也似痴，起来差展鸳鸯被。"后即接《清江引》："起来羞展鸳鸯被，见了教人气。当初相见时，只说不相离，到如今，到如今，都做了风中絮。"依此例，可知《大明天下春》中《楚江秋》与部分《清江引调》原为一体。

又

从今而下开交罢，背地里将奴骂。冤家不见来，为你相思杀。俏冤家，好姻缘难共榻。

又

冤家都把人辜负，万水千山阻。亲亲不见来，一去无回顾。俏冤家，恋别人抛下奴。

又

何时得遂阳台愿，愁听那莺和燕。月挂海棠稍，闷倚阑干遍。俏冤家，不见来教人怨。

复出

起来羞展鸳鸯被

（见《风月锦囊》卷一上栏）

又

那知有人憔悴，别后思量味。纱窗月影移，照见知衣睡，这其间满怀愁仗谁洗。

复出

去年心上人不见

合欢未了将人恼[①]

广寒孤另谁怜我

负心自有神明鉴[②]

（见《风月锦囊》卷一上栏）

---

① “恼”《风月锦囊》作“搅”。

② 此句《风月锦囊》作“负心不道干休罢”。

又

谁家姐儿年十九，躲立在门儿后。郎把眼儿瞧，姐把眉儿皱。好□热煎□，滚锅中难下手。

又

两下里口不言心自有，咱两个不能得勾。望得我眼儿穿，何日得成就。我和你要成双，两下里真难开口。

又

如今小伙不识好，镇日与人炒。肯用三分铜，脱裤将身倒。仰面干也好，背后干亦好，这样风流经惯早。叫声哥哥快快抽，恐怕人来瞧破了。

又

日出扶桑月沉在海，两下穿梭快。白发□少年，后代催前代，常言道这光阴有黄金那里去买。

又

打毬场到处闲游戏，傍妆台懒画眉。取过八宝妆，红绣鞋忙穿定，步步娇绕地游穿芳径。

又

九溪还有十八洞，群鸦来噪凤。二郎五岳游，二士桃源路，悄[1]冤家莫不是恋幺红。

又

再来不落空圈套，为你把家筵荡弃了。别娇妻如今无下落，从今后胭

① “悄”当作“俏”。

花路儿都撇了。

又

天涯人儿归未到，望断长安道。朝夕数归期，寒到君不到，正相逢好梦儿天又晓。

又

玉人儿模样儿生得俏。小小樱桃口，弯弯柳叶眉，袅娜腰肢软。怎能得凤鸾交，遂了吾心愿。

又

我的命苦怨甚么天，痴心老婆负心汉。甜言巧舌头，将我心说转，我有个负心的冤报冤。

又

思君不下怀，怀君情性乖，乖人常把相思害。传与俊多才，相思都是歪，乖人卖与歪人害。

又

去了去了他去了，去了他伤怀抱。怕杀灯儿明，嫌杀鸡儿叫，几时见他才是好。

又

桃红柳绿无心恋，羞睹双飞燕。孩儿十不回家，昼夜停长思念，好叫奴倚着扇锦屏风望不见转。

又

睡到五更天未晓，忽听金鸡叫。起来忙梳妆，快把菱花照，见奴脸儿上黄瘦也。

又

去了去了他去了，去了他没着落。新村醁酒斟，懒把瑶琴操，几时见他终是好。

又

教人恨杀牵牛婿。不见茴香信，冤家不见归。惹下相思病，到如今脸麻黄没药医。

又

香醪满斟花在手。笑把花枝折，花插少年头。醉舞春衫袖，常言道有花方斟酒。

又

慈帏白发亲衰老，游子音书杳。日暮倚门间，夜来燃萱草，正相逢好梦儿天又晓。

又

小梅香走将来，吊了香罗帕。寻又寻不见，恐怕夫人骂，想是小书生偷去耍。

又

从今撇却迷魂鬼。为你抛妻子，败了好家私，又被旁人议，到如今撇胭花不恋你。

又

佳期已负青春好，心事因谁恼。青鸾画不开，绿鬓羞频照。正相逢情意好，只愁天渐晓。

【新增一封书】

复出

销金帐，脱绣鞋[①]
七娘子，进绣房
书中意，只[②]自知
开舡罢[③]，往下摇
男儿汉，性儿[④]刚
天津卫，姐儿多
拆[⑤]脚雁，顺水鱼
相思病，几时休

（见《风月锦囊》卷一上栏）

又

黄昏后，点上灯，手托香腮想情人[⑥]。妈妈叫，不做声[⑦]，说谎的[⑧]乔才不志诚。本[⑨]待收拾归房睡，又[⑩]恐亲亲来叫门。俊书生，俏书生，今夜不来愁[⑪]杀人。

又[⑫]

床儿上，枕儿边，一双玉手挽金莲。身子动，腿儿颠，一阵昏迷一阵

---

① 此句《风月锦囊》作“帘儿内，换绣鞋”。
② “只”《风月锦囊》作“你”。
③ “罢”《风月锦囊》作“后”。
④ “儿”《风月锦囊》作“气”。
⑤ “拆”《风月锦囊》笺校本以为当作“折”。
⑥ “情人”《风月锦囊》作“那人”。
⑦ 此两句《风月锦囊》作“亲娘叫，不敢应”。
⑧ 《风月锦囊》无“的”字。
⑨ “本”《风月锦囊》作“欲”。
⑩ “又”《风月锦囊》作“只”。
⑪ “愁”《风月锦囊》作“想”。
⑫ 此首《风月锦囊》稍有差异。

酸。叫声哥哥缓缓耍，等待妹子同过关。俊心肝，俏心肝，小妹子留情在你身上。

又

胭花路，休要行，姐儿心肠那有真。装模样，假奉承，巧语花言哄杀人。有钱和你消停耍，转后如同陌路人。子弟们，莫痴心，留得黄金养自身。

又

说得是，道得真，小妹子恩情在你心。奴告禀，你须听，前世姻缘非是今。齐眉举案长相守，比目双双一处行。说分明，道分明，小妹子恩情都是真。

又

忘恩义，好负心，□耐冤家薄幸人。低头想，珠泪垂，哄了妹子还哄谁。娇娇身上伴着你，还在人前讲是非。好心亏，赛王魁，往日恩情一旦灰。

又

寻思起，我的郎，别后全无纸半张。教我心望想，两处相思愁断肠。几时和他同衾枕，心事从头诉一场。俏情郎，薄情郎，负义忘恩不记长。

又

张三哥，计较多，专与小哥打成伙。东交个，西交个，只望相交当老婆。三分银子舍不得，东走西捱没奈何。问哥哥，笑哥哥，舍不得钱时休想我。

又

推窗望，一鼓初，短幸冤家不见□。心缭乱，意似痴，好似鸳鸯失伴孤。你在那里高歌乐，奴受凄凉谁得知。恨相知，怪相知，等你回时，打你几掌花花嘴。

又

推窗看，二更天，短幸乔才那里眠[①]。奴盼望[②]，眼儿穿，心中一似滚油煎。你在谁家闲挽耍，撇得奴家意悬悬[③]。哭青天，叫青天，枕头儿双双奴独眠[④]。

又[⑤]

元宵夜，看罢灯，正撞着姮娥游月宫。天香喷，环佩[⑥]声，髻若堆鸦爱杀人[⑦]。红裙罩着金莲小，纵有丹青难画描[⑧]。画不成，描不成，梦里相思才认真[⑨]。

又

红绫被，象牙床，怀中搂抱可意郎。情人睡，脱衣裳，口吐舌尖赛砂糖。叫声哥哥慢慢耍，休要惊醒我的娘。俊才郎，俏才郎，剪发拈香切莫忘[⑩]。

又

提将起，珠泪抛，心肠改变去跳槽。奴不忿，恨怎消，闪得人来没下稍。山盟海誓都忘了，剪发烧香一旦飘。骂一场，咒一场，负义辜恩薄幸郎。

又

风月事，总是空，似一对鸳鸯波浪冲。思量起，恨匆匆，你在西头我在

---

① 此句《风月锦囊》作“短命乔才谁家眠”。

② “奴盼望”《风月锦囊》作“奴家盼”。

③ “意悬悬”《风月锦囊》作“守孤单”。

④ 此句《风月锦囊》作“枕儿双双人又单”。

⑤ 此处“元宵夜”等，与《风月锦囊》所收同中有异。

⑥ “环佩”《风月锦囊》作“奏乐”。

⑦ 此句《风月锦囊》作“髻若堆鸦体无尘”。

⑧ “描”《风月锦囊》作“成”。

⑨ 此三句《风月锦囊》作“想不成，画不成，描不成，梦里相逢才认真”。

⑩ 此三句《风月锦囊》作“可意郎，俊俏郎，妹子留情你身上”。

东。黄昏等到初更鼓，争奈蓝桥路不通。恨天公，怨天公，他又无缘我命穷。

又

胭花女，心不良，假意虚情泪汪汪。千般计，百样妆，佛口蛇心贼肚肠。逢人便把青丝剪，遇客常烧手上香。俊婆娘，俏婆娘，忘[①]旧怜新没下场。

又

红娘子，泪珠零，懒上蛇床梦不成。去半夏，不见影，斜倚门冬望你身。只见石燕双飞绕，怒气川芎骂几声。盼当归，望当归，早早茴香莫待迟。

又

巫山上，十二峰，八珠环锦屏风。断水绝陆他去了，八黑孤红不见踪。双飞雁，秃爪龙，天地人和小不同。钟馗朱额人不怕，索缆孤舟不放松。

又

丢不下，好难熬，展转教人心越焦。佳人恨，苦命招，薄幸冤家把奴抛。买卖经商归去蚤，何处贪欢不到来。采残了，趀残了，思虑凄凉没下梢。

又

勘得破，说得真，过爱兄弟尽在心。姊妹恩爱常相守，比目双双一处行。说分明，道分明，百步徘徊有些情。

又

胭花债，姐儿家，休要痴心恋着他。齐打扮，脂粉搽，闪得人来没下

---

① “忘”疑或作“恋”。

梢。遇人便说剪头发，对客个个炙香巴[①]。俊冤家，俏冤家，接着新人抛别咱。

又

花园内，把眼瞧，海棠姐姐赛多娇。玉簪翠，白叶飘，月月红开两三遭。你在那里贪金盏，粉团身子一样腰。翠梅梢，腊梅梢，辜负芙蓉等待着。

又

相思病，药怎医，病在膏肓谁得知。只因花下初相识，引去魂灵意似痴。书窗寂寞无人伴，夜半衾中梦见伊。钟声响，鸡又啼，惊散鸳鸯两下飞，相思泪湿透了绞绡被。

又

书窗下，共盏灯，四目相看各有情，奈缘不肯轻秦晋。虽是男儿汉，软玉温香赛女人，可怜一旦成仃病。茶也不沾唇，饭也不沾唇，终日昏昏似醉人。俊肝心，俏肝心，观世音大舍慈悲救我残生命。

【新山坡羊】

其一

闷来时，在楼房上作乐，这几日不见妙人儿来到，小妹子为你忧愁忧闷。只见那门儿外，帘儿前，一起人儿，取那米儿钱盐儿钱肉儿钱葱蒜韭菜钱。无钱还他，谁知他在门外闹炒。才罢了，又见苏杭二州一起客人取那纻丝钱绫儿钱梭布汉巾钱。无钱还他，叫他不去，挨他不动。咳，气得珠泪子汪汪，几时跳出深坑还了这些胭花债。才罢了，又见对门一个时兴子弟过来。头戴马尾帽儿，身穿蓝绢褶儿，脚踹布底靴儿，手拿排金扇儿，摇两摇，摆两摆，叫几声姐姐姐姐，俺这里连□答应请进门。来房儿坐下，管家妈妈叫保儿把茶来筛过了一遍。那光棍把银包打一看，那妈妈把黄

① “巴”当作“疤”。

竿等子[①]加二秤，秤得六钱单七分。好肉打上一二斤，好酒荡[②]上一二瓶，我与姐夫饮几钟。吃了沉醉与东风，三三两谎不放空。咚咚鼓打一更，好似张生戏莺莺。咚咚鼓打二更，红□[③]帐下干营生。咚咚鼓打三更，好似王祥去卧冰。咚咚鼓打四更，好似王魁负桂英。咚咚鼓打五更，好似昭君出禁城。那光棍起来要起程，走走走走了罢，免得弄出消息笑杀人。哄得姐儿起来，顺穿袄，反穿裙，又不曾穿布裩。一步步，送情人，一送送出大门前。出门遇着打头风，吹得姐儿屁股响。埚风走入山门底，下去躲，遇着两个念经僧。我问和尚怎么念，他道来也空，去也空。也是二位姐姐运不通，那姐回家打一睡，睡到日头红。那妈妈把银子打一看，原来六钱七分寡白铜。忘八保儿不甘心，一赶赶到半途中。谁知光棍会弄拳，打得保儿屁股到栽葱。保儿哭哭啼啼转院门，妈妈道罢罢走了罢，若是铜变成金，买些肉动动荤，买些蒜儿辣辣心。若是锡把来补酒瓶，若是生铁把来铸火盆，若是熟铁打个钉，钉在房门挂油瓶。谁知两个老鼠来成亲，一咬咬断油瓶索。咬断钉，吊了瓶，不知瓶打钉，钉打瓶，打得一夜好伤情。嗳，那妈妈，叫姐儿起来梳妆打扮，打扮梳妆，把个板凳拦门坐着，就是鬼子母钟馗的娘，这等歪货谁人要。若要招个好沽乐，除非是向阎王殿把这个脸皮儿换过了。

又

姐姐你言而无信，君子人儿莫怀着旧恨。是姐姐亲口许我，小兄弟才来投奔。双膝跪在地埃尘，问姐姐允也不允。欲待归家家不近，望姐姐把门儿开了，床儿上虽窄，我在脚凳上安身。哎，听言教小兄弟，上无亲，下无怜，那里去听到明。听言哎，劝你发一个善心，自古道人投人，鸟投林。

---

① “等子”即“戥子”。

② “荡”当作“烫”。

③ 所缺字疑似“罗”。

新编百妓评品[①]

孕妓

云雨兴偏浓，惹灵犀透子宫，桃花落后枝头重。生男呵命穷，生女呵命通，阿谁留下风流种。恨填胸，无端十月，空守燕楼中。

月妓

鹊泪暗中流，豁崖旁草色幽，霞侵鸟道丹泉溜。桃花洞口，红叶御沟，胭脂湿沁鲛鮹绉。遇鸾俦，似霜酣玉树，妆点梵王秋[②]。

产妓

十月已临期，女仍娼，男复龟。母子总有爹，何处进时□□□□娱，出时节筋劳力疲，那堪花户开难闭。把儿窥像容，想像仿佛不知谁。

醉妓[③]

桃晕两腮红[④]，软腰枝似病中，乜斜双眼银波涌。歌儿意慵，舞儿意慵，偎人谩把香肩耸。鬓云松，石榴裙上，翻污唾花红。

睡妓[⑤]

春梦海棠娇，锦重重混暮朝，阳台一到何时觉。庄周半宵，陈抟半宵，

① 《百品》中“孕妓”“月妓”“醉妓”“睡妓”“长妓”“麻妓”“眇妓”“跛妓”“黑斑”“秃妓”“矮妓”“淫妓”“猾妓”“偷妓”“钻妓”“顽妓”“妒妓”“拙妓”“痴妓”“泣妓”“鬻妓”“还妓”“斋妓”“船妓”“店妓”“私妓”“病妓”“老妓”等，《南宫词纪》列入孙楼（百川）名下（牌名“黄莺儿”），其中“孕妓”等又见浮白山人（或以为即冯梦龙）辑《黄莺儿》。

② “梵王秋”《南宫词纪》作“梵宫秋”。

③ 此首浮白山人辑《黄莺儿》作：“桃晕两腮烘，软腰枝如病苍，依然又送刀山上。泪珠意慵，舞儿意慵，偎人谩把新衾帐。旧情郎，还来寻访，翻污吐花红。”

④ “红”《南宫词纪》作“烘”。

⑤ 此首《黄莺儿》作：“春梦海棠娇，锦重重湿暮殃，谁来瞅睬空倜伥。典衣半宵，陈将半宵，邻鸡唱罢乔妆样。懒花娘，无柴无米，尚朦着眼儿梢。”

邻鸡唱罢那知晓。曙光摇，才临妆镜，尚蒙着眼儿稍。

肥妓

缩项胀膨亨，步蹒跚喘气[①]迎，半窗遮却梧桐影。蹄儿百觔，賭儿百斤，牙床压着频频震[②]。肉卿卿，除非弥勒，方认是前身[③]。

瘦妓

弱质不胜衣，乍临风体欲飞，罗衫宽褪疑无髓。花容半衰，柳腰半摧，硬巴巴被里添枯鬼。忒清癯，亭亭骨立，堪作沈郎妻。

矮妓

怀五老门墩，想攸飞是后身，牙床欲上腿先挣。汗巾儿做裙，膝裤儿做裩，乳名唤作丁三寸。肚罂撑，若非怀孕，还道未成人。

长妓

仰面觑多娇，出兰房虽[④]折腰，墙头露出如花貌。也不是宫妆髻高，也不是绣鞋底高，拜如绰楔因风倒。对芭蕉，太湖石畔有个女曹交。

麻妓

绣阁俏婵娟，恨朝朝害粉残，庞儿乱扑梨花片。千圈万圈，不方不圆，沤满泛清波，面贴花钿。繁星拱月，点破镜中天。

跎妓[⑤]

背耸肉山尖，俨僧尼向佛参，磨兜头屈肩窝畔。迎郎太谦[⑥]，脚后头前，春郊拾翠偏方便。雨云酣，枕边锦褥[⑦]，渐渐压成潭。

---

① “气”《黄莺儿》作“风”。

② “震”《黄莺儿》作“整”。

③ “前身”《黄莺儿》作“轻盈”。

④ “虽”《南宫词纪》作“须”。

⑤ 当如《黄莺儿》作“驼妓”。

⑥ 此句《黄莺儿》作“送郎太谦”。

⑦ “锦褥”《黄莺儿》作“绣褥”。

眇妓

美盼恨多亏，倚门儿半掩扉，生来双眼常如睡。这一边是伊，那一边是谁[①]，盈盈秋水浑无对。害相思[②]，五更珊枕，清泪一行垂。

跛妓

踯躅步难娇，锦裙襕满地稍，画堂咫尺行难到。走时节体摇，立时[③]腿翘，怎能学步[④]邯郸道。要风骚，凤鞋一只，须衬底儿高。

黑斑

洒墨俊芳卿，粉容铺点点青，月中掩映婆娑影。莫不是湘妃泪凝，莫不是寿阳翠轻，脸儿堆着贪花性。晓妆成，粉匀虽厚，尤露[⑤]黑星星。

黔面

嫫母恁般乌，炭为肌，漆为肤，皂罗帐里钟馗卧。鼎铛般耳朵，烟囱般鼻窍，墨池浬就无盐妇。插牙梳，似昆仑初月，半片出玄都。

秃妓

云鬓已全稀，晓来妆倩麝煤，钗头鸾凤簪还坠。髻儿也是假的，髭儿也是假的，欲盘龙髻[⑥]浑无计。入招提，色空空色，一样比丘尼。

疮疥

玉体遍成瑕，叹红颜变黑麻，眠来坐起多尴尬。痒时手扒，痛时药搽，暗中只把冤家骂。算香疤，纵然人爱，焉得许多[⑦]花。

---

① “谁”《黄莺儿》作“伊”。

② “害相思”《南宫词纪》作“忆人归”。

③ “立时”后《南宫词纪》多“节”。

④ “学步”《南宫词纪》作“匍匐”。

⑤ “露”字漶漫难辨，据《南宫词纪》补。

⑥ “髻”《南宫词纪》作“凤”。

⑦ “许多”《黄莺儿》作“满身”。

哑妓

倚席俏无欢，揔千金一曲难，笙歌空闹邻姬馆。箜篌儿只暗弹，琵琶儿只暗弹，强将象板随人按。这勾栏，耳聋孤老，翻作绕梁看。

佞妓

解语逞花娇，口儿甜利似刀，如簧鹦鹉声声巧。诙谐尽调，是非尽嘲，霎时引得花街闹。席间枕畔，恰似鹊争巢。

淫妓

锦帐闹冤家，睡来时却又挝，淋漓湮[①]透猩红帕。金莲儿上叉，玉纤儿紧拿，一生熬不得三更寡。鹊喳喳，日高下榻，又献[②]后庭花。

猾妓

婀娜半佯羞，万千□[③]始上楼，潘郎玉貌尤[④]显丑。低哥一曲[⑤]，斜韰两眸，当筵十度更罗袖。意难投，行云易变，心事曲如钩。

偷妓

幽会楚阳台，巧相逢不索财，仓忙携手花阴外。衣松裤开，钗横鬓歪，有人来也伊须快。嘱乖乖，人前口稳，得空便还来。

钻妓

一气本相通，笑家鸡雌逐雄，孤房有个人填空。萧郎也是本宗，萧娘也是本宗，龟儿原入龟儿洞。算春风，知心几许，多在教坊中。

---

① “湮”《南宫词纪》作“湿”。

② “又献”《南宫词纪》作“犹弄”。

③ 所缺字《南宫词纪》作“呼”。

④ “尤”当作“犹”。类似情形下不出注。

⑤ 此句《南宫词纪》作“低歌一讴”。

大食[1]

对案便垂涎，筋头儿不住槺[2]，秦楼最喜频开宴。肥猪吃得半边，肥羊吃得半边[3]，舞腰那怕难纤软[4]。愿苍天，今生有幸，饱死肉山边。

贪财

只爱[5]匾儿多，更村夫那管它[6]，少年兀自寻巢座。是石崇也接他，是范丹也接他，生朝[7]一月三回做。你知么，迷魂太岁，那怕是郑元和。

顽妓

并戏水中鸳，不商谜便蹴员[8]，村郎只把村郎骗。骨儿又牵，髻儿又偏，闹中频坠金钗钏。笑声喧，短墙遥望，三五赛秋千。

妒妓

红粉擅平康，妒西施忌孟姜，玉郎那许人相傍。哄他时泪流两行，恼他时气塞满腔，时光独占流苏帐。醋成缸，烟花浪荡，错认是鸳鸯。

拙妓

蠢物太懵腾，做衏家全不醒[9]，孤老[10]个个忘名姓。抹牌儿也不能，赌色儿也不能，猜谜只把秋波挣[11]。教弹筝，三年五载，半句未成声。

---

① 《黄莺儿》作“馋妓”。
② “槺”《黄莺儿》作“搛”。
③ “半边”《黄莺儿》作“一牵”。
④ “纤软”《黄莺儿》作“胡旋”。
⑤ “爱”《南宫词纪》作“要”。
⑥ 此句《南宫词纪》作“便村郎没奈何”。
⑦ “朝”《南宫词纪》作“辰”。
⑧ 此句《南宫词纪》作“不猜枚便蹴圆”。
⑨ “醒”《南宫词纪》作“惺”。
⑩ “孤老”《南宫词纪》作“情人”。
⑪ “挣”《南宫词纪》作“睁”。

痴妓[①]

他是负心人，没来由你自迷，临风空洒胭脂泪。茶来也不知，饭来也不知，花前月下长吁气。害相思，背灯无语，苦苦恋王魁。

盟誓

花下礼三星，似无情却有情[②]，双双歃血神明证。疤烧在左肱，名刺在右肱，香云各剪镠[③]缠定。也难凭，瓣香未烬，门外又迎春[④]。

泣妓

双泪界红妆，拭千行更万行，指弹片落桃花浪。龟儿性狂，鸨儿性刚，一宵无客还遭杖。笑迎郎，强为容悦，眉宇尚凄惶。

鬻妓

飘泊比杨花，鬓云边插卖叉，明珠三斛难胜价。昨朝那家，今宵[⑤]这家，纸鸢一任东风嫁。姓名差，门庭已换[⑥]，犹抱旧琵琶。

奔妓[⑦]

荡性总难驯，约更阑潜出门，那人期在津头等。怕的是门儿有声，愁的是鸡儿早鸣，弓鞋浥露行难进。笑文君，相如去也，兀自动琴心。

弃妓

恩爱忽缘悭，那人儿不似前，鸳鸯已折伊空恋。花残酒残，歌阑酒阑，柳丝难把无情绾。莫埋冤，请看镜里，无复旧朱颜。

---

① 此首《南宫词纪》《黄莺儿》作："他是负心的，没来由你自迷，临风空洒胭脂泪。茶来也不知，饭来也不知，花前蓦地捶双腿。强支颐，背灯无语，只是恋王魁。"

② 此句《黄莺儿》作"总无情似有情"。

③ "镠"《黄莺儿》作"胶"。

④ "春"《黄莺儿》作"新"。

⑤ "宵"《南吕词纪》作"朝"。

⑥ "换"《南宫词纪》作"改"。

⑦ 《黄莺儿》作"逃妓"。

还妓

野鸳怎能留，恶姻缘不到头，伤春每恨当初谬。痴心未收，热心未休，恩情有限终非偶。整风流，还乡老马，犹记旧青楼。

典妓

春色质千缗，向豪门系此身，胭花业债填无尽。行监有人，坐守有人，任他□俏钱难趁。叹良辰，每逢月朔，生息又三分。

囚妓

红粉命多磨，掩园扉月影孤，身□铜雀深深锁。潸潸泪枯，萧萧鬓疏，樊笼何日飞鹦鹉。问囚奴，双双月貌，比旧瘦些无。

守妓

侬拌伴孤灯，立檐头户未扃，东西转展频延颈。目挑他也不成，手招他也不应，过门不入真薄幸。腿儿疼，和衣假睡，专听打门声。

扯妓

□手假温存，耸香肩挤入门，□他两袖都□□。赎簪儿也要银，赎帽儿也要银，冷茶一盏为帮衬。可怜几日，发市上无人。

斋妓

欲证再生因，悟三迷断五荤[①]，腥肴未许沾香唇。秦楼此身，禅关此身[②]，风尘未脱常萦恨。伴郎君，舌儿相递[③]，难道未开荤。

孝妓

龟壳脱千龄，累娘行缟袂新，娥眉不扫抛铅粉。家中哭声，门前笑声，

---

① “荤”《南宫词纪》作“辛”。

② “身”《南宫词纪》作“心”。

③ “递”《南宫词纪》作“送”。

淡妆月下相辉影。拜先灵，一般服色，若似个亲生。

酒妓

挟客闹樊楼，礜歌娘不害羞，琵琶纤拨不停手。这筵前一讴，那筵前一讴，残肴曲罢求充口。索相酬，青蚨一二，也当锦缠头。

船妓

荡漾出红妆，喜长途笑语香，推篷跃入中仓[1]帐。舟金易偿，稍金怎当，长年僵卧寒江上。宿鸳鸯，凌波春意，只在水云乡。

店妓

末路叹当垆，借春风酿一壶，青帘摇荡轮蹄路。南来的也呼，北往的也呼，酒筹玉指频频数。日将晡，高阳醉者，今夜是吾夫。

私妓

贫计忽妖妆，欲窥人半倚窗，等间[2]价出平康上。似良不良，似娼不娼，乍逢犹作娇羞状。问檀郎，今宵义让，伴醉卧邻房。

村妓

茅屋学铅华，鬓丫边插野花，田郎个个拖来耍。溪边浣纱，丘中种麻，三升麦子真高价。这娇娃，吴城香刷，从未刷[3]君牙。

贫妓[4]

眉锁郁难开，布为裙荆作钗，饥寒减却倾城态。许柴的不来，许米的不来，来的却又催还债。实堪哀，蓬门风雪，谁伴饮茅柴。

---

① “仓”《黄莺儿》作“舱”。

② “间”《南宫词纪》作“闲”。

③ “刷”《南宫词纪》《黄莺儿》作“溅”。

④ 此首《黄莺儿》作：“眉锁郁难开，布为裙荆作肤，红罗帐里钟馗卧。鼎铛的不来，许米的不来，来的幻就无盐妇。插牙梳，似岷风雪，谁伴饮茅柴。”

病妓

薄命粉骷髅，闷沉沉帘下钩，颠狂惹得朱颜瘦。对花儿也愁，对月儿也愁，等闲花月空相守[①]。泪双流，昨宵薄幸，若个到床头。

老妓

强作倚门羞，感新妆忆旧游，绿阴成子婴[②]啼后。年华似水流，鬓华容易秋[③]，当年舞袖知存否。问江州，琵琶写怨，谁是泛茶舟。

妓亡

泡幻影中花，向东风空自嗟，春蚕到死丝方罢。昨日呵门前闹哗，今日呵门墙冷耶浮生花，月光光乍恨铅华。孤坟何处，香骨委泥沙。

剪发妓

假订百年期，放甜头他自迷，金刀下处香云坠。你系我的，我系你的，青丝一缕交缠臂。又谁欺，频施巧计，只落得顶毛稀。

刺肱

挑处血淋漓，□[④]花浓沁玉肌，愿言毕世同连理。臂儿写伊，心儿想谁，只因爱钞亏遗体。待他归咫，除去也，另注一新的。

香疤

苦肉钓钱钩，把香肌结作仇，不量穴道将来灸。一壮不休，二壮不休，绵脂热处眉儿皱。问疼么，旧疤儿上，觉得辣挡挡。

干情人

结义妹和兄，总相亲虚有情，通家不管非同姓。一个似嫖客行径，一

---

① 此三句《南宫词纪》作"对花也愁，对月也愁，等闲花月难消受"。

② "婴"《南宫词纪》《黄莺儿》作"莺"。

③ 此两句《南宫词纪》《黄莺儿》作"年华水流，鬓华易秋"。

④ 所缺字疑似"墨"字。

个似情人未真，只落得靴儿磨破栽花境。问卿卿，昔年交厚，两体未相侵。

包妓

欲占凤鸾巢，掷千金买几宵，门前有客教。回了铅华尽抱，打扮故乔，冤家已落伊圈套。总看牢，时来别室，潜与那人交。

诡幼妓

华发已星星，说年年二八春，相逢怕听尊庚问。道二旬也未真，道三旬也未真，除非要从良，暗里推真命。约生辰，整除花甲，尚是十三龄。

庆生妓

平地寿筵开，仗名儿广索财，满堂瞒过他乡客。有几个赠钗，有几个赠鞋，星官前假意深深拜。性儿乖，算来一月，此席已三排。

争风妓

开口辨妍媸，跳槽即东复西，胭花队里伤和气。一个道你抢我的，一个道你胡我的，因他撒漫交争利。等些时，那人嫖脱，两下里便休提。

抽丰妓

人事买些须，远相投访故知，道自君别后长相忆。你家中有的，我家中没的，管教满载方回去。另寻谁，望门投止，又遇着妒花妻。

抽集妓

家具只琵琶，住不牢又想他，东追西逐如驵马。赚钱尚赊，盘缠儿拿又怕，同行人□捱不下。论生涯，不拘何处，□地便为家。

祷神

地上列三牲，合家儿拜路神，纸钱一陌祈灵荫。愿门如驿亭，客似密星，财源此后来滚滚。念伶仃，目从梳拢，寂寞到如今。

官鬻妓

明府缔良姻，业身躯又属人，亲生龟鸨难厮认。原值十缗，公还一缗，再休提倚市涂脂粉。这良人，只凭给配，未审俏和村。

私妮妓

色空本相因，舍身躯救众生，禅床共枕名入定。洞开法门，广种善因，悔前□发无殚鬓。这修行，轮回再世，乳犬是卿卿。

怕痒

闪缩避人吹，这娘行似紫薇，肋旁颔下常防刺。一抓笑嘻，再抓笑痴，近前到褪忙奔退。揣他肌，指头才到，便缩做一堆儿。

骑驴妓

策蹇纵康壮[1]，效昭君出塞妆，雕鞍跨处朱扉敞。叫的又忒忙，鞚的又忒忙，瘦脊儿挨得牝心痒。卸行装，那鞭儿踂跃，忽见意彷徨。

躲债妓

生意已阑珊，索钱的日几番，不如他处寻衣饭。鸡鸣度关，钟鸣度山，只愁追骑风来赶。算难还，来生他世，做畜也填还。

赁衣妓

典铺即吾家，镇春秋穿缎纱，移来换去谁知假。有客著他，没客折他，只愁污了追偿价。眼前花，未知裁匠，服饰尽繁华。

赌博

博客厕花奴，阑樗蒲赛神灵，紫氍毹上蹲牝虎。赢时节一筹不蹉，输时节千金也孤，狠心一掷钗双股。纵稍多，算来毕竟，总与这虔婆。

---

① “壮”当作“庄”。

打下

过客惹春心，或三分或数文，鸳鸯半晌同衾枕。恰才着裙，又索脱裩，谢天时有闲钱剩。送和迎，花心未澡，两股湿难禁。

品箫

玉树入谽谺，嗅扪时松齿牙，王家尘柄光和大。一个邛邛性发，一个津津唾滑，只憎他有蒂难吞下。好贪花，浑如饥犬，足捧骨椿呀。

卷发妓

辫发种还留，绉纱丝生满头，连拳屈曲如狮首。晓妆靠油，晚妆靠油，扯来缩去依还鬈。遇胡酉，教他错认，是环脚黑羊裘。

阔额

白鲞样芳颜，上头开下段尖，五官占得些些面。峨眉上边，发际下边，阔广尺二零分半。晓妆妍，摘来荷叶，贴作翠花钿。

浓眉[1]

半额翠蛾扬，笑东施柳叶苍，春山两座如屏障。刀剃了又长，线界[2]了又长，萋萋芳草秋波涨。试晨妆，巧施青黛，羞杀那张郎。

大目

□老闪晶光，这秋波太渺茫，泪珠半点如抛浪。横五寸长，开三寸长，双悬夹镜在山根旁。想娘行，磨坊障眼，也掩不尽四周眶。

隆准

高骨类悬瓶，忒昂藏这土星，醒见三斗都吸尽。准未出门，鼻已到邻，孤峰对耸临妆镜。问缘因，多应老鸨，夜夜抱胡人。

---

① 《黄莺儿》作“重眉妓”。

② “界”《黄莺儿》作“绞”。

黄齿

嘴角臭涎流，共伊言捻鼻头，黄金妆尽三十六。难共茶瓯，向人举袖频递口。又胡诌，道因含黄柏，别去色还留。

耳聋

心话悄难传，告他时傍耳喧，造歌隔壁犹疑远。锣声也枉然，当[①]声也枉然，有言指点，教他见到□天□。蝉声高噪，难醒竹床眠。

缺舌

语涩吐还吞，叠音多不奈，听娇喉气咽还如梗。心儿自灵，舌儿自浑，急忙时半句那能省。话多情，相思二，半晌未成声。

短视

每事近前窥，眼儿光一寸，微秋波半似开和闭。看花雾迷，踏青路迷，想是酣眠未醒初。扶起也希奇，情郎对面，兀自问伊谁。

长乳

一对肉王瓜，软铺铺手两揸，胸前谁把银瓶挂。母猪的小似他，母牛的小似他，像酒囊未入槽枋榨。更堪夸，教伊乳哺，倒节得十娃娃。

体气

两腋起腥风，满华堂溷厕中，名香枉□成何用。衣开气冲，被开气冲，芸芽莫讶终宵弄。要相逢，除非鼻塞，方可片时同。

病黄

素性嗜春芽，俨金妆塑释伽，面皮土色悲衰谢。常将粉搽，频将扇遮，莫不是饱饥酣睡难消化。血无□病深，黄胆一个带霜茄。

---

① "当"当作"铛"。

秃指

十指忒睦腐，笋儿尖没一些，琵琶欲拨须妆假。梧桐未芽，木笔未花，袖中笼着双犁耙。更堪嗟，若逢痒处，只索倩人爬。

巨足

撇道朗兜村，幸遮羞绕地裙，弓鞋三尺还嫌紧。蹋踘大声，响屧大声，香尘武敏双莲印。强娉婷，带儿缠杀，不减半分分。

丰臀

尻肉太肥饶，后裩儿似挂包，胡羊巨尾生来跷。行得不娇，坐得忒牢，湘裙十二犹嫌小。雨云交，轩昂恰好，不必垫高腰。

丛毛妓

两岸草萋萋，到桃源路更迷，游丝缭绕朱门闭。蒙茸怎披，绸缪怎窥，一番云雨如黏腻。似玄妃，兰阳浴罢，带雨黑蓑衣。

阴深

眢井窅然幽，怯银瓶绠不修，等闲仅把门儿扣。这的有尽头，他的没尽头，花心要着无能勾。尽情抽，直穷到底，除非丈八点蛇矛。

阴宽

玄牡广难填，腹包藏一洞天，合欢夜夜如新产。也不著这边，也不著那边，幺[1]么岂中东床选。已千年，敖曹逝矣，何地觅良缘。

不洁

尘坌绕兰房，枕和衾没点香，生平肥皂谁知样。污秽满裳，油垢满妆，相逢气息真难傍。试兰汤，三回浴罢，水尚腻如浆。

---

① “幺”疑误。

生风[1]

齞齞惹顽虫，蚁股多蚊样凶，累累密聚衣儿缝。黑的发中，白的被中，一宵客到传伊种。痒难容，解衣一捉，掐得指尖红。

易来妓

乐极意全输，到阳台雨便飞，温泉涌出娇如醉。麻来也不知，魂摇也不知，莫不是欲溺难回避。两相宜，似将玉杵，倒浸小盆池。

倒浇

小卒戴兜鍪，跨雕鞍罩玉鞦，磨脐直向心儿透。雄的下头雌上头，地天泰卦中间凑。意绸缪，雨中破伞，水傍柄儿流。

白淋

髓渴骨如柴，受精多不聚胎，纵然频灌流无奈。扯幅纸揌，拿幅绢揩，裩儿日挂竿头晒。月红来，红红白白，鸡蛋壳敲开。

遗溺

乳实不曾□，未三更湿数番，清泉一脉流银线。戒茶也枉然，戒汤也枉然，玉茎塞不住原泉眼。点痕班[2]，锦衾绣褥，晒喜艳阳天。

鸨子

歌扇已成尘，护奇花高索缗，传家衣钵惟纸粉。客来便欣，客去便嗔，袖中带把加三等。老魔君，运筹帷幄，知□儿王孙。

火者

薰得手儿焦，日三餐不住烧，脚汤常备花房要。吃的剩肴，穿的破袄，客来求赏些儿钞。遇陪嫖，推伊荐寝，谁不道鏖糟。

---

① “风”当作“虱”。

② “班”当作“斑”。类似情形下不出注。

水瘗妓

荐裹索二条，付清波贮阿娇，水流花落东风恼。随潮荡飘，随舡浪摇，茫茫水无人吊。可悲号，槎□[1]手足，掩鼻渡城壕。

男色妓

淫巧乱雄雌，要相逢启后扉，腰间别有风流处。子瑕是卫姬，最贤是汉妃，不交其面交其背。岁华飞，起来迟，对镜画蛾眉。

优妓

伎俩舞青衫，怪花奴忽有髯，梨园并作勾栏院。这行也兼，那行儿也兼，两般风月伊都占。假妆男，叔敖浑似，但露足纤纤。

闺中女

金屋贮婵娟，要相逢似遇仙，华堂深处谁能见。□□儿情谁传，相思病对谁言，眠思梦想空留连。告苍天，赤绳曾系，愿早结良缘。

寡妇

命薄早孀居，算青春正及时，阳台夜夜空云雨。花前的不敢期，月下的不敢期，只恐漏泄春消息。遇相如，文君窃玉，遗下个白头诗。

淫妇

欲火热难禁，爱风流喜趁人，恨此身不在胭花阵。日也抱亲亲，晚也抱亲亲，免在人家受孤另。骂王孙，秦楼偏去，不上我家门。

小官

谁家俊娃娃，好芳容似粉搽，冰肌雪肤难描画。六郎不似他，莲花更争差，黄金难买春无价。知音话，劝君开口，休教老了后庭花。

---

① 所缺字疑似“槐”。

又

绝色赛娇娘，向书帏看文章。知心量，有情朋伴，重发不多长。衣裳更素妆，动人眉目春风荡。细思量，则除是文章，满腹夜雨目连床。

又

平康一俊英，脸桃花体似银，六街三市闲游戏。乡人也相知，客人也相知，兼爱墨子无差次。得青蚨，酒楼歌肆，又饮两三壶。

嘲弃旧

年夜换门神，贴新人弃旧人，旧人已是无情分。新人儿时下亲，只等过三冬。又遇春颜色，淡眼晴昏。那时节送旧人，又换上新人。

美妓

杨柳舞腰，轻摆樱桃，笑口微含梅花点。处额三尖，八字峨眉轻钦。鞋露金莲窄小，袖笼玉笋纤纤。石榴裙子越罗衫，春满桃腮杏脸。

咏梳笼[①]

武陵春色浓如酒，游冶才郎，初试花间手。绛烛烧残人静后，眉峰便作伤春皱。霎时风狂和雨骤，柳嫩花柔，浑不奈僝僽。明日余香知在否。粉罗犹有残红透。

咏争风

一个将大明宝钞手中藏，一个把万卷诗书口内讲，两个斗英雄，坐倚秦楼上。问佳人那个强，粉头无语心中想，钱财虽好，读书人难量。老虔婆计较广，有钱的归罗帐，无钱的出洞房。丽春园内不是……[②]

---

① 此乃改窜宋人李石才词《一箩金》。见《全宋词》第 550 卷。“笼”多作“拢”。

② 下缺。

卷七中栏

【时兴玉井青莲歌】

等郎月上暗偷情，只为爹娘难脱身。欲待开门门又响，欲待开窗窗又鸣。恼人心，心惊胆战怕人听。

又

小郎身似桂花舡，有花无月枉徒然。几时移在蟾宫里，临到开时月自圆。两团圆，自古姮娥爱少年。

又

心肝小哥我的郎，如何教我不思量。旧年八月亲个嘴，至作[1]犹作桂花香。我的郎，一度思量一断肠。

又

心肝小哥我的亲，因何迎新弃旧人。新人有日终须旧，旧人昔日也曾新。心伤情，冤家原是虎狼心。

又

心肝小哥我的人，收拾行李下南京。房中设下饯行酒，叫声心肝痛杀人。我的亲，水面行舡要小心。

又

心肝小哥我的乖，眉来眼去被人猜。对面相见先还礼，峡[2]路相逢两闪开。我的乖，这些心事莫忘怀。

又

心肝小哥住海东，路途遥远信难通。郎作黄蜂奴作蝶，百花园内喜相

---

① "作"当作"今"。

② "峡"当作"狭"。

逢。要相逢,除是南柯一梦中。

又

当初是你把我调,如今是你把我抛。合清扇儿吊下水,淡了颜色脱了胶。两开交,闪得奴家没下稍。

又

昨日同姐到花园,百般花儿在眼前。世上花儿都不爱,情哥只友并头莲。莫相嫌,此花红活又新鲜。

又

昨日许我今日来,今日来时门不开。不是孔明朱[①]葛亮,因何三请不出来。臭奴才,逞甚英雄卖什乖。

又

昨宵一梦玄又玄,梦见心肝共枕眠。醒来依旧还是我,冤家只在梦中缠。好难延,梦里相交也枉然。

又

昨宵一梦睡朦胧,梦见心肝甚意浓。鸡啼惊散鸳鸯梦,醒来依旧各西东。恨冲冲,枉费团圆在梦中。

又

魆地敲门奴吃惊,急忙穿衣便起身。黑暗开门月下看,隔年桃核旧时仁。我的人,今宵重整旧姻盟。

又

碧纱窗下画情人,画得情人一样形。画姐同床又共枕,难画情人心上情。我的人,知人知面不知心。

---

① “朱”当作“诸”。

又

灯下修尽[1]付多情，包藏两字甚分明。目边点水言难尽，门里桃心闷杀人。好伤情，两泪汪汪写不成。

又

灯下修书付我人，笔笺写不尽离情。一行字洒千行泪，半纸书传万里情。我的亲，未必君心似我心。

又

灯下修书付我郎，临岐[2]携手诉衷肠。秦楼楚馆休贪恋，愿得成名返故乡。我的郎，异日荣归昼锦堂。

又

罢了罢了我收心，十遭遇着九遭人。洛阳桥上花如锦，偏我来时不遇春。我的亲，莫为心肝吊了魂。

又

爱姐俊俏又聪明，爱姐说话又知音。爱姐能知心上事，爱姐一片好真心。俏肝心，这样妙人何处寻。

又

想姐不见到天光，一炷明香告上苍。惟愿苍天保佑我，休教织女误牛郎。早成双，海誓山盟切莫忘。

又

姐儿房中抹骨牌，天地人和两边排。手里拿着夺钱伍，揉碎梅花不起来。我的乖，铁索孤舟不放开。

---

① “尽”当作“书”。
② “岐”当作“歧”。

又

姐儿门前一树槐，二十馀年花不开。今年八月开一朵，又被游蜂采将来。我的乖，小小虫儿这等歪。

又

姐儿门前一口塘，双飞鸳鸯里面藏。姐说鸳鸯好似我，鸳鸯似我不成双。我的郎，前生烧了断头香。

又

姐是丹青美人形，小郎见了谩沉吟。笑口欢容难说话，体态风流难近身。好伤情，无缘对面不相亲。

又

姐是上苑百花林，郎是黄蜂尾上针。也曾穿破莲心藕，也曾刺破牡丹心。俏肝心，采着滋味又来寻。

又

姐送才郎赴玉堂，金门待漏谒君王。金马玉堂三学士，归来身惹御炉香。我的郎，这场荣耀是非常。

又

姐儿生得白洋洋，赛过排草与射[1]香。洋子江[2]中洗个澡，射香冲倒海龙王。得成双，烧炷明香答上苍。

又

姐儿身上骨头轻，旧舡载过许多人。馆驿铺陈接多客，积年猾吏骗人精。活妖精，剪发拈香尽假情。

---

① “射”当作“麝”。下同。

② “洋子江”即“扬子江”。

又

青铜镜儿绿沉沉，里面照见外面人。分明两下都有意，缘何对面不贴身。我的亲，中间少个做媒人。

又

石榴花开叶儿尖，姐儿开口要三钱。麻布说了缎子价，山查[1]卖了荔枝钱。莫胡言，一分杭货一分钱。

又

桃花大姐桂花郎，梅花隔子雪花床。绣花枕头红花被，卖花姐遇买花郎。我的郎，洞房花烛到天光。

又

金银花开香又清，可惜耽个野花名。惜花哥哥贪耽我，早上移栽到家庭。我的人，更比家花香十分。

【戈[2]阳童声歌】

时人作事巧非常，歌儿改调戈阳腔。唱来唱去十分好，唱得昏迷姐爱郎。好难当，怎能忘，勾引风情挂肚肠。

又

郎唱山歌唱得新，姐在房中不做声。悄悄听他唱甚么，唱来唱去动奴心。好难禁，我的亲，几时鸾凤得和鸣。

又

紫竹箫儿肚里明，轻轻吹出巧样声。温存只在舌尖上，要讨风情指下生。借风情，俏肝心，倩我吹送故人听。

---

① “查”当作“楂”。

② “戈”疑当作“弋”。下同。

又

天是阳来他[1]是阴，也有同心会合情。愿郎一似天心正，姐心好似地心平。天地心，两分明，与你姻缘百岁成。

又

天地神明一样心，彼此相交要长情。我郎惟愿松柏老，姐如翠竹四时新。我的亲，要真心，鸾凤和鸣到鬓星。

又

父母亲来不见亲，惟有心肝动我情。软款温柔乖又巧，几回说话又知音。我的亲，爱杀人，与你和谐百岁姻。

又

姐在房中绣鸳衾，郎在外面唱歌声。谁家心肝唱得好，唱得昏迷吊了针。没处寻，气杀人，恨不得搂抱命肝心。

又

姐在房中绣枝花，郎唱山歌唱得佳。分明绣朵樱桃蕊，缘何绣出瑞香花。乱如麻，老冤家，恨不得番身搂抱他。

又

姐在房中绣花鞋，忽听山歌唱妙哉。分明绣对鸾和凤，唱得昏迷绣不来。好难捱，我的乖，何时得遂楚阳台。

又

姐在房中绣荷包，郎在外面卖仙桃。三冬那得仙桃卖，哄姐出来瞧一瞧。我的娇，莫心焦，和你相逢在这遭。

---

① “他”疑当作“地”。

又

姐在房中织红绫，郎在外面唱歌声。轻轻巧巧唱得好，唱得昏迷织不成。好难禁，我的亲，只恨蓝桥水又深。

又

小小鱼儿小小鳞，小小姐儿爱杀人。若得姐儿耍一耍，救苦救难观世音。我的亲，悄[①]肝心，春宵一刻值千金。

又

姐儿好似厘等[②]形，惯使枭心撮弄人。无钱身子全不动，有钱就知重和轻。厘等形，大无情，被你秤[③]过几多银。

又

姐儿好似撮贵形，搬动其中窍妙深。无情做出有情事，有情转眼就无情。撮贵形，大无情，被伊哄过几多人。

【新增协韵耍儿】[④]

临清姐儿赛莺莺，十分窈窕十分清。若还见了张君瑞，搂抱深深不做声。好轻轻，喜不胜，手段从来多惯经。

又

扬州姐儿胜碧秋，朝朝暮暮逞风流。有缘遇着陈中烈，颠倒鸳鸯不肯丢。好好抽，且莫休，百战全无半点忧。

---

① “悄”当作“俏”。

② “等”当作“戥”。下同。

③ “秤”当作“称”。

④ 《玉谷新簧》作“时兴各处讥妓耍孩儿歌”。

又

仪真姐儿似玉真，万般袅娜叫亲亲。眼前得见苏郎面，海誓山盟表寸心。喜欢欢，弃此身，倒凤颠鸾日日新[①]。

又

苏州姐儿称小苏，人人齐说是仙姑。朱颜绿鬓多丰采，相待常如相见初。好姐夫，手段粗，只怕明朝骨髓枯。

又

天津姐儿似六娘，枕边长伴状元郎。叮咛此去朝天子，独占鳌头姓字香。我的郎，切莫忘，才子佳人岁月长。

又

萧山姐儿似玉箫，传盅弄斝劝多娇。西湖十里风光好，款款轻轻摆柳腰。问娇娇，香已消，偷情莫待月儿高。

又

钱塘姐儿不要钱，只图花酒过流年。逢人便唱相思曲，拨尽琵琶珠泪涟。好向前，慢慢缠，总在仙姬一夜眠。

又

兰溪姐儿似弱兰，娇娆体态赛人间。邮亭学士亲携手，笑把胭脂点玉颜。梦未残，夜已阑，恼乱柔肠泪暗弹。

又

杭州姐儿情意多，红罗帐里叫亲哥。平生手段赢人处，尽在今宵锦被窝。俏哥哥，莫心多，织锦机中好弄梭。

---

① 此三句《玉谷新簧》作“喜欣欣，弃此身，倒凤颠鸾日新新”。

又

襄阳姐儿心性乖，花前把酒问多才。今宵雨散云收后，明日情哥来不来。好情怀，得和谐，梦魂飞入楚阳台。

又

樊城姐儿最耐烦，问郎何事买朱颜。前生欠你风流债，今宵须当尽力还。灯已残，夜已阑，这段姻缘不等闲。

又

荆州姐儿生得清，点头便识重和轻。一朝幸遇风流婿，软柔温款①笑几声。一事精，百事精，赛过南京与北京。

又

汴梁姐儿情意长，香罗取下送情郎。香罗易得人难得，几度思量几断肠。出洞房，问我郎，何日重来上战场。

又

云南姐儿白似银，纷纷翠袖与红裙。谢安挟到东山上，共饮金瓯酒几巡。行得匀，喝得匀，风月场中独出群。

又

九江姐儿名色香，笑容满面体如霜。妆台百事般般晓，弹动琵琶韵更长。好风光，在西厢，莫说苏杭为建昌。

又

广东姐儿住海边，逢人便唱碧云天。殷勤劝酒多娇媚，好似桃源洞里仙。裸香肩，颠倒颠，一夜恩情有万千。

---

① “软柔温款”《玉谷新簧》作“软款温柔”。

又

顺昌姐儿上戏台，轻轻唱个俊多才。张生见了莺莺姐，悄悄实实抱在怀。好好挨，慢慢来，露滴牡丹花正开。

又

荆州姐儿生得娇，红裙翠袖两飘飘。桃腮杏脸樱桃口，还有轻盈杨柳腰。心下焦，吹玉箫，果把乘龙女婿招。

又

湘江女儿颜色多，穿的袜子是绫波。千娇百媚人间少，好似姮娥降世阿。唱着歌，抛着梭，织得鸳鸯锦被么[①]。

又

苏州姐儿赛姮娥，身穿缎绢与绫罗。娇娇滴，无瑕疵，夫妇相交情意多。少差讹，拜公婆，白玉堆瑕尚可磨。

又

镇江女儿踢戏毬，花前月下意绸缪。春情欲寄无方便，红叶题诗逐水流。梦悠悠，无处求，闺阁徒劳望斗牛。

又

杨[②]州女儿好读书，文章烈烈动台枢。六韬三略胸中饱，发策先知胜与输。情也舒，意也舒，一段风流赛绿珠。

又

临清姐儿貌似花，桃腮杏脸鬓堆鸦。如今莫道人间妇，月里姮娥难比他。声也佳，色也佳，赛过江南百万家。

---

① “么”疑当作“窝”。

② “杨”当作“扬”。

又

杭州女儿颜色娇，宝炉常把夜香烧。才郎闻道低低语，夜半相思梦□消。贫不焦，富不骄，百岁姻缘在一朝。

又

九江女儿情思多，寻花弄柳乱如梭。春来要去求鸾凤，坐向高山巧唱哥[①]。下草坡，扯哥哥，成就姻缘好也么。

又

建昌女儿好殷勤，才郎未配叫新人。绿丝窗下拈针指，终日□□绣凤麟。朝也勤，暮也勤，忙里偷闲问鬼神。

又

金华女儿生得奇，朱颜绿鬓又娥眉。微微一笑千金价，多少才郎心下迷。会佳期，入绣纬[②]，无限风情在眼时。

又

桐城小伙好唱哥，声声唱出小登科。不觉秀才知道了，扯到家中当老婆。笑呵呵，我的哥，这样娇娇有几多[③]。

又

铜陵小伙似曰[④]铜，任君敲打面难红。光光滑滑皮肤嫩，锦绣衣裳重复重。笑融融，着实笼[⑤]，比那寻常大不同。

---

① “哥”当作“歌”。本书“哥”“歌”时相混用，类似情形下不出注。
② “纬”当作“帏”。
③ “多”《玉谷新簧》作“个”。
④ “曰”当作“白”。
⑤ “笼”据《玉谷新簧》补。

又

鄱阳[1]小伙娶老婆，问他何事苦吟哦。我们当初结朋友，比你前头少一窝。叫哥哥，莫管他，任是艰难度不过。

又

徽州小伙似石灰，清清白白自成准。中间放着些儿水，热气烘烘任你抔。笑嘻嘻，慢慢推，只要哥哥记在怀。

又

麻城小伙脸衬霞，逢人便[2]把指尖爬。连爬三下肯不肯，何必调情弄齿牙。俊娇[3]娃，两情加，蘸着些儿满体麻。

又

京山[4]小伙不着惊，朝朝打扮做人情。交趾排草送一两，任你从容打个钉。重与轻[5]，不做声，惺惺自古惜惺惺。

又

沙市小伙穿绉纱，摇摇摆摆去人家。十分颜色多光彩，好似团团锦上花。锦上花，抱琵琶，非我夸，出塞昭君难比他。

又

团风小伙貌堂堂，巧语花言任你盘。逢人漫说三分话，遇着知音便下房。事已定，不要忙，抱住情哥懒下床。

---

① “鄱阳”《玉谷新簧》作“潭城”。

② “便”《玉谷新簧》作“要”。

③ “娇”《玉谷新簧》作“乖”。

④ “京山”《玉谷新簧》作“书林”。

⑤ “轻”《玉谷新簧》作“深”。

又

蕲州小伙分外奇，与人方便最多时。任君做到艰难处，喜地欢天不皱眉。哭啼啼，行步迟，扯住君衣不忍离。

又

漳州小伙有主张，少年辛苦学文章。青灯独坐无人伴，夜半思量实惨伤。这壁厢，那壁厢，成就多少探花郎。

又

上清小伙生得清，道人见了懒看经。夜来覆雨番云后，睡得浓浓到五更。梦已醒，叫几声，莫把奴奴看得轻。

【九句妙龄情歌】

其一

郎做鱼儿水上游，姐做金丝钓鱼钩。当初只因错开口，如今吞了倒须钩。挂住喉，怎开交；我心焦，我的娇，教我难舍又难丢。

又

正月初一来拜年，双膝跪在姐跟前。十指纤纤掺[①]郎起，我两相交拜甚年。莫歪缠，请向前；叙姻缘，听奴言，早晚奉事不周全。

又

江水混[②]来河水清，我两相交要长情。任他毁讪狂言语，浑的浑来清的清。我的亲，久长情；休丢罢，不恋新，教奴日夜好伤心。

---

① “掺”当作“搀”。

② “混”又作“浑”。

又

姐儿上山砍柴薪，被郎扯住黑松林。千乔万推我不肯，番来覆去逼成亲。遭了瘟，扯破裩；打个钉，我害疼，再来砍柴烧自身。

又

郎在杭州寄书来，姐拿房中忙拆开。眼里看书心里想，提起教人泪满腮。汗巾揩，哭声哀；叫声乖，好伤怀，为何书来人不来。

又

三条丝线白青黄，造成哑谜寄情郎。白白丢奴清清冷，相思害得脸皮黄。只为郎，病在床；苦难当，寄衷肠，叫郎三思自忖量。

又

假不假来真不真，我也难调你的心。若还调你真心转，除非丢了心上人。莫□寻，放开心；我的亲，才得成，销金帐里结同心。

又

眉来眼去数十遭，用心用意把你调。今日人多情难尽，劝你归家宿一宵。开了交，休跳槽；我的娇，莫心焦，断然许你到明朝。

又

心肝人儿我的娇，昨夜因何又跳槽。走到他家拿住了，一夜打得不开交。鞫情由，不住休；死臭囚，羞不羞，再敢跳槽不跳槽。

又

郎在窗内做文章，姐在窗前烧夜香。一炷心香愿郎中，几炷心香答上苍。槐花黄，赴科场；我的郎，姓名扬，那时节白马红缨归故乡。

又

姐在房中织绣罗，郎在外面唱山歌。你是谁家风流子，口唱这等异样哥。吊了梭，满地摸；使脚蹉，我的歌，恨不得番身搂抱呵。

又

小小道童下山来，手拿鱼鼓上长街。不化钱来不化米，只化心肝齐[1]我斋。小乖乖，靠前来；打个拐，就丢开，明中舍去暗中来。

风月词珍

见《词珍雅调》。题豫人李子汇选，金陵书肆绣梓。《风月词珍》首集，多辑录时兴小曲，如《锁南枝·赠妓》《锁南枝·妓女闺情》《驻云飞·春景闺情》《新兴闹五更》《时兴十二时闺情妙曲》《时兴桐城山歌·斯文佳味》《时兴桐城山歌·私情佳味》等[2]。此处选录数首（馀大部分为文人创作，如《锁南枝·妓女闺情》之"伤心事，诉与谁"为刘效祖作）。

【锁南枝】

妖娆态窈窕身，爱他躲人又看人。眉眼儿自留情，体貌儿多聪俊。欲相近又怕嗔，俏冤家忒风韵。

又

桃花脸掬笑容，眉留目送意颇浓。邂逅欲相逢，恐被人窥弄。须待三更月半夜钟，与你结鸳鸯谐鸾凤。以上私情

又

雕栏畔遇可人，双膝儿跪下叫观世音。救我孽报因，忘食并废寝。缠不过停怒嗔，半应承半不肯。

---

① "齐"疑或作"斋"。

② 据郭英德《稀见明代戏曲选本三种叙录》，《清华大学学报》（哲学社会科学版）2007年第3期（第22卷）。

又

美芙蓉白象床，多情相款兰麝香。春水戏鸳鸯，罗衾染红浪。云雨密魂梦长，多少旧相思，今宵已勾账。以上欢会

又

客[①]如月鬓似云，风流可比杨太真。肌似玉犹温，眉如柳痕嫩。情如旧意似新，爱杀他步金，止三寸。

赠妓

初相会可意才，一笑生春千金难买。娇滴滴杏脸桃花腮，齐蓁蓁翠袖弓鞋。恰便似仙子临凡，观音出海。虽然是路柳墙花，人人见了谁不爱。一霎时相逢，思量勾半载。几时得带土连根，移来在大院深宅。

又[②]

初相会可意人，年少青春还不上两旬。黑填填两朵乌云，红馥馥一点朱唇。脸赛夭桃，身如嫩柳，若生在画阁兰堂，端的也有夫人分。可惜在章台，出落做下品。但能够改嫁从良，胜强似弃旧迎新。

又

初相会，可意姿，月殿里嫦娥不过是如此。动人情月底吟诗，断肠声席上歌词。瘦体纤腰，明眸皓齿，分明是再长莺莺，可惜不在蒲东寺。鬼病恹恹，多因他害死。几时得成就了姻缘，胜强似救苦的灵慈。

【新兴闹五更 银纽丝】

一更里难捱灯落也花，乔才恋酒在谁家。自嗟呀，教人提起泪如麻。非干是你乖，多因是我差，枕边错听了当初话。思量别寻个俏冤家，又恐怕温存不似也他。我的天，撇下难，难撇下。

---

① “客”疑误。

② 此首又见《金瓶梅词话》第六十一回，字句稍有差异。

二更里难挨月照也窗，停针无语对银缸。转柔肠，围屏斜倚盼才郎。人儿不见来，影儿怎得双，何时了却相思帐。轻移莲步出兰房，问卜金钱年少也郎。我的天，磨障人，人磨障。

三更里难捱香烬也炉，离人愁闷听铜壶。怎支吾，和衣恋枕暗消磨。妾非薄倖人，遭逢薄倖夫，可怜奴把青春误。佳期约定在春初，秋雁南来书信也无。我的天，辜负奴，奴辜负。

四更里难捱被冷也寒，忽听得樵楼鼓声喧。好熬煎，伤情自觉损容颜。金钏渐渐松，罗裙渐渐宽，凄凄切切谁为伴。宾鸿不肯把书传，一旦离愁眉上也攒。我的天，留恋谁，谁留恋。

五更里难捱鸡唱也鸣，乌鸦啼散满天星。枕寒衾，番来覆去梦难成。天台路又高，蓝桥水又深，可怜闪杀人孤另。早来梳洗告灵神，提起他的名儿心上也疼。我的天，孤另人，人孤另。

【时兴十二时闺情妙曲 金纽丝】

子时里难捱思情也人，星移斗转漏声频。苦难禁，相思害得瘦伶仃。冤家不见来，被儿谁与温，冷清清独自谁瞅问。几回梦里见亲亲，醒却来时两处也分。我的天，愁闷人，人愁闷。

丑时里难捱意似也痴，满怀心事有谁知。苦难题，宿花蝴蝶梦魂迷。谯楼鼓乱挝，邻家鸡乱啼，离人枕上添愁思。分明有路到陵溪，薄倖不来书信也稀。我的天，珠泪垂，垂珠泪。

寅时里难捱思情也郎，薄情一去不还乡。苦难当，谁人传诉我衷肠。灯儿渐渐昏，天儿渐渐光，孤帐冷落添惆怅。相思害得脸儿黄，一夜无眠更漏也长。我的天，磨障人，人磨障。

卯时里难捱暗告也天，离人何事不团圆。好心酸，别时容易见时难。当时所见偏，今朝果谬言，海神庙里空发愿。书儿修下少人传，卜尽金钱郎未也还。我的天，相见难，难相见。

辰时里难捱日照也窗，画楼频倚望才郎。好恓惶，孤行独坐守空房。相思只自伤，薰炉久断香，何时才把愁眉放。早知下得狠心肠，何不当初不会也郎。我的天，惆怅人，人惆怅。

巳时里难捱自悲也哀，几回勉强傍妆台。好伤怀，菱花羞照面容哀。画眉人未来，青鸾信又乖，翠花钿扯碎无心带。真心一片为乔才，默默无言使我也猜。我的天，倚赖谁，谁倚赖。

午时难捱日正也中，窗前倦里绣花绒。恨匆匆，自从那日各西东。佳期久未逢，相思病转浓，急煎煎止不住心头痛。想应别处恋娇容，薄倖冤家闪我也空。我的天，鸾凤分，分鸾凤。

未时里难捱日影也偏，一腔春病向谁言。苦熬煎，古来薄命是红颜。清晨鹊噪喧，黄昏灯焰鲜，两般不效空留恋。相思动岁又经年，撇下我孤伶谁见也怜。我的天，相见难，难相见。

申时里难捱日坠也西，雕栏斜倚泪偷垂。好孤恓，恹恹消瘦怎支持。冤家何所栖，妾身何所依，枕边盟誓成虚费。佳期约定燕来时，篱菊花残尚未也归。我的天，存济难，难存济。

酉时里难捱日落也川，恰将离恨托水弦。强留连，愁人度日胜如年。阳台梦未员，秦楼凤悄然，好姻缘一似风筝断。从他去后减容颜，茶饭无心懒待也沾。我的天，埋怨谁，谁埋怨。

戌时里难捱月渐也升，钟声野寺报黄昏。强支撑，孤灯孤月照孤身。祆庙火来焚，蓝桥水正深，时光有尽情无尽。寒生锦被息馀熏，铁石心肠闪杀也人。我的天，愁恨人，人愁恨。

亥时里难捱月正也辉，新愁旧恨积成堆。好伤悲，从前恩爱化寒灰。愁容渐觉颓，他心总是亏，鲛绡揾不住相思泪。乔才短倖似王魁，怕听谯楼更漏也催。我的天，相会难，难相会。

【时兴桐城山歌】

斯文佳味

大比之年赴选场，姐扯衣裳不放郎。想你广寒宫里去，月中丹桂要高扳，嫦娥只敬读书郎。

又

槐花三秋今又黄，我送情郎赴科场。长亭送别难分手，指扳月桂状元郎，嘱咐亲亲莫改常。

又

昨日西游今日东，百花如锦上林中。花开有意随郎采，愿郎先折状元红。

又

一个姐儿相交有七个郎，个个肚里饱文章。前前后后都高中，高车驷马任他邦。一郎在浙江做布政，二郎在北京做侍郎，三郎在江西做巡按，四郎在湖广做都堂，五郎在云南做参政，六郎在南京做操江，只有七郎年纪小，今年新中状元郎，如何教我不思量。

又

桂花开时香满天，忽听嫦娥把信传。报道今年花更好，才人努力要争先，高枝留与贵人攀。

又

姐在房中作郎鞋，郎在窗外把桂栽。准拟今秋丹桂开，袖染天香入姐怀，那时鱼水两和谐。

又

心肝哥哥我的郎，收拾琴剑赴科场。鲤鱼跳在荷叶上，翻身就是绿衣郎，白马红缨荣故乡。

又

桂花开时黄似金，你是花中第一名。未曾结蕊香先透，花开引动少年心，果然声价值千金。

又

送郎送到大门东，愿郎别我赴科场。我郎只想功名好，我为情郎想断肠，郎你早占鳌头返故乡。

又

心上人儿久不逢，昨宵梦见两情浓。想是前生修不到，今生闪得两西东。空，枉使团圆在梦中。

又

红红白白白黄黄，三样花儿一样香。我郎本是金阶上客，状元榜眼探花郎，白马红缨昼锦堂。

【时兴桐城山歌】

私情佳味

自古山歌四句成，如今五句正时兴。看来好似红纳袄，一番拆洗一番新。兴，多少心思在尾声。

又

捏姐一把软溜溜，背地问郎羞不羞。天地明知我俩个有，调情那在这高头。囚，皮着脸儿不害羞。

又

久闻久闻又久闻，久闻尊兄是妙人。久闻尊兄情意好，果然识重又知轻，话不虚传果是真。

又

喜得连理两和谐，抛的鸳鸯两分开。恼得邻家鸡报晓，望得鸿雁寄书来。来不来，又恐书来人未来。

又

一杯酒儿满满斟，殷勤奉与有情人。若还心肝不饮这杯酒，辜负奴家一片心。勉强吞，西出阳关无故人。

又

白银扣儿紫金箱，情郎送与钉在砍背上。人人叫我拆了罢，我要钉在我胸堂[①]，千金难买自主张。

又

扣儿原来是块金，相思大就锦缠身。扣在胸堂无别意，怕你开怀搂别人，我也难知你的心。

又

送郎送在十里亭，再送十里我回程。本要送三十里[②]，鞋亏袜小步难行。情，断肠人送断肠人。

又

郎上孤舟妾倚楼，西风顺水送行舟。老天若有留郎意，一夜东风水倒流，五拜拈香三叩头。

又

一盏灯儿红悠悠，郎脱衣裳我除头。银钩挂起销金帐，狮子□花滚绣球，枯树盘跟在里头。

又

石榴花开叶儿尖，八十婆婆打秋千。过路大哥莫笑我，时人说我老癸头，将谓偷闲学少年。

又

玉石簪儿金裹头，送与情哥把拴头。待我来时轻插上，莫等闲人乱来插。□□□，长伴青丝到白头。

---

① “胸堂”当作“胸膛”。

② 缺“郎”字。冯梦龙辑《山歌》卷十《桐城歌》有《送郎》，此句作“本待送郎三十里”。

又

昨日于[①]姐同过桥，调他几调把头摇。待他十八春心动，那时倒扯我上桥。莫心焦，我也学姐把头摇。

又

昨日与姐把拳猜，姐说两个带将来。郎说和姐共一个，若还你两个我先开，说谎冤家该不该。

又

月儿湾湾[②]贴着天，牙梳湾湾掠鬓边。手儿湾湾搂郎颈，小脚儿弯弯搭郎肩。颠，好似推车上小山。

又

郎在枕上叙私情，姐叫情郎莫做声。只恐隔墙头有耳，谨防窗外岂无人，二人话儿只在心。

又

姐儿住在竹林西，劝人莫养犬和鸡。郎又来时犬又吠，正好贪花鸡又啼，拆散鸳鸯两处飞。

又

别离别离苦别离，别离不觉许多时。夜深对着孤灯坐，不知情郎在那里，孤恓孤恓好孤恓。

又

终日恹恹想故人，故人还有别人心。我比松柏奈长久，任他桃李去争春，各人自尽各人心。

---

① “于”《山歌》卷十《桐城歌》作“与”。

② “湾湾”当作“弯弯”。类似情形下不出注。

又

牡丹上复蜜蜂哥，一日能过几条河。我的鲜花由你采，看你相交第二个，你也莫来调戏我。

又

开交怎与你善开交，罢了怎与你干罢了。本待要打你下不得手，二人同去把香烧，负心的人儿天鉴表。

又

象牙簪儿一点油，从小带你未曾休。头发丝儿瞒不过你，我也不去别寻头，你要寻头卧便休。

又

假不假来真不真，叫我难调你的心。若还调得你真心转，除非丢了心上人。免得成，鸭蛋双黄有二心。

又

你两人相交我装痴，看你相交到几时。量你比不得松和柏，终究有个散场时，你的心事我尽知。

又

辜恩还是你辜恩，薄情还是你薄情。错了还是我错了，痴心还是我痴心，天地人问薄倖人。

又

休在人前逞风流，莫把名儿四下丢。今朝仔细说破了，你闲是闲非一笔勾，永远相交到白头。

又

姐儿上山砍柴薪，被人哄到黑松林。千缠万缠也不肯，被他白白按倒打了个钉。扯破裩，遭了瘟，再要砍柴烧自身。可怜可怜真可怜，纽扣改做网中圈。当初放你在心坎上，如今撇在脑后边，如何两下不团圆。

又

望郎望到日头西，独向林中看鸟栖。我和你若学林中鸟，双来双去又双飞，时时刻刻不分离。

又

一别如同隔几秋，终朝放不下我心头。苍天若肯从人愿，免得思乡泪暗流。免我愁，生在同衾死同丘。

又

用心结个锦香囊，叫他紧系在身傍。功夫不到难成就，人前切莫把名扬。细思量，古云有麝自然香。

又

何处飞来白头翁，着他踹折一枝红。待要掂弓放弹子，可怜临老入花丛。恨无穷，花开能有几时红。

又

郎的舌头似檀香，姐的口儿似蜜糖。檀香插在蜜糖里，甜又甜来香又香，如何叫我不思量。

又

寂寂寞寞进姐房，轻轻巧巧上姐床。慌慌张张干了事，思思切切诉衷肠，哭哭啼啼泪汪汪。

又

碧纱窗下拆开封，一纸从头到尾空。想是我郎无别事，相思尽在不言中，见书如见故人容。

又

想郎想的意如痴，念郎念破口唇皮。红尘不断人来往，我的心肝在那里，盼郎不到好孤恓。

又

五更鸡儿叫啼啼，热肉相连怎舍得。郎说鸡叫天明了，姐说寒鸡半夜啼，心肝一去好孤恓。

又

五更鸡来五更鸡，谁人认叫你四更啼。多少鸳鸯交颈睡，被他叫得两分离，一个东西[①]一个西。

又

姐是戏球一般般，被人悬挂在身边。人前就把行头踢，一片虚情假团圆，未知真情在那边。

又

钩钩钩来钩上钩，免得上钩就要丢。早知冤家丢我早，何不当初莫上钩，也[②]烦恼也无愁。

又

郎有心来姐有心，二人好似线和针。针儿何曾离了线，线儿何曾离了针，愿与你同做白头人。

又

郎有心来姐有心，那怕山高水又深。山高自有郎行路，水深自有渡船人，世间只怕有心人。

---

① "西"疑当作"来"。
② 疑脱一"无"字。

又

昨宵梦儿做得玄，梦见情人共枕眠。醒来依然还是我，冤家只在梦里缠，梦里相交也枉然。

又

壁上画马马难骑，泥塑的春牛拽不得犁。纸做的船儿过不得海，相交的俵子[①]当不[②]妻。你好痴，终久有个散场时。

乐府万象新

全称为《梨园会选古今传奇滚调新词乐府万象新》。无确切刊刻时间。全书收录滚调特色的戏剧作品和若干时曲。

卷二中栏

【新增京省倒挂真儿】

[挂枝儿]唱得真个妙，听得将来交奴魂自消，同声和韵频频调。板儿轻轻打，字儿慢慢调，知趣的人儿，又唱得这般样好。

又

风流要曲时时变，[挂真儿]赛过[粉红莲]，听娇声闻细语唱得人不厌。句句动奴心，相思病转添，恨不得到来又与他学一变。

---

① “俵子”即“婊子”。

② 疑脱一“得”字。

又

送亲亲送到在黄河岸[①]，叫梅香背琵琶送他上舡，舡开一似弓飞箭。黄河风又紧，孤舟浪里颠。不见我亲亲，重，只见桅杆闪。

又

送亲亲送在凉亭后，手挽手祝付[②]娇娇，亲亲听我从头告。葫芦沉海底，么底水上漂。若和你开交，重，猫儿被鼠咬。

又

送亲亲直送在阳关道，千叮咛万祝付切莫去嫖，花街女子真强盗。口甜心里苦，杀人不用刀。用尽钱儿，重，他不和你好。

又

送亲亲送在阳关道，泪珠儿滴透马鞍鞒，临行丢下相思调。人儿又聪明，话儿说得巧，这样里歌歌，重，教我那里讨。

又

送亲亲送别在阳关外[③]，千叮咛万祝付早些回来，家中又没个亲人在。身上有些病，肚里又怀胎。爱吃的酸梅，重，谁人替奴买。

又

送亲亲送别在花园后[④]，他手挽我手，叮咛嘱咐心肝肉。逢桥须下马，有路莫登舟。到晚来孤单，重，少要吃些酒。

---

① 冯梦龙辑《挂枝儿·别部》四卷《送别》有云："送情人直送到黄河岸，说不尽话不尽只得放他上船，船开好似离弦箭。黄河风又大，孤舟浪里颠。远望竿也，渐渐去得远。"

② "祝付"当作"嘱咐"。类似情形下不出注。

③ 《挂枝儿·别部》四卷《送别》有云："送情人直送到门儿外，千叮咛万嘱咐早早回来，你晓得我家中并没个亲人在。我身子又有病，腹内又有了胎。就是要吃些咸酸也，那一个与我买。"

④ 《挂枝儿·别部》四卷《送别》有云："送情人直送到花园后，禁不住泪汪汪滴下眼梢头，长途全靠神灵佑。逢桥须下马，有路莫登舟。夜晚的孤单也，少要饮些酒。"

又

送亲亲送别在十里店，袖儿里取出一把快夹剪，好银子剪下三钱半。去的只管去，奴也不挂牵。不为这银子，重，不送你这等远。

又

俏冤家进门来把你名儿叫，是谁家小乖乖我的娇娇，你缘何生得这般俏。唇红齿又白，眼乖脚又小。站在我跟前，重，魂魄都去了。

又

俏冤家指定把爹娘骂，为甚的生得我一枝花，人人见了把心牵挂。张三才罢手，李四又来拿。铁铸的棚棚，重，不禁这等打。

又

俏冤家一见了教人恋，动人处细语轻言，何时得遂心头愿。好个书生辈，姮娥爱少年。金榜上题名，重，和伊成姻眷。

又

幼年间做女儿真个趣，到如今做媳妇受尽了亏，晚来时要伴着郎君睡。两脚跷跷起，那话儿望里追。追出魂来，又，要亲个嘴。

又

裁白芷写下一封书，倩槟榔寄着刘寄奴，想当归不见茴香故。茵陈千里远，恒山万里途。使君子不来，又，真是黄连苦。

又

一更里二更里三更里四更里鸡又啼，扁[1]毛的畜生不知些趣。要叫

① “扁”《大明春》作“贱”。

大[1]明叫，要啼五更啼。惊醒我乖乖，重，活活[2]杀了你。

又

闷恹恹与姐妹同玩耍，忽然间想起我的冤家，告姐姐恕妹妹不陪罢。一时神昏起，眼睛睩睩花。委实是真情，重，非是些儿假。

又

春日阿春青草，春山下春水流，春意儿娇，春鸟儿止不住春树上叫。春心名焦躁，春意加烦恼。春叫猫儿，重，思春心动了。

又

为亲亲惹下相思债，无心懒去绣花鞋，我的玉人儿今何在。心儿想着他，手儿托着腮。无限的相思，重，真个深似海。

又[3]

俏冤家我待你真情实意，到如今丢得奴东不东西不西，今晚不知在谁家睡。去便由你去，不来受你亏。手摩着心头，重，那些辜负你。

又

做梦也不想你心肠变，我也曾有好意在你跟前，缘何就把心儿变。怨只怨自己，叫不应苍天。负义忘恩，重，半路将人闪。

又

姐儿生得娇模样，穿一套竹根青的衣裳，脸儿清香眉儿淡。曲曲金莲小，纤纤玉指长。站在门前，又，多少行人把你想。

---

① “大”当作“天”。

② “活活”《大明春》作“提刀”。

③ 此首《大明春》作：“俏冤家我待你真情实意，到如今丢得奴东不东西不西，今晚不知谁家睡。去便由你去，睡到五更时。手拊心头，手拊心头，那些儿负着你。心拊心头，心拊心头，那些儿负了你。”

又

为亲亲各庙都游遍，手拈香烧告神灵，佛前诉不尽愁和怨。南无我的佛，阿弥我的天，佛见我凄凉，ㄡ，也把头来点。

又[①]

相思害得我神无定，茶不思饭不想懒得做声，谁知撞入迷魂阵。口说要丢你，心儿还不肯。说起丢时，ㄡ，愈加想得狠。

又

相思病害得你心不净，瞒了我背地里去偷情。人人都说我不信，如今才见你脸上抓破痕。纵是他缠，ㄡ，也要你心里肯。

又[②]

这几夜都做个不祥梦，请先生问一卜定个吉凶，你看此卦那爻动。又看财气旺不旺，禄马动不动。仔细推详，ㄡ，莫将人来哄。

又

那先生便把卦来占，焚明香祷告天撒下金钱，这卦儿乃是风山渐。财气虽然旺，有些小留连。被一个阴人，重，把他相伴缠[③]。

又

那姐姐听得长吁气，请先生再与我卜个因依，看他们几时撇那天杀的。问他音和信，问他归不归。用心搜求，重，重重相谢你。

---

① 《挂枝儿·想部》三卷《相思》云："害相思害得我心神不定，茶不思饭不想酒也懒去沾唇，聪明人闯入迷魂阵。口说丢开罢，心里又还疼。若说起丢开也，我到越发想得紧。"

② 此首至"那先生再把卦来推"，《摘锦奇音》之《时尚古人劈破玉歌》分别作《女问卦》《女复问》《先生答》《女复问》《复占卦》，文字略有差异。

③ "伴缠"《摘锦奇音》作"牵恋"。

又

那先生再把卦来推，再占占再问问[1]，占得一个地火明夷，劝姐姐休得要痴心意。行人身未动，子孙又尅妻。迷恋那娇情，重，因此别了你[2]。

又

此一去要把龙门跳，脱蓝衫换紫袍直上青霄，蟾宫折桂多荣耀。万般皆下品，惟有读书高。驷马高车，重，谁不道是好。

又

天生玉人谁不爱，冤家说话委的是乖，教奴惹下相思害。害得伶仃瘦，瘦得骨如柴。我的冤家，重，千金无处买。

又

俏秀才打扮得十分俏[3]，红娘子上小楼步步娇，锁南枝上黄莺儿叫。懒去沽美酒，等待月儿高。吹灭银灯，重，不是路儿了。

又[4]

闷来时便把纸牌抹，玉麒麟恋着一枝花[5]，千千万万来了罢。告诉都总管，百子你去拿。一索牵来，重，七八十儿打。

又

闷来时独坐在南楼上，灯儿昏月儿光酒儿又香，眼巴巴望不见东方亮。欢娱嫌夜短，寂寞恨更长。十二时辰，重，刻刻把你来想。

---

① 此句《摘锦奇音》作“再撒钱再占占”。

② 此两句《摘锦奇音》作“别恋那多娇，因此撇了你”。

③ 此首《摘锦奇音》题作“曲牌名”。

④ 《摘锦奇音》题作“牌纸名”。

⑤ 此两句《摘锦奇音》作“闷来时便把纸牌拿，玉麒麟恋了一枝花”。

又

闷来时独自在月儿下，茶里思饭里思思我冤家，行行坐坐丢不下。月儿的菩萨，你与我鉴察。我待他真情，重，他道我是假心情[①]。

又

闷来时独对着银灯儿坐，猛然间想起我的哥哥，连灯带影人三个。灯儿我的人，影儿我的哥。吹灭银灯，独孤单杀了我。

又

闷来时且把棋来下，我是红来你是黑，当头一炮谁不怕。你把卒儿推，我把车儿拿。一阵的昏迷，重，输了我的马。

又[②]

冤家一去无音耗，亏了隔壁捕鼠猫，终日在我床上坐。夜来搂抱着。猫儿的恩情，重，比你还更好。

又

俏冤家说出断头话，死在阎王前，我必告诉他，罚奴来生从良罢。东边是你住，西边是我家。对面的调情，重，慢慢和你耍。

又

心肝儿指定情人骂，在谁家贪恋酒共花，山盟海誓全不怕。枕边言不记，背里情都假。伸起这巴掌，重，舍不得将你打。

又

火儿黑了灰还热，想才郎恨才郎忒也情绝，瞒心昧已随灯灭。我心热

---

① “心情”疑为衍文。

② 此首《大明春》作：“冤家一去无音耗，亏了隔壁一个捕鼠猫，终夜只在床头跳。日里陪伴我，夜里搂抱着。猫儿的恩情，重，他比你更好。”

如火，你心冷似铁。死在黄泉，重，我怎肯和你歇。

又

蜡烛本是仙人造，黄白蜡来浇委实蹊跷，缘何卖与别人照。怕的迎风点，霎时吹灭了。黑洞洞的光阴，重，几度虚过了。

又

害相思害得伶仃样，忽听窗外尖指敲，丢却烦恼慌忙陪笑。软款温柔也，低声不敢高。笑脸相迎，重，又怕乖乖恼。

又

害相思害得伶仃样，别人家害相思我到哭一场，如今轮到奴身上。疼又不是疼，痒又不是痒。闷闷昏昏，重，只是把你想。

又

人儿肉儿真伶俐，说话儿一句透着机，因此把你来牵系。鬼病恹恹害，相思你怎知。手抱着他人，重，我的心儿还想你。

又

初相交说话甜如蜜，哄得奴上了楼掇去了梯，坑陷我有脚难着地。欺心短命死，吃尽你们亏。再不信糖样舌尖，重，花做的嘴。

又

初相交说话甜如枣，哄得奴渡江便折断篙，欺心自有天知道。人说你薄幸，果是你心侥。负义忘恩，又，谁肯与你好。

又

俏冤家一进门便问名和号，咱和你才是初交，妈妈受了钱和钞。闲话休要说，风情任你调。送我些银子，重，咱便和你好。

又

俏冤家进门来就问名和号，叫鸨儿取银子去做东道，虚情假意成圈套。睡到半夜时，要了两三遭。次日天明时，重，又要分别了。

又

俏冤家咱和你情意厚，没人处靠床边偷上一偷，人来就把奴眉皱。佯推故不肯，假作害面羞。口儿里推辞，重，心里和你有。

又

俏冤家咱和你和了罢，千不是万不是都是我差，莫听小人搬唆话。眼见才是真，耳听都是假。久后相交，重，才见真和了假。

又

恨娇娇接一个丢一个没有下稍，惹得情人当官告。妈妈无理会，王八不去瞧。卖了你这丫头，重，天大事都了。

又

灯花不住连连爆，喜蛛儿吊了十数遭，眼睛禁不住频频跳。梦里常相见，喜鹊噪得娇。可意的乖乖，又，今夜却来了。

又

五更忽听得金鸡叫，慌得双手抱住情郎[1]要上一遭，一声声只把心肝叫。我的俊多娇，爱你的丰情，又，年纪儿又小。

又

俏冤家一见了昏如醉，病恹恹妙药难医理，眠思梦想难丢你。何日日子好，时辰又吉利。买个媒人，又，央来说合你。

① “郎”《摘锦奇音》作“哥”。

又

俏冤家一去难相见，害得奴鬼病恹恹，求医服药全无验。若还我死后，阎王殿前报却了冤仇，奴才放你回转。

又

俏冤家一去无音信，害得奴鬼病在身，求神拜佛无灵应。何日再相会，与你诉衷情。倒风颠鸾，ㄡ，医好奴此病。

又

闷恹恹独立在窗儿下，猛然间想起我的冤家，记当初约定要元宵夜。二月花朝过，不见转回家。恨杀亲亲，ㄡ，誓盟都是假。

又

梦儿里梦见情哥到，梦儿里想着情哥好，梦儿里这把心肝叫。梦中成梦友，梦中会鸾交。梦里相逢，ㄡ，梦中又去了。

又

俏冤家约定[①]元宵清明到，四月五月锣鼓喧敲，六月七月不见[②]到。八月中秋节，重阳十月朝。十一二月，ㄡ，又是一年了。

又

论人生在花花世界，不风流不顽要[③]，顽顽要要有何害。白日莫闲过，青春不再来。虚度光阴，ㄡ，那里又去买[④]。

又

鼓儿灯识破是虚圈套，美人灯害相思有些蹊跷，兔儿灯倒惹得旁人

① “定”《摘锦奇音》作“会”。
② “见”《摘锦奇音》作“来”。
③ 此句《摘锦奇音》作“不风流不顽要委实痴呆”。
④ 此句《摘锦奇音》作“有钱无处买”。

笑。老人灯无靠，走马灯跳槽。无情意的人灯，重，空空又去了。

又

想当初错认了相思担，到如今重沉沉放不下相思债。何曾见枕边言是假，哭得神思愿。会温存冤[①]，重，偏会将人闪。

又[②]

寄来书泪滴在封皮上，忙开只见纸半张，冤家哑谜难思良[③]。话儿没半分，字儿没半行。教奴对空书，又，白白的去想。

又[④]

绣房中与书馆相联[⑤]近，忽听得俊书生读书声，停针谩把书声听。汤之《盘铭》曰：苟日新，日日新，又日新。圣贤言语，又，真个妙得紧。

又

一天星斗把文章焕，愿此去中解元中会元，连中了状元。鹿鸣宴去年中第一，今春又占先。摆列丹墀，又，甚是多贵显。

又

俏心肝多承你好情意，俺和你相交非是一日，如今辞别书斋去。身子要保重，不必定佳期。若得成就，又，须当先报你。

---

① 此处疑有讹误。

② 《挂枝儿·想部》三卷作《空书》："寄情书泪珠儿滴在封皮上，奴亲手拆开看只见纸半张，俏冤家哑谜儿鹘突账。话儿没一句，字儿没半行。教我独对着空书也，白白的把你想。"另《大明春》作："寄来书泪珠滴在封皮上，拆开时止有纸半张，冤家哑谜难思想。话儿没半句，字儿没半行。交奴家对着空书，白白的想。"

③ "良"当作"量"。

④ 《挂枝儿·感部》七卷作《书声》："绣房儿正与书房近，猛听得俏冤家读书声，停针就把书来听。汤之《盘铭》曰：苟日新，日日新，又日新。圣人的言语也，其实妙得紧。"

⑤ "联"《摘锦奇音》作"连"。

又

劝才郎去书斋要努力，自和你相交值得甚的，功名二字非容易。窗前勤苦学，马上锦衣回。后拥前呼，ㄡ，方见读书美。

又

俏冤家魆地里他来到，叫一声俏肝心我的乖乖，今宵共枕同欢爱。比目鱼游水，投林鸟共巢。两下里团圆，ㄡ，团圆直到老。

又

俏心肝俺待你真情实意，好共歹歹和好只在肚里，是非休听旁人语。乖人惟夺趣，争风定是痴。相交的虽多，ㄡ，真情还在你。

又

俊亲亲特爱你风情俏，动奴心才和你相交，谁知你胆大似活强盗。不管好共歹，进门就抱着。撞见人来，ㄡ，如何如何了。

又

旧人儿说我和新人厚，新人儿教我把旧人儿丢，你两个都是我心肝肉。新人我不舍，旧人我不丢。一个愿天长，ㄡ，一个愿地久。

又

剔银灯对着情哥笑，微微搂抱着我郎腰，口中止不住连声叫。就死阴司后，须过奈何桥。五百年还魂，ㄡ，还要和你好。

又

叫娇娘与我圆成了罢，他是个大人家女娃娃，见他不必多说话。假若变了脸，怎肯干休罢。这件事儿，ㄡ，休要当作耍。

又

俏冤家站立在帘儿下，逞风流卖俊俏俊使奴牵挂，巧丹青见了难描画。想又想着他，盼又盼着他。何日里相逢，ㄡ，和你两个耍。

又

俏冤家果是天生下，又温存又且典雅，娇滴滴千金价。看着眼儿花，端着手儿麻。和你得成双，ㄡ，守到白头发。

又

俏冤家我待你真情意，到如今反来说是非，再三思谁是谁不是。早知不相交，不如早相识。说与你心里，ㄡ，尽你又尽你。

又

俏冤家那里吃得醺醺醉，手扯手搂抱一堆，销金帐里耍一会。黑又等不得黑，色胆又来催。解不撒罗裙，ㄡ，先亲我个嘴。

又

俏冤家生得庞儿俊，说话儿打动奴的肝心，不由人害了相思病。何时凑得巧，与你便交情。成就了姻缘，ㄡ，百岁不打紧。

又

老和尚得病在床上坐，叫一声徒弟们我的哥哥，这几日不见小哥儿过。私窠子要钱多，大姐又招祸。快寻个尼姑，ㄡ，搭救搭救我。

又

俏才郎打扮妆得十分雅，牵奴情意放不下。真个相思闷，闷得饭汤不爱亲。寄信我的乖乖，数日不见来。解我心头锁，使我添烦恼，ㄡ，千万再来叙前好。

又

俊多才险些被你坑杀我，只因前日会一遭，至今不见来，使我添烦恼，幽情欲诉无谁可，我今寄与乖乖。语你莫薄情，ㄡ，前好亦要兼后好。

又

想冤家想我病缠身，昏昏如醉的茶饭都不讨，何时得了你，方才活得我恳娇娇。切莫忘情，又，恋了别人丢了我。

又

俏冤家进门来就把乖亲叫，一声小乖乖我的娇娇，你如何生得这般俏。唇红齿又白，眼巧脚又小。在我眼前走，又，乖乖，魂灵儿都吊了。

又

想亲亲朝思暮想不见音，我今再写一封书，多拜上我的亲亲，亲亲你今丢我何处去。有日查出那真音，又，我便一场詈。

前集卷三中栏

【教坊新传海盐两头忙歌】

可意娇，可意娇，我和你两相交没有下梢。嗳呀，丢摆了又怕旁人笑。我的娇娇，那一夜不等待月儿高。嗳呀，睡了罢，又怕娇娇叫。

又

可意才，可意才，我和你相交后面来。嗳呀，进门来妈将冷眼待。我的乖乖，我的乖，相交好似祝英台。嗳呀，要偷情，又被妈妈怪。

又

玉石圈，玉石圈，如今别在脑后边。嗳呀，你恋新婚，就把心肠变。奴死在黄泉，奴死在黄泉，欺□头上有青天。嗳呀，奴死和你阴司□。

又

可意人，可意人，眉清目秀动人心。嗳呀，比昭君，更比昭勇俊。一见吊了魂，一见吊了魂，这几日呵茶饭不沾唇。嗳呀，拜上他，救我残生命。

又

可意才，可意才，双手抱奴上床□。嗳呀，上床来魂不在。我的乖乖，我的乖乖，好似上司发下一张牌。嗳呀，你也提得紧，我也来得快。

又

可意郎，可意郎，摇摇摆摆进兰房。嗳呀，好似俊郎君，生得娇模样。若到兰房，若到兰房，见他一会病一场。嗳呀，几时与俏冤家，算算风流账。

又

上天台，上天台，望见月中丹桂开。嗳呀，摘一枝□斜插在帽檐儿外。我的乖乖，我的乖乖，琼林宴上酒三筛。嗳呀，吃得醉醺醺，扯住姮娥带。

又

可意的娇，可意的娇，樱桃口儿杨柳腰。嗳呀，对郎君卖尽子[①]般俏。我的娇娇，我的娇娇，花言巧语絮叨叨。嗳呀，这般假□情，恼乱人怀抱。

又

玉仙姬，玉仙姬，樱桃小口柳叶眉。嗳呀，这般俊庞儿，真个称人美。

又

一更天，一更天，月照纱厨人未眠。嗳呀，等得我我的身子儿战。我的心肝，我的心肝，你在谁家贪花酒喧。嗳呀，这□你还在花街儿上。

又

二更多，二更多，我为情人睡不着。嗳呀，睡不着好教我连衣儿卧。我的哥哥，我的哥哥，叫一声梅香把灯儿照着。嗳呀，好教人难放过。

---

① “子”当作“千”。

又

三更愁，三更愁，月照秦楼孤雁儿飞。嗳呀，孤雁儿飞人憔悴。负心的贼[1]，剪发拈香为着谁。嗳呀，遭这磨上在别人家作。

又

四更头，四更头，半[2]时分那里去游。嗳呀，冷面皮教人难禁受。说个来由，说个来由，你又勉强我又害羞。嗳呀，想杀人心肝上肉。

又

五更话，五更话，说谎的娇[3]才你在谁家。嗳呀，谁家说下连天话。我的冤家，我的冤家，有朝一日小心着咱。嗳呀，捧[4]头儿响你也怕不怕。

又

大姐们，大姐们，伶俐乖巧有些骄人。嗳呀，见小伙就与相亲问。两下调情，两下调情，被妈妈瞧见打上一顿。嗳呀，若谈情只管调则甚。

又

小娘儿，小娘儿，不搽脂粉丑似鬼。嗳呀，门前站的似泥塑。你好丑痴，你好丑痴，快到阎王换过□皮。嗳呀，来接客方才中客意。

又

架上的，架上的，不去妆粉果然嫖[5]致。嗳呀，牙梳插在乌云鬓。赛过月姬，赛过月姬，没个人儿中得他意。嗳呀，只一个不得全收。

---

① “负心的贼”依例当重复。

② “半”后疑脱一“夜”字。

③ “娇”当作“乔”。

④ “捧”当作“棒”。

⑤ “嫖”当作“标”。

又

孤雁儿，孤雁儿，我的人儿在那里。嗳呀，见孤雁疑是书来至。真好孤恓，真好孤恓，你那里贪欢忘了归期。嗳呀，闪得人浑无计。

又

我的乖乖，我的乖乖，从别后几时来。嗳呀，真使奴常把相思害。叫声多才，叫声多才，□闭[①]花休你，采闭花别了心上爱。

又

月儿明，月儿明，不见情哥闷杀人。嗳呀，望红楼全无鸿雁信。你好薄情，你好薄情，想是弃旧又恋新。嗳呀，别的奴家，却了相思病。

又

灯儿耀，灯儿耀，奴为情人心上焦。嗳呀，寄书来说道元宵到。月儿又缺了，灯儿又闹了，教奴空把门儿靠。嗳呀，一夜思量，偏只待鸡儿叫。

【时尚太平新歌】

当今天子考奇才，黄榜初开，状元及第踹金阶。琼林宴上酒三筛，畅奇哉。

又

黄榜开时御墨鲜，喜得高登，玉堂金马活神仙。好个风流美少年，五尺天。

又

月里姮娥爱少年，成就姻缘，花开喜结并头莲。于飞百岁永团圆，两情牵。

---

① “闭”疑当作“闲”。下同。

又

万里迢迢望洛阳，心事忙忙，美人不见独凄凉。教人怎不愁断肠，泪汪汪。

又

长安望来天际头，倚遍南楼，雁书不到使人愁。几时重整旧风流，诉缘由。

又

得清闲处好清闲，莫叹艰难，明朝酒罢与歌阑。劝君且放心宽，解愁烦。

又

暑往寒来春复秋，世事悠悠，眼前何必苦追求。劝君且自乐田畴，莫求他。

又

桂子开时不等闲，恼乱心肠，姮娥报一枝丹。单单留与状元枝，姓名揭。

又

笑折蟾宫第一枝，香满罗衣，琼林宴罢笑嘻嘻。方表男儿大丈夫，拜丹墀。

又

华国文章补衮才，九棘三槐，紫袍金带象牙牌。一步步踹着金阶，顿开怀。

又

长安富贵不寻常，志气轩昂，状元榜眼探花郎。翰林声价姓名香，做高官。

又

梅花开时独占先，春色无边，人人齐唱太平年。四海乐舜日尧天，好丰年。

又

杏花开时十里红，春色溶溶，状元归去马如龙。闹丛丛[①]。

又

荷花开时在碧波，解语婆婆，画舡摇拽似抛梭。人人齐唱采莲歌，笑呵呵。

又

庭前勺药是我栽，朵朵花开，玉人晓起傍妆台。问花无语忆多才，手难抬。

又

琼林春色醉仙桃，个个英豪，宫花斜插乐陶陶。男儿此日拜金鳌，醉酕醄。

又

金谷园中花正开，醉倒仙客，桃红李白竞芬芳。游玩何妨日夕阳，好风光。

【五句妙歌】

桂子开时学子忙，才人收拾赴科场。鲤鱼跳在荷叶上，转身就是状元郎。郎，白马红缨还故乡。

---

① 疑有缺字。

又

一管毫儿送情郎，情郎拿去写文章。有朝一日登金榜，烈烈轰轰做一场。场，白马红缨还故乡。

又

桂花开时香满天，忽听姮娥把信传。报道今年花更早，才人努力要争先。先，高枝留与贵人扳。

又

桂花开时黄似金，你是花中第一名。未曾结蕊香仙透，花开引动状元心。心，果然声价值千金。

又

心肝小哥我的人，昨夜莫是你敲门。未知是你□□□，一夜想你到天明。明，思量□杀人。

又

送郎送到十里亭，难舍难分恩爱情。□要□郎三十里，鞋弓袜小步难行。行，断肠人送断肠人。

又

郎上孤舟妾倚楼，东风吹水送行舟。老天若有留郎意，一夜西风水到流。流，五拜拈香三叩头。

又

五更鸡来五更鸡，听我从头嘱咐伊。你要叫时天明叫，莫学寒鸡半夜啼。啼，心肝去了好孤恓。

又

五更鸡来五鸡[1]鸡，谁人叫你四更啼。多少鸳鸯交颈睡，被你惊散两分离。离，一个东来一个西。

又

送郎送到大门东，愿郎此去步蟾宫。月中丹桂名三种，我郎先折状元红。红，金阶莫负我情浓。

又

心肝小哥痛心肠，如何教我不思量。冬天抱着透心暖，六月抱着透心凉。凉，貌似观音世无双。

又

拜上拜上我的哥，拜上心哥莫改常。只学山水与松柏，莫学花草一时香。香，和你相交到鬓霜。

又

烧尽残烛等郎归，二人携手入罗帏。姐把纽扣含羞解，郎把银灯待笑吹。吹，红罗帐里会佳期。

又

和姐相交共一场，我今默默细思量。岁寒说知松与柏，君子情怀奈久长。长，莫学无情瓦上霜。

---

① “鸡”当作“更”。

乐府玉树英

《乐府玉树英》全称为《新锲精选古今乐府滚调新词玉树英》。是书仅余一卷，卷首《乐府玉树引》末尾题“皇明万历己亥岁季秋穀旦上浣之吉书于青云馆”。

卷之一中栏

【新增劈破玉歌】[①]

风

不周山怒气来何骤，推白云扫黄叶惯送扁舟，吼青松催绽了章台柳。花间惊梦蝶，江上起眠鸥。铁马儿叮当，铁马儿叮当，风，不狂[②]只管走。

花

洛阳城金谷苑春风烂漫，颤巍巍娇滴滴开遍名园，千红万紫人争羡。王孙春玩赏，士女晓凭栏。蜂蝶翩翻，蜂蝶翩翻，花，只为红一点。

雪

老天公降下鹅毛坠，半空中剪琼瑶柳絮飞，满江山万物如银砌。檐前玉簪挂，高山似粉堆。日照当空，日照当空，雪，化作江儿水。

月

天边现，似水盘，明如镜，可喜婵娟，九州万国都照见。班超曾玩赏，

① 此处“风”等又见于《博笑珠玑》卷五上栏，只字句有差异。

② “狂”疑或作“住”。

窦仪设宴观。蔡伯皆[1]思亲，蔡伯皆思亲，月，长空万里远。

复出

琴·抚瑶琴又被宫商乱

棋·闷来时取过棋来下

书·拂花笺写下了离情怨

画·染霜毫描出丹青意

渔·姜子牙把钓在磻溪际

樵·朱买臣原是读书客

耕·有伊尹昔日身贫困

读·汉康衡好学无烛

（见《八能奏锦》卷二中栏）

孝

舜天子曾把双亲敬，有王祥腊月里卧冰[2]，孟宗泣竹冬生笋。黄香曾扇枕，皋鱼自刎身。奉劝贤良也，奉劝贤良也，乖，休忘了根本。

悌

昔昭王不弃亲兄弟，更有那张公艺九世不分居，田真田庆怀仁义。弟兄如手足，同气共连枝。须念同胞，须念同胞，乖，父母亲遗体。

忠

诸葛亮辅汉存忠尽，郭子仪李光弼堂[3]室勋臣，宋岳飞退虏在朱仙镇。孙都同许副，许远共张巡。报韩仇的张良，报韩仇的张良，乖，随着赤松隐。

---

① “皆”即“喈”。类似情形下不出注。

② 此句《摘锦奇音》作“有王祥腊月里卧寒冰”。

③ “堂”当作“唐”。

信

刘关张结义在桃园内，胜同胞扶汉室忠义无亏，有延陵挂剑高坟去[①]。范张鸡黍约，陈雷管鲍齐。有信义交朋，有信义交朋，乖，托妻并寄子。

复出

士·读书人本是无价宝
农·务农人委实身安乐
工·手艺人其实真些妙[②]
商·做生涯委实真个羡[③]
春·到春来梅蕊传春信
夏·到夏来池内钱儿串
秋·到秋来黄菊东蓠放
冬·到冬来六出花撩乱
合[④]·一年四季光阴迅[⑤]

（见《八能奏锦》卷二中栏）

思

想亲亲想得肝肠断，念亲亲念得口儿干，望亲亲望得眼儿穿。有缘千里会，无缘对面难。我想我的乖亲，不知乖亲想我也不想。

怨[⑥]

为冤家鬼病恹恹瘦，为冤家脸儿常带忧愁，相逢扯住乖亲手。牡丹花下死，做鬼也风流。就死在黄泉下，就死在黄泉下，乖，不放你的手。

---

① 此句《摘锦奇音》作“有延陵挂剑在高坟去”。

② 此句《八能奏锦》作“手艺人的实真个妙”。

③ 此句《八能奏锦》作“做生涯委实直堪羡”。

④ “合”《八能奏锦》作“四季”。

⑤ “迅”《八能奏锦》作“过”。

⑥ 此首《摘锦奇音》作：“为冤家鬼病恹恹瘦，为冤家脸儿常带忧愁，相逢扯住乖亲手。牡丹花下死，作鬼也风流。就死在黄泉，就死在黄泉，乖，不放你的手。”

病[1]

为冤家懒去巧打扮，这几日茶饭少手儿酸，恹恹瘦病何曾惯。金簪懒去插，罗裙懒去穿。斜插着牙梳，斜插着牙梳，乖，从早想到晚。

哭[2]

为冤家泪珠儿落了千千万，穿一串寄与我的心肝，穿他恰是纷纷乱。哭便由人哭，穿是穿不成。泪眼儿枯干，泪眼儿枯干，乖，你心下还不忖。

嫁

一心心愿嫁与冤家去，不知你大娘子心性何如，一妻二妾三奴婢。想后更思前，心下好狐疑。欲待要悬梁，欲待要悬梁，乖，只为难舍你。

走

俏心肝咱和你难丢手，终日住秦楼却不是良谋，今宵准备双双走。打破捞[3]笼去，脱离虎狼口。清白人家，清白人家，乖，天长并地久。

死

俏冤家我待你自知道，为甚的信搬唆去跳槽。你若要跳槽，我就把绳来吊。你死我也死，同过奈何桥。五百年回阳，五百年回阳，乖，还要和你好。

琵琶记

蔡伯皆一去求名利，抛别妻儿赵五娘受尽孤恓[4]，三年荒旱难存济。

---

① 此首《摘锦奇音》作："为冤家懒去巧打扮，这几日茶饭少手脚酸，恹恹害病无聊赖。金簪懒去插，罗裙懒去穿。斜插牙梳，斜插牙梳，乖，天光想到晚。"

② 此首《摘锦奇音》作："为冤家泪珠儿落了千千万，穿一串寄与我的心肝，穿他恰是纷纷乱。哭也由他哭，穿时穿不成。泪眼儿枯干，泪眼儿枯干，乖，你心下还不忖。"

③ "捞"《摘锦奇音》作"牢"。

④ 此句《摘锦奇音》作"抛撇下赵五娘受尽孤恓"。

公婆双弃世，独自筑坟堆[①]。身背琵琶，身背琵琶，天[②]，京都来寻你。

又

蔡伯皆入缀牛相府，苦只苦赵五娘侍奉公姑，荒年则[③]把糠来度。剪头发殡[④]二亲，背琵琶往帝京。书馆相逢，书馆相逢，天，诉出万般苦。

西厢记(缺)

投笔记

班仲升敕使在西域去，丢下了邓二娘其实伤悲，堂上婆婆忧成病。灵丹无应效，割股奉亲姑。你为功名，你为功名，夫，妻受这般苦。

又

邓二娘贤孝妇[⑤]全伦道，为婆婆病在深牢，将刀割股躬行孝。上书往帝京，不惮路途遥。姑嫂相逢，姑嫂相逢，清话直到晓。

破窑记

吕蒙正是个穷儿辈，刘小姐坠丝鞭要与和谐，爹娘赶出门儿外。夫妻住破窑，山寺去进斋。一旦身荣，一旦身荣，呀，窑也增光彩。

金印记

苏季子要把选[⑥]场赴，少盘费逼妻子卖了钗梳，一心只奔秦邦路。讵耐商鞅贼，不重万言书。素手回来，素手回来，羞，妻不下机杼。

---

① “堆”《摘锦奇音》作“台”。

② “天”或当作“夫”，下同。

③ “则”《摘锦奇音》作“自”。

④ “殡”《摘锦奇音》作“葬”。

⑤ “贤孝妇”《摘锦奇音》作“行孝”。

⑥ “选”《摘锦奇音》作“科”。

又

五言诗却把天梯上，辞三叔气昂昂再上魏邦，谁知做了都丞相。百户送家书，衣锦归故乡。不是亲者[①]，不是亲者，天，也把亲来强。

断发记

李德武问拟幽州戍，裴淑英守贞烈不肯重夫，严君逼嫁柳家去。姑姑对嫂啼，嫂嫂对姑哭。走雪回来，走雪回来，天，受着这般苦。

跃鲤记

姜门尽是行孝妇，恨秋娘嘴巴搬斗是非，将三娘赶出门儿去。婆婆恨媳妇，丈夫休了妻。七岁安安，七岁安安，苦，哭啼啼去送米。

白兔记

刘智远分别在瓜园内[②]，丢下了李三娘好不孤恓，歌嫂逼勒重招婿。汲水并挨磨，日夜受禁持。义井传书，义井传书，夫，胶脐[③]送与你。

又

刘智远一自投军去，厨下嫂逼嫁着堂上姑姑，李洪信夫妇真狠毒。挨磨愁上愁，汲水苦中苦。义井传书，义井传书，天，儿也认不得母。

三元记

秦雪梅生得多标致，商秀才见了他就害相思，少年郎不幸短命死。爱玉去填房，生下遗腹子。秦雪梅断机，教他读书史。连中三元，连中三元，儿，荣归拜宗祖。

荆钗记

王十朋一去求科举，占头名中状元写寄书回，孙豪换写书中意。继母

---

① “亲者”《摘锦奇音》作“真亲”。

② “内”《摘锦奇音》作“去”。

③ “胶脐”当作“咬脐”。

贪财宝，姑娘强为媒。逼得我投江，逼得我投江，乖，绣鞋儿留与你。

又

钱玉莲是个贞节妇，继母爱钱财[①]，苦逼再重夫，将心跳入江心内[②]。李成舅拾绣鞋，王夫人往帝都。风雪飘零，风雪飘零，天，官亭路上苦。

鹦歌记

周天子立了苏皇后，梅妃的狠心肠就与成仇，二宫争斗金阶扭。苏妃来赐死，潘丞相做本头。李氏夫人，李氏夫人，替死在全忠手。

十义记

李翠云生得真堪爱，恨巢贼苦逼和谐，烈心肠就把花容坏。拘系在监中，产下困英来。骨肉相逢，骨肉相逢，刚刚二十载。

织绢记

董秀才行孝真无比，卖了身葬着母感动天姬，一心要与谐连理。织绢去偿工，恩情百日期。会也在槐阴，会也在槐阴，天，别也在槐阴底。

千金记

韩元帅未得时来至在淮阴市[③]，受胯下曾被人欺，河边把钓为活计。漂母曾怀念，送饭与充饥。拜将封侯，拜将封侯，千金来谢你。

玉簪记

陈妙常爱的是那潘必正，黄昏候[④]独自褪写怨情[⑤]，未睡先愁心不稳。云堂钟鼓响，松舍闪青灯。欲火难禁，欲火难禁，凡心盛得紧。

---

① 此句《摘锦奇音》作“恨继母爱钱财”。
② “内”《摘锦奇音》作“渡”。
③ 《摘锦奇音》无“市”字。
④ “候”《摘锦奇音》作“后”。
⑤ “怨情”《摘锦奇音》作“幽情”。

正德嫖院

赛观音佛动心生得如花貌，王公子闻知道要去嫖①，朱皇帝闻说亲来到。君臣来斗宝，半步不相饶。倒运的王龙，倒运的王龙，剥皮去献草。

四节记

花将笑柳欲眠春光淡荡，杜子美李太白贺知章，换酒在曲江上。相邀黄四娘，带领杜韦娘。久慕你的风情，久慕你的风情，乖，特地来相访。

娘骂女

小贱人你生得自轻自贱，娘叫你怎的不在跟前。（下缺。据《摘锦奇音》补如下：原何唬得筛糠战。因甚的红了脸，因甚的吊了簪。为甚的缘由，为甚的缘由，揉乱青丝纂。）

女自招②

难怪娘骂我是我自轻自贱，望老娘恕儿罪，我实不相瞒。被情人扯住魂飘荡，吃交杯红了脸，被冤家掺去了簪。一阵昏迷，一阵昏迷，娘，我也顾不青丝纂。

【新增杂调北腔歌】

俏冤家口应心不应，想当初说话儿水里点灯，到如今闪得个干干净。欲待要开言骂，难舍我旧恩情。说在我舌尖，说在我舌尖，乖，忍上又加忍。

又

想当初不相识真个妙，也无忧也无恼也不心焦，我如今做事多颠倒。薄情明心歹，也是我命儿招。半世的交情，半世的交情，乖，并不说我

① 此句《摘锦奇音》作“王公子闻知道也来嫖”。

② 此首《摘锦奇音》作：“小女儿非敢胡争辩，告娘亲恕孩儿实不相瞒，俏哥哥扯住唬得心惊战。吃交杯红了脸，俏冤家抢去簪。一阵昏迷，一阵昏迷，娘，我也顾不得青丝纂。”

一声好。

又

俏冤家知心的能有几，又不知那一个是可意哥，可意人又不在跟前坐。本待要与你好，未知你意如何。既有了他人，既有了他人，冤家，何须又缠我。

又

从黄昏想到金鸡叫，想冤家因甚的把奴抛，仔细思量想不到。莫不是嫌奴丑，莫不是怪奴乔。为甚的缘由，为甚的缘由，乖，故意将人恼。

又

从天光想到红日落，想冤家情意儿果然是薄，山盟海誓都忘却。辜负了神前愿，辜负了痛香疤。黑漆的心肠，黑漆的心肠，乖，天雷会把你们打。

又

想当初骂一句心酸痛，到如今打一下好比耳边风，说来话儿如春梦。人无千日好，花无百日红。事熟人顽，事熟人顽，乖，再不听你哄。

又

俏冤家进门来冲冲怒发，这几日不见来想是怪奴，□为人那一个无些错。歹的日子少，好的日子多。十二分不是，十二分不是，乖，将就将就我。

又

寄来书休得要与别人看，尽都是心上事枕边言，又恐你前后心肠变。记得临行语，不必再三言。负义的人儿，负义的人儿，乖，皇天自有眼。

又

意悬悬好一似双黄蛋，一脚儿踹着两边舡，一张弓怎射得双飞雁。一心和你好，那人苦要缠。你两下调情，你两下调情，乖，看你不上眼。

又

想冤家盼冤家冤家不到，写情书寄情书珠泪儿抛，千拜上万拜上拜上他知道。自从他去后，相思病难调。鬼病儿恹恹，鬼病儿恹恹，乖，茶饭进得少。

又

不来罢不来罢不来也罢，离得多会得少不是缘法，生不生熟不熟到把虚名挂。早知君误我，何须恋着他。着甚么来由，着甚么来由，乖，我把真心换你假。

又

要相交则除是良人家妇，有也去无也去定不生心，来来往往相亲敬。一日里不相见，慌忙问信音。约定在今宵，约定在今宵，乖，我要点着灯儿等。

又

俏郎君一见令人爱，爱冤家情性儿柔行事儿乖，乖人儿惹下我相思害。得病恹恹瘦，瘦得骨如柴。柴门儿半掩，柴门儿半掩，乖，倚着纱窗儿待。

又

别冤家奴为你心焦燥，牵了肠挂了肚把珠泪抛，恋你又被旁人笑。乖乖争口气，切莫去跳槽。美满的恩情，美满的恩情，乖，相期直到老。

又

要开交就开交开交了罢，说什么剪头发炙下香疤，山盟海誓全不怕。这里丢了我，那里缠住他。一处里无情，一处里无情，乖，到处里情儿寡。

又

俏冤家这几日全不见面，问着你低着头不肯回言，直直的说你在谁家恋。冤家好大胆，歹来歪死缠。扯住奴罗裙，扯住奴罗裙，乖，忙把房门儿掩。

又

桃花开放千分妙，西王母降凡来亲赴蟠桃，东方朔一见呵呵笑。寿酒饮三杯，年年遇此朝。祝寿绵绵，祝寿绵绵，乖，长生再不会老。

又

俏冤家我劝你存心忍耐，守松柏耐岁寒切莫丢开，风花雪月依然在。雪下人间冷，风吹万物开。月照当空，月照当空，花，但静由人采。

又

俏冤家进门来妆容做脸，又不知是谁人对你胡言，我岂肯就把心肠变。双膝跪在地，一声声只叫天。我若是欺心，我若是欺心，乖，皇天自有眼。

又

八哥儿一去无音信，铁斑鸠在绣房中冷清清，黄莺儿害了相思病。画眉痴痴想，鸳鸯不得双。喜鹊儿喳喳，喜鹊儿喳喳，鸟，终日将人谎。

又

临行时不用你重嘱咐，再来的人儿难得见奴，王孙公子无心顾。若要奴心变，石烂与江枯。送旧迎新，送旧迎新，乖，除非是第二世。

又

胭花阵就是诸葛亮也打不破，倾了城倾了国还不知觉，刀枪不见魂离散。妈妈鬼子母，忘八是活阎罗。无常的丫头，无常的丫头，乖，又把那圈套儿来缚。

又

害相思害得我无明夜，眼□□命从今罢，泪珠儿湿透了绞绡帕。寄与我亲亲，死也只为他。鬼门关上，鬼门关上，乖，等你同去耍。

又

俏冤家原何说着这等惊人话，你害相思非独是只为咱，你心中好似一幅相思画。天高海样深，相知乱似麻。你若要寻咱，你若要寻咱，乖，先去勾了他。

又

俏冤家情性儿生得妙，身体俊寸金莲缓步相邀，轻摇小扇微微笑。樱桃樊素口，杨柳小蛮腰。眼角儿□情，眼角儿□情，乖，真个有些巧。

又

俏冤家情性儿生得傲，见人来身不动好似木雕，妆模作样把嘴儿翘。落在胭花巷，纵好也不高。有甚么声名，有甚么声名，乖，你要与万人搞。

又

老鸨儿爱的是钱和钞，有钱的那看你低高，向人前用尽了虚圈套。口里甜如蜜，心下很似刀。饿狗子的肚肠，饿狗子的肚肠，乖，何人能勾得你饱。

又

我为你受（下缺）。

【新增京省时尚倒挂枝歌】

挂枝儿唱得真个妙，听将来教奴魂自消，同声和韵频频调。板儿轻轻打，字儿慢慢调。知趣的人儿，知趣的人儿，重，唱（下缺）。

徽池雅调

全名《新锓天下时尚南北徽池雅调》，题"闽建书林熊稔寰汇辑，潭水燕名居主人刊梓"。

卷一中栏

【精选劈破玉歌】[①]

耐心

熨斗儿熨不开眉间皱，快剪刀剪不断我的心内愁，绣花针绣不出鸳鸯扣。两下都有意，人前难下手。该是我的姻缘，哥，耐着心儿守。

又

真不真假不假你的心肠不定，长不长短不短怎的和你完成，吞不吞吐不吐一味含糊答应。人说你至诚，看你不像个至诚人。说一个明白也，耐着心儿等。

缘法

有缘法那在容和貌，有缘法那在前后相交，有缘法那在钱和钞。有缘千里会，无缘对面遥。用尽心机也，也要缘法来凑巧。

虚名

蜂针儿尖尖的做不得绣，萤火儿亮亮的点不得油，蛛丝儿密密的上不得筬[②]。白头翁举不得乡约长，纺织娘叫不得女工头。有甚么丝线儿相

① 《耐心》等又见于冯梦龙辑《挂枝儿》。

② "筬"冯梦龙辑《挂枝儿·私部》一卷作"筘"。

干也，把虚名挂在旁人口。

错认

隔花阴远远望见个人来到，穿的衣行的步委实苗条，与冤家模样儿生得一般俏。巴不能到跟前，忙使衫袖儿招。粉脸儿通红，羞也姐姐，你把人儿错认了。

分离

要分离除非是天做了地，要分离除非是东做了西，要分离除非是官做了吏。你要分时分不得我，我要离时离不得你，你就死在黄泉也，做不得分离鬼。

变

变一只绣鞋儿在你金莲上套，变一顶汗衫儿与你贴肉相交，变一个竹夫人在你怀儿里抱。变个主腰儿拘束着你，变一管玉箫儿在你指上调，再变一块香茶也，不离你樱桃小。

描真

碧纱窗下描郎像，描一笔画一笔想着才郎，描不出画不就添惆怅。描只描你风流态，描只描你可意庞。描不出你的温存也，停着笔儿想。

陪笑

惯了你惯了你偏生淘气，惯了你惯了你到把奴欺，惯了你惯了你反到别人家睡。几番要打你，怎禁你笑脸陪。笑脸儿相迎，笑脸儿相迎，莫说打你，就是骂也骂不起。

答

并不曾并不曾与你淘气，并不曾并不曾把你来欺，并不曾并不曾到别人家睡。你的身子儿最要紧，那闲气少寻些。我若是果有甚亏心事，乖，莫说骂我，就打也应该的。

病

花不戴钗不戴连环儿也不戴，说人骙笑人骙我比人更骙，行也害坐也害睡梦也害。花不思饭不想，骨如麻体似柴。为了你这冤家也，这病也有三四载。

又

百般病比不得相思奇异，定不得方吃不得药扁鹊也难医，茶不思饭不想恹恹如醉。不但旁人笑着我，我也自笑我心痴。伶俐聪明也，到此也由不得自己。

画

玉人儿你好似一幅单条画，隔重山隔重水隔着天一涯，好教我终朝静夜长牵挂。雁飞书不到，树绕路途赊，有个人儿也说不得句知心话。

歌①

珠帘上燕飞，乔木上莺啼，莺莺燕燕正来时。想人生有几，想人生有几。本待结草同心结，柏枝奈岁寒。红线儿一根，情意牵得远。

清守

清宵清睡听清漏，恼清风清冷冷，强起清□对清光，清泪滴把清衫湿透。清香助清趣，清坐转清幽。怎得清客清谈也，教我清对清灯守。

查问

曾送你玉簪儿戴也不戴，曾送你青丝带可曾系来，曾送你汗巾儿在也不在。曾送你一把销金扇，曾送你一只半新不旧的红睡鞋。这几件要紧东西也，如何问着佯不睬。

---

① 元王元鼎《醉太平·寒食》云："珠帘外燕飞，乔木上莺啼。莺莺燕燕正寒食，想人生有几。有花无酒难成配，无花有酒难成对。今日有花有酒有相识，不吃呵图甚的。"

又

据你说不曾在别人家睡，你昨夜在谁家做恁的，今日里头垂足落贪磕睡。开口问你你便慌得紧，没事为甚么红了面皮。现放着真赃也，还要强恁嘴。

识破

俏冤家人说你无常爱，容易浑容易好容易丢开。你闪人人闪你，好似六月债。人闪你恼不恼，便知你闪人该不该。识破你闪人的心肠也，只怕采也没人采。

怕闪

风月中人儿难猜难解，风月中的人儿个个会弄乖，难道就没一个真实的在。我被人闪怕了，闪人的再莫来。你若要来时也，将闪人的法儿改。

缘尽

缘法儿尽了心先冷淡，缘法儿尽了要好再难，缘法儿尽了诸般改变，缘法若尽了把好言当恶言。怎能勾缘法儿重来也，将改变的都翻转。

自明

奴不曾图你钱和钞，奴不曾图你名行儿高，奴不曾图你容和貌。只道你绵无刺，谁知你笑里刀。我这等样随和也，天，还说我不好。

吃醋

汗巾儿汗巾儿谁人扯破，快快说快快说不要瞒我，若还不说就有天来大的祸。汗巾儿人事小，汗巾儿人意多。作践我的汗巾也，如同作践我。

嗔妓

俏哥哥我分付[1]你再不要吃醉，今日里缘何吃得醉如泥，陪你的想是

---

[1] “分付”当作“吩咐”。类似情形下不出注。

个青楼妓。我且饶了你，也要自三思。他若果有你的真心也，怎舍得醉了你。

寄夫

等冤家盼冤家冤家不到，写家书寄家书珠泪抛，千拜上万拜上我的亲夫知道。当初恩爱得紧，如今把奴抛。不是自己的亲夫也，睡杀也不好[①]。

多心

初相交指望你一心一路，到如今眼面上就做工夫，偷铃掩儿[②]瞒我不过。你的挫处也不为少，我的心肠也不算多。还只是自己的差池也，莫把恶话儿肮脏我。

自明

你道我泪汪汪是妇人家水性，你道我剪青丝头又不疼，你道我害相思有谁来作证。你道我寄来哑谜都是假，难道烧香疤肉不疼。那一个肯与你投河，又肯去奔井。

管

难丢你难舍你又难管你，不管你恐怕你有了别的，待管你又恐怕淘闲气。我管你添烦恼，我不管你舍不得你。是我的冤家也，不得不管你。

无信

玉人儿一去了奴受千般孤零，约定桃花放李花开便是回程，望断水中鱼沙中雁不见愁中信。划损雕栏巧，消磨了几黄昏。好似断线的风筝也，不见些儿影。

狠

俏冤家你好口应心不应，我待你其实是一点真心，你一苕帚扫得我干

---

① 末两句冯梦龙辑《挂枝儿·隙部》五卷作“不是自己的亲妻也，睡杀有甚么好”。

② “儿”当作“耳”。

干净净。花落还有影，水流太无情。普天下人儿，头一个是你狠。

变

做梦儿也不想你心肠改变，在先时人笑我果应其言，想当初你话儿到也说得活现。我把真心儿待着你，你原来把假意缠。负我的真心也，现报在我的眼。

咒

我为你耐着心含着苦淘尽了多少气，我为你思着前想着后何日有个了期，我为你拼着做强着口顾不得旁人议。我为你要讨好又偏着恼，我为你费心机你总不知。你或负了我真心也，咒也咒杀你。

告状

猛然间发个狠便把冤家告，等不及放告牌往上跑，一声声连把青天叫。告他心肠易改变，告他盟誓不坚牢。奴有无限的冤情也，只恨状格儿填不了负情上[①]。

复出

渔·姜子牙把钓在渭溪际[②]

樵·朱买臣原是读书人

耕·有伊尹昔日身贫困

（见《八能奏锦》卷二中栏）

蜡烛

蜡烛儿你好似我情人流亮，初相交只道是你热心肠，谁知你被风儿引得心飘荡。这边不动火，那边又争光。不照是我的中心也，暗地里把你想。

---

① 末一句《挂枝儿·怨部》六卷无“负情上”三字。

② 此句《八能奏锦》作“姜子牙把钓在磻溪际”。

箫管

紫竹儿本是坚持操，彼[①]人通了节破了体做下了箫，眼儿开合多关窍。舌尖儿舔着你的嘴，双手儿搂着你腰。摸着你的腔儿也，还是我知音人儿好。

鼓儿

花花鼓儿谁不好，番转来覆转去擂上几遭，两片皮弄出多般腔调。一会儿是紧板[②]，一会慢慢敲。弄得皮宽也，钉儿渐渐少。

睡鞋

睡鞋儿一点点将金莲巧观，似莫耶吹将两片红英，尘不染干净。被窝里勾春兴，眉头上挽风情。醉眼朦胧也，几次被他轻拨醒。

帐钩

帐钩儿挂在牙床上，一个东一个西枉自同床，许多时恋的都是悬空帐。只为你多牵挂，吊起我心肠。何时得与你勾帐也，免得两下空思想。想着心中闷得紧，一到手轻轻勾着你[③]。

卷二中栏

【劈破玉歌】

粽

五月端午是我生辰到，身穿着一领绿罗袄，小脚儿裹得尖尖翘。解开香罗带，剥得赤条条。插上二根销儿也[④]，把奴浑身上下咬。

木梳

木梳儿弯曲曲形容不正，本是个精光棍油滑无情，伶牙利齿轻身分。

---

① “彼”当作“被”。

② 此句据《挂枝儿·咏部》八卷补。

③ 《挂枝儿·咏部》八卷无末两句。

④ 此句《挂枝儿·咏部》八卷作“插上一根梢儿也”。

好似半轮新月样，与你何日得圆成。把结发生疏也，将他人鬓儿整。

镜子

镜子儿你忒杀恩情浅，我爱你清光满体态儿圆，那一日不与你相亲面。我闷你也闷，我欢你也欢。转眼见他人也，又是一样脸。

“睡鞋”见前。略

剪刀[①]

剪刀儿我爱你双头趣，骨头健性子快裁剪随机，长长短短如人意。中心闩得紧，两股不相离。多少绣阁佳人也，把玉手儿拿着你。

无心[②]

闷来时到园中寻取花儿戴，猛抬头见茉莉花两边排，将手采一枝儿戴。花虽采到手，花心尚未开。早知道无心也，花，毕竟不来采。

灯笼

灯笼儿你生得玲珑剔透，好一个热心肠爱护风流，行动时能照顾前和后。亏杀那篾片儿帮得好，因此上心火又添油。虽是白日里不得相亲也，到黑夜里和你走[③]。

【续选劈破玉歌】

比方

比你做水花儿聚了还散，比你做蜘蛛网到处去牵[④]，比你做绵缆儿暂时与你牵绊。比你做风筝儿线断了，比你做匾担儿担不起你不要担。就比你做正月半的花灯也，你也亮不上三五晚。

---

① 《挂枝儿·咏部》八卷《并刀》云：“并刀儿我爱你双头趣，骨头坚性儿快裁剪随机，长长短短如人意。中心锁得紧，两股不相离。多少绣阁的佳人也，把玉手儿揣着你。”

② 此首《挂枝儿·感部》七卷作《茉莉花》。

③ “不得相”后据《挂枝儿》补。

④ “牵”《挂枝儿·怨部》六卷作“衔”。

又

同心带结就了被你[①]割做两段，双飞燕遭弹打怎能勾成双，并头莲才放开被风儿吹断。青鸾音信杳，红叶御沟干。交颈的鸳鸯也，被钓鱼人来赶。

从良

铁心肠一径自从良了去，你名誉高年纪小忙做甚的，把好风光一旦都抛弃。不记得吹箫同度曲，不记得剪烛共弹琴[②]。对着那明月清风也，难道一点念头儿都不起。

负心

好笑好笑真好笑，好笑我相交的没下稍，痴心人又被负心人儿笑。薄情人心忒狠，也是我命所招。相交了一场也，你不曾道奴声好。

无心[③]

闷来时到园中寻花儿戴，猛抬头见茉莉花两边排，将手采一枝儿戴。花儿采到手，花心尚未开。早知道你无心也，花，我毕竟不来采。

十爱

一爱你二爱你聪明伶俐，三爱你四爱你人物标致，五爱你六爱你一团和气。七爱你说话儿巧，八爱你投我机。九爱你温存也，十情爱着你。

十恨

一恨你二恨你亏心短行，三恨你四恨你负义忘情，五恨你六恨你言而无信。七恨你丢了我，八恨你厚别人。九恨你杂情也，十恨你心肠狠。

---

① “你”《挂枝儿·怨部》六卷作“刀”。

② “琴”《挂枝儿·怨部》六卷作“棋”。

③ 此首与前重。冯梦龙《挂枝儿·感部》七卷文字与此稍有差异，录如下：“闷来时到园中寻花儿戴，猛抬头见茉莉花在两边排，将手儿采一朵花儿来戴。花儿采到手，花心还未开。早知道你无心也，花，我也毕竟不来采。”

孤眠

孤人儿受尽了孤单情况，孤衾儿孤枕儿独守孤房，孤鸯孤睡在孤鸳帐。孤灯对孤影，孤月照孤窗。又听得更更也[①]，孤楼上孤钟响。

诉苦

我为你受尽了旁人气，我为你吃尽了许多亏，我为你滴尽了相思泪，我为你添憔悴，我为你减玉肌。为你这冤家也，费尽了许多嘴。

担阁[②]

从他去负多少花朝月夕，从他去冷落了绣枕罗帏，从他去罢却了描红贴翠。只为自从他去后，教我独自守香闺。担搁我年少青春也，尽付在东流水。

春

孤人儿最怕是春滋味，桃儿红柳儿绿，红绿他做甚的，怪东风吹不散人愁气。紫燕双双语，黄鹂对对飞。百鸟的调情也，人到不如你[③]。

又补[④]

去年的芳草青青，满地[⑤]。亭避暑。绮罗窗想情郎，伤情羞睹两鸳鸯。新篁过粉墙，菱荷透水香。呀，教奴朝夕频频望，可怜飞燕为谁忙。燕语栖梁，搅碎也肠。我的天那，情况无上情况。

秋

秋景消消菊正也黄，登楼勿见雁成行，想才郎哀声嘹唳过昼墙。芙蓉花也芳，金菊花也黄。呀，教我愁听那窗儿外，淅零零雨打芭蕉，形单影只

---

① 此句疑误。《挂枝儿·感部》七卷作“忽听得天上孤雁孤鸣也”。

② “阁”当作“搁”。类似情形下不出注。

③ 此句《挂枝儿·感部》七卷作“人还不如你”。

④ 疑此节当为“夏”。

⑤ 下缺。

心惊跳。闷恹恹卸倒在床儿，刚合着眼做个梦儿，梦见我的才郎，正儿夫雌也，一声声叫到晓。

冬

三冬天受不得凄凉况况，雪花飘雨花飘风儿又狂，夜如年独自个无人伴。拥炉偏觉冷，对酒反生寒。有那锦被千重也，可是孤眠人盖得冷[①]。

月

闷恹恹独坐在荼蘼架，猛抬头看见一个月光菩萨，菩萨你有灵有圣与你[②]说句知心话。月光华菩萨[③]，你与我去照察他。我待他是真心也，菩萨[④]，他到待我是假。

雨[⑤]

骤雨儿偏向愁人滴，一点点滴得我好不孤恓，银灯懒灭和衣睡。泪珠儿向腮边落，骤雨儿在枕上催。同滴到天明也，还是泪珠儿多似雨。

又补

到黄昏独自个只有孤灯为伴，听雨声一点点随珠泪双悬，那风声儿一阵阵闻着千声也算[⑥]。此际空闺人寂寞，教奴转听转心酸。问天有甚关情也，滴这相思泪万点。

杜康

俏娘儿指定把杜康骂，因何造下酒醉倒我冤家，进门来一跤儿跌在奴怀上。那管人瞧见，幸遇丈夫不在家。好色贪杯的冤家也，把性命儿当作耍。

---

① 此两句《挂枝儿·感部》七卷作“便有那绵被千重也，可是孤眠人盖得暖”。

② “你”《挂枝儿·感部》七卷作“我”。

③ 《挂枝儿·感部》七卷无此句。

④ 《挂枝儿·感部》七卷无此两句。

⑤ 《挂枝儿·感部》七卷作：“雨儿雨儿你偏向愁人滴，一点点滴得我好不孤恓，银灯懒灭和衣睡。雨呀，你便不住在檐头下溜，我的泪珠儿也不住在枕上垂。同滴到天明，还是泪珠儿多是雨。”

⑥ 此句《挂枝儿·感部》七卷作“那风声儿一阵阵间着千声长叹”。

愁孕

悔当初与他偷了一下，谁知道就有小冤家，腰儿难束肚子大。这等尬尴事[①]，如何处置他。免不得娘知也，定有一顿打。

狸猫

狸猫儿本是个温存兽，这两日不见泪交流，却便是割了我的心头肉。你爱我也爱不着他，今夜里无人伴，为甚的不回家。你在何处欢娱也，猫到贪恋顽耍。

猫答

姐姐你休要言三语四，你猫儿并不曾在我家里，姊妹们切莫要相疑。今晚倘或不出来，明朝想必到家里。还是你猫儿贪人家滋味也，颠倒不系着你。

雁

猛抬头忽见那衡阳雁至，一行行一队队嘹呖南飞，眼见得你是薄情夫婿。你知道他来，竟没有半行书寄。等待那雁儿春归也，我也无书寄与你。

惜春

杜鹃枝上三更叫，叫道花开了，叫道春归早，叫道落花红满地无人扫，叫道人去了，叫道天涯海角何时得到，叫道九十日春光到有八十日眉愁也，那十日儿又被风雨恼。

喜鹊

喜鹊儿不住在檐前聒絮，霎时间又往别处飞，飞来飞去好没些主意。心性儿无定准，跳着东又跳西。你这样的油嘴也，我把金弹儿来打你。

---

① 此句《挂枝儿·感部》七卷作“这等不尬不尴事”。

瑞香

折一枝瑞香儿笼在罗衬袖，我欲要揉碎了怪你多头，贪花人亏杀你[①]。

搭

满身香动了我的火，待吃你又下不得喉。只怕你花谢枝枯也，你的情性儿不长久。

月

青天上月儿恰似将奴笑，高不高低不低正挂在柳枝稍，明不明暗不暗故把奴来照。清光你休笑，我与你不差半分毫。缺的日子多也，圆的日子少。

花

绣球花情性儿拿你不定，玉簪花外面好里面是虚情，芙蓉花寂寞为你忧成病。梅花消瘦了，并头莲两下分。好似水面上的扬花也，浪岩[②]没定准。

叶

柳叶儿我为你双眉皱，藤叶儿我为你不在心头不能勾，竹叶儿空心自守。红叶儿题诗句，荷叶儿泪珠流。怎能似茶叶团圆也，团圆共一篓。

桃子

桃子儿生得多清秀，红又红白又白长在枝头，几番要采你不能勾。墙高人又矮，欲要偷一偷。等待你熟时也，方才好下手。

---

① 下有遗漏，疑与“搭”为同一首。

② “岩”当作“宕”。

杨花

俏冤家性情儿好似三春柳絮，轻狂性随着风往各处飞，乱纷纷飘荡荡没有个主意。风向东你便东，风向西你便西。只怕流落在泥途也，那时风儿也不睬你。

花蝶

花道蝶你忒杀相欺负，见娇娘[1]嫩蕊时整日去缠奴，热攒攒轻朴朴[2]恋着朝朝暮暮。把花心来钻透了，将香味尽尝过。你便又飞去邻家也，再不来采我。

荷

露水荷叶儿珍珠现，是奴家痴心肠把线来缠，谁知你水性儿多更变。这边分散了，又向那边圆。没真性的冤家也，随着风儿转。

玉谷新簧

一卷卷首全称《鼎刻时兴滚调歌令玉谷新簧》，另外各卷亦有作《鼎锲精选增补滚调时兴歌令玉谷调簧》，傅芸子以为是“屡经改名印行”[3]才致如此混乱。其中，《鼎刻时兴滚调歌令玉谷新簧》首卷，题八景选辑，书林绣梓；《鼎锲精选增补滚调时兴歌令玉谷调簧》卷之上，题吉州景居士汇选，书林刘次泉绣梓；《鼎锲精选增补滚调时兴歌令玉谷新簧》卷之一，题吉州景居士选辑，书林廷礼绣梓。末卷题“万历庚戌年孟秋月刊行”。

---

① “娇娘”《挂枝儿·咏部》八卷作“娇红”。

② “朴朴”当作“扑扑”。

③ 傅芸子:《正仓院考古记·白川集》第134页。

首卷一中栏

【时兴各处讥妓耍孩儿歌】

复出

临清姐儿赛莺莺
扬州姐儿胜碧秋
仪真姐儿似玉真
苏州姐儿称小苏
天津姐儿似六娘
萧山姐儿似玉箫
钱塘姐儿不要钱
兰溪姐儿似弱兰
杭州姐儿情意多
襄阳姐儿心性乖
樊城姐儿最耐烦
荆州姐儿生得清
汴梁姐儿情意长
云南姐儿白似银
九江姐儿名色香
广东姐儿住海边
桐城小伙好唱歌
铜陵小伙似白铜
麻城小伙脸衬霞
书林小伙不着惊
潭城小伙娶老婆

（见《大明天下春》卷七中栏《新增协耍儿》）

摘锦奇音

全称为《新刊徽板合像滚调乐府官腔摘锦奇音》，卷一首页题署"徽歙龚正我选辑，敦睦堂张三怀绣梓"，卷六末尾有"辛亥孟春书林张三怀梓"的印记。全书共六卷，上下两栏，上栏收时调小曲，下栏收戏曲正文。

卷之一上栏

【时尚浙腔罗江怨歌】

复出

纱窗外月儿圆
纱窗外月影斜
纱窗外月儿横
临行时扯着衣衫问
纱窗外月儿黄
纱窗儿月儿光
纱窗儿月正高
烟花寨埋伏柯巢[1]
纱窗外月转楼
纱窗儿月影残
纱窗外月影西
纱窗外月正昏
思罢了想想罢了焦
黄昏后着一惊
纱窗外月影昏

---

① "柯巢"《词林一枝》作"窝巢"。

纱窗外月影昏
我和你两下情真

（见《词林一枝》卷一中栏）

【时尚急催玉】

相思病相思病，相思病害得我非重非轻，相思病害得我多愁多闷。喜雀都是假，灯花结不灵。周易文王先生，周易文王先生，你就怪我差些也罢，你的卦儿都不准。

又

想亲亲想亲亲，想亲亲想得我肝肠断，念亲亲念得我口儿干。有缘千里会，无缘对面难。我想我的乖亲，我想我的乖亲，不知乖亲想我也不想。

又

王昭君出汉宫乔妆打扮，不梳妆不搽粉亲去和番，猛抬头只见一个孤单雁。孤雁呗喳叫，琵琶不住弹。哾咿呀嘛嘈噎，打辣酥骑着一匹骆驼，打辣酥骑着一匹骆驼，嘈噎嘈噎，把都儿在后面赶。

复出

青山在绿水在冤家不在
钦天监造历的人儿好不知趣
俏冤家来一遍看一遍
想当初那人儿
一重山两重山
自那日手挽手
俏冤家昨对奴亲把佳期许下
黄昏后夜沉沉
忆当初与那人
俏冤家你钟情我得意

俏心肝我和你相交情厚
俏冤家我与你曾发下山盟咒
俏心肝[1]肯不肯你也说一句真情话
（见《八能奏锦》卷三中栏）

又

俏冤家你爱我我爱你，两相□□□□意，你眉来我眼去害相思如醉如痴。想佳期忆佳期，□通情难通，情思量无计。好教我用尽了心儿，想断了肠儿，害花了眼儿，啼干了泪儿，诉不尽的相思，都只为着你，都只为着你。

又

俏冤家我想你想得我多愁多害，害一证[2]病恹恹如醉如呆。这相思除非是得□人儿在，霎时间会着我心肝上的人儿搂抱在怀。□□倚着床，□□□一料丹。□□却愁烦，这神方何处去买。

又

俏冤家我为你受尽人亏，只落得吞声忍气，面儿前背儿后被旁人□。……[3]是是非非都只为冤家，笑破歹人嘴，笑破歹人嘴。

又

俏冤家我与你曾发下山盟海誓，衾未寒枕未冷为甚的对人前讲是谈非，我想你甜言蜜语都是虚情意。明知你薄幸，又被你们欺，只落得顿足捶胸短叹长吁。悔只悔当初，怨只怨自己，怨只怨自己。

又

俏冤家我临行时和你再三祝付，祝付你离别后千万寄封情书。喜你

---

① “俏心肝”《八能奏锦》作“俏冤家”。
② “证”当作“症”。
③ 漫漶无识。

们不把了奴心负，寄来书我拆开从头读。人边言字到，目边点水枯。手里捧着柬儿，眼看着字儿，口读着书儿，心想着情儿，真个是纸短情长，写不尽相思苦，相思苦。

又

害相思害得我无聊无赖，叫一声多情的小奶奶我的乖乖，我思你想入神心儿迷意儿痴魂灵儿不在。相思难遂愿，时刻不放怀。几时得成就了姻缘，把你做个座上观音，我朝夕里相亲拜，相亲拜。

又

□目人挑一担瓦盆儿卖，偶遇着老婆子提着一个粗瓶儿过，两下相遇着瓶盆都打破。瓶要去赔盆盆不肯，盆要去赔瓶瓶又低。瓶要去赔盆，盆要去赔瓶，瓶瓶盆盆，瓶盆都要钱来买。瓶要去赔盆，盆要去赔瓶，瓶瓶盆盆，瓶盆都要钱来买。

又

耐烦些耐烦些耐烦些罢，好姻缘终须就不必吁嗟，劝多才听我说了几句真情话。保重千金体，照管一枝花。好打叠着你的精神，和我慢慢耍，和我慢慢耍。

又

怎能勾（下残缺）

……[①]非是他生得两脸赛桃花。咳，不由人眼儿中觑着他撇他不下。俏冤家，几时娶到我家，咱两个，咳，兀子兀子，咳，兀子浑家。

财

要解愁肠除非是财，腰缠万贯进门来，咳，黄的金白的银称奴心怀。俊乖乖不必性歪，咱和你，咳，兀子兀子，咳，兀子心财。

---

① 此处有脱页，前当为"酒""色"两首。

气

要解愁肠除非是忍，常将忍气解心怀，咳，大事忍小事忍祸不招来。忍气为高恁仔细，咳，兀子兀子，咳，兀子和谐。

合

杨柳青青江头春又来，燕子飞飞海棠花正开。终日望多才，多才不见来。一点芳心，芳心难把歪。料想云山，云山多阻隔，相思病儿恹恹害。终日里愁无奈，睹物好伤情，物在人何在。俏冤家，另有甚么人，在将□□丢开，在将□□丢开。

【时尚闹五更哭皇天】

复出

一更里靠新月正照纱窗
二更里秦楼月正照花稍
三更里西江月正照窗棂
四更里新夜月正挂银钩
五更里梅稍月正照平川
香袋儿寄将来四四方方

（见《词林一枝》卷三中栏）

【劈破玉歌】

风

无形无影檐前闹，窗儿外把花枝影乱摇，心惊错认才郎到。摆得帘儿响，又将铁马敲。吹灭了银灯，吹灭了银灯，乖，添上奴烦恼。

花

玉簪花种向明园内，长青枝发绿叶委实奇哉，蜜蜂不住枝头恋。佳人齐戏采，才子笑微微。一见新鲜，一见新鲜，花，人人爱带你。

复出

雪·老天公降下琼瑶坠
月·到晚来出在天边现
琴·抚瑶琴又被宫商乱
棋·闷来时取过棋来下
书·拂花笺写下了离情怨
画·染霜毫描出丹青意
渔·姜子牙把钓在磻溪际
樵·朱买臣原是读书客
耕·有伊尹昔日身贫困
读·汉匡衡好学夜无烛
（见《八能奏锦》卷二中栏等）
孝·舜天子曾把双亲敬
悌·昔昭王不弃亲兄弟
忠·诸葛亮辅汉存忠尽
信·刘关张结义在桃园内
士·读书人本是个无价宝
农·务农人委实身安乐
工·手艺人其实有些妙
商·做生涯委实真堪羡
（见《乐府玉树英》卷一中栏等）
春·到春来梅蕊传春信
夏·到夏来池内钱儿串
秋·到秋来黄菊东篱放
冬·到冬来六出花撩乱
合[①]·一年四季光阴迅
（见《八能奏锦》卷二中栏等）

---

① “合”《八能奏锦》作“四季”。

怨·为冤家鬼病恹恹瘦
病·为冤家懒去巧打扮
哭·为冤家泪珠儿落了千千万
嫁·一心心愿嫁与冤家去
走·俏心肝咱和你难丢手
死·俏冤家我待你自知道
（见《乐府玉树英》卷一中栏等）

正

正月十五元宵会，满街上迎灯儿看得心喜欢，刀灯儿割断恩和义。无心看灯火，懒去打灯球。走甚么桥来，走甚么桥来，乖，看跳甚么鬼。

二

二月二猛抬头如梭快，害相思病渐歪，姐妹儿邀我去南郊外。手托香腮想，情人不见来。有甚么心肠，有甚么心肠，乖，去把情来揣。

三

三月里又是清明到，耍孩儿把杨花当雪飘，雨花台上人欢乐。感起伤春病，有药难治调。放上个风筝，放上个风筝，乖，或者也就好。

四

四月里玫瑰花红馥馥，猛听得普德寺一对大蜡烛，姐妹们邀我南郊外。泉水桥儿等，去看接引佛。先拜弥陀，先拜弥陀，乖，后把罗汉数。

五

五月里艾虎儿悬门户，新开河水通流好斗龙舟，恋情人懒饮菖蒲酒。粽儿自己解，不由人好心孤。蘸一蘸沙糖，蘸一蘸沙糖，乖，心儿里只是苦。

六

六月里三伏天热得紧，怀儿内搂抱着竹夫人，梦儿里就与他鸾凤交。醒来独自睡，嗟叹两三声。推下他床来，推下他床来，乖，心儿只是影。

七

七月里秋风起梧桐叶落，巧篷儿搭得甚高，忽然间想起情人来到。手捻鲛鮹帕，斜插鬓边娇。一当去寻他，一当去寻他，乖，二当来乞巧。

八

八月里糊下一个纸宝塔，对中秋念着□□，有珍馐万□吃不下。对着月儿拜，神明保佑他。我□他是真心，我□他是真心，乖，他□作是假。

九

九月里奴为他恹恹害重阳节，懒上雨花台，一心心指望他团圆。一□赏花还，饮酒行令把枚猜。除非他来时，除非他来时，乖，才把愁怀解。

十

十月里朔风吹声淅淅，害相思怕向火炉偎，病恹恹懒把宗亲祭。他不保佑我，使我受孤恓。影只形单，影只形单，乖，去烧甚么纸。

十一

十一月大雪纷纷落，被儿单枕儿冷似水浇，朦胧合眼方才睡。是谁家薄幸子，不知我心焦。炮响连天，炮响连天，乖，把奴惊醒了。

十二

十二月冤家四重欢庆，我同他烧罢纸去看松盆，捧金盅就把香□奉。一当分岁酒，二当是接风。畅饮开怀，畅饮开怀，亲，对面和你饮。

复出[1]

俏冤家约会元宵清明到

（见《乐府万象新》卷二中栏）

又

一更里约定情人到，唤丫头摆下些酒共肴，来时休与人知道。收拾衾和枕，梦将兰射[2]烧。薰得香些，薰得香些，乖，莫使乖亲恼。

又

二更里盼不见情哥面，唤梅香把门儿休插拴，免教他在门前站。独□寒衾坐，睡鞋懒换穿。猛听樵楼，猛听樵楼，乖，又把更儿转。

又

三更里不见情人至，骂一声薄幸徒短命的，今宵贪恋谁家睡。扯碎鲛绡帕，银灯一口吹。你若来敲门，你若来敲门，乖，决不将你理。

又

四更里才合眼朦胧睡，谎乔才惊梦醒把门推，慌忙离枕披衣起。悄悄开眼看，原来是失信贼。奴就强回嗔，奴就强回嗔，乖，忧儿变作喜。

五

五更里不觉鸡声唱，好良宵留恋着在何方娱，奴家彻夜悬悬望。若不分明说，谁人敢上床。站到天明，站到天明，乖，你自去慢慢想。

合

一更里二更里三更里四更里鸡已啼，扁毛的畜牲好不知趣。要叫天

① 此处漫漶不清。《乐府万象新》卷二中栏为“新增京省倒挂真儿”。

② “射”当作“麝”。

明叫，为何五鼓啼。惊醒我的心肝，惊醒我的心肝，乖，提刀杀了你。

复出

五更里忽听得金鸡叫

五更鸡叫得我心撩乱

论人生在花花世界

（见《乐府万象新》卷二中栏）

【时尚劈破玉歌】

琵琶记

蔡伯喈闷在书房内，叫一声牛小姐我的娇妻，你令尊强赘为门婿。家中亲又老，三载遇饥荒。欲待与你同归，欲待与你同归，妻，令尊舍不得了你。

复出

蔡伯喈一去求名利

（见《乐府玉树英》卷一中栏）

又

赵五娘借问京城路，骂一声蔡伯喈薄幸夫，堂上双亲全不顾。麻裙兜了土，剪了葬公姑。身背琵琶，身背琵琶，夫，诉不尽离情苦。

又

张太公祝付贤哉妇，到京都寻丈夫，见郎谩说双亲故。谩说裙包土，谩说剪香云。只把你这琵琶，只把你这琵琶，诉出心中苦。

又

蔡伯喈一向留都下，恋新婚招赘丞相家，家中撇下爹和妈。恋着荣华富，全然不转家。赵五娘糟糠，赵五娘糟糠，孤坟独造也。

复出

　　蔡伯喈入赘在牛相府

（见《乐府玉树英》卷一中栏）

金印记

苏季子未遇时来至，一家人将他轻视，敬往秦邦求科试。商鞅不重儒，再往魏邦去。六国封侯，六国封侯，方遂男儿志。

复出

　　苏季子要把科场赴

　　五言诗却把天梯上

（见《乐府玉树英》卷一中栏）

又[①]

苏季子一去求名利，恨商鞅不中万言书，羞惭素手归闾里。爹娘来打骂，妻儿不下机。哥嫂无情，哥嫂无情，都来羞辱你。

西厢记

孙飞虎贪着莺莺俊，张君瑞一封书退了贼兵，夫人悔却成亲信。两下害相思，叫红娘佐母亲。递柬传书，递柬传书，哥，约定西厢寺。

又

老夫人说谎天来大，着张生叫莺莺佐妹妹，可怜惹下相思病。待月西厢下，迎风户半开。伫立闲阶，伫立闲阶，乖，闷杀读书客。

---

① 此首《大明春》作："苏季子分别秦邦去，恨商鞅不上万年书，羞惭素手归闾里。爹娘来打骂，妻儿不下机。哥嫂无情，哥嫂无情，乖，都来羞辱你。"

又

崔莺莺害相思得病牙床睡，叫一声小红娘我的妹妹，这几日不见张君瑞。他的命儿薄，我的命儿低。成就了姻缘，又，夫人又悔了。

又

张君瑞带病修书信，托红娘拜上我的莺莺，隔墙诗句无□信。夫人变了卦，小姐不志诚。害得我相思，害得我相思，乖，病儿重得紧。

又

张君瑞跳过墙儿内，崔莺莺问红娘太湖石上站的是谁，红娘道是张君瑞。黄夜入人家，非奸即是贼。兄妹们相交，兄妹们相交，乖亲，那有这个理。

又

俏红娘便把张生骂，我又不□你酒共茶，来来往往担惊怕。恨声张探化[①]，骂声张冤家，你惊醒了夫人，累我这顿打。

又

老夫人指定红娘骂，崔莺莺他是个女孩儿家，因何引在花园里耍。月下联[②]诗句，灯前调戏他。直直供招[③]，直直供招，饶你这顿打。

又

隔墙有耳人听见，这丫头高声放刁言，羞答答怎见张生面。红娘陪□□，姐姐□□□。低□头儿，低□头儿，乖，闭着你的眼。

又

霎时间雨散云收罢，崔莺莺起拜红娘，张生也把红娘拜。我这里春光

① “化”当作“花”。
② “联”《大明春》作“吟”。
③ “供招”《大明春》作“招来”。

美，你窗前月色凄。红娘子回言，红娘子回言，乖，恭喜恭喜你。

又

张君瑞得病在书斋里坐，叫一声小琴童我的哥哥，这几日不见红娘过。好个莺莺姐，许我佳期约。今夜里不来，今夜里不来，这相思害杀我。

复出

破窑记·吕蒙正是个穷儿辈

（见《乐府玉树英》卷一中栏）

又

吕秀才未遂□□志，刘小姐绣楼上眼内有珠，一见就把丝鞭赘。丞相心中怒，赶出不容居。一旦荣华，一旦荣华，乖，方题风流婿。

复出

荆钗记·王十朋一去求科举

钱玉莲是个贞节妇

白兔记·刘智远一自投军去

刘智远分别在瓜园去[1]

跃鲤记·姜门尽是行孝妇

（见《乐府玉树英》卷一中栏）

投笔记

班仲升投了一枝笔，气昂昂走入西域，无端李邑毁功绩。□□拿家属，克振保他出。班仲升归来，班仲升归来，玉关父老泣。

---

① 此句《乐府玉树英》作“刘智远分别在瓜园内”。

复出

邓二娘行孝全伦道[①]

班仲升敕使在西域去

鹦哥记·周天子立了苏皇后

织绢记·董秀才行孝真无比

断发记·李德武问拟幽州戍

十义记·李翠云生得真堪爱

千金记·韩元帅未得时未至

嫖院记·赛观音佛动心生得如花貌

三元记·秦雪梅生得多标致

（见《乐府玉树英》卷一中栏）

神獒记

赵襄子本是个忠和义，屠岸将赵家害得无馀类。公主入冷宫，产下一孤儿。冤报冤来，冤报冤来，贼，天也不容你。

复出

玉簪记·陈妙常爱的是潘必正

（见《乐府玉树英》卷一中栏）

又

陈妙常生得多娇貌，他与了潘必正两下相交，正调情原来观主亲知道。进安挑行李，必正赴科场。狠心肠的姑娘，狠心肠的姑娘，把姻缘析散了。

---

① 此句《乐府玉树英》作“邓二娘贤孝妇全伦道”。

复出

四节记·花将笑柳欲眠

（见《乐府玉树英》卷一中栏）

又

杜韦娘闷坐在销金帐，哭相思十二时望断吾乡，剔银灯直等得月儿高。□□三□鼓，声声骂玉郎。沉醉扶归，沉醉扶归，叨叨令儿讲。

又

秦弱兰去把邮亭扫，猛听得陶学士他来到，捧金杯斟玉酒相陪笑。颠鸾倒凤凰交[1]。恨却当初，恨却当初，相逢若不早。

谋篡记

余庆星围困在山头上坐，叫一声刘少溪我的哥哥，当初指望君王做。兵又围得紧，朱家将又多。只为你欺心，只为你欺心，哥，坑陷杀了我。

又

刘少溪两眼双垂泪，恨一声陆总兵天杀的，割□□袍范姜计。假意相投顺，也是我命儿低。就死在阎君，就死在阎君，我也不放了你。

又

余庆星得病在牢囚里坐，叫一声刘少溪我的哥哥，当初指望朝廷做。劫富与济贫，朱家福分多。罪犯了萧何，罪犯了萧何，哥，谁人来替我。

复出

娘骂女·小贱人生得自轻自贱

（见《乐府玉树英》卷一中栏）

---

① 疑此处有缺句。

女回娘

告娘亲非是我自轻自贱，娘叫我一时不在跟前，因此上走将来走得心惊战。搽胭脂红了脸，要秋千吊了簪。墙角上攀花，墙角上攀花，娘，挂乱了青丝纂。

娘复骂

小贱人休得胡争辨①，为娘的幼年间比你更会转弯，你被情人扯住心惊战。为害羞红了脸，做表记去了簪。云雨偷情，云雨偷情，儿，弄乱青丝纂。

女自招

小女儿非敢胡争辩，告娘亲恕孩儿实不相瞒，俏哥哥扯住唬得心惊战。吃交杯红了脸，俏冤家抢去簪。一阵昏迷，一阵昏迷，娘，我也顾不得青丝纂。

复出

女问卦・这几夜做一个不祥梦②
先生答・那先生便把卦来占
女复问・那姐姐听得长吁气
复占卦・那先生再把卦来推
曲牌名・倘秀才打扮得十分俏

（见《乐府万象新》卷二中栏）

又

集贤宾亲亲来陪奉，沽美酒莫把金杯空，双声子唱一曲花心动。点绛

---

① “辨”当作“辩”。类似情形下不出注。

② 此句《乐府万象新》作“这几夜都做个不祥梦”。

唇儿窄，脸带小桃红。沉醉东风，沉醉东风，情况大不同。

又

贺新郎娶得个虞美人，驻马厅多集贤宾，双声子儿同欢庆。送入销金帐，真个称人心。我忆多娇，我忆多娇，乖，普天乐得紧。

骨牌名

叫亲亲把骨牌儿抹一会，正撞着八不就怎得和美，拗双飞两下分离去。推开隔子眼，望见火烧梅。恨点不到，恨点不到，揉碎梅花了。

又

俏冤家悔你个二十四气，不喜美娇娥，偏恋孩儿十。羞杀二士，错入了桃源去。合着秃爪龙，正是拗双飞。抹额的钟馗，抹额的钟馗，没有兴儿趣。

又

八珠环是情哥□我为表记，也曾许观灯十五元宵佳期，到如今雪消春水秋又至。宾鸿中弹叫，霞天孤雁啼。秋去冬来，秋去冬来，寒鹊争梅也。

又

俏冤家我与你双携手，踏梯望月，昼夜亭上情欢娱。取下八珠环，脱了锦裙襕。好似蝶恋着花枝，好似蝶恋着花枝，双龙入了海。

又

俏冤家咱和伊上天梯拜着梅梢月，两下里双双同发誓。你我一枝花，对对正双飞。云雨交情，云雨交情，乖，似蜻蜓未点水。

又

闷来时便把骨牌抹，看落花红满地，我和你正双飞怎分离，鱼随春水双双戏。梅花揉碎了，莲蓬劈破开。美满恩情，美满恩情，双龙齐入海。

又

俏冤家此一去将军挂印，带领着数十个□马军，直杀到九溪十八洞。抱着孩儿十，扶着公领孙。只撇得孤鸿，只撇得孤鸿，在梅稍月下等。

药名

裁白芷写下离情调，寄槟榔休忘了石羔，当归时直送在红花道。乳香远又远，常山高又高。使君子不来，使君子不来，教人一片脑。

又

人参一去无音信，撇下刘寄奴冷冷清清，沉香烧尽毛板损。好个浪荡子，细辛守不成。寄语陈皮，寄语陈皮，早把茴香整。

复出

牌纸名[①]·闷来时便把纸牌拿[②]

（见《乐府万象新》卷二中栏）

骰子名

骰子儿这骨头人人所好，只为你酒席间奇气高，手儿里掷着口儿中叫。但见一点红，慌忙就抱腰。两下齐欢，两下齐欢，乖，凑了一个巧。

花名

茉莉花生得多情趣，瑞香花脑头多他是贱东西，梅杏到口多滋味。海棠红一点，岁寒有高低。桂饼儿烹茶，桂饼儿烹茶，其情真是美。

又

大唐时人人爱看牡丹花，蔷薇露滴荷心泻。石榴红喷火，□菊傲霜

---

① 当作“纸牌名”。

② “拿”《乐府万象新》作“抹”。

葩。柳绿桃红，柳绿桃红，乖亲，真个是可惜了春无价。

大明春

全称《鼎锲徽池雅调南北官腔乐府点板曲响大明春》。题署"教坊掌教司扶摇程万里选，后学庠生冲怀朱鼎臣集，闽建书林拱唐金魁绣"。全书六卷，每页分上、中、下三栏，中栏收录时调小曲。不著刊刻时间，从其与《词林一枝》《八能奏锦》相同的版式体裁上判断，傅芸子先生以为"决为万历刊本无疑"①。

卷三中栏

复出

【劈破玉歌】

孝·舜天子曾把双亲敬
弟·昔昭王不弃亲兄弟
忠·诸葛亮辅汉存忠尽
信·刘关张结义在桃园内
士·读书人本是个无价宝
农·务农人委实身安乐
工·手艺人其实有些妙
商·做生涯委实真堪羡
（见《乐府玉树英》卷一中栏等）
渔·姜子牙把钓在磻溪际
樵·朱买臣原是个读书客
耕·商②伊尹昔日身贫困
读·汉匡衡好学无烛琴
琴·抚瑶琴又被宫商乱

---

① 傅芸子：《正仓院考古记·白川集》第144页。

② "商"《摘锦奇音》《八能奏锦》等作"有"。

棋·闷来时取过棋来下

（见《八能奏锦》卷二中栏等）

复出

【古今人物挂真儿歌】

琵琶记·蔡伯喈一去求名利

金印记·苏季子分别秦邦去[①]

西厢记·张君瑞带病修书信

荆钗记·王十朋一去求名利[②]

白兔记·刘智远分别在瓜园内

投笔记·班仲升敕使在西域去

千金记·韩元帅未得时来至

四节记·花将笑柳欲眠

玉簪记·陈妙常爱的是那潘必正

正德记·赛观音佛动心生得如花貌

破窑记·吕蒙正是个穷汉辈[③]

断发记·李德武问拟幽州戍

跃鲤记·姜门尽是行孝妇

三元记·秦雪梅生得多标致

十义记·李翠云生得真堪爱

织绢记·董秀才行孝真无比

鹦哥记·周天子立了苏皇后

西厢记·老夫人指定红娘骂

问答挂枝儿·小贱人生得自轻自贱

告娘亲非是我自轻自贱

小贱人休得胡争办[④]

难怪娘骂我自轻自贱

---

① 此句《摘锦奇音》作“苏季子一去求名利”。

② 此句《摘锦奇音》作“王十朋一去求科举”。

③ 此句《摘锦奇音》作“吕蒙正是个穷儿辈”。

④ “办”当作“辩”。

绣房中与书馆相连近
俏冤家我待你自知道

（见《乐府玉树英》卷一中栏、《摘锦奇音》卷一中栏等）

又

闷来时独自在月光下，想我亲想我的冤家，月光菩萨你与我鉴察。我待他的真情，我待他的真情，哥，他待我是假。

又

想冤家想得魂飘荡，唤丫环取来笔写他举止行藏。画不出你心疼，画不出我心热。只画着温存，停着笔如想。想是想得荒，画时画得忙。画不出你的温存，画不出你的温存，哥，只是把你想。

又

俏冤家我待你好似青铜镜，到如今磨亮你又照别人，你成双不顾人孤另。知人不知面，知面不知心。当面的清白，当面的清白，哥，背地糊涂得狠。

【汇选苏州歌叠叠锦　闹五更】

其一

一更里，教奴泪满腮，我好伤怀，呀，我好伤怀，斜倚帏屏呆答孩。手托腮，盼多才，不见他来，呀，不见他来，痴心只恐他忘旧。我好疑猜，呀，我好疑猜，想是冤家恋章台。恋花街，伴裙钗，把奴丢开，呀，把奴丢开。

其二

二更里，教奴泪不干，我好伤惭，呀，我好伤惭，领着梅香出绣房。后花园，烧夜香，哀告穹苍，呀，哀告穹苍，惟愿鸳鸯事早全。呀，绣幕红牵，昼堂春□鼓声喧。两团圆，一处眠，早结良缘，呀，早结良缘。

其三

三更里，奴家睡正浓，梦见多情，呀，梦见多情，梦见与奴同衾枕。喜欣欣，笑吟吟，云雨交情，晚风吹得窗棂晓。铁马丁当，呀，铁马丁当，惊醒南柯梦不成。好伤情，被窝空，依旧孤另，呀，依旧孤另。

其四

四更里，教奴睡不着，踏破鲛绡，呀，踏破鲛绡，忽见楼头月儿高。晚风峭，海棠梢，花影风摇，呀，花影风摇，痴心疑是情人到。出户忙瞧，出户忙瞧，可意人儿不见了。好心焦，泪珠抛，泪雨滔滔，呀，泪雨滔滔。

其五

五更里，教奴泪珠倾，我好伤情，呀，我好伤情，斜倚帏屏盼多情。想情人，不见踪，我好心惊，呀，我好心惊，冤家那里贪欢乐。别奴孤另，呀，别奴孤另，手摽胸膛自揣扪。想情人，放哀声，哭到天明，呀，哭到天明。

【汇选倒挂枝儿】

复出

裁白芷写下一封书

一更里二更里三更里四更里鸡又啼

闷来时且把纸牌抹

（见《乐府万象新》卷二中栏等）

其四

俏冤家一去了无消息，狠心肠不寄书一纸。早知你撇我，又无人来往，病恹恹害相思，死在黄泉，我也要告你。

其五

肌巴儿得病在裤裆里坐，叫一声贤子们我的哥哥，这几日不曾打从毬边过。粗的生得丑,老的毛又多。快寻个屁股,快寻个屁股,搭救搭救我。

其六

汗巾儿本是丝织就,上写着散相思诗一首,临行时放在你衫儿袖。你若害相思,汗巾是念头。要解愁肠,紧紧拿在手。

其七

送亲亲送在十里铺,你也哭来我也哭,旧年许我套新衣服。袄儿红,缎子裙,鹦哥绿。不许我衣服,我也不来哭。

其八

送情人送到城隍庙,手拈香口发咒再不去嫖,从今不敢把槽儿跳。小鬼拿住你,神灵定不饶。剜骨熬油,杵儿来舂捣。

其九

妈妈见银子呵呵笑,他来时我和你共哭着,从黄昏哭到鸡儿叫。我也不管你,风情任你调。多哭些银子,养活我家老。

复出

冤家一去无音耗
灯花不住连宵报

(见《乐府万象新》卷二中栏等)

十二

小娘儿本是个赔钱货,红口唇黄牙齿一双大脚。孤老进门来,豆儿口中嚼。弦子不会弹,曲子不会歌。不会调情,只好去烧火。

十三

红娘子独坐在花园后,二士入桃源,就把奴脚凑,锦裙襕脱下情迤逗。弄得落花红满地,雪消春水流。轻揉梅花,冤家才罢手。

十四

闷恹恹与姊妹同顽耍，忽然间想起我的冤家，告姐姐恕妹妹不陪罢。一时神昏起，眼睛禄禄花。委是真情，非作些儿假。

十五

送亲亲送在房门前过，罗帏里象牙床抹着骨牌，一枝花合着油瓶盖。梅花揉碎了，孤鸿两分开。美满恩情，双龙去入海。

复出

寄来书泪珠滴在封皮上
为亲亲惹下相思债
我冤家我待你真情实意

（见《乐府万象新》卷二中栏等）

第四辑

南宫词纪

陈所闻辑。全称《新镌古今大雅南宫词纪》，辑录明人散曲，其中有部分时曲，风格与民歌相近。

卷六

【商调山坡羊】

赠妓 镜儿

镜儿镜儿你是个响叮当的材料，这几日昏了你不把我来照。见了你不由人不把你架起，借你的辉光添我的容貌。我恼时与你同恼，我笑时与你同笑，每日间在我胸膛儿前磨过了几遭。我怎能把你大气儿呵着，我怎能把你脑背后丢了。听着，不改脸的终须是好。听着，若明白同你团圆到老。

【黄莺儿】①

嘲妓 贴物妓

脱珥劝君收，见潘安果满投，贾香暗里归韩寿。得留便留，得偷便偷，愿郎怜妾休嫌丑。算牙筹，花来花去，强半买风流。

---

① 《南宫词纪》收"嘲妓"曲三十四首，其中孙百川二十九首，无名氏五首。此处录"贴物妓"一首，馀见《大明天下春》卷六中栏《新编百妓评品》。

博笑珠玑

封面作《新增博笑珠玑》，卷首题“新刻时尚华筵趣乐谈笑酒令”，明书林种德堂熊冲宇刻本。第五卷上栏有《时尚劈破玉》《时兴挂枝儿》等时曲。

【时尚劈破玉】

风花雪月　风①

无踪无影在窗前戏，送孤舟别故友顷刻分离，凉亭人倦昏迷睡。竹摇金凤响，园内舞花枝。铁马儿叮当，铁马儿叮当，风，入户穿帘里。

花

玉盆儿种裁名园内，长新枝发绿叶委实标致，蜜蜂儿禁不住稍头戏。宫娥齐来采，佳人笑微微。一见新鲜，一见新鲜，花，众人都爱你。

雪

老天公降下鹅毛坠，半空中剪琼瑶柳絮飞，满江山万物如银砌。檐前玉簪挂，高山似粉堆。日照当空，日照当空，雪，化作湘江水。

月

到晚来一出在天边现，似水盘明如镜可喜婵娟，九州万国都照见。班超习玩赏，窦仪设宴观。蔡伯皆思亲，蔡伯皆思亲，月，长空万里远。

---

① 此处“风”等四首又见于《摘锦奇音》卷一上栏、《乐府玉树英》卷一中栏等处，文字有异。如《摘》之“风”作：“无踪无影檐前闹，窗儿外把花枝影乱摇，心惊错认才郎到。摆得帘儿响，又将铁马敲。吹灭了银灯，吹灭了银灯，乖，添上奴烦恼。《乐》之“雪”作：老天公降下鹅毛坠，半空中剪琼瑶柳絮飞，满江山万物如银砌。檐前玉簪挂，高山似粉堆。日照当空，日照当空，雪，化作江儿水。”

复出

风·不周山怒气来何骤

花·洛阳城金谷苑春风吹烂漫

（见《乐府玉树英》卷一中栏）

雪

梨花柳絮颠狂乱，战玉龙翔白鹤粉蝶儿翩翩，把梁园□谷银妆遍。烹茶□□□□学士寻梅，孟浩然驴背上□寒，孟浩然驴背上□寒，乖，不辞路途远。

月

皎团团皓魄十分满，出云衢离海峤飞上青天，恍疑是金镜悬霄汉。明皇曾玩赏，庾亮设宴观。更有个掬水佳人，更有个掬水佳人，乖，冰轮掌上转。

复出

母子问答

歌·女孩儿生得自轻自贱

答·小女儿并非自轻自贱

问·女孩儿休得要胡争辩

答·小女儿非敢胡争辩

（见《乐府玉树英》卷一中栏等）

【杂据】[①]

俏冤家好一似画中梅镜里花，巧丹青有笔难描画。要扳板不着，要摘摘不下。锁不住心猿，锁不住心猿，乖，系不住意马。

---

① “杂据”字疑有讹误。

又

俏冤家站立在帘儿下，逞风流卖俊俏把鞋儿拿，巧丹青见了难描画。想□□□□，盼又盼杀咱。白日里相逢，白日里相逢，乖，就要和你耍。

又

想着那人儿谁不爱，这两日丢撇去又上心来，为冤家欠下了相思债。相投意相见，相见两和谐。如做双夫妻，如做双夫妻，乖，才把愁怀解。

又

天生下玉人儿多美貌，恨不得连衣儿搂抱着，在人前常带着三分俏。抱抱心内喜，搂搂意难消。虽不和你同床，虽不和你同床，乖，站站也是好。

又[1]

天生下俏郎君招人爱，爱冤家性儿柔行事儿乖，乖人儿惹下我相思害。害得我恹恹瘦，瘦得骨如柴。不见人儿，不见人儿，乖，奈着心儿等。

复出

琴棋书画

渔樵耕读

（见《八能奏锦》卷二中栏）

孝悌忠信

（见《乐府玉树英》卷一中栏）

---

① 此首国图藏本无，据蒲泉、群明《明清民歌选》补。《明清民歌选》所据为清初朱文堂覆刻本。

【时兴挂枝儿】

倘秀才一去了无音耗，香柳娘绣房珠泪抛，二郎神许下我清明到。金钱花懒戴，每日忆多娇。鹊踏枝头，何日噪得了，何日噪得了。

又

这几日为冤家害了相思病，病房中独自个冷清清，好好歹歹无人问。坐时又不安，睡时又不宁。一去了不来，心儿真个狠，心儿真个狠。

又

俏心肝多承你好情意，俺和你相处非是一日，如今辞别往书斋去。身子要保重，不必你着意。若得成名，须当先报你，须当先报你。

又

劝才郎去书斋要努力，俺二人相交值些甚的，功名二字非容易。窗前劝苦读，马上锦衣回。后拥前呼，方见你读书美，方见你读书美。

又

俊乖乖魃地里他来叫，一声命肝心我的娇娇，今宵共枕同欢乐。比目鱼游水，投林鸟共巢，俺和你团圆直到老，俺和你团圆直到老。

又

俏心肝笑一笑值了千金价，好一似画中梅镜里花，丹青妙手难描画。心儿想他，口儿念着他。锁不住心猿，系不住意马，系不住意马。

又

俏心肝□待你真情实意，好和歹歹和好只在肚里，是是非非休听小人语。乖人惟夺趣，争风定是痴，相交真情还在你，相交真情还在你。

又

读书人不得志，□□□□□□□□□□□□□□上九霄，天子面前三舞蹈。御酒饮三杯，软带挂宫袍。独占了鳌头，谁不道声好，谁不道声好。

又[①]

俊亲亲俺爱你丰情俏，动奴心才和你相交，谁知你胆大似活强盗。不管好共歹，进门就抱着，撞见人来如何好，撞见人来如何好。

又

咱两人共入在销金帐，红绫被象牙床脱下衣裳，小脚儿架在郎肩上。佳人春兴动，才郎那话儿刚，滚得牙床滑刺响，滚得牙床滑刺响。

又

心肝儿我把心肝叫，这些时都是你弄坏腰，你今□要将奴调。跟前下跪，饶过这一遭，等我的腰痊凭你如何了，等我的腰痊凭你如何了。

又

香袋儿是奴家亲手做，遇便人搭将去送情歌，一针一线都在手里过。袋儿不打紧，工夫甚是多。拜上情歌，休要忘了我，休要忘了我。

又

□□□得绝情绝义，□□□□□□□睡到五更时。手摸胸膛，那些儿亏负了你，那些儿亏负了你。

又

为乖情吃尽多磨障，行里思坐里想痛断肝肠，泪滴儿滴湿在罗衫上。花也无心带，饭也懒去尝。无夜无眠，只把乖情想，只把乖情想。

又

想当初骂一句心先痛，到如今打一场也是空，相交一旦如春梦。人无千日好，花无百日红。往日的言词，原来打我哄，原来打我哄。

---

① 此首又见冯梦龙辑《挂枝儿·私部》一卷。

又

送亲亲直送在石板桥，深深下拜和你开交，干的事全不妙。葫芦沉海底，石头水上飘。再和你好，猫儿被鼠咬，猫儿被鼠咬。

又①

送亲亲直送在阳关口，手扯手珠泪流，叮咛祝付心肝肉。逢桥须下马，有路莫登舟。在外若有酒，饮几杯酒，饮几杯酒。

又②

送情哥送在七里亭，扳着肩扯着手好不心焦，俺和你诉不尽衷肠妙。一一难抛舍，两下齐拜祷。保佑心肝，同谐直到老重。

复出

送亲亲直送在阳关外

送亲亲直送在阳关道

送亲亲直送在十里店

（见《乐府万象新》卷二中栏）

新选挂枝儿

明豫章醉月子辑。明崇祯间刻本，不分卷，全名作“新镌雅俗同赏同观挂枝儿”，收《挂枝儿》九十首，附《十和谐》小曲一套（据蒲泉、群明编《明清民歌选》甲集）。《明清民歌选》甲集所录《新选挂枝儿》共三十七首，有三十六首见于冯梦龙辑《挂枝儿》。

---

① 《乐府万象新》卷二中栏《新增京省倒挂真儿》有云：“送亲亲送别在花园后，他手挽我手，叮咛嘱咐心肝肉。逢桥须下马，有路莫登舟。到晚来孤单，到晚来孤单，少要吃些酒。”另冯梦龙辑《挂枝儿・别部》四卷《送别》有云：“送情人直送到花园后，禁不住泪汪汪滴下眼梢头，长途全靠神灵佑。逢桥须下马，有路莫登舟。夜晚的孤单也，少要饮些酒。”

② 此首国图藏本无，据《明清民歌选》补。

此处录另一首。

【挂枝儿】

怕缠

俏冤家起初时缠我怎的，缠上我几多时又要去缠别的，缠来缠去好没些主意。先把缠法儿缠着我，又把缠我的法儿去缠谁。你再要去缠人也，我也再不来缠你。

新锓千家诗吴歌

卷首署“绣谷醉月子选辑”，不分卷。原书收吴歌六十一首[①]，此处录蒲泉、群明《明清民歌选》所收七首。

网巾圈[②]

结识私情正要像个网巾圈，到处成双到处圆。两块玉分开原是一块玉，独喜倸当面分开背后底连。

镜子

结识私情镜子能，对面相亲难近你个身。千揩万磨方才看见你个面，弗要等我转子身时照别人。

乖

娘又乖时姐又乖，吃娘将子石灰满屋筛。小阿奴拼得驼郎上床驼落

---

① 关德栋在为《山歌》作序时，称“《雅俗同观》卷六所收醉月子选辑《新锓千家诗吴歌》61首”。

② 冯梦龙辑《山歌》有《网巾圈》云：“结识私情要像个网巾圈，日夜成双一线牵。两块玉合来原是一块玉，当面分开背后联。”

地，两人合着一双鞋。

避嫌

昨夜期郎雪里来，窗前头又更几个脚迹以怕外人猜。姐道郎你只苦更三个铜钱买双草鞋丁倒着，只猜你去弗猜来。

惹疑

昨夜大风吹开了奴个门，今朝起来我里阿嫂就疑心。月亮里看书乞子多少弗明白个字，两国相争屈杀子多少人。

甘认

乞娘打子好心焦，写封情书寄在我娘标。有舍徒流迁配碎剐凌迟，天大罪名阿奴自去认，教郎千万再来遭。

打要

乞娘打子满身青，寄信教郎莫吃惊。我是银匠铺首饰由傈打，只打得我身时弗打得我心。

黄莺儿

题浮白山人辑。收嘲妓曲四十首，多见于《南宫词纪》《大明天下春》。或以为浮白山人即冯梦龙。

复出

老妓

瘦妓

航妓

长妓

秃妓
驼妓
肥妓
痴妓
馋妓
盟妓
疮妓
瞽妓
贪妓
醉妓
睡妓
黔妓
拙妓
妬妓
逃妓
孕妓
麻妓
村妓
哑妓
跛妓
眇妓
钻妓
（见《大明天下春》卷六中栏《新编百妓评品》）

舞妓

长袖乱飘扬，舞春风满画堂，阳阿激楚轻盈样。银筝闹场，彩绳缀梁，金链倒蹴秋千上。力趋锵，缠头无数，身有汗如浆。

教妓

私语若蜂糠，软尖刀，赚断肠，私情暗地无空放。上头这桩，生辰那桩，一年五次才停当。派差忙，计行苦肉，剪刺与燃香。

偷妓

佯说被风伤，捣些姜，入滚汤，出房践约凉亭上。梧桐隐光，草茵软穰，花阴权当红罗帐。不须忙，由君尽兴，有酒梦偏长。

富妓

峻宇且雕墙，有金钗，十二行，山肴海蜡[1]排方丈。嘉宾满堂，奉笏捧觞，轻敲檀板低声唱。这铺张，迷魂阵势，享用僭侯王。

矮妓

螺髻绾宫妆，尺五裙，扫地长，两层高底歪缠上。僬侥共房，侏儒配双，床间半段偎衾帐。枕边厢，风情不减，纵矮有何妨。

者妓

扭捏做行藏，请三番，不出房，半真半假妆模样。酒推怕尝，肴推懒尝，锅前冷饭将茶荡。好肥羊，明朝时退，馋口枉思量。

丑妓

生就面皮黄，厚胭脂，不耐妆，无些嫫母争些象。床眠半张，泪倾两行，妈儿要打无钱棒。问穹苍，蛾眉臻首，何不遣为娼。

优妓

伎俩无青衫，怪花奴，忽有髯，梨园并有勾栏院。这一儿也不能，赌色儿也不能，两股风月伊都占。假妆男，三年五载，半旬未成声。

售妓

缄怨另恩娘，贱红颜，已半中，乜斜双眼银波涌。歌儿两行，愁怀万桩，此回羞换香肩耸。鬟云松，石榴裙上，重诉旧衷肠。

---

① “蜡”《全明散曲》作“错”。

病妓

春病独眠床，恋风情，惹祸朝，阳台一倒何时觉。庄周卖裳，买茶备汤，妈妈还骂那知晓。曙光摇，才临妆镜，快起傍门墙。

贫妓

眉锁郁难开，布为裙，荆作钗，红罗帐里钟馗卧。鼎铛的不来，许米的不来，来的幻就无盐妇。插牙梳，似昆风雪，谁伴饮茅柴。茅柴，吴白酒名。

毬妓

圆社约寻芳，展花前，蹴鞠场，弓鞋踢打强靴壮。搽头不伤，下头惯张，锁腰悬腿都停当。汗罗衫，贪眠到晓，无意伴情郎。

拖妓

携手假温存，耸双肩，挤入门，笼他两袖都挖尽。赌簪儿也要银，赎帽儿也要银，冷茶一盏为帮衬。告亲亲，可怜几日，发市尚无人。

淫妓

逸兴实难收，未交情，欲已流，雨云初过鲛绡透。恣意不休，恣声不由，情浓不管衣和扣。忒风流，咬牙合眼，水活任鱼游。

第五辑

冯梦龙　挂枝儿

私部一卷

私窥

是谁人把奴的窗来饧破，眉儿来眼儿去暗送秋波，俺怎肯把你的恩情负。欲要搂抱你，只为人眼多。我看我的乖亲也，乖亲又看着我。

好看真好看。

性急

兴来时正遇我乖亲过，心中喜来得巧这等着意哥，恨不得搂抱你在怀中坐。叫你怕人听见，扯你又人眼多。看定了冤家也，性急杀了我。

咳嗽

俏冤家人面前瞧奴怎地，墙有风壁有耳，切忌着疏虞，来一会去一会教我禁持一会。你的意儿我岂不晓，自心里自家知。不好和你回言也，只好咳嗽一声答应你。

咳嗽不已，便成痨怯矣。仔细着。

搂抱

俏冤家想杀我今日方来到，喜孜孜连衣儿搂抱着，你浑身上下都堆俏。搂一搂愁都散，抱一抱闷都消。爱极怜极。便不得共枕同床也，我跟前站站儿也是好。

耐心

熨斗儿熨不开眉间皱，快剪刀剪不断我的心内愁，绣花针绣不出鸳鸯扣。恨此句句。两下都有意，人前难下手。该是我的姻缘，哥，耐着心儿守。哥字衬得有情。

后四句，一云："两下情都有，人前怎么偷。只索耐着心儿也，终须着我的手。"亦佳，然末句太露。一又云："香肌为谁减，罗带为谁收，这一丢儿的相思也，何日得罢手。"亦未见胜。

《雪涛阁外集》云："妻不如妾，描尽世情。妾不如婢，婢不如妓，妓不如偷，偷得着不如偷不着。"此语非深于情者不能道。"耐着心儿守"，妙处正在阿堵。

又

真不真假不假你的心肠不定，长不长短不短怎的和你完成，吞不吞吐不吐一味含糊答应。人说你志诚，看你不像个志诚人。说一个明白也，情愿耐着心儿等。

果肯耐心等，包你有个明白。只怕说人含糊，己更含糊耳。又曰："志诚"二字，委实难言。一篇传恨，还地下之枯魂。千遍呼名，走屏间之彩笔。锦文织就，薄幸回颜。绿鬓吟成，才人挥涕。真情所至，金石为开。世无尾生倩女其人，只索大家含糊云尔。

缘法

有缘法那在容和貌，有缘法那在前后相交，有缘法那在钱和钞。有缘千里会，无缘对面遥。用尽心机也，也要缘法来凑巧。

说尽了。

不凑巧

香消玉减因谁害，废寝忘食为着谁来，魂劳梦断无聊赖。几番不凑巧，也是我命安排。你看隔岸上的桃花也，教我怎生样去采。

雅甚。亦是《缘法》篇一小注脚。

口许

眉儿来眼儿去非止一次，情儿谐口儿许不是一时，千侥幸万侥幸偶然和你得同一处。巴不得霎时间便上了手，临上手你缘何又推辞。既然是个不爽利的冤家也，你许我做什么子。

还有不肯统口的，莫要不知好歹。

佳期

灯儿下细把娇姿来觑，脸儿红嘿不语只把头低，怎当得会温存风流佳婿。金扣含羞解，银灯带笑吹。我与你受尽了无限的风波也，今夜谐鱼水。

到此一杯淡话，却是少不得。

相会

都说有情人相会时无边的情况，我两个相会时只辨得凄凉，哭一哭说一说就是东方亮。你忙忙穿衣出门去，我孤孤的摊被儿卧在床。不知甚么日子相逢也，又只够把今夜的凄凉讲。

花开

约情人约定在花开时分，预把牡丹台芍药栏整葺完成，等着那花芽便是奴交运。将近清明了，一个花蕊头儿也不见生。想去年花此际将开也，今年怎么这等迟得很。

何文缜丞相初登科，在馆阁，饮于宗戚一贵人家，有侍儿惠柔，慕公丰标，密解手帕子为赠，且约牡丹开时再集。何亦甚关抱，既归，赋《虞美人》词，隐其小名，以寓结恋之意。词云："分香帕子柔蓝腻，欲去殷勤惠。重来直待牡丹时，只恐花枝相妒、故开迟。别来看尽闲桃李，日日阑干倚。催花无计问东风，梦作一双蝴蝶、绕芳丛。"何固有情人，惠柔一双俊眼，亦讵减红拂儿也。"约情人"一篇，正堪代惠柔答赠。

又

约情哥约定在花开时分，他情真他义重决不做失信人，手携着水灌[①]儿日日把花根来滋润。盼得花开了，情哥还不动身。一般样的春光也，难道他那里的花开偏迟得紧。此转尤奇。

调情

娇滴滴玉人儿我十分在意，恨不得一碗水吞你在肚里，日日想日日捱终须不济。大着胆上前亲个嘴，谢天谢地他也不推辞。早知你不推辞也，何待今日方如此。

语云："色胆大如天。"非也，直是"情胆大如天"耳。天下事尽胆也，胆尽情也。杨香孱女而拒虎，情极于伤亲也；刖跪贱臣而击马，情极于匡君也。由此言之，忠孝之胆，何尝不大如天乎？总而名之曰"情胆"。聊以试世，碌碌之夫，遇事推调，不是胆歉，尽由情寡。呜呼，验矣。

又

俏冤家扯奴在窗儿外，一口儿咬住奴粉香腮，双手就解香罗带。哥哥等一等，只怕有人来。自饶情致。再一会无人也，裤带儿随你解。

又

俊亲亲奴爱你风情俏，动我心遂我意才与你相交，谁知你胆大就是活强盗。不管好和歹，进门就搂抱着。撞见个人来也，亲亲，教我怎么好。

亦真。以上二篇，毫无奇思，然婉如口语，却是天地间自然之文，何必胭脂涂牡丹也。

又

意中人偶撞见正在无人处，两条心热如火何待踌躇，衣未解肉未贴又听得人来至。早是不曾做脚手，险些露出马脚儿。骂一声杀风景的冤家也，你来做什么子。

---

① "灌"当作"罐"。

该骂该骂，就打也不差，杀也不差。

自矢

眉来眼去情儿厚，有一个惹厌的人挡住在前头，因此上要成就不能勾成就。若还成就了，磕你一万个头。那一个负义忘恩也，就做卓儿[①]底下的狗。

“有如日”，“有如水”，俱指目前立誓。“卓儿底下狗”，甚得古意。

又

玉人儿我为你一条心萦系，我也曾猜谜打诨要你心自知，看你不言不语是甚么样主意。我不比那无情汉，你也不要诈鹘突。若肯放一线儿的通融也，情愿头也割与你。

或云：“论不通融时，割头也是小事；及至通融时，又不割头了。”余笑曰：“割头事固小，比不拔一毛者如何？”

虚名

担惊怕费心机何曾消受，寄音书传口信料也不在你心头，庞儿一半因君瘦。本待落花有意随流水，谁知花落无情水自流。落得个虚名也，人都说和你有。

虚名也有受用不起的，谈何容易。又曰：“世人事事爱虚名，独此不爱虚名。”何耶？

又

蜂针儿尖尖的刺不得绣，萤火儿亮亮的点不得油，蛛丝儿密密的上不得筘[②]。白头翁举不得乡约长，纺织娘叫不得女工头。有甚么丝线儿的相干也，把虚名挂在旁人口。

章法从《熨斗儿》篇来，而才情胜之。白头翁，鸟名；纺织娘，虫名。是为的对。

---

① “卓儿”即“桌儿”。类似情形下不出注。

② “筘”《徽池雅调》作“蔻”。

滇人郭舟屋《竹枝词》云："金马何曾半步行，碧鸡那解五更鸣。侬家夫婿久离别，恰似两山空得名。"亦此意。

问信

俏冤家家去了便无音信，你去后我何曾放下心，那一日不着人在你家门前问。愁只愁你大娘子狠，怕又怕令堂与令尊。都是实话。担惊受怕的冤家也，怎么来得这等艰难得紧。

滋味正在艰难，不然，家常茶饭，不成话柄矣。

解恼

想亲亲念亲亲亲亲来到，倒靠在奴怀内撒什么娇，为甚的珠泪儿腮边吊。一定是家中淘了气，说来奴听着。休得嘿嘿无言也，且向绣房中去解你的恼。

这一番解恼，回去又是淘气了。

骂杜康

俏娘儿指定了杜康骂，奇，奇。你因何造下酒醉倒我冤家，进门来一交儿跌在奴怀下。那管人瞧见，幸遇我丈夫不在家。好色贪杯的冤家也，把性命儿当做耍。

语云："酒是色媒人。"但有骂杜康者，而无谢杜康者，杜康冤矣。余足一篇云："杜康哥我把你做恩人叫，亏杀你造下酒成就了多少相交，三杯落肚其实妙。春兴亏你发，春愁亏你消。生撒撒要去的冤家也，亏你弄醉留住了。"六公云："读此词，杜康功浮于罪。"

错认

隔花阴远远望见个人来到，穿的衣行的步委实苗条，与冤家模样儿生得一般俏。巴不能到跟前，忙使衫袖儿招。粉脸儿通红羞也，姐姐，你把人儿错认了。

又

月儿高望不见我的乖亲到，猛望见窗儿外花枝影乱摇，低声似指我名儿叫。双手推窗看，原来是狂风摆花梢。喜变做羞来也，羞又变做恼。二句描神。

又

恨风儿将柳阴在窗前戏，惊哄奴推枕起忙问是谁，问一声敢怕是冤家来至。寂寞无人应，忙将问语低。妙，妙。自笑这等样的痴人也，连风声儿骗杀了你。

又

冷清清独自在房儿中睡觉，猛听得是谁人把我门敲，想是我负心的冤家来到。慌忙披衣起，罗裙拴着腰。急急的开门也，呸，又是妹妹的孤老。

妹妹不来开门，合断此孤老与姐姐。

真心

我是个痴心人定要你说句真心话，我想你是真心的又不知是真共假，你若果真心我就死也无别话。你真心要真到底，不许你假真心念头差。若有一毫不真心也，从前的都是假。

真心何必说，说真心未必真也，定要说句真心话，果痴心矣。又曰：痴心便是真心。不真不痴，不痴不真。

紧防

俏冤家约定你三更时候，临行时切不可被那人勾，访着实决不与你轻将就。非是我提防得你紧，怎奈你是个薄幸的囚。我若略放些的宽松也，你就别寻条路儿走。

有路，如何禁他走？情至者自不走。

脚声

脚声儿必定是冤家来到，拱破了纸窗儿偷着眼把他瞧，悄悄的站多时怎不开言叫。露湿衣衫冷，浑身似水浇。多心的人儿也，冻得你真个好。奇叶。

有景，词亦雅称。

叮嘱

俏冤家请坐下拜你儿拜，千叮咛万嘱付我的乖乖，在人前休把风月卖。如今人眼孔浅，莫讨他看出来。若看出了你这虚脾也，连我也没光采。

康侯云："亦是骂世之文，不但情语切切。"

又

机梳儿是奴家亲手做就，香茶儿并扣钮都藏在里头，送亲亲牢系着休忘了旧。香茶儿噙在口，钮扣儿在心头。切莫要在人前也，露出奴的丑。

疼恼

可知我疼你因甚事，可知我恼你为甚的，难道你就不解其中意。我疼你是长相守，我恼你是轻别离。还是要我疼你也，还是要恼你。

要你恼也自难得。

若不恼时，疼也不真。

愁孕

悔当初与他偷了一下，谁知道就有了小冤家，主腰儿难束肚子大。这等不尬不尴事，如何处置他。免不得娘知也，定有一顿打。

肚子不凑趣，可恨。

赠瓜子

瓜仁儿本不是个希奇货，汗巾儿包裹了送与我亲哥，一个个都在我舌尖上过。礼轻人意重，好物不须多。多拜上我亲哥也，愈淡愈直。休要忘了我。

首句旧云："瓜仁儿本是个清奇货。"甚无谓，且与礼轻意重不合。今云"本不是个希奇货"，妙甚。

情长

旧人儿抱怨我与新人厚，新人儿撺掇我把旧人丢，总恩情莫论新和旧。旧人也不舍，新人也不丢。一个儿天长也，一个儿地久。

亦是平心汉子，亦是杂情奴才。

五更天

俏冤家约定初更到，近黄昏先备下酒共肴，唤丫鬟等候他休被人知觉。铺设了衾和枕，多将兰麝烧。薰得个香香也，与他今宵睡个饱。

二更天盼不见人薄幸，夜儿深人儿静我且掩上门，待他来弹指时我这里忙答应。怕的是寒衾枕，和衣在床上蹭。还愁失听了门儿也，常把梅香来唤醒。

鼓三更还不见情人至，骂一声短命贼你担阁在那里，想冤家此际多应在别人家睡。倾泼了春方酒，银灯带恨吹。他万一来敲门也，梅香不要将他理。

四更时才合眼朦胧睡去，只听得咳嗽响把门推，不知可是冤家至。忍不住开门看，果然是那失信贼。一肚子的生嗔也，不觉回嗔又变作喜。

匆匆的上床时已是五更鸡唱，肩膀上咬一口你实说留滞在何方，说不明话不白便天亮也休缠帐。梅香劝姐姐，莫负了有限的好风光。似这等闲是闲非也，待闲了和他讲。

好个凑趣梅香。

造桥

化缘的敲到我门前住，叫一声十方佛我是化造桥的，却原来造这桥只便得我情人来去。现钱儿我便舍，你缘簿上要写明白。发心的是个男儿也，喜舍的倒是女。

明中去，暗中来，真正的见在功德。

商议

俏冤家近前来我有句话儿商议，曾嘱你悄悄地休被人知，你缘何人面前常是调情绰趣。妹妹知觉了，恐怕他讲是非。一网的兜来也，钳住他的嘴。

分明一个马泊六，只取他不吃醋耳。

同心

眉儿来眼儿去我和你一齐看上，不知几百世修下来与你恩爱这一场，便道更有个妙人儿你我也插他不上。人看着你是男我是女，怎知我二人合一个心肠。若将我二人上一上天平也，你半斤我八两。

这天平欺头否？不然二人定为情死。

专心

满天星当不得月儿亮，一群鸦怎比得孤凤凰，眼前人怎比得我冤家模样。难说普天下是他头一个美，只我相交中他委实强。我身子儿陪着他人也，心儿中只把他想。

做梦

我做的梦儿到也做得好笑，梦儿中梦见你与别人调，醒来时依旧在我怀中抱。也是我心儿里丢不下，待与你抱紧了睡一睡着。只莫要醒时在我身边也，梦儿里又去了。妙。

梦儿里去了，何妨？只怕醒时不在身边耳。

感恩

感深恩无报答只得祈天求地，愿只愿我二人相交得到底，同行同坐不厮离。日里同茶饭，夜间同枕席。死便同死也，与你地下同做鬼。

“生则愿同衾，死则愿同穴。”李三郎千古情语。余有忆侯慧卿诗三十首，末一章云：“诗狂酒癖总休论，病里时时昼掩门。最是一生凄绝处，鸳鸯冢上欲招魂。”亦此意。

第二句系余所改。旧云：“愿只愿我二人做一对夫妻。”反觉少味。

坚心

罢了罢了难道就罢了，死一遭活一遭死活只这一遭，尽着人将我两个千腾万倒。做鬼须做风流鬼，上桥须上奈何桥。奈何桥上若得和你携手同行也，不如死了到也好。

分离

要分离除非是天做了地，要分离除非是东做了西，要分离除非是官做了吏。你要分时分不得我，我要离时离不得你。就死在黄泉也，做不得分离鬼。

说得煞落。

问咬

肩膀上现咬着牙齿印，奇。你实说那个咬我也不嗔，省得我逐日间将你来盘问。咬的是你肉，肉音受。疼的是我心。是那一家的冤家也，咬得你这般样的狠。

无限关心。

伤病

玉人儿这几日身子有些不快，我见你容消瘦好不伤怀，恨不得将你病移在我身上害。我害到不打紧，你病教我好难捱。已约下诊脉的医人也，还要请个僧道来禳解。

变

变一只绣鞋儿在你金莲上套，变一领汗衫儿与你贴肉相交，变一个竹夫人在你怀儿里抱。变一个主腰儿拘束着你，变一管玉箫儿在你指上调。再变上一块香茶也，不离你樱桃小。

又

会变时你也变连我也变，你变针我变线与你到底牵连，再变个减妆儿与你朝朝见。你变个盒儿好，我变个镜儿圆。千百样变来也，切莫要变了脸。

“会变时”三字甚佳。旧云：“一百变，二百变，三百变。”可厌。

泥人

泥人儿好一似咱两个，捻一个你塑一个我看两下里如何，将他来揉和了重新做。重捻一个你，重塑一个我。我身上有你也，你身上有了我。

此赵承旨赠管夫人语，增添数字，便成绝调。赵云："我泥里有你，你泥里有我。"此改"身上"二字，可谓青出于蓝矣。至如《夜坐》一篇云："到黄昏独背着银缸坐，和影儿两个把更漏消磨，听谯楼又转三通过。欲眠灯渐灭，影子也抛奴。孤枕的无眠也，凄惶杀了我。"纯用李易安《如梦令》词，便索然不堪再读。

表记

这几般表记儿送与哥哥作念，纽扣儿牢紧在你心间，玉簪儿日夜似奴身亲伴。戒指儿戒游手，荷包儿谨浪言。着上这双鞋儿也，少要花街转。

寄书

捎书人出得门儿骤，赶丫鬟唤转来我少分付了话头，你见他时切莫说我因他瘦。现今他不好，说与他又添愁。若问起我身躯也，只说灾晦从没有。

那得不瘦。

醉归

俏冤家吃得这般样的醉，扶进来倒在床不分南北与东西，是谁家天杀的哄他吃醉。我哥哥的量又不十分好，苦苦灌他做甚的。醉坏了我哥哥也，就是十个也赔不起。

又是杜康罪业。

又

俏冤家夜深归吃得烂醉，似这般倒着头和衣睡何似不归，枉了奴对孤灯守了三更多天气。仔细想一想，他醉的时节稀。就是抱了烂醉的冤家也，强似独睡在孤衾里。

唐人有辞云："门外猧儿吠，知是萧郎至。刬袜下香阶，冤家今夜醉。

扶得入罗帏，不肯脱罗衣。醉则从他醉，犹胜独眠时。”此曲意用古而语入今，故自佳。

描真

碧纱窗下描郎像，描一笔画一笔想着才郎，描不成画不就添惆怅。描只描你风流态，描只描你可意庞。描不出你温存也，停着笔儿想。

眼里火

卖俏哥你卖尽了千般俏，白汗巾棕竹扇香袖儿里笼着，清溜溜押几句昆山调。谁人不羡你，伶俐更丰标。是那一个有福的婆娘也，独自受用得你好。

又

眼觑着俏冤家不由人欣羡，若是考风流考俊雅定是个魁元，待与他致殷勤只恨初相见。人前多腼腆，背后有没个去传言。万想千思也，都在我心里转。

康侯云：“那得此有眼的试官，南北场罕见。”

又

俏冤家你情性儿着人可意，你眉来我眼去为你费尽了心机，我二人不到手长吁气。见了你又腼腆，离了你似痴迷。羞答答无颜也，教我这事儿怎么处。

又一篇云：“看上了妙人儿，不能勾成就，背地里只将那小脚儿勾，眉来眼去情儿厚。待教开开口，人面前又怕羞。假意儿传杯也，捻捻他的手。”

金不换

想起来你那人使我魂都消尽，看遍了千千万都不如你那人，你那人美容颜又且多聪俊。就是打一个金人来换，也不换你那人。就是金人也是有限的金儿也，你那人有无限的风流景。

惟甚爱金，故以金不换为尤爱。然则可换者亦多矣，余有《慨世篇》

云："虽有知音，不如名琴；虽有知心，不如黄金。"为之三叹。

久交

风月中那在乎年纪少，老成人历练过手段儿高，着人知趣千般妙。不弄轻浮态，只凭恩爱交。那眼里火的相交也，纵好杀也不到老。

何必到老？

咒

俏冤家我别你三冬后，拥衾寒挨漏永数尽更筹，叫着你小名儿低低咒。咒你那薄幸贼，咒你那负心囚。疼在我心间也，舍不得咒出口。

又

俏冤家近前来与你罚一个咒，我共你你共我切莫要便休，得一刻乐一刻还愁不勾。常言道牡丹花下死，用得着。做鬼也风流。拼得个做鬼风流也，别的闲话儿都丢开手。

又《咏蝶》云："俏冤家站立在雕栏外，猛抬头见个粉蝶儿飞过墙来，采牡丹戏芍药由他爱。撞着蜘蛛网，丝缠解不开。断送了残生也，方信道花难采。"此云"做鬼也风流"，情之相去远矣。

陪笑

惯了你惯了你偏生淘气，惯了你惯了你倒把奴欺，惯了你惯了你反到别人家去睡。几番要打你，怎禁你笑脸陪。笑脸儿相迎，乖，莫说打你，就骂也骂不起。　　并不曾并不曾与你淘气，并不曾并不曾把你来欺，并不曾并不曾到别人家去睡。你的身子儿最要紧，那闲气少寻些。我若是果有甚亏心，乖，莫说骂我，就打也是应该的。

一对肉麻。

衬入"莫说打""莫说骂"句，更觉生姿。

打

几番的要打你莫当是戏，咬咬牙我真个打不敢欺，才待打不由我又沉吟了一会。打轻了你，你又不怕我；打重了，我又舍不得你。罢罢罢，冤家也，不如不打你。

此米农部仲诏作。

爱

你嗔我时瞧着你只当做呵呵笑，你打我时受着你只当做把情调，你骂我时听着你只当把心肝来叫。爱你骂我的声音儿好，爱你打我的手势儿娇。还爱你宜喜宜嗔也，嗔我时越觉得好。

阻雨

傍晚来怎不见冤家来到，不挡趣风儿骤雨儿又飘，霎时间水溢了街和道。倘阻他在中途里，这般景况最难熬。早知是这样的天光也，不如不约他来了。　　约了你恨不得一步儿行到，又谁知半路上风雨相遭，檐儿下躲一回，又怕你的心焦躁。拖泥还带水，跌上十来交。巴得到你的跟前也，你缘何又着恼。　　不为你来迟了心生焦躁，只因那风和雨使我煎熬，拖泥带水我也都知道。还喜得不打紧，谢天天保佑着。且换下了的衣裳也，在焙笼上烘干了。　　千金体为了我被傍人嘲笑，就如今轮了雨你何必要煎熬，总教受苦也难把你的恩来报。况且晴的日子多，落的日子少。但讨得你的真心也，晴也好，落也好。

喜鹊

喜鹊儿不住的喳喳叫，急慌忙开了门往外瞧，甚风儿吹得我乖亲到。携手归房内，双双搂抱着。你虽有千期万约的书儿也，不如喜鹊儿报得好。

愿嫁

俏冤家进门来我和你从长计较，我和你好一场没个下梢，到不如嫁了你终身有靠。闻知你大娘狠，这也是奴命招。只为你的温存也，愿做你的小。

从良一事，变态多端。或本非情愿，而弄假成真；或委系志诚，而入门生悔；或霜欺雪妒，迫成少妇坚心；或月白风清，勾起暮年憨兴。故曰："穿破是我衣，亡过是我妻。""愿做你的小"，亦是套话。然也要他有此套话。

妓馆

虽则是路头妻也是前缘宿世，歇一宵百夜恩了却相思，要长情便和你说个山海盟誓。你此后休忘我，我此后也不忘你。再来若晓得你另搭好个新人也，我也另结识个新人起。

或疑此何以入“欢部”，余笑曰：“汝只看文字，不看题目耶！”

想部三卷

相思

前日个这时节与君相谈相聚，昨日个这时节与君别离，今日个这时节只落得长吁气。别君止一日，思君到有十二时。惟有你这冤家也，时刻在我心儿里。

又

别人家念亲亲有时儿住，谁似我自子时直想到亥时，没黄昏没白日把心脾碎。一月三十日，一日十二时。那十二时的中间也，又刻刻想着你。

又

害相思害得我心神不定，茶不思饭不想酒也懒去沾唇，聪明人闯入迷魂阵。口说丢开罢，心里又还疼。若说起丢开也，我到越发想得紧。

又

姊妹们害相思我从来不信，到如今看看要轮到自身，想着他念着他恹恹成病。不茶还不饭，不痒又不疼。同般样的相思也，我相思又害得狠。

那一个不狠？

又

想冤家想得我恹恹憔瘦，自从间那一日与你把眼色丢，到如今意悬悬还不能勾成就。我家妈妈又防得紧，这冤债几时勾。晓夜里的思量也，到不如哭一场丢开了手。

听唱

闷恹恹独倚在妆台傍，忽听得有情人唱的《山坡羊》，一声声钻在奴心儿上。越听越烦恼，待不听又思量。事不关心也，关心的自暗暗里想。

预愁

三更天睡不着思前想后，愁只愁我二人不得到头，记当初罚尽了神前咒。料想我难忘你，只恐你把我丢。我二人的开交也，笑破了千人口。

心口相问

前日瘦今日瘦看看越瘦，朝也睡暮也睡懒去梳头，说黄昏怕黄昏又是黄昏时候。待想又不该想，待丢时又怎好丢。把口问问心来也，又把心儿问问口。

口问心，心不能言；心问口，口不可信。自家心口尚须相问，况以他人之口信他人之心乎？大难，大难。

喷嚏题亦奇

对妆台忽然间打个喷嚏，想是有情哥思量我寄个信儿，难道他思量我刚刚一次。奇。自从别了你，日日泪珠垂。似我这等把你思量也，想你的喷嚏儿常似雨。更奇。

此篇乃董遐周所作。遐周旷世才人，亦千古情人，诗赋文词，靡所不工。其才吾不能测之，而其情则津津笔舌下矣。"愿言则嚏"，一发于诗人，再发于遐周，遂使无情之人，喷嚏亦不许打一个。可以人而无情乎哉？

倦绣

意昏昏懒待要拈针刺绣，恨不得将快剪子剪断了丝头，又亏了他消磨了些黄昏白昼。一转。欲要丢开心上事，强将针指度更筹。绣到交颈的鸳鸯也，我伤心又住了手。二转。

此篇与《喷嚏》篇转折可味，熟玩得作文之法。

痴想

月儿明了人还不到，猛然间思想起我好心上焦，泪珠儿止不住腮边吊。魂灵儿被他引，一夜上梦儿遭。想起我那冤家也，不知那些儿待我好。

“不知那些儿好”，方是真好，方是真梦，方是真正冤家。

又

俏冤家你怎么去了一向，不由人心儿里想得慌，你到把砂糖儿抹在人的鼻尖上。饧又饧不着，闻着扑鼻香。你到丢下些甜头也，教人慢慢的想。

饧着时，一乱砂糖，有何好处？慢慢的想，却是无穷受用。

帐

为冤家造一本相思帐，旧相思新相思早晚登记得忙，一行行一字字都是明白帐。旧相思销未了，新相思又上了一大桩。把相思帐出来和你算一算，还了你多少也，不知还欠你多少想。

琵琶妇阿圆，能为新声，兼善清讴，余所极赏。闻余《广挂枝儿》刻，诣余请之，亦出此篇赠余。云传自娄江，其前尚有《诉落山坡羊》，词颇佳，因附记此：“冤家呀，小妹子不知那一句话儿把你来冲撞。逢人前对人前子说道，再不把咱家的门来上。负心的贼，可记得当初和你不曾得手的时节，你说道如渴思浆，如热思凉，如寒思衣，如饥思食，你在我跟前说，姐姐又长，姐姐又短，把那甜言美语来哄我，到如今和你得了手的时节，你到高飞远举，远举高飞，子说道，不来了不来了，在人前妆模作样。负心的贼，可记得当初和你星前月下烧肉香疤的时节，和你说，冤家呀，改常时不改常时？你回言道，我便死在九泉之下，永不改常。因此上听信你说不改常时，才和你把香疤儿烧了，谁知你大胆忘恩薄幸，亏心短行。冤家，你到另取上一个婆娘。凭你取上个妙人儿么，妙杀了也比不得小妹子的心肠，怎如得俺行儿里坐儿里茶儿里饭儿里眠儿里梦儿里醒儿里醉儿里想得你好慌。冤家呀，你自家去思，自家去想，自去度量。还是谁家的理短，谁家的理长。悲伤。冤家呀，睡到半夜五更头，你手摸着胸膛，自家去思想，自去度量。悲伤。算来还是冤家的理短，小妹子的理长。”

牵桂

我好似水底鱼随波游戏，你好似钓鱼人巧弄心机，钓钩儿放着些甜滋味。一时间吞下了，到如今吐又迟。牵挂在心头也，放又放不下你。

泣想

青山在绿水在冤家不在，风常来雨常来书信不来，灾不害病不害相思常害。春去愁不去，花开闷不开。泪珠儿汪汪也，滴没了东洋海。

此篇相传已久，然毕竟不可去。

无眠

灯儿下独自个听初更哀怨，二更时风露冷强去孤眠，谯楼上又听得把三更鼓换。四更添寂寞，挨不过五更天。教我数尽更筹也，何曾合一合眼。

梦

梦儿里梦见冤家到，梦儿里双手搂抱着，梦儿里就把乖亲叫。梦儿里成凤友，梦儿里配鸾交。梦儿里相逢也，梦儿里又去了。

何不再睡？

又

正三更做一梦团圆得有兴，千般恩万般爱搂抱着亲亲，猛然间惊醒了教我神魂不定。梦中的人儿不见了，我还向梦中去寻。嘱付我梦中的人儿也，千万在梦儿中等一等。

模情痴极矣。如此梦，定不是捏鼻头做下者。

又

害相思害得十分沉重，他在西我在东怎得相逢，昨宵得一个团圆梦。方才云雨罢，醒来被又空。白日里不来也，你到梦儿里将人哄。

真梦如何是哄？白日来，未必不哄。

瘦

女伴们约戏耍要同去花园后，拂愁眉匀泪脸强下妆楼，待试罗衫怎胜得香肌瘦。欲出门还自省，才举步又迟留。这般憔悴容颜也，见人先自丑。可怜。

又一篇云："想冤家哀哀哭正值冤家来到，慌忙的解罗衣搂抱着，浑身上下都摸到。你为何一去后，就这等消瘦了。想是你去贪花也，茶饭儿都吃少。"合观二篇，相思亦瘦，贪花亦瘦，瘦可怜又可憎也。要作恩爱夫妻，须是一对胖子，岂不可笑。

又

风萧萧一阵阵穿窗牖，雨丝丝一点点都是愁，淅零零铁马儿在檐前骤。惨淡淡灯共影，扑簌簌珠泪流。手摸一摸庞儿也，呀，瘦了，怎的瘦得这般样丑。

病

花不戴钗不戴连环儿也不戴，说人骇笑人骇我比人更骇，行也害坐也害睡梦也害。茶不思，饭不想，骨如麻，体似柴。为了你冤家也，这病有三四载。

又

百般病比不得相思奇异，定不得方吃不得药扁鹊也难医，茶不思饭不想恹恹如醉。不但傍人笑着我，我也自笑我心痴。伶俐聪明也，到此由不得自己。

后四句逼真。

又

写情书写不尽我相思帐，直直的写几句教他细细详，我病儿已在十分上。早早来还得见，也算与你厚一场。若是个来迟也，切莫要身后将奴来想。

末句旧云："除是黄泉路上来赶。"情亦惨至。南园变改"切莫要身后将奴来想”，颇雅，用之。

想嫁

嫁了罢嫁了罢怎么不嫁，说许他定许他怎能勾见他，秋到冬冬到春春又到夏。咬得牙根痛，掐得指尖麻。真不得真来也，假又不得假。

真不得真，假不得假，正是妙境。假则扮戏，真则村里夫妻耳。

空书

寄情书泪珠儿滴在封皮上，奴亲手拆开看只见纸半张，俏冤家哑谜儿鹘突帐。话儿没一句，字儿没半行。教我独对着空书也，白白的把你想。

得书

寄书来未拆封先垂泪，想当初行相随立相随坐卧相随，还只恐梦魂儿和你相抛离。谁想今日里，盼望这一封书。你就是一日中有千万个书来也，这书儿也当不得你。

又

俏冤家从别后受尽了空房孤另，想得我不茶饭鬼病缠身，要慰离愁除非是一封书信。猛可的音书到，拆开看得真。见了这封音书也，越发想得紧。

卖相思

罚了愿再不把相思害，猛可的撞见个俊多才，不由人见了心中爱。正是拆了秦楼瓦，又盖上楚阳台。卖了相思也，又把相思买。

也有该卖的，也有该买的，都是都是。

又

相思铺这几日番腾重盖，大门外挂一面卖相思的牌，有几等相思卖与人害。单相思背地里想，双相思两下里挨。鹘突的相思也，还得鹘突人来买。

第一鹘突相思，有出脱处。

问课

手执着课筒儿深深下拜，战兢兢止不住泪满腮，祝告他姓名儿我就魂飞天外。一问他好不好，二问他来不来。还要问一问终身也，他情性儿改不改。

求签

对神灵拈香罢忙把双膝跪，千祝告万祝告保佑我情人早归，大红袍一领还有猪羊祭。求得条上上的签在手，道人与我细细推。果应得灵签也，道人，我也做件皂袍儿相谢你。

魇到

俏冤家昨朝时去得一溜，做一个魇到儿暗地里相留，把你一顶巾挂在帐勾儿教他常拖逗。你虽是望前去，我偏要你就转头。难道我这样勾你也，你只是不回首。

自怨

眼巴巴望着我冤家一面，泪汪汪镇日里眼不曾干，灯花鹊噪难凭断。除非梦儿里，枕上得片时欢。不怨你的薄情也，只怨自己的缘分浅。

不忘

俏冤家我待你真心实意，全不料你待我面是背非，把恩情一旦都抛弃。两人心下里，自有老天知。明知你是个薄情也，我只是念念不忘你。

又一篇云："假情儿调了千千万，假誓儿发了万万千，假泪儿流了无千无万。明知你都是假，就该丢你在一边。如何只半日的不来也，就望穿了奴的眼。"意亦同。

揉枕

到三更忽然间把枕儿揉碎，出人意表。一从枕了你只做得半月夫妻，莫非是做时节时辰不利。另拣个好日子，再做个利市的。若得这个人来也，先把瘦腰儿犒赏你。

打丫头

害相思害得我伶仃瘦，半夜里爬起来打丫头，丫头为何我瘦你也瘦。我瘦是想情人，你瘦好没来由。莫不是我的情人也，你也和他有。

揉枕，打丫头，描写无聊极思，亦奇亦真。

打梅香

害相思害得我伶仃样，半夜里爬起来打梅香，梅香为何我瘦你偏壮。梅香覆姐姐：你好不思量。你自想你的情人也，我把谁来想。

瘦又打，壮又打，如此难理会的姐姐，教做姐夫的也怕人。

叫梅香

相思病害得我魂飘荡，半夜里坐起来叫梅香，你上床来掮起腿学我乖亲样。梅香道：姐姐，你也是糊涂的娘。没有那件东西也，娘，怎杀得你的痒。又该打。

俗矣。正以俗，故存之。

痒

这东西今夜里忽然作祸，是谁人撒下一把疥虫窠，痒来时透心肝其实难过。抓抓还搯搯，擶擶又搁搁。便泼上飞滚的热汤也，只讨得外面皮儿的苦。

盼归[1]

喜蛛儿忽地在檐前挂，昨夜银缸上灯结蕊，今朝喜鹊儿喳喳，粉墙上画的又是成双卦。久矣他无信了，想是明日定还家。若果明日还家也，止守得今宵一夜寡。

这一夜更觉难过。

---

① 《樵史通俗演义》第二十八回《叛贼聚众毒秦晋　流氛分队犯梁楚》有《北地挂枝儿》，字句与此相近。

又

东君怪道无音耗，鸟不言花不语等瘦了梅梢，昨宵寒去想是他来到。朵朵花枝开笑脸，双双好鸟弄声娇。守过了二百七十日的凄凉也，春，你少不得也来了。

情人若比春一般来得稳，一百年也情愿等着。

心事

心中事心中事心中有事，说不出道不出背地里寻思，左不是右不是有千般不是。虽有姊和妹，有话不相知。怎能够会一会冤家也，我的心儿才得死。

药名

红娘子叹一声受尽了槟榔的气，你有远志做了随风子，不想当归是何时，续断再得甜如蜜。金银花都费尽了，相思病没药医。待他有日的茴芗也，我就把玄胡索儿缚住了你。

又

想人参最是离别恨，只为甘草口甜甜的哄到如今，因此黄连心苦苦里为伊担闷。白芷儿写不尽离情字，嘱付使君子切莫做负恩人。你果是半夏的当归也，我情愿对着天南星彻夜的等。

又

你说我负了心无凭枳实，激得我蹬穿了地骨皮，愿对威灵仙发下盟誓。细辛将奴想，厚朴你自知。莫把我情书也，当做破故纸。

凡以曲名牌名扭捏成篇者，俱无足采。此三篇入药名，颇称能品，故录之。因记昔年与友辈夜酌，余以《四书》句配药名为令，一时想路，多有奇绝。岁久都忘，聊识其存臆者于左：三宿而出昼——王不留行；管仲不死——独活；曾皙死——苦参；天之高也——空清；吾党之小子狂简——当归；裨谌草创之——藁本；出三日——肉从容；居其所而众星拱之——天南星；七八月之间旱——半夏；小人之德草——随风子；舟车所至——

木通；以正不行，继之以怒——苛子；孩提之童——乳香；兴灭国，继绝世——续断；若决江河——泽泻；亡之命矣夫——没药；楚狂接舆歌而过孔子——车前子；有寒疾——防风；涅而不淄——人中白；胸中正——决明子；桃之夭夭——红花；邦无道则可卷而怀之——蝉脱；夫人幼而学之——远志。

别部四卷

送别①

送情人直送到门儿外，千叮咛万嘱付早早回来，你晓得我家中并没个亲人在。我身子又有病，腹内又有了胎。就是要吃些咸酸也，那一个与我买。

最浅最俚，亦最真。

又

送情人直送到花园后，禁不住泪汪汪滴下眼梢头，长途全靠神灵佑。逢桥须下马，有路莫登舟。夜晚的孤单也，少要饮些酒。

又《送商》一篇云："劝乖亲休要在江湖上恋，纵经营千倍利，不如家里安闲，餐风宿水容颜易变。想茶茶不到口，想饭饭又不周全。到晚要自展那铺陈也，到天明还自要卷。"亦通。然不如"逢桥须下马，有路莫登舟"二语绝唱，即入之古乐府何惭。

又

送情人直送到城隍庙，叫道人开庙门就把香烧，深深下拜低低告。情人儿在心上转，签筒儿在手内摇。若得到底的团圆，菩萨，你便把上上的签来缴。

若是签果灵，神道也靠着篾片了。

---

① "送别"诸篇又见《乐府万象新》前集卷二中层《新增京省倒挂真儿歌》，字句偶有差异。

又

送情人直送到无锡路，叫一声烧窑人我的哥，一般窑怎烧出两般样货。砖儿这等厚，瓦儿这等薄。厚的就是他人也，薄的就是我。　劝君家休把那烧窑的气，砖儿厚瓦儿薄总是一样泥，瓦儿反比砖儿贵。砖儿在地下踹，瓦儿头顶着你。脚踹的是他人也，头顶的还是你。

后一篇，名妓冯喜生所传也。喜美容止，善谐谑，与余称好友。将适人之前一夕，招余话别。夜半，余且去，问喜曰："子尚有不了语否?"喜曰："儿犹记《打草竿》及《吴歌》各一，所未语若者独此耳。"因为余歌之。《打草竿》即此，其《吴歌》云："隔河看见野花开，寄声情哥郎替我采朵来。姐道我郎呀，你采子花来。小阿奴奴原捉花谢子你，决弗教郎白采来。"呜呼，人面桃花，已成梦境，每阅二词，依稀绕梁声在耳畔也。佳人难再，千古同怜，伤哉。

或问余："后篇番案佳矣，子尚能转一语否?"余随赋一篇云："据你说烧窑人教我怎么不气，砖儿厚瓦儿薄既是一样泥，把他做砖我做瓦未为无意。便道头顶着我，到与你挡风雨。那脚踹的吃甚么亏，头顶是虚空也，脚踹是着实的。"

白石山主人又番案云："再劝伊休把烧窑的气，砖做厚瓦做薄谁不道是一样泥，厚与他薄与你我自有个主意。顶戴你几番风水亏你遮盖了，踹定他不许人将他丢打你。我虽和你薄相处情长也，他厚杀也赶不上你。"

楚人丘田叔亦寄余番案一篇，出意更新。词云："据我说你与烧窑的不必心焦躁，砖儿厚瓦儿薄都是你两个自招，厚待薄待我原无他道。那砖儿自块块方正平实得好，那瓦儿一片片反复又蹊跷。难道到教我厚那跷蹊的人儿也，把稳实的来薄了。"

田叔又自番二篇云："听说罢烧窑人愈加要气，砖儿瓦儿总都是泥，作好作恶也难容恕。把砖儿做平实了，把瓦儿做跷蹊。你既做出个平实跷蹊也，厚薄只得由着你。"　"烧窑人听多时向前施礼，笑你个忒多心也忒多疑，厚薄偏正我原无意。但砖体儿不得不平正，那瓦体儿又不得不跷蹊。若晓道不得不平正跷蹊也，又何必怨厚他薄着你。"

遐周曰："愈转愈妙，乃知文人之心浚于不竭。"

又

送情人直送到丹阳路，你也哭我也哭赶脚的也来哭，绝奇。赶脚的你哭是因何故。道是去的不肯去，哭的只管哭。你两下里调情也，我的驴儿受了苦。

赶脚者衣食于驴，倚之为命，故爱驴最真。今之情人，我未爱彼，先欲彼爱我；我爱彼，又恐彼不知我爱。务为爱征以博人欢，强为爱貌以避人议，而真情什无二三矣。名曰相爱，犹未若赶脚者之于驴也，妙哉。“赶脚的也来哭”，语诙而意讽。“送情人”诸篇，此为第一。

又

送情人直送到河沿上，使我泪珠儿湿透了罗裳，他那里频回首添惆怅。水儿流得紧，风儿吹得狂。那狠心的稍公也，又加上一把桨。

三合凑。

又

送情人直送到黄河岸，说不尽话不尽只得放他上船，船[①]开好似离弦箭。黄河风又大，孤舟浪里颠。远望艑竿也，渐渐去得远。

只写行人之景，而送行者之凄凉，隐然言外，文品最高。

寄别

想家乡不得已匆匆别去，多一旬少半月又是来期，待相逢慢慢把衷情叙。恨只恨舟师忙解缆，同行客伴催。不得觌面的相辞也，我央人拜上你。

泣别

汗巾儿止不住腮边泪，手挽手我二人怎忍分离，送一程哭一程把我柔肠绞碎。你在旅馆中休要思想着我，你身子儿瘦损又受不得亏。可怜半霎儿相看也，好似五更时梦儿里。

束句新。

① “船”写本作“舡”，径改。类似情形下不出注。

初别

玉人儿辞别了径往他州去，撇下奴独自船舱内好不孤恓，知几时和你重相会。明月穿窗影，清风过柳溪。好一个良宵也，可怜只少了你。

忆别

驾归舟欲别去使我情迤逗，怕分离不由我痛泪交流，沉沉苦切从今受。旧游何日续，情恨几时休。我身子儿锁住在重门也，魂灵儿还随你走。

久别

自从他那一日匆匆别去，到如今秋深后风雨凄凄，欲待要做一领衫儿捎寄。停针心内想，下剪自迟疑。这一向不在我身边也，近来肥瘦不知你。

或曰："不知肥瘦，何不做了两件？"予笑曰："看自己肥瘦便是样子。"

隙部五卷

捎书

捎书人才出得门儿外，唤丫鬟替我去唤转他来，你见他时切莫说我将他怪。虽然他不是，我自有安排。若说破他的薄情也，惹得薄情心加倍歹。

不说破他，才由我安排。此妇的是老手。

糊涂

来了去去了来似游蜂儿的身分，吃了要要了吃把我做糖人儿的看成，东指西西指东做出媒婆儿的行径。这是你负我我负你，你自去心问口口问心。休像那云密密的天儿也，雨不雨晴不晴糊涂得紧。

如今的交情，到是糊涂些耐久。

不希罕

想当初这往来也是两相情愿，又不是红拂妓私奔到你跟前，又不曾央媒人将你来说骗。你要走也由得你，你若不要走，就今日起你便莫来缠。似雨落在江心也，那希图你这一点。

发狠

俏冤家我与你恩深情厚，我纵与别人好怎肯把你来丢，你为何恋新人忘了奴旧。我好劝你你又不听我，我苦争你又怕结冤仇。不如狠一狠的心肠也，啐，各自去丢开了手。

说丢开，正是他不忍丢开处，所以佳。

杂情

要丢开我与你丢开了罢，你无情你无义又相处做甚么，说相思话相思都是闲话。今朝你向我，明日又向他。好似驿递里的铺陈也，切喻。赶脚儿的马。

这铺陈牲口，原有用得着时节，莫暴殄他。

负心

俏冤家我待你是金和玉，你待我好一似土和泥，到如今中了傍人意。痴心人是我，负心人是你。也有人说我也，也有人说着你。

语云"痴心女子负心汉"，然世不少痴心汉子负心女，以余所睹，妓张润三郎一事，足兼之矣。张与贾人程某交善，许以必嫁。程惑之，为之破家。既已效郑元和下梢，不敢复窥张室矣。而张念之不置也。一夕，遇诸门，亟呼入，相持大恸。程具道所以不敢状，张自出青蚨具餐止宿。夜半，谓程曰："侬向以身许君，不谓君无赖至此！然侬终不可以君无赖故，而委身他姓。侬有私财五十金许，难得。今以付君。君可贸易他方，一再往，有赢利，便图取侬。侬与君之命毕此矣。"语达旦，空囊授之，珍重而别。程既心荡，无复经营之志。贫儿骤富，馋态不禁，乃别往红楼市欢，可恨可杀。罄其资而归，而张不知也。久之，复遇诸门，居然窭子容耳。闻张呼，惊欲走匿。良心。张使婢阑之以入，叩其故。但云："中道遭寇，仅以身免，自怜命薄，无颜见若。”张悲愤甚，一恸几绝。程亦悔且泣，徐曰：“业如此，当奈何？”张曰：“此吾两人命绝之日也。生而睽，何如死而合。君如不忘初愿，惟速具毒酒，与君相从地下尔。”言讫，泪下如注。程不知所为，张迫之再，无已，潜取毒，毒酒以进。张且泣且饮，便倾半壶。程觉其有异，大恐，遽尽吸之。已而两人皆死。既死，鸨乃觉，从傍人教，割生羊取血灌张，张活。次及程，则无疗矣。盖毒性下坠，张先饮，味薄，故可起。亦天意所以诛薄幸也。程父讼之长洲江令。妙人。令廉得负心始末，乃责其父而释张。大是。当此时，张之名闻于一郡。郡之好事者咸往问疾，求识面以为荣。或呼为药张三，从所殉也；或称曰痴张三，谓其所殉非人也。张疾愈，郡人士争交欢之，声价颇隆。然性好豪使狎，不誉荐绅，竟以此浮沉数年，无一大遇，聊随一卖丝者终焉。余尝有诗云：“同衾同穴两情甘，鸩酒如何只损男。却笑世人不怕死，青楼还想药张三。痴心漫结死生期，松柏西陵别有枝。自是薄情应致死，交欢岂少卖丝儿。黄金销尽命如霜，红粉依然映画堂。一负生兮一负死，古丘空说两鸳鸯。”余谓张三赠金、伏毒二事都奇，所恨者毒酒无灵，不肯成全张三一个好名，使死而复苏，碌碌晚节，卒负死友，诚赘疣也。然使张死而程苏，其为赘疣又何如？而谓毒酒果无灵哉？余又闻一妓与所欢约俱死，欢信之，为具鸩酒二瓯，妓执板速欢饮，欢尽其一，因谓妓：“汝何不饮？”妓曰：“吾量窄，留此与君赌拳。”是彼一技。呜呼，自赌拳盛行，而张以情痴特闻。若死者有知，问张引药时，卖丝儿何在，恐张亦无解于独生也，则虽谓“痴心汉子负心女”可矣。

又

咱两个说甚么心相对，常说道有了我还有谁，哄得我上手时你又把心儿昧。辜恩负义的贼，受了你许多亏。再不信你蜜罐里的砂糖也，绵花儿样的嘴。

又

骂一声负心贼你因何恋新忘旧，那一日看上了你只为你温柔，谁知你绵里藏机彀。我一时在人前夸你的好，今日覆水好难收。教我一面耐你的亏心也，一面耐傍人的口。

一云：“骂一声负心人你因何恋新忘旧，想当初看上了你只爱你温柔，谁知道爱温柔反被温柔引诱。早知你温柔不耐久，我怎肯把身子儿陪伴你这薄幸囚。耽误了终身也，把是非儿落在他人口。”一云：“早知你温柔不耐久，怎肯那夜好担羞。被你弄软了我的坚心也，半路上丢开了手。”俱通。

又

耽惊受怕我吃你的累，近前来听我说向伊，来由你去由你怎么这等容易。你把交情事儿当做耍，既是当做耍，又相交做甚的。得了手便开交也，只怕那头上的不容你。

当做耍，便是负心。不当做耍，又是痴心了。头上的也管不得许多。

又

俏冤家这几日眼孔儿有些大，瞅不瞅睬不睬冷落了咱，你干的事都在我心儿下。凡事留前后，劝你自斟酌。热灶里烧烧也，冷灶也要着一把。

查问

曾送你玉簪儿戴也不戴，曾送你青丝带可曾系来，曾送你汗巾儿在也不在。曾送你一把销金扇，曾送你一只半新不旧的红睡鞋。这几件要紧的东西也，如何问着你佯不睬。

“半新不旧”，“不”字佳。旧云“半新半旧”，便无味了。这几件东西，都没要紧，要紧的不在这几件东西。

又

负心人这几日你在谁家睡，风月中那有你这样薄幸贼，教奴家念得舌尖儿碎。你难道喷嚏儿也不打一个，耳朵儿也不热一回。实实的招来也，冤家，莫讨费了嘴。

又一只云：“床儿前快快的双膝跪，唤丫鬟剥去了帽和衣，直招着昨夜在谁家睡。簪儿那里去了，汗巾儿送与谁？实实的说来，冤家，休得要博嘴。”大意亦同。

又

据你说不曾在别人家去睡，你昨夜在谁家做甚的，今日里头垂足落贪磕睡。出丑。开口问你你便慌得紧，没事为甚通红了面皮。现放着个真赃也，还要强什么嘴。

画出怕老婆影子。

又一篇云："嘴唇上现有胭脂迹，鞋面上踹的是小脚儿泥，浑身都染香薰气。枕痕儿尚在脸，鬓发儿不整齐。这几桩事儿都是实情也，你还要强着嘴。"亦可。

又

你今番出来迟必有些缘故，脸儿红气儿吁为着甚么，罗裙不整露出花花裤。钮扣都松了，云髻一似老鸦窠。还要在我的跟前也，强把咒来赌。

醋

俏冤家多谢你真心假意，明晓得你是把淡醋儿吃，你全然不想我当初恩意。那时节怎么起，凭着你心里知。任你去使性胡行也，我把冷眼儿瞧着你。

说到恩义，吃醋也不淡，使性也不妨。不切己，不吃醋；不相知，不使性。

又

自相交不曾为吃醋把闲言斗，要买你心合你的意只听你自由，谁知你习惯了迎新忘旧。今日和这个好，明日又把那个丢。过不得我的心儿也，把公道话儿才开口。

一云："俏冤家你与人厚我明明知道，若是捻你酸吃你醋这是我不贤了，只是你忒不该这等情难料。厚的你自厚便了，又何须把我抛。我且忍气吞声也，看你两个儿到底好。"大意同。

又

俏冤家情性儿我就拿你不定，瞒着我背地里两下去偷情，缘何口应心不应。欲待打你又下不得手，骂你我又先自疼。我为你一团呕气在心中也，只得在心中暗自去忍。

既是心中忍得，不说更高。

又

我两人要相交不得不醋，真真。千般好万般好为着甚么，行相随坐相随不离你一步。不是我看得你紧，只怕你脚野往别处去波。你若怪我吃醋撚酸也，你索性到撑开了我。

语语切至。

中二句一云："不是怪你往热处走，只怕你把冷处疏。"太工了。

劝

俏冤家上前来一言相劝，我和你相交时比他在先，你待我比待他情儿觉冷淡。骑着两头马，踏着两头船。内有一个湾儿也，看你怎生样儿转。

不是乡党序齿，如何争个先后。

跳槽

你风流我俊雅和你同年少，两情深罚下愿再不去跳槽，恨冤家瞒了我去偷情别调。一般滋味有什么好，新相交难道便胜了旧相交。匾担儿的塌来也，只教你两头儿都脱了。

又

记当初发个狠不许冤家来到，姊妹们苦劝我权饶你这遭，谁想你到如今又把槽跳。明知我爱你，故意来放刁。我与别人调来也，你心中恼不恼。

识破

俏冤家人说你无长爱，容易浑容易好容易丢开，你闪人人闪你好似六月债。人闪你恼不恼，便知你闪人该不该。识破你闪人的心肠也，只怕睬也没人睬。

又

俏冤家你好似黄梅天行径，一霎时风一霎时雨一霎时又晴，说来的十句话到有九句不应。开口是瞒天谎，行动是假温存。识破你的行藏也，不由人心不冷。

缠丢

想当初缠我因何意，缠上时丢了我又去缠别的，顿忘了在先时缠我的恩义。缠我又丢我，丢我又缠谁。你这等样的丢人也，只怕缠上的又丢了你。

骂

劣冤家今日里与你说个的当，扭住在牙床上狠骂一场，薄幸人负心贼一味将人欺诳。曾说下山盟和海誓，许我地久共天长。想起万语千言也，你说那一句依前讲。

怕闪

风月中的事儿难猜难解，风月中的人儿个个会弄乖，难道就没一个真实的在。我被人闪怕了，闪人的再莫来。你若要来时也，将闪人的法儿改。

或曰："有闪人心，方有闪人法。末句易'闪人的心肠改'如何？"余曰："风月中法儿最多。谚云：'只怕乖而不来，那怕来而使乖。'不闪人又不为人闪者，吾见亦罕矣。有闪人之法，因生防闪之法，又生防防闪之法。法法相生，闪闪莫悟，可悲亦可畏也。法儿其显者，人犹不知，况心乎。"

情淡

来也罢去也罢不来也罢，此一计也不是你的常法，真不真假不假虚将名挂。不相交不烦恼，越相交越情寡。着甚么来由也，我把真心儿换你的假。

又

想当初骂一句心先痛，到如今打一场也是空，实话。相交一旦如春梦。人无千日好，花无百日红。想起往日的交情也，好笑我真懵懂。

《打枣竿》精神多在结句。此独以起句出人，洵为难得。

又

圆纠纠紫葡桃闸得恁俏，红晕晕香疤儿因甚烧，扑簌簌珠泪儿不住在腮边吊。曾将香喷喷青丝发，剪来系你的臂。曾将娇滴滴汗巾儿，织来束你的腰。这密匝匝的相思也，亏你淡淡的丢开了。

闸紫葡桃，亦北地惑人之法。

缘尽

缘法儿尽了心先冷淡，缘法儿尽了要好再难，缘法儿尽了诸般改变。缘法儿若尽了，把好言当恶言。怎能勾缘法儿的重来也，将改变的都翻转。

末二句南园叟所易。旧云："缘法儿尽了也，动不动就变了脸。"不知已在诸般改变中矣。

是非

论相交我与你真心实意，被傍人谤了些闲是非，你缘何不与我争口气。相交还是我，过后悔时迟。说在你心中也，从不从由着你。大雅。

又

俏冤家我与你和睦了罢，千不是万不是是我见差，劝多情不必记前番话。恨只恨搬唆的贼，我无端错听了他。我岂不谅你的情儿也，何必辨着真和假。

宛如对语。

又

你耳朵儿放硬了休听那搬唆话，我止与他那日里吃得一杯茶，行的正坐的正心儿里不怕。是非终日有，搬斗总由他。真的只是真来也，假的只是假。

又

俏冤家我爱你心儿定，被傍人讲得你乱纷纷，是前生口舌债还不尽。讲便由他讲，我和你情真到底真。船到江心也，只要舵儿拿得稳。

又

俏冤家进门来缘何不坐，晓得你心儿里有些怪我，这场冤屈有天来大。帮衬我的少，撺掇你的多。你须自立定主意三分也，休得一帆风怪着我。

此黄季子方胤作。又《侉调山坡羊》云："进门来寻我风流罪犯，怎知我心儿没一些破绽。三条路儿打中间径走，你不见有神灵知见。好笑你耳官罢软，轻信人言。你不记得曾参杀人，不记得颜回窃饭。常言道，舌头底下压死了人来也。呵，不明白的冤家，如同不下雨的天。天天，你说出话来傍人也是胆寒。天天，你坏了我的清名，坏不得我赤胆忠肝。"词亦佳，并存于此。

又

我两人好事只在朝和暮，被冤家谤坏了顿起风波，从来的破姻缘天灾神祸。挑得我东一个西一个，就是杀父仇没这样毒。真毒。断送了我的前程也，还要背地里笑着我。

若是送得断的，毕竟还不是美前程，由他背地里笑可也。语云："一时笑，到老倬。"

又一篇云："劝乖亲免愁烦听咱说道，我为你受人谤非是一朝，这几日为什么你的足迹不到。你的恩情我时刻感，我的盟言你记得牢。恨只恨吃寡醋的傍人也，把我缘法儿断送了。"亦可。

自明

奴不曾图你钱和钞，奴不曾图你名行儿高，奴不曾图你容和貌。只道你绵无刺，谁知你笑里刀。我这等样随和也，天，还说我不好。

又

你道我泪汪汪是妇人家水性，你道我剪青丝头又不疼，你道我害相思有谁来作证。你道我寄来哑谜都是假，难道烧香疤肉不疼。那一个肯与你投河也，又肯去奔井。

果肯，也自难得。

又

我若是假待你对天发誓，我若是假待你口儿里喷蛆，我若是假待你烂出心肝肺。我若假待了你，就是人可欺天不可欺。我若今日欺心也，明日就见不得你。

说出来忒便当，定是养家咒。

閧

在行中十分真只好当三分用，你如何一击击要打在鼓当中，怪不得动不动就是一场閧。本是墙花和路柳，怎免得浪蝶与狂蜂。我若依你说做得烈女贞娘也，连你也如何识面孔。

青楼中有三字经曰“烘哄閧”，又曰“烘如火”，“哄如蛊”，“閧如虎”。金樽檀板，绣幄香衾，馋眼生波，热肠欲沸，所谓烘也。粉阵迷魂，花妖醉魄，情浓若酒，盟重如山，哄人伎俩，兹百出矣。已而愿奢未遂，誓重难酬，寡醋谁堪，闲槽易跳，百年之约，一閧而止。故曰“十分真只好当三分用”，识得此意，大落便宜。

淘气

在先时那一句不与你说到，到如今常时的把气淘，忍不得耐不得亏你还笑。你笑我也不作准，老着脸还要絮叨叨。你这样为人还说是心好也，到怎么样才不好。

到不笑便是心不好。

夜闹

明知道那人儿做下亏心勾当，到晚来故意不进奴房，恼得我吹灭了灯把门儿闩上。毕竟我妇人家心肠儿软，又恐怕他身上凉。且放他进了房来也，睡了和他讲。

宛转可怜，虽怕他讲，亦不得不进房矣。

漏言

俏冤家睡梦里溜出句偷情话，我一字字一句句听得不差，半夜里摇醒了把你的馋痨骂。你身子儿近着我，你心儿里恋着他。你从今纵有百样儿温存也，百样儿都是假。

散伙

耳朵儿扚住在床前跪，不信你精油嘴一味里嚼蛆，到如今眼见得虚情虚意。那扇子儿还了你，像个散伙。这汗巾儿是我的。你就说千万个不敢也，我只是不信你。

交恶

歹冤家只今日便与你拆帐，也是欠下了前生债与你相交这场，到如今懊悔千千万。我的亏也吃勾了，早开交便如脱祸殃。你就是再世的潘安也，我也决不将你想。　歪丫头休得要把言词讪，我的好处多歹处少莫把心瞒，也是我恶星辰撞你这冤魂帐。普天下不断了妇人的种，要开交便开交有什么难。你就是再世的西施也，我也决不将你想。

末二句，或前云："便做道寡了这终身也，决不将你想。"后云："我就做了一世的鳏夫也，决不将你想。"亦可。

扯汗巾

这两日松了你你就有些作怪，衣袖里洒出条汗巾来，小字儿现写着你还要赖。快快的说与我，莫讨我做出来。就扯做个条儿也，这冤仇还未解。

又

汗巾儿汗巾儿谁人扯破，快快说快快说不要瞒我，若还不说就有天大的祸。汗巾儿人事小，汗巾儿人意多。作贱我的汗巾也，如同作贱我。

每见青楼中凡受人私饷，皆以为固然，或酷用，或转赠，若不甚惜。至自己偶以一扇一帨赠人，故作珍秘，岁月之馀，犹询存否。而痴儿亦遂珍之秘之，什袭藏之，甚则人已去而物存，犹恋恋似有馀香者，真可笑已。余少时从狎邪游，得所转赠诗帨甚多。夫赠诗以帨，本冀留诸箧中，永以为好也，而岂意其旋作长条赠人乎？然则汗巾套子耳，虽扯破可矣。

戴花

这花儿是谁人与你插戴，这花儿打从何处来，看起来古怪真古怪。实实从头说，快快除下来。决不与你干休，冤家，佛也劝不解。

自悔

这几日与冤家有些儿说话，他不来便不来我也不伏气去叫他，气头上说了他几句生疏话。便做十分到是我不是，那三分才怪他。早知你便开交也，可怜。我也认什么真和假。

恕罪

俏冤家进门来把闲言斗，说得我低着头满面娇羞，千不是万不是我的年纪幼。若有姊妹情，把前言一笔勾。闲话儿丢开也，你照旧来走走。

照旧来走，只怕照旧有闲话。

又

俏冤家进门来冲冲发怒，这几日不见来原来是怪奴，论为人那个无些蹉。歹的日子少，好的日子多。便做道十二分的不是也，乖，你将就将就我。

心虚

远远的望见我冤家到，见他的动静有些蹊跷，使奴家心里突突跳。不合我做了亏心事，被他瞧破怎么好。且昧着心儿也，罢，拼着和他搅。

既昧了心，搅他做甚。拼着和他搅，毕竟心不容昧。又曰“我纵与别人好，怎肯把你丢”，真心中之亏心。“拼着和他搅”，亏心中之真心。

归迟

薄情的这时候方才来到，拥香衾和绣枕只做睡着，耳根边当不起千般聒噪。下次不敢了，权恕我这一遭。偷眼的瞧他也，好笑又好恼。

又

问着你那里来你把闲行来答应，既闲行没甚事为甚摸到三四更，不信道撞寡门吃寡茶有这般高兴。今后就是闲行走，也须与我说一声。若过了黄昏也，我定不将伊来等。

请了，此处不留人，更有留人处。

歪缠

俏冤家这几日全不见面，问着你低了头不回言，直直的说来你在谁家恋。冤家好大胆，反来歪死缠。扯住我罗裙也，忙把房门儿掩。

掩门后，毕竟还发作否？

管

难丢你难舍你又难管你，不管你恐怕你有了别的，待管你受尽了别人的闲气。我管你又添烦恼，我不管你又舍不得你。你是我的冤家也，不得不管你。

嗔妓

俏哥哥我分付你再不要吃醉，今日里缘何吃得醉如泥，陪你的想是个青楼妓。我且饶了你，你也要自三思。他若果有你的心肠也，怎舍得醉了你。巧言。

又

痴乌龟没来由接一个歪妓，止无过唱些曲吃些酒赞他做甚的，见了他面前来不由人不气。他容貌也只这等，体态又欠整齐。你就爱杀他的喉咙也，枕儿边用不着你。

闻先辈云：四十年前，吴下妓者皆步行，使后生抱琵琶以从，见士大夫及武弁，俱行稽首礼。近来此风，惟北地庶几犹存，而南国若扫矣。吴下其尤也，娼不唱，妓不伎，略似人形，便尊之如王母，誉之如观音，颐指气使，靡不俯从。曲中稍和一两字，相诧以为凤鸣鸾响，跪拜不暇。又不然，则曰某也品胜，某也人良，而龌龊青楼，遂无弃物。取之弥恕，其质弥下；奉之弥甚，其技弥拙。而所谓抱琵琶过船者，仅归之弹词之盲女与行歌之丐妇。名娼名妓，实瞽乞之不若矣。诚得一有喉咙者，何妨爱杀。妒妇之口，吾未敢信。

寄夫

等冤家盼冤家冤家不到，写家书寄家书珠泪抛，千拜上万拜上我的亲夫知道。当初恩爱得紧，如今把奴抛。不是自己的亲妻也，睡杀有什么好。

若说好都好，若说不好都不好。

多心

你与我厚一场非同陌路，没来由讲是非好似平地风波，若果是有差池天灾神祸。我的挫处没半点，你的心肠也忒煞多。莫不是你到有些跷蹊也，反把闲话儿笼着我。　初相交指望你一心一路，到如今眼面上就做工夫，偷铃掩耳瞒我不过。你的挫处也不为少，我的心肠也不算多。还只是自己的差池也，莫把恶话儿肮脏我。

男风

痴心的悔当初错将你嫁，却原来整夜里搂着个小官家，毒手儿重重的打你一下。他有的我也有，我有的强似他。你再枉费些精神也，我凭你两路儿都下马。

男风之说，《素问》已及之，其来远矣。然破老破舌分戒男女，未有合而一者。迩年间往往闻女兼男淫，亦异事也。适有狎客述夫人自称曰“小童”，题破云：“即夫人之自称，而邦君之所好可知矣。”可发一笑，因附记此。

怨部六卷

假相思

秃鬎鬎梳了个光光油鬏，缺嘴儿点了个重重的朱唇，齆鼻头吹了个清清的箫韵。白果眼儿把秋波来卖俏，哑子说话教聋子去听。薄幸人儿说着相思也，这相思终欠稳。

真相思人煞有薄幸处，薄幸人煞有真相思处，莫要一例看人。

怪

劣冤家休把我做三岁孩儿待，你说乖你说巧谁是个痴呆，动不动恶言语就把人来怪。你怪我也不打紧，要撒开时便撒开。终不然我趋奉得你多般也，你做得这般样的骀。

告诉

告诉你爹这薄幸子一定不忠不孝，告诉你友这薄幸人休要相交，告诉你妻这薄幸夫也须留心防着。告诉普天下掌祸福的神灵听，这样薄幸贼莫恕饶。再告诉他日做墓志的官人也，莫把他薄幸名儿除掉了。

昔人云："随你清如伯夷，少不得一篇极恶的文章送归林下；随你恶如盗跖，少不得一篇极好的文章送归地下。"盖指弹章与墓志也。润笔到手，薄幸亦是德行一款矣，告诉何益？

强留

俏冤家说声去当真要去，看你急忙忙慌速速全没些殷勤的意儿，千方百计留不住。我平时怎么样看待你，你暗地里也要自三思。就是一块石头也，我抱也抱热了你。

像了石头，便抱热也没用。

数归期

数归期数得我指尖儿痛，若数得他归来了这是痛有功，到如今不归来你痛成何用。他若不把归期来哄着我，为甚的一日间数上他几百通。骂一声薄幸的冤家也，就是指尖儿也被你哄。

记日

从他去不问无灵卦，只把那金簪儿在纸窗上插，一日不来插上他一下。从头细细数，数了一百八。为你这冤家也，准准守了六个月的寡。

尽造得节妇牌坊了。问："何以故？"曰："曾守过六个月真寡。"

黑心

俏冤家一去了无音无耗，欲待要把你的形容画描，几番落笔多颠倒。你的形容到容易画，你的黑心肠难画描。偶落下一点墨来也，到也像得你心儿好。

仙笔不落人想。

无信

玉人儿一去了奴受千般孤另，约定桃花放李花开便是回程，望断水中鱼沙中雁不见愁中信。划损雕阑巧，消磨了几黄昏。好似断线的风筝也，全不见些儿影。

见书

这封书见了不由人不气，说来时又不来这话儿眼见得虚，那些个有缘千里能相会。亲口说的话儿还不作准，这几个草字儿要他做甚的。寄语我薄幸的情郎也，把这巧舌头收拾起。

寄信

遇宾朋就把我冤家来问，为甚的一去了杳无信音，想他又与他人近。烦君对他讲，说我骂他是薄情人。再一日不来也，怪不得我心肠冷。亦雅。

寄语情哥，乘热快来。

悔交

悔当初错走了一条路，到如今凄凉景历尽了多少风波，我一心中有万种愁无人诉。也是命里该如此，教我受折磨。有限的姻缘也，到吃了无限的苦。

又

想当初不相交其实妙，也无愁也无恼也不心焦，到如今作事多颠倒。薄幸心肠狠，一去不来了。恩爱了一场也，不曾博得你半分好。

狠

俏冤家你好口应心不应，我待你其实是一点真心，你一笤帚扫得我干干净净。花落还有影，水流太无情。我想普天下人儿也，头一个是你狠。

末二句一云："若不生我这样痴人也，十个也心肠冷。"亦有情。

心变

做梦儿也不想你心肠改变，我也曾有好处在你先前，谁知你忽地里将他人恋。恨只恨我无眼，我也再不敢埋怨着天。忘了我的恩情也，保佑别人儿将你闪。

此是常事，不劳保佑。

又

做梦儿也不想你心肠改变，在先时人笑我今日果应其言，想当初你话儿到也说得活龙活现。我把真心儿待着你，你原来把假意儿缠。负了我的真心也，天，现报在我的眼。

唐女冠鱼玄机诗云："易求无价宝，难得有心郎。"观《心变》二只，益信。

咒

我为你耐着心含着苦淘尽多少气，我为你思着前想着后何日有个了期，我为你拼着做强着口顾不得傍人议。我为你要讨好又偏着你恼，我为你费尽心你总不知。你若负了我真心也，咒也咒死你。

又

活冤家受尽了千般气，瞒得我瞒得人瞒不得天知，那一个负心的教他先归阴去。我只指望一竹竿直到底，谁知哄得我上楼时，你便拆去了梯。我没奈何你这冤家也，只顾烧香咒骂你。

有客自蜀挟一妓归，蓄之别室，率数日一往。偶以病少疏，妓疑之，客作词自解，妓即韵答以《踏莎行》云："说盟说誓，说情说意，动便春愁满纸。多应念得脱空经，是那个先生教底。不茶不饭，不言不语，一味供他憔悴。相思已自不曾闲，又底得工夫咒你。"更奇。

恨天

谯楼一鼓一声声敲一声声风透，南来雁一声声叫一声声离恨愁，曾记得月儿下灯儿前一声声罚咒。你的咒儿一声声都变做了假，我的咒儿一声声都变做了羞。恨煞那不挣眼的皇天也，就在卓儿上拍一拍手。

告状

鬼门关告一纸相思状，不告亲不告邻只告我的薄幸郎，把他亏心负义开在单儿上。欠了我恩债千千万，一些儿也不曾偿。勾摄他的魂灵也，在阎王面前去讲。

末二句一云："那一个掌情事的灵神也，听我把冤情细细讲。"亦可。然首句曰"鬼门关"，则"阎王面前"较确。

又

猛然间发个狠便把冤家告，等不及放告牌往上跑，一声声便把青天叫。告他心肠易改变，告他盟誓不坚牢。奴有无限的冤情也，只恨状格儿填不了。

比方

比你做水花儿聚了还散，比你做蜘蛛网到处去衔，比你做锦揽儿与你暂时牵绊。比你做风筝儿线断了，比你做匾担儿担不起你不要担。就比你做正月半的花灯也，你也亮不上三五晚。

又

同心带结就了被刀割做两半，双飞燕遭弹打怎能勾成双，并头莲才放开被风儿吹断。青鸾音信杳，红叶御沟干。交颈的鸳鸯也，被钓鱼人来赶。

从良

铁心肠一径自从良了去，做梦儿也不想你要嫁渠，又不知那一件中了你意。从良的有千千万，没像你从得奇。好似大风里的杨花也，一阵就不见了你。

又

铁心肠一径自从良了去，你只道从良好不到得吃亏，那从良的十人中到有九人翻悔。男子汉心易变，大娘子醋易吃。你若过了七日三朝也，只怕规矩儿重立起。实话。

又

铁心肠一径自从良了去，多少人从不了这也是个常规，求天拜地作成个机会。或是夫妻们斗寡气，或是朋友们搬是非。不是咒你的分离也，只为舍不得分离你。

又

铁心肠一径自从良了去，你名誉高年纪小忙做甚的，把好风光一旦都抛弃。不记得吹箫同度曲，不记得剪烛共弹棋。对着那明月清风也，难道一点念头儿都不起。

又

铁心肠一径自从良了去，做偏房要小心受多少矜持，那假逢迎诈鹘突怕不是你的长技。好。睡迟还起早，妆扮要老成些。只怕你还是平日的娇痴也，教我颠倒愁着你。

又

铁心肠一径自从良了去，你与我往常间说尽了话儿，谁知道到如今造下拖刀计。曾被买糖人骗了，再不信口甜的。想起往日的恩情也，呸，分明是白日见了鬼。

不曾被他迷杀，侥幸侥幸。

感部七卷

春

孤人儿最怕是春滋味，桃儿红柳儿绿红绿他做甚的，怪东风吹不散人愁气。紫燕双双语，黄鹂对对飞。百鸟的调情也，人还不如你。

又

到春来斜倚定秋千架，骂一声天涯外薄幸的冤家，好时光一刻千金价。两两莺穿柳，双双蝶恋花。着甚么来由也，活教人守寡。

又

去年的芳草青青满地，去年的桃杏依旧满枝，去年的燕子双双来至。去年的杜鹃花又开了，去年的杨柳又垂丝。怎么去年去的人儿也，音书没半纸。

又《春暮》一篇云："恨一宵风雨催春去，梅子酸荷钱小绿暗红稀，度帘栊一阵阵回风絮。昼长无个事，强步下庭除。又见枝上残花也，片片飞红雨。"亦通，未免有文人之气。

秋

秋风清吹不得我情人来到，秋月明照不见我薄幸的丰标，秋雁来带不至我冤家音耗。只怕秋云锁巫峡，又怕秋水涨蓝桥。若说起一日三秋也，不知别后有秋多少。

又一篇云："孤人儿怕的是秋来到，怕的是金风儿将窗子敲，怕的是明月儿将奴照。怕的是寒蝉噪，怕的是黄叶飘。怕的是促织儿呼雌也，一声声叫到晓。"

冬

三冬天受不得凄凉况，雪花飘雨花飘风儿又狂，夜如年独自个无人伴。拥炉偏觉冷，对酒反生寒。便有那绵被千重也，可是孤眠人盖得暖。

月

闷恹恹独坐在荼蘼架，猛抬头见一个月光菩萨，菩萨你有灵有圣与我说句知心话。月光华菩萨，你与我去照察他。我待他是真心，菩萨，他到待我是假。

不雕琢而味足，求之举子业，其成弘之间乎？

拜月

焚炷香等待那瑶台月上，对嫦娥深深拜诉我的凄凉，可怜见小书生没个人相伴。嫦娥开言道，读书人不忖量。你诉你的凄凉也，教我的凄凉对谁讲。

风

风儿风儿你便停息了罢，铁马儿铁马儿就是我的冤家，絮叨叨不住的在我檐儿下。往常时不见响，是谁来拨动他。明知我孤单也，风，你便故意将奴耍。

又

风儿为甚不住的长吁气，莫不是虚空里也有什么负心的，因此上气冲冲惊天动地。风儿，劝你休要恼，亏心的料也从今不敢亏。若是依旧的亏心也，难怪你豁剌剌重吹起。

雨

雨儿雨儿你偏向愁人滴，一点点滴得我好不孤恓，银灯懒灭和衣睡。雨呀，你便不住在檐头下溜，我的泪珠儿也不住在枕上垂。同滴到天明，还是泪珠儿多是雨。

又一篇云："到黄昏独自个只有孤灯为伴，听雨声儿一点点随珠泪双悬，那风声儿一阵阵间着千声长叹。此际空闺人寂寞，教奴转听转心酸。问天有甚关情也，滴这相思泪万点。"通篇俱旧，而结语可观。

风雨

老天不肯随人意，这样风那样雨要他做甚的，把情人阻住在中途内。愁他身上冷，怕他腹中饥。倘若有些差池也，天，我就抱怨杀了你。

又

玉人儿久不会我的归心如箭，怪狂风和骤雨阻住在前川，老天怎不行方便。东风连日紧，教我怎行船。有的是西风，天，你扶持我一两晚。

牛女

闷来时独自个在星月下过，猛抬头看见了一条天河，牛郎星织女星俱在两边坐。南无阿弥陀佛，那星宿也犯着孤。星宿儿不得成双也，何况他与我。

文有一字争奇，便足不朽者。如云“牛郎星织女星在两边坐”，“壁虎儿得病在墙头上坐”，一“坐”字俱用得奇，堪与唐诗“萤火”“黄莺”并称脍炙，而《打枣竿》中尤为难得。正如孺子之歌，偶然合拍，若有心嵌入，便成恶道。

茉莉花

闷来时到园中寻花儿戴，猛抬头见茉莉花在两边排，将手儿采一朵花儿来戴。花儿采到手，花心还未开。早知道你无心也，花，我也毕竟不来采。

知那一朵花无心，还是贪花人性急。

促织

促织儿没来由在窗儿外噪，是何人教唆你絮叨叨，我孤眠独坐多焦燥。忙叫丫鬟起，铜盆水去浇。浇不出他来也，你再把棒儿捣。

鸡

俏冤家一更里来二更里耍三更里睡，四更里猛听得鸡乱啼，挦毛的你好不知趣。五更天未晓，如何先乱啼。催得个天明，鸡，天明我就杀了你。

杀鸡正好请俏冤家。但恐来朝失晓，反惹是非耳。

又

五更鸡叫得我心慌撩乱，枕儿边说几句离别言，一声声只怨着钦天监。奇。你做闰年并闰月，何不闰下了一更天。日儿里能长也，夜儿里这么样短。

末二句一云："这样掌阴阳的官儿也，削职还该贬。"亦佳。

鼠

害相思独自个和衣卧，合着眼指望郎梦里经过，恨杀那老鼠儿作神作祸。想郎难见面，望得我眼儿枯。梦儿里相逢，老鼠，你兀自不容我。

觉后更难为情，不如不梦，老鼠真趣物也。

猫

绣房中忽听得猫儿叫，高一声低一声叫上几百遭，雌的不肯雄的要。姐姐抽身起，这雌猫到官。偷把眼儿瞧。瞧散了那猫儿也，不觉罗裩儿湿透了。

又

纱窗上乱写的都是人薄幸，一半真一半草写得分明，猫儿错认做鹊儿影。爪去纱窗字，咬得碎纷纷。薄幸的人儿也，猫儿也恨得你紧。

雁

正抬头忽见那衡阳雁至，一行行一队队嘹呖南飞，眼见得你是个薄情夫婿。你知道他回来便，竟没有半行书。等待那鸿雁春归也，我也无书寄与你。

一行行雁都是情书，恐锦字撩人，未必胜此。

一云："孤雁儿一声声在天边嘹呖，告雁儿略停翅，奴有纸音书相烦寄到天涯去。他住在云山烟树外，流水小桥西。切莫要差池也，回来深深拜谢你。"亦通，然少婉曲。

听箫

闷恹恹纱窗外把栏杆斜靠，猛听得谁庭院品着玉箫，呜呜咽咽吹出凄凉调。不听不烦恼，转听转心焦。想起我的情人也，比你又吹得好。

情人耳内出佳音。

画

玉人儿你好似一幅单条画，隔重山隔重水隔着天一涯，好教我终朝静夜长悬挂。雁飞书不到，树远路途赊。就是有个人儿也，怎能勾唤起同顽耍。

书声

绣房儿正与书房近，猛听得俏冤家读书声，停针就把书来听。“汤之《盘铭》曰：苟日新，日日新，又日新。”奇绝。圣人的言语也，其实妙得紧。

断章取义，好个聪明妇人，强似老学究讲书十倍。

单

单卓儿单椅儿单单独坐，单床儿单帐儿单单被窝，单形儿单影儿打点单单独卧。百般话儿单自想，这五更天单自过。我笑别人的孤单也，今日孤单人也笑着我。

孤

孤人儿受尽了孤单情况，孤衾儿孤枕儿独守孤房，孤鸾孤凤孤鸳帐。孤灯对孤影，孤月照孤窗。忽听得天上孤雁孤鸣也，又听得孤寺里孤钟响。

咏部八卷

月

青天上月儿恰似将奴笑，高不高低不低正挂在柳枝梢，明不明暗不暗故把奴来照。清光你休笑我，且把自己瞧。缺的日子多来也，团圆的日子少。

花

惜花哥莫讨尽花儿债，他的声价高颜色好，自然难养难栽，温存些才讨得花儿戴。频浇频荫水，功到自然开。香喷喷的花儿也，还得个娇滴滴的人来采。

又

绣球花情性滚拿你不定，玉簪儿外面好里面是虚情，芙蓉花寂寞为你忧成病。梅花清瘦了，并头莲两下分。好似水面上的杨花也，浪宕没些定准。

花名

我与你月月红寻欢寻乐，我与你夜夜合休负良宵，我与你老少年休使他人含笑。休为十姊妹，使我美人焦。便做道你使尽金钱也，情愿与你唱杨花同到老。

果

孛桃儿两眼双垂泪，樱桃口骂一声你是薄幸贼，吃橄榄竟不想回头味。学水梨心肠冷，我莲心苦自知。你做了十榛九空似这样虚头也，恨不得胡桃般就打碎了你。

叶

柳叶儿我为你双眉频皱，藤叶儿我为你缠在心头，不能勾竹叶儿空心自守。红叶儿题诗句，荷叶儿泪珠流。怎能似茶叶儿和你团圆也，团圆共一篓。巧。

杨花

俏冤家情性儿好似三春柳絮，轻狂性随着风往各处飞，乱纷纷飘荡荡没有个主意。风向东你便东，风向西你便西。只怕流落在泥涂也，那时风儿也不采[1]你。

---

[1] “采”当作“睬”。

又

为风流顾不得恁般狼狈，逐红尘趁紫陌竟不思归，着人容易抛人去。你道会走滚，少不得也沾泥。似这般轻薄的人儿也，怪不得飘流了你。

花蝶

花道蝶：你忒煞相欺负，见娇红嫩蕊时整日缠奴，热攒攒轻扑扑恋着朝朝暮暮。把花心来攒透了，将香味尽尝过。你便又飞去邻家也，再不来采我。　蝶回花：非是我无情无义，只为你情性儿不耐久雨妒风欺，昨夜鲜今朝淡明朝落地。你的香魂既随流水去，我这里墙外又有好花枝。你若守得定往日这点春心也，我怎么不采你。

墙花浪蝶，正堪作配，勿相埋怨。

荷

荷叶上露水儿一似珍珠现，是奴家痴心肠把线来穿，谁知你水性儿多更变。这边分散了，又向那边圆。没真性的冤家也，活活的将人来闪。

粽子

五月端午是我生辰到，身穿着一领绿罗袄，小脚儿裹得尖尖趫。解开香罗带，剥得赤条条。插上一根梢儿也，把奴浑身上下来咬。

字字肖题，却又自然，咏物中最为难得。

桃子

桃子儿生得多清秀，红又红白又白长在枝头，几番要采你不能勾。墙高人又矮，欲要偷一偷。等待你熟时也，方才好下手。

等待熟时，又怕先蛀了。

甘蔗

甘蔗儿是奴心所好，猛然间渴想你其实难，唤梅香是处都寻到。爱他段段美，喜他节节高。只怕头儿上甜来也，梢儿又淡了。

后四句或改云："着了口甜如蜜，粘着手厚如胶。只防他心里虚空也，到梢来渐淡了。”非不切题，却欠自然。

藕

藕儿好一个嫩白的肌体，深深的住在若耶溪，那采莲人特地寻你来至。可惜你不断丝儿连到底，可惜你未开的窍儿裹着皮。被那硬手的人儿拿着也，把你从头刮至尾。

瓜子

瓜子儿初出头便遭人吐弃，为你情儿滑脸儿厚丢放你在通衢，有缘法遇着个好磕牙的子弟。不知费了多少唇和舌，你的身子儿才脱离。图得个出身也，把旧时的瓜葛情都阁起。

橄榄

橄榄儿穿一领绿罗裳半新半旧，两头尖好一似金莲的凤头，肌肤儿又生得不肥不瘦。你浑身的意味真可口，那知味的人儿怎肯丢。直弄到硬核儿的光光也，还拿住你不放手。

扇子

扇子儿自那日与箣郎相订，只道你会偷情一片热心，谁知你情性儿飘摇不定。骨格又不多重，到处去卖风情。只怕你随着人的炎凉也，仍旧的将奴冷。

旧一篇云：“扇子儿飘扬扬你好魂不定，要拘管你，下跟头箣个钉，相交中偏怪你有炎凉性。冷时就撇了我，热时又温存。亏我情长也，耐得你热和冷。”亦可。

又

扇子儿我看你骨格儿清俊，会揩磨能遮掩收放随心，摇摇摆摆多风韵。你一面儿对着我，谁知你一面儿又对着人。为你有这个风声也，气得我手脚俱冰冷。

兔毫

仗兔毫寄与我情郎知道，我爹娘全不顾两下相胶，千笔架万笔架妆成圈套。好个钱玉莲。我一砚相从你，到被他拘管牢。墨头仃倒的相思也，怕花笺写不了。

网巾

网巾儿好似我私情样，空聚头难着肉休要慌忙，有收有放但愿常不断。抱头知意重，结发见情长。怕有破绽被人瞧也，帽儿全赖你遮藏俺。

极贴切。惟贴切，愈远自然，当是书生之技。

网巾带

巾带儿我和你本是丝成就，到晚来不能勾共一头，遇侵晨又恐怕丢着脑背后。还将擎在手，须要挽住头。怎能勾结发成双也，天，教我坐着圈儿守。

牙梳

牙梳儿生得秋月样，是谁人挨得你脊背儿光，美女们顶你在头尖上。住的是香房内，伴的是懒梳妆。俐齿伶牙也，抓着人的痒。

木梳

木梳儿我爱你齿牙干净，从小儿梳笼你要你不染纤尘，向妆台设个誓愿得白头相并。靠着镜儿为照证，谁知你油滑太无情。把结发生梳也，到将他人的鬓儿整。

牙刷

牙刷儿身材短刚刚五六寸，穿一领香喷喷绿背心，一条骨子儿生成的硬。短鬅松一搭毛儿黑，光油油好一个下半身。专与那唇齿相交也，每日里擦一阵儿爽快得狠。

消息子

消息子我的乖你识人孔窍，挨身进抽身出趱上几遭，撚一撚眼朦胧浑身都麻到。撚重了把眉头皱，撚轻时痒又难熬。撚到那不痒不疼也，你好把涎唾儿收住了。

又

消息子都道你会挡人的趣，疼不疼痒不痒这是甚的，寻着个孔窍儿你便中了我意。重了绞我又当不起，轻了消我又熬不得。睡梦里低声也，叫道慢慢做到底。

夜壶

夜壶儿提携你只贪你个不漏，每夜里且喜得近我床头，经几度梦回时和你床沿上成就。我把真心肠付与你，你须一口儿承受，休得半路上丢。你是我救急的乖亲也，怕那臭名扬须闭着口。

镜

结私情好似青铜镜，待把你磨得好又恐去照别人，你团圆不管人孤另。知人只知面，知面不知心。当面儿的分明也，你背后昏得紧。

当面分明，亦算好镜了。

一云："冤家的好似青铜镜，指望你常见面怎的倒去照别人，总然见面都是虚帮衬。你当面明白得好，转背又便昏。真是反面无情也，放下了就不见你影。"亦可。

又

镜子儿亏你每日看人面，欢喜你磨弄你放你在跟前，烦恼你昏迷了就不容你见。往时相照顾，指望永团圆。有甚么不足也，常时要变了脸。

又

镜子儿自梳笼与你时常相见，想当初同欢面也共愁颜，到如今埋灭我又不明不暗。热气儿不敢来呵你，缘何问你再不回言。想必又有个人儿也，因此上变了脸。

又

镜子儿你忒煞恩情浅，我爱你清光满体态儿圆，那一日不与你相亲面。我闷你也闷，我欢你也欢。转眼见他人也，你又是一样脸。

古镜谜云："南面而立，北面而朝，象忧亦忧，象喜亦喜。"绝佳。此篇可谓善脱化矣。

又

镜子儿一块儿团圆得妙，没来由跌破了两下开交，似一钩残月在天边孤照。待要凑合你又凑不上，待要抛下你又不忍抛。还是寻一个铸镜人儿也，重新铸一铸好。

金针

金针儿我爱你是针心针意，望着你眼儿穿你怎得知，偶相缝怎忍和你相抛弃。我常时来挑逗你，你心肠是铁打的。倘一线的相通也，不枉了磨弄你。

字字关生，可与《粽子》作双美。

又一篇云："你在纱窗下不住的穿来过去，引得人眉儿留目儿恋费尽了心机，并头莲双飞燕绣出随人意。虽然拈着手，转眼便抛离。未确。你是铁打的心肠也，不如不缝着你。"末句亦通。

并刀

并刀儿我爱你双头趣，骨头坚性儿快裁剪随机，长长短短如人意。中心锁得紧，两股不相离。多少绣阁的佳人也，把玉手儿携着你。

枕

绣枕儿整夜里和他作伴，并着头对着脸偎着香肩，相思血泪都流遍。成双欢共寝，寂寞恨孤眠。诉不尽离情也，梦儿里多展转。

纽扣

纽扣儿凑就的姻缘好，你搭上我我搭上你两下搂得坚牢，生成一对相依靠。系定同心结，绾下刎颈交。一会儿分开也，一会儿又拢了。

睡鞋

睡鞋儿一点点将金莲巧衬，似若耶溪吹将来两瓣红英，尘埃不染偏干净。被窝里勾春兴，肩头上挽风情。醉眼朦胧也，几次被他轻拨醒。

裹脚

裹脚儿自幼的被你缠上，行双双坐双双到晚同床，白日里一步儿何曾松放。为你身子儿消瘦了，为你行步好郎当。为你绊住了我的跟儿也，只得随你同来往。

帐钩

帐钩儿挂在牙床上，一个东一个西枉自同床，许多时挂的都是悬空帐。只为你多牵挂，吊起我心肠。何时得与你勾帐也，免得两下空思想。

锁

铜锁儿制得多奇妙，自小儿守闺门委实坚牢，傍人不敢生心盗。猛可的匙来至，一到手不相饶。斗着簧儿也，把他轻轻的拱开了。

古词云："任你金打的匙儿，斗不着我的锁簧。"描写缘法简而尽矣。是锁是匙，自然斗着，傍人切莫生心。

竹夫人

竹夫人原系从凉妇，骨格清玲珑巧我是有节湘奴，幸终宵搂抱着同眠同卧。只为西风生嫉妒，因此冷落把奴疏。别恋了心热的汤婆也，教我尘埋受半载的苦。

分明是竹夫人醋汤婆语，汤婆独无言乎？余为代一篇云："汤婆子本是个耐岁寒的情性，一谜里热心肠和你温存，绣帏中锦被里多曾帮衬。亏我伴过了三冬冷，你又别娶了竹夫人。你两个贴肉的相亲也，就放我在脚跟头，你也还不肯。”家有二醋，主人苦矣。余再以一篇解之云：“竹夫人你是伶俐的体[①]为汤婆闷，汤婆子你是老成的也莫怪竹夫人，你两人各自去行时运。冷时节便用汤婆子，热时节便是竹夫人。我与你派定休争也，各自耐着心儿等。”

又

俏冤家错认那竹夫人有趣，竟不知这东西却是虚的，哄情人搂抱在怀儿里睡。他心儿里有两个，走滚无定期。热处和你温存也，冷处就抛撇你。

箫

奴好似玉箫儿受尽千般气，想当初你与我声口儿相依，谁知你放手轻抛弃。音响儿不见你，那一节不是虚。自笑我有眼无心也，颠倒挂着你。

又

紫竹儿本是坚持操，被人通了节破了体做下了箫，眼儿开合多关窍。舌尖儿餂着你的嘴，双手儿搂着你腰。摸着你的腔儿也，还是我知音的人儿好。

一云：“紫箫儿生得玲珑剔透，你本是湘江上一派风流，知音人把你开情窦。爱你多情节，喜你的风韵幽。口儿的相亲也，弄着你不放手。”大意亦同。

香炉

香炉儿房户中谁似你清趣，一点儿热心肠不是个冷落的，硬耳朵不听那旁人语句。有脚儿不闲行走，有口儿不讲是和非。只怕那火冷香消也，把圆盖儿方做底。

香筒

香筒儿我爱你玲珑剔透，一时间动了火其实难丢，暖温温香喷喷拢定双衣袖。只道心肠热，谁知有空头。少了些的温存也，就不着人的手。

---

① “体”疑当作“休”。

又

香筒儿有一段湘妃的丰致，那一个妙人儿开动了你玉肌，眼儿漏泄了多少香和气。把两头儿拴住了，中间插一枝。到那火裀香残也，这一点儿热烘烘直到底。

鼓

花花鼓儿谁不好，番转来覆转去擂上千遭，两片皮弄出多般腔调。一会儿是紧板，一会儿慢慢敲。弄得皮宽也，钉儿渐渐少。

靴

靴儿靴儿谁不爱，记当初行双双惯串花街，粉头儿两片皮合成一块。指望你能帮衬，永远不登开。谁知你日久的顽皮也，觑着你的破绽儿真是歹。

风筝

风筝儿要紧是千尺线，忒轻薄忒飘荡不怕你走上天，一丝丝一段段拿住你在身边缠。不是我不放手，放手时你就一去不回还。听着了你的风声也，我自会凑你的高低和近远。

毽踢

毽子儿打扮得多丰趣[①]，只爱你铜钱大两片儿皮，俊毛儿三四茎天生伶俐。耍得人身不定，汗珠儿湿透衣。脚尖儿相勾也，眼睛儿觑定着你。

曾记《黄莺儿》一曲，以毽子喻妓，甚佳。今附于此云："只为两文钱，做虚头一线牵，浑身装裹些花毛片。撇人在眼前，卖俏在脚尖，番来覆去一似风前燕。这身边方才着脚，又到那身边。"

戏球

戏球儿我爱你一团和气，我爱你有分量知高识低，知轻知重如人意。人说你走滚，其中都是虚。只这脚尖儿上的风情也，教人爱杀你。

---

① "丰趣"当作"风趣"。

有以算命语作气球谜云:“乙丑生人,亥宫坐命,水星过度,气孛来临。一生有跌扑之灾,自有好人扶持,不妨不妨。”奇甚。

火爆

火爆儿好似我劣冤家的结构,假星星你本是一个网糊头,脸皮儿弄得千层厚。有时动了火,半刻也不停留。为你受怕担惊也,不由人不撒手。

骰子

骰子儿轻骨头人偏好,酒筵上有了你兴更高,手儿拿着口儿里叫。大色儿叫六六六,小色儿叫幺幺幺。两下里齐丢下,凑成一对巧。

又

骰子儿我爱你清奇骨格,向人前全仗你指点提携,缘何上手便轻抛弃。你道我浑身多点污,谁知你背面有差池。你若不撇下了我无情也,我赌着性命儿输与你。

此金沙李元实作。

纸牌

纸牌儿你有万贯的钱和钞,我舍着十士门百子辈与你一路相交,谁知你不在行抽张儿颠倒。迷恋了二婆娘,灭杀了活百老。少不得弄到赤脚精光也,剩不得牅[①]文钱抽身跑。

钻棋

黑白棋子儿一百廿个,或吃三或吃五或幺一颗,成双捉对就骈骈坐。只为挨来擦去好,因此悄悄把他驮。一顶的当心也,教奴怎生样去躲。

围棋

三百六棋路儿分皂白,先下着慢下着便见高低,有双关有扑跌须防在

① 刘瑞明以为“牅”当是“半”字。见刘著《冯梦龙民歌集三种注解》上册第246页,中华书局2005年版。

意。被人点破眼，教人难动移。不如打一个和局也，与你两下里重着起。

象棋

闷来时取过象棋来下，要你做士与象得力当家，小卒儿向前行休说回头话。须学车行直，莫似马行斜。若有他人阻隔了我恩情也，我就炮儿般一会子打。

双陆

双陆儿拘定你在盘儿内，他成双我成对站立得整齐，全凭着色子儿中间传递。这要去的又去不得，那要归的又不放你归。才随着点数逃回也，又在半路上擒住了你。

灯花

灯花儿结在银缸上，看将来都因你一点热心肠，到如今反害得我不明不亮。只怕你难开容易落，有色不闻香。总使明日他来你做个媒儿也，先教我隔夜里将他想。

灯笼

灯笼儿你生得玲珑剔透，好一个热心肠爱护风流，行动时能照顾前和后。亏杀那篾片儿帮得好，因此心火上又添油。虽是白日里不得相亲也，到黑夜里和你走。

"篾片"二字入得巧。旧笑话云：嫖客阳萎，折笆上篾片帮之以入，问妓乐否。妓曰："客官尽善，嫌帮者太硬挣耳。"吴中呼帮闲为"篾片"本此。自闲汉无赖而或妄解为"灭骗"，谓灭人之德，骗人之钱。又谓灭天理，骗人财。甚有著之丹书者，遂大为此辈不利。名不可不慎也。间或呼为"丘蚓"，其说曰："泥里也去，水里也去，又会唱歌，又会呵脬。"此类亦当。他如"笏板""蛤蜊"之名，各有所本，而篾片最著。又或以形伟者为"竹爿"，貌猥者为"篾丝"，老者为"竹根"，幼者为"新笋"，优者为"篾青"，劣者为"篾黄"，而篾氏之宗繁衍吴中，遂与朱张顾陆争盛。吁，可笑已！

蜡烛

蜡烛儿我两个浇成一对，要坚心耐久远双双拜献神祇，说长道短一任傍人议。只为心热常流泪，生怕你变成灰。守着一点初心也，和你风流直到底。

又

蜡烛儿你好似我情人流亮，初相交只道你是个热心肠，谁知你被风儿引得心飘荡。这边不动火，那里又争光。不照见我的心中也，暗地里把你想。

又

奴本是热心人常把冤家来照顾，谁教你会风流抛闪了奴，害得我形消影瘦真难过。心灰始信他心冷，泪积方知奴泪多。我为你埋没了多少风光也，你去暗地里想一想我。

罐子

罐子儿你忒煞炎凉多变，有财的动了火吃尽熬煎，谁知你倾银态能禁汤炭。千般来引铕你，不怕你不破铅。放一分的温存也，就煨得你心儿软。

厘等

俏娘儿身材小骨头轻俊，休把我满身上看做假星星，知轻识重人人信。虽有钮头儿系挂着我，我的心里自分明。莫道我惯会那移也，我那曾有半丝毫没定准。

天平

天平儿我两个也不上不下，千金架直得起只要缘法，只为你一条心将你牵挂。我的心儿对得准，你的心儿切莫要差。若有毫发儿的差池也，自有傍人会敲打。

又

愿亲亲愿你学天平儿样，架着你靠着你不许你颠狂，定盘星莫要生偏向。拿定你意马，对定你心肠。我这里加添也，你也要知分两。

一云："天平儿我和你同心同意，轻还重重还轻你心自知，几时得明明白白和你针心对。凭你怎么样敲和打，我分毫不敢欺。难道我偏向了他人也，终不然亏负着你。"亦可。

法马

法马儿你常把我回来回去，自不想那一边轻重高低，把人来压住了反教傍人觑。将我做大还做小，我也任你去搬移。有亏心人指望扭捏歪缠也，我自有针心儿不负你。

墨斗

墨斗儿手段高能收能放，长便长短便短随你商量，来也正去也正毫无偏向。本是个直苗苗好性子，休认做黑漆漆歹心肠。你若有一线儿邪曲也，瞒不得他的谎。

秦少游制墨斗谜与东坡射云："我有一间房，半间租与转轮王。有时射出一线光，天下邪魔不敢当。"东坡为射不中，仍作一谜云："我有一张琴，琴弦藏在腹。凭君马上弹，弹尽天下曲。"秦亦射不中，归为小妹言之。妹曰："我亦有一谜云：我有一只船，一人摇橹一人牵。去时牵纤去，来时摇橹还。"秦思之良久，仍不能射。小妹云："我的就是你的，你的就是大兄的，大兄的就是我的。"

伞

奴好似雨伞儿将伊遮盖，实指望同到老云雨和谐，谁知你寻着孔窍儿将机关败。有情怀里抱，无情便撑开。撇得我倚定门儿也，泪珠儿频频洒。

磨子

两片磨儿天成就，当初只道你是个老石头，到如今日久分薄厚。只因你无齿，人前把你修。断一断明白也，依旧和你走。

《雪涛阁外集》所载磨谜云："我的肚皮压着你的肚皮，我的肚肠放在你的肚里。"甚佳。他如卓谜云："有面无口，有足无手。又好吃饭，又好吃酒。"笔谜云："少年发白，老来发青。有事科头，无事戴巾。"历日谜云："看时有节，摸时无节。两头冰冷，中间火热。"铳谜云："顶天立地，正直公平。

吾今分付，火急奉行，急急如律令。”印谜云：“小小身儿不大，千两黄金无价。爱搽满面胭脂，落在花前月下。”俱称情雅。

又打稻枷子谜云：“有道则见，无道则隐。瞻之在前，忽焉在后。”书注谜云：“大的少是小的，小的多是大的。大的不说小的，小的专说大的。”口字谜云：“唐虞有，尧舜无。商周有，汤武无。古文有，今文无。”一字谜云：“上又不上，下又不下。不可在上，且宜在下。”彭字谜云：“好面花腔鼓，皮坏难修补。拿住一个彪，走了一个虎。”又茄子谜云：“小时皮包头，大来皮忒头。越大越忒头，紫金光郎头。”又枝山先生用佛语作乂袋谜云：“无佛不开口，开口便成佛。盘多罗，结多罗。破多刹多，佛多难陀。”俱系名笔可传，因附记此。

一云：“磨子儿两块儿合成了一块，亏杀那铁桩儿拴住了中垓，两下里战不休全没胜败。一个在上头，不住将身摆。一个在下头，对定了不肯开。正是上边的费尽了精神也，下边的忒自在。”亦可。

风箱

风箱儿一团的虚心冷气，牵动了使人鼎沸油飞，全凭着孔窍儿做出许多关捩。起手时热得狠，住手时冷似灰。怎能勾不住儿相牵也，和你风流直到底。

船

船儿船儿你放出老江湖的手段，迎来送往经过了万万千，推的推挥的挥弄得人眼花头眩。一篙子撑开了我，教我东不着岸，西不着边。只怕你遇着风波也，少不得船头儿还拨转。

又

新打的船儿其实妙，下了篙搭上了跳把客招，上船时落在他圈套。舵儿拿得稳，橹儿慢慢摇。叫一声弯腰的，腰弯腰还要往前跑。

此篇闻之旧院董四，歌末句腔甚奇妙，遂不能舍。

又《上船》一篇云：“俏冤家上船来好生攒跳，唤梢公慢栏头且去挥梢，橹板儿搭定休颠倒。急摇与慢摇，深篙并浅篙。叫着你挥来也，怎的又推开了。”亦有情致。

石狮子

石狮子我与你空成一对，我看你你看我好不孤恓，我两人都是石心石意。远又不多远，怎能勾做一堆。分隔在东西也，空自看上了你。

雪狮子

把雪儿做一个狮子来戏，千样妆万样做就是个活的，冷心肠似把人调戏。今晚做一块，日出就分离。一片儿的真心也，化做东流水。

麻雀

麻雀儿本是个殷勤鸟，同行中姊妹伴整日里闹炒，摇头摆尾卖弄你俏。支竿儿支着你，好歹不知道。伶俐聪明也，倒被光棍儿粘住了。

往往有此，可恨可惜。

蜻蜓

红蜻蜓飞在绿杨枝上，蜘蛛儿一见了就使网张，痴心痴意将他望。蜘蛛你休望我，这般圈套劝你少思量。费尽你的神思也，只是不上你的网。

蚊子

蚊虫儿生就你惺惺伶俐，善趋炎能逐队到处成雷，吹弹歌舞般般会。小脚儿在绣帏中串惯了，轻嘴儿专向醉梦里讨便宜。随你悭吝贼逢他定是出血也，你这小尖酸少不得死在人手里。

陌花馆有《咏蚊·黄莺儿》数篇，余录其二云：“恨杀咬人精。嘴儿尖，身子轻，生来害的是撩人病。我恰才睡醒，他百般做声，口儿到处胭脂赠。最无情，尝啖滋味，又向别人哼。”“恨杀咬人精。是人儿，扑面迎，未曾伏枕他先凭。好的也一丁，歹的也一丁，逢人小嘴便生硬。镇朝昏，来来往往，尽是口头情。”

又

蚊虫哥休把巧声儿在我耳边来搅诨，你本是个轻脚鬼空负文名，一张嘴到处招人恨。说甚么生花口，贪图暗算人。你算得人轻也，只怕人算得你狠。

说得利害分明，大堪警世。余亦有《咏蚊》六言云："夜动昼伏似鼠，饥附饱去如鹰。不是文名取忌，从来利口招憎。"

谑部九卷

鸨儿

攒上些活本钱做些风流生意，竖几个肉招牌来卖，问时值估价也不十分贵。也有三钱的，也有五钱的。好件道地的东西也，主顾儿不误你。

鸨妓问答

老鸨儿拿银子在钱铺上换，换钱的说道是一块铿[1]，一斤只值得三分半。忘八顿下脚，妈儿哭皇天。整日里哄人，天那，谁知人又哄了俺。小姐姐双膝儿忙跪下，告娘亲息怒果是我差，是铜是铁权且收留下。虽然不折本，只是便宜了他。再来的低银也，在试金石上打。

者妓

小大姐模样儿生得尽妙，也聪明也伶俐可恨妆乔，一时喜怒人难料。一时甜如蜜，一时辣似椒。没定准的冤家也，看你者到何时了。

吴市语妆乔做势曰"者"。毕竟者到何时了？曰：门前冷落车马稀，者妓嫁作商人妇。

门子

壁虎儿得病在墙头上坐，叫一声蜘蛛我的哥，这几日并不见个苍蝇过。蜻蜓身又大，胡蜂刺又多。寻一个蚊子也，搭救搭救我。

"老鼠儿得病在梁间坐，臁子儿得病在裤裆里坐"，此类甚多，俱无足采。惟壁虎与蚊子字双关颇趣，故录之。

---

① "铿"当作"铅"。

子弟

子弟们打扮得其实有兴，玉簪儿撑出那纱帽巾，白绸衫一色桃红裩。道袍儿大袖子，河豚鞋浅后根。一个个忒起那天庭也，气质难得紧。

好一幅行乐图。

迩年以来，风俗又异矣。余所闻有《十无赖》语，录以志感云："一无赖，网巾边儿像脚带。二无赖，做完巾后饶一块。三无赖，玛瑙簪儿束银带。四无赖，一双袖儿脚面盖。五无赖，两条魂幡做衣带。六无赖，蜷了脚指鞋中耐。七无赖，排骨扇儿好躲债。八无赖，马吊花园图口赖。九无赖，无腔曲子赌色赛。十无赖，逢着小娘舍舍空口爱。"

小官人

小官人在行的一发测癞，也会妖也会者也会肉麻，也会醋也会唆也会说句相思话。衣服儿穿去了，好簪儿抢去插。逢着见钱的马吊猪窝也，动不动抓一把。

又

一时间吃这碗饭难推难却，绰趣的多使钱的少也只是没法，每日间清早起直忙到夜。大老官才放得手，二老官又拖到家。就是铁铸的噬噬也，经不得这般样打。

山人

问山人并不在山中住，止无过老着脸写几句歪诗，带方巾称治民到处去投刺。京中某老先近有书到治民处，乡中某老先他与治民最相知。临别有舍亲一事干求也，只说为公道没银子。

描尽山人伎俩，堪与张伯起先生《山人歌》并传。余又闻一笑话云：有谒选得独民县知县者。一日，县公出，独民负之而行。至中途微雨，县公吟曰："命苦官卑没奈何，纷纷细雨一人驮。"后二句未就，独民请续之云："口中喝道肩抬轿，手拖板子脚奔波。"县公曰："到也亏你。"独民遽放县公于地，对之打一恭而言曰："不敢欺，其实本县的山人也就是小的。"呜呼，此诗真堪做山人，山人只合抬知县也。孔子叹"觚不觚"，余悲夫山之不山，而人之不人。故识之如此。

当铺

典当哥你犯了个贪财病，挂招牌每日里接了多少人，有铜钱有银子看你日出日进。一时救得急，好一个万便门。再来不把你思量也，怪你等子儿大得狠。

讨尽典当哥便宜，应是花报。

无毛

我猫儿不见了难猜难料，街坊上请个灵先生卜那猫，那先生未卜先知道。十三十四看，十五十六上瞧。十七八的无猫也，到底猫无了。

末句一云“无猫”，便俗。曰“猫无”，便雅。

大脚

小脚儿生得忒即溜，剪一双弓鞋面费了一匹潞绸，拽拔儿零剪了一丈六。四张羊皮金，嵌不来双凤头。拔不上鞋根也，还要拖他拖他走。

又

乡里姐儿偶到城里来望，见一双小脚儿心里就着忙，急归来缠上他七八烫。紧些儿疼得很，松些儿又痒得慌。这不凑趣的孤拐也，只怕明春还要长。

假纱帽

真纱帽戴来胆气壮，你戴着只觉得脸上无光，整年间也没升也没个降。死了好传影，打醮好行香。若坐席尊也，放屁也不响。

野花

山城门见几个村中俏，手儿里提着篮把野菜挑，见人来低着头微微儿笑。绿边红膝裤，越看越风骚。酒醉人多也，野花儿偏滋味好。

酒风

杀千刀你做什么身和分，往常时吃醉了还有些正经，到如今越弄得不学长进。又不害甚风颠病，还不按定了六神。你看东撞西歪乜，人事全不省。

惧内

天生成怕老婆其实可笑，又不是爹又不是娘又不是强盗，见了他战兢兢虚心儿听教。吃酒的逢着人说天性不好饮，好色的逢着人说恼的是嫖。略犯他些规矩也，动不动有几夜吵

又

天不怕地不怕连爹娘也不怕，怕只怕狠巴巴我那个房下，我房下其实有些难说话。他是吃醋的真太岁，淘气的活罗刹。就是半句的话不投机也，老大的耳光儿就乱乱的打。

窃婢

小丫头偏爱他生得十分骚，顾不得他油烟气被底腥臊，那管他臀高奶大掀蒲脚。背地里来勾颈，捉空儿便松腰。若还惊醒了娘行也，那时双双跪到晓。

陪宾

陪宾的我问你着甚么紧，别人家有孝你到与他带头巾，听敲云板勤勤奔。那来的既不是你的爹，那去的又不是你的亲。临行没甚么攀谈也，只说道请宽了白圆领。

银匠

倾银的分明是活强盗，他恨不得一火筒夺去了你的银包，你如何不识机落他圈套。他把炭火儿簇一会，瓦盖儿揭几遭。撒上一把硝儿也，贼，把银子儿偷去了。

杂部十卷

妓客问答

好哥哥略住住吃茶了去，不合你来迟了我又接了别的，是奴家得罪了

多多得罪。姐姐，你说那里话，难道我和你比别的。你好好去陪他也，我另日来看你。

夜客

站阶头一更多姻缘天凑，叫一声有客来点灯来上楼，夜深东道须将就。摆个寡榼子，猜拳豁指头。唱一只《打枣竿儿》也，客官再请一杯酒。

站门

有下梢没下梢烟花债儿偿不到，多也恼少也恼老鸨性儿喂不饱，你也瞧我也瞧，闯门的白绰的忒杀啰唣。管你倚破了门儿磨穿了壁，管你站酸了脚儿闷肭了腰。眼盼盼巴不能勾俏丽的郎君也，来了，啐，又向别人家进去了。

孤孀

俏孤孀头带白身穿着麻孝，手提着男怀抱着女走到荒郊，对坟茔哭一声我的亡夫来到。孩儿年纪小，家私没半毫。叫不应的青天也，掉得我这般样早。

又

俏孤孀除下白脱下了麻孝，弃着男撇着女打扮得娇娇，只为门房亲戚无依靠。孩儿等不得他大，家私日渐消。只得嫁一个养家的新人也，天，你在重泉不要恼。

妓

子弟们初出景听我教导，第一件要老成切莫去阙，小娘们就是活强盗。口甜心里苦，杀人不用刀。哄了你的银子也，他又与别人好。

又

烟花寨伏下红绵套，绣房中香喷喷是刑部的天牢，汗巾儿上小字儿是个勾魂票。没法了他把头发剪，苦肉计将皮肉烧。动不动说嫁也，你问他嫁过几个人儿了。

又

有情哥你须是频频到，有情哥你多请些酒共肴，有情哥我把你终身靠。有情在口里叫，无情在肚里包。果是个真情也，不要财和宝。

哭情人

哭情人哭出他银一锭，一头送一头哭一头袖了银，老妈儿问道你哭他则甚。非是我哭他，暖暖他的心。见了他的银子也，越发哭得紧。

拿人

走滚的心肠儿我也难拘难系，我识透你是个点水的蜻蜓，点着水儿就飞。人到说你是个溜雀儿，跳钻钻拿你不住。你就是个蜻蜓儿，难脱我这蜘蛛网。你就做个溜雀儿，我七支竿不放你飞。你便是一颗滚盘的真珠也，我也会使细丝线儿穿着你。

教乖

在行中走怎不学些伶俐，人面前说句话也要见机，直头直脑全不济。要夺人的趣，乖里放些痴。你不去调人也，自有人调你。

教骇

骇人儿说话乖人儿赛，乖人儿说话笑人骇，乖人儿还被骇人儿卖。乖人儿有骇处，骇人儿一般的乖。休得自恃乖乖也，不把骇人儿睬。

小尼姑

小尼姑猛想起把偏衫撇下，正青春年纪小出什么家，守空门便是活地狱难禁难架。不如蓄好了青丝发，去嫁个俏冤家。念什么经文也，佛，守什么的寡。

小和尚

小和尚就把女菩萨来叫，你孤单我独自两下难熬，难道是有了华盖星便没有红鸾照。禅床做合欢帐，佛面前把花烛烧。做一对不结发的夫妻也，和你光头直到老。

趁船

趁船的就在隔窗儿打铺，不料他板缝里觑着了奴，夜来光景都瞧破。起手儿是怎么样，结末又如何。明日里的朝辰也，他把哑谜儿来道着我。

灯花问答

灯花儿今夜里开得真奇异，莫不是他来到报与奴知，痴痴的看着浑忘寐。这早晚不见来，灯花你结怎的，反等得我心焦也，到不如不开了你。那灯花告姐姐：你也欠些伶俐。我见你想得慌，假传个信儿，谁知你抱怨我番成恶意。你的缘分浅，非关我报信虚。我在处处的开花也，处处不像你。　那姐姐骂灯花：你也忒不诚实。怎见得那冤家把奴亏，终须有日和他重相聚。灯花，你也来哄着我，何况那薄情的。想必你在处处的开花也，处处埋怨你。　小梅香告姐姐：你也忒煞琐碎，灯花儿也与共讲一场是非，那灯花那管人的婚姻事。姐夫今晚是不来了，明日来也未可知。我与你挑去那灯花也，睡到明日再商量起。

占卦

闷恹恹独坐在房儿内，猛听得房儿外打一下报君知，叫梅香请先生要问个详细。占一当行人卦，问他几时归。从直的说来也，先生，我重重相谢你。　那先生听说罢微微冷笑，掷金钱问《周易》占动三爻，那卦中到有跷蹊兆。占的是单上单，难逢拆上交。想是又有个情人也，姐姐，把身子儿缠住了。　那姐姐听说罢，双眼流泪。我为他受尽了多少矜持，你缘何又被人缠住。你亏心天有眼，我亏心神自知。焚一炷清香也，冤家，我是也咒杀你。　小梅香劝姐姐：你何须流泪，那先生不过是卖卦的，又不是袁天罡李淳风重回阳世。难道这般样准，说不归就不归。切莫要心酸也，姐姐，连累梅香也不欢喜。

乡下夫妻

俏娘儿遇清明把先茔来上，乡下人看见了手脚都忙，若不是小脚儿就认做观音样。一般样父娘养，偏生下这俊娇娘。引掉我的魂灵也，回家就乱嚷。　见妻儿在灶跟前不觉冲冲发怒，作甚业晦甚气讨你这夜叉婆，黄又黄黑又黑成什么货。别人家老婆娇滴滴的美，看不上你这车脚夫。你不见那上坟的姑娘也，爱杀爱杀了我。　莽喉咙叫一声我的乡下大舍，龙配龙虎配虎姻缘簿不差，臭野蛮配村姑也是天生天化。天鹅肉想不到口，痴杀你这癞虾蟆。我若比那上坟的姑娘也，自有上坟的姑夫配着我耍。　好乡邻好言语劝你争什么大事，乡下夫乡下妻比不得城里的丰姿。一年戽水兼插莳，这大娘子黄黑也不是胎生的。就是大舍原好个小官儿，你若一年半载住在那城中也，包你比着那上坟的无彼此。

取妾

痴心人讨一个偏房来至，到了门住了轿且慢慢的，难道他报帖儿也不递一递。眷生既不妥，晚生又不宜。只得递一个寅生也，与你做同寮般共相处。

急口①

路陌人肩挑了乌盆来卖，有个妈妈儿手担着醋瓶来，上桥时相撞着骨碌碌瓶盆都打坏。盆要瓶赔瓶不肯，瓶要盆赔盆不谐。盆要瓶赔瓶要盆赔也，那时瓶盆都要买。

又

小大姐与我收拾好藤穿的大帽，明早要教场中去下操，枕边专听鸡儿叫。偶然睡去了，呀，晓星儿这么样高。呀，不好了，罢了，误了，铳也放了，旗

---

① 急口：急口令，亦称绕口令。《挂枝儿》以"急口"为歌，则前辑《博笑珠玑》卷三亦有《急口新令》，并录如次：天上一只鹤学飞，地下一只鹤学舞。不知是地下鹤学天上鹤飞，不知是那天上鹤学地下鹤舞。又，出门撞遇四秀才，一个姓焦一个姓萧，一个姓郭一个姓霍，焦萧郭霍相邀直上凌云阁，凌云阁上剥菱角。呼童扫去菱角壳，莫来刺了焦萧郭霍四秀才脚。又，苏州一个苏胡子，湖州一个胡胡子。苏州苏胡子问湖州胡胡子借梳梳胡子，湖州胡胡子问苏州苏胡子借梳梳胡子。又，树上有一伙灵鹊，树下一塘菱角。若不去赶走那树上一伙灵鹊，必来树下吃了那一塘菱角。又，南京一个都司，北京一个都司。两个都司赌家私。不知南京都司家私大过北京都司家私，不知北京都司家私大过南京都司家私。又，正月到姑家，姑家未种瓜。二月到姑家，姑家才种瓜。三月到姑家，姑家瓜发芽。四月到姑家，姑家瓜开花。五月到姑家，姑家花结瓜。六月到姑家，姑家正吃瓜。

也挂了，门也开了，人也齐了，只得穿上一双鞝鞋也，跑到教场中去点卯。

挂枝儿

纂下的《挂枝儿》委的奇妙，或新兴或改旧费尽推敲，娇滴滴好喉咙唱出多波俏。那个唱得完这一本，赏你个大元宝。啧啧，好一本新词也，可惜知音的人儿少。

冯梦龙　山歌

叙山歌

书契以来，代有歌谣，太史所陈，并称《风》《雅》，尚矣。自楚骚唐律，争妍竞畅，而民间性情之响，遂不得列于诗坛，于是别之曰"山歌"。言田夫野竖矢口寄兴之所为，荐绅学士家不道也。唯诗坛不列，荐绅学士不道，而歌之权愈轻，歌者之心亦愈浅。今所盛行者，皆私情谱耳。虽然，桑间濮上，国风刺之，尼父录焉，以是为情真而不可废也。山歌虽俚甚矣，独非郑、卫之遗欤？且今虽季世，而但有假诗文，无假山歌，则以山歌不与诗文争名，故不屑假。苟其不屑假，而吾藉以存真，不亦可乎？抑今人想见上古之陈于太史者如彼，而近代之留于民间者如此，倘亦论世之林云尔。若夫借男女之真情，发名教之伪药，其功于《挂枝儿》等。故录《挂枝词》而次及《山歌》。

墨憨斋主人题

卷一私情四句

笑

东南风起打斜来，好朵鲜花叶上开。后生娘子家没要嘻嘻笑，多少私情笑里来。

凡生字，声字，争字，俱从俗谈叶入江阳韵。此类甚多，不能备载。吴人歌吴，譬诸打瓦抛钱，一方之戏，正不必如钦降文规，须行天下也。

睃

思量同你好得场骙，弗用媒人弗用财。丝网捉鱼尽在眼上起，千丈绫罗梭里来。

笑不许，睃不许，只此便是《周南》《内则》了。

眼上起，梭里来，影语最妙，俗所谓双关二意体也。唐诗中如"春蚕到死丝方断，蜡烛成灰泪始干"之类，亦即此体。又余幼时闻得《十六不谐》，不知何义，其词颇趣，并记之：一不谐，一不谐，七月七夜里妙人儿来，呀，正凑巧，心肝爱。二不谐，二不谐，御史头行肃静牌，呀，莫侧声，心肝爱。三不谐，三不谐，瞎眼猫儿拐鸡来，呀，笊得紧，心肝爱。四不谐，四不谐，姐在房中吃螃蟹，呀，缩缩脚，心肝爱。五不谐，五不谐，三岁孩儿搔背来，呀，再上些，心肝爱。六不谐，六不谐，珊瑚树儿玉瓶里栽，呀，轻轻放，心肝爱。七不谐，七不谐，外科先生用着鸡蛋来，呀，不要慌，心肝爱。八不谐，八不谐，扳缯老儿上钓台，呀，曲曲背，心肝爱。九不谐，九不谐，叫化老儿上船偷木柴，呀，急急抽，心肝爱。十不谐，十不谐，酒醉人儿坐险崖，呀，莫要动，心肝爱。十一不谐，十一不谐，傀儡人儿上戏台，呀，要得好，心肝爱。十二不谐，十二不谐，算命先生叫怪哉，呀，死了罢，心肝爱。十三不谐，十三不谐，搬碗碟的人儿慢慢来，呀，不要丢，心肝爱。十四不谐，十四不谐，郎在河边等舡来，呀，渡了罢，心肝爱。十五不谐，十五不谐，耍孩儿撞落油瓶盖，呀，倘[1]出来，心肝爱。十六不谐，十六不谐，鹦哥儿飞上九层台，呀，下来罢，心肝爱。

看

小年纪后生弗识羞，郍[2]了走过子我里门前咦转头。咦，本当作又，今姑从俗，下同。我里老公谷碌碌介双眼睛弗是清昏个，你要看奴奴那弗到后

① "倘"当作"淌"。

② "郍"是"那"的俗写。类似情形下不出注。

门头。

好双谷碌碌眼睛，只顾其前，不顾其后。

又

姐儿窗下绣鸳鸯，薄福样郎君摇船正出浜。姐看子郎君针搠子手，郎看子娇娘船也横。

骚

青滴滴个汗衫红主腰，跳板上栏干耍样桥。搭棚水鬓且是妆得恍，仔细看个小阿姐儿再是羊油成块一团骚。

一云："东南风起发跑跑，个星新结识个私情打搬得乔。绒帽上簇花毡卖俏，外江船装货满风捎。"亦意同。

又

真当骚，真当骚，大门阁落里日多闧介两三遭。闧音谒。小阿奴奴好像寺院里斋僧来个便有分，我情郎好像撑船哥各人有路各人摇。

又

真当骚，真当骚，大门前冷眼捉人瞧。姐儿好像杭州一双木拖随人套，我情郎好像旧相知饭店弗俏招。

又

姐儿心痒捉郎瞟，我郎君一到弗相饶。船头上火着直烧到船舱里，亏子我郎君搭救子我个艄。

弗骚

出名虎丘山到弗高，第一等快船到弗是摇。有意思个拳师弗动手，会偷汉个娘娘到弗骚。

弗骚处，正不可及，理会得着，便觉骚者无味。

学样

对门隔壁个姐儿侪来搭结私情，侪，坊本用才，俗语。郙得教奴弗动心。四面桃花我看子多少个样，郙教我靛池豁洗一身青。

偏是此样，一学就会。

做人情

二十去子廿一来，弗做得人情也是骇。三十过头花易谢，双手招郎郎弗来。

少壮不努力，老大徒伤悲。当权若不行方便，如入宝山空手回。此歌大可玩味。

无郎

姐儿立在碧纱窗，眼观孤雁好恓惶。黄连抹子猪头苦恼子，好像个败落山门无子廊。

又

西风起了姐心悲，寒夜无郎吃介个亏。啰里东村头西村头南北两横头二十后生闲来搭，借我伴过子寒冬还子渠。

一云："开门看见雪花飞，夜冷天寒牵系子渠。绵被三重遮弗得我个冷，只要我里情郎热肚皮。"亦可。

熬

二十姐儿困弗着在踏床上登，一身白肉冷如冰。便是牢里罪人也只是个样苦，生炭上薰金熬坏子银。吴歌人银同音。

寻郎

搭郎好子吃郎亏，正是要紧时光弗见子渠。啰里西舍东邻行方便个老官悄悄里寻个情哥郎还子我，小阿奴奴情愿热酒三钟亲递渠。

作难

今日四，明朝三，要你来时再有介多呵难。姐道郎呀，好像新笋出头再吃你逐节脱，花竹做子缯竿多少斑。

等

姐儿立在北纱窗，分付梅香去请郎。泥水匠无灰砖来里等，隔窗趁火要偷光。

又

栀子花开六瓣头，情哥郎约我黄昏头。日长遥遥难得过，双手扳窗看日头。扳音班。

模拟

弗见子情人心里酸，用心模拟一般般。闭子眼睛望空亲个嘴，接连叫句俏心肝。

是真境，亦是妙境。

次身

姐儿心上自有第一个人，等得来时是次身。无子馄饨面也好，捉渠权时点景且风云。

点景时第一个人何在。

月上

约郎约到月上时，郮了月上子山头弗见渠。咦弗知奴处山低月上得早，咦弗知郎处山高月上得迟。

又

约郎约到月上天，再吃个借住夜个闲人僭子大门前。你要住奴个香房奴情愿，宁可小阿奴奴睏在大门前。

姑苏李秀才，贫而滑稽，新冬携一仆就试昆山。黑夜无依，彷徨行路，偶见小门微启，趋入求宿。主妇以独居坚却，李哀恳益力，主妇怒，走入。李竟闭门，憩小柜上，颇闻主妇詈语，亦不复顾。少顷寂然，而冻馁无聊，久不成寐。忽闻户外弹指声，不敢应，已而渐急，乃启门一线，而手持伺之，则男子致豚蹄一盂也。曰："暂往携酒，姑少待我。"无何酒至，极暖。李取酒，便欲掩门，而男子一足已入。李极力阑之，男子窃窃语甚絮，复取李手按其阳，翘然如植铁，明其急也。李不觉情动，忽举，亦以男子手按之，男子惊而逸。李取酒肉与仆潜啖饱，睡，天小明便去。尚以锡壶及盂付酒家，治朝饔云。奇事。

引叶平声

郎见子姐儿再来搭引了引，好像铜杓无柄热难盛。姐道我郎呀，磨子无心空自转，弗如做子灯煤头落水测声能。

引，旧作殷，欠通，今从引，而以平声为土音，甚妥。

又

爹娘教我乘凉坐子一黄昏，只见情郎走来面前来引一引。姐儿慌忙假充萤火虫，说道爷来里娘来里，咦怕情哥郎去子，喝道风婆婆且在草里登。

"萤火虫，娘来里，爷来里，搓条麻绳缚来里"，及"风婆婆草里登，喝声便起身"，皆吴中相传小儿谣也。

走

郎在门前走子七八遭，姐在门前只捉手来摇。好似新出小鸡娘看得介紧，仓场前后两边厫。

一云："结识私情隔条桥，对门酒店两边标。黄拍[1]皮做子酒标标得奴肚里介苦，百万仓相对两边厫。"

半夜

姐道我郎呀，尔若半夜来时没要捉个后门敲，只好捉我场上鸡来拔子

① "拍"当作"柏"。

毛。好计。假做子黄鼠郎偷鸡引得角角哩叫，好教我穿子单裙出来赶野猫。

娘咳嗽

结识私情窗里来，吃娘咳嗽捉惊骇。滩塌草庵成弗得个寺，何仙姑丫髻两分开。

瞒娘

阿娘管我虎一般，我把娘来鼓里瞒。正是巡检司前失了贼，枉子弓兵晓夜看。

近来弓兵惯与贼通气，正恐学阿娘样耳。

又

昨夜同郎做一头，阿娘困在脚根头。姐道郎呀，扬子江当中盛饭轻轻哩介铲，铁线身粗慢慢里抽。

扯布裙

姐在衖堂走一遭，吃情哥郎扯断子布裙腰。亲娘面前只说肚里痛，手心捧住弗伸腰。

乖

娘又乖，姐又乖，吃娘捉个石灰满房筛。小阿奴奴拼得驮郎上床驮下地，两人合着一双鞋。

看星

姐儿推窗看个天上星，阿娘咦认道约私情。好似漂白布衫落在油缸里，晓夜淋灰洗弗清。

又

小阿奴奴推窗只做看个天上星，阿娘就说道结私情。便是肚里个蛔虫无介得知得快，想阿娘也是过来人。

娘打

吃娘打子哭哀哀，咦见情郎踱搭来。有景。黄丝草无根天养活，荷花荡里藕船来。

是惹祸太岁，又是散闷冤家。

又

吃娘打得哭哀哀，索性教郎夜夜来。妙甚。汗衫累子鏖糟拼得洗，连底湖胶打弗开。

不是一番寒彻骨，怎得梅花扑鼻香。

又

吃娘打子吃娘羞，索性教郎夜夜偷。姐道郎呀，我听你若学子古人传得个风流话，小阿奴奴便打杀来香房也罢休。

瞒夫

急水滩头下断[1]帘，又张蟹了又张鳗。有福个情哥弗知吃子阿奴个多少团脐蟹，我个亲夫弗知吃子小阿奴奴多少鳗。

又

姐听情哥拍面来，再吃我里亲夫看见子了两分开。小阿姐儿好像吃子黄豆大青梅当弗得酸溜溜又介苦，我郎君好像冷饭无茶噎噎里介来。

打双陆

姐儿窗下织白罗，情郎搭子我里个人打双陆。只听得我里个人口里说道把住子门捉两个，吓得我满身冷汗手停梭。

瞒人

结识私情要放乖，弗要眉来眼去被人猜。面前相见同还礼，狭路上个

① “断”当作“簖”。

相逢两闪开。

又

人人说我与你有私情，寻场相骂洗身清。你便拔出子拳头只说打，我便手指子吴山骂洞庭。

又

姐道我郎呀，你要来时便自来，没搭子闲人同走来。闲人便是屋头顶上个星老鸦口，未到天明喊出来。

又

搭识子私情雪里来，屋边头个脚迹有人猜。三个铜钱买双草鞋我里情哥郎颠倒着，只猜去子弗猜来。

赠物

结识私情人弗觉鬼弗知，再来绿纱窗下送胭脂。仰面揥尘落来人眼里，算盘跌碎满街珠。吴音珠知相似。

又

结识私情人弗觉鬼弗闻，再来绿纱窗下送汗巾。寿器上剥灰材露布，老阴阳到处说新坟。

捉奸

结识私情未曾曾，外头咦话捉奸情。歪嘴油瓶吃子个口弗好，鼈臭泥出弗得好香菱。

一云："眉来眼去未着身，外头咦要捉奸情。典当内无钱啰弗说我搭你有，月亮里提灯空挂明。"亦可。

弱者奉乡邻，强者骂乡邻，皆私情姐之为也，因制二歌歌之。一云："姐儿有子私情忒忒能，无茶有水奉乡邻。巡盐个衙门单怕得渠管盐事，授记个梅香赔小心。"一云："惯说嘴个婆娘结识子人，防别人开口先去骂乡邻。六月里天光弗怕掀个冻疮瘘，行凶取债再是讨银精。"

盐事之盐，读如俗呼闲字音。授记如限打之类。嫈音偃。

又

捉贼从来捉个赃，捉奸个从来捉个双。姐道郎呀，我听你并胆同心一个人能介好，啰怕闲人捉耍双。

又

古人说话弗中听，郇了一个娇娘只许嫁一个人。若得武则天娘娘改子个本大明律，世间啰敢捉奸情。

此余友苏子忠新作。子忠笃士，乃作此异想，文人之心何所不有。

捉头

姐听情郎刚上得楼，弗知个星闲神野鬼啰里听着子了，咦把住后门头。破子个灯笼个个眼里火，惯赌囊家要捉头。

失窟

昨夜同郎说话长，失窟直困到大天光。窟音忽。金瓶儿养鱼无出路，鸳鸯鸭蛋两边赆。赆音荒。

孕

结识子个私情又怕外人猜，路上相逢两闪开。姐道郎呀，我听尔生牛皮做子汗巾无人拭得破，只怕凤仙花子绽笑开来。

又

来一遭，摸一遭，看看短子布裙腰。只有孕字写来弗好看，里头子大奶头高。

又

路来行来逐步移，腹中想必有跷蹊。谷雨下秧传子种，六月里个耘苗满肚泥。

又

眼泪汪汪哭向郎，我吃腹中有孕要人当。娑婆树底下乘凉奴踏月，水涨船高难隐藏。

又

姐儿肚痛呷姜汤，半夜里私房养子个小孩郎。玉指尖尖抱在红灯下看，半像奴奴半像郎。

又

情哥传下小风流，罗帐里无郎教我郁亨留。蒲席包来对子荷花池里只一丢，思量几遍跌心头。

又

姐儿嘱咐小风流，只有吃个罗帐里无郎弗好留。你打听得情郎听我有个成亲日，依先到我腹中投。

不孕

结识私情赛过天，弗曾养得介个男女接香烟。好像石灰船上平基板，常堂堂白过子两三年。

常堂堂白过子两三年，并无疤瘢惹人传。世间咦弗怕断绝子风流种，何消得男女接香烟。

卷二私情四句

姐儿生得

姐儿生得好身材，好似荐粜船舱满未曾开。郎要籴时姐要粜，探筒打进里头来。

又

姐儿生得好像一朵花，吃郎君扳倒像推车。猪油煎子面觔荤子我，材前孝子满身麻。

又

姐儿生得像朵花，十字街头去买茶。姐儿道卖茶客人尔弗要拨个粗枝硬梗屑来我，连起子罗裙凭你桠。

又

姐儿生得有风情，枕头上相交弗老成。小阿姐儿好像五夏六月个星长脚花蚊子，咬住子情郎呜呜能。

又

姐儿生得眼睛鲜，铁匠店无人奴把钳。随你后生家性发钢能介硬，经奴炉灶软如绵。

又

姐儿生得滑油油，遇着子情郎就要偷。正像个柴穄上火烧处处着，胡芦结顶再是囫囵头。穄音蔡[1]。

又

姐儿生得好个白胸膛，情郎摸摸也无妨。石桥上走马有得偖记认，水面砍刀无损伤。

又

姐儿生得俊俏又尖酸，郎去料渠吃渠钉子介个眼睛拳。郎道姐儿呀，活泼泼个鲤鱼弗要跌杀子了卖，要铜钱及早傍新鲜。

又

姐儿生得貌超群，吃郎君缠住一黄昏。好似橄榄上佥皮舍弗得个青

① 刘瑞明《冯梦龙民歌集三种注解》以为“穄”当为“积”字俗写，并引元俞琰《席上腐谈》卷上：“吴人指柴薪曰柴积。积音际。”见是书下册第362页。

肉去，海狮缩缩再亲亲。

捉蜻蜓

姐儿生来骨头轻，再来浮萍草上捉蜻蜓。浮萍草翻身落子水，想阿奴奴原是个下头人。

穿红

姐儿生性爱穿红，红裙红袄红抹胸。小阿奴奴好像元宵夜里个面花匡鼓，黄昏头就要擂介两三通。

穿青

姐儿上穿青下穿青，只有脚底下三寸弓鞋也是青。小阿奴奴上青下青青到底，见子我郎君俏丽一时浑。

有心

郎有心，姐有心，思量无处结同心。好像双轿板壁眼对子眼，蜡烛上无油空费心。　郎有心，姐有心，屋少人多难近子个身。胸前头个镜子心里照，黄昏头团子夜头盛。　郎有心，姐有心，啰怕人多屋又深。人多郎有千只眼，屋多郎有万重门。

结识私情只要自即伶，闲人啰个能当心。凭你千只眼只要瞒得两只眼，千重门只要进得一重门。

偷

东南风起响愁愁，郎道十六七岁个娇娘郎亨偷。百沸滚汤下弗得手，散线无针难入头。　姐儿听得说道弗要愁，趁我后生正好偷。傛了弗捉滚汤侵杓水，拈线穿针便入头。

又

姐儿梳个头来漆碗能介光，䑝人头里脚撩郎。䑝，如猛字，俗音。当初只道郎偷姐，如今新泛头世界姐偷郎。

姐儿梳个头来漆碗能介光，郎你腊月里个腌鱼能在行。更个恍水鬓梳来就是挂个招牌无两样，何消咦用脚撩郎。

又

结识私情弗要慌，捉着子奸情奴自去当。拼得到官双膝馒头跪子从实说，咬钉嚼铁我偷郎。

此姐大有义气。

保佑

二月里菜花到处黄，公婆两个去烧香。痴乌龟口里哼喽喽介通陈只捉家婆来保佑，啰道家婆嘿测测保佑自情郎。

真正痴乌龟。

研光

姐儿见子有情郎，好似云游僧投饭入斋堂。咦像染坊店里画石贪色魄，研子多多少少光。

乾思

见郎俊俏姐心痴，郇得同床合被时。虫蛀子蝗鱼空白鲞，出铜银子是干丝。

一云："井面上开花井底下红，篾丝篮吊水一场空。梭子里无丝空来往，有针无线枉相逢。"又云："郎看子姐了姐看子郎，四眼相关难抵当。好似板门上门神空成对，早秋迷露弗成霜。"俱同意。

打人精

姐见子郎来骀骀里介弗起身，你再像寺里金刚假大人。馆驿里铺陈知道你接子多少客，积年皂隶打人精。

一云："姐儿生来凤凰眼八哥声，悠悠拽拽引郎君。郎道姐儿你是酒店里壶瓶着子多哈人个手，试金石身小倒是识人精。"大意同。

撇青

姐见郎来便闪开，偖个人前要卖乖。郎道姐儿呀，湿砻糠种火慢慢里煨着子你，只怕雨打泥墙自倒来。

一云："姐儿年少花未开，见子恍水鬓个情郎头弗抬。郎道姐儿呀，我是西瓜皮种火务要慢慢里煨着子尔，只教尔雨落里打墙苏下来。"大意同。

一云："容貌娇姿奴夺魁，同郎有意只无媒。尔是站垛踏车逐脚上，水湿砻糠慢慢煨。"亦可。

又云："郎道姐儿，世间宜假不宜真，薄薄里推来又一层。盘古以来也是有数个三贞并九烈，近来能有几个得身清。"

又

姐见郎来推转子门，再来门缝里张来门缝里听。描得像。郎道姐儿呀，你好像绒帽子风吹毡做势，遏熟黄梅卖甚青。

推

吃子你个亏，亏叶区。吃子你个亏，狭港里撑船郰了有介多呵推。冷饭糁糊窗少弗得吃我粘上子，绵布棚筛独吃眼下迟。

又

百计千方哄得姐走来，临时上又只捉手推开。郎道姐儿呀，好像新打个篱笆个一夹得介紧，生毛桃要吃教我郰亨拍开来。

正是妙境。

春画

姐儿房里眼摩矬，偶然看着子介本春画了满身酥。个样出套风流家数侪有来奴肚里，郰得我郎来依样做介个活春图。

贪花

新做头巾插朵花，姐儿看见就捉手来拿。拿花弗着吃郎摸子奶，郎贪白奶姐贪花。

第二句旧云："贪花阿姐再捉手来拿"，不如留在末句说出有味。

采花

隔河看见野花开，寄声情哥郎听我采朵来。姐道郎呀，你采子花来小阿奴奴原捉花谢子你，决弗教郎白采来。

真是贪花阿姐。

花蝴蝶

身靠妆台手托腮，思量情意得场呆。姐道郎呀，你好像后园中一个花蝴蝶，采子花心便弗来。　郎道姐儿呀，我也弗是采子花心便弗来，南边咦有一枝开。我今正是花蝴蝶，处处花开等我来。

身上来

年当悔，月当灾，撞着子情郎正遇巧身上来。郎做子巡检司门前个朱红棍，姐做子池里鲜鱼穿子腮。

跳窗盘

月夜无眠思想个郎，我郎君忽地跳窗盘。郎是象牙梳儿撩得奴个发，奴是低梅头短纤要郎钻。

同眠

昨夜同郎一处眠，吃渠掀开锦被捉我脚朝天。小阿奴奴做子深水里蚂蝗只捉腰来扭，情哥郎好似边江船阁浅只捉后艄掮。

诈困

胧胧困觉我郎来，假做番身仰转来。郎做子急水里蚂蝗只捉腰来倒下去，姐做子船底下冰排叠起来。

又

姐儿做势打呼屠，凭郎君伸手满身搧。情哥郎好像穷老人个头巾只一顶，小阿姐儿再像牛奶奶洗浴满身酥。

五更头

姐听情哥郎正在床上哼喽喽，忽然鸡叫咦是五更头。世上官员只有钦天监第一无见识，你做闰年闰月郎了正弗闰子介个五更头。

已用《挂枝词》矣，戴章甫云不妨并美，存之。

弗还拳

昨夜同郎醉后眠，一言不合就捉我个鬓来挦。吃渠骂子吃渠打，忆郎君好处只是弗还拳。

郎得此大贤德夫人。

床沿上

姐儿床沿上坐攕攕，吃郎君好像半爿鱼头只一腮。六月里走马阵头雨郎了能个易得过，网见鱼来便撒开。

平时之厌物，仓卒之宝器。

本事低

结识私情本事低，一场高兴无多时。姐道我郎呀，你好像个打弗了个宅基未好住，惹得小阿奴奴满身癞疥养[①]离离。

后门头

结识私情后门头，地上鏖糟弗好偷。姐道郎呀，你郎了弗学染坊里漂白布儿搡腰凸肚立子了掼，马上加鞭背后抽。

醉公床

使尽机谋凑子我里个郎，听个外婆借子醉公床。等我里情哥郎来上做介一个推车势，强如凉床口上硬彭彭。

---

① “养”当作“痒”。

立秋

热天过子不觉咦立秋，姐儿来个红罗帐里做风流。一双白腿扛来郎肩上，就像横塘人掮藕上苏州。雅甚。

困得来

弗贪吃着弗贪财，且喜我里情郎困得来。衬里布衫鄁了能着肉，早蚕蛾䵺紧子弗分开。䵺音得。

专心

姐儿弗会缝联弗补针，单单只会结私情。姐道郎呀，小阿奴奴弗是真当弗会做生活，只为情郎怕分子心。会说。

诉

日里思量夜里情，扯住情哥诉弗清。失落子金环常忆耳，我是满头珠翠别无银。

奢遮

结识个姐儿忒奢遮，听渠咦讨荷包咦讨鞋。姐道郎呀，你五月端午先挂子荷包去，九月重阳来着鞋。

自有真趣。

送瓜子

瓜子尖尖壳里藏，姐儿剥白送情郎。姐道郎呀，瓜仁上个滋味便是介，小阿奴奴舌尖上香甜仔细尝。

唱

姐儿唱只《银绞丝》，情哥郎也唱只《挂枝儿》。郎要姐儿弗住介绞，姐要情郎弗住介枝。

隔

结识私情隔条浜，湾湾走转两三更。小阿奴奴要拔只金钗银钗造条私情路，咦怕私情弗久长。

又

结识私情隔躲墙，两边有意弗同床。姐道郎呀，只有铁枪磨针鄁得针变子枪，拨来小阿奴奴半夜三更掘开子墙。

又

结识私情隔条街，常堂堂伸手摸奶奶。路上行人弗好看，索性搬来合子家。

一云："结识私情隔条街，又抢米了又担柴。朝担暮担担弗了，一性搬来合子家。"亦可。

长情

结识私情须要结识长久好私情，买肉须买坐豚精。摸奶要摸蒸饼奶，亲嘴须亲红嘴唇。

又

恩爱私情勿论年，好像春三二月轮阵个扬花到处绵。郎道姐儿呀，长江里抛子铁球我听你滚到底。姐道郎呀，隔夜汤团我听你也是宿水圆。

又

结识私情难起头，起子头来难罢休。我听你镜子做子枕头明明里介困，没要窃盗无油暗里偷。

卷三私情四句

怨旷

天上星多月弗多，世间多少弗调和。你看二八姐儿缩脚困，二十郎君无老婆。

又

小阿姐儿无丈夫，二十后生无家婆。好似学堂门相对子箍桶匠，一边读字一边箍。

无老婆

别人笑我无老婆，你弗得知我破饭箩淘米外头多。好像深山里野鸡随路宿，老鸦鸟无窠到有窠。

一云：“别人笑我无老婆，破箩淘米外头多。未到黄昏弗敢走，间边拽拽个边拖。”更可笑。

一边爱

郎爱子姐哩姐弗爱个郎，单相思几时得成双。郎道姐呀，你做着弗着做个大人情放我在脚跟头困介夜，情愿拨来你千憎万厌到大天光。

只要我爱他，郁要他爱我。我爱我受用，他爱受用我。

又

郎弗爱子姐哩姐爱子郎，单相思几时得成双。小阿奴奴拼得个老面皮听渠勾搭句话，若得渠答应之时好上桩。

交易

郎爱子姐哩姐咦爱子郎，偷情弗敢明当当。姐有亲夫郎有眷，何弗做场交易各成双。

这场交易，谁做中人。

冷

姐道郎呀，我当初结识你哈里好像宝和珍，郁间郁了你冷如冰。我好像裱褙店里个蛀虫吃子别人多少画，新妆塑个天尊受子多少金。　郎道姐儿呀，我当初结识你哈里真当宝和珍，郁间果系冷如冰。吃你好像煎退个药查[1]拦路倒，月里个孩童弗拣人。

上二句，或云："当初捉你扇面上贴金金上金，郁间搭你水面上结冰冰上冰。"亦佳。

一云："姐道郎呀，我当初结识你指望心对心，啰得知是黄梅天水发一时浑。你是暗信里潮来捉弗得多呵准，夏天雨落隔田晴。"亦可。

盘问

姐儿说话弗到家，吃郎君盘问只捉指头牙。姐道郎呀，我是铅弹打人铳口出，小团儿家踏水暂时车。

隙

一鸡死子一鸡鸣，啰见无鸡困杀子人。你情愿充军旗下立，小阿奴奴弗来搭强求人。

拆帐

浪搭私情三四春，一场吃醋走进子是非门。姐道郎呀，过子八月半重阳蚊子口开花我听你拆帐罢，叫化和尚口里念个要正经。

弗到头

结识私情弗到头，扯破情书便罢休。百脚旗上火发竿着子，有壶无箭俻来投。

做身分

千言万语侪丢开，教你来时只是弗肯来。搭烂子黄葱我个心还在，郁了有你介个做身攋分臭天灾。

重往来

言三语四说弗开，弗如关子大门床上来。搠破子绣球放子个口气，新砌街儿重往来。

---

[1] "查"即"渣"。

送郎

送郎出去并肩行，娘房前灯火亮瞪瞪。瞪，音橙。解开袄子遮郎过，两人并做子一人行。　送郎送到灶跟头，吃郎踢动子火叉头。娘道丫头要个响，小阿奴奴回言道，灯台落地狗偷油。　送郎送到屋檐头，吃郎踢动子石砖头。娘道丫头要个响，小阿奴奴回言道，是蛇盘蛤蚆落洋沟。　姐送情哥到半场，门前狗咬两三声。小阿奴奴玉手亲抱住子金丝狗，莫咬子我情哥惊觉子娘。

别

别子情郎送上桥，两边眼泪落珠抛。当初指望杭州陌纸合一块，郝间拆散子黄钱各自飘。

又

滔滔风急浪潮天，情哥郎扳桩要开舡。挟绢做裙郎无幅，屋檐头种菜姐无园。

久别

情哥郎春天去子不觉咦立冬，风花雪月一年空。姐道郎呀，你好像浮麦牵来难见面，厚纸糊窗弗透风。

哭

姐见子郎来哭起来，郝了你多时弗走子来。来弗来时回绝子我，省得我南窗夜夜开。

又

姐儿哭得悠悠咽咽一夜忧，郝了你恩爱夫妻弗到头。当初只指望山上造楼楼上造塔塔上参梯升天同到老，如今个山迸楼摊塔倒梯横便罢休。

旧人

情郎一去两三春，昨日书来约道今日上我个门。将刀劈破陈桃核，霎时间要见旧时仁。

一云："姐儿说向我郎听，我听你也是隔年桃核旧时仁。尔没要做子桑叶交秋弗采子我，啰匡尔再是黄梅天日出弗长晴。"

思量

弗来弗往弗思量，来来往往挂肝肠。好似黄柏皮做子酒儿呷来腹中阴落落里介苦，生吞蟛蜞蟹爬肠。

嫁

嫁出囡儿哭出子个浜，掉子村中恍后生。三朝满月我搭你重相会，假充娘舅望外甥。

娘舅便可免物议，堪为欧文忠公解嘲。

怕老公

丢落子私情咦弗通，弗丢落个私情咦介怕老公。宁可拨来老公打子顿，郫舍得从小私情一旦空。

新嫁

姐儿昨夜嫁得来，情哥郎性急就忒在门前来。姐道郎呀，两对手打拳你且看头势，没要大熟牵砻做出来。

老公小

老公小，逼疽疽，马大身高郫亨骑。大叶惰。小船上橹人摇子大船上橹，正要推扳忒子脐。扳音班，挽也。

逼疽疽，吴语小貌。

又

老公小，逼疽疽，劣马无缰郫亨骑。水涨船高只吃竹竿短，何曾点着下头泥。

又

老公小，弗风流，只同罗帐弗同头。搭宅基一块好田只吃你弗会种，年年花利别人收。

大细

姐儿养个大细忒喇茄，大叶驮。吃个情哥郎打子两击大背花。击叶记。常言道踏子爷床便得亲娘叫，难道我踏子娘床弗是你搭爷。

这人名分正不成，胡乱些罢。

大细，儿女之称，喇茄，犹云怠慢。

卷四私情四句

姓

郎姓齐，姐姓齐，赠嫁个丫头也姓齐。齐家囡儿嫁来齐家去，半夜里番身齐对齐。　郎姓毛，姐姓毛，赠嫁个丫头也姓毛。毛家囡儿嫁来毛家去，半夜里番身毛对毛。

被席

红绫子被出松江，细心白席在山塘。被盖子郎来郎盖子我，席衬子奴来奴衬子郎。

出

当官银匠出细丝，护短爷娘出俊儿。道学先生口里出子孔夫子，情人眼里出西施。

情眼出底才是真正西施，假使西施在今反未必会好也。即如孔夫子，当时削迹伐木，受尽苦楚，比得道学先生口里说得去、行得通否。

新

新种个茨菇弗长得根，新开面店弗会裹馄饨。新出景个嫖客还涨红子脸，郁了新开荤阿姐会寻人。

要

郎种荷花姐要莲，姐养花蚕郎要绵。井泉吊水奴要桶，姐做汗衫郎要穿。

比

凭你春山弗比得姐个青，凭你秋波弗比得姐个明。凭你夜明珠弗比得姐个宝，凭你心肝弗比得姐个亲。

有舟妇制《劝郎歌》颇佳，因附此：

劝郎莫爱溪曲曲，一棹沿洄，失却清如玉。奴有秋波湛湛明，觑郎无转瞩。

劝郎莫爱两重山，帆转山回，霎时云雾间。奴有春山眉黛小，凭郎朝夜看。

劝郎莫爱杏遮舠，雨馀红褪，点点逐春潮。郎试清歌奴小饮，腮边红晕饶。

劝郎莫爱樯乌啼，乌啼哑哑，何曾心向谁。奴为郎啼郎弗信，验取旧青衣。

劝郎莫爱维船柳，飐乱飞花，故扑行人首。奴把心情紧紧拴，为郎端的守。

劝郎莫爱湖心月，短桨轻桡，搅得圆还缺。奴愿团圞到白头，不作些时别。

劝郎莫爱汀洲雁，一篙打起，嘹呖惊飞散。纵有风波突地邪，奴心终不变。

会

铁店里婆娘会打钉，皂隶家婆会捉人。外郎娘子会行房事，染坊店里会撇青。

第三句或作"打生舡上姐儿会弄鸟"，亦可。

一云："染坊店里会做青，放债人家会讨银。武官衙里出战将，秀才娘子吃醋精。"亦好。

后庭

使得枪儿也弄得钯，丢得鲴鱼也扬得虾。扬，音汤，去声。一般道理无两样，在行姊妹郎弗晓得后庭花。

多

天上星多月弗明，池里鱼多水弗清。朝里官多乱子法，阿姐郎多乱子心。

余尝问名妓侯慧卿云：“卿辈阅人多矣，方寸得无乱乎？”曰：“不也。我曹胸中，自有考案一张，如捐额外者不论，稍堪屈指，第一第二以至累十，井井有序，他日情或厚薄，亦复升降其间，倘获奇材，不防黜陟，即终身结果，视此为图，不得其上，转思其次，何乱之有。”余叹美久之。虽然，慧卿自是作家语，若他人未必心不乱也。世间尚有一味淫贪，不知心为何物者，则有心可乱，犹是中庸阿姐。

又

人人骂我�千人，仔细算来只毻得五百个人。尔不见东家一个囡儿毻子一千人了得佛做，小阿奴奴一尊罗汉稳�丁。

南无黄金琐子骨菩萨。

又

东也困，西也眠，算来孤老足三千。常言道三世修来难得一处宿，小阿奴奴是九千世修来结个缘。

两郎

和尚相打光打光，师姑相打扯胸膛。萤火虫相打争光起，四金刚相打争两廊。

又

一个姐儿结识子两个郎，你来吃醋我争光。姐道郎呀，打倒子老虎大家吃块肉，弗如轮流更替捉个大门看。

又

同结个私情没要争，过子黄昏还有五个更。忙月里踏戽我听你盬工看，两面糖锣各自荡。

兄弟

结识子兄弟又结识子个哥，你搭弟兄两个要调和。小阿奴奴有子田儿又要地，买子官窑郱少得哥。

婢

殢子了困，勾子了眠，醒来只剩个大缺连。姐道郎呀，好好里被席郱了弗肯困，定要搭个起齷齪丫头地上缠。

好煞人也无干净，莫单说丫头。

姑嫂

姑嫂两个并肩行，两朵鲜花啰里个强。姑道露水里采花还是含蕊儿好，蕊，俗音女。嫂道池里荷花开个香。

又

结识子个嫂咦结识子个姑，姑娘能白嫂能乌。深山里落叶弗要扫，脚桶宽来只要箍。

娘儿

娘儿两个并肩行，两朵鲜花啰里个强。囡儿道池里藕儿嫩个好，娘道沙角菱儿老个香。

又

结识子囡儿咦要结识子个娘，娘儿两个细商量。竹筒里点火相照管，撑弗过航船同把浜。

伯姆

三月里清和四月里天，伯姆两个做头眠。啰哩村东头村西头顽皮后生家在我中间过一夜，分明是狭港里撑船�两边。

姐妹

姐要偷来妹咦要偷，三个人人做一头。好像虎面子上眼睛两个孔，衔猪鬃皮匠两边抽。

阿姨

天上乌云载白云，女婿摇船载丈人。你搭囡儿算命个说道青草里得病枯草里死，千万小阿姨莫许子外头人。

又

一条浜，两条浜，第三条浜里断船行。揪起子竹竿拔起子橹，捉个小阿姨推倒在后船仓。　阿姨道姐夫呀，你弗要慌来弗要忙，放奴奴起来脱衣裳。小阿奴奴好像寄做在人家一缸头白酒，主人未吃你先尝。

又

姐夫强横了要偷阿姨，好像个枕头边筛米满床粞。阿姨道姐夫呀，皂色上还覆教我无染处，馄饨弗熟你再有介一副厚面皮。

争

一朝迷露一朝霜，镜台前手冷懒梳妆。披头散发听娘争嚷，要般样天气我无郎。　娘道囡儿呀，你弗要慌来弗要忙，我教爹去寻媒话你个郎。六十岁做亲八十岁死，还有二十年夫妇好风光。奇妙。　女道娘呀，我也弗慌来也弗忙，也弗要爹去寻媒话我个郎。爹爹也弗要来娘房里去，哥哥也弗许听个嫂同床。　争娘弗过听个外婆争，你几岁上贪花养我个娘。娘几岁上贪花养子我，小阿奴奴几岁上养外甥。　外婆道囡儿弗要听我争，我十六岁贪花养子你个娘。娘十七岁上贪花养子尔，外甥十八正当争。

一云外："甥女儿再听外婆争，侪是尔贪花生出子我个娘。我里个娘贪花养子我，教我贪花鹜后生。"更好。

补肩头

新做海青白绵绸，吃个喜虫哥咬破子个两肩头。隔壁个姐儿有介双红膝裤，借来我补子两肩头。巧思。　姐道弗识羞，弗识羞，啰见红膝裤补来两肩头。咳嗽吐痰就得知你个痰里病，要阿奴奴两脚上肩头。

老人家

结识私情没结识个老人家，老人家做事慢他他。后生家见子人来三脚两步闪开子去，老人家还要的的搭搭摸蒲鞋。

一云："结识私情只结识个俏后生，豁得窗盘跳得墙。一声响觉人在房门外，罗帐内无人好听渠争。"即此意。

又

结识私情等结识个老人家，先弗为跳槽吃醋上结子闲冤家。别人只道是多年尊长空来往，啰道老人家原有老奢遮。

暴后生

结识私情没要结识暴后生，渠好似新出螃蜞无肚肠。新造庙堂团团里介画，清明插柳遍传扬。

卷五杂歌四句

亲老婆

天上星多月弗多，雪白样雄鸡当弗得个鹅。煮粥煮饭还是自家田里个米，有病还须亲老婆。

忽然道学。还是无病的日子多。

和尚

天上星多月弗多，和尚在门前唱山歌。道人问道师父郫了能快活，我受子头发讨家婆。

讨了家婆反未必快活。这和尚还是门外汉。

月子弯弯

月子弯弯照九州，几家欢乐几家愁。几家夫妇同罗帐，几家飘散在他州。

一秀才岁考三等，其仆作歌嘲之云："月子弯弯照九州，几家欢乐几家愁。几家赏子红缎子，几家打得血流流。只有我里官人考得好，也无欢乐也无愁。"

乡下人

乡下人弗识枷里人，忽然看见只捉舌头伸。咦弗知头硬了钻穿子个板，咦弗知板里天生个样人。

莫道乡下人定愚，有极聪明处。余犹记丙申年间，一乡人棹小船放歌而回，暮夜误触某节推舟。节推曰："汝能即事作歌当释汝。"乡人放声歌曰："天昏日落黑湫湫，小船头砰子大船头。小人是乡下麦嘴弗知世事了撞子个样无头祸，求个青天爷爷千万没落子我个头。"节推大喜，更以壶酒劳而遣之。此节推亦不俗。

筛油

姐儿打扮忒清奇，再吃乡下个筛油蛮子讨子小便宜。说道娘子，你嫌我筛得弗爽利时要便再滴子氹去，滴叶帝。只没要动手动脚累得滑泥泥。

毴屄姐儿

毴屄匠人做子毴屄床，毴屄姐儿嫁子毴屄郎。毴折子床傍打地铺，毴穿子地皮见阎王。

见阎王三字，大可玩。昔人云："妇人是阎王皂隶，姹童是阎王催批。"正此意。

毴毣团儿

毴毣团儿轮蝻行，娼个见子气膨膨。虽然弗是大买卖，再吃个星小猢狲介一枪。娼如俗呼唱音。

姹童

献姹个学生新做子亲，姹，又去声。搿子新人就要干窟臀。姐儿仔细思量两件东西侪是郎君个，便得渠留前支后要正经。

张伯起先生有所欢，既婚而瘦，赠以歌云："个样新郎忒煞矬，看看面上肉无多。思量家公真难做，弗如依旧做家婆。"俊绝，一时诵之。

又

东南风起白迷迷，郙哩献姹个家公瞒过子妻。世界翻腾人改变，婆娘家倒要做乌龟。

风臀

三十年个花树老丫叉，三十年个冬舂一把查。三十年个家生也用弗得，郙了三十岁个风臀还毡匼。

有好男者，谓三十岁其味始全。见此歌必曰谤臀矣。

丑妇

百草开花趁子春里个天，丑婆娘也要靠在大门前。六月里圆炉弗动火，酱缸淡子惹增盐。

麻

隔河看见子一团花，走到门前满面麻。若要隔河听渠做点私情事，世间郙得更个长鸡巴。

十麻九俏。这想是第十个麻子。

胡子

十个胡子九个骚，十个婆娘九个妖。婆娘郙了再学子胡子个样，膀哈喇哩也有一团毛。

孝

姐儿生性怕穿红，见子介个孤孀娘子打扮得忒玲珑。常言道若要俏时添重孝，嘿嘿里心头咒老公。

大人家阿姐

大街上行人弗怕个牛，大场里赌客弗怕个头。大县里差人弗怕个打，大人家阿姐弗怕羞。

又

讨个姐儿没讨个小人家个秧，宁可增钱大人家强。小人家一味齑糟无出息，大人家博学有商量。

大人家阿嫂

大人家阿嫂跟轿来，翠蓝裙青袄一个好身材。花花轿里个娘娘弗比得跟轿个好，到弗如让个轿人拨来阿嫂抬。

嫖

有子吹笙咦要箫，有子船行咦要桥。有子鱼吃咦要肉，郎得有子家婆弗要嫖。

瘦妓

嫖小娘儿没嫖个胖婆娘，宁可增钱瘦个强。你弗见肥猪肉吃子一星两星便觉油烟气，骨炙儿牙得里头香。

壮妓

嫖小娘儿没嫖个活骷髅，宁可增钱把壮个收。六月里着肉窨虱虱介再有趣，冬天一身褥子软柔柔。

大脚妓

嫖小娘莫拣大脚个嫖，渠个脚力忒大郎相交。就是送个物事来渠也难理会，一双鞋面还要贴换两三遭。

又

嫖小娘须拣大脚个嫖，行来爽宕又风骚。冬天软柔柔腿上能着肉，夏天蒲扇两肩摇。

拣孤老

荐本上升官弗认个真，黄册上派差弗审个贫。市学里先生弗拣学生子，那了小娘倒要拣客人。

八十婆婆

八十婆婆要嫁人，寻头讨脑骂乡邻。脚跟里水窠老皮里介痒，多年裙带再是老腰精。

骗

姐儿骗我进房门，忽地里盖老归来教我那脱身。郎道姐儿呀，一铁搭捹出子十七八个夜叉侪是地里鬼，四对半门神九片人。

杀七夫

姐儿命硬嫁子七个夫，第七个看看咦要矬。听得算命先生讲道铜盆铁帚硬对子硬方无事，阿奴只恨家公软了无奈何。

曾记《哭七夫·清江引》云："张皮赵铁王打毡龚锡匠陆弓箭阿寿官孙搭爷，尽来吃羹饭。我的天天天天天天天。"词亦趣。

小家公

一个鸭蛋弗哺两个雏，一个殿上弗挂两个钟。城门散子要帮铁，婆娘家咦有小家公。

洗生姜

姐在河头洗生姜，洗生姜，有介个蟛蜞走来膀中行。姐道蟛蜞阿哥来作耍，蟛蜞道河干水浅要听蚌商量。

乌龟

栀子花开心里香，乌龟也要养婆娘。卖子馄饨买面吃，猪肝白肠郇亨生。

私情报

偷子私情转得自家个门，家婆再也来搭结私情。只舍得别人弗舍得自，男人家啰许你能欺心。

美妻

绝标致个家婆捉来弗直钱，再搭东夹壁个喇哒婆娘做一连。个样事务才是五百年前冤魂帐，舍子黄金抱绿砖。

承恩不在貌，教妾若为容。世上一种大不平事。

唱山歌

郎唱山歌响铃铃，北寺塔造起子两三层。南山和尚塔上打拳露出子个样真本事，下头人快活难为子上头人。

又

千阿哥万阿哥，郇了再来我里街前屋下唱山歌。唱的小阿奴奴千叶牡丹花心里悠悠拽拽介动，好似绣花针拨动疥虫窠。

卷六咏物四句

风

情哥郎好像狂风吹到阿奴前，揭袄牵裙弗避介点嫌。姐道我郎呀，你道无影无踪个样事务，看弗见捉弗着，也防备别人听得子，我只是关紧子房门弗听你缠。

又

结识私情好像风，只为你南北东西再来里惯撮空。姐道郎呀，你侬九十日春光弗曾着子奴一日个肉，我只爱你来无形迹去无踪。

一云："结识私情好像风，娇滴滴个鲜花吃你采子红。姐道郎呀，我只道你飘扬心性吹得过，弗匡你一场云雨便成空。"亦可。

花

姐儿生来像花开，花心未动等春来。囫囵囵两瓣只消得一滴清香露，日里含羞夜里开。

砚

砚台姐原是牢石人，吃个墨地里郎来污子我个身。拿介管乌弗三白弗四个笔来捉个小阿奴奴千万牖，牖音敝。直牖得我漕中水尽便休停。

笔

姐儿青青白白像笔能，再搭个书房里蜪伴结私情。蜪音陶。凭你亲夫拘管得紧，管定子头来管弗得身。

棋

收子象棋着围棋，姐道我郎呀，你着着双关教我郝亨移。零了中间吃郎打子辘轳结，结来结去死还渠。

叉

收子围棋着象棋，石炮当头须防两肋车。我只道你双马饮泉叉起子个羊角士，啰道你一卒钻心教我难动移。

双陆

情哥好像双陆能，吃渠把住子门儿教我郝亨奔。姐道郎呀，我因为你个贪赢让你拿个中心来做实子，郝你还有多呵故迟跌打弗停身。

骰子

结识私情像骰子能，吃郎君灌铅着药弄得骨头轻。要快要缓只在奴心上，你弗要呼幺喝六惊动子外头人。

又

结识私情没像个骰子能，随人抛掷骨头轻。我当初只道你红红绿绿是介件赢钱货，啰得知你滚来滚去到是一个老么精。

投壶

结识私情像投壶，一箭两箭专在孔窍上做工夫。姐道郎呀，你没要过门不入来我面上做惯子个样缩手势，我听你斜插花强似以多为胜赌中壶。

一云："姐儿生来爱投壶，也弗来输赢上底做工夫。当初只学得一个杨妃睡，郝间又会子雁衔芦。"

球

结识私情像气球，一团和气两边丢。姐道郎呀，我只爱你知轻识重随高下，缘何跟人走滚弄虚头。

毽踢

结识私情像个毽踢能，个个顽皮精脚脚来搭卖风情。姐道郎呀，我搭你剔起之时再无介脚野脚吃个星轻脚鬼来拾子去，冷天光也要吃你累得汗淋身。

鹞子

情哥郎瘦骨稜层好像鹞子能，生来薄幅独取尔个点有风情。姐道郎呀，郝你说子风情就要飞得起介去，我有介条软麻绳缠子了弗放你就番身。

香筒

姐儿生来像香筒，身上花描肚里通。姐道郎呀，常点子三更两更你个火心还弗退，直弄到心灰意懒眼朦胧。

一云："结识私情像香筒，外头花巧里头空。郎做子红柄线香插着子我个孔，未曾动火眼朦胧。"略同。

荷包

结识私情像荷包，出出进进只爱你个口儿牢。姐道我郎呀，你有子铜钱银子但凭你阁来呵，只没要无钱空把布裙嚣。

毡条

结识私情像毡条，伏伏帖帖枕席做相交。姐道郎呀，奴当初是一条囫囵鲜红真好货，啰道你蛀成子大洞便相抛。

帐

结识私情像个帐子能，生来飘拽动人心。姐道郎呀，我听你遮后遮前私房两个自快活，啰怕外头有�恶风声。

睡鞋

结识私情好像鞋子能，帮帮衬衬费子许多心。看你行作动步只道你勤来往，啰道你黄昏头脱子直到大天明。

珠

结识私情好像珠子般，圆圆一粒望你眼儿穿。姐道郎呀，你弗求时我枕边吊落子千千万，没要因奴黄子了贱相看。

海青

结识私情像海青，因为贪裁吃郎着子身。要长要短凭郎改，外夫端正里夫村。

算盘

结识私情像个算盘来，明白来往弗拨来个外人猜。姐道郎呀，我搭你上落指望直到九九八十一，啰知你除三归五就丢开。

厘等

结识私情好像厘等能，浑身扭捏侪是假星星。姐道郎呀，只有吃个硬壳乌龟拘管得我介紧，无钱弗放我自开门。

消息子

我里情哥郎好像消息子能，身才一捻骨头轻。进来出去能即溜，教小阿奴奴关着子毛头便痒杀人。

扇子

结识私情好像扇子能，骨清面白有风情。间边有画弗知个边个字，上头箍紧下销钉。

网巾圈

结识私情要像个网巾圈，日夜成双一线牵。两块玉合来原是一块玉，当面分开背后联。

又

结识私情没要像个网巾圈，名色成双几曾做一连。当初只道顶来头上能恩爱，如念撇我在脑后边。

夜壶

结识私情像夜壶，无冷无热捉我半夜里掬。姐道郎呀，一遭两遭弗知应子你多少个急，教阿奴奴肚皮大子好难过。

粪箕

结识私情像粪箕，只没要搭个苕帚两个做夫妻。我里两人侪是个样劈竹性，蓦地里奔来就有子泥。

烟条

姐儿生来篾条长介像烟条，情哥郎当面就𨟻牢。𨟻音得。吃渠用力勤抽屑满子我个肚，害奴奴遍身夜夜火来烧。

蜡烛

姐儿生来好像蜡烛能，煎熬到底一条心。姐道郎呀，我黄昏夜晚滴子若干个风流泪，再无面前背后弗光明。

灯笼

结识私情像灯笼，千钉万烛教你莫通风。姐道郎呀，你暗头里走来郁了能有亮，引得小阿奴奴火动满身红。

走马灯

结识私情好像走马灯，吃你拨动子个机关再来里斗斗能。一时间火发吃你骗得团团转，如今再高阁在暗头里子弗分明。

筋

姐儿生来身小骨头轻，吃郎君捻住像个快儿能。姐道郎呀，我当初金镶银镶郁吃个篾片阿哥弄成子我个轻薄样，撞来尽盘将军手里弗曾停。

茶注

结识私情像好茶注能，冷热温燉待子多少人。燉，音吞。我为子你个冤家吃子多少苦，郁了你前头清爽后来浑。

酒钟

结识私情好像钟子能，里头光滑外头青。只有贪杯着子郎个手，吃郎亲亲啧啧再斟斟。

一云："姐儿从小何曾挡酒钟，吃郎君弄得面皮红。郎要干时奴告免，小阿奴奴年幼吃弗得介一大钟。"亦好。挡，当去声。

攒盒

结识私情好像攒盒能，逢着酒荡紧随身。就是一碟两碟略尝滋味自有多少个趣，你没要快儿头搿动子弗留停。

鼓

结识私情鼓一般，钉紧子个张皮弗放宽。姐道郎呀，放下子鼓槌我劝你少搗子遭罢，漏子风声教我枷亨瞒。

爆杖

情哥郎燥暴好像爆杖能，逢人动火只为你有个散漫个名。姐道郎呀，你动辄霹拍之声要了能响快，小阿奴奴借尔个凶势头好去吓乡邻。

流星

结识私情像流星，到处钻天忒煞轻。姐道郎呀，小阿奴奴焠得火熁介欢喜子你，枷了你一道狼烟就无处寻。

伞

结识私情好像雨伞能，上头云雨下头晴。姐道郎呀，你对孔一插直掮来肩头上，两手撑开水直淋。

又

结识私情好像雨伞能，瞒子天天我里私下晴。姐道郎呀，个样有天无日头个事你也弗要怕，我听你撑开篾片下销钉。

又

结识私情没要像个雨伞能，只图云雨弗图晴。拔出子销钉放下子个手，浑身骨解水淋淋。

墨斗

姐儿好像墨斗一般般，吃情哥揿住子奴身只捉眼来看。姐道郎呀，我线路上来原来线路上，从弗会走差斜路惹包弹。

吊桶

结识私情像个吊桶能，一时枯得便来寻。姐道郎呀，我只撞弯子腰来际凑子你，郁你越捉我颠颠倒倒弗停身。

一云："姐儿生来好像吊桶能，吃个篾片圈留缠住子身。我娘呀，你上箍下箍箍得奴介紧，投河奔井若条绳。"

粽子

结识私情像个粽子能，济楚衣裳到是糯米心。姐道郎呀，撞你介个馋痨捉我剥得精出子，一连两个正救子肚饥人。

馒头

姐儿胸前有介两个肉馒头，单纱衫映出子咦像水晶球。一发发起来就像钱高阿鼎店里个主货，无钱也弗肯下郎喉。

钱高阿鼎，吴中馒头店之有名者。

又

结识私情像个馒头能，道是无心也有心。郎道姐呀，我为你面生受子多呵浑闷气，郁间没要拍破子面皮弗认真。

面筋

姐儿生来紫糖色了像面筋，惹人团搦惹人蒸。姐道郎呀，小阿奴奴是个主热烘烘新出笼个清水货，你没疑心我麸多弗作成。

荸荠茨菇

郎替娇娘像荸荠，荸荠要搭茨菇两个做夫妻。茨菇叶生来就像姐儿两膀当中个主货，荸荠心透出也像情哥郎个件好东西。

香圆

结识私情像香圆，郁了你面皮黄瘦皱漫漫。当初只道是暗老沉香滚得过，弗匡你涚圂圂满肚是尖酸。涚，音夺。

茶

结识私情好像茶叶能，团圆一篓有收成。姐道郎呀，我嫩蕊经汤把旗枪儿来放倒，啰知你年年弃旧又尝新。

一云："姐儿生得矮婆娑，好像南山老茶棵。日里吃郎扯来拽，夜里凭郎搦来挪。"

梅子

姐儿像个梅子能，嫁着子介个郎君口软阿一介弗爱青。姐道郎呀，我当初青青翠翠�间吃你弄得黄熟子，弗由我根由蒂瓣骂梅仁。

茄子

姐儿光头滑面好像茄子能，爱穿青袄紫罗裙。虽是霜打风吹九秋末后像子个黄婆子，还有介星老瓢身分惹人寻。

夜合花

约郎约到夜合开，郎了夜合花开弗见来。我只指望夜合花开夜夜合，啰道夜合花开夜夜开。

葵花

姐儿好像蜀葵能，胸中一片是丹诚。姐道郎呀，我捉你当子天上日头一心只对子你，你没要阴晴无准弗照阿奴心。

蟋蟀

姐儿生得紫堂色好双黑眼睛，有人绰号白牙青。郎道姐呀，你只怕牵着子大头长脚真三色，斗得你牙钳放解直姜姜倘在尺中心。

跋弗倒

郎有介件东西像个跋弗倒个能，光头滑面又像个老寿星。姐道我郎呀，看你趤上趤下能硬挣，趤，敲去声。只怕你纸糊头当弗起我个水淋淋。

船

结识私情像只船，竖起子舢竿浪里颠。姐道郎呀，个样风水小阿奴奴常经惯，你只要挡牢子个舵梗莫贪眠。

又

郎把舵，姐撑篙，郎若撑时姐便摇。姐道郎呀，逆水里篙只要撑得好，郎若头歪奴便艄。

又

郎撑船，姐摇船，要样风潮有介多呵颠。姐挡子橹牙全靠郎打水，郎越撑篙姐越扳。

篷

小阿姐儿随人上落像个一扇篷，拿着紧处弗放松。去时啰管回头日，眼前且使尽子一帆风。

钓鱼船

结识私情好像钓鱼船，命犯子个风波终日浪里颠。姐道郎呀，我弗合上子你个钩儿吞子你个钓，郙更挽住子个香腮凭你穿。

鱼

一对乌背鲫鱼在荷花池里做鸳鸯，吃个黑鱼游来赶散子场。只有个油嘴鲹条在搭团团里看，鳜鱼肚里气膨膨。

鼠

同郎困到一更天，老虫哥再来帐外数铜钱。小阿姐儿吃个听弗过了捉个情郎一脚踢觉子，觉，音告。你个困猫团郙了只贪眠。

卷七私情杂体

笃痒　中带说白一句

姐儿笃痒无药医，跑到东边跑到西。梅香道姐儿拾了弗烧杓热汤来豁豁。姐道梅香呀，你是晓得个，热汤只豁得外头皮。

此歌闻之松江傅四，傅亦名姝也。松人谓阴为笃。

田鸡　急口四句

百样鸟儿百样声，只有青花样个田鸡叫得忒分明。半夜三更跳来小阿奴奴南纱窗前荷花缸根头金丝荷叶上，高叫三声，低叫三声，说道阁来呵，阁来呵，再쬅쬅，再쬅쬅。叫得小阿奴奴小肚子底下膝馒头上的手掌大介一搭，痛弗痛，痒勿痒，好像杨六使将军征子九溪南蛮十八洞，得胜回朝系在绿杨树底下个匹红鬃白马个鼻头歇歇里介动，又像个隔年破伞水淋淋。

上桥　急口八句

郎上桥，姐上桥，风吹裙带缠郎腰。好个阵头弗落得雨，青天龙挂惹人瞟。惹人瞟，惹人瞟，小阿姐儿再来红罗帐里造仙桥。若有村东头，村西头，南北两横头，二十后生边垂头，肯来小阿奴奴仙桥上过，怕郎君落水抱郎腰。

摆祠堂　以下俱八句

万苦千辛结识子个郎，我郎君命短见阎王。爹娘面前弗敢带重孝，短短头梳袖里藏。袖里藏，袖里藏，再来检妆里面摆祠堂。几遍梳头几遍哭，只见祠堂弗见郎。

借个星　个星，吴语，犹云这种东西也

郎听姐儿借个星，半个时晨弗做声。白绢汗衫掩子嘴唇迷迷里介笑，线札羊毛笔定成。必定成，必定成，待奴奴归去禀娘声。娘道囡儿呀，看子我老来无人要，你后生家及早做人情。

好个令堂。

与一卷"二十去子廿一来"只同意。

吃樱桃

日落西山影弗高，姐担子竹榜打樱桃。打子四九三十六个樱桃安来红篮里，要郎君摸奶吃樱桃。吃樱桃，话樱桃，嫌奴奴拉闸手鏖糟。小阿奴奴金盆洗子银盆里过，白罗帕子转三遭。

摹写郎骄姐谄，可笑可憎。

船艄婆

船艄里打铺船舱里齐，船艄婆一夜忒顽皮。吃个船舱里客人听得子，朝晨头侪对子我笑嘻嘻。笑嘻嘻，笑嘻嘻，亏你昨夜郮忍得到晓鸡啼。小阿奴奴私房本事侪吃你听会子去，只怕你搭家婆到弗得我介会顽皮。

约 以下中犯[皂罗袍]四句

栀子花开心里香，情哥郎约我到秋凉。梧桐叶乱，桂花又香，更更做梦，窸窸思量。姐道郎呀，你有口无心没许子我，教奴奴郮得介慢心肠。

咒骂

我情郎一去好希奇，经夏过秋再弗归。归，俗音居。当初来往，是谁请你，如今撇我，被人说是讲非。姐道郎呀，个样事对人前说弗得也有天知道，我只顾夜夜烧香咒骂渠。

敲门

拔只金簪在门上丟丟里介敲，姐儿连忙下地把灯挑。夜深人静，谁人乱敲，开门去看，呀，原来是旧交。姐道郎呀，七月七个夜头你来得正凑子个巧，省得小阿奴奴镬子里无油空自熬。

后庭心

姐儿生来身小眼即伶，吃郎推倒在后庭心。硬郎不过，只得顺情，被人看见，坏奴好名。姐道郎呀，我好像黄砂石上磨刀只要快，你生萝葡到口豁声能。

又

姐儿生来身小眼即伶，吃郎推倒后庭心。硬郎不过，只得顺情，霎时上叉，把好听的叫声。郎道姐儿呀，果子树上参梯终须到子我个手，鼓当中元宝只要瞒子大大银。

钉鬼门

私情起意未曾曾，咦有闲人搬来我里个听。并无形迹，由他讲论，虽然不信，钉奴鬼门。好像卵袋打人头弗痛，子细思量激恼人。

小囡儿

新做墙门黑枪篱，篱篱里面有介个小囡儿。天灾神祸，张做甚的，吃娘看见，一场是非。姐道郎呀，你好像折脚鹭丝躲在沙滩上，眼看子鲜鱼忍肚饥。

一云："郎做子鹭丝云头上飞，姐做子鲹鱼水面上齐。郎道姐呀，我吃个打生舡上人多落弗得个脚，眼看鲜鱼忍肚饥。"

老阿姐

老阿姐儿去寻人，寻来寻去寻着子一个小官人。千方百计，骗他动情，脱裙解裤，抱他上身。姐道郎呀，好像冷水里洗疮杀弗得我个痒，月亮里灯笼空挂明。

操琴

姐在房中织白绫，郎来窗外手操琴。琴声嘹亮，停梭便听，一弹再鼓，教人动情。姐道郎呀，小阿奴奴好像七弦琴上生丝线，要我郎君怀抱作娇声。

绰板

姐儿生来像个绰板能，逢着子我郎君会绰了就紧随身。做腔做调，忒杀好听，要紧要慢，随意称心。姐道郎呀，我取你个多记腰板生成点得好，你只没要打差子个迎头截板教我冷清清。

象棋

结识私情像象棋，棋逢敌手费心机。渠用当头石炮，我有士象支持。渠用卒儿搠进，我个马会邪移。姐道郎呀，你摊出子将军头要捉我做个塞杀将，小阿奴奴也有个踏车形势两逼车。

黄瓜

黄瓜生来像姐儿，只为你聪脆清香括搽子渠。一碟两碟，千丝万丝，蒜来伴你，想是爱吃醋的。姐道郎呀，吃你一连几括直括到小阿奴奴子宫里，如今水流流软倒做一堆。

锯子

结识私情好像锯子能，来来往往忒殷勤。两人把手，线路上行，伶牙俐齿，背后绊绳。姐道郎呀，腰里着霎舍了能紧俏，你没要进门便屑子了就行程。

寂寞　中犯[皂罗袍]五句

昨夜郎来热了介忙，今夜无郎冷了介慌。千恩万爱，思量几场，孤灯只影，凄凉满床，阳台梦杳魂飘荡。姐道郎呀，褥子上番身无席摸，千条锦被弗如郎。

卷八私情长歌

丢砖头　以下俱兼说白

丢砖头了搬子场，弗曾听我情哥说一声。我郎间羹汤篮提子个糠虾来里眼泪出，升箩里坐子蚕细思量。（白）细思量，细思量，我里个情哥是个铁心肠。我搬来里子一个月日，你也弗直得来看看张张。料道弗离个苏松常镇庐凤淮扬，�个来个铜①关口外，远处他方。你弗见我又结识子别个侬先快活，正弗知我歇歇思量。（歌）正是莲蓬梗打人拼子私情断，我是砻糠里剐鱼鄄肚肠。剐音驰。

田

姐儿私房有个丘三角田，自小收拾在身边。忽朝一日无钱用，将田要典我郎钱。（白）郎道姐儿呀，我有个钱，典你个田，要还我四址明白，啰里

---

① “铜”当作“潼”。

连牵。姐道郎呀，我有个田，典你个钱，自然还你四址明白，啰里连牵。东址白膀湾，西址大腿边，南址三叉路口，北址肚家门前，又好插个光头糯，又好种个硬梗鲜。(歌)我个郎呀，你要日里拔秧夜里莳，凭你荒年没荒子奴个丘田。

船

昨夜同郎做头眠，干红襕子合腮肩。四只膀儿好像鳗鲤叉，橹人正对子填脐边。(白)填脐边，填脐边，妆子橹掣便摇船。推个推来扳个扳，掀铃吭郎浪头颠。颠得饭潭眼里侪是水，利市头上弗曾干。打湿子一领骔蓑衣犹自可，袱包正挂在樞堂前。(歌)郎道姐儿呀，我替你前长后短个样事务尽丢开子手，且拔起子枚头抹干净子个只船。

木梳

结识私情好像木梳能，我依枉子听你介相思结发情。(白)吃个镜子来里做眼，编篦着弗得个蓬尘。篦音箅，竹为之，可取蛾虱。俗作偏箅，误也。牙刷子只等你开口，绊头带来里缱筋。眉刷弗住介掠来掠去，刮舌又介掀嘴撩唇。朗梳斜连霹脚后跟赶上，剔帚来得殷勤。(歌)姐道郎呀，我听你一通两通也只是空来往，到弗如肥皂光光滚着子身。

蒸笼①

结识私情像蒸笼，要我肉面相逢弗放空。因为你会安排落来你个圈套里，未曾动火气冲冲。(白)气冲冲，气冲冲，思思切切在心中。我为你受子几呵头头脑脑尽阁在肚里，长长短短侪听你包容。我曾经九蒸三熯，弗是一窍弗通。你人门前捉我团团搦搦，我并弗曾恨穷。弄得我肚里有酿，我也只弗走风。那你常时在我面上淘气做身攋分，馒头倒大子蒸笼。思量更介弗好，到弗如傍热拆散子罢，省得后来冷气直冲。(歌)姐道郎呀，我只指望你火气退时依还听你重相聚，啰得知后来原哄得我精空。

---

① “笼”写本无。

钻子

郎儿生来好像钻子一般般，吃渠拿个软麻绳缠住子了弗放宽。上箍下箍箍紧子我，你自家快活没拨来别人钻。(白)别人钻，别人钻，我郎消遣子我介两三番。和身靠紧我来用力，一双眼睛弗住介捉我来关关。你个心上测得火着，我倒有气无烟。郱便用筋把力，再歇歇便四手乘瘫。(歌)姐道我郎呀，消进消出，吃你尖酸头弄大子我个眼，两人绞热子了屑来孔门边。

求老公　兼说白，结用[皂罗袍]三句

来个姐儿上穿青，下穿红，手拿香盒过桥东。路上行人问道，姐儿你在啰里去，我到处烧香求老公。(白)别人爱嫁个老公七伶俐，八玲珑，又长又大又充同。偏有小阿奴奴年灾月悔，命犯孤穷，嫁着子介个乌龟亡八，亡八，俗云王霸。生得又麻又瞎又痴又聋。上床好似背板纤，下床好似鸡踏雄。昨夜一更后，二更中，爬来小阿奴奴头边来学打雄。髭须搊痛子奴个嘴，鼻涕流来累子奴个胸。惹得小阿奴奴心性发，一脚踢倒在里床东。(歌)只有五更头小阿奴奴熬弗得，捉渠仝装只一摸，好似烟熏萝蔔火烧葱。[皂罗袍]这般模样，教我怎容，因此别寻一个好家公。

竹夫人　兼说白，中犯[排歌]三句

做人弗要像个竹夫人，受只多少炎凉自在心。硬子骨头开子眼，看我人情势败像秋云。(白)像秋云，像秋云，小阿奴奴原弗是低微下贱人。你只知我今日个落运，弗知我当初个出身。乔松是我前辈，梅花是我随身。清风是我好友，明月是我佳宾。当初个伯夷叔齐也是我里远祖，湘妃也是我里至亲。且喜子孙繁盛，历代有介星清名。有人喜欢我个高节，也有人赏鉴我个知音。弗匡撞子个恶作篾片，拖出山林。捉我出皮剔骨，我只是开心见诚。捏得我两头弗露，做得我出路无门。露出子多少眼目，又陪子两个小心。挑我来十字街头东卖也弗要，西卖也弗成。弗识货个见子我七孔八窍一个光棍，识货个见子我玲玲珑珑一个凉人。增钱买我家去，放我来红纱帐子里安身。搿子我恩恩爱爱，勾子我殷殷勤勤。搿子我汗弗离身，勾子我手弗离颈。指望百年同到老，啰道七月七立秋之日，风波当

时起，恶念容易兴。娘子官人咦道我碰脚绊手，丫头阿姐咦咒我离眼别睛。横弗中渠个意，竖弗像渠个心。一射射我来门阁落里，累子我满身个蓬尘。我吃个伤心了唱介两句曲子，自家叹个自身。[排歌]亏心汉薄幸人，谁知转眼就无情。(歌)世上弗是有子秋冬无春夏，你搭个起得时人休笑我失时人。

汤婆子竹夫人相骂　以下俱曲白间用

姐儿馒团闵垃像汤婆，人门前稳重又温和。未到黄昏捉我搠了摸，拿我肚皮常滚得我急箍箍。(白)急箍箍，急箍箍，情哥郎派攋忒无徒。当初拿子小阿奴奴好似珍珠玛瑙，活宝珊瑚。道是我热闸闸介有趣，暖烘烘介对科。弗比薰笼介碍事，又强如火炭个脚炉。被里时常相会，席上弗住介揩磨。我指望搭你无个分开日脚，啰得知立子春来看看捉我冷疏。丢我来踏板上理也弗理，睃也弗睃，一夜子搭个家主婆困在床上。说道会，吴俗相呼曰会。唧了你弗欢喜子个汤家里个，再说道渠个年纪忒多。汤婆听得，眼泪直铺，官人呀，[黄莺儿]名色号汤婆，戊戌生，年不多，汤家还是我的亲生父。我只为热心肠似火，俏冤家爱我，苦怜我被窝中准夜如捧磨。一脚就碾开奴。到如今经风露水，你心上道如何。(白)说郎弗转，自跌个胸脯。恨我里个爷娘弄得我一点无个还覆，枉子你也来我个面上废子多少工夫。我唧间拨来别人介轻贱，算来长情倒弗如酒注茶壶。(歌)姐道郎呀，寒寒冷冷护子你多少脚，唧间倒捉个竹夫人做子小家婆。　竹夫人听得子气膨膨，出口就骂老惜春。你是冬来我是夏，缘何牵扰阿娘身。(白)阿娘身，阿娘身，惯要来个人前说别人。几次人前说我懒朴要困，个是家主公欢喜我个风情。你未到黄昏就叛来个被里，我看你�季上头个点动紧。汤婆子说道，亏你羞也弗识，自道风情。我看你精赤洒洒，无介点趣向，弗如个老太婆包包扎扎有介两件衣身。竹夫人说道，杨梅干吃介两个，忒煞恶心。包包扎扎便是布头布脑，有要绿袄红裙。吃个张官人，要落你个意利好像汁罐；吃个李大舍，说你个气质就似汤瓶。汤婆子噶面一啐，你好像灯台弗照自身，我近看子你活像个炭篰个嘴脸，我远看子你好似蟹簖个粇形。阁子家主公多少个毛腿，听子家主婆几呵个风声。竹夫人便说道，我强如你吞个家主婆个双臭脚，强如你做个家主公帮丁。我生来眼目清爽，肚里一点小心，短弗局促，长弗伶仃，壮弗擂堆，瘦弗薄轻。

汤婆子说道，我骨格重你两两，我价色多是你十分，凭你说我悭吝，强如你篾片个妖精。两个相争斗殴，搂子一个黄昏。啰道是个家主婆听得，喝骂高声。一个无介点大小，一个弗让介点卑尊。两个侪跪来搭，直到更尽夜深。汤婆子对子个竹夫人纽嘴纽面，竹夫人就说起前因。［黄莺儿］想起旧恩情，竹夫人，浪得名，虽与他同床不得同衾枕，搂抱我在身，心儿里感承，谁知不久成孤另。悔初心，只为趋炎附势，如今落得冷清清。（白）啰道是个家主公听得，竹夫人说得伤心。（歌）家主公喝子竹夫人起来，你下遭再弗许你个样劈竹性。汤婆子，你弗许你热绰绰乱搂要温存。

笼灯

姐儿生来像笼灯，有量情哥捉我寻。因为偷光犯子个事，后来忒底坏奴名。（白）坏奴名，坏奴名，阿奴细说我郎君。你正日介来张头望颈，眼看奴身。你道是我短又弗局蹴，长又弗伶仃。因是更了我听你有子个情意，一日子月黑夜暗揲子我就奔。揲音桀。也弗管三更半夜，也弗管雨落天阴。也弗管地下个沟荡，挨过子多少个巷门。也弗管个更铺里个夜夫，也弗怕路上撞着子个巡兵。金锣一响，吓得我冷汗淋身。一到到子屋里，我方才得个放心。啰道是伴得你年把也弗上，你就要弃旧恋新。屈来啰里说起，撞你介个贼精。郎道你弗要辞劳叹苦，懊悔连声。你当初白白净净，紫气腾腾。你郫间浑身好像个油篓，满面拌子个灰尘。人门前全勿骜好，头上箍子介条草绳。夜里只好拿你来应急赵赵，日里干要个正经。还有介多呵弗好，我一发说来你听听。［打枣歌］怕只怕你火性儿时常不定，照了前又照子后不顾自身。一身破损通风信，长与别人好，又与小人跟，转一个湾儿我这里见你的影。（白）姐儿噣面介一啐，就骂个负义薄情。你当初淬得火着介要我，一夜弗放我离身。我也弗知光辉子你多少，也弗知替你瞒子儿呵个风声。你只厌我眼前个腌润，弗念我起初个鲜明。（歌）你捉我提得起来放得下，我只搂得你灶前火烛无一星。

老鼠

郎儿生得好像老鼠一般般，夜里出去偷情日里闲。未到黄昏出来张了看，但等无人只一钻。（白）只一钻，只一钻，阿奴欢喜小尖酸。来去身松快便，两只眼睛谷碌碌会看会观。听得人声一躲，火光背后就缩做子一团。

能会巴檐上屋，又会掾柱爬梁。也弗怕铜墙铁壁，也弗怕户闭门关。也弗怕竹签笆隔，也弗怕直楞窗盘。一夜子钻进子我个屋里，走到子我个房前。扯着子个房帘上金铃索声能介一响，帘，音簾。吓得我冷汗直钻。我里个阿爹慌忙咳嗽，我里个阿娘口里开谈。便话道阿囡耍响，我明明里晓得你臭贼，做势困着弗敢开言。个个臭贼当时使一个计较，立地就用一个机关。口里谷谷声做介两声婆鸡叫活像，连连声数介两声铜钱。我里阿爹说道老阿妈，你小心些火烛。阿娘说道老老呀，没介傣个报应，明朝早些起来求介一条灵签。我里臭贼听得子一发胆大，连忙对子我被里一钻，就要搭小阿奴奴不三不四不四不三，一张嘴好似石块，一双脚好像冰团。[黄莺儿]两脚像冰团，被窝中快快钻，偷油手段把偷香按。虽然未安，得欢且欢，只愁五个更儿短。嘱付俏心肝，他老人家醒困，须是悄悄好遮瞒。(歌)姐道我郎呀，你没要爬爬懒懒介趁意利，惊动我里门角落里困猫团。

一云："结识私情像老鼠一般般，未到黄昏各处去钻。倚墙阛壁，转过画栏，穿窗入户，到奴枕旁，奴的东西被你长偷惯。姐道老鼠阿哥呀，今后要来须是轻脚轻手介走，没要吓觉我里困猫团。"意略同。

困弗着

姐儿困弗着好心焦，思量子我里个情哥只捉脚来跳。好像漏湿子个文书失约子我，冷锅里筛油测测里熬。(白)测测里熬，测测里熬，姐儿口骂杀千刀。我蓦传教寄信来叫你，你蓦好像个讨冷债个能介有多呵今日了明朝。[皂罗袍]堪叹薄情难料，把佳期做了流水萍飘。柳丝暗结玉肌消，落红惹得朱颜恼。情牵意挂，山长水遥。月明古驿，东风画桥，郎人何事还不到。(白)姐儿气子介一气，噎漫漫眼泪介双抛。只见灯花连报，喜鹊连连又叫子介多遭。姐儿正在疑惑，只听得窗外门敲。小阿奴奴连忙赶搭出去，来窗眼里张着子个臭贼了便胆丧了魂消。我便开弗及个门闩，拔弗及个门销。渠再一走走进子个大门，对子房里一跪，就来动手动脚搡住子我个横腰，我便做势介一个苦毒假意介个心焦。[桂南枝]黄昏静悄，我把被儿来薰了。看看等到月上花梢，杳冥冥全无消耗。听残更漏鼓，郎时你方才来到。我把脸儿变了，他跪在床前告。我假意焦，恨不得咬定牙，只是忍不住笑。(白)郎说道姐儿，我弗是恋新弃旧，只是路远山遥，今夜我来迟失信望你宽洪姐姐饶饶。姐儿双手扶郎起来，你弗要支花野味了哰叨。(歌)姐道我郎呀,好像一脚踢开子个绣球丢落子个气,做介个脱衣势子听你跌三交。

歪缠

姐儿生来眼睛鲜,弗知趣后生死命歪思缠。镜子里相逢只怕难着肉,笼糠绞索要绳难。(白)要绳难,要绳难,姐听后生说一番。你无些事干,要了在个条街上跳灶王个能介奔来奔去,我看你淡滋滋耍了常坐在我里门前。我自有正经搭别人说话,再不要你接口传言。小男儿哭我自然会抱,啰要你进来搿搿坐坐,一味里支花野味,我看你手里无介半个铜钱。你常摸进来搭我挨肩擦背,你常时捉我拽拽布衫。我匡备道要听你苦毒跛舌,我也算后思前。我若听你扯破子个面皮,你就要从头至尾捉我来牵扳。我虽无傺篷尘落在你眼里,你搭个起男人家,好弗会生事造言。我只得耐子粇气,足足里吃你浪搭子介一年。一日姐儿立在大门口,瞟个菜蔬过去,只见钓鱼个走到面前。肩头上背子鱼笼,腰里插子个钓竿,左手提子介一簩,右手拿子介一篮。姐儿便问个钓鱼个傺鱼来呵,钓鱼个口里娘子连连,簩里尽是宿鲫,篮里尽是鳗鲤鳕鳝。我落色不要,鲫鱼要多少铜钱。娘子,银子二分半白脸,铜钱要廿七个黄边。正来里说价钱弗了,后生看见,鼻搭嘴踵赶到门前。踵音铳。劈手一夺,拿个簩里播播,提个篮里颠颠。阿呀,个个活跳,真个新鲜,煮起来好吃,煎起来又介鲜甜。我看见渠弗见介惹气,钉子渠两个眼拳,我也无介气力听渠叉嘴,自听卖鱼个开言。渔翁,你那了做介生意,一日进多少铜钱。娘子呀,大个弗肯上钓,小个弗肯上前。大个卖来将就买点柴米,小个只好换些油盐。姐儿就拿钓鱼个来借名凿字,拿个后生来说介一番。[打枣歌]我笑你钓鱼人本是个痴心汉,枉终朝在河边手执着钓竿,那鱼儿上你钓也要两相情愿。上了你的钓心儿上便喜,倘若不上你的钓你也枉徒然。只怕你想断了肝肠也,看破了这双眼。(歌)只怕你立到夜来饿到黑,郬得个花嘴鲉鰤到嘴边。后生见话气膨膨,将言几句答娇娘。你没要欺瞒钓鱼汉,钓鱼蝒里出贤良。韩信钓鱼寄食漂母,后来筑坛拜将封子齐王。姜太公钓鱼寿年八十得遇子文王,扶持周朝天下,至今春秋二祭风光。严子陵钓鱼撞着东海里龙王,一留留进龙宫海藏。镇日吟诗作赋饮宴,啰得知三宫主欢喜子,搭渠水晶宫里匹配鸾凰。姐儿说道,后生家啰里学搭来油嘴,满口尽是荒唐。

姜太公韩信三岁男儿晓得，从来弗听得傣严子陵搭个三宫主匹配鸾凰，一味里尽是嚼蛆乱降，拿个肯来一赏。你且去介去介，猪有猪圈，羊有羊棚，后生无些样当，弗见更个面光。欲要回言两声无点起因发角，回转头来看见子卖草纸个后生，就叫卖草纸个，你阿有萧山，阿有富阳。卖草纸个说无得，一头便是包扎，一头便是薄光。郍买。包扎要二分个雪去，薄光要八厘冰王。咦，弗要介多呵。包扎十个嘉靖，薄光半分冰王。卖草纸个拿个扁担一嘱，看看后生，郍了介还得介能贱，个又要强。你只好看看，弗能个到手，没要思量。后生听得子个两句说话，火星就爆出子个太阳。夹嘴两击，就是一个巴掌。借名凿字，数说娇娘。[打枣歌]卖草纸的人，你本是狗娘养。卖不卖肯不肯由你做主张，缘何到把人冲撞。你这样稀烂的纸，不知我也用过了许多张。你不卖与区区也，区区也不想。(歌)你个样烂贱个东西方便门里去，后来弄得粉碎臭朋朋。

卷九 杂咏长歌

陈妈妈 以下俱曲白间用

陈家妈妈有人缘，风月场中走子几呵年。(白)小阿奴奴名头虽然人尽晓得，只弗知我起先个族谱相传。我出身元是湖州个大细，当初跟随子织女天仙。弗匡道沉埋，得我更个凌替，吃个姐儿扯到身边。淹流到那间个时节，弄得我忒弗新鲜。我先前是红娘子结亲时挂歇个星锦帐，又是绿衣郎登科时穿旧个星蓝衫。到如今再捉我做子被头里个抹布，常搭我风流所在去缠绵。湿时节好像海蜇个风味，干时节像荷叶样个蓝班。绉瞒瞒像厨司公汤碗里个紫菜，腌羝羝咦像湖广客人盐酱筒里烂丢丢个星鱼干。撞着子新做亲介星顽皮精姐姐，日夜捉我搭来拈弄，遇着子私窠子会搂打个星娘娘，也弗住介累得我腥膻。壮罗多，油碌碌，新出笼馒头能个样物事，在上游了游，到有星滋味，骨棱层，瘦乖乖，霍在肉上个样东西在上缴了缴，再惹得我介臌腌。有介骚离离掀格腊个样寡妇，时常捉我挓挓，又有个极妖娆最风趣个样尼姑，尽捉我来牵牵。黑松林底下我弗知看子若干个光景，肚家场当中也吃我游玩得子介千千。玉门关上周回四遭替渠个巡哨，毛将军玉柱上头下头也替渠着根介周旋。双膀弯里我常常在搭风流飘荡，篾须席底下也吃我困得介安闲。个星轻薄后生见面弗得介捉我取笑，我笑渠无我了你湿搭搭郙得介安眠。独吃湖州亲眷常来替我合嘴，亏杀子汤家姐姐替我合得人缘。郙间我里情哥赠我介只曲子，你侬替我唱搭去宣宣。［皂罗袍］妈妈从来堪羡，伴佳人才子暮寝朝眠。任他结下好姻缘，遇咱才卸得相思担。色非红紫，香非麝兰，合欢帐里，鸳鸯枕边，论功劳咱是个亲篾片。（歌）我吃个淹润着人了还子多少风流债，雨散云收做一团。

门神

结识私情像门神，恋新弃旧忒忘情。（白）记得去年大年三十夜，捉我千刷万刷，刷得我心悦诚服，千嘱万嘱，嘱得我一板个正经。我虽然图你糊口之计，你也敬得我介如神。我只望替你同家日活，撑立个门庭。有介一起轻薄后生捉我摸手摸脚，我只是声色弗动，并弗容介个闲神野鬼，上你搭个大门。我为你受子许多个烹风露水，带月披星，看破子几呵个檐头贼智，听得子几呵个壁缝里个风声。你当先见我颜色新鲜郙亨介喝彩，装扮得花噪加倍介奉承。郙间帖得筋皮力尽，磨得我头鬓蓬尘。弗上一年个光景，只思量别恋个新人。你看我弗像个士女，我也道是你弗是个善人。就要捻我出去，弗匡你起介一片个毒心。遇着介个残冬腊月，一刻也弗容我留停。你拿个冷水来泼我个身上，我还道是你取笑，拿个筅帚来支我，我也只弗做声。扯破子我个衣裳只是忍耐，攋破子我个面孔方才道是你认真。我吃你刮又刮得介测赖，铲又铲得介尽情。屈来，我吃你介场擦刮了去介，你做人忒弗长情，我有介只曲子在里到唱来你听听。［玉胞肚］君心忒忍，恋新人浑忘旧人。想旧人昔日曾新，料新人未必常新。新人有日变初心，追悔当初弃旧人。（歌）姐道我个郎呀，郙间我看你搭大门前个前船就是后船眼，算来只好一年新。

鞋子

姐儿生来鞋子能，身上花苗颜色精。吃个搭袜缠个情，郎看见子我，整日在面前引了引。（白）引了引，引了引，一日里上子我大门。渠见子我迷花笑眼，我听渠说话也到知音。鞜我松江尤墩衬里，外盖绸段簇新。爱我口儿紧括，喜我浅面低跟。又弗比靴头样�嘴趀脸，又弗像急棚棚个样河豚。也弗论价钱多少，开子银包便称。当时成子交易，对合着袋子了就奔。一走走到半路，我自家肚里踌论。看子后生十分像意，弗知郲亨个家门。原来是好人家脚气，弗是个样打弗穿个脚跟。厅堂才是平洋洋个砖地，房里又是光滑滑个地平。我指望搭渠一夫一妇，啰得知先有子四个冤魂。陈桥阿妈见子我一歇上头笃嘴笃脸，荡口娘娘见子我努眼凸睛。西山头姨姨看见子我乡谈弗绝，六葱姐见子我市语连声。一个说我浆糿头个迟货，一个说我还复个弗是真身。一个说我客料比弗得松江个有趣，一个说我一出货到弗得南京轿夫营个绝精。我受子介番批点，气子一个黄昏。且耐过子今夜，看大官人明朝郲捉我看承。巴得大天白亮，只听得呼呼响介敲门，再是三兄四弟拉我里官人去游春。听听我里个说道要带我同走，慌忙随子渠子起身。到处游山玩景，弗曾离个脚跟。我只道一生之事，啰匡弗大长情。弗管天晴雨落，捉我乱步乱奔。兼之黄昏早晚，丢丢糿糿弄得我溥嘴溥面蹭跟。旧时捉我做出人前卖俏个妆扮，郲间捉我做个通房拖脚看成。冷清清踏板上好一分无兴，要来头现在渠搭四个冤魂个眼睛。我吃忍气弗过，唱只曲子来你听听。[驻云飞]我是绸绢通身，举步生风前后云。里外多帮衬，行动都齐整。嗏，只为足下欠真诚，脚斜不正。弄得我头绽跟穿，龌龊无干净。如今个弃旧怜新恼杀人，骂你胡行老脚跟。(白)郎君听得子个只曲子，床上一个番身。会，你正弗说自家弗是，到骂我弃旧怜新。你当初精精致致，郲间乌卓泥泾。当初光头滑面，郲间毛头精形。且没说你多呵弗好，就是你唱个只曲子阿一介难听。你郲弗学六葱介省事，西山介俭纯。郲弗学荡口介细腻，陈桥介老成。你既是冤三撇四，还你介个整旧如新。只见明朝叫住子介个镇江皮匠，打子四个觓子两个硬跟。拿我准来渠子，挑子我了行程。一揿揿我在箩头里子，我思量个一出去也无造化做个娘子夫人。跟子皮匠虽是肩挑步担，一夫一妇死也甘心。细皮薄切将就过子日子，只要匾担同心。啰得知个个臭贼囤子里贩卖，原来介出整旧如新。热汤捉我洗洗，也是个道理，冷水没头介一淋。石块能介个鞮头，对子我肚里一塞，硬板刷擦得我性命难存。连锤再锤锤得我介要紧，只苦得三尺麻绳。皮匠听得子我说又道是我怨命，倒转子鞮头一连七八击打得我消魂。(歌)奉劝姐儿没要自道是脚力大，就是拖脚蒲鞋还胜子左嫁人。

吴语再醮曰左嫁人。左，俗音际。

镬子

姐儿生来镬子能，一生口厂也无心。吃个木头能介个家公差配子我，整日教我闷闷昏昏气杀子人。(白)气杀人，气杀人，也无早起无黄昏。压紧子我，弗放番身。有时拿我动火，热炊炊也再有趣，杀子火，依先教我冷冷清清。大鱼大肉拖来便油脂膈腻介是我周捉，我何曾下口介一星。蝲挞丫头个龌龊也倒耐子，馊酸个阿婆辞劳一发难听。过日子你搭多烧子介一把了烧子个饭滞，倒说我馋痨了要吃。前月个做分子烧难为子柴火，咦道是我蛮皮了弗替你搭当心。我里阿公道是费柴费火了，略拿个灰钯来动得介一动，你搭合家门一歇上底，就彳彳亍亍吓出子我精魂。拿我掇出子门槛，推倒在庭心，拿个热铁铲来超子我介七八个耳光，刮镬钯来打子我十数击背心。钹我搭转来兜嘴介两撞，又弗容我汪气汪声。我便火闸闸子介一昼，就是一杓冷水捉我浑身介一淋。我吃子更介铲刮修削，教我郍亨存身。我思量整日在厨房下转过子个日脚，何曾见个光景，踏尽子灶前灰了，郍得有个超升。我那间吃气弗过，生子介个肚漏，身体热了，又烧破子嘴唇。补药吃来无用，看看性命难存。屈来灶君菩萨，嗄到子介个田地，还弗容我安宁。遇子年三十夜，拿到圆炉上当个火盆。咦要我支持拜节个茶汤茶水，咦要我照管个男儿大细个点心。一到子正月半，你搭受子个零碎银子，咦要来我身上煎介个煎饼。你搭自弗小心，吃个白日撞偷子物事，你再去请子个天地，扎子个草人。籴子个黄豆，也来打个奴身。打得百践粉碎，折开子我个盖老，买来别人。换子一个汤罐，倒找子渠银子三分。上子野蛮子个担上，一挑挑出子阊门。[黄莺儿]挑出郍阊门，上新桥望北行。冶坊浜里家居近，姓王近村，三代有名，家中大小多得甚。细详论，指望一夫一妇，原来靠此做营生。(歌)安我来粪箕里一丢丢子我来炉里去，依先入子个火坑门。

烧香娘娘

春二三月暖洋洋，姐儿打扮去烧香。(白)乡下人一味老实，城里人十分介轻狂。屋里精无一塌，硬三蛮极要行。便去央求对门知心妈妈，又央求隔壁着意个娘娘。请你来再无别事，有一句知心话替你商量。我从小许子穹窿山香愿，至今还弗曾去了偿。昨夜头偶然得介一梦，三茆菩萨派我灾殃。郸间我要还还个心愿，百无一有难行。头上少介两件首饰，身上要介几件衣裳。家公便道娘呀，目下无柴少米，做生意咦介无赚处个孔方。春季屋钱要紧，米钱又无傛抵当。烧香虽则是个好事，算来要费介二钱个放光。白银曰放光。姐儿听得子个句说话，心火爆出子个太阳。天灾神祸骂子几句，乌龟亡八也骂子千万百声。台儿朓[1]凳只听得霹雳拍拉，碗盏壶瓶流水倾匡。[猫儿坠]天灾神祸，打你大巴掌，谁许你胡言乱主张。我今立意要烧香，无状，再开言，教你满身青胖。(白)姐儿凶似老虎，家公奔似山獐。吓倒子对门个妈妈，踏痛子隔壁个娘娘。两人百般介解劝，听我说个衷肠。玉帝也弗离个金殿，闺女也弗出个绣房。官人也是做人家个说话，并无半句派赖个肚肠。[桂枝香]听奴说诉，非奴之过，只因亡八无知，致使我心中发怒。把从前细数，从前细数。与他多年夫妇，几见他撑持门户。尽亏奴，若不去还香愿，非为女丈夫。(白)姐道娘娘呀，无奈何，头上嵌珠子天鹅绒云髻要借介一个，芙蓉锦绫子包头借介一方。兰花头玉簪要借一只，丁香环子借介一双。徐管家娘子有一个金箱[2]玉观音押鬓，陈卖肉新妇有两只摘金桃个凤凰。张大姐有个涂金蝴蝶，李三阿妈借子点翠个螳螂。四个铜钱替我买条红头绳扎子个螺蛳，饶星鹿角菜来刷刷个鬓傍。讨一圆香圆肥皂打打身上，拆拽介两根安息香熏熏个衣裳。头上便是介个光景，身上郸亨商量。借介件绵绸衫桃红夹袄来衬里，外头个单衫，弗拘荸桃青或是柳黄。花绸连裙洒线披风各要一件，白地青镶靴头鞋对脚膝裤各要一双。再借一付洗白脚带，一发称副子个衣裳。两人听得吃生能介一笑，弗匡你介忒要风光。[驻云飞]上告娘行，借物虽多尽不妨，感你多情况，教我难推让。嗏，首饰共衣裳，管教停当。事事俱完，免挂心儿上，明日安心去进香。(白)姐儿道个样也算来是个小事，我先脱个小衣裳洗洗浆浆。打发两人转背，就央个姑妈外甥，收捉铜杓注子两件，同两领补打个衣裳，替我拿来典当里去当当。买停当子纸马牙香，蜡烛要介两对，还要介一块千张。籴子三升白米，明朝煮饭，一箍松箍今夜烧子个浴汤。兑介钱半八成银子，还个船轿，换介三十新铸铜钱，我打发个叫化个婆娘。色样一齐完备，明朝打点早行。[懒画眉]娇娘早

① “朓”当作“条”。

② “箱”当作“镶”。下同。

起拂妆台，炭画蛾眉粉弹腮，只愁妆不就好身材，尽情把衣饰来穿戴，且喜得人家肯借来。(白)梳妆打扮完备，摇摇摆摆下子船舱。船家嘴里也再弗说，肚里千思百量。若能替渠歇介一夜，再贴渠介五钱个放光。[皂罗袍]好个风流气象，看不肥不瘦，不短不长，端端正正坐船舱。时兴衣服乔装扮，粉香脂气，分明是麝兰，娇音细语，分明是凤凰。只听得唤一声家长，使我魂飘荡。(白)船一摇摇到木渎，轿夫斗夺来抢。姐道众人也弗要啰皂，听我说介个主张。轿钱还你一钱银子，依我处处要行。先到穹窿山还子香愿，后到玄墓山看看假山经堂。转来要到天池看看石殿，再到一云徐家坟上张张。还要看金山寺里坐关个和尚，天平山看看范文正公个祠堂。前头老实个轿夫道我也无个样气力，后头闪出两个轩砣腊个后生，便道轿钱也弗敢多要，路上便要吃介两遭个酒浆。等我抬你满山兜，便奉承你星气力，你也弗要慌忙。姐儿坐子轿子装模做样，引动了多少个后生，有个道是出乡个观音菩萨，有个道是抄化个陈州娘娘。[香柳娘]这抬来女娘，这抬来女娘，身材停当，乡村郮得神仙降。怎禁他这巧妆，怎当他这俏妆，只少个小红娘，莺莺无两样。看蜂喧蝶嚷，看蜂喧蝶嚷，到处生香，令人妄想。(白)看看日头落子，姐儿肚里又介心慌。夜晚头边有星走失，借别人介多呵物事，教我拿傍陪偿。慌忙赶到屋里，撞着子多呵个婶娘。说弗尽路上个景致，话弗了山上个风光。只听得大门呀生能介一响，再是讨衣裳个阿妈娘娘。慌忙头上除下子首饰，身上卸落子衣裳。两人抬头一看，满身剥得精光。(歌)方才金光参殿，像个常熟山上新装塑个尊观音佛，郮间破珠挼撒，好像个盘门路里跫乌龟算命星臭婆娘。跫，音爿。

破鬃帽歌

有介一只山歌唱你侬听，新翻腾打扮弄聪明。(白)也弗唱蒲鞋毡袜，也弗唱直掇海青。也弗唱绢裙绫裤，也弗唱香袋汗巾。单题唱个头上帽子，历代几样翻新。旧时作尖顶长号，后来改子平顶鼓墩，咦有缨子朗锁密结瓦棱。惟有小张官人头上帽子戴又戴得个停当，盔又盔得介娉婷。光油油露出子杭州丫髻，亮晃晃插起重庆金簪，后头拱出子双螭虎圈子，前头推起子九针子网巾。帽子带得介长远，年深月久成精。忽朝一日头上说话，叫声小张官人。我一跟跟你两三巡黄册，你一戴戴我二三十个清明。春秋四季并弗曾盔顶纻丝罗帽，寒冬腊月并弗曾盔顶绒帽毡巾。总成你相交子多少姹童窠子，陪伴子若干监生举人，看子多少提偶扮戏游湖踏青。唱船里人中显贵，酒楼上闹里夺尊。捉个猪胆去油，教我受子多少腌臢苦恼，捉个百药箭上色，教我吃子多少乌皂泥筋。板刷常常相会，引线弗曾离身。一日子修理得介停当，戴出子阊门。月城里遇着子朋友说话，聚集子东西来往无数个闲人。看呆子山东贩骔侉子，立痴子江西贩帽子个客人。江西老乡谈弗绝，苏州歇后语连声。十字街蟒龙玉乌纱冠石皮得介测癞，老弗识波罗生荔枝圆重夕得介忒村。日头照子好像走差次身头上草帽，雨落湿子好像压匾介一个老人头巾。捻来手里好像拳紧介一只偷瓜蝎，落来地上好像矗起来介一只刺毛莺。修骔帽见子一吓，洗网巾吃子一惊。破靴羊毛换铜钱缉三问四，卖花换智豆弗曾离门。小张听得几句言语，吓得冷汗直淋。立来无人烟所在，探下来看介一看，真当弗像，只得去贴旧换新。欲要黄帽铺里去讲讲，咦弗好戴子进渠大门。思量无些摆布，只得郴借子一顶麻布头巾。绉漫漫好像看坟个董永，软搭搭好像丁忧个洞宾。遇着子承天寺里个和尚，定道请渠领丧入木，撞见子玄妙观里道士，定道请渠退煞念经。乡邻赶趁子分子，朋友怕阙子人情。小张道个是我里骔兄便服，弗消得到列位介费心。无些意思介一日，只得走转家门。家婆道你出去子介一日，阿曾干子帽子个正经。咳，家婆，弗要话起，走肿子个脚底，擢痛子个背心。饿过子个肚里，看花子个眼睛。帽铺家家走到，价钱个个弗等。只得反渠转来假充一个朗锁戴戴，到下桥行市再寻。弹忒子龌龊，吹忒子个灰尘上子盔头盔介一盔，屈刚盔子三五六星。小张捶胸跌脚，说道弗匡你介一个收成。家婆道你也弗要大惊小怪，还干若干正经。大块头儿改双凉鞋着着，斜块头儿改子外公头上束发包巾。帽沿拿来做个扎额，我里夏天恍恍，碎块头儿做子一顶细密网巾。骔头骔脑做个刷牙来刷刷，零零碎碎做个香袋薰薰。帽子道我前世作尽子偺孽，你公婆两个摆布得我介尽情。小张道骔兄大哥，帽子大人，你侬弗要出言吐气，我侬唱介一只曲子你听听。[驻云飞]帽样新鲜不复完，今剩缺连。一向承装观，今日堪埋怨。嗏，戴你不多年。帽子道尽勾你哉，如何稀烂，想是当初，修旧将咱骗，为你冤家费我钱。(白)帽子道，鼓弗打弗响，钟弗撞弗鸣。别人戴子风里坐，你戴子我雪里奔。凭你改长改短，我也无怒无嗔。捉我改子外公头上束发包巾，我也感承你顶戴，捉我改子你家婆头上扎额，我也当得奉承。(歌)捉我改子刷牙正要擢你臭贼个张嘴，捉我改子凉鞋正要打碎你个老脚跟。

《游翰琐言》尚有《破毡袜歌》,无味,故不录。

山人

说山人,话山人,说着山人笑杀人。(白)身穿着僧弗僧俗弗俗个沿落厂袖,头带子方弗方圆弗圆个进士唐巾。弗肯闭门家里坐,肆多多在土地堂里去安身。土地菩萨看见子,连忙起身便来迎。土地道呸,出来,我只道是同僚下降,元来到是你个些光斯欣。光斯欣,市语,犹言光棍。咦弗知是文职武职,咦弗知是监生举人。咦弗知是粮长升级,咦弗知是谂书老人。咦弗来里作揖画卯,咦弗来里放告投文。要了闹哄哄介挨肩了擦背,急逗逗介作揖了平身。轿夫个个侪做子朋友,皂隶个个侪扳子至亲。带累我土地也弗得安静,无早无晚介打户敲门。我弗知你为倷个事干,仔细替我说个元因。山人上前齐齐作揖,告诉我里的的亲亲个土地尊神。我哩个些人,道假咦弗假,道真咦弗真。做诗咦弗会嘲风作月,写字咦弗会带草连真。只因为生意淡薄,无奈何进子法门。做买卖咦吃个本钱缺少,要教书咦吃个学堂难寻。要算命咦弗晓得个五行生克,要行医咦弗明白个六脉浮沉。天生子软冻冻介一个担轻弗得步重弗得个肩膊,又生个有劳劳介一张说人话人自害自身个嘴唇。算尽子个三十六策,只得投靠子个有名目个山人。陪子多少个蹲身小坐,吃子我哩几呵煮酒馄饨。方才通得一个名姓,领我见得个大大人。虽然弗指望扬名四海,且乐得荣耀一身。吓落子几呵亲眷,耸动子多少乡邻。因此上也要参参见佛,弗是我哩无事入公门。土地听得个班说话,就连声骂道个些寫说个猢狲。寫,音吊。你也忒杀胆大,你也忒杀恶心。廉耻咦介扫地,钻刺咦介通神。我见你一蝻进一蝻出,袖子里常有手本。一个上一个落,口里常说个人情。也有时节诈别人酒食,也有时节骗子白金。硬子嘴了了说道恤孤了仗义,曲子肚肠了说道表兄了舍亲。做子几呵腰头傺擦,傺音悉,擦音煞。难道只要闹热个门庭。你个样瞒心昧己,郝瞒得灶界六神。若还弗信,待我唱只[驻云飞]来你听听。[驻云飞]笑杀山人,终日忙忙着处跟。头戴无些正,全靠虚帮衬。嗏,口里滴溜清,心肠墨锭。八句歪诗,尝搭公文进。今日胥门接某大人,明日阊门送某大人。(白)山人听子,冷汗淋身。便道土地,忒杀显灵。大家向前讨介一卦,看道阿能勾到底太平。先前得子一个圣笞，以后再打子两个翻身。土地说道在前还有青龙上卦，去后只怕白虎缠身。你也弗消求神请佛，你也弗消得去告斗详星。也弗消得念三官宝诰，也弗消得念救苦真经。(歌)我只劝你得放手时须放手，得饶人处且饶人。

此歌为讥诮山人管闲事而作，故末有放手饶人之句。或云张伯起先生作，非也，盖旧有此歌，而伯起复润色之耳。

鱼船妇打生人相骂

网船上婆娘童子打生个人，一场相骂闹淫淫。你一声来我一白，也弗输来也弗赢。(白)也弗赢，忒好听，只见个个婆娘参起来叫四邻。便骂道你个乭乭响个乌龟弗要走子去，也搭你搂一个六江水也浑。论起行户中间来我搭你芦菠上芦菠下，称起骨头来你八两我半斤。看得别人便是虾头娘娘能介一点，自家便癞蛇虮蹇进子天平。蹇音尖。别人道是善善善，倒是鳅篮里拣出来个一张嘴，呵呵呵再是个旱渴精，突出子个双田螺头个眼睛。久惯要是介丫鲃戟诈，开子张鲇鱼蝲蛄嘴，只要吃别人星。没得又弗吃你一网兜子，终弗然撑开子船头弗成。得知老娘是个宿鲫个相骂嘴，阿呀呀，气得我个肚皮再像子清明前个河豚。我弗像你搭吊鳑皮个妹子能介弗收管个两脚蚌，也弗像你搭黄鲿嘴家婆能介鼺臭鳝能。当面前吃别人骂绝子个团鱼鳖背，背后吃别人挖尽子螺蛳窟臀。你个样正叫子田鸡干骨里臭，也要伸出子乌龟头做耍人。打生个气得肚膨气胀，便骂道你个个鸽鶟鸥个讨人。一张嘴尝是鸦飞鹊乱，久惯是牛皮鸟筋。面皮便野鸡斑起，白鹞手个双眼睛。连番要做个火老鸦，人人叫你是个白鹞鹰。你也弗曾经我介一弹，弗怕你飞上子青云。等我送得你鹌鹑屎直出，眼见得你搭家公寒鹑鸡能。我弗怕你搭一窠罗个十姊妹，也弗怕你搭鹞鹰头鹘子眼个星小贼精。你再怪鸟能介捉人冲撞，笑你斑鸠教鹁鸪弗看自个枕形。凭你连夜磨尖子鸭嘴，啰里思量天鹅肉来吃星。别人家个婆娘穷做穷干啾啾缩在窠里，并弗曾餂臀鸟能介着处奔奔。鸟，刀，上声。又弗是你撒食养来搭个，郎了要你鸟说胚介撒村。等我夹子个张毛鹁鸪看介，你个样雌鸡啼只做个人家弗成。两个相骂子介一昼，聚集子两边两岸无数个闲人。指头大个碎囝儿尽夹虾箝蟹夹，好像野鸭阵飞子介一村。有介一个白头老者喝住子两人，说道虾弗跳水弗动，见子兔便放个鹰。李家个阿姊你个样鲹鱼头性格啰里去使，张家第三个你个个痴鹅头忒煞认真。各有道路，各自做人，尽弗消得老鹳跌倒，只捉嘴来撑，郫了是介水面上使铁搭摊浪得介尽情。西边田里野鸭落，你也弗去支网，东边港里鱼扶头，你也弗去赶青。又弗是争田夺地，天呀，只问你相骂有要好听。依我劝开子罢，我老人家是一派正经。（歌）并弗是羹碗里鱼头拨拨转，支花野味赵谈春。

昔年有赵谈春者，善诙谐，吴语谓没正经曰"赵"，因曰"赵谈春"云。

卷十桐城时兴歌

秋千　以下五句

姐在架上打秋千，郎在地下把丝牵。姐把脚儿高跷起，待郎双手送近前，牵引魂灵飞上天。

素帕

不写情词不写诗，一方素帕寄心知。心知接了颠倒看，横也丝来竖也丝，这般心事有谁知。

葫芦

葫芦小时生得娇，引得人来日日瞧。相交莫学葫芦老，葫芦老时两开交，东也瓢来西也瓢。

剑

一张宝剑寄多娇，龙泉三尺放光毫。心肝莫说无情剑，心肝莫说两边刀，要与心肝刎颈交。

笔

卷心笔儿是兔毫，翰墨场上走一遭。早知你心容易黑，不如当初淡相交，世间好物不坚牢。

木梳

一个梳儿滑杀人，伶牙俐齿忒聪明。生出许多法儿与奴通惯了，莫要又去通别人，后来无齿没收成。

西瓜

一个西瓜寄多情，叫姐莫学此瓜身。外面青时还好看，恼你肚里许多仁，只为人多坏了身。

茶

斟不出茶来把口吹，壶嘴放在姐口里。不如做个茶壶嘴，常在姐口讨便宜，滋味清香分外奇。

塔

一座宝塔七层尖，年深月久造得全。我两个相交如造塔，一砖不到枉徒然，人要工夫又要专。

猜拳

我爱心肝生得乖，却把拳儿与你猜。我与心肝共一个，预先与你说明白，若还两个我先开。

又

昨日与姐把拳猜，郎问姐拿出几个来。姐说只有郎一个，若有两个你便开，从今莫把荒出来。

天平

郎做天平姐做针，一头法马一头银。情哥你也不必间敲打，我也知得重和轻，只要针心对针心。

灯笼

一对灯笼街上行，一个昏来一个明。情哥莫学灯笼千个眼，只学蜡烛一条心，二人相交要长情。

灯影

一盏孤烛照书斋，更深夜静好难捱。回头观见壁上影，好似我冤家背后来，恨不得番身搂抱在怀。

鞋

青缎鞋儿绿缎镶，千针万线结成双。买尺白绫来铺底，只要我郎来上帮，心肝莫说短和长。

新月

新生月儿似银钩，钩住嫦娥在里头。嫦娥也被勾住了，不愁冤家不上钩，栾[①]圆日子在后头。

摇头[②]

昨日与姐同过桥，调他一句把头摇。待他二八春心动，郙时倒扯我上桥，我也学姐把头摇。

调心

假不假来真不真，我也难调你的心。若要调得真心转，除非丢了心上人，红罗帐里结同心。

恋

恋姐不必胜十分，紫糖色儿正相因。不见山中毛查果，好的都是虫蛀心，话不虚传果是真。

丢

丢郎一丢试他心，看他待我假和真。口虽说丢心还在，荷包收口未收

---

① “栾”当作“圞”。

② 此首《风月词珍》之《时兴桐城歌》作：“昨日于姐同过桥，调他儿调把头摇。待他十八春心动，那时倒扯我上桥。莫心焦，我也学姐把头摇。”

心，怎肯怜新弃旧人。

送郎

送郎送到五里墩，再送五里当一程。本待送郎三十里，鞋弓[①]袜小窘难行，断肠人送断肠人。

又

郎上孤舟妾倚楼，东风吹水送行舟。老天若有留郎意，一夜西风水倒流，五拜拈香三扣头。

募缘

郎学和尚去修斋，只募良缘不募财。谁家大姐肯施舍，明中去了暗中来，又能长福又消灾。

三秀才　六句

姐家住在儒学傍，相交三个秀才郎。有朝一日登金榜，状元榜眼探花郎，武则天当日做□□□□□，□□□人也不妨。

① “弓”或作“亏”。

第六辑　小说、笔记、戏曲等所见明代民歌

兰陵笑笑生　金瓶梅词话[1]

【山坡羊】

想当初，姻缘错配，奴把他当男儿汉看觑。不是奴自己夸奖，他乌鸦怎配鸾凤对。奴真金子埋在土里，他是块高号铜，怎与俺金色比。他本是块顽石，有甚福抱着我羊脂玉体。好似粪土上长出灵芝。奈何，随他怎样，到底奴心不美。听知：奴是块金砖，怎比泥土基。

（以上见第一回《景阳冈武松打虎　潘金莲嫌夫卖风月》）

【十段锦·二十八半截儿】

[山坡羊]俏冤家生的出类拔萃，翠衾寒孤残独自。自别后朝思暮想，想冤家何时得遇。遇见冤家如同往，如同往。

[金字经]惜花人何处，落红春又残，倚遍危楼十二栏，十二栏。

[驻云飞]闷倚栏杆，燕子莺儿怕待看。色戒谁曾犯，鬼病谁经惯。呀！减尽了花容月貌，重门常是掩。正东风料峭，细雨涟瀓，落红千万点。

[画眉序]自会俏冤家，银筝尘锁怕汤抹。虽然是人离咫尺，如隔天涯。记得百种恩情，那里计半星儿狂诈。

[红绣鞋]水面上鸳鸯一对，顺河岸步步相随。怎见个打渔船，惊拆在两下里飞。

[耍孩儿]自从他去添憔瘦，不似今番病久。才郎一去正逢春，急回头雁过了中秋。

---

① 《金瓶梅词话》中有众多唱曲描写，人物所唱之曲大部出于《雍熙乐府》《词林摘艳》等，并非严格意义上的民歌俗曲。此处录两套曲并《山坡羊》《锁南枝》等，使人知彼时有此风气耳。

[傍妆台]到如今瑶琴弦断少知音，花好时谁共赏。

[锁南枝]纱窗外月儿斜，久想我人儿，常常不舍。你为我力尽心竭，我为你珠泪偷揩。

[桂枝香]杨花心性，随风不定。他原来假意儿虚名，倒使我真心陪奉。

[山坡羊]惜玉怜香，我和他在芙蓉帐底抵面。共你把衷肠来细讲，讲离情如何把奴抛弃。气的我似醉如痴来呵，何必你别心另叙上知己。几时得重整佳期，佳期，实相逢如同梦里。

[金字经]弹泪痕，罗帕斑；江南岸，夕阳山外山。

[驻云飞]嗏！书寄两三番，得见艰难。再倩霜毫，写下乔公案，满纸春心墨未干。

[江儿水]香串懒重添，针儿怕待拈。瘦体嵓嵓，鬼病恹恹，俺将这旧恩情重检点。愁压挨两眉翠尖，空惹的张郎憎厌这些时，莺花不卷帘。

[画眉序]想在枕头上温存的话，不由人肉颤身麻。

[红绣鞋]一个儿投东去，一个儿向西飞。撇的俺一个儿南来，一个儿北去。

[耍孩儿]你那里偎红倚翠销金帐，我这里独守香闺泪暗流。从记得说来咒，负心的随灯儿灭，海神庙放着根由。

[傍妆台]美酒儿谁共斟，意散了如瓶儿碎。难见面，似参辰，从别后岁月深，画划儿画损了掠儿金。

[锁南枝]两下里心肠牵挂，谁知道风扫云开。今宵复显出团圆月，重令情郎把香罗再解。诉说情谁负谁心，须共你说个明白。

[桂枝香]怎忘了旧时，山盟为证，坑人性命。有情人，从此分离了去，何时再得成。

[尾声]半叉绣罗鞋，眼儿见了心儿爱。可喜才舍着抢白，忙把这俏身挨。

（以上见第四十四回《吴月娘留宿李桂姐　西门庆醉拶夏花儿》）

【四不应·山坡羊】

一向来，不曾和冤家面会，肺腑情难稍难寄。我的心诚想着你，你为我悬心挂意。咱两个相交不分个彼此,山盟海誓心中牢记。你比莺莺重生而再有,可惜不在那蒲东寺。不由人一见了眼角留情来呵,玉貌生春你花容无比。听了声娇姿,好教人目断东墙,把西楼倦倚。

又

意中人,两下里悬心挂意,意儿里不得和你两个眉来眼去。去了时强挨孤枕,枕儿寒衾儿冷剩瑶琴独对。病体如柴,瘦损了腰肢。知道你夫人行应难离,倒等的我寸心如醉。最关心伴着这一盏寒灯来呵,又被风弄竹声只道多情到矣。急忙忙出离了书帏,不想是花影轻摇,月明如水。

【锁南枝】

初相会,可意人,年少青春,不上二旬。黑鬖鬖两朵乌云,红馥馥一点朱唇,脸赛夭桃十指如嫩笋。若生在画阁兰堂,端的也有个夫人分。可惜在章台,出落做下品。但能勾改嫁从良,胜强似弃旧迎新。

又

初相会,可意娇,月貌花容,风尘中最少。瘦腰肢一捻堪描,俏心肠百事难学,恨只恨和他相逢不早。常则愿席上樽前,浅斟低唱相偎抱。一觑一个真,一看一个饱。虽然是半霎欢娱,权且将闷解愁消。

【罗江怨】

恹恹病转浓,甚日消融,春思夏想秋又冬。满怀愁闷诉与天公也,天有知呵,怎不把恩情送。恩多也是个空,情多也是个空,都做了南柯梦。

又

伊西我在东,何日再逢,花笺慢写封又封。叮咛嘱付与鳞鸿也,他也不忠,不把我这音书送。思量他也是空,埋怨他也是空,都做了巫山梦。

又

恩情逐晓风,心意懒慵,伊家做作无始终。山盟海誓一似耳边风也,不记当时，多少恩情重。亏心也是空，痴心也是空，都做了蝴蝶梦。

又

惺惺似懞懂，落伊套中，无言暗把珠泪涌。口心谁想不相同也，一片真心，将我厮调弄。得便宜也是空，失便宜也是空，都做了阳台梦。

（以上见六十一回《韩道国筵请西门庆　李瓶儿苦痛宴重阳》）

【闹五更】

［玉交枝］彤云密布，剪鹅毛雪花乱舞，朔风凛冽穿窗户。你心毒奴更受苦。爹娘骂得奴心忒狠毒，你说来的话全不顾。把更儿从头细数。

［金字经］夜迢迢孤另另，冷清清更静初，不寄平安一纸书。腮边流泪珠，不把佳期顾。一更里无限的苦。

［玉交枝］一更才至，冷清清撇奴在帐里，番来复去如何睡。二更里泪珠垂。

［前腔］二更难过，讨一觉频频的睡着。今宵，今宵梦儿里来托。我思他他思我，去时节海棠花儿开了半朵，到如今树叶儿皆零落，枉教奴痴心儿等着。

［金字经］我痴心终日家等待你，何日是可，合少离多咱命薄，咱命薄。孤另，孤另怎生奈何，好着教难存坐。三更里睡梦儿多。

［玉交枝］三更月上，好难挨今宵夜长。烧残蜡烛银台上，泪珠流三两行。红绫的被儿闲了半床，新挑的手帕儿在谁行放。瘦损了腰肢，腰肢沈郎。

［金字经］沈郎的腰肢瘦，每日家愁断了肠，盼望情人泪两行，泪两行。对菱花懒去妆，瘦损了娇模样。四更里偏夜长。

［玉交枝］四更如昼，枕边想不觉的泪流。灵神庙里曾发咒，剪青丝两下里收。说来的话儿不应口，到如今闪的我似章台柳。章台柳，教奴痴心等守。

［金字经］我痴心终日家等待你，何日是休，望盼情人空倚楼，空倚楼。想情人一笔勾，不由把眉双皱。五更里泪珠流。

［玉交枝］五更鸡唱，看看儿天色渐晓。放声，欲待放声，又恐怕傍人笑。叫奴家心内焦，烧香告祷神前筊。负心的自有天知道，枉教奴痴

心等着。

[金字经]我痴心终日家等待你,何日是了。帘外叮当铁马儿敲儿敲,搅的奴睡不着。一壁厢寒鸦叫,凄凄凉凉直到晓。

[玉交枝]晓来梳洗,傍妆台懒上画眉,房檐上喜鹊儿喳喳的。小梅香来报喜,报道是有情郎真个归。奴,奴同入罗帏里,向前来奴家问你。

[后庭花]我问你个负心贼,你尽知一去了,半年来怎生无个信息。我道你应举求官去,谁想你恋烟花家贪酒杯。我为你受孤恓,你在那里偎红倚翠。我为你病恹恹减了饮食,瘦伶仃消了玉体。挨清晨怕夕晚。一更里听天边孤雁飞,二更里想情人魂梦里,五更里醒来时不见你。

[柳叶儿]呀!空闲了鸳鸯锦被,寂寞了盟约盟约莺期。海神庙见放着傍州例,不由我心中气。你尽知负心的,自有个天知道。

[尾声]流苏锦帐同欢会,锦被里鸳鸯成对,永远团圆直到底。

(以上见七十三回《潘金莲不愤忆吹箫　郁大姐夜唱闹五更》)

冯梦龙　醒世恒言

【挂枝儿】

小娘中谁似得王美儿的标致,又会写又会画又会做诗,吹弹歌舞都馀事。常把西湖比西子,就是西子比他也还不如。那个有福的汤著他身儿,也情愿一个死。

又

王美儿似木瓜空好看,十五岁还不曾与人汤一汤,有名无实成何干。便不是石女,也是二行子的娘。若还有个好好的羞羞也,如何熬得这些时痒。

又

刘四妈你的嘴舌儿好不利害,便是女随何雌陆贾不信有这大才,说着长道着短全没些破败。就是醉梦中被你说得醒，就是聪明的被你说得呆，好个烈性的姑姑，也被你说得他心地改。

又

俏冤家须不是串花家的子弟，你是个做经纪本分人儿，那匡你会温存能软款知心知意。料你不是个使性的，料你不是个薄情的。几番待放下思量也，又不觉思量起。

（以上见第三卷《卖油郎独占花魁》）

【小词】

贪花的这一番你走错了路，千不合万不合不该缠那小尼姑。小尼姑是真色鬼，怕你缠他不过。头皮儿都擂光了，连性命也呜呼。埋在寂寞的荒园也，这是贪花的结果。

【歌儿】

可怜老和尚，不见了小和尚。原来女和尚，私藏了男和尚。分明雄和尚，错认了雌和尚。为个假和尚，带累了真和尚。断过死和尚，又明白了活和尚。满堂只叫打和尚，满街争看迎和尚。只为贪那裤裆中硬崛崛一个莽和尚，弄坏了庵院里娇滴滴许多骚和尚。

（以上见第十五卷《赫大卿遗恨鸳鸯绦》）

【江南谣】

做天莫做四月天，蚕要温和麦要寒。秧要日时麻要雨，采桑娘子要晴干。

（以上见第十八卷《施润泽滩阙遇友》）

冯梦龙　喻世明言

【口号】

东家走，西家走，两脚奔波气常吼。牵三带四有商量，走进人家不怕狗。前街某，后街某，家家户户皆朋友。相逢先把笑颜开，惯报新闻不待叩。说也有，话也有，指长话短舒开手。一家有事百家知，何曾留下隔宿口。要骗茶，要吃酒，脸皮三寸三分厚。若还慕他说作高，拌干涎沫七八斗。

（以上见第二十八卷《李秀卿义结黄贞女》）

凌濛初　初刻拍案惊奇

【挂枝儿】

问使君你缘何不到横州郡，元来是天作对不许你假斯文，把家缘结果在风一阵。舵牙当执板，绳缆是拖绅。这是荣耀的下梢头也，还是把着舵儿稳。

（以上见卷二十二《钱多处白丁横带　运退时刺史当艄》）

凌濛初　二刻拍案惊奇

【歌儿】①

俏冤家你当初缠我怎的，到今日又丢我怎的，丢我时顿忘了缠我意。缠我又丢我，丢我去缠谁。似你这般丢人也，少不得也有人来丢了你。

【银绞丝】

前世里冤家，美貌也人，挨光已有二三分，好温存，几番相见意殷勤。眼儿落得穿，何曾近得身。鼻凹中糖味，那有唇儿分。一个清白的郎君，发了也昏。我的天那，阵魂迷，迷魂阵。

（以上见卷十四《赵县君乔送黄柑　吴宣教干偿白镪》）

【畲调山坡羊】

这小秀才有些儿怪样，走到罗帏，忽现了本相。本是个黉宫里折桂的郎君，改换了章台内司花的主将。金兰契，只觉得肉味馨香；笔砚交，果然是有笔如枪。皱眉头，忍着疼，受的是良朋针砭。趁胸怀，揉着窍，显出那知心酣畅。用一番切切偲偲来也，哎呀，分明是远方来，乐意洋洋。思量，一桌一凳，是联句的篇章；慌忙，为云为雨，还错认了龙阳。

（以上见卷十七《同窗友认假作真　女秀才移花接木》）

【莲花落】

人道光阴疾似梭，我说光阴两样过。昔日繁华人羡我，一年一度易蹉跎。可怜今日我无钱，一时一刻如长年。我也曾轻裘肥马载高轩，指麾万

---

① 《挂枝儿·隙部》五卷《缠丢》有云："想当初缠我因何意，缠上时丢了我又去缠别的，顿忘了在先时缠我的恩义。缠我又丢我，丢我又缠谁。你这等样的丢人也，只怕缠上的又丢了你。"

众驱山前。一声围合魑魅惊，百姓邀迎如神明。今日黄金散尽谁复矜，朋友离群猎狗烹。昼无饘粥夜无眠，落得街头唱哩莲。一生两截谁能堪，不怨爷娘不怨天。早知到此遭坎坷，悔教当日结妖魔。而今无计可耐何，殷勤劝人休似我。

（以上见卷二十二《痴公子狠使噪脾钱　贤丈人巧赚回头婿》）

天然痴叟　石点头

【六言歌】

我的爹，我的娘，爹娘养我要风光。命里无缘弗带得，若恼子沿街求讨好凄凉，孝顺没思量。

我个公，我个婆，做别人新妇无奈何。上子小船一旺立勿定，落汤鸡子浴风波，尊敬也无多。

【和睦乡里歌】

我劝人家左右听，东邻西舍莫争论，贼发火起亏渠救，加添水火弗救人。

【教子孙歌】

生下儿来又有孙，呀，热闹门庭。呀，热闹门庭。贤愚贵贱，门与庭，庭与门，两相公。呀，热闹的门庭。贵贱贤愚无定准。呀，热闹门庭。呀，热闹门庭。还须你去，门与庭，庭与门，教成人。呀，热闹门庭。

【各安生理歌】

大小个生涯没虽弗子不同，只弗要朝朝困到日头红。有个没弗来顾你个无个苦，阿呀，各人自己巴个镬底热烘烘。

【毋作非为歌　西江月】

本分须教本分，为非切莫为非。倘然一着有差池，祸患从此做起。大则钳锤到颈，小则竹木敲皮。爹生娘养要思之，从此回嗔作喜。

（以上见第六回《乞丐妇重配鸾俦》）

【挂枝儿】

少年郎真个千金难换，这等样生得好，不枉他姓了潘，小潘安委实的堪钦羡。褪下了红裤子，露出他白漫漫。虽不是当面的丢番，也好叫他背心儿上去照管。

又

王仲先你真是天生的造化，这一个小朋友似玉如花，没来由被你牵缠下。他夜里陪伴着你，你日里还饶不过他。好一对不生产的夫妻也，辨什么真和假。

（以上见第十四回《潘文子契合鸳鸯冢》）

陆人龙　型世言

【挂枝儿】

吴朝奉你本来极臭极吝，人一文你便当做百文，又谁知落了烟花阱。人又不得得，没了七十金。又惹了官司也，着什么要紧。

（以上见第二十六回《吴郎妄意院中花　奸棍巧施云里手》）

东鲁落落平生　玉闺红

【小曲】

喜煞奴家，乐煞奴家，那人有奴福分大。一天到晚入洞房，新郎换他十来个，把钱与奴花。□□□□真好受，独眼和尚沾着上来酥麻。不愿作人家，只愿朝朝暮暮在花下。

又

叫声哥哥，你使劲□，休把奴膛透。奴家为你把命丧，你休来把别人逛。别看六文不打紧，小妹对你好心肠。口里哼着香舌舔，还招架舞动刀枪，就是你把奴家的下嘴喂的饱香。

（以上见第八回《通花径粪夫作乐　强梳拢小姐受苦》）

叶盛　水东日记

【山歌】[①]

南山头上鹁鸪啼，见说亲爷娶晚妻。爷娶晚妻爷心喜，前娘儿女好孤凄。

（以上见卷二）

---

① 叶德均《戏曲小说丛考》卷下《民谣资料汇录》于此歌下有注云：明田汝成《西湖游览志馀》卷二十五载录，文字略有出入。首句作"高山上"，次句"见"作"闻"，第三句"爷心喜"作"犹自可"，末句"儿女"作"儿子"，"凄"作"妻"。

又

月子弯弯照几州，几家欢乐几家愁。几家夫妇同罗幛，多少漂零在外头[①]。

（以上见卷五）

汤沐公　公馀日录

【樵妇吟】[②]

与郎相期月上来，及至月上郎不来。妾在平地见月早，郎在深山见月迟。

---

① “月子弯弯”堪称名作，南宋杨万里《竹枝歌》云“月子弯弯照九州，几家欢乐几家愁。愁钉人来关月事，得休休去且休休。”因明清两代笔记中多有提及，虽冯梦龙辑《山歌》已收，此处仍录以存之。另“罗幛”多作“罗帐”。

② 叶德均《戏曲小说丛考》卷下《民谣资料汇录》有按云：“与郎相期月上来”或作“约郎约到月上时”，见于以下各书：

明王世贞《艺苑卮言》亦录此及“月子弯弯照九州”二篇，并盛赞云：“即使子建、太白降为俚谈，恐亦不能过也。然此田畯作劳之歌，长年樵青，山泽相和，入城市间愧汗塞吻矣。”

但文字出入很大：

“约郎约到月上时，只见月上东方不见渠。不知奴处山低月上早，又不知郎处山高月上迟。”

明冯梦龙辑《山歌》卷一《月上》篇，郑之文《旗亭记》传奇第三十六出《吴歌》均与《艺苑卮言》所录约略相同。明田汝成《西湖游览志馀》所载也和《艺苑》相近，惟第二句作“看看等到月蹉西”，第三、四句中“月上”均作“月出”，“又不知”作“还是”，更近口语。清褚人获《坚瓠集》卷三《吴歌》曾转录之。

清郭柏苍《竹间十日话》卷五引村农插秧歌云：

等郎等到月上时，月今上了郎未来（叶音黎。诗：“牛羊下来。”《王母白云谣》：“尚复能来。”）。莫是奴屋山低月出早，莫是奴屋山高月出迟。不是出早与出迟，大半是郎没意来。记得当初未娶嫂，三十无月暗也来。

词虽鄙亵，往复再三，亦文人才士托兴彤管也。

陆容　菽园杂记

【山歌】[1]

南山脚下一缸油，姊妹两个合梳头。大个梳个盘龙髻，小个梳个杨篮头。

（以上见卷一）

田汝成　西湖游览志馀

【吴歌】

送郎八月到扬州，长夜孤眠在画楼。女子拆开不成好，秋心合著却成愁。

又

画里看人假当真，攀桃接李强为亲。郎做了三月杨花随处滚，奴空想隔年桃核旧时仁。

又

树头挂网枉求虾，泥里无金空拨沙。刺潦树边栽枸橘，几时开得牡丹花。（以上见卷二十五）

---

① 叶德均《戏曲小说丛考》卷下《民谣资料汇录》有按云：褚人获《坚瓠十集》卷三《山歌》第一亦载此歌及上述文字，唯后三句略有不同："……姑嫂两个赌梳头，姑娘做个盘龙髻，嫂嫂梳做杨兰头。"又：梁绍壬《两般秋雨庵随笔》卷四《山歌》第三、四句微有差异，"大个""小个"均作"大的""小的"，"梳做"作"梳个"，"杨兰头"作"杨烂头"。

徐燉　徐氏笔精

【吴歌】

夜合开花香满台，夜夜期郎郎不来。当初只道夜合花开夜夜合，那知夜合花开夜夜开。

【蛮歌】

老龙山下有狂风，老龙山下月朦胧。槟榔劝郎郎不醉，辜负奴唇一点红。

丘齐山　新锓分门定类诗筵雅令

【杭城四句歌】

其一

送郎送到大江头，江水滔滔几时休。若把相思比江水，只流不尽许多愁。

其二

郎有心来姐有心，那怕山高水又深。山高只有郎行路，水深只有摆渡人。

其三

郎有心来姐有心，二人好似线和针。针儿何曾离了线，线儿何曾离了针。

其四

送郎送到大路旁，二人携手泪汪汪。好似鸳鸯才戏水，又被风吹散两行。

其五

青铜镜儿白似霜，亲姐把来送情郎。非是我今不照你，只因改脸意不长。忒轻狂，反面无情便改常。

陆应旸　樵史通俗演义

【挂枝儿】

听初更鼓正敲心儿懊恼，想当初开夜宴何等奢豪，进羊羔斟美酒笙歌聒噪。如今寂寥荒店里，只好醉村醪。又怕酒淡愁浓也，怎把愁肠扫。

二更时展转愁梦儿难就，想当初睡牙床锦绣衾裯，如今芦为帏土为炕寒风入牖。壁穿寒月冷，檐浅夜蛩愁。可怜满枕凄凉也，重起沿房走。

夜将中鼓咚咚更筹三下，梦才成还惊觉无限嗟呀，想当初势倾朝谁人不怕。九卿称晚辈，宰相谒私衙。如今势去时衰也，零落如飘瓦。

城楼上鼓四敲星移斗转，思量起当日里蟒玉朝天，如今别龙楼辞凤阁凄凄孤馆。鸡声茅店月，月影草桥烟。真个目断长途也，一望一回远。

闹攘攘人催起五更天气，正寒冬风凛冽霜拂征衣，更何人效殷勤寒温彼此。随行的是寒月影，吆喝的是马声嘶。似这般样荒凉也，真个不如死。

（以上见第十六回《奸臣得娟姬殒身　恶珰有义阉殉死》）

【北地挂枝儿】[1]

喜蛛儿忽地在营前挂，昨夜银缸灯结蕊，今朝喜鹊叫喳喳，粉墙上画的又是成双卦。思君可为配，随地即为家。若还前世的姻缘，也悔守了连宵寡。

（以上见第二十八回《叛贼聚众毒秦晋　流氛分队犯梁楚》）

佚名　双和欢（又名《金云翘传》《双奇梦》）

【十不谐】[2]

一不谐，一不谐，盟言未尽祸飞来。哎呀，祸飞来，两分开。二不谐，二不谐，情短情长积满怀。哎呀，积满怀，苦难挨。三不谐，三不谐，思到无思泪满腮。哎呀，泪满腮，不能揩。四不谐，四不谐，旧事新怀难摆开。哎呀，难摆开，去又来。五不谐，五不谐，恨咬银牙半似呆。哎呀，半似呆，强托腮。六不谐，六不谐，别酒将倾日色歪。哎呀，日色歪，头怎抬。七不谐，七不谐，怨杀王孙去不来。哎呀，去不来，鬼神差。八不谐，八不谐，死到黄泉复转来。哎呀，复转来，孽应该。九不谐，九不谐，生生拆散凤鸾偕。哎呀，凤鸾偕，怎安排。十不谐，十不谐，哀哀翠翘命儿乖。哎呀，命儿乖，真可哀。

（以上见第八回《王孝女甘心白刃　马秀妈计赚红颜》）

【哭皇天】[3]

余生命薄家不造，舍身救父落火坑。也曾轻身蹈白刃，岂肯甘心做下

---

① 此曲又见于冯梦龙辑《挂枝儿·想部》三卷等，字句稍有差异。

② 定格联章为民歌常见体式。此“十不谐”为书中人物自创，录之以备一格。

③ 沈德符《野获编·时尚小令》指“嘉、隆间乃兴《闹五更》《寄生草》《罗江怨》《哭皇天》《干荷叶》《粉红莲》《桐城歌》《银纽丝》之属”。

人。无端陷入奸人彀，浑身是口难辩明。将奴捆吊高梁上，打得皮开鲜血淋。疼死三番昏四次，哀哀求告不容情。求告百般方肯住，要奴招成愿弃迎。奴生本是深闺女，怎识风流赚骗情。听他一一从头教，无耻无廉丑杀人。学成枕席妖狐态，夜夜乔妆去伴人。人未眠时不敢睡，人如睡熟莫虚惊。既要留心怕他怪，又要留心防他行。客若贪淫恣谑浪，颠倒温柔媚心容。熟客相逢犹较可，生客接着愈难承。任他粗豪性不好，也须和气与温存。妈儿只贪钱和钞，不分好丑尽皆迎。鲜花任教拈藤伴，美女无端配戆生。牙黄口臭何处避，疾病疮痍谁敢憎。若是微有推却意，打打骂骂无已停。生时易作千人妇，死后难求无主坟。人生最苦是女子，女子最苦是妓身。为婢为妾俱有主，为妓死生无定凭。我今翻成皇天哭，一字吟成万结心。寄与青楼多娇艳，乘早抽身出火轮。莫待冷落门前日，泪洒西风泣断魂。

（以上见第十一回《哭皇天平康寄恨　醉风流金屋谋娇》）

佚名　巫梦缘[1]

【挂枝儿】

小学生把小女儿低低的叫，你有阴我有阳恰好相交，难道年纪小就没有红鸾照。姐姐，你还不知道，知道了定难熬。做一对不结发的夫妻，也团圆直到老。

（以上见第一回《二试神童后必达》）

【吴歌】

弗见小郎君来心里煎，用心摹拟一般般。开了眼睛望空亲个嘴，连叫几句俏心肝。

（以上见第二回《雏儿未语云雨事》）

---

① 《巫梦缘》说明代成化年间人事，其中出现之《挂枝儿》等民歌，是万历年间作品。

【吴歌】

姐儿立住在北纱窗，再三嘱咐着我情郎。泥水匠无灰砖来裹，等隔窗趁火要偷光。

【挂枝儿】

小贼囚你为何也来罗，他方才一遭过你又一遭，是娼妓家要我把糟来跳。奴儿没了主，似墙花乱乱抛。小贼囚，若不要你走脚通风也，怎肯和你嬲。

（以上见第五回《群奸设谋倾寡妇》）

【湖州歌】

姐儿心痒好难熬，我郎君一见弗相饶。舡头上火著且到舡舱里，亏了我郎君搭救了我一团骚。真当骚，真当骚，阴门里热水捉郎浇。姐儿好像一只杭州木拖凭郎套，我郎君好像旧相知饭店弗消招。弗消招，弗消招，弗是我南边女客忒虚嚣。一时间眼里火了小伙子，凭渠今朝直弄到明朝。

（以上见第七回《天桥楼北读书声》）

【挂枝儿】

亲哥哥且莫把奴身来破，娇滴滴小东西只好凭你婆娑，留待那结花烛还是囫囵一个。蓓蕾只好看地，且莫轻锄，你若是只管央及也，拼向娘房里只一躲。

（以上见第八回《才女持身若捧玉》）

【挂枝儿】

不脱衣只褪裤两根相凑，你一冲我一撞怎肯干休，顶一回插一阵阴精先漏。惯战的男子汉，久旷的女班头。陈妈妈失带了他来，也精精的弄了一手。

（以上见第九回《俏郎君分身无计》）

【挂枝儿】

俏冤家得意回如何吃得烂醉，倒着头和衣睡一毫儿不知，枉了人点着灯坐了三更多天气。待要开门看，又怕他醉后痴。若论他醉后的颠，也定是缠个死。

（以上见第十一回《大登科罢小登科》）

落魄道人　富翁醒世录（又名《常言道》）

【花鼓】

一家儿过活，富贵的如何，有我时骨肉团圆，没我时东西散伙；有我时醉膏粱，没我时担饥饿；有我时曳轻裘，没我时鹑衣破；有我时坐高堂，没我时茅檐下卧。这壁厢娈童妖女拥笙歌，那壁厢凄风苦雨人一个，要我来不要我。

（以上见第一回《患得失钱神古道　讲情理寒士奇谈》）

【五更调】

一更里呀，思量这个钱，今来古往独推先，惹人怜。说来个个口流涎，形如坤与乾，又如地与天，世人谁敢来轻贱。算来正与命相连，今夜教我怎样眠。我的钱啊，提起你，谁勿羡。

二更里呀，思量这个钱，钦心久仰在先前，实通仙。一文能化万千千，好换柴和米，能置地与田，随身所欲般般便。教人怎不把情牵，胜如爹娘共祖先。我的钱啊，称卖命，是古谚。

三更里呀，思量这个钱，朦胧如在眼睛前，乐无边。精神强健骨头颤，心中真爽快，眉间喜色添，此时才得如我念。谁知却是梦魂颠，依旧身儿在炕眠。我的钱啊，醒转来，越留恋。

四更里呀，思想这个钱，怎生落在水中间，恨绵绵。心头无计泪涟涟，一时得匆着，心思想万千，如何设法来谋面。越思越想越凄然，这件东西非等闲。我的钱啊，要见你，何时见。

五更里呀，思想这个钱，心中许愿意甚虔，告苍天。千愁万绪若无边，区区若到手，时时供佛前，焚香跪拜心无厌。至诚至敬不虚言，伏望钱神赐悯怜。我的钱啊，早早来，如吾愿。

一夜里呀，思量这个钱，翻来覆去不安眠，意心坚。腹中好似火油煎，黄昏思想起，直到五更天，东方发白心难变。几时飞到吾跟前，弄得区区心想偏。我的钱啊，勿负我，心一片。

（以上见第三回《时规被小人作贱　钱愚受一文牵制》）

烟水散人　桃花影

【黄莺儿】

寂寞宋家东，羡墙花一树红，恨无白璧在蓝田种。楞楞晓风，沉沉夜钟，这凄凉只少个蛾眉共。梦魂中，行云何处，又不到巫峰。

又

幽恨与谁同，叹清宵樽已空，佳期付与梨花梦。芸编倦攻，薰炉自烘，恩情美满，谁把风声送。隔帘栊，原来是鸾颠凤倒，云雨两情浓。

又

笑语忒匆匆，正翻残桃浪红，好一似寒塘戏水鸳鸯共。酥乳儿贴胸，鬓云儿已松，阳台浪把欢娱纵。怎知道小墙东，人儿在外，亲见你醉春风。

又

清露滴梧桐，听谯楼鼓四咚，他灯儿灭了收残梦。云情已空，凄惶付侬，半屏残月花阴重。自悭惚，灵犀一点，偏我尚朦胧。

【银绞丝】

纱窗外白溶溶月转花梢，罗帏里笑盈盈似漆如胶。莽萧郎怎不去章台走马，小红娘好一似鹊入鸾巢。俏心肝低声叫，这欢会从来少。鬓儿也蓬松了，身儿也酥麻了，恨只恨隔邻萧寺，不做美的钟声也敲得早。

（以上见第一回《小书生凿壁窥云雨》）

桃源醉花主人　别有香

【小曲】

曈眊焉昏昏，那辨媸妍。见嫫母唤作西施，对童羡是髫年。想他有窍便思钻，就是那马牝羊□彼也欲。

（以上见第六回《藏香饵樨子遣魔》）

【驻云飞】

古怪生涯，不爱馄饨喜面抓。花窍无心桠，桂窟留心□。知趣好浑家，不用嗟。别寻□□，那怕□□下，你不来时不虑他。

【山歌】

叶家姐儿生得好妖挠，朝也花朝暮也花朝，被郎相见不相饶。横也一篙，竖也一篙，篙得花心痒难熬。痒难熬，不惮劳，来来往往半年遥。想是春间已下子种，看看秋到，又要产个小妖娆。

（以上见第十回《堕花街月惜贪花》）

【山歌】

男慕仔个娇姿，女慕仔个才。郎才女貌，看来也勿用于个猜。阿呀！这个好良宵，莫教仔虚掷了。大家且紧搂深偎，不教仔闲。

（以上见第十三回《白玉娘雪天狎年少》

【口号】

樊老种菊，写肥口腹。没个雅怀，一味恶俗。有钱方售，无钱休渎。恼了花神，怒目斥逐。道伊行□，把矛贪黩。罚伊粪窖，变个厉蛆。终日钻营，尝你厌足。

（以上见第十四回《黄小娥秋夜戏书生》

佚名　梧桐影

【歌】

俏冤家你两个也是前缘前世，有缘法千里来做了露水夫妻，昨夜里那知道今宵欢会。一个似鸡啄食，一个似柳穿鱼。莫道是萍水相逢也，须相交，相交直到底。

（以上见第六回《一霎风流是他还是我　几宵恩爱看看我是谁》）

【挂枝儿】[1]

写情书写不尽我冤魂帐，直直的写几句教他细细详，我死期已在十分上。早早来还得见，也算与你厚一场。若是几日里来迟也，切莫要身后将咱想。

（以上见第十回《不苛二女藏羞徙他郡　法无轻贷两孽入重泉》）

---

① 此首又见冯梦龙辑《挂枝儿·想部》三卷，字句稍有差异。

江左淮[①]庵　醉春风

【挂枝儿】

小贼精你如何把妹子来近，同窠生并肚长怎配鸾俦，嫡亲骨血要把淫根凑。不是猪和狗，定是马和牛。还亏他妹子的无知，也险些兄出场丑。

【黄莺儿】

欲待把门敲，怕无人枉这遭，不住的小鹿在心头跳。非关太骚，只因久熬，头朵的朵了我的心好心焦。满身寒噤，难度此良宵。

（以上见第一回《处子深闺心性劣　富儿书馆梦魂颠》）

【挂枝儿】

俏冤家才上床缠我怎地，听见说你一向惯缠别的，怕缠来缠去没些主意。今夜假温存缠着我，日久真恩爱去又缠谁。冤家，你若再要去缠人也，我也把别人缠个死。

（以上见第二回《合卺夜恩情美满　反目后欢爱潜移》）

【吴歌】

绝标致个家婆捉来弗值钱，载搭子药弗杀个婆娘做一连。个样事务是五百年前冤，魂帐舍子个黄金去抱绿砖。

【挂枝儿】[②]

梦儿里梦见冤家到，梦儿里把手搂抱着，梦儿里把乖亲叫。梦儿里成

---

① “淮”又作“谁”。

② 冯梦龙辑《挂枝儿·想部》三卷《梦》云：“梦儿里梦见冤家到，梦儿里双手搂抱着，梦儿里就把乖亲叫。梦儿里成凤友，梦儿里配鸾交。梦儿里相逢也，梦儿里又去了。”

凤友，梦儿里配鸾交，梦儿里交欢也，梦儿里又交了。

（以上见第三回《荡子不归生妇怨　孤房独守动淫情》）

【挂枝儿】

昨夜里又做了龌龊勾当，今夜亲老公又进奴房，亲老公把硬口顶在口心上。不拘大与小，那论短和长。谁知这样个骚精也，已布满了偷人网。

（以上见第四回《倾赀结客无虚夜　破壁迎郎有剩欢》）

【吴歌】

姐儿心上自有弟，个个人等得，来时尽是次身，无子馄饨就是面，也好权时点景，且风云。

（以上见第七回《吃官司淫心未已　寻旧好痴骨难医》）

【挂枝儿】

硬肚肠从了良去做偏房，侥幸煞没快心肠。谁知张三郎，先把奴抛弃，睡迟还不稳，短叹又长吁。把角先生权做丈夫也，只被小丫头瞧煞你。

（以上见第八回《张监生言旋故里　赵玉儿甘守空帏》）

烟水散人　灯月缘

【撒帐词】①

撒帐东，桃花红褥绣芙蓉。鸳鸯不独双栖好，雄作雌兮雌偶雄。撒帐西，这番花烛实为奇。屏开孔雀欢声洽，帘卷春风瑞霭霏。撒帐南，玉壶酒美共君酣。帐底销魂同映梦，胸前佩草为宜男。撒帐北，天长地久无间

① “撒帐词”为旧时婚礼常见，又称喜词，亦可算一种仪式民歌。明代类书《士民万用正宗不求人》《人瑞堂订补全书备考》《芸窗汇爽万锦情林》等各收有数量不等的此种喜词。《灯月缘》标明说“明朝崇祯年间”事，兹录其撒帐词一种，以为代表。

隔。三人心似一人心，两处情浓总一脉。撒帐上，痴情艳事非凡想。时时明月睇双欢，往往轻风吹笑声。撒帐中，门阑喜气郁葱葱。鸳鸯绣带从新绾，翡翠芳衾自此同。撒帐下，春宵美满应无价。彼非含蕊此非花，休把新红试白帕。

李修行　梦中缘

【山坡羊】

虚飘飘风筝线断，忽喇喇鸳鸯拆散，颤巍巍井落银瓶，急煎煎眉锁平康怨。忆前欢，如同梦里缘。沾襟泪点，泪点和血染。再不得湖上题诗，席间侍宴。天，天，今世里遭业愆。天，天，何日里续断弦。

又

意悬悬愁怀不断，哭啼啼悲声自咽，痛煞煞泪尽江流，眼睁睁望断关河远。日如年，羞看镜里颜。青楼滋味，滋味难消遣，那里是故国风光、旧家庭院。天，天，今世里遭业愆，天，天，何日里月再圆。

（以上见第十回《明说破姊妹拜姊妹　暗铺排情人送情人》）

佚名　桃花庵

【鸳鸯调】

情兴两和谐，手挽香肩嘴对腮；玉体坐郎怀，巧语莺声叫乖乖。那一个金茎举，这一个玉壶漏满阶；一对鸳鸯交翅舞，两只花鹅离不开。

（以上见第十四回《众家人庵堂闹主》）

烟霞逸士　巧联珠

【黄莺儿】

鼓乐夜喧天，做新郎不论年，十三十四成欢喜。喜穿相连，花灯不全，媒婆昼夜奔波懒。最堪怜，村村俏俏，错配了姻缘。

（以上见第十一回《扮新郎明谐花烛　点淑女暗易梅香》）

弥坚堂主人　终须梦

【黄莺儿】

成就了知心，知心和谐，记得尝相谑相寻，浑忘一般溶溶春娇，春娇画不成。气味深，形销骨霪，魂飞沉，九天长吟。

云锁双禽，遍体尽香侵。当年鼓瑟，今日又同衾。萧萧阳台，浓浓花阴。审问明，又疑是昨夜梦和甚，梦和甚值千金。

（以上同见第十八回《能足够衣锦还乡》）

酌玄亭主人　闪电窗

【挂枝儿】

论风流也只差前后，走前门一道深沟，拖浆带水情难凑。女的又气短，男的又易丢。寻一个后门，哥哥倒好藏些丑。

（以上见第四回《钱鹤举买妾迷情》）

曹去晶　姑妄言

【吴歌】

郝老鸨儿忒子个骚，一个阴门赛子个破瓢。被人拿了当子个皮靴套，只好赛敖曹做他子个孤老。

（以上见第二回《钱贵姐遭庸医失明　竹思宽逢老鸨得偶》）

【挂枝儿】

贤妹妹我是来与你上寿，礼匪薄全望你一并都收。有一匹卷心绸，还有两匹核桃绉。青棍子鱼一双眼，大蒸卷儿裂破了头。送进了你的门儿也，外边厢还倒提着一瓶酒。

（以上见第五回《谄胁小人承衣钵为衣食计　膏梁公子仗富势觅富贵交》）

【劈破玉带三掉湾儿】

青山在绿水在我那冤家不在，风常来雨常来你的书信儿不来，灾不害病不害我的相思常害。春去愁不去，花开闷不开。小小的鱼儿粉红腮，上江游到下江来。头动尾巴摆，头动尾巴摆，小小的金钩挂着你腮。小乖乖，你清水不去浑水里来。纱窗外月影儿白。小乖乖，你换睡鞋，哎哟，你手拿睡鞋把相思相思害。相思病，实难捱，倒在牙床起不来。翻来覆去流清泪，好伤怀。眼珠泪珠儿汪汪也，冤家，滴湿滴湿了胸前的奶。

又

俏冤家，这两日你待我的情儿淡淡，言语中屡屡的不似了先前。你忽然来忽然去，我看你精神恍乱。冤家，想必是那人待你的恩情好，你向我跟前假惺惺，左右难。冤家，你不必强支吾，画虎画皮难画骨，我悔恨当初。悔恨当初，有眼不识薄幸徒。薄幸徒，把海誓山盟一旦无。我捶捶胸，跌跌足，老天生我不如无。痴心无有痴心报，好命孤。我一心也不怨你这么样无情也，怨只怨我这八个字儿生来的苦。

（以上见第十回《狂且乘狂兴忆高官　美妓具美心讥俗客》）

【劈破玉】

小寡妇上新坟身穿着重孝，拿着香提着纸直哭到荒郊，见新坟忙下拜把我亲夫来叫。实指望与你同偕老，谁知你半路里把奴抛。我捱不得这冷冷清清也，夫君呵我要去偷小叔了。

【银纽丝】

一更里思夫，过黄也么昏，思量年少俊卿卿。好伤心，缘何撇我赴幽冥。奴身独自苦，带影共三人。想亲夫，真个心肠硬。空房孤守，误我青春。痛断肝肠，泪珠也倾。我夫啊，我恨卿卿，又把卿卿恨。

二更里思夫，月上也么阶，当初指望永和谐。泪盈腮，撇奴独自好难捱。罗衾空半幅，绣枕半边歪。泪珠儿湿透了香罗带，翻来覆去好伤怀。痛的夭亡，我命也乖。我的夫哪，我带孤辰，命把孤辰带。

三更里思夫，月正也么明，猛然梦里遇亲亲，放悲声，怀中搂抱诉衷情。离愁肠万结，未语泪先倾。正绸缪，忽被钟声震，醒来仍自拥孤衾。桌上的残灯，乍暗也明。我的夫哪，我伤情，真个伤情闷。

四更里思夫，月转也么西，翻身侧耳听啼鸡。好孤凄，罗帏寒气逼香肌。他人鸾凤合，我独子规啼。闷杀了奴，受这孤单罪，思量转痛转伤悲。就是那蝼蚁，也效于飞。我的夫哪，我为谁来，却把谁来为。

五更里思夫，天色也么明，无眠整夜断人魂。恨夫君，为伊苦守也无因。贞节虽有，难轮到我身，倒不如转嫁图欢庆。那时节，携手赴鸳衾。

被底的风流，乐杀也人。我的夫哪，恨凭君，凭君恨。

五更已罢天将晓，日上三竿了。对镜理容妆，叹我青春小。细寻思，还去做新人好。

（以上见第十三回《铁氏女水陆二路齐行　童自大粗丑两鬟并纳》）

【小曲】

雨初霁海棠娇，赛过胭脂鲜俊。俏佳人摘一枝试问郎君，你看这花容胜，还是奴容胜。郎君故意道花容好。佳人听说怒生嗔，将花揉碎洒郎身。夫君呵，今夜你就同花去寝，我再不与你相交颈。

又

雪里梅花早放，南枝春光先透，忙向园中折一枝来，最爱香幽，试问丫环，我比梅花谁清谁瘦。丫环说道，梅花虽瘦无烦恼，姑娘你憔悴了花容为郎愁。学只学白梅花，冰清玉洁的无忧。他开放时独占名园百花魁首，任着那浪蝶狂蜂去寻花问柳。

【小曲三调弯儿】

俏冤家偶来到园中观眺，猛见那花茵上了一对狸猫，那狸猫不住猫猫乱叫。公猫咬住母猫的颈，母猫回头望公猫。一根竹子节节高，送与冤家做管箫。口儿噙着，口儿噙着，十指尖尖搂抱着腰，小娇娇喘喘气儿再一遭。左眼儿观，右眼儿瞧，观定狸猫鸾凤交。狸猫调情人心动，不好了，再看再看一会狸猫。俏冤家，你的银红裤儿湿透了。

【劈破玉】

问君家你缘何不到富平任，原来是天做对不作你这负心人，把合家全结果在这贼一阵。妻妾为贼嬲，尊臀被这贼逞，这是你负心的下场头，也劝世人，还是要好心才把稳。

（以上见第十八回《崔命儿害人反害己　童自大得寿又得儿》）

佚名　一片情

【小词】

家住北村山底，生来二八妖娆。爹娘见识没分毫，误配龙钟一老。昼夜鼾呼图睡，婆娑曲背驼腰。痰喘唾沫甚腥臊，惜玉怜香那晓。

【一江风】

俏冤家独立在檐儿下，手撮着绵线叉。细端详她乱绾乌云，斜把这金钗压。我轻轻搂抱她，我轻轻搂抱她，令人遍体麻，思量怎肯便丢开罢。

（以上见第一回《钻云眼暗藏箱底》）

【黄莺儿】

病患谷膻疯，想其中有疥虫，令人搔手全无用。想此虫太凶，非药石可攻，非剥免频频送。恨苍穹，惭非武后，何苦命相同。

【小词】

陷人坑土窖般暗开掘，迷魂洞囚牢般巧砌叠，检尸场屠铺般明排列。衡一味死温存，活打劫。

（以上见第三回《憨和尚调情甘系颈》）

【小词】

谁想你另有了裙钗，气得奴如醉如呆。斜倚定床儿手托腮，不明白怎便丢开。传消寄息，不见影来。你若负了奴的恩情，他便纵好似奴家也是歹。

【挂枝儿】

俏冤家一去了便无音信，你去后我何曾放下了心，那一日不在门前等。愁只愁丈夫狠，恨只恨这腊梨精。担惊受怕的冤家也，怎么来得这样难得紧。

俏冤家你想我今朝来到，喜孜孜连衣儿搂抱着腰，浑身上下都堆俏。搂一搂愁便解，抱一抱闷已消。纵不得与你通宵也，一霎也是好。

（以上见第十四回《骚腊梨自作自受》）

褚人获　隋唐演义

【挂枝儿】

进明呵你也食唐家禄否，人望你拯灾危冒险的求救，谁知你拥强兵竟不能相救。不曾见你兴师去，倒要将他勇士留。可怜那南八男儿也，十指儿只剩九。

又

进明呵你不顾千年的唾骂，任南八苦求救只不听他，眼睁睁看他将指头儿咬下。他当时临去空咬指，我今日说来亦咬牙。好把你睢阳庙里钢人，也尽力的狠敲打。

（以上见第九十四回《安禄山屠肠殒命　南霁云啮指乞师》）

褚人获　坚瓠集

【吴歌】

你在东时我在西，你无男子我无妻。我无妻时犹闲可，你无男子好孤凄。

（以上见《癸集》卷三）

佚名　荔镜记[①]

【斗歌】

男：恁今向爿阮障爿，恁今唱歌阮着还。恁今还头阮还尾，恰是丝线缠竹爿。

女：阮今障边恁向边，阮今唱歌恁着还。阮今还头恁还尾，恰是丝线缠竹鼓。

男：阮唱山歌乞恁听，待恁听知我也知。待恁坐落袂走起，待恁走起我便来。

女：阮唱山歌乞恁听，侍恁坐听立也听。待恁坐落袂走起，待恁起来又袂行。

男：月朗朗，照见月底梭掏红。斧头破你你不开，斧柄择你着一空。

女：月圆圆，照见恁未是好男儿。想恁那是作田简，大厝人仔向大鼻。

---

① 戏曲中所见明代民歌情况较为复杂，主要是作者身份与其中收录民歌性质均难以确定。如《荆钗记》作者，一说是元人柯丹邱，一说为明太祖第十七子宁王朱权。戏曲中民歌，多为作者据剧情而创作，且所演少明朝人事。受体例限制，此处仅取《荔镜记》等为代表。

月炮炮，照见恁是人阿头。看恁大厝饲个茼，十个九个讨钵头。

（以上见第七出《灯下搭歌》）

佚名　鸣凤记

【莲花落】[1]

一年去了又是一年来，哩哩莲花，哩哩莲花落也，又见梅花雪里开。哈哈莲花落也，人生在世就是一熟黄粱梦，哩哩莲花，哩哩莲花落也，我想富贵英雄都是命里排。哈哈莲花落也，我乞儿本是豪家子，哩哩莲花，哩哩莲花落也，与严家大相自幼往往来来。嘻嘻哈哈，同眠同坐，相亲相爱。就是一个人相交，不放下怀。哈哈莲花落也，今日他做官来我贫苦，哩哩莲花，哩哩莲花落也，就是一个升天一个落在地尘埃。哈哈莲花落也，特到京中寻故旧，哩哩莲花，哩哩莲花落也，又见他烈烈轰轰，呼呼喝喝，大模大样，前遮后拥，把那街上闲人尽打开。哈哈莲花落也，费尽盘缠不相见，哩哩莲花，哩哩莲花落也，害得我来不来去不去，只得打下一回莲花落也，求乞些米粮斋。哈哈莲花落也。

（以上见第二十三出《拜谒忠灵》）

周履靖　锦笺记

【吴歌】

北来南去几时休，争利争名各有头。只有我里官人爱山水，携琴裹茗

---

[1] 陶真、道情、弹词、莲花落等均为明代讲唱文学的常见形式，广义上亦可属民歌一类。

上扁舟。

又

村村歌吹奏春声，浪静风和月以介明。百里水程连夜走，山灵应笑介殷勤。

（以上见第二出《游杭》）

【山歌】

外六桥了里六桥，千株杨柳万株桃。湖船尽摆子游春酒，客人半载子女多娇。女多娇了女多娇，湖南湖北任逍遥。看看大佛头个眉眼，摸摸长耳相个皮毛。弗管敲坏子林和靖家梅子，啰惜攀折子苏小小大花梢。葛仙翁炼丹井侪来吊吊，钱镠王洗卵池也去撩撩。岳王坟前打打秦桧，金鼓洞口访访牛皋。寻新茶直上龙井，要好水更到虎跑。几十处伽蓝座座参到，五百尊罗汉个个数高。柳洲亭，放鹤亭，湖心亭，冷泉亭，可惜造做子几处；六和塔，雷峰塔，保叔塔，灵鹫塔，恨弗得磕做子一陶。化星纸锭，拜拜先垄；番个攒盒，穿穿断桥。卖酒个以介帮衬，才捉子鲂魮鱼煎燥。求讨个恰介弄巧，只把渔鼓简轻敲。吃得个老人家个个莽莽撞撞，引得个阿妈们越越妖妖娆娆。正叫暖风熏得游人醉，拿子金银河上抛。

（以上见第十二出《醉春》）

袁于令　西楼记

【山歌】

水面生涯最是难，不遇风来只好看。说甚么九日滩头坐，一日过九滩。

（以上见第十四出《空泊》）

孟称舜　死里逃生(杂剧)

【北京西山煤子歌】

行不得哥哥，朝朝夜夜苦奔波。一年三六十个夜，并无一夜在家中卧。阿呀，天呀，叫一声行不得哥哥，兀的掇赚煞了我。

（以上见第三出）

朱彝尊　明诗综

相思曲(浔州士女)

妹相思，不作风流待几时。只见风吹花落地，不见风吹花上枝。

妹相思，蜘蛛结网恨无丝。花不年年长在树，娘不年年伴女儿。

广东歌堂词　道别

采莲去时江水深，采莲归时江树阴。中间日出四边雨，记得有情人在心。

岁晚天寒郎不回，厨中烟冷雪成堆。竹篙烧火成长炭，炭到天明半作灰。

老龙山下有狂风，老龙山上月朦胧。槟榔劝郎郎不醉，姑[①]负奴唇一点红。

（以上见卷九十六）

---

① “姑”当作“辜”。

佚名　二郎开山宝卷[①]

【要孩儿】

二郎爷笑盈盈，见大众甚虔诚，宣扬宝卷齐声诵。西来大意唪念好，善男信女尽成功，消灾延寿添吉庆。但愿众全忠全孝，风雨调大地春生，风雨调大地春生。

（以上见第十一品）

又

二郎爷非等闲，为甚么俺才传，二郎救母少宝卷。不是西来大意不敢传，七珍八宝常对面。空王殿里二郎坐，细乐金光围绕从空现。好一个无为妙法，二郎爷心中喜欢。

又

二郎爷非等闲，为甚么俺才传，二郎救母少宝卷。不是二郎常显化，西来大意不敢传，七珍八宝常对面。空王殿里二郎坐，细乐笙琴闹喧喧，金光围绕从空现。好一个无为妙法，二郎爷心中喜欢。

（以上见第十三品）

---

① 全称《清源妙道忠孝二郎开山宝卷》，编者不详，明黄天教宝卷，题"嘉靖岁次壬戌三十四年"刊本。据车锡伦整理，明清两代有四十六种宝卷使用《劈破玉》《耍孩儿》《驻云飞》等俗曲（《聊斋俚曲曲牌的来源》，《蒲松龄研究》2002 年第 2 期）。此处录《二郎开山宝卷》中《耍孩儿》三首，作为此类俗曲的代表。

第七辑　民谣

李梦阳　空同集

郭公谣

赤云日东江水西，榛墟树孤禽来啼。语音哀切行且啄，惨怛若诉闻者凄。静察细忖不可辩，似呼郭公兼其妻。一呼郭公两呼婆，各家栽禾，栽到田塍，谁教捡取螺。公要螺炙，婆要摄客。摄得客来，新妇偷食。公欲骂妇，婆则嗔妇。头插金行带银，郭公唇干口燥救不得，哀鸣绕枝天色黑。

李子曰：世尝谓删后无诗，无者谓雅耳。风自谣口出，孰得而无之哉。今录其民谣一篇，使人知真诗果在民间。于乎，非子期，孰知洋洋峨峨哉。

（以上见卷六）

叶盛　水东日记

十里湖光十里笆，编笆都是富豪家。待他十载功名尽，只见湖光不见笆。

（以上见卷四）

皇甫录　皇明纪略

马饱不用喂，鼓破不用张。五人同一心，刘瑾去顶缸。

方音呼魏为喂，谷为鼓也。

杨慎　古今风谣

洪武中童谣

胡胖长，官人不商量。《解缙奏疏》云："椎埋□悍之夫，□茸下愚之辈，朝捐刀镊，暮拥冠裳，左弃筐箧，右符簪组，刖履之贱，哀绣巍峨，负贩之佣，车马赫奕，贤者羞为之等列，庸人患习其风流。故有'官人不商量，做官没盘缠'之谚。"

周颠仙乡谭常谣

世间甚么，动得人心。只有胭脂胚粉，动得婆娘嫂里人。

革除中童谣

烟，烟，北风吹上天。团团旋，窠里乱。北风来，便吹散。

正统中京师小儿祷雨谣

雨地雨地，城隍土地。雨若大来，谢了土地。《水东日记》云：又有群儿环绕，一人按月问云：正月里狼来咬羊，齐拒之。至八月，则放狼入，尤协后之验也。

正统乙巳童谣

牛儿呵莽著，黄花地里倘著。你也忙，我也忙，伸出角来七尺长。
清俊小后生，青布衫，白直身。好个人，屈死在鹞儿岭。

天顺丁丑童谣

京城老米贵，那里得饭广。鹭鸶冰上走，何处寻鱼嗛。范广，天顺中名将。于谦，少保肃愍公也。未几，范广死，谦遭石亨之患。

正德中川蜀童谣

时有流贼蓝廷瑞、鄢老人之变，统御非人。官军所过，掠劫甚于流贼，百姓歌之。

强贼放火，官军抢火。贼来梳我，军来篦我。

正德北京童谣

马倒不用喂，鼓破不用张。马永成、张永、谷大用、魏彬四宦，专权害政，后皆废出。鼓，即谷也。燕京之音，呼谷为鼓云。

嘉靖初童谣

前头好个镜，后头好个秤。镜也不曾磨，秤也不曾定。

又

嘉靖二年半，秫黍磨成面。东街咽瞪眼，西街吃磨扇。姐夫若要吃白面，只待明年七月半。

太庙香炉跳，午门石狮叫。

好群黑头虫，一半变蛤蚧，一半变人龙。

孙允中　云中纪变

樊都堂伏兵，城中为内应。

余继登　皇明典故纪闻

城里人食狗，城外狗食人。

（以上见卷十四）

夏允彝　幸存录

满街都督，一部职方。

（以上见卷下）

无名氏　翦胜野闻

张王做事业，只凭黄蔡叶，一夜东风来，干鳖。

许浩　复斋日记

鹭鸶冰上走，那里讨鱼寨。

（以上见上卷）

无名氏　民抄董宦事实

若要柴米强，先杀董其昌。

刘若愚　酌中志

大市去矣。

涂文辅是秀才出身，赵鸣阳入幕在内。

（以上见卷十六）

文秉　烈皇小识

投了袁崇焕，达子跑一半。

（以上见卷二）

吕毖　明朝小史

小儿谣

雨滞雨滞，城隍土地。雨若再来，还我土地。

（以上见卷七）

银豆谣

尚方承诏出九重，冶银为豆驱良工。颗颗匀圆夺天巧，朱函进入蓬莱宫。御手亲将十余把，琅玕乱洒金阶下。万颗珠玑走玉盘，一天雨雹敲鸳瓦。中官跪入多盈袖，金铛半堕罗裳绉。赢得天颜一笑欢，拜赐归来坐清昼。闻知昨日六宫中，翠娥红袖承春风。黄金作豆竞拾得，羊车不至愁烟中。别有银壶薄如叶，并刀剪碎盈丹匣。

（以上见卷八）

清如水明如镜。

纸糊三阁老，泥塑六尚书。

（以上见卷九）

马饱不用喂，鼓破不用张。五人同一心，刘瑾去顶缸。

方音呼魏为喂，谷为鼓也。

（以上见卷十一）

刘昌　县笥琐探摘抄

况太守，民父母，早归来，一田叟。

况青天，朝命宣，早归来，在明年。

沈周　石田杂记

雨帝雨帝，城隍土地。雨若再来，还我土地。

陆容　菽园杂记

满朝升保傅，一部两尚书。侍郎都御史，多似柳穿鱼。

（以上见卷三）

黄晔　蓬窗类记

尹山做势。

（以上见卷二）

何孟春　余冬序录

湖广熟，天下足。

（以上见卷五外篇）

郎瑛　七修类稿

杨氏青，出贼精。

（以上见卷八）

郎瑛　七修续稿

东海小明王，温台作战场。虎头人受苦，结末在钱塘。

朱衣人作主人公。

（以上见卷二）

田汝成　炎徼纪闻

华林贼来亦得，土兵来死不测。黄狐跳梁白狐立，十家九家逻柴棘。

（以上见卷一）

何良俊　四友斋丛说

东袁载酒西袁醉，摘尽枇杷一树金。

（以上见卷十八）

一清诳[1]，圆头扇骨揩得光浪荡。二清诳，荡口汗巾折子挡。三清诳，回青碟子无肉放。四清诳，宜兴茶壶藤扎当。五清诳，不出夜钱沿门跄。六清诳，见了小官递帖望。七清诳，剥鸡骨董会摊浪。八清诳，绵绸直裰盖在脚面上。九清诳，不知腔板再学魏良辅唱。十清诳，老兄小弟乱口降（音扛）。

（以上见卷三十五）

陈继儒　珍珠船

大冠若箕，修剑柱颐。攻狄不下，枯骨成丘。

（以上见卷二）

---

① “诳”或当作“狂”。《丛说》谓此为“谚”，实近谣，故录之。

顾起元　客座赘语

四人掣衣裾，三人捉坐席。

（以上见卷五）

谢肇淛　五杂组

九九谚[①]

一九二九，扇子不离手。三九二十七，冰水甜如蜜。四九三十六，汗出如洗浴。五九四十五，头戴秋叶舞。六九五十四，乘凉入佛寺。七九六十三，床头寻被单。八九七十二，思量盖夹被。九九八十一，阶前鸣促织。

一九二九，相逢不出手。三九二十七，篱头吹觱篥。四九三十六，夜眠如鹭宿。五九四十五，太阳开门户。六九五十四，贫儿争意气。七九六十三，布纳担头担。八九七十二，猫犬寻阴地。九九八十一，犁耙一齐出。

一九二九，相逢不出手。三九四九，围垆饮酒。五九六九，访亲探友。

---

① 宋普济《五灯会元》卷十六有云："一九二九，相逢不出手。三九二十七，篱头吹觱栗。"又清翟灏《通俗编》卷三云：陆泳《吴下田家志》、周遵道《豹隐纪谈》，《数九谚》并有二首，一从冬至，一从夏至，杨慎《丹铅录》、王世贞《委宛馀编》、冯应京《月令广义》、田汝成《游览志馀》所载俱然。今俗亦两歌之，其自夏至数云：一九二九，扇子弗离手。三九二十七，冰水如蜜汁。四九三十六，拭汗如出浴（一作争向露天宿）。五九四十五，头戴楸叶舞。六九五十四，乘凉入佛寺。七九六十三，床头寻被单。八九七十二，思量盖夹被。九九八十一，家家打炭墼。其自冬至数云：一九二九，相唤不出手。三九二十七，檐头吹筚篥。四九三十六，夜眠如鹭缩（一作方才冻得熟）。五九四十五，太阳开门户（一作穷汉街头舞）。六九五十四，贫儿争意气（一作树头青渍渍）。七九六十三，布衲两头摊（一作破衲足头担）。八九七十二，猫狗寻阴地（一作口中呬暖气）。九九八十一，犁耙一齐出（一作三句云：穷汉受罪毕，才要伸脚睡，蚊虫獦蚤出）。

七九八九，沿河看柳。

（以上见卷二）

沈德符　万历野获编

十好笑，驸马换个现世报。①

（以上见卷五）

翰林个个都外调。②

（以上见卷十）

广西抚院，京香京绢。

（以上见卷十一）

莫问知不知，状元是彭时。

科场烧，状元焦。

不因科场烧，那得状元焦。

（以上见卷十五）

某可笑，侍郎拶得尚书叫。③

（以上见卷十八）

阴府中罗刹夜叉，个个都愁凶鬼到。阳台上善男信女，人人尽贺恶人亡。

书中自有千钟粟，汤通判家中啜薄粥。

书中自有黄金屋，赵主事被和尚打得哭。

---

① 原书云："京师人有《十好笑》之谣。"此为末一则。

② 原书云："京师《十可笑》中所云'翰林个个都外调'者是也。"

③ 原书云："时京师为《十可笑》之谣，其一曰'某可笑，侍郎拶得尚书叫'。"

书中有女颜如玉，陈进士被徐秀刖了足。

书中车马多如簇，钱举人独身走踯躅。

吴江谑语

老主簿巧献屯田，荒岁贡粮加倍入。痴和尚误钻库穴，祖传衣钵尽情抛。

吴江劲挺一茎竹，才逢春雨便叶绿。青枝一夜透千梢，登时改节弯弯曲。

无锡谑语

周继昌汝何故穿红衣裳，要学华鸿山无他的门墙。要学尤回溪无他的后场，要学吴震华无他的赀囊。要学顾泾阳无他的文章，汝何故穿红衣裳。

（以上见卷二十六）

若要世道昌，去了八狗与三羊。

（以上见补遗卷三）

范濂　云间据目抄

潮通泖，出阁老。

青天白日无风雨，宣化承流落了头。

地上白毛生，妻儿老少一同行。

若要此河开，除非海龙王来。

重恩牌楼过了河，府学生员脱了科。

府学秀才，只进勿出。

（以上见卷三）

董穀　碧里杂存

田石谣

田石倾，田州兵。田石平，田州宁。

（以上见下卷）

包汝楫　南中纪闻

走尽天下路，难过洣津渡。

李中馥　原李耳载

五魁三落卷，一榜半遗才。

莫遇李隆军，宁逢王浩八（姚元贼首也）。见贼犹可生，见军必定杀。

彭时　彭文宪公笔记

众人知不知，今年状元是彭时。

（以上见卷上）

王鏊 震泽纪闻

纸糊三阁老，泥塑六尚书。

杨循吉 苏谈

到中秋，过苏州。

姜南 半村野人闲谈

阁道东，有大牛，王济鞅，裴楷鞘，和峤剌促不得休。

陆粲 说听

今日南京真吏部，明朝吏部又南京。

余永麟 北窗琐语

头带半段褖，身穿横裁布。街上唱个喏，清灯明翠幕。
蝴蝶飞脚下，浮云起妇人。

一可怪，四方平巾对角戴。二可怪，两只衣袖像布袋。三可怪，纻丝鞋上贴一块。四可怪，白布截子缀绿带。

尹直　謇斋琐缀录

御史原姓焦，科场被火烧。

（以上见卷八）

郑仲夔　耳新

商君昔日夸三捷，颜子今朝说五经。

（以上见卷二）

朱国祯　涌幢小品

田石倾，田州兵，田石平，田州宁。

剑门皆石无寸土，潼关皆土无拳石。

（以上见卷十五）

塘下戴，好种菜。菜开花，好种茶。茶结子，好种柿。柿蒂乌，摘个大姑，摘个小姑。

（以上见卷二十二）

要开吴淞江，须是海龙王。

（以上见卷二十三）

朱载堉　圣寿万年历

大统历，数差错。朔日相越，一日惑世，诬民变乱。

（以上见附录。又见《续文献通考》卷二百一十五）

蒋一葵　尧山堂外纪[①]

富汉莫起楼，穷汉莫起屋。但看羊儿年，便是吴家国。

塔儿黑，白人作主南人客。塔儿红，朱衣人作主人公。

（以上见卷七十八）

黄练花，花练黄。

（以上见卷七十九）

况青天，朝命宣。早归来，在明年。

（以上见卷八十二）

双木撑篙不如摇。

（以上见卷八十三）

会元未必如刘戬，及第何人似献章。

（以上见卷八十六）

十七字谣

天上有扫星，地下有达兵。若走须杀马文升。

（以上见卷九十）

① 《尧山堂外纪》辑录民谣自黄、虞、三代起。此处只录明代部分。

八虎谣

飞上一条龙，留下八支虎。天下皆快活，安陆独受苦。

（以上见卷九十六）

褚人获　坚瓠集

苏州三件好新闻，男儿着条红围领，女儿倒要包网巾，贫儿打扮富贵形。一双三镶袜，两只高低鞋，到要准两雪花银。爹娘在家冻与饿，见之几不寒心。谁个出来移风易俗，唤醒迷津。庶几可以辟邪归正，反朴归醇。

（以上见《续集》卷六）

李贤等　明一统志

井井乡乡绝叫嚣，桑麻盈野黍盈郊。如何百姓相安好，县有清官说姓饶。

（以上见卷六十九）

黄润玉　成化宁波府简要志

陶使再来天有眼，薛公不去地无皮。

（以上见卷四）

黄仲昭　弘治八闽通志

郑懋中，真长者，禁令不烦徭役寡。

（以上见卷六十七。《吴兴艺文补》卷六十一嵇元夫《东南民谣》作：郑懋中，真长者，禁令不烦徭役寡。斯民相见何嬉嬉，昔日无羊今有马）

隆庆岳川府志

刘少川，不要钱，百姓有饭官无盐。

（以上见卷十三。又见雍正《广西通志》卷七十九、《畿辅通志》卷七十四）

万历湖州府志

王气在三余。

（以上见卷二）

陈建　皇明从信录

李生黄瓜，民皆无家。

（以上见卷一）

皇甫汸　皇甫司勋集

前有温公，后有董公。并起河内，福我江东。

（以上见卷四十三）

李开先　李中麓闲居集

兵戈起练川，流血染昆山。

吴越干戈改，嘉湖作战场。

（以上见《诗》卷一）

马前双，马后方。腰下黄，督工郎。

郎不郎，堂不堂。工未了，一般忙。

满街棍，京堂混。工部忙，吏部困。

（以上见《诗》卷二）

钟将撞破，上官未过。少撞几声，亦不为错。

（以上见《文》卷十二）

雷礼　国朝列卿记

才宽断，朱英去。

（以上见卷五十二）

天有十哲，太平无休歇。
（以上见卷八十）

雷礼　镡墟堂摘稿

御史木铁刀，廉使真元老。
（以上见卷十五）

廖道南　楚纪

蛮服虎藏。
（以上见卷五十二）

李诩　戒庵老人漫笔

若要江西反，除非蚌生眼。
（以上见卷一）

陈子龙等　明经世文编

若遭大虏还有命，若遭家丁没有剩。
（以上见卷四百二十八）

东郊八十一老人　明季甲乙汇编

要纵奸，须种田。欲装哑，莫问马。

（以上见卷二）

焦竑　国朝献征录

龙湖坼，榜元出。

（以上见卷十六）

前刘后孙，清德著闻。

（以上见卷二十七。又见费宏《费文宪公摘稿》卷十六、过庭训《本朝分省人物考》卷六十六）

田有黍苗，野物寇盗。吾父朱公，体天行道。

（以上见卷六十五，又见《本朝分省人物考》卷二十四）

知府似烂泥，通判似豆腐。去了刘同知，倒了雷州府。

（以上见卷一百，又见《本朝分省人物考》卷六十六）

沈长卿　沈氏月旦

龙飞当岁首，女儿奸似狗。大姓人抬人，小户手携手。富室筵席开，贫家豆腐酒。衣衫借亲邻，逢头不嫌丑。

（以上见卷五）

王圻　续文献通考

十万吕文选，一亿汪尚书。

（以上见卷二百二十四）

过庭训　本朝分省人物考

邻水杨，但愿年年巡贵阳。贪污畏法，军民安康。

（以上见卷一百零八）

黄洪宪　碧山学士集

春有脚，三黄续。

（以上见卷五《粤中民谣》）

李介　天香阁随笔

张打铁，李打铁，打把剪刀送姐姐。姐姐留我歇，我不歇，还要家去学打铁。

朱衣星，七个星，东边上，西边下。谁人念得七遍过，得官做。

（以上见卷二）

乐天大笑生　解愠篇

选科全部在文章，但要生得篛胖长。更有一般堪笑处，衣裳穿得硬帮帮。

（以上见卷三）

李默　孤树裒谈

少做衣裳多做鞋，过了年下去南台。

（以上见卷一）

戚祚国等　戚少保年谱耆编

戚我爷，戚我爷，爷未来兮民咨嗟。爷既来兮凶妖荡尽，草木生芽，欲报之德，昊天无涯。愿爷孙子绳绳兮，为公为侯，永定国家。

（以上见卷四）

沈国元　两朝从信录

双木开大口，凡夬一千五。

（以上见卷二十七）

田艺蘅　留青日札

正月朔起乱头风，大小女儿嫁老公。

（以上见卷九）

吴亮　万历疏钞

带着人头去杀贼。

（以上见卷四十）

姚旅　露书

知府是堆泥，同知是块土。若无贾推官，坏了建昌府。

（以上见卷十一，又见《西园闻见录》卷九十七）

张鼐　宝日堂初集

日月河通出状元。

（以上见卷二十三）

周念祖　万历辛亥京察记事始末

王图王图不忖量，时到位自上，何须昼夜忙。儿做响马样，一个宝坻县供不上。

（以上见卷一）

周元晾　泾林续记

张公若不身亡早，四官定作探花郎。

查继佐　罪惟录

陶使再来天有眼，薛公不去地无皮。

（以上见《帝纪》卷一）

李实如瓜，百姓无家。

（以上见卷三。又见《明书》卷八十五《志》二十二）

礼部霍韬天。

（以上见《列传》卷十）

傅维麟　明书

李实如瓜，民皆无家。

（以上见卷八十五《志》二十二）

京困巨仓，公卒聊浪。墙除碓硙，公城摇罍。

（以上见卷九十二《世家》一）

周拱辰　圣雨斋集

八千女鬼弄朝纲。

（以上见《文集》卷一）

徐鼒　小腆纪传

长髯总兵，黔面御史。锐头中军，有如封豕。我父我儿，交臂且死。

（以上见卷四十三）

峻峭仙霞路，逍遥车马过。将军爱百姓，拱手奉山河。

（以上见《附考》卷十二）

曹溶　静惕堂诗集

虾蟆耕地鬼锄田，一年收得两年钱。

（以上见卷一）

邓显鹤　沅湘耆旧集

太岁罗以礼，求晴得晴，求雨得雨。

蜀山何巇巇，陈公节部靡。蜀宇啼枯桑，思公堪断肠。

（以上见卷一百六十五）

不畏官军，但畏粮屯。

（以上见卷二百）

王国宪　海忠介公年谱

种肥田，不如告瘦状。

（又见《备忘集》卷一，《嘉靖以来注略·隆庆注略》卷六）

胡文学　甬上耆旧集

毁我十家庐，构尔一邮亭。夺我十家产，筑尔一佳城。官长尚为役，我曲何时直。湖有薮，山有谷。本是太平民，岂愿作逋客。男儿无罪被人缚，走向深山方敢哭。

谁谓邑有贤，贵将夺我田。谁谓邑有贼，功成授我秩。移家莫近大宅居，但愿土风淳且熙，贫贱相怜贵不欺。

（以上见卷九）

满岸山砒尽拔根，讼风为衰止。

（以上见卷二十七）

宋长白　柳亭诗话

华林贼，来亦得。土兵来，死不测。黄狐跳梁白狐立，十家九家逻柴棘。

（以上见卷二十，又见《国榷》卷四十八）

汤贻汾　琴隐园诗集

扫尽江南钱，填塞马家口。

（以上见卷二十四）

王崇炳　金华征献略

廉明李刺史，爱民如赤子。祈晴便得晴，祈雨便得雨。

（以上见卷十七）

张廷玉等 明史

莫逐燕，逐燕日高飞，高飞上帝畿。

丞相做事业，专靠黄蔡叶。一朝西风起，干鳖。

委鬼当头坐，茄花遍地生。

邺台复邺台，曹操再出来。

（以上见卷三十《志》第六《五行志三》）

我后圣慈，化行家邦。抚我育我，怀德难忘。怀德难忘，于万斯年。毖彼下泉，悠悠苍天。

（以上见卷一百十三《列传》第一《后妃・太祖孝慈高皇后马氏传》）

旱为灾，周公祷之甘露来。水为患，周公祷之阴雨散。

（以上见卷一百六十二《列传》第五十《周斌传》）

纸糊三阁老，泥塑六尚书。

（以上见卷一百六十八《列传》第五十六《刘吉传》）

两京十二部，独有一王恕。

（以上见卷一百八十二《列传》第七十《王恕传》）

贼如梳，军如篦，土兵如剃。

（以上见卷一百八十七《列传》第七十五《洪钟传》）

孰罢我役，使君之力。孰成我黍，使君之雨。使君勿去，我民父母。

（以上见卷二百八十一《列传》第一百六十九《方克勤传》）

朱彝尊　明诗综[1]

杂谣歌辞

《静志居诗话》：昔汉孝武立乐府采歌谣，班孟坚谓代赵之讴，秦楚之风，皆感于哀乐，缘事而发，可以观风俗，知薄厚，故郭茂倩编《乐府诗集》，杂谣歌辞，包括无遗。余特仿其例，摭采附于卷末。惟夫童谣舆诵，及田家杂占，未尝师法古人，出于天地自然之音。世治之污隆，人材之邪正，莫不一本好恶之公，所谓"诗可以观"者是已。绎逐燕之旨，知革除本自皇衷；讽雨帝之言，信夺门元非人事。苟察于耳，介葛卢之于牛，亓师翁伟之于马，公冶长之于鸟，犹将欣然遇之，载诸篇籍，矧无戾于春女之思、秋士之悲者乎？年来史局虽开，汗青无日，留此以俟撰《五行志》《循吏传》者采择焉。

刘侯歌

永乐中，山阳刘安知南宫县，勤于抚字。境内旱蝗，率吏民步祷，蝗亦顿绝。是岁邻邑皆饥，惟南宫大稔，民歌曰：

侯宰南宫，民和政通。蝗不入境，今之鲁恭。

何铁面

永乐中，仁和何濒官刑曹郎，持法不避贵势，京师语曰：

毋纵诞，避何铁面。

京师语

颖上李芳中，永乐中进士，任刑科给事中，执法不挠，忤权幸，谪海盐

---

① 与杨慎《古今风谣》、郭子章《谣语》杂收历代歌谣不同，朱彝尊《明诗综》末以整卷的篇幅，专门自史书、笔记等文献中辑录明代流传的各类谣谚。此处原文照录，以彰其对后世总集编纂体例的示范意义。

丞，弃官居家。宣宗尝顾问曰："李芳何在？"近幸畏其刚直，多沮之。京师为之语曰：

永乐纪纲，宣德李芳。

京师语

正统戊辰，京师语云云。是年安福彭时殿试，赐第一甲第一名。

莫问知不知，状元是彭时。

京师童谣

正统中，京师群儿连臂呼于涂，曰："正月里，狼来咬猪未？"一儿应曰："未也。"循是至八月，则应曰："来矣，来矣。"皆散走。时方旱，又有群儿歌于涂，云云。既而有狼山之难。

雨帝雨帝，城隍土地。雨若再来，还我土地。

京闱语

景泰癸酉，庐陵罗崇岳举顺天乡试第一，以诡籍斥还。后三年，大学士陈循子瑛、王文子伦，入试皆不得举，有旨特赐举人。时人语曰：

榜有姓名，还是学生。榜无名氏，京闱贡士。

翰林语

茶陵李东阳等为翰林长，而王九思等为检讨，时人语云：

上有三老，下有三讨。

京都语

成化中，光州熊翀官兵部侍郎，时马□为尚书，而侍郎有左熊右熊。京师语云：

两熊一马，太平天下。

京师语

弘治中，钟祥沈文华为刑部员外郎，事多平反。京师语云：

有事勿忙，须问沈郎。

京师语

麦公牢子崔公马，高公银子当砖瓦。

都下谚

吏科官，户科饭，刑科纸，工科炭，兵科皂隶，礼科看。

安州语

苏州张寅仲明，中正德辛巳进士，知安州，浚牙家港，筑堤暇则与士子讲学。时孔天胤知祁州，亦以才见重。时人语曰：

有所疑，问安祁。莫忧竦，有张孔。

京师语

嘉靖五年，天台起复知县潘渊，进嘉靖《龙飞颂》，效苏蕙《织锦图》，帝以其文纵横莫辨，使开写正文以进。是时请建世室者，有监生王渊，进《世庙颂》，擢上林监丞。京师语曰：

两渊口，阔如斗。笑杀张萝峰，引出一群狗。

疫无鬼

容城杨继盛，少时读书僧寺。时僧多病疫，同舍生咸亡去，继盛为调药饵，僧以次愈，时人异之，语云：

疫无鬼，以为不信视杨子。

都中歌

嘉靖中，土木繁兴，一时工曹骤增数员，都中歌曰：

马头双，马后方，督工郎。

束鹿语

濮州苏佑，补束鹿知县，邑多囚系，下车一日释数百人，明日革罢徭车三十两，又明日有诏召束鹿令。邑人语曰：

三日官府，百年父母。

翰林语

京山李维桢在翰林，博闻强记，与新安许国齐称。同馆语云：

记不得问老许，作不得问小李。

得山禽

万历中，合肥黄道月，好挟少年，岸帻，衣半臂紫袷，坐骢马，挟弹游西山，时人从之，语云：

得山禽，从舍人。

燕人谚

过了八达岭，征衣添一领。

北地谚

骆驼见柳，渴羌见酒。

富林语

华亭曹时中与兄泰隐富林，以词翰自老。时人语云：

富林二曹，一时人豪。

道士歌

建文中，京师有道士歌于涂，云云。

莫逐燕，逐燕起高飞，高飞上帝几。

况太守歌

宣德中，况钟知苏州府，称治最，秩满去，民叩阙留者八万人。吴人歌曰：

况太守，民父母。早归来，乐田叟。

兴化谣

蒲政，四川举人，正统六年，任扬州兴化主簿，宽恕廉靖。民谣云：

蒲政打蒲鞭，青布缘了边。九年三考满，不要一文钱。

江阴歌

天顺中，昌黎周斌以御史论劾曹石，谪知江阴县，士民爱戴之。歌曰：

旱为灾，我公祷，甘雨来。水为患，我公祷，阴云散。

淮上歌

沈阳范鏓中，正德丁丑进士，历官两淮运使，尽革夙弊，迁四川参政以去。商民立祠淮水上，为之歌曰：

范来早，商民饱。范来迟，商民饥。

兴化民歌

嘉兴孙玺知扬州兴化县事，有土豪徐恩入赀为千户，交结权贵，横行乡曲，玺以法杀之。民歌曰：

彼恶人兮，虎翼而飞。恶人既杀兮，公瘠我肥。

嘉靖中童谣二首

卖枪缨，人上城。

茄头下，人走马。

留都语

扶沟刘自强，嘉靖中，官应天府尹，寻转都察院右都御史，进户部尚书，再改兵部。居官峻法，一尚书嘱以事，怒曰："赃吏敢尔邪！"起奋笔仆其隶人。留都为之语曰：

尚书赃，舆台僵，矫矫刘公洵自强。

吴下语

吴人皇甫冲兄弟四人，并有盛名。既而张凤翼兄弟三人，亦有名于时。吴下语云：

前有四皇，后有三张。

吴人语

长洲文震孟性孝友，居翰苑未逾年，罢官家居。吴人语曰：

求忠臣，须孝子。翳为谁，文文起。

兴化歌

卢陵陆某知扬州兴化县事，将入觐报政，民歌之曰：

昔来何迟，今去何速。惠我弗终，昭阳之陆。

泾县歌

嘉兴高承埏知泾县，将去，民歌之曰：

眄公车，来何暮。计公程，去何马。公内召，我何之。急攀辕，告上司。上司扬言不可止，入都门，见天子。

如皋谣

长山王峔生中崇祯庚辰进士，知扬州如皋县事，性爱畜蝶，民有罪当笞者，输蝶得免，罗致千百，召客饮，纵之以为乐。邑人语曰：

隋堤萤火辍，县官放蝴蝶。

江南谚

江南田家占雨，谚曰：

甲申尤自可，乙酉怕杀我。按二语，宋时即有之，见《范石湖诗注》。而江南至今传之，却成亡国之谶。

南京谚

福藩称制江南，马士英、阮大铖等用事，一时幸进者众。南京为之语曰：

职方贱如狗，都督满街走。

南京童谣

一匹马，走天下。骑马谁，大耳儿。

《诗话》：指士英、阮大铖也。时又有对联云：闯贼无门，匹马横行天下。元凶有耳，一兀坐扰中原。

南京童谣

杨柳青，放风筝。

吴谚二首

官粮办，便无饭。

南道如虎，升官半府。

吴中谚六首

有利无利，但看二月十二。花朝日晴，则百果多实。

三月沟底白，莎草变成麦。三月无雨，麦乃有收。

六月不热，五谷不结。

秋孛鹿，损万斛。立秋日，不宜雷。

若要麦，见三白。冬至逢第三戌为腊，腊前雪三次，谓曰三白，大宜菜麦。

除夜犬不吠，新年无疫厉。夜，宜静。

常州语

江阴莫动手，无锡莫开口。江阴人拳勇，无锡人善歌。

惠山谣

惠山街一名绮塍街，夹路古藤乔木。谣云：

惠山街，五里长。踏花归，鞵底香。

解州歌

永乐中，浮梁吴惠知解州。民歌曰：

吴父母，恩何溥。昔憔悴，今鼓舞。

山西谣

正德中，历城徐暹为山西副使，时有巨寇号混天王，劫掠郡县，暹以计平之。民乃语曰：

不发一矢，贼乃尽死。不荷厥戈，贼死实多。

吴公谣二首

吴江吴山为山东副使，狱无滞囚。时有塞井复渫，民为谣云云。既而迁福建按察使，听讼明允，民又谣云云。

彼泥者泉，弗浚而复，锡我则福。

凤之栖，其雏来仪，民具是依。

诸城谚[①]

诸城县汉王山西南五里，有卷帘庄，虽严冬无霜降。邑人谚云：

卷帘庄，秋冬不下霜。

德州谚

德州苦水铺土人素狡。谚云：

苦水铺，神仙过，留筒布。

山东谣

沾化李鲁生，日照李蕃，天启中，交结奄宦，以鬻爵为事。青、兖间谣云云。后魏珰败，鲁生、蕃俱以太仆少卿拟徒。

若要起，问二李。

通许谚

通许娄良与同郡贾恪齐名，两人皆中正统进士。邑人谚曰：

娄良贾恪，气如山岳。

---

① 原本无题，据全书体例补。

太康谣

博兴韩玥令太康，多异政。蝗不入境。民谣曰：

欲蝗不复堕，须是韩公过。欲蝗不为灾，须是韩公来。

禹州歌

上海潘恩知禹州，州人语曰：

莫相仇，避潘侯。

郭公谶

嘉靖元年，河南巡抚何天衢命百户亓修月堤，发一古冢，砖上朱书云云。砖空其中，人以为琴几。（《诗话》：崇祯中，帝制《于变时雍》琴曲，曾取此砖入禁。）

郭公砖，郭公墓，郭公逢着亓百户。巡抚差尔修月堤，临时让我三五步。

庆阳军中语

洪武初，张良臣复据晋阳以叛，其兵精悍，养子七人咸善战。军中语曰：

不畏金牌张，但畏七条枪。

临洮歌

潞城刘昭，宣德中，为临洮尹，多仁政。民歌曰：

野有流民，惟侯集之。邑有田畴，惟侯辟之。古人谨狱，惟侯哀之。有此三惠，孰不怀之。

塘下童谣

台州太平县塘下戴某，与方谷真婚。戴氏将败，童谣云云。及洪武末，戴氏竟籍没，惟二女出嫁，存焉。

塘下戴，好种菜。菜开花，好种茶。茶结子，好种柿。柿蒂乌，摘了大姑摘小姑。

罗太守歌

桂阳罗以礼，永乐中，守绍兴，宽猛得宜，遇雨旸不时，往祷辄应。民歌曰：

太守罗以礼，祈晴得晴，祈雨得雨。

二洪歌

莆田洪楷，从子珠，后先知绍兴府，崇尚名教。人歌之曰：

大洪小洪，先后同风。

汤太守歌

安岳汤绍恩为绍兴守，濒海潮至，淹没田舍，绍恩为筑堤建闸，以时蓄泄，辟田数千亩。越人歌之曰：

泰山巅，高于天。长江水，清见底。功名如山水，万古留青史。

越人语

长清李侨，嘉靖中知绍兴府，多惠政。时知山阴县事李某，不得于民，每出则以两铁索前导，而侨必悬两炉焚香。越人语曰：

府香炉，县铁索。一为善，一为恶。

平湖谚

平湖俞瓛字廷贵，有行谊，熊卓知县事引与计事，行之，民辄曰神明。或干以私，遂谢弗与通。里人谚曰：

郭东俞生，当春握冰。

嘉兴语

金溪洪范知嘉兴县事，承知府杨继宗之后，廉静寡欲。士民语云：

洪令杨守，承前启后。

童谣

狸狸斑斑，跳过南山。南山北斗，猎回界口。界口北面，二十弓箭。

《诗话》：此予童穉日，偕闾巷小儿联臂踏足而歌者，不详何义，亦未有验。

饶州歌二首

陶安知饶州，当入觐，民为之歌云云。既而复命守州事，载歌云云。

千里榛芜，侯来之初。万姓耕辟，侯去之日。

湖水悠悠，侯泽之流。湖水有塞，我思侯德。

贾推官谣

峄县贾访，弘治中为建昌推官。大珰至，廷辱郡守以下官，访独与抗礼。民谣云：

知府一堆泥，同知一凷土。若非贾推官，坏了建昌府。

南丰歌

通州冯坚，洪武中为南丰典史（一作南丰知县海阳戴瑀），政平讼理，民怀其德。歌曰：

山市晴，山鸟鸣。商旅行，农夫耕。老瓦盆中冽酒盈，呼嚣隳突不闻声。

南丰歌

建德陈勉，景泰中为南丰知县，百废具举。民歌之云：

大尹陈，政事新，男耕女织歌阳春。

江西谣

弘治中，吴江王哲巡按江西，有威名，民为谣曰：

江西有一哲，六月飞霜雪。天下有十哲，太平无休歇。

安仁语

南海冼光，正德中知安仁县，能辨疑狱。百姓语曰：

民无冤讼，有冼灯笼。讼无滞屈，有冼三日。

九江语

万衣为南京刑部主事，频梦其父，心动请急归，抵家九日，父没。里人为之语曰：

万孝子，生知死。

建昌民谣

晋江吴梦相为建昌府推官，迁南京大理评事。时人语曰：

吴公吴公，行李皆空。公道服人，私情不通。

浮梁谣

浮梁人吴十九，善制磁器，士大夫多与之游。时人语云：

成窑太薄永窑厚，天下驰名吴十九。

万安上滩谚

一滩高一丈，南安在天上。

万载谚

万载翟昌甫，家贫乐道，好读书，春夏移书于佛塔，秋冬楼居。里人谚云云。后以人才举为郎。

春夏塔，秋冬楼。风吹四面摇，昌甫独不忧。

童谣

蒲圻陈文礼字贵和，洪武三年，由贡生授监察御史，有冤狱久不决，童谣云云。文礼悟曰："罪人，必康七也。"果如其言。

斗谷三升米，说与陈文礼。

王捕虎歌

清苑王哲为湖广布政使，廉正彦明，人不敢干以私。歌之曰：

王捕虎，最执古。囊无钱，衣有补。

汉阳民歌

广州何瀹字中美，以天顺中进士，知汉阳府。民歌之曰：

何太守，筑汉陂。饥得食，寒得衣。

陆青天谣

嘉善陆埘知武昌府。郡人谣曰：

陆青天，口明月。青天无不青，明月有时缺。

辰州苗民语

不畏官军，但畏粮屯。

沈融谷云：苗民负固，恃有千万山峒，军退则突出，军至则潜藏，惟官军粮多，筑长围困之，其所畏也。

辰州田家谚二首

四月八日晴，鱼儿上高坪。

十日雨连连，高山也是田。

《诗话》：《广信府志》亦载此语。

蜀人语

安阳崔升任四川参政，与佥事曲锐并有威名。蜀人语曰：

崔参曲佥，屹如雪山。

崇庆谚

崇庆俗尚浮屠，万辅居丧，独遵家礼，乡人化之。谚曰：

万辅一呼，丧礼皆儒。

蜀中谣

蜀寇黄中据支罗寨，与牛栏坪相望里许，万山斗绝，目为天城。谣云：

打得支罗寨，金珠满船载。打得牛栏坪，换个成都城。

播州语二首

杨友与杨爱，兄弟相仇，两州为之不宁。土人语云：

骨肉虀醢，参商播凯。

万历二十七年，播酋叛势甚张，十月，乡人谭经历恕避兵深岩，忽闻石裂，有文在石上云云。巡抚郭子章锓板以传贼中，明年贼果灭。

聚山岩，人化血。石壁坏，诸蛮绝。

蜀谚

滟滪冒顶，黑石下井。

惠安语

洪武中，三河安景贤知惠安县事，民颂之曰：

安公莅止，视民如子。

兴化谣

正德中，进士岳池冯驯守兴化，民谣曰：

冯太守，来何迟。胥吏瘠，百姓肥。

闽中语

布衣高瀔、傅汝舟从郑善夫游，学为诗。闽人为之语曰：

高垂股，傅脱粟。言断断，中歌曲。

叶君歌

隆庆中，归善叶春及知惠安县，民爱之如慈父。歌之曰：

叶君为政，惟饮吾水。设施不烦，五风十雨。

福建语

会稽商为正，万历初巡按福建，与巡抚都御史庞尚鹏协心共事，百废具兴。福建语云：

恤我甘苦，庞父商母。

闽中谣

嘉兴谭昌言为福建提学，人有投私书者，概不发。试竣，题数行，裹原书复之。闽人语云：

来一封，去两封，以为不信视邮筒。

吴公歌

崇祯中，新安吴彦芳为莆田令，有惠政，秩满去，新县令催科严，民乃思吴公。歌曰：

阳春何去，霰雪何来。父邪母邪，翳惟我怀。

武夷谚

一曲一湾，一湾一滩。

泉州语

洛阳桥，一望四里皆琨瑶。

莆田谚

橘子黄，医师藏。

顺德谣二首

嘉靖初，余姚金蕃知顺德县，初政尚严，民谣云云。比及期，豪强敛，狱讼减，民复谣云云。

朝鳃鳃，毛厥施乎。夕摵摵，石厥画乎。劳乎劳乎，盍燕以敖乎。

华盖之屹屹，不如尹之无泐。碧鉴之粼粼，不如尹之无津。长我禾黍，榖我士女，吁嗟乎膏雨。

顺德谣

德清胡友信宰顺德，邑多盗，惧民轻法，颇尚猛厉，凡获贼，腊其鼻，或投诸渊，闻者震惊。谣曰：

山有虎，邑有胡，无捋其须。

惠州歌

福州郑天佐为惠州通判，善折狱。民歌之曰：

县迟延，府一年，但诉郑青天。讼无滞，民不冤。

高州歌

开县严琥同知高州府，时大饥，琥捐俸以赈。民歌曰：

治我严父，生我慈母。

雷州歌

永乐中，天台黄敬知雷州府，先是郡多囚系，敬至数日，悉为剖决，狱尽空。民歌之曰：

黄公来迟，使我无依。今公莅政，惠我无私。

琼州民谣

琼州蛮黎岐习驰射，自称神弓。万历十四年，为官兵所败，请降。民谣云：

弛神弓，来归降。

儋州谚

儋俗事神，有上帝会、天妃会、邓天君会、羊元帅会，銮舆五采，迎神十百，大飨于村中。景泰、天顺间谚云：

柳英有银，儿子跳神。洪全有金，阿母卖针。

广东谚五首

饥食荔支，饱食黄皮。

屈翁山云：黄皮果状如金弹，六月熟，其浆酸而除暑热，与荔支并进。荔支餍饫，以黄皮解之。

蛇珠千枚，不及玫瑰。

涠蚌之胎有玫瑰，文魮之腹有美玉。

文魮鸣，美玉生。

屈翁山云：高州海中有文魮，鸣似磬，而生玉。

多食马兰，少食芥蓝。
屈翁山云：马兰食之养血，芥蓝不宜多食。

广州谚七首

尔有垣墙，我有火秧。
屈翁山云：火秧业生成树，四棱有芒刺，广人以作篱落。

婴儿瘦，探石鷇。
屈翁山云：石燕产西樵岩穴中，足生翼末，小儿羸瘦取食之。

家有竹鸡啼，白蚁化作泥。
屈翁山云：竹鸡形如鹧鸪，褐色斑赤文，啼曰“泥滑滑”，白蚁畏之。

秋冬食麞，春夏食羊。
朝为泡鱼，暮为蒿猪。
屈翁山云：泡鱼大如斗，身有棘刺，化为蒿猪，齿长，入海复化为鱼。

霜蟹雪螺，味不在多。
石湾瓦，胜天下。

粤谚

韶州水急，至险者为牯牛滩。舟子语云：
行过牯牛五石滩，寄书归去报平安。
过得牯牛，舟子白头。

大庙峡歌

清溪蒙里，二驿名，路多虎。早眠晏起。

肇庆府谣二首

西水自广西来，每岁夏至后淫雨暴涨。谚云：

水浸钓鱼台，上下不得来。钓鱼台，峡中山名。

西水漫漫，鱼蟹满盘。

琼州谚二首

琼州以海水占年，海水热则荒。谚曰：

海水热，谷不结。海水凉，禾登场。

海南多阳，一木五香。

琼州谚

琼州东界地瘠，以羊骨壅田终无获，腴壤多在西，故谚云：

东路槟榔，西路米粮。

猺人谣

罗旁猺，九星岩有石，其底空洞，撞之渊渊作鼓声，每出劫人，击之以为号。其谣云：

撞石鼓，万家为我虏。

粤西谣

思播田扬，两广岑黄。言宣慰氏族之大也。

花瓦谣

田州女土官瓦氏，嘉靖十四年，调之征倭，至苏州索有司捕蛇，为军中食，败倭于王江泾。时人语云：

花瓦家，能杀倭，腊而啖之有如蛇。

华林谣

江西华林洞贼反，檄田州土官岑猛征之。猛兵沿涂剽掠，民皆徙村避之。谣云：

华林贼，来亦得。土兵来，死不测。

藤峡谣

自藤峡径府江三百余里，诸蛮互为死党，出劫商船，得人则刳其腹，投之江中。峡人谣云：

盎有一斗米，莫溯藤峡水。囊有一百钱，莫上府江船。

永通峡谣

藤峡平后，正德间，遗孽渐蔓，峡南尤甚，横江御人，莫可禁制。都御史陈金以诸蛮所嗜鱼盐，乃令商船度峡者，以此委之，道稍通。金疏其事，请名永通峡，诏从之。未几，诸蛮征索无厌，稍不惬意辄掠杀之。浔人谣云：

昔永通，今求通。求不得，葬江中。谁其作始，噫，陈公！

妖巫歌

金陵初建，滇南段宝遣其叔真，自会川奉表归款，朝廷亦以书报之。时有妖巫女歌云：

莫道君为山海主，山海笑谐谐。园中花谢千万朵，别有明主来。

永宁语

云南永宁蛮塞矢不刺非，于宣德四年，纠合四川盐井卫土官马刺非，杀永宁土知府各吉八合，已命卜御袭职，矢不刺非复杀之。永宁人语云：

土官数奇，逢两刺非。

曲靖歌

成化中，灌县焦韶知曲靖府，境产瑞禾。民歌曰：

禾本二穗，嘉谷满田。太守焦公，仁德及天。

楚雄歌

先大父君吁府君，讳大竞（吴江潘耒填讳）。知楚雄府，政尚廉静，甫半载，丁内艰，几不能治装归。郡人歌曰：

清贫太守一世难，百鸟有凤凤有鸾。

滇中谚

山蛮不落叶，地蛮汤自热。

贵州谣二首

邻水杨纯以监察御史按贵州，任满，百姓乞留一年，诏许之。民乃谣曰：

邻水杨，但愿年年巡贵阳。

贵州宣慰司，居水西曰乌蛮，为乌罗罗。居慕役曰白蛮，曰白罗罗。谚云云。言至死犹斗也。

水西罗鬼，断头掉尾。

贵州谚

黄平铁，兴隆雪。

苗人谣

苗家仇，九世休。

黔中谚三首

天无三日晴，地无三尺平。

四月八，冻杀鸭。

九月重阳，移火进房。

陈父歌

印江陈表知广元县事，与利州卫杂处，军强民弱，表申明制度，以服武弁。民歌曰：

古来力役，军三民七。陈父定之，彼此画一。家用平康，劳者获息。

翰林谚

翰林九年，就热去寒。

兰江谚

金家梁，旧酒香。

（以上见卷一百）

杜文澜　古谣谚

张家长，李家短。

生于燕子岭，死在凤凰山。

劝你休时不肯休，死在两县夹一州。若还要取沅辰靖，铁树开花水倒流。

做官，没盘缠。

菜根青兮，菜色辛兮。菜兮菜兮，似余情兮。

石产房州，胡明善祸从地出。星临井宿，张孚进灾自天来。

天上鬼车叫，城中放纸炮。不知因甚来，朝廷要纳钞。

天爆雉鸡叫，有米没人要。

首甲幸有三人，云胡仅此二子。

湖船底漏，司厨刀锈，梨园饿瘦。上瓦下瓦，抱裯远走。

（以上见卷二十二）

两熊夹一马，太平天下。

（以上见卷五十一《京师为马文升熊翀熊秀谣》）

三人两小，太阳离岛。

崔木一旦挑上，天差我送羊角。

（以上见卷五十二）

第八辑　拟民歌

邝璠　便民图纂

《便民图纂》为邝璠任吴县知县时编写，弘治十五年(1502)刊刻于苏州，此后屡经翻刻，影响甚巨。《便民图纂》卷之一为“农务女红之图”，乃依“旧制耕织图”而来，编写者删其原有诗文，“更易数事，系以吴歌”，即现存通俗易懂之三十馀首竹枝词。竹枝词本身乃民歌之重要一脉，历代文人拟作堪称洋洋大观。今录《图纂》中竹枝词，以为代表。

【竹枝词】

浸种

三月清明浸种天，去年包裹到今年。日浸夜收常看管，只等芽长撒下田。

耕田

翻耕须是力勤劳，才听鸡啼便出郊。耙得了时还要耖，工程限定在明朝。

耖田

耙过还须耖一番，田中泥块要匀摊。摊得匀时秧好插，摊弗匀时插也难。

布种

初从秧芽未长成，撒来田里要均平。还愁鸟雀飞来吃，密密将灰盖一层。

下壅

稻禾全靠粪浇根，豆饼河泥下得匀。要利还须着本做，多收还是本多人。

插莳

芒种才交插莳完，何须劳动劝农官。今年觉似常年早，落得全家尽喜欢。

挧田

草在田中没要留，稻根须用挧扒搜。挧过两遭耘又到，农夫气力最难偷。

耘田

挧过秧来又要耘，秧边宿草莫留根。治田便是治民法，恶个祛除善个存。

车戽

脚痛腰酸晓夜忙，田头车戽响浪浪。高田车进低田出，只愿高低不做荒。

收割

无雨无风斫稻天，斫归场上便心宽。收成须趁晴明好，柴也干时米也干。

打稻

梿枷拍拍稻铺场，打落将来风里扬。芒头秕谷齐扬去，粒粒珍珠著斗量。

牵砻

大小人家尽有收，盘工做来弗停留。山歌唱起齐声和，快活方知在后头。

春碓

大熟之年处处同，田家米臼弗停舂。行到前村并后巷，只闻筛簸闹丛丛。

上仓

秋成先要纳官粮，好米将来送上仓。销过青由方是了，别无私债挂心肠。

田家乐

今岁收成分外多，更当官府没差科。大家吃得醺醺醉，老瓦盆边拍手歌。

下蚕

浴罢清明桃柳汤，蚕乌落纸细芒芒。阿婆把秤秤多少，够数今年养几筐。

喂蚕

蚕头初白叶初青，喂要匀调采要勤。到得上山成茧子，弗知几遍吃辛艰。

蚕眠

一遭眠了两遭眠，蚕过三眠遭数全。食力旺时频上叶，却除隔宿换新鲜。

采桑

男子园中去采桑，只因女子喂蚕忙。蚕要喂时桑要采，事头分管两相当。

大起

守过三眠大起时，再拼七日费心机。老蚕正要连遭喂，半刻光阴难受饥。

上簇

蚕上山时透体明，吐丝做茧自经营。做得茧多齐唱采，一春劳绩一朝成。

炙箔

蚕性从来最怕寒，筐筐煨靠火盆边。一心只要蚕和暖，囊里何曾惜炭钱。

窖茧

茧子今年收得多，阿婆见了笑呵呵。入来瓮里泥封好，只怕风吹便出蛾。

缫丝

煮蚕缫丝手弗停，要分粗细用心情。上路细丝增价买，粗丝卖得价钱轻。

蚕蛾

一蛾雌对一蛾雄，也是阴阳气候同。生子下来留作种，明年出产在其中。

祀谢

新丝缫得谢蚕神，福物堆盘酒满斟。老小一家齐下拜，纸钱便把火来焚。

络丝

络丝全在手轻便，只费工夫弗费钱。粗细高低齐有用，断头须要接连牵。

经纬

经头成捆纬成堆，织作翻嫌无了时。只为太平年世好，弗曾三月卖新丝。

织机

穿箆才完便上机，手撺梭子快如飞。早晨织到黄昏后，多少辛勤自得知。

攀花

机上生花第一难，全凭巧手上头攀。近来挑出新花样，见一番时爱一番。

剪制

绢帛绫绸叠满箱，将来裁剪做衣裳。公婆身上齐完备，剩下方才做与郎。

刘效祖[①]

刘效祖著述颇富，仅散曲即有《都邑繁华》《闲中一笑》《混俗陶情》《裁冰剪雪》等多种。郑振铎以为其所作《锁南枝》等俗曲堪称“绝妙好词”[②]。本书刘效祖、徐渭等作品均据谢伯阳《全明散曲》辑录。

---

① 郑振铎以为，“在文人学士们里，也有不少人是不甘为古旧的规则所拘束，宁愿冒同辈的讥嘲而去拟仿俗曲的”。除冯梦龙外，郑先生列举金銮、刘效祖及赵南星等为例，指“他们起来，勇敢的把俗曲作为自用的了”。见《中国俗文学史》下册第292页，上海书店1984年影印本。此处录刘效祖、徐渭、赵南星拟民歌作品，使人从中得见明代民歌之影响。

② 《中国俗文学史》下册第297页。

【挂枝儿】

日初长柳绿绽黄金模样，雨才过桃杏花扑面清香，卖花人一声声唤起怀春情况。蝴蝶儿争新绿，燕子儿语雕梁。打点出那小扇儿轻罗也，还要去流水桥边赏。

又

新竹儿倚朱栏清风可爱，香几儿靠北窗雅称幽斋，千叶榴并蒂莲如相比赛。槐阴下清风静，垂杨外月影筛。忽听的几个娇滴滴的声音也，笑着把茉莉花采。

又

秋海棠喜庭阴偏生娇艳，桂花儿趁西风越弄香妍，金沙叶银纽丝凌霜堪羡。开一樽新酿酒，打叠起绣花衾。听一会窗儿外的芭蕉也，又把细雨声儿显。

又

水仙花娇怯怯流香几案，绿萼梅清影瘦斜倚危栏，剪冰纹霎时间把青松不见。烹茶也自好，对酒且开帘。围上那肉作的屏风也，偏觉的气候儿暖。

又

我教你叫我声只是不应，不等说就叫我才是真情。背地里只你我，推甚么佯羞佯性。你口儿里不肯叫，想是心儿里不疼。你若有我的心儿也，如何开口难得紧。

又

我心里但见你就要你叫，你心里怕听见的向外人学。才待叫又不叫，只是低着头儿笑。一面低低叫，一面又把人瞧。叫的虽然艰难也，意思儿其实好。

又

俏冤家但见我就要我叫，一会儿不叫你你就心焦，我疼你那在乎叫与不叫。叫是提在口，疼是心想着。我若有你的真心也，就不叫也是好。

又

俏冤家非是我好教你叫，你叫声儿无福的也自难消，你心不顺怎肯便把我来叫。叫的这声音儿俏，听的往心髓里浇。就是假意儿的勤劳也，比不叫到底好。

【南双调锁南枝】

团圆梦梦见他，笑脸儿归来连声问我。我在外几载经过，你在家盼望如何，说一会功名叙一会闲阔。唤梅香把酒果忙排，与俺二人权作贺，万种相思一笔勾抹。猛追魂三唱邻鸡，急睁眼一枕南柯。

又

团圆梦梦不差，眼见他归来悄声儿诉咱。非是我失意抛家，非是我恋酒贪花，非是我负义忘恩两头骑马。为只为书剑飘零，因此上负却临行话，吐胆倾心全无虚假。欲开言再问个端的，猛抬身那得个冤家。

又

团圆梦梦的奇，一见冤家情同往昔。喜孜孜素手相携，美甘甘热脸相偎，共结绸缪芙蓉帐里。常言道破镜重圆，果不然也有相逢日，玳瑁猫撒欢他也来道喜。刚能勾半霎合谐，猛惊回依旧别离。

又

团圆梦梦的真，一会家心惊忽听的打门。唤梅香问是何人，他说道是我郎君，昨夜灯花诚然有准。笑吟吟引入兰房，把离情话儿闲评论，妾命虽薄君心忒狠。整鸳衾恰待欢娱，醒来时还是孤身。

又

伤心事诉与谁，一半儿思情一半儿追悔。想着你要和我分离，平白地起上个孤堆，用了伤心竹篮儿打水。虽然是你的情绝，也是我缘法上不对，胡昧了灵心分明是鬼。几时和你嚷上一场，再不信你巧话儿相陪。

又

伤心事有万端，也是我前生业礶子不满。实指望卖笑追欢，倒惹的恨结愁攒，卧枕着床犯了条款。你既然要和我分离，也须与个一刀两断，人说你情绝真个行短。瑞香花头绪儿忒多，杖鼓腔两下里厮瞒。

又

伤心事对谁说，仔细度量都是我自惹。我为你使破喉舌，我为你费尽周折，谁想恩变为仇刀刀见血。虽然与你不久相交，一夜夫妻如同百夜，有甚么亏心下拚的抛舍。瞒着心只是你精细，吃杀亏认着我痴呆。

又

伤心事对谁学，要见个明白惟天可表。你和我谁厚谁薄，谁情绝谁性儿难调，谁把谁心全然负了。也是俺妇人家痴愚，好心偏不得个好报，瞎虫蚁逃生实撞着你线索。虽不和你见识一般，杀人可恕情理难饶。

又

长吁气恨满腔，往事都勾话也不须细讲。巧机关你暗里包藏，痴心肠谁做个提防，舍死忘生闯在你网。欲待和姊妹们声说，只恐怕告个折腰状。思之复思想了又想，除非是命丧荒丘枉死城，再做个商量。

又

长吁气恨转增，鬓乱钗横无心去整。想只想你知热知疼，想只想你识重识轻，谁知道意变心更有形无影。起初时那样言词，到如今心口不相应，问着说不知说着推不省。人说你有些儿糊涂，我看你全是个牢成。

又

冤家债还他不彻，一节不了又添上一节。欲待要乱掩胡遮，怎禁他见鬼随斜，恨只恨冤家心肠似铁。经年家强自支吾，无人知我疼和热，闷海愁山谁行去诉说。风月中请问个知音，闪赚人算什么豪杰。

又

冤家债还他不及，旧恨才消新愁又起。想当初只说你心实，谁承望下的是活棋，面情相交不知其里。欲待要发狠蹬开，又怕食之无肉弃之有味，这是卖了鲇鱼夸不的大嘴。甫能够央及回头，过些时依旧王皮。

又

冤家债还他不清，除了相思无甚么可顶。想当初彻底澄清，到今日无眼难明，相交了一场银瓶坠井。也是俺妇人家心慈，倒弄的人硬货不硬，再和你相逢除非是梦境。或长或短说个真实，谁是谁非路见难平。

又

冤家债还他不完，不是七长就是八短。信别人巧话儿唆搬，倒把我假意儿撺瞒，糊涂虫冤家全不知冷暖。虽然你不把我留情，只怕藕断时丝不断，叫一声苍天天如何不管。好共歹也是你着迷，长和短自有人旁观。

又

情书至笑脸儿开，可见我冤家情肠儿不改。件件事与我安排，句句话说的明白，满纸春心犹带着墨色。他说我不久回还，你须权把心肠儿耐，少只在旬朝多不上半载。唤梅香儿净了闲隅，把冤家笔迹儿高抬。

又

情书至用意儿读，亲手封缄再拜上奴。路迢迢音信全疏，意悬悬想念如初，为只为功名归期未卜。只要你柳色常青，切莫把我名儿污，天样花笺写不尽肺腑。唤梅香你与我参详，敢怕是谎话儿支吾。

徐　渭

徐渭有《徐文长全集》《徐文长佚稿》《徐文长佚草》等。作文主独创，其“拟民歌的价值主要不是从思想层面上呼应文学解放思想，而是在艺术风格上体现了明代中后期雅俗文学互动的关系”①。

【黄莺儿】

嘲妓张丑儿

丑面记疤生，白裩裆，贱火星，傍人错认桃花晕，似西瓜有钉，似肥油带精，石灰瓶上黄泥印。再评论，白绫裤子，一点月经痕。

【锁南枝】

嘲冷面妓

天生面，冷似冰，秋意十分真可憎。消减画堂春，梨花冻云暝。愁西子，病太真，一味不瞅人，扫人兴。

又

天生面，冷似霜，只堪借了去吊丧。秋色满华堂，秋风入罗帐。僧初定，尸正僵，花不开，柳难放。

又

天生面，冷似刀，铜雀春深锁二乔。风月不堪调，千斤难买笑。生成

① 陈书录《民歌与徐渭及明中后期雅俗文学的互动》,《南京师范大学文学院学报》2009年第3期。

傲，养就娇，我自忖，恁伊俏。

又

天生面，冷自灰，却才与人相骂回。燕子懒于飞，莺儿怕作对。嫖头悔，败子回，道将钱，买憔悴。

赵南星

赵南星所作俗曲朴直清新，有民歌风味。尤侗云“见其所填歌，乃杂取村谣里谚，耍弄打诨，以泄其肮脏不平之气”（《百末词馀跋》）。

【银纽丝】[1]

元旦

腊月三十闹攘攘，富家儿女好风光。斗衣裳，时兴宽领袖儿长。金壶盛酒浆，盘中百味香。呀，黄昏里直乱到鸡儿唱。贫家要忙也没得忙，元来也撇不在年那厢。我的天儿哟，一样春，春一样。

元宵

明月团圆第一遭，何人兴下闹元宵。把天烧，花灯火炮一齐着。灯笼挂树梢，薰黑兔儿毛。呀，响声儿吓的金蟾跳。嫦娥天上也心焦，怎似我闲中守寂寥。我的天儿哟，乐一场，一场乐。

---

① 车锡伦云“《银纽丝》是明清时期流传甚广、颇受民众喜爱的小曲之一”，“到明末此曲已盛行江南”，“明代作品仅存散曲家赵南星仿作数首，收入所著散曲集《芳茹园乐府》”。见车作《聊斋俚曲曲牌的来源（之一）》，《蒲松龄研究》2002 年第 2 期。按明人所作《银纽丝》不独赵南星这几首，汤显祖《邯郸记》第二十六出《杂庆》即有《银纽丝》。另本集所收《风月词珍》中亦有若干《银纽丝》。

又

到春来难捱受用也慌，百花开遍满林芳。具壶觞，知心一颗赛疏狂。莺舌巧似簧，何须黄四娘。呀，大家齐把襟怀放。欢天喜地度韶光，也是俺前生烧了好香。我的天哟，唱齐声，齐声唱。

又

到夏来难捱受用也幽，藤床睡起冷飕飕。慢凝眸，荷花池馆看轻鸥。奔忙白汗流，提起我害愁。呀，长安市上红尘臭。清闲自在要人修，念一声佛儿点一点头。我的天哟，彀咱心，咱心彀。

又

到秋来难捱受用也撑，风吹红叶小秦筝。月儿明，教人如何睡的成。快去请刘伶，合那阮步兵。呀，咱们吃酒胡行令。吭儿喇叫到天明，又赏荷花向小也亭。我的天哟，兴无边，无边兴。

又

到冬来难捱受用也乔，梅花帐暖足良宵。好清朝，天边瑞雪正飘飘。烹茶滋味高，衔杯情性豪。呀，满斟高唱咱欢乐。争名夺利马蹄劳，这样寒天您怎也么熬。我的天哟，笑呵呵，呵呵笑。

又

一年家难捱受用也全，家私现有十亩园。菜蔬儿鲜，芹蒲齑鲊饱三餐静，来坐会禅，客来顽一顽。呀，有时也把书来念。说咱闲来也不闲，说咱是仙来又不是也么仙。我的天哟，占便宜，便宜占。

吕坤　演小儿语

原书一册，总称《小儿语》，包括《小儿语》一卷、《女小儿语》一卷、《续小儿语》三卷、《演小儿语》一卷。前面五卷，均为自作韵语，惟最后一卷《演小儿语》，为吕坤"借小儿原语而演之"，周作人以为"有几首似乎还是'小儿之旧语'，或者删改的地方很少"（周作人《吕坤的〈演小儿语〉》，北京大学歌谣研究会《歌谣》第十二号）。今人多以为其乃我国最早之童谣专集。此处作拟民歌处理。据《吕坤全集》（王国轩、王秀梅整理，中华书局2008年版）辑录。

有宋有燕有秦有晋，予闻而演之，亦唐棣之意也。然鄙俚可笑，规刺可憎，知我罪我，我无所逃矣。

盘脚盘，盘三年，降龙虎，系马猿。心如水，气如绵，不做神仙做圣贤。

忙忙转，圆转跑，不定自家脚，只要人说好。任你会周旋，难说跌不倒。

东屋点灯西屋明，西屋无灯似有灯。灯前一寸光如罩，可恨灯台不自照。灯前不见灯后人，灯后看人真更真。慢道明光远，提防背后眼。

踢蹬帮帮，鼓舞商羊。独行不前，独立更难。从来支厦非一木，鹏六翮，骥四足。

藏老母，哄过谁，你的路，我都知，任你深深藏到底。你若拿住我，我也拿住你。

筛箩打箩，要吃细面。一斗麦儿，只收斤半。苦甜觉处只六指，草叶水皮也救死。

笑和尚，笑迷痴，家家供香火，日日笑嘻嘻。三界十方谁看管，多少愁眉和泪眼。只闻一个向隅声，那讨悲心作笑脸。但教四海多欢忻，大家一笑满乾坤。

苕帚秧，苕帚秧，直干繁枝万丈长。上边扫尽满天云，下边扫尽世间尘。中天日月悬双镜，家家户户都清净。不怕六合扫不了，且向自家心上扫。

鹦哥乐，檐前挂，为甚过潼关，终日不说话。

指星星，千万点，天上奄扑扑，地下黑黪黪。如何日月只一轮，光明四照满乾坤。

卖瓮儿，当当响，中有人，四下撞。自磕自跌一朝坏，琉璃瓶儿千年在。

扯龙尾，占中间，尽处没人遮，当头千万难。

驿里房，没主人，年年旧，日日新。过客不妨久处，但愿天不下雨。

风来了，雨来了，儿女喜，翁婆恼。鸣条破块已难禁，飞沙带雹愁杀人。

摘豆角，不待老，嫩的甜，老的饱。豆角虽嫩不伤人，五月桃李已入唇。

斗公鸡，两不歇，心很很，气吹吹。饶你啄他脑骨裂，自家冠儿也带血。

王婆婆，开门来。若要开，待夫回。任君等候几多时，除是天上下钥匙。

山老鸦，身如墨，白肚儿，却露色。白在腹中我自明，翩翩慈乌满身青。

张家楼，十丈高，上时手要稳，下时脚要牢。还有一般该慎，夜里须防地震。

烟儿烟儿休烟我，与你搬砖累灶火。累了灶火烟还在，恼来逃却烟儿外。烟里岂无人，烟自为黏身。

打滑擦，喜斜陂，只图足利便，不顾满身泥。爱河苦海滑更恶，劝君抵死休著脚。

水鸭几个儿，翻船倒舵儿。世间上下无常势，秦始皇，汉高帝。

打哇哇，止儿声，越打越不停。你若歇了手，他也住了口。

跳枣瓜，乔舍生，为道义，为利名。我只有一个命，该用时我才用。

讨小狗，要好的，我家狗大却生痴，不咬贼，只咬鸡。

婆婆来，吓杀我，般般都破绽，事事难遮躲。我有一计，古今大妙，宰猪羊，修厨灶，敬奴婢，下礼貌，婆婆迎门满脸笑。

顶香炉，敬神明，烧纸钱，供三牲。东家失火，西家头疼。劝君休来庙寺，祸福不干神事。

一班儿，休出队，功同功，罪同罪。劝君休逞才辨，出头椽儿先烂。

气蛤蟆，没度量，才触著，就肚胀。长鲸吸尽东洋水，千万蛤蟆都在里。

儿窝多，君都占，剩下母窝我赶弹。赶在边头争打转，我抢儿窝君莫怨。贪妒由来害自身，世上那有两窝人。

大嫂何病，发热头痛，外感还轻，内伤却重。但教元气没说话，外感内伤都不怕。

蠓虫儿，小如虮，寄足草间，家于叶底。鹏飞九万满天云，不知何处可藏身。

蝙蝠早来，只到星齐，谁不日行，偏你夜飞。原来老鼠出身，到底只是怕人。

鼻子头，忒较量，一寸房中筑界墙。我欲六合藩篱都折破，上下四方只一个。

绑身袄儿休嫌破，但贴皮肉就暖和。不信貂绵挂满房，就里赤身也冻僵。

八十老儿种白果，但有人吃何必我。当路一水横，来往碍人行。难得过去我，任他车马倾。

大哥大哥，那是正路。指与东西，到底不悟。总来前步引他行，不烦一语自分明。

孩儿哭，哭恁痛，那个打你，我与对命。宁可打我不嗔，你打我儿怎禁。

儿女骂人，懊恼四邻。四邻告语，我打儿女。不为四邻谢怪，怕把儿女学坏。

哥哥哥，上草垛，远着脚，紧着步。中路切莫少缓，好汉不禁三转。第一哥字上声，第二去声，又垛叶音渡。

老王卖瓜，腊腊巴巴。不怕担子重，只要脊梁硬。“腊”去声。

浮萍草，家何处，一任漂泊不得住。荇菜参差水面流，细根不随流水去。

捎路儿，没天理，平地开端，图方便你。少了一时三五步，万古千年成大路。

要流星，信手做，长短伸缩，妙称独步。来往有人行路，也要前看后顾。

大笼火，紧扇扇，直须灼起，不要有烟。一时真是暖和，到那寒灰怎过。第一扇字去声，第二平声。

紧喉痺，溃成脓，不针要死，才针护疼。仅著病人百口骂，须索下手针一下。

书后

小儿皆有语，语皆成章，然无谓。先君谓无谓也，更之；又谓所更之未备也，命余续之。既成刻矣，余又借小儿原语而演之。语云：教子婴孩。是书也，诚鄙俚，庶乎婴孩一正传哉，乃余窃自愧焉。言各有体，为诸生家言则患其不文，为儿曹家言则患其不俗。余为儿语而文，殊不近体，然刻意求为俗，弗能。故小儿习先君语如说话，莫不鼓掌跃诵之，虽妇人女子亦乐闻而笑，最多感发；习余语如读书，謇謇惛惛，无喜听者。拂其所好而强以所不知，理固宜然。嗟嗟，儿自有不儿时，即余言或有裨于他日万分一，第恐小儿徒以为语，人徒以为小儿语也。无论文俗，总属空谈，虽仍小儿之旧语可矣，先君何庸更，余何庸续且演哉。重蒙养者其绎思之。

冯梦龙　夹竹桃顶针千家诗山歌

冯梦龙所作拟民歌作品。与一般拟民歌作品不同，《夹竹桃顶针千家诗山歌》中夹杂部分民歌"原创"内容，即前叙所谓"三句山歌一句诗，中间四句是新词"是也。

前叙

三句山歌一句诗，中间四句是新词，偷今换古，都出巧思，郎情女意，叠成锦玑。编成一本风流谱，赛过新兴[银绞丝]。

将谓偷闲顶上"丝"字起。下同。

丝丝绿柳映窗前，系弗住个情哥去后缘。花栏绕遍，春怀可怜，取花消遣，把金瓶水添。梅香不识奴心苦，将谓偷闲学少年。

万紫千红

年少娇娘行过百花亭，只见春风吹动百花新。桃花铺锦，梨花绽银，木香含蕊，蔷薇吐心。姐道我郎呀，小阿奴奴分明是天上琼花世上少，你莫道万紫千红总是春。

秋千院落

春来夜夜忆私情，手托香腮眼看灯。罗帏寂寞，捱过五更，衾寒枕冷，凄凉怎禁。姐道我郎呀，你自来欢娱所在嫌夜短，教奴奴秋千院落夜沉沉。

出门俱是

沉沉春暖百花新，姐儿打扮去游春。粉容娇面，胭脂绛唇，绣鞋罗袜，藕丝绢裙。姐道我扇子虽拿遮弗得个众人眼，出门俱是看花人。

月移花影

人人花下尽欣欢，偏有姐忆子情郎心转酸。千花并蕊，偏奴影单，蜂忙蝶乱，知郎在那边。日里个样凄凉我还排遣得去，当得起个月移花影上栏杆。

计程应说

栏杆月上两更天，别郎容易见郎难。朝来书信，约我重谐凤鸾，眼前不见，教我泪痕怎干。挑起子个红灯重把书上归期仔细看，计程应说到常山。

绝胜烟柳

山前劝酒别情哥，算来又是半年多。情人一去，有谁伴奴，春来秋去，光阴似梭。姐道我郎呀，小阿奴奴虽是一朵野花从弗曾经个蜂蝶采，绝胜烟柳满皇都。

总把新桃

都来腊尽一年多，短命冤家撇子奴。薄情短幸，风流半途，怜新弃旧，前情尽辜。姐道我侬恨杀子冤家也去重寻个，总把新桃换旧符。

一朵红云

桃符贴上约情郎，手执子情郎同进房。两情相爱，倒在象床，解开罗带，麝兰喷香。姐道我侬抱子雪白样情郎盖子红绫被，好像一朵红云捧玉皇。

门泊东吴

玉皇许我结姻缘，分明是玉女金童做对眠。眼前虽好，他时怎圆，欲图长久，须是改迁。姐道郎呀，我听你学子个姑苏台上西施去，门泊东吴万里船。

故烧高烛

船前头结缆接情郎，接着子情郎像一块糖。欢眉笑眼，齐入洞房，云浓雨腻，谁觉夜长。情哥郎只怕小阿奴奴困子去，故烧高烛照红妆。

牧童遥指

妆台前插柳是清明，二八娇娘去踏青。寻芳拾翠，千人万人，奴归独自，迷却路程。日落西山，不知啰哩是奴家里，牧童遥指杏花村。

晓窗分兴

村前村后结私情，且喜今宵好事成。谯楼无礼，看看五更，昏天黑地，郎要早行。小阿奴奴只推肚痛要烧个姜汤来吃口，东间壁晓窗分与读书灯。

家家扶得

灯前独坐等郎归，情郎酒醉烂如泥。良辰美景，花枝酒杯，玉楼人醉，金勒马嘶。姐道弗是我郎一个能贪酒，家家扶得醉人归。

轻烟散入

归来窗上月光斜，个样有信行个情郎教我那放他。把名香满爇，高烧绛蜡，山盟同设，恩情转加。姐道郎呀，个星香烛辉煌才是我搭你两人心里火，莫要放个轻烟散入五侯家。

吹面不寒

家乡迢递信难通，私忆子情郎病转凶。恹恹憔悴，减却旧容，眼昏鼻塞，头儿似空。小阿姐道我侬做成个样相思病，怕杀子吹面不寒杨柳风。

一枝红杏

风流小姐出妆台，红袄红裙红绣鞋。后园月上，情人可来，无踪无影，只得把梯儿展开。小阿姐儿三寸三分弓鞋，踏上子花梯伸头只一看，分明是一枝红杏出墙来。

杖藜携酒

来迟去慢姐心烦，等待郎来就捻介个酸。低头谢罪，望娘恕宽，只为乡亲拉去，游山路长。姐道郎呀，你后生家掉子花扑扑正经弗去干，到跟子个杖藜携酒看芝山。

东风吹水

山前别子我郎回，思忆子情郎常皱眉。危栏独倚，天空鸟飞，眠思梦想，此情为谁。小阿奴奴立在门前要等郎船到，只见东风吹水绿差差。

轻薄桃花

差千差万跌心头，想起情郎嘴薄嚣嚣真是油里油。把甜头撇下，要丢怎丢，把佳期辜负，要休怎休。姐道郎呀，你自家是个样颠狂柳絮无常性，再捉我认子轻薄桃花逐水流。

怕有渔郎

流水桥边正是百花村，姐去攀花撞子介个郎有情。你贪我爱，霎时便成，云收雨散，各自躲身。姐道郎呀，偷伴来时依旧偷伴去，怕有渔郎来问津。

尽是刘郎

津津流水过桥来，姐忆子情郎心里呆。相思病染，眼儿倦开，容颜消尽，刚剩瘦骸。小阿姐道我侬个样病根弗是别人种，尽是刘郎去后栽。

前度刘郎

栽花小姐瞌困来，半掩房门懒去开。朦胧睡里，情人自来，裙腰偷解，把奴弄乖。小阿姐道我觉来时只道巫山梦，再是前度刘郎今又来。

沙上凫雏

来时正是二更天，共郎做个并头莲。销金帐里，情浓意坚，双双戏耍，花心正鲜。姐道我纤纤玉手勾郎睡，好像沙上凫雏傍母眠。

却教明月

眠到天明郎起来，送郎去了又要约郎来。爱郎难舍，愿郎记怀，夜深人静，奴房自开。姐道郎呀，今夜介个样天光弗用行灯火，却教明月送将来。

野渡无人

来时正是浅黄昏，吃郎君做到二更深。芙蓉脂肉，贴体伴君，翻来覆去，任郎了情。姐道情哥郎弄个急水里撑篙真手段，小阿奴奴做个野渡无人舟自横。

缓寻芳草

横山头上白云飞，姐忆子情郎弗见归。只见萋萋芳草，王孙路迷，夜深月落，子规又啼。姐道小阿奴奴只道情郎撇子我，再是缓寻芳草得归迟。

夕阳箫鼓

迟迟春暖百花飞，思忆情郎心里痴。春光将暮，红轮坠西，绿杨陌上，行人渐稀。姐道我独坐高楼眼睁睁介望，只见夕阳箫鼓几船归。

却疑春色

归来日落乱云遮，姐忆情郎眼也花。黄昏时候，还未见他，隔墙好酒，人人要赊。姐道只听得间壁姐儿房里像是郎说话，却疑春色在邻家。

青草池塘

家家月上照窗纱，姐儿心里乱如麻。情人一去，何日到家，夜深独坐，长吁短嗟。姐道郎呀，鸳鸯枕上个打呼声小阿奴奴还且听弗惯，那再教我青草池塘独听蛙。

莫遣纷纷

蛙声闹姐心呆，有意情郎踱得来。把奴推倒，罗襦扯开，新红滴露，教奴自揩。小阿姐道郎呀，宁可将来累子香罗帕，莫遣纷纷点翠苔。

玉人歌舞

苔满阶沿人迹稀，姐儿房里等人痴。孤灯惨淡，玉漏正迟，看看月落，邻鸡又啼。姐道我一夜五更直守到大天亮，玉人歌舞未曾归。

惟解漫天

归家一向信音稀，往日恩情化子灰。红楼十二，知他向谁，叮咛千万，如今尽虚。姐道郎呀，你好像风卷杨花无常性，惟解漫天作雪飞。

不是愁中

飞花满地怨东风，姐为伤春减旧容。带围宽折，金钏又松，长吁短叹，如痴似聋。姐道我侬年少青春那了无快活，不是愁中即病中。

不信东风

病中日夜望郎归，短命冤家不知啰哩偎。困人天气，相思病危，朝朝悬望，音乖信稀。姐道郎呀，你侬个样心肠就是铁能介硬，不信东风唤不回。

丝丝天棘

回头看见子介个有情郎，我弗枉今朝烧个炷香。他衣衫齐整，年貌正芳，眉来眼去，两下挂肠。姐道郎呀，你若肯访奴时奴家弗是无记认，丝丝天棘出门墙。

多少工夫

墙门阁落里结识子个有情人，汗巾相赠表奴心。针针线线，是奴缉成，丝丝缕缕，是奴寄情。我郎弗要拿渠来轻抛弃，也不知多少工夫织得成。

不知春去

成双捉对蜜蜂飞，巴巴里个情郎弗见归。粉憔脂悴，魂劳思迷，莺声才歇，子规又啼。姐道一日三秋只觉日子能长远，不知春去几多时。

又得浮生

时光过子姐心酸，独自个行来到后园。东风庭院，梨花杜鹃，芳心一点，有谁见怜。姐道我木香棚下寻个伴儿讲句衷肠话，又得浮生半日闲。

惟有葵花

闲靠南窗想旧情，情郎弗见挂奴心。从伊别去，杳无信音，海棠开后，直望到今。姐道我只见满园花事看看了，惟有葵花向日倾。

闲敲棋子

倾盆梅雨湿窗纱，掩转子房门日又斜。画眉人远，相思病加，黄昏将傍，心如乱麻。今夜里冷冷清清只有梅香来作伴，闲敲棋子落灯花。

闲看儿童

花扑扑个娇娘心易邪，眼前弗见俏冤家。乍晴乍雨，春光又赊，没情没绪，胭脂懒搽。姐道我遇子个样时光教我那哼过，闲看儿童捉柳花。

添得黄鹂

花开花谢姐心惊，个样寂莫空房教我那坐身。闷来闲步，苍苔满庭，绿阴将暗，微风欲曛。姐道我就走尽子花园也无偧闹热处，单是添得黄鹂四五声。

困人天气

声声百舌叫春忙，小阿姐房中思忆子郎。蜂歌蝶舞，野花正香，迟迟春昼，教奴怎当。手托香腮不觉昏迷子，正是困人天气日初长。

摘尽枇杷

长长短短侪在阿奴心，我听你恩情海样深。新人虽有，难比旧人，今春恩爱，尤腾旧春。姐道郎呀，我朝暮送新只为要博个郎个好，摘尽枇杷一树金。

并作南来

金凤花开映粉墙，情人来到姐儿房。兰汤浴罢，冰肌伴郎，碧纱厨内，荷花送香。姐道我竹方床上铺子湘纹簟，并作南来一味凉。

满架蔷薇

凉风阵阵过池塘，捉我里个情郎吹进房。重重帘幕，微风送香，游蜂浪蝶，纷纷过墙。姐道郎呀，便添得一个人人那了能闹热，好像满架蔷薇一院香。

也傍桑阴

香香小姐嫁子丑冤家，两鬓蓬松面又介麻。家中物件，锄头水车，扒泥挑粪，插秧种麻。姐道我侬嫁子个样老公有偧风流处，只得也傍桑阴学种瓜。

才了蚕桑

瓜甜藕嫩是炎天，小姐情郎趁少年。纱厨鸳枕，双双并眠，颠鸾倒凤，千般万般。小阿姐道我搭情郎一夜做子十七八样风流阵，好像才了蚕桑又插田。

短笛无腔

田田荷叶贴方池，姐共情郎春兴迷。郎探花蕊，姐弄玉枝，两情迷恋，颠之倒之。情哥郎伸子尺二舌头要话砂糖甏，小阿姐好像短笛无腔信口吹。

两山排闼

吹开池面像个明镜台，小姐梳妆照粉腮。忽然想起，情人不来，懒梳云鬓，闲却凤钗。小阿奴奴淡子蛾眉无人画，枉子两山排闼送青来。

飞入寻常

来千去万尽虚花，只有我搭情哥对弗差。王孙公子，总不似他，墙花路柳，总不似咱。姐道郎呀，听你做子双双燕子常相对，莫要飞入寻常百姓家。

江城五月

家边邻舍嘴喳喳，议论传来乱似麻。我夫休听，传言总差，若还轻信，将奴枉杀。分明是笛声吹动端阳节，你莫道江城五月真个落梅花。

西出阳关

花开花谢又经春，分别我里情郎只在今。离情无限，送郎几程，劝郎多饮，重唱渭城。姐道明知一向相交只有小阿奴奴人一个，西出阳关无故人。

一任两山

故人一去弗回头，教我锁住子两道春山暗泪流。薄情司马，空吟白头，风流张尹，何日把愁眉再修。尘昏子个镜台奴弗照，一任两山相对愁。

白云明月

愁来茶水弗沾喉，单为情郎心里忧。天涯海角，想到尽头，寸心千里，何时聚首。小阿奴奴望得眼穿郎弗到，只见白云明月两悠悠。

不道人间

悠悠咽咽听得唱山歌，看蚕娘子忆情哥。守蚕辛苦，未曾约哥，偶尔采桑行去，他先在桑中候奴。姐道郎呀，我只道七月七夜头方是巧，不道人间巧已多。

满阶荷叶

多花小姐眼朦胧，一见子情郎弗放空。二杯才罢，钮扣便松，良宵美景，幽怀更浓。姐道郎呀，个样风流正好露天做，满阶荷叶月明中。

卧看牵牛

中宵闲步到凉亭，亭前接着子个有情人。轻携玉手，心中暗惊，香腮半贴，亲亲几声。姐道郎呀，今夜相逢正是七月七，卧看牵牛织女星。

明月明年

星稀月亮半更天，接着子情郎心喜欢。欢情未定，罗带自宽，要求重会，千难万难。姐道郎呀，今朝今夜我听你还子个风流债，明月明年何处看。

风景依稀

看看月照姐房前，约郎君同到后花园。太湖石畔，荼蘼架边，风流重整，看看夜阑。姐道郎呀，旧日姻缘今夜重相会，风景依稀似去年。

直把杭州

年少郎君弗识羞，结子私情又去别处偷。朦胧睡语，露出话头，醒来盘问，他说并没此由。姐道郎呀，个样抱李呼张个声气小阿奴奴耳边听弗得，你直把杭州作汴州。

映日荷花

州前小姐未经风，吃个情郎扯住要做喜相逢。一时难脱，只得强从，鲛绡帕上，染却嫩红。情哥郎羞搭搭拿去灯前看，好像映日荷花别样红。

淡妆浓抹

红裙小姐赛西施，朝朝梳洗点胭脂。乌云飞鬓，远山翠眉，桃腮杏脸，雪白齿齐。郎道我里小阿姐儿正是生成一种风流态，淡妆浓抹也相宜。

月钩初上

宜春小姐性贪花，思忆子情郎心里麻。凄凉风景，想他念他，朦胧睡里，分明见他。小阿姐道我看窗前影子只道郎来到，再是月钩初上紫薇花。

数声渔笛

花花阿姐爱风光，吃郎君推倒后船舱。撑篙把舵，两情正忙，风颠浪急，一番似狂。姐道郎呀，我听你虽然比弗得别人家笙箫鼓乐成亲事，也有数声渔笛在沧浪。

一池月浸

沧浪渔笛隔村哗，想起子二八娇娘肉也麻。南威可比，西施不差，汉家飞燕，陈家丽华。个样红粉娇娘困在白纱帐子里，好像一池月浸紫薇花。

纱帽闲眠

紫薇花发姐心愁，我情郎一去求官不转头。明时金榜，想他名占上流，沿房花烛，愧我有约未酬。姐道郎呀，料你志诚决弗学子王魁个样亏心事，介时节多分是纱帽闲眠对水鸥。

紫薇花对

鸥眠对对姐心狂，勾紧子情郎入洞房。红颜相贴，倒在象床，同心带绾，鸳鸯凤皇。姐道郎呀，我听你一样青春一样俏，正是紫薇花对紫薇郎。

为有源头

郎多容貌中奴怀，抱住子中间脚便开。擘开花瓣，轻笼慢挨，酥胸汗湿，春意满怀。郎道姐呀，你好像石皮上青衣那介能样滑，为有源头活水来。

此日中流

活水里潮来两岸平，姐谢子情郎的的亲。郎将手抱，奴把脚檠，一篙撑进，任郎浅深。姐道郎做子船来奴做水，此日中流自在行。

回头不是

行行山路白云迷，正是刘阮天台出洞归。尘缘未了，仙境暂离，再来寻访，云深意迷。懊恨当初弗该拆子去，回头不是在山时。

无复明朝

时时刻刻要郎来，再吃夹壁个年老婆婆钉紧子腮。冤家作对，胡猜乱猜，风吹草动，他就把天大的虚辞驾来。小阿奴奴拼得连夜搬场连夜同郎宿，无复明朝谏疏来。

最是橙黄

来来去去姐相思，鬼病恹恹再弗离。庞儿瘦损，不似旧时，山盟海誓，丢在那些。小阿姐道我迢迢长夜千般苦，最是橙黄橘绿时。

才有梅花

时过秋来便是冬，姐儿房里闹丛丛。绮罗帐里，花颜酒容，欢呼陆博，开快抢红。情哥郎掷得个幺二三四并六点，姐道才有梅花便不同。

夜半钟声

同心带绾是前年，今夜情郎在那边。银灯送影，春思正牵，子规啼月，愁人未眠。听子帘前铁马叮叮咚咚个样凄凉韵，分明是夜半钟声到客船。

月中霜里

船中阿姐共郎眠，郎要推时姐要颠。朱颜衬脸，玉臂挽肩，两情恩爱，扭做一团。小阿姐道开子蓬窗排个风流阵，再是月中霜里斗婵娟。

惹得诗人

娟娟月亮照黄昏，你做子张生我做崔家里莺。花前月下，吟诗寄情，千秋万载，也要留个风流好名。你若弗信只看古老上人个本《西厢记》，惹得诗人说到今。

深深笼水

今夜郎来要看花，姐儿接子便心麻。鸳鸯被里，情浓意洽，珊瑚枕上，钗横鬓斜。姐道我郎呀，你要风流好处自去随深浅，深深笼水浅笼沙。

雪却输梅

沙头两件好风光，梅是娇娘雪是郎。雪儿能白，梅儿更香，娇香嫩白，姻缘正当。姐道奴是梅花弗如雪个白，情哥郎道雪却输梅一段香。

与梅并作

香香小姐住梅村，间壁有个情郎雪样能。奴容雅淡，梅花样清，郎颜洁白，雪花样轻。姐道郎呀，有雪无梅空自白，侬弗与梅并作十分春。

不脱蓑衣

春来花气正熏人，我郎君烂醉在花阴。和衣睡倒，相将二更，满身花影，沉醉未醒。姐道我郎再像渔郎宿在芦花岸，不脱蓑衣卧月明。

漫腾腾地

明星亮月晓霜浓，月暗星昏又是雨搭风。残冬暮景，寒威正凶，枕单衾冷，家家尽同。只有小阿姐儿有子介个情郎，在个销金帐里，芙蓉褥上，鸳鸯被下，勾紧子头，贴紧子胸，搽紧子腿双双宿，漫腾腾地暖烘烘。

池上于今

烘烘日暖水滔滔，姐照见子波中容貌娇。粉容花貌，下得便抛，花慵粉懒，教奴怎熬。记得去年介时节，搭子我郎君来个里清水池边做子个倒凤颠鸾势，池上于今有凤毛。

野芳虽晚

毛头阿姐忒贪花，足足里做子三十多年老肉麻。油头粉面，妆扮转佳，出尖卖俏，勾搭转加。姐道郎呀，东来壁新做孤孀个八十婆婆还要寻媒来别嫁，阿奴奴野芳虽晚不须嗟。

四十馀年

嗟叹年来白发侵，喜得昔日情郎弗变心。朝朝暮暮，看觑甚殷，来来往往，情意甚真。记得十五岁相交如今五十五，足足受子你介四十馀年惠爱深。

君王又进

深深柳色暗长堤，浴罢兰汤气力微。花枝无力，倩郎强携，酒肠不耐，被郎强偎。姐道郎呀，分明是华清宫里杨妃春睡起，君王又进紫霞杯。

怎忍花前

杯中照见好花枝，只为贪花酒弗辞。人如花面，花将酒催，对花不饮，花应笑痴。姐道郎呀，九十日春光容易过，怎忍花前不醉归。

水远山遥

归期约我做残冬，等过三春信不通。愁心几叠，云山万重，鱼沉雁杳，欢娱久空。姐道就是郎弗来时奴该去，只有吃个水远山遥处处同。

莫管城头

同郎去看后园花，花底下调情两肉麻。把湖山背靠，花枝手拿，罗襦半褪，云鬟任斜。姐道郎呀，难得相逢索性耐子心情再耍歇，莫管城头奏暮笳。

满眼蓬蒿

暮笳声起姐心愁，结起子私情弗罢休。朱颜难久，不觉白头，及时欢乐，除死便休。你看盘古以来多少九烈三贞那间来啰哩，只落得满眼蓬蒿共一丘。

一滴何曾

一丘荒垅草连天，姐儿见子共郎言。人生百岁，能几少年，风流挫过，也是枉然。你若不信只看刘伶坟上土，一滴何曾到九泉。

不妨游衍

泉声出涧百花飞，郎去游春要及时。风和日暖，流莺乱啼，绿杨红杏，春光几时。姐道郎呀，你早早去时早早转，不妨游衍莫忘归。

疑是蟾宫

归家错走到姐门前，吃个姐儿蓦面相逢把袖牵。进他门去，被他紧缠，郎心迷恋，说道我不回了，就留此眠。月亮底下抱子花弹能个姐儿只一看，疑是蟾宫谪降仙。

暂时相赏

仙人也要害相思，你弗见刘阮天台分别时。况人非仙比，百年几时，有花须折，莫待无花折枝。姐道郎呀，小阿奴奴房中有介春酒一壶花一朵，暂时相赏莫相违。

何用浮名

相违许久得相亲，才得相亲又远行。三年取士，秋闱又春，书箱琴剑，匆匆起程。姐道郎呀，我听你雪月风花有偖弗快活，何用浮名绊此身。

五湖烟景

身材小眼即伶，先结私情晚做亲。鸳鸯枕上，重整旧情，山盟海誓，两下称心。姐道郎呀，今夜里和叶和枝都付与，正是五湖烟景有谁争。

西楼望月

争得个情郎正少年，来来去去弗连牵。冤家薄幸，把恩情弃捐，这头未了，那头又缠。姐道郎呀，你做子风卷杨花处处雪，教奴奴西楼望月几时圆。

微躯此外

圆月分明镜照楼，姐儿房内正绸缪。珊瑚枕上，恩情两投，花心一点，与郎紧收。小阿姐道我今生有子介样一个风流伴，微躯此外复何求。

直欲渔樵

求神问卜弗见郎转程，算来必定为功名。想渔家翁妪，村醪共斟，想樵家夫妇，山蔬共羹。姐道郎呀，小阿奴奴就博子凤冠霞帔无俉大快活，直欲渔樵过此生。

海鸥何事

生成一对好夫妻，啰要傍人说是非。前缘宿世，恩情怎离，纵然风浪，盟言怎违。姐道我听情郎本是池上鸳鸯双双常作伴，海鸥何事更相疑。

枕簟仍教

疑千猜万只当乱鸡啼，我听你心坚怕俉闲是非。香肩相并，素手共携，只见鸳鸯双宿，游蜂对飞。姐道吃个满园风景动子奴个风流兴，枕簟仍教到处随。

愁见何桥

随郎十里到长亭，别子情哥便转身。轻移莲步，神魂暗惊，今朝别去，何日见君。姐道我侬就是黄连做子舌头能苦切，愁见何桥酒幔青。

男儿到此

青山绿水古今同，男女相思一样浓。玉环魂断，皇家也空，绿珠花坠，豪家也空。只有范蠡扁舟载了西施去，男儿到此是豪雄。

但逢佳节

雄鸡啼罢渐星稀，梦醒巫山郎要归。留郎不住，任郎早回，送郎执手，问郎后期。郎道姐呀，你有心时我有意，但逢佳节约重陪。

更待银河

陪郎同到木香亭，好像牛郎织女喜相迎。年年七夕，鹊桥会情，一宵欢爱，恩情又分。姐道我别子情郎若要重相会，更待银河到底清。

夜深搔首

清清独坐绣房中，思忆子情郎忒弗通。抛人一去，意无影踪，妆台斜倚，泪痕点红。姐道我红粉弗搽花弗插，夜深搔首叹飞蓬。

相送柴门

蓬松两鬓睡初醒，郎别娇娘要出门。风流才罢，情人要行，花梢月上，谯楼四更。姐道我恩爱私情弗忍轻离别，相送柴门月色新。

安得元龙

新年里别子我郎舟，教我时常记挂在心头。多情不见，望穿两眸，云山万叠，教奴送愁。姐道我若望郎须是登高处，安得元龙百尺楼。

断桥垂露

楼高百尺傍河东，姐望郎来路不通。粼粼浅碧，一重又重，夜深人静，罗帏尚空。姐道我侬好像撑渡船个等人立在河边看，只见断桥垂露滴梧桐。

醉把茱萸

梧桐叶落九秋天，罗帐里无郎懒去眠。黄花已绽，知他那边，金樽独对，泪痕未干。思忆子情郎去年今日登高处，醉把茱萸仔细看。

空戴南冠

看看月上粉墙头，弗见情郎那弗忧。连宵不会，今夜又休，又不知何方羁绊，又不知何事逗遛。姐道郎呀，介个美约良宵弗来奴处寻快活，再去空戴南冠学楚囚。

馀音嘹亮

楚囚深锁恨重重，那得个情郎信息通。从伊一去，歌停笑慵，当初恩爱，落花晓风。姐道郎呀，你弗记别时小阿奴奴唱个阳关调，馀音嘹亮尚飘空。

赏心从此

空庭落叶暮秋时，姐见子郎来笑嘻嘻。离情满抱，今番诉伊，开怀畅饮，黄花满篱。姐道郎呀，小阿奴奴一寸柔肠化做子丈二软麻绳子将郎来缚住，赏心从此莫相违。

教儿且覆

违子亲夫要捉个我郎陪，就是十岁亲儿来做媒。花阴月底，密约暗期，潜踪灭迹，必须见机。小阿奴奴房中只要骗得亲夫醉，教儿且覆掌中杯。

不须檀板

杯中有酒是奴斟，再劝情郎饮几分。人生行乐，能有几巡，浅斟低唱，尽可遣情。姐道郎呀，赏心乐意只是随常便，不须檀板共金樽。

好收吾骨

樽前相别又经年，那得情人到眼前。恹恹多病，谁将信传，看看消瘦，难将命延。姐道郎呀，就作子我命尽禄绝也要等个郎来到，好收吾骨瘴江边。

酩然直到

江边白浪雪花吹，姐听情郎做一堆。杯中有酒，畅饮莫辞，傍人闲讲，推做不知。姐道郎呀，天大事来只是拼一醉，酩然直到太平时。

也应无计

时光来到姐儿娇，吃郎君拖住要成交。奴年幼弱，力怯体娇，被郎强逼，教奴苦熬。姐道郎呀，小阿奴奴就像个世乱人家伴在深山里，也应无计避征徭。

庭院春深

征徭紧急实难逃，个样杂情杂意个郎君真饿痨。也无好丑，逢着做蝻，也无老少，遇着便交。阿奴弗如断子念头归去罢，庭院春深听伯劳。

为问蟠桃

劳子我里情郎把酒沽，沽来花下共欢呼。郎把玉箫按谱，奴唱嘉兴妙歌，歌声箫韵，好似凤皇引雏。姐道郎呀，个样得意私情俉弗结子三千岁，为问蟠桃熟也无。

后序

无中生有把歌翻，诗句拈来凑巧难。从诗次序，并不妄删，郎情女意，并非妄谈。唱子个样山歌普天下个人儿齐来听，赛过清明三月三。仍接第一句三字。

第九辑

王磐　野菜谱

《野菜谱》，明王磐撰。磐自号西楼，正德嘉靖间人。是书汇集60种野菜，每种配以歌诀，以此赈助民饥。《四库提要》评曰："其诗歌多寓规戒，似谣似谚，颇古质可诵。""似谣似谚"，实即指其与民歌相类。此处据日藏本影印，既彰先贤仁心仁德，亦使人知民歌有此一用。

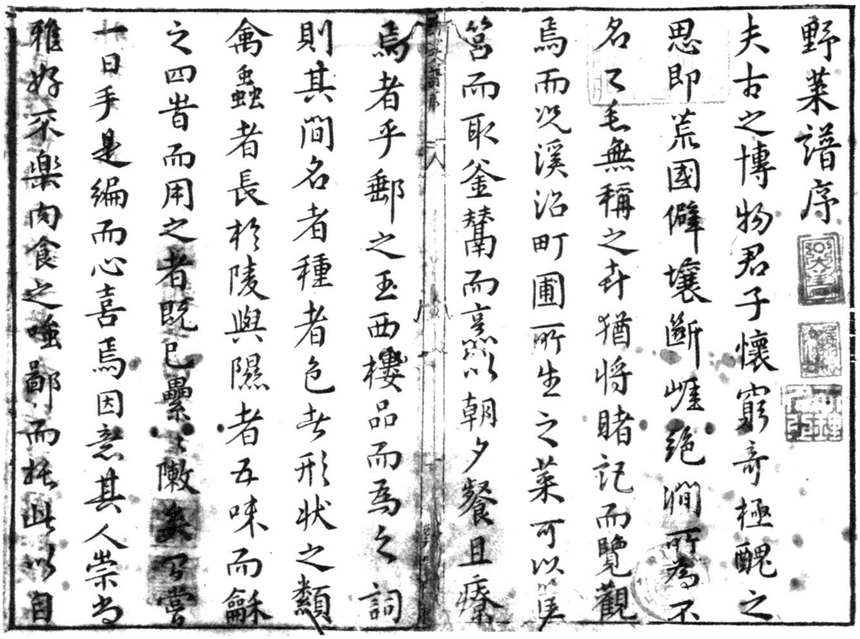
野菜譜序
夫古之博物君子懷窮奇極醜之
思即荒國僻壤斷崖絕澗所為不
名不毛無稱之卉猶將睹記而覽觀
焉而況溪沼町圃所生之菜可以濟
筥而取釜鬵而烹以朝夕餐且療
焉者乎鄞之西樓品而為之詞
則其間名者種者色香形狀之類
禽蟲者長於陵與隰者五味而鹹
之四旹而用之者既已彙〻徽矣予嘗
一日手是編而心喜焉因意其人崇尚
雅好不樂肉食之嗜鄙而樂與以自

概見於世刻而新之者為張君固知張君
非市人矣

沈朝煥伯含書

題王先生野菜譜西梅林前小序

野菜譜者錢塘王文秋懷之云也逌皆凱饉救飢之晚
蹠席者又日追人之困苦者園而心仍自生之嗔輩尋
野菜而食之呼嗟菜而野菜色反能生食者不苗
肉食者不能也支杖為之食如烟之飯秋花之蘿
向蕉之莊也已以為菜也西以代之加膳而求夫我
古子之疾也而肥醲甘脆為腸爽口者民之災諄之
為善至者揮藿羹名肉林亦從而膏梁之與藜

藿殊焉殊不殊者存焉於士君子亦不可一日忘此時
也士君子亦不可一日忘此味也亦倫過張仲蔚生平
讀此譜因知王先生為激乎吾言之其能尔不識
王先生之為人能至讀西梅林前小序撫卷嘆誰
摸寫奕言情之中法之趣以調謔之語雖能大雅
之音非豈古方物滑稽之法乎以文之人竟能色
飽也

嘉禾張元表書

叙野菜譜

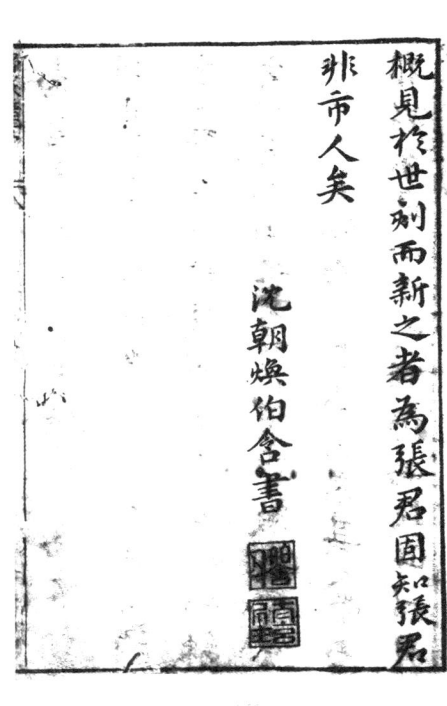

王山人埜菜有譜非徒旨乎藜莧食也
山人蓋脫然直寄焉而所爲自逃者也
古今稱述遯子之蹟高者茹芝於商山
下者種瓜於東陵彼各有托而逃耳山
人媚於詞高門縣薄無弗走也不順栢

於世之甘臙肥膿而厭於澗溪沼沚之毛譜而收之意且曰肉食者鄙吾姑與抱甕者流相咀嚅焉如鷗鳧之狎於萍秋虫之哦於艸以為嬉快也乎是則山人澹泊之致足以媿世之徒膏其口者然又何其遠覽博物君子也其書多吐棄不少娛蓋亦大雅士也嗟乎余因有所感矣每見當世富腴之家鐘鳴鼎食率歲而享千金日萬錢每含臙以自膏其口而田家之味輒吐棄心殊薄之脫有任情恬澹與築數畝之圃方池曲沁雜植諸菜蔬芋茹其中朝焉灌夕焉游歲時焉采以烹菜羹藿食而不厭斯亦足尚古者棠棘之興東陵之隱乎余雖為之抱甕而從所忻慕焉

存白山人

王西樓先生野菜譜

高郵王磐鴻漸甫著
壻張綖世文甫批
仁和張敷漸道升甫校

白鼓釘

一名蒲公英四時皆有惟極寒天小而可用采之熟食

白鼓釘白鼓釘豐年賽社鼓不停凶年罷社鼓絕聲社公惱白鼓釘化為草

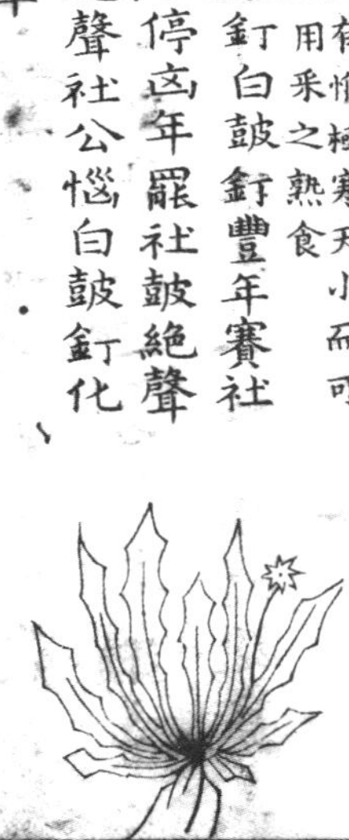

剪刀股

春采生食熏可作虀

剪刀股剪何益剪淂今年地皮赤東家羅綺西家綾今年不聞剪刀聲

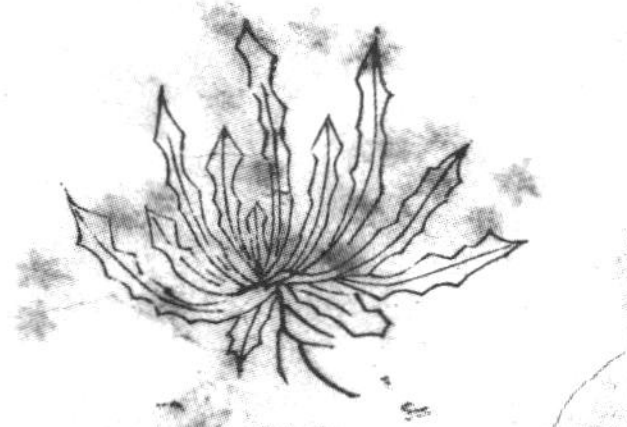

猪殃殃

猪食之則病故名春采熟食

猪殃殃胡不祥猪不食遺道傍我拾之充餱粮

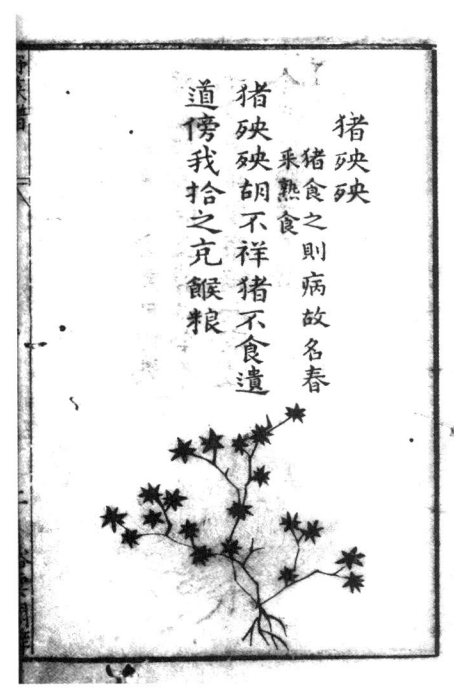

絲蕎蕎

二三月采熟食四月結角不用

絲蕎蕎如絲縷昔為養蚕人今作挑菜侶養蚕衣整齊挑菜衣襤褸張家姑李家女隴頭相見淚如雨

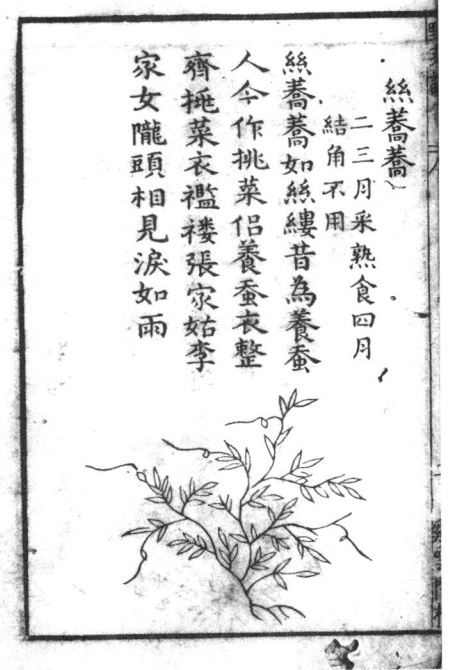

牛塘利

二三月采熟食亦可作虀

牛塘利牛淂濟種草有餘青蓄水有餘味年來水草枯忽變為荒蕪采采療人飢更淂牛塘利

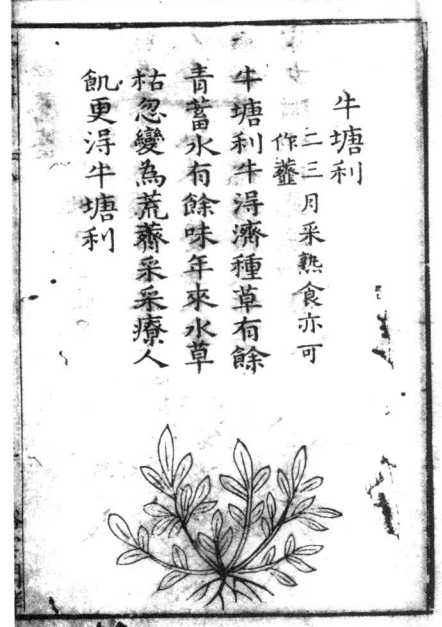

浮薔

入夏生水中六七月采生熟皆可食

采采浮薔涉彼滄浪無根可託有莖可嘗野風浩浩野水茫茫飄蕩不返若我流亡

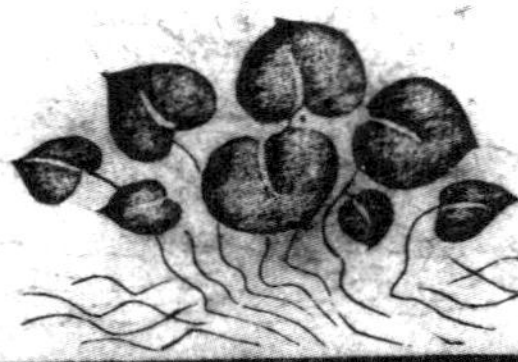

水菜

秋生水田狀類白菜熟食

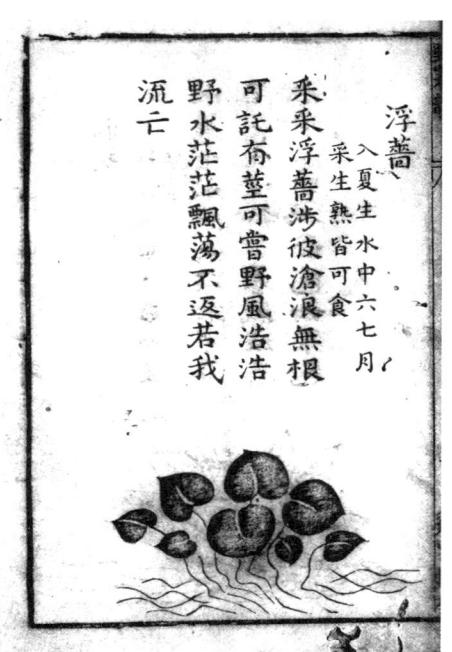

水菜生水中水深不可得挈筥遶堤行日暮風波息水清忽照人面色如菜色

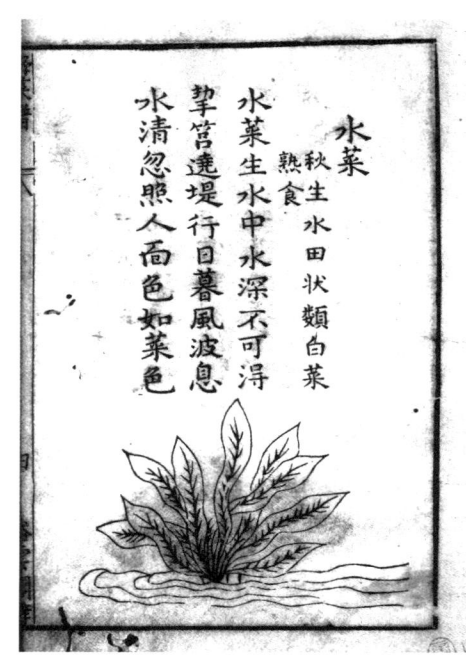

看麥娘

隨麥生隴上因名春采熟食

看麥娘來何早麥未登人未飽何當與爾還厥家共嘸糟糠暫相保

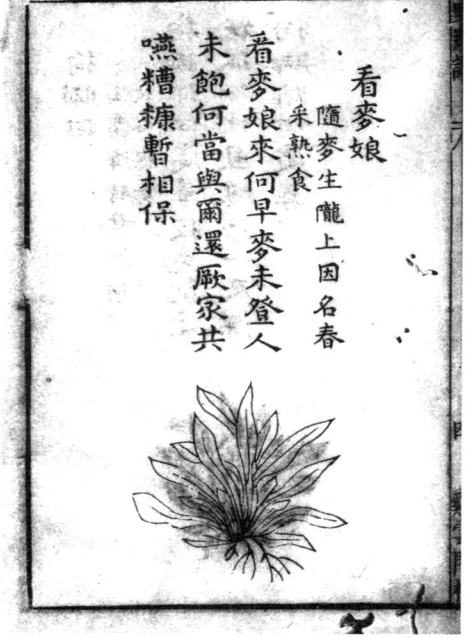

狗脚跡

生霜降時葉如狗印故名熟食

狗脚跡何處尋狡兎亂走妖狐吟北風揚沙一尺深狗脚跡何處尋

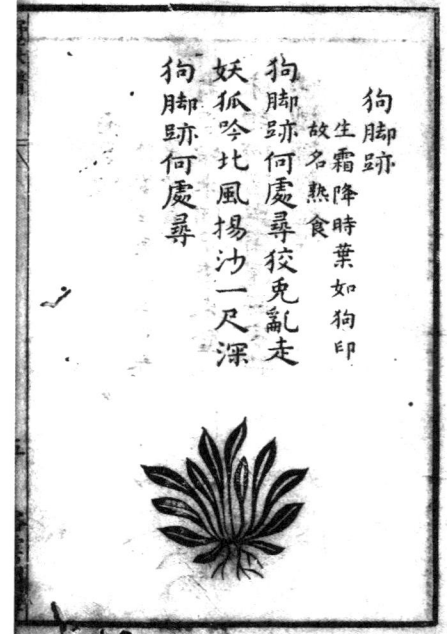

破破衲

臘月便生正二月采
熟食三月老不堪食

破破衲不堪補寒且飢聊
作脯飽煖時不忘汝

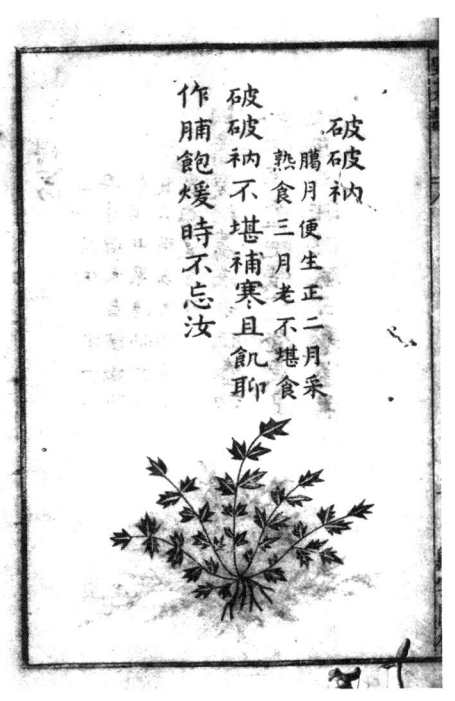

斜蒿

三四月生小者一科
俱可用大者摘嫩頭
於湯中畧過晒乾臨
食再用湯泡油鹽拌
食白食亦可

斜蒿復斜蒿采采臨春郊
終日不盈把悵望登東皋
欲進不能進風日寒瀟瀟

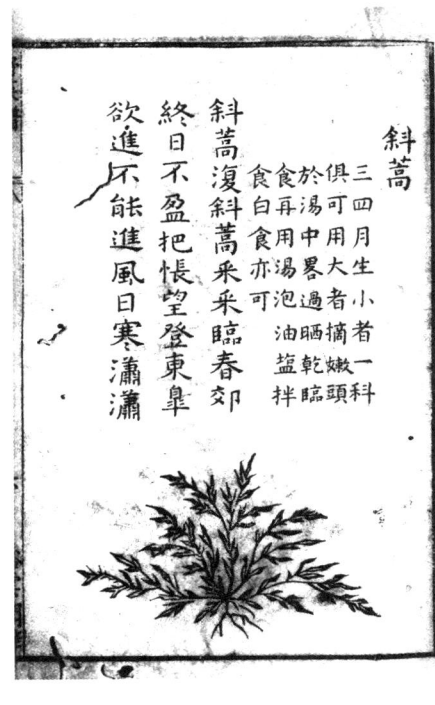

江薺

生臘月生熟皆可用
花時不可食但可作
虀

江薺青青江水綠江邊挑
菜女兒哭爺孃新死兄趂
熟止存我與妹看屋

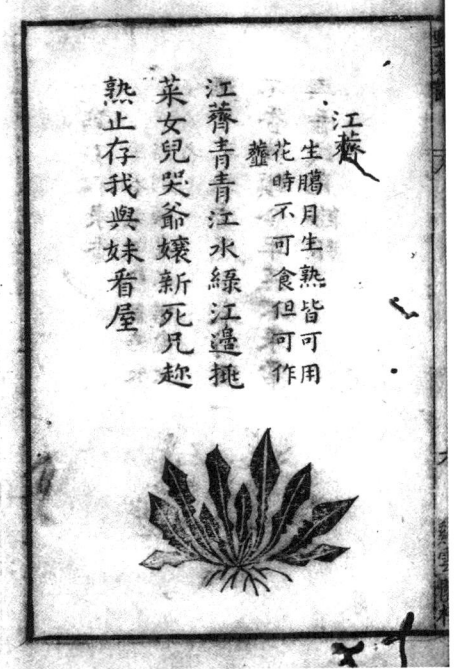

燕子不来香

早春采可熟食燕来
時則腥臭不堪食故
名

燕子不来香燕子来時便
不香我願今年燕不来常
與吾民充餱粮

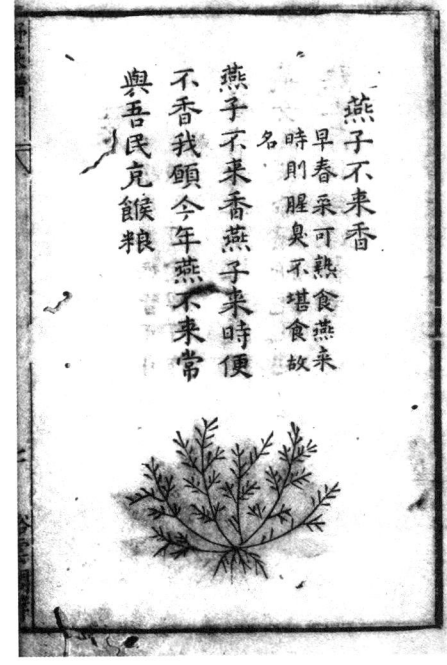

御孫腳跡

以形似名三月采之熟食

御孫腳跡宜爾泉石胡不自安徂我田宅遭彼侵凌畎畝蕭瑟獲而烹之償我稼穡

眼子菜

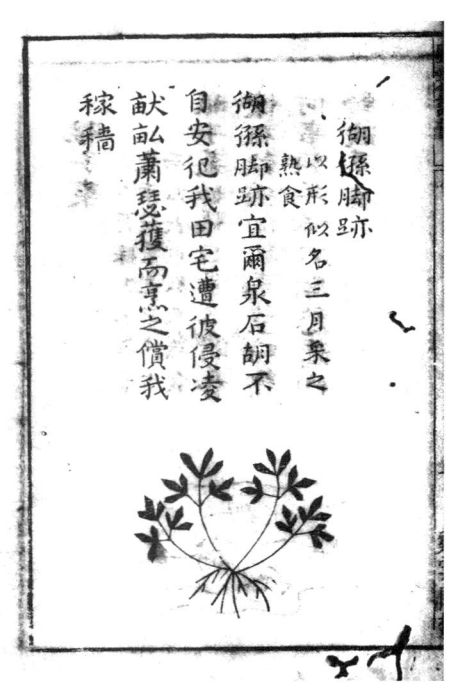

六七月採生水澤中青葉背紫色莖柔滑而細長可數尺熟食

眼子菜如張目年年盼春懷布穀猶向秋來望時熟何事頻年倦不開愁看四野波漂屋

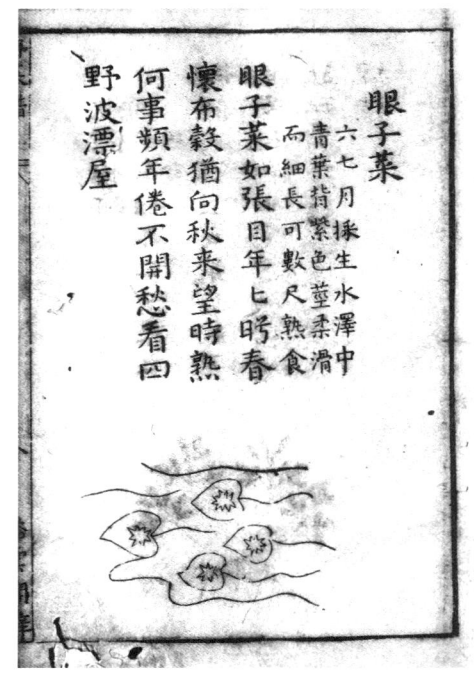

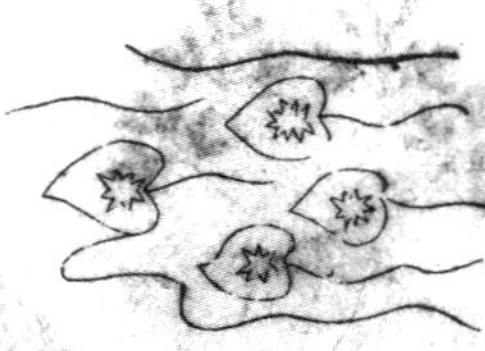

猫耳朵

正二月採搗爛和粉麵作餅蒸食

猫耳朵聽我歌今年水患傷田禾倉廩空虛鼠棄窠猫兮猫兮將奈何

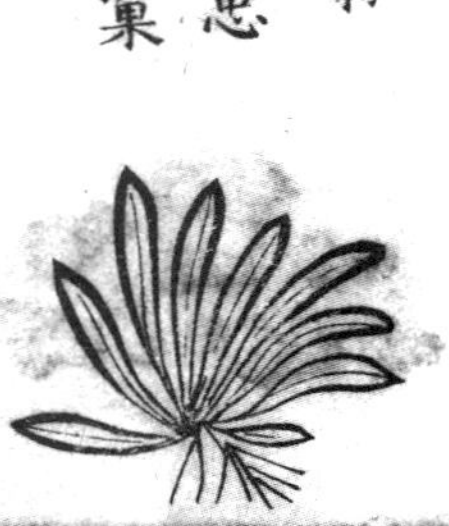

地踏菜

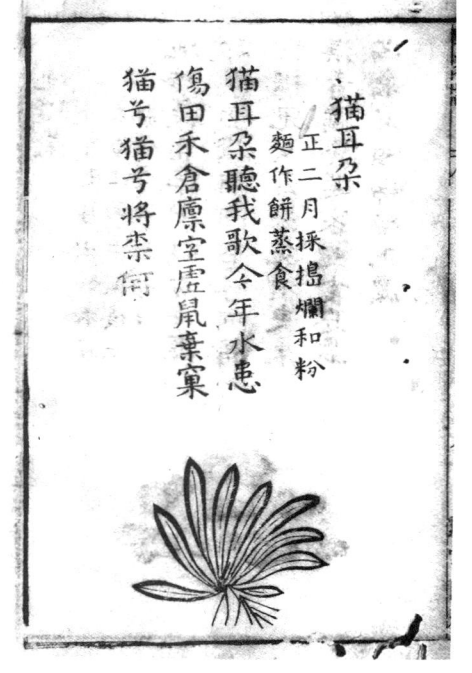

一名地耳狀如木耳春夏生雨中雨後采熟食見日即枯沒

地踏菜生雨中晴日一照郊原空莊前阿婆呼阿翁相攜兒女去匆匆須臾采得青滿籠還家飽食忘歲凶東家懶婦睡正濃

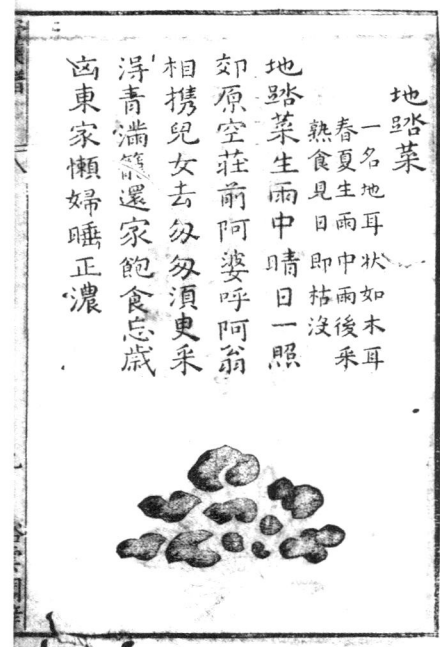

窩螺薺

正月二月采之熟食

窩螺薺如螺髻生水邊照
華麗去年郎家田不收挽
菜女兒不上頭出門忽見
窩螺羞

烏藍擔

烏大也村人呼大為烏此菜但可熟食

烏藍擔擔不動去時腹中
飢歸来肩上重肩上重行
路遲日暮還家方早炊

蒲兒根

即蒲草嫩根也生熟皆可食

蒲兒根生水曲年年砍蒲
千萬束水鄉人家衣食足
今年水深淤絕蒲食盡蒲
根生意無

蕃籬頭

臘月采熟食入春不用

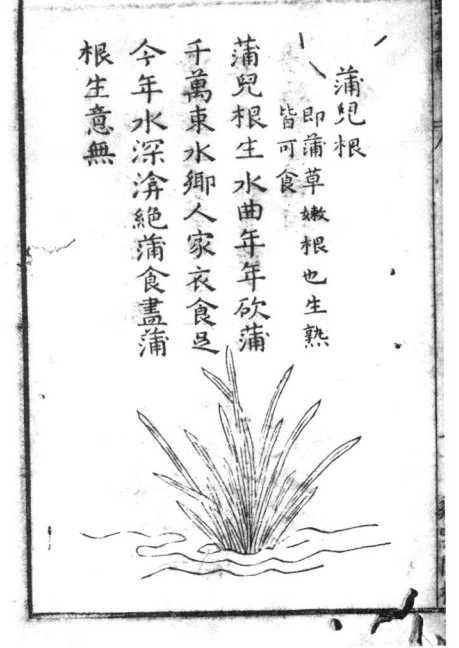

蕃籬頭延蔓草傍籬生青
裊裊今年薪貴穀不收折
蕃籬煮蕃籬頭

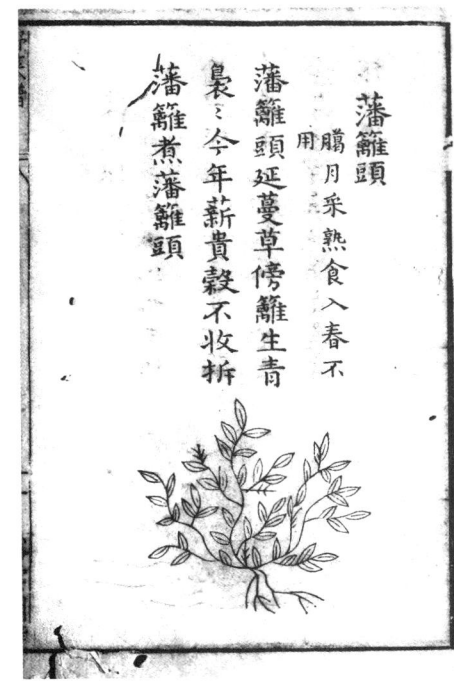

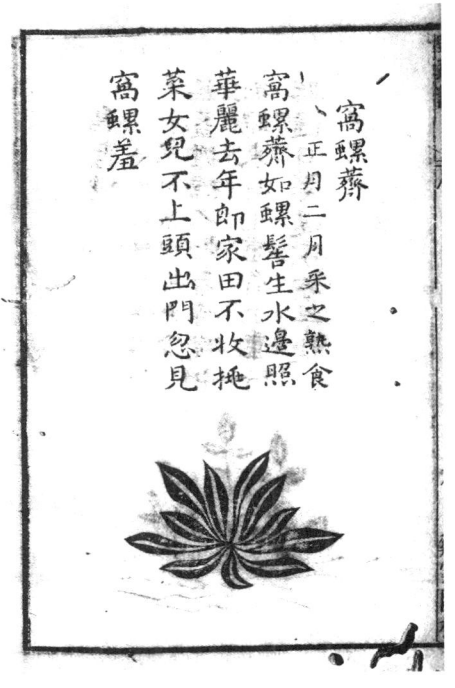

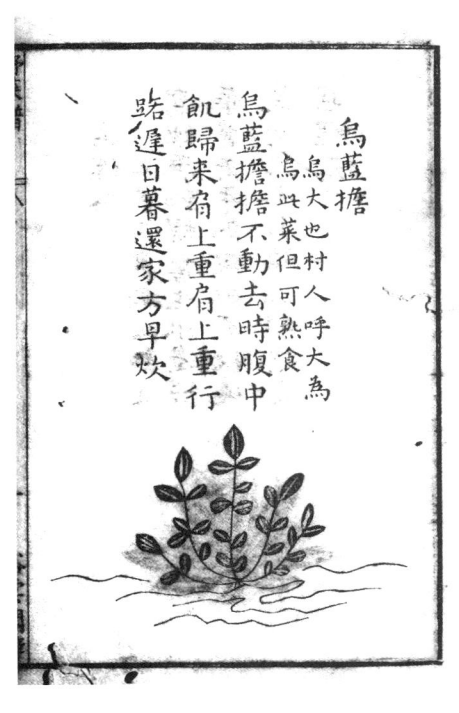

馬齒莧

入夏采沸湯瀹過曝乾冬用旋食亦可埜俗元旦食之

馬齒莧馬齒莧風俗相傳食元旦何事年来采更頻終朝賴爾供飧飯

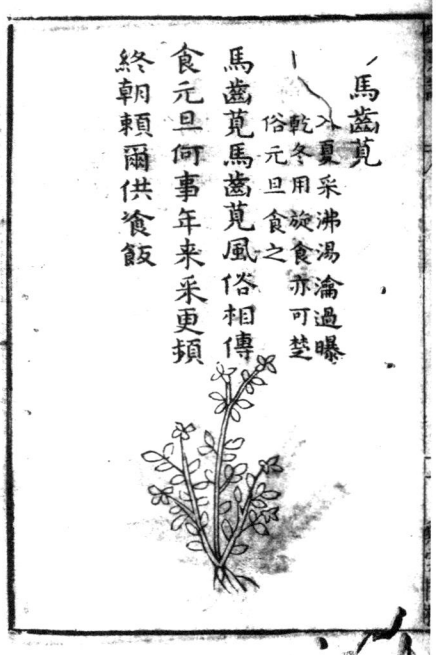

馬攔頭

二三月叢生熟食又可作虀

馬攔頭攔路生我為拔之容馬行只恐救荒人出城騎馬直到破柴荆

青蒿兒

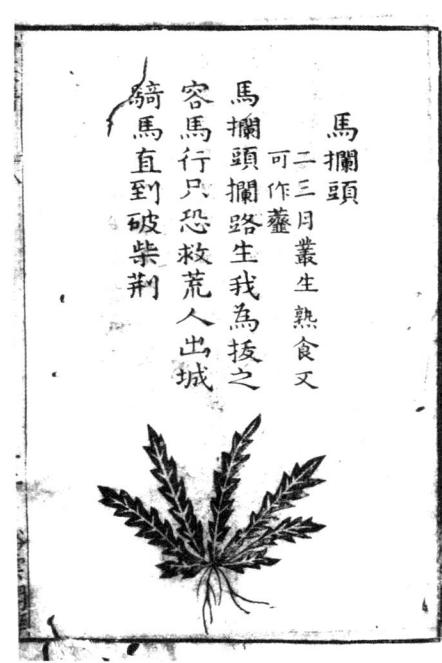

即茵陳蒿春月采之炊食時俗二月二日和粉麵作餅者是也

青蒿兒纔發穎二月二日春猶冷家家競作茵陳餅茵陳療病還療飢借問采蒿知不知

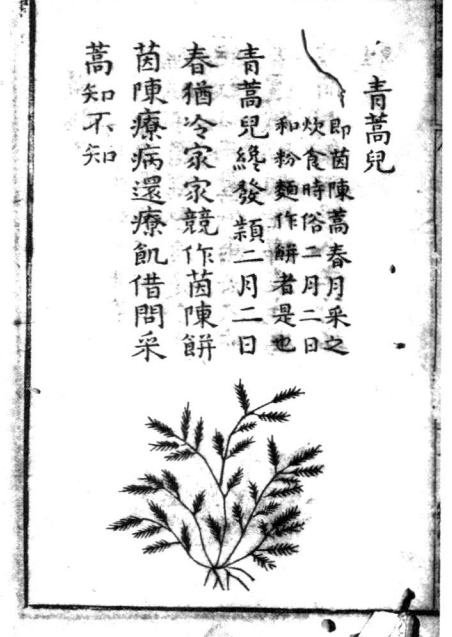

鴈腸子

二月生如豆芽菜熟食之生亦可食

鴈腸子遺溝壑應是今年絕飲啄兩翼低垂去不前苦遭餓鶻相擒搏嗟哉鴈兮痌羽翰何况人生行路難

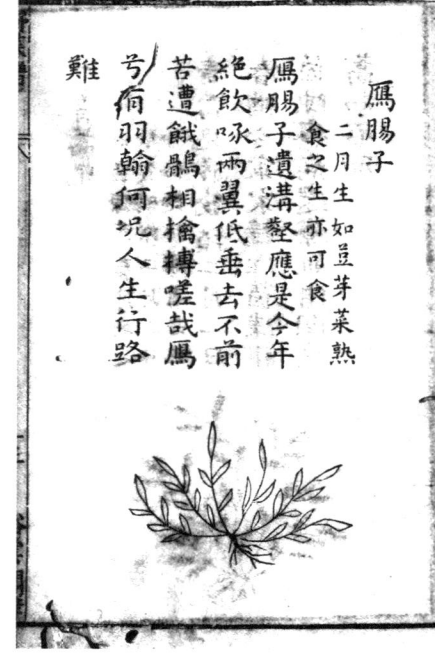

野落籬

正二月采頭湯過可食

野落籬舊遮護昔為里正家今作逃亡户春来荒薺滿堦生拖菜人穿屋裏行

茭兒菜

入夏生水澤中即茭芽也生熟皆用

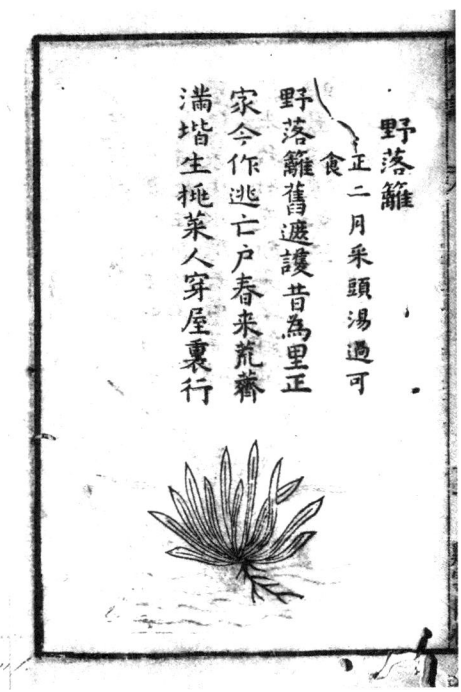

茭兒菜生水底若蘆芽勝菰米我欲充飢采不能滿眼風波淚如洗

倒灌薺

采之熟食亦可作虀

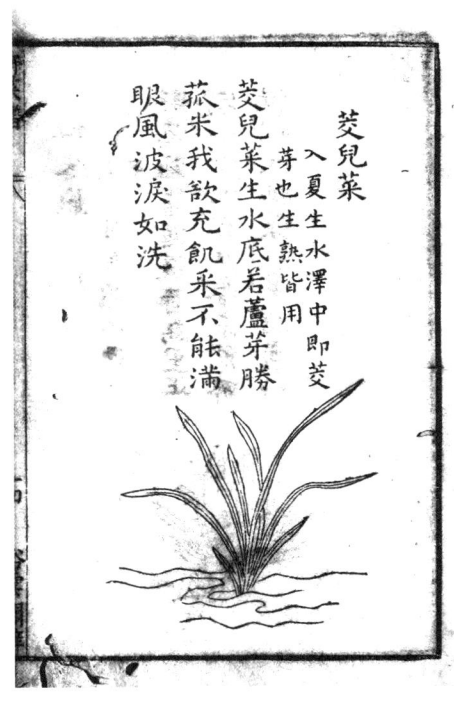

倒灌薺生旱田上無雨露下有泉抱甕不来還自鮮造物冥冥解倒懸

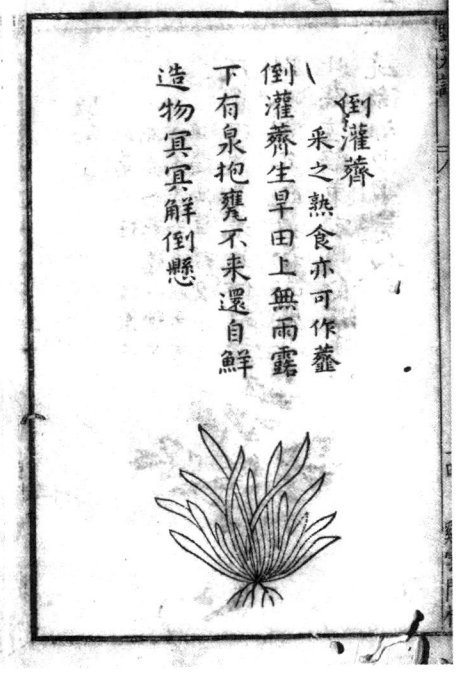

灰条

此菜二種一種葉大而赤即藜藿一種葉小而青即今所采者湯過油鹽拌食

灰条復灰条采采何辭劳野人當年飽藜藿凶歲淂此為佳殽東家鼎食滋味饒徹却少牢羨太牢

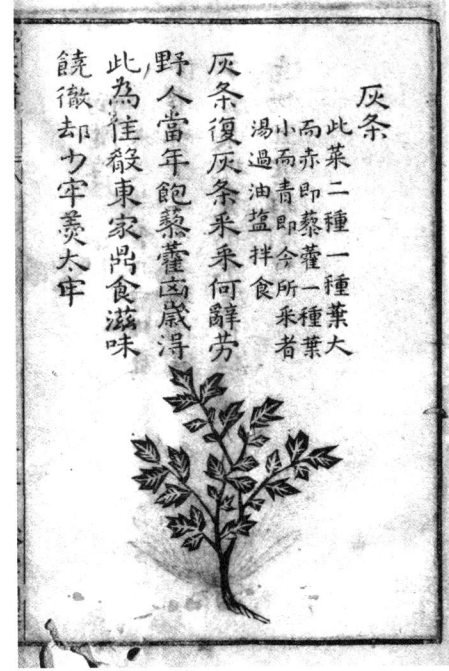

烏英

一名烏英花入夏生水澤中生熟皆食六月不可用

烏英花烏英菜菜可茹兮花可愛連朝摘菜不聊生豈有心情摘花戴

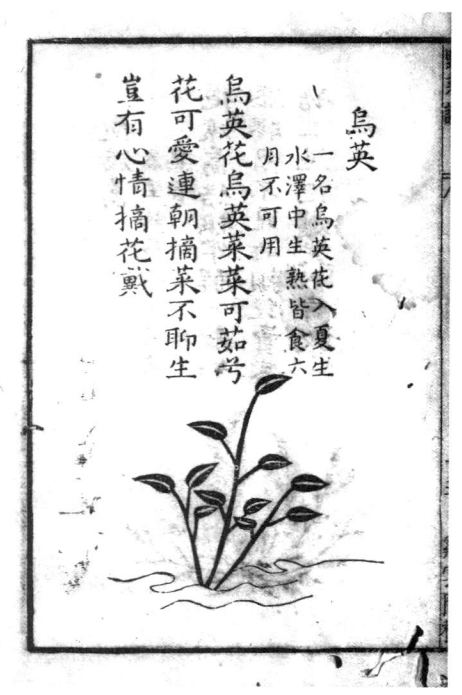

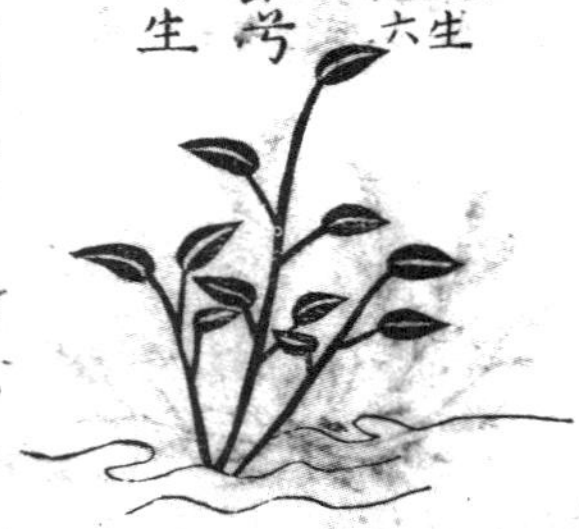

抱孃蒿

叢生故名二三月采熟食

抱孃蒿結根牢解不散如漆膠君不見昨朝兒賣客船上兒抱孃哭不肯放

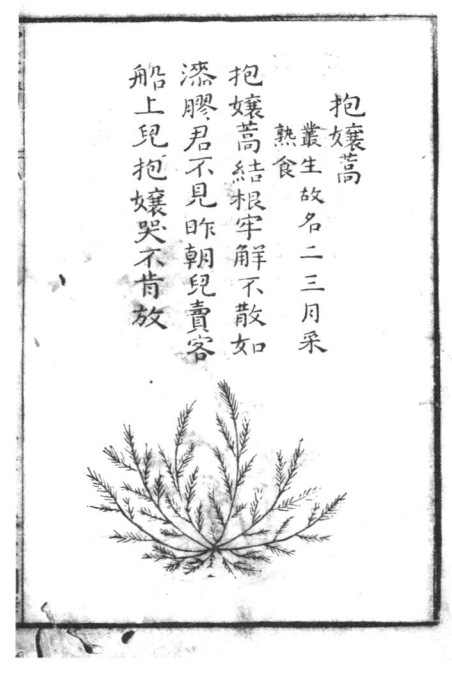

枸杞頭

村人采為甜菜頭春夏采嫩頭熟食秋采實即枸杞子冬采根即地骨皮

枸杞頭生高丘實為藥餌來甘州二載淮南穀不收采春采夏還采秋飢人飽食如珍饈

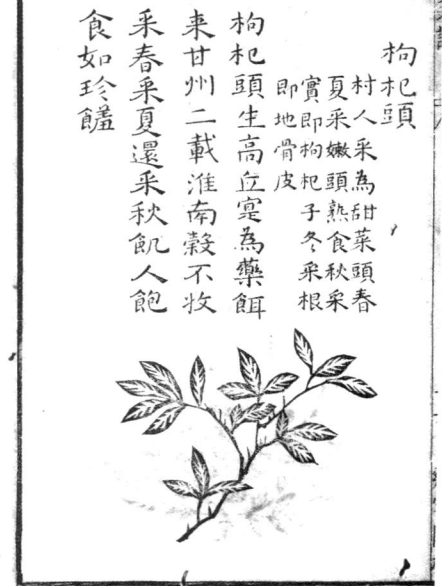

苦蔴薹

三月采用葉搗和麪作餅生亦可食

苦蔴薹帶苦嘗雖逆口勝空腸但願收租了官府不辭喫盡田家苦

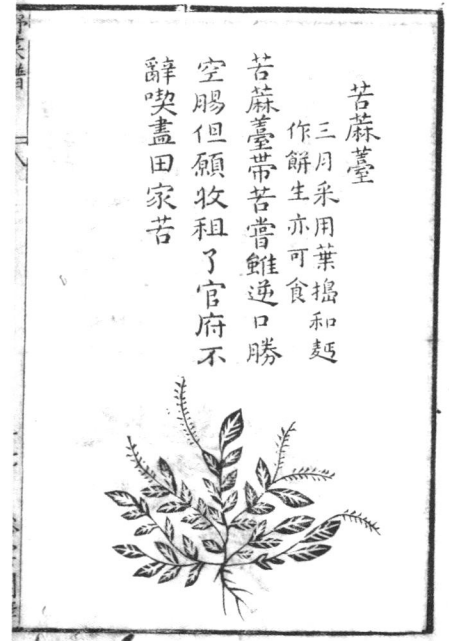

羊耳秃

二三月采熟食

羊耳秃短簇〻穿藩籬如抵觸飢来進退無如何前村後村荆棘多

水馬齒

生水中與旱馬齒菜相類熟食

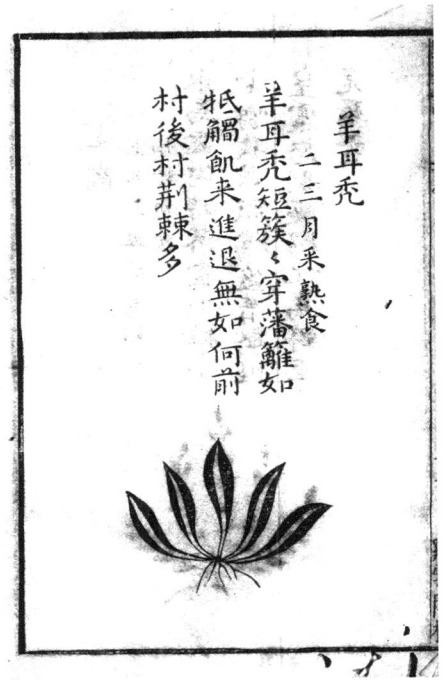

水馬齒何時落食玉粒啗金嚼我民餓殍盈溝壑惟皇震怒剔厥齧化為野草充藜藿

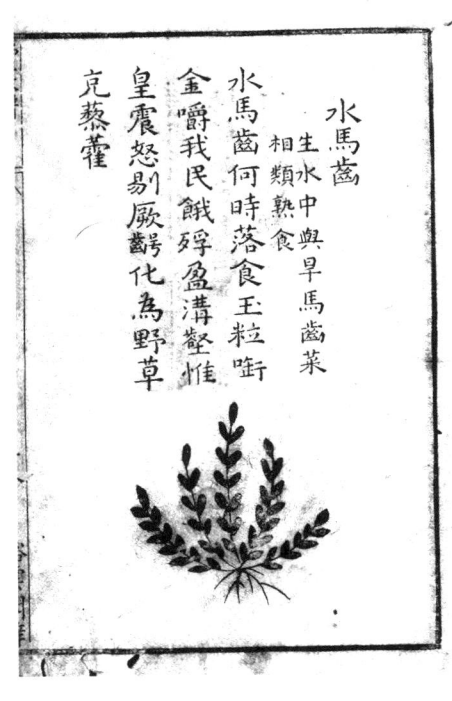

野莧菜

類家莧夏采熟食

野莧菜生何少盡日采来充一飽城中赤莧美且肥一錢一束賤如草

黄花兒

正二月采熟食

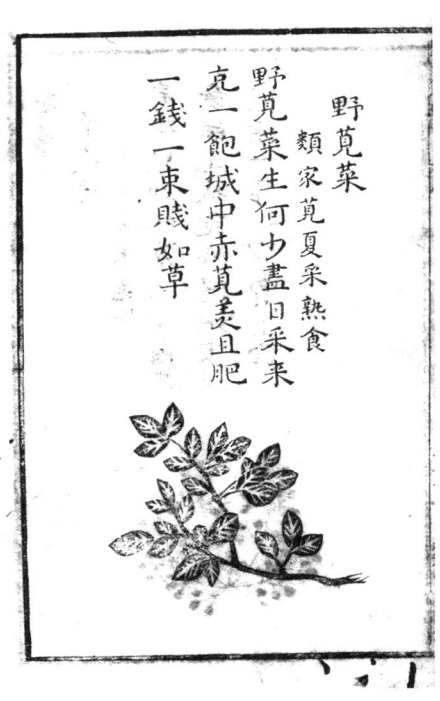

黄花兒郊外草不愛爾花愛爾充我飽洛陽姚家深院深一年一賞費千金

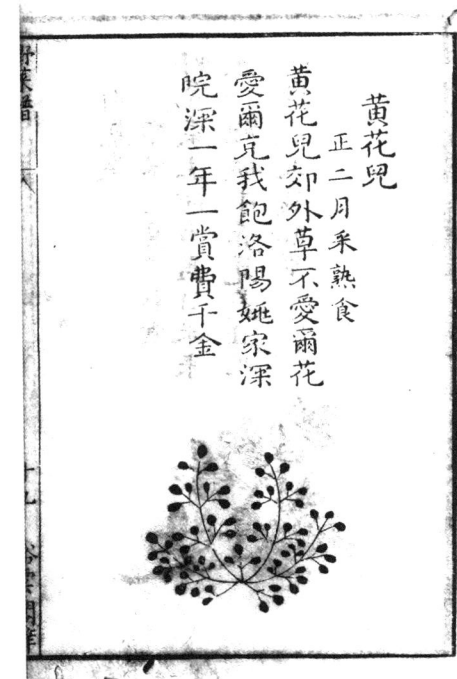

野荸薺

四時采生熟皆食

野荸薺生稻畦苦茹不盡
心力疲造物有意防民飢
年来水患絶五穀爾獨結
實何纍纍

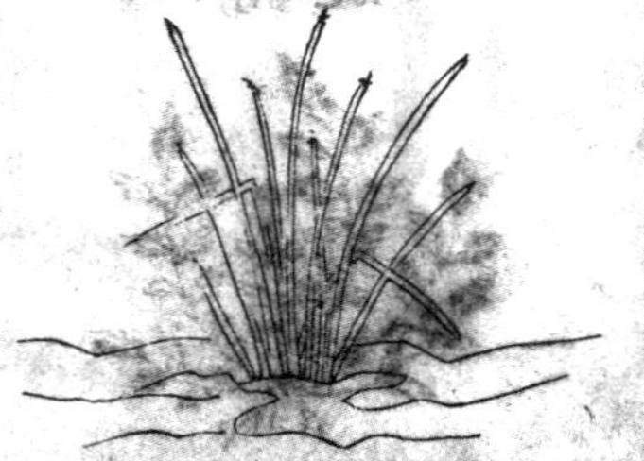

蒿柴薺

正二三月采熟食又可作虀

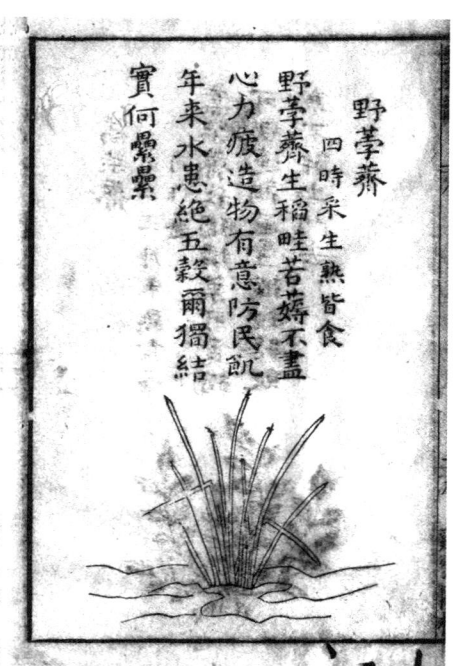

蒿柴薺我獨憐葉可食楷
可燃連朝風雪攔村路飢
寒不能出門去

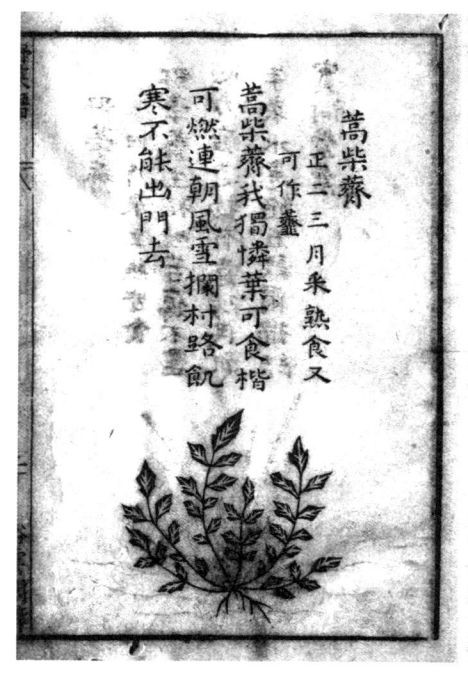

野菉豆

莖葉似菉豆而小生野田多藤蔓生熟皆可食

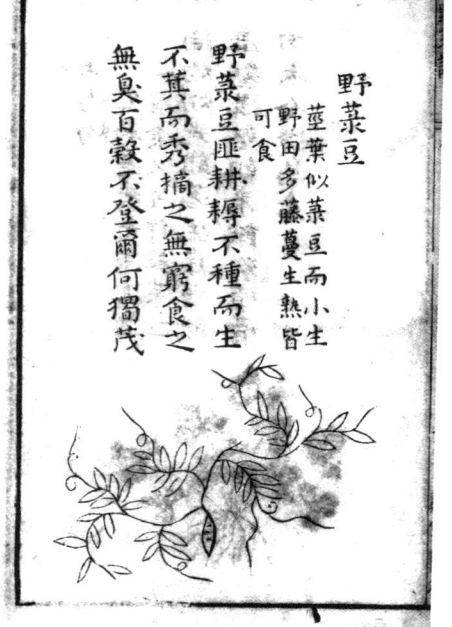

野菉豆匪耕耨不種而生
不耘而秀摘之無窮食之
無臭百穀不登爾何獨茂

油灼灼

生水邊葉光澤生熟皆食又可作乾菜

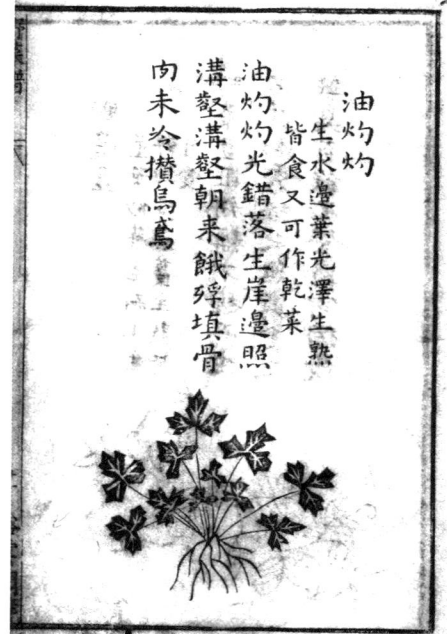

油灼灼光錯落生崖邊照
溝壑溝壑朝来餓殍填骨
肉未冷攢烏鳶

雷聲菌

夏秋雷雨後生茂草中如蘑菰味亦相似

雷聲菌如卷耳恐是蟄龍兒雷聲呼輒起休誇瑞草生莫嘆靈芝死如此凶年穀不登縱有禎祥安足倚

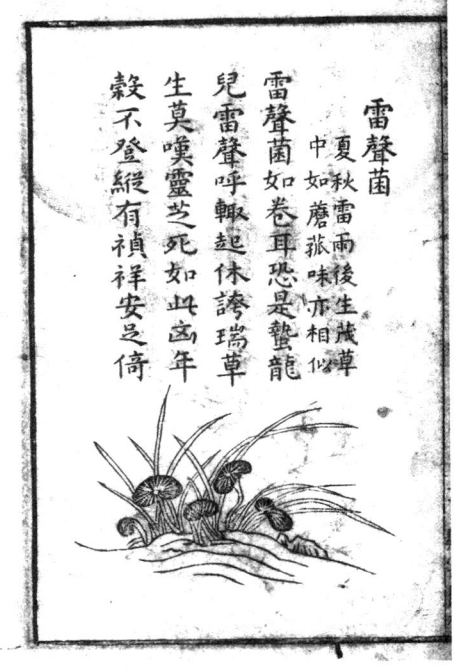

雀兒綿單

三月采可作虀此菜甚延蔓鋪地而生故名

雀兒綿單託彼終宿如菌如衾匪絲匪穀年飢頗得充我餐任穿我屋蔽雨寒

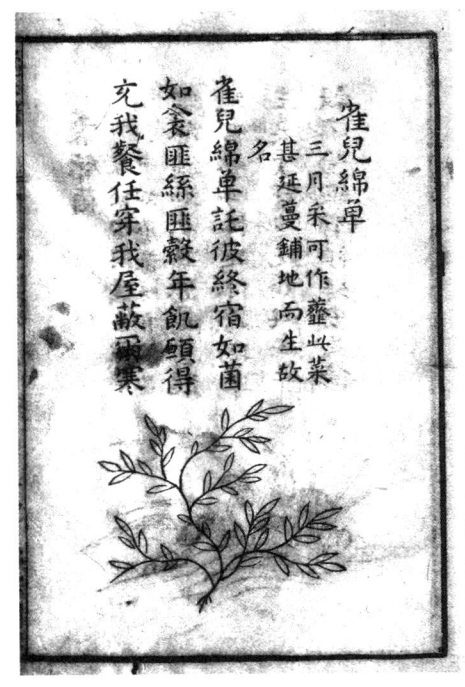

菱科

夏秋采熟食

采菱科采菱科小舟日日臨清波菱科采淂餘幾何竟無人唱采菱歌風流無復越溪女但采菱科救飢餧

蔞蒿

春采苗葉熟食夏秋莖可作虀心可入茶

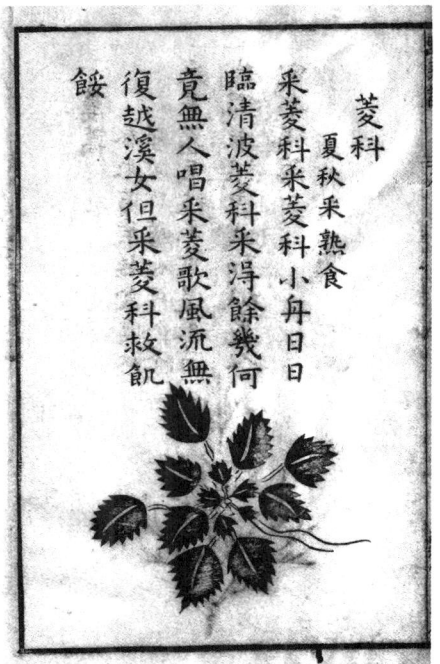

采蔞蒿采枝采葉還采苗我獨采根賣城郭城裏人家半凋落

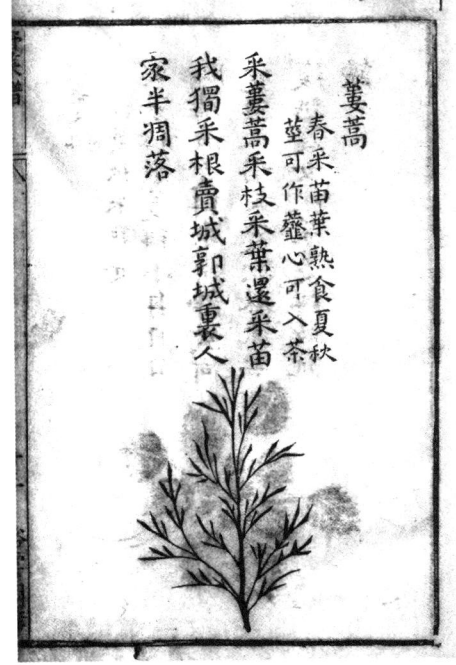

掃箒薺

春采熟食

掃箒薺青簇々去年不收空倚屋但願今年收兩熟場頭掃箒掃盡禿

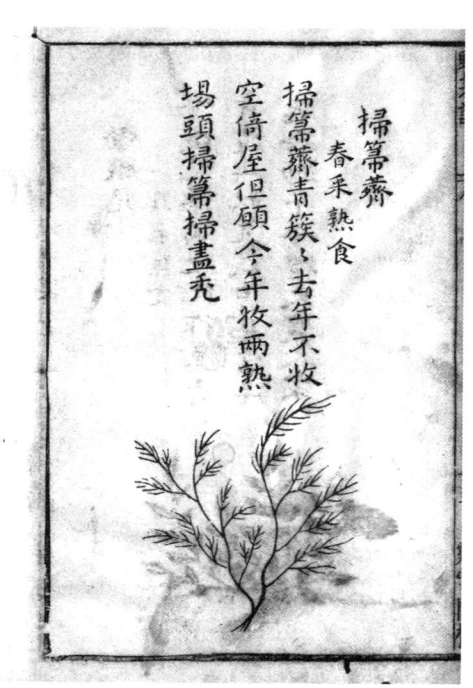

燈蛾兒

二月采熟食

燈蛾兒落滿地化作草青青遺此飢荒歲曾見當年遶絳紗于今燈火幾人家

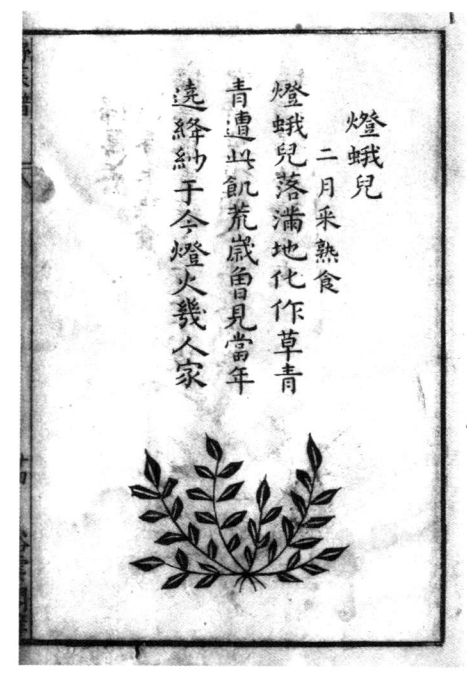

薺菜兒

春月采之生熟皆可食

薺菜兒年年有采之一二遺八九今年絶出土眼中挑菜人来不停手而今狼藉已不堪安得花開三月三

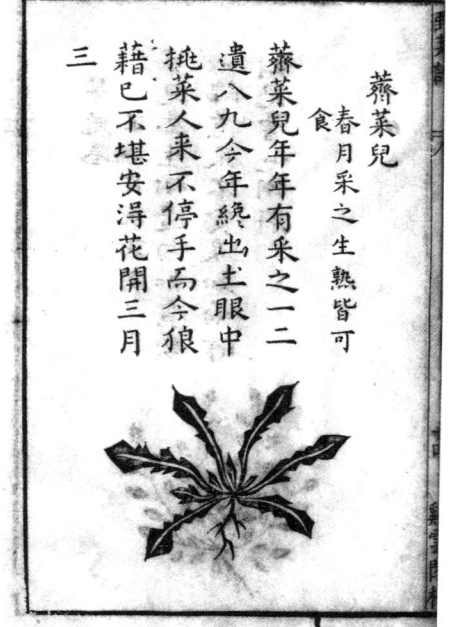

芽兒拳

正二月采熟食

芽兒拳生樹邊白如雪軟似綿煮来不食淚如雨昨朝兒賣他州府

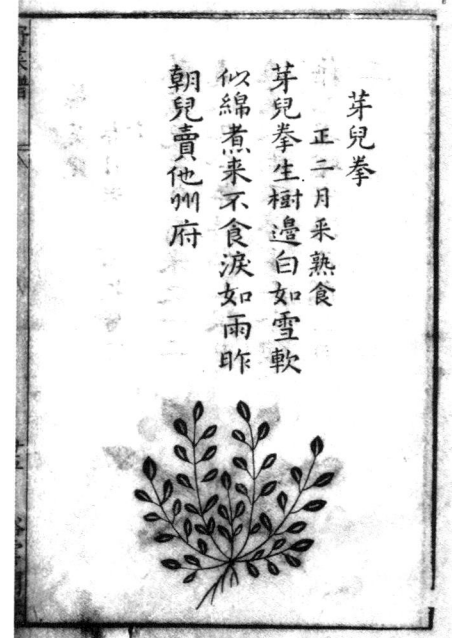

板蕎蕎

正二月和羮采之炊食三四月結角老不堪用

板蕎蕎兮吾不識出無路兮入無室將學道兮歸空山草為衣兮木為食

碎米薺

三月采止可作虀

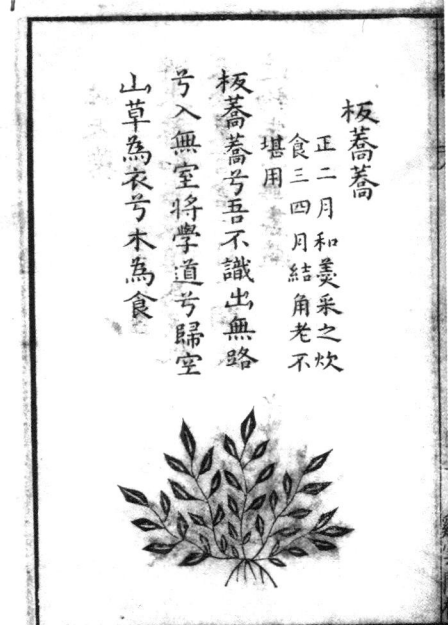

碎米薺如布穀想為民飢天雨粟官倉一月一開放造物生生無盡藏

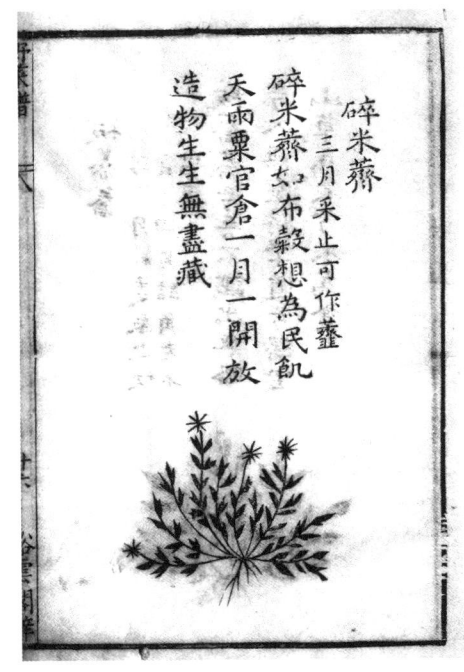

天藕兒

根如藕而小熟食楷葉不可食

天藕兒降平陸活生民如雨粟昨日湖邊聞野哭忽憶當年采蓮曲

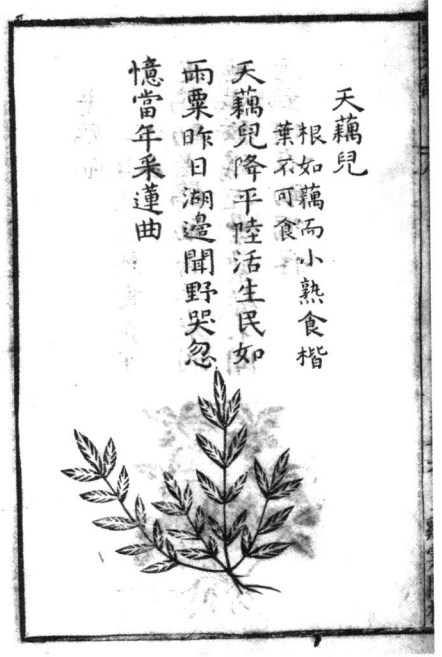

老鸛觔

二月采之熟食亦可作虀

老鸛觔老鸛觔去年水涸無纖鱗蟻垤纍纍聲不聞老鸛何在觔獨存

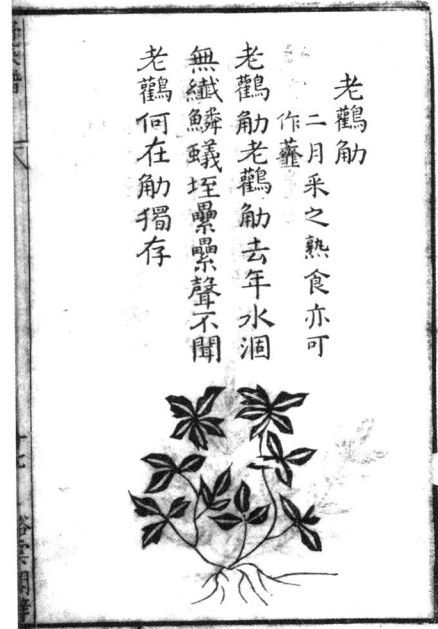

鵝觀草

正二月如麥青炊食

鵝觀草滿地青青鵝食飽年來赤地不堪觀又被飢人分食了鵝觀草

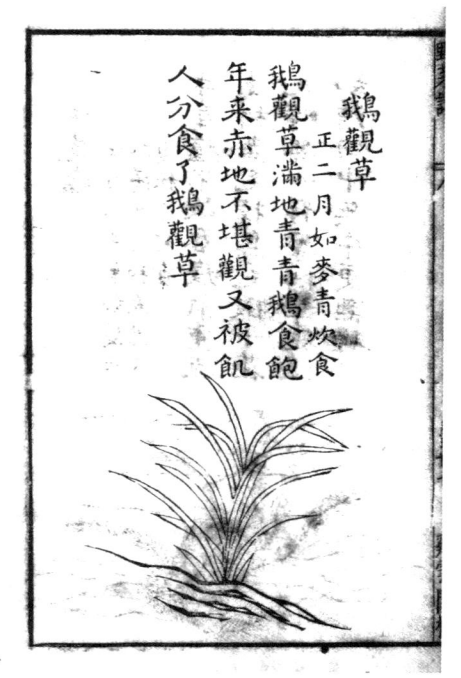

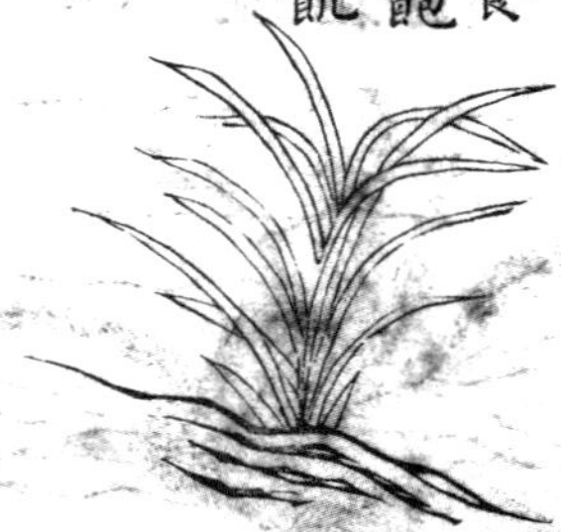

牛尾瘟

生深水中葉如髮莖如藻冬月和魚煮食夏秋亦可食

牛尾瘟不敢吞疫氣重流遠村黄毛牸烏毛犢十莊九疃無一存摩挲犂耙淚如湧田中無牛更無種

野蘿蔔

葉似蘆菔故名熟食

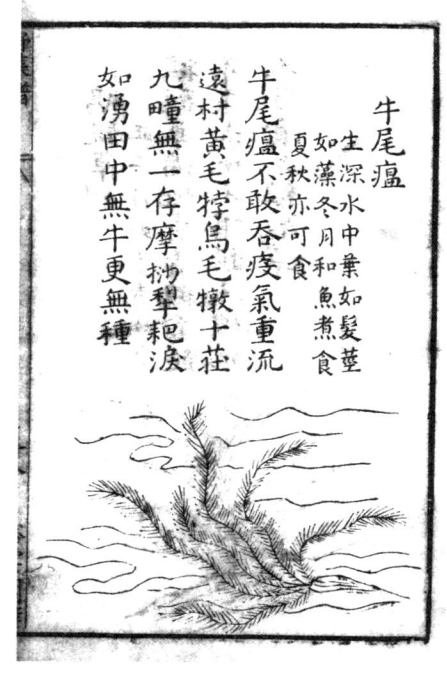

野蘿蔔生平陸匪蔓菁若蘆菔求之不難烹易熟飢來獲之勝粱肉

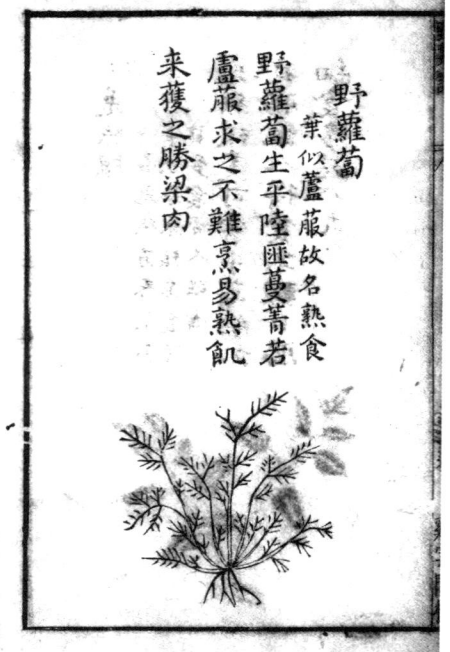

兎絲根

一名兎絲苗春采苗葉秋冬采根蒸食味甘多食令人眩暈

兎絲根美可嘗千萬結如我腸飢人得食不輟口腸細食多死八九

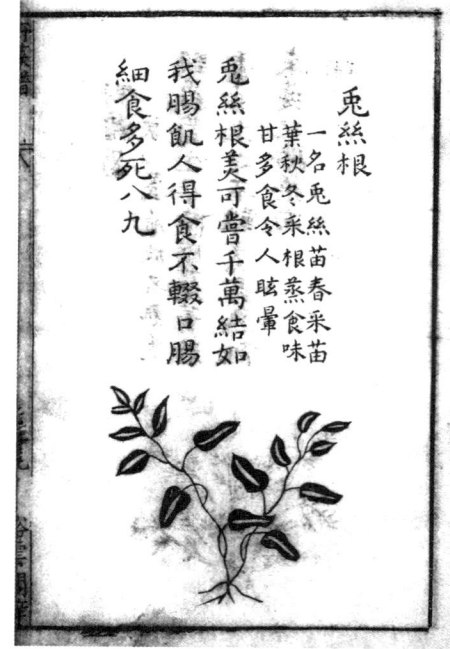

草鞋片

二三月采熟食

草鞋片甘貧賤不踏軟紅塵嘗行芳草茵從教惡且敝恐向泥塗棄一任前途阻且長着来猶能趂熟場

抓抓兒

深秋采之日乾和穀煮食如粉清香可愛

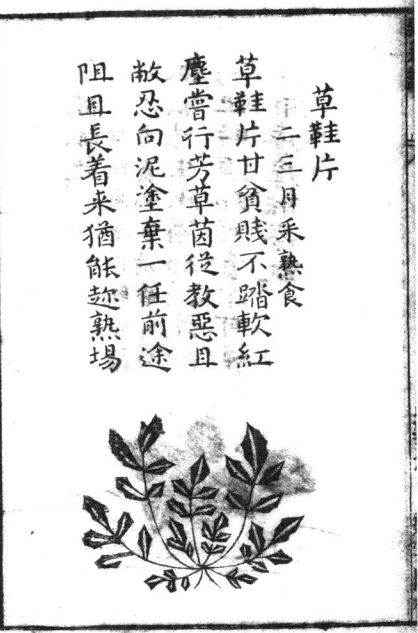

抓抓兒生水湄却似尾松初出時須知可食不可棄不能療癢能療飢

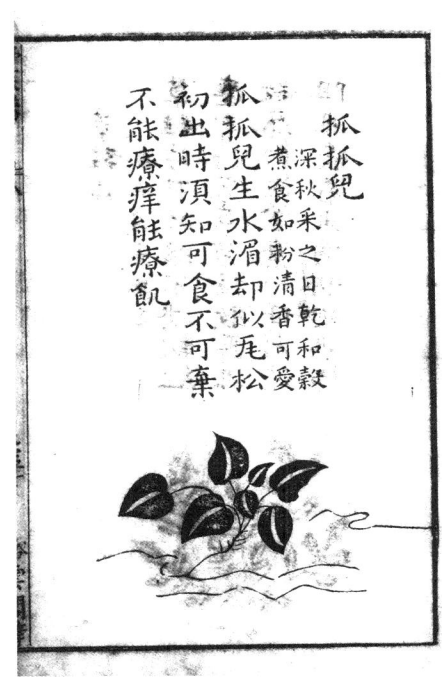

雀舌草

以形似稱初生時采熟食

雀舌草葉似茶采之采之溪之涯途中飢渴不能進遍尋烟火無人家

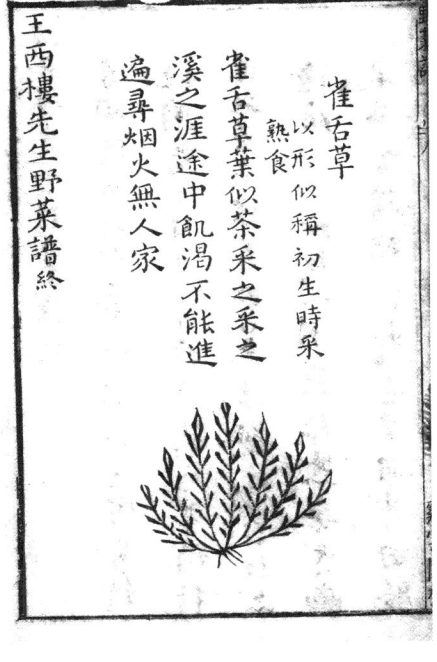

王西樓先生野菜譜終

跋西樓先生野菜譜後

昔陶隱居註本草謂誤註之害甚於註周易之誤其言雖過要之有補於世也吾西樓著野菜譜觀其自叙亦隱居之意歟較又淵矣雖然無逸豳風其言稼穡艱難至矣自井田廢

王政缺民生之艱尤有不忍言者斯
譜備述閭閻小民艱食之情仁人君
子觀之當惕然而感惻然而傷蘇
是而講孟子之王道述周官之荒政
思艱圖易使怨咨無告者獲乃寧之願不
特為淺鮮草木之名而已故曰可以備觀

風者之採擇焉正在此然則斯譜也
詎為乎微哉孰為乎微哉
嘉靖丁亥歲夏五望前三日坿月出
張綖世文書于南湖精舍

跋西樓野菜譜樂府

余軼聞西樓女得佳壻然而負公之
內數難之比維揚俗盛燈公命妻
女粧僞若往觀之者登壻家竟以
女歸焉嗟乎公之為度越矣余是
思成化弘正間風氣人物淳龎樸
茂微寧得時行道諸君子即巖
穴塊處猶有偉氣如此刻公之野
菜譜樂府既曰憶是語書之首
萬曆丙戌季夏朔也

仁和張敷漸

明代类书所记俗曲工尺谱

明徐会瀛辑录《文林聚宝万卷星罗》、阳龙子辑录《士民万用正宗不求人全编》等类书中，收录有若干俗曲工尺谱。

一、《文林聚宝万卷星罗》

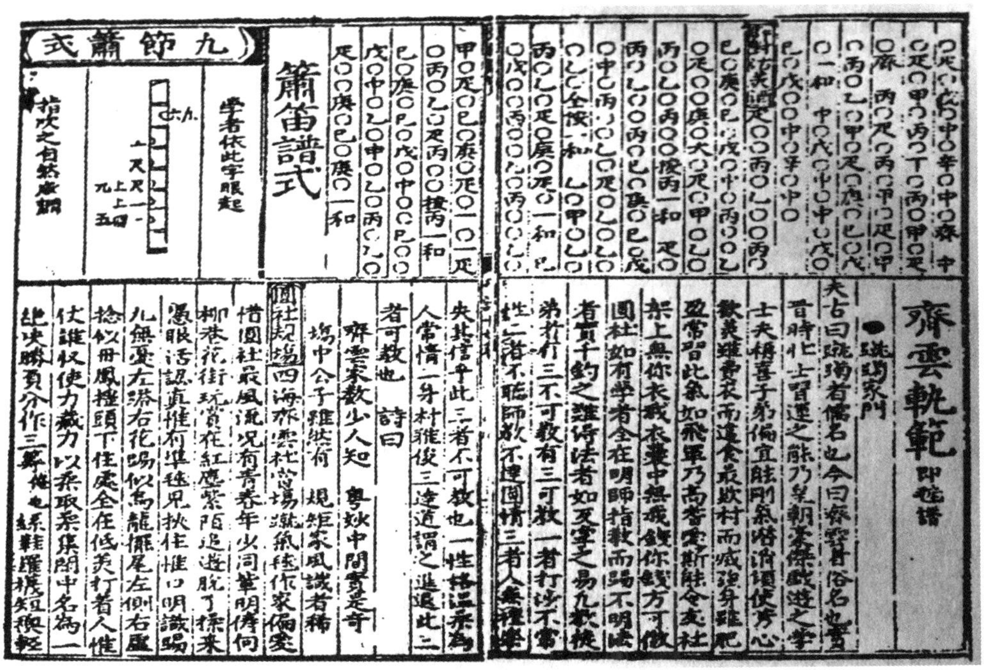

横笛式

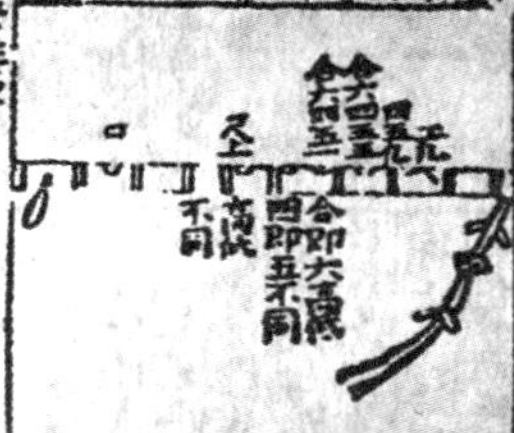

傍妆台

五一尺一五九〇工尺〇五一五九工

五九工尺一尺工五九一尺工尺一

四一〇一尺工尺尺工五九工九五

九工尺〇五一五九工〇五九工尺

一〇尺工五九五尺工尺一四一二

四尺一四九〇尺工九工尺一尺〇

結尾此句要重一句 一合一五一

五九工五九工五一尺工五九工尺

工尺一四一

耍孩兒

尺一五九五一五一一〇五一五五〇

五尺一五九〇尺工五九工尺工尺

一四〇尺九工尺一九工尺一一尺

一尺工尺尺工五一五六九〇又接

此處起〇五一五〇九工尺工九〇

五一五五〇五一五九〇尺工五九

工尺工尺一四〇尺九工尺九工九

工尺一〇一尺一尺工尺尺工五一

五六九

蘇州歌

五尺一一尺五一〇五一五九〇一五

袞襟沾香汗溫襟傍軟塵浮背劍仙人吁歎目摸棖玉女細疑眸盼餅兒前後仰身⺀移不動金剪刀往來移步⺀過頭低兒平香拳洽世最當皇州春風宣鼓吹化日沸歌謳歡笑對色姬越女紫幷勝梵語秦樓湖山風物花月春秋四聖觀柳邊行樂三天竺松下優游樂半貴心難并四美勝友良朋無非五侯心何悶中着人於悼囊求踢圓者又不是方頭也

滿庭芳 若論風流無過圓社拐膁蹬躡搭齊全門庭富貴曾到御簾前誰口二郎爲首趙皇脚下流傳人都道齊雲一社三錦獨爭先〇悉前并月下全身錦繡衙側双肩更高而不遠一搭打鞦韆⺀落魔圓光膁拐双佩側蹤相逢高人厩翻身結伴天下總呼十二香皮裁成圓錦莫非少年堪收綠楊深處恣意樂追遊低拂花稍下侵雲漢月滿當秋堪觀偷頭十字拐舞袖拂銀鉤〇有夫并拐搭五陵公子恣意恣憂幾回沉醉低築傍高樓雖不遇文章高貴分左右曾對王侯君知否閑中第一占斷風流

● 初學蹴踘法

夫蹴踘者拐搭膁辟踢毬之祖其餘踢搭皆外而生也拐搭膁辟既真何患外踢而不生也須要腰不曲身折脚不撒不穿場不失位要格樣而美老期好矣此法全在尋心息中用

一九九〇五一尺五五六九工九工

尺〇尺五九〇尺五一五〇九工尺

工尺一〇尺工九五九工〇九五尺

一〇此調從頭再吹一轉即是蘇州歌也

清江引

九工尺一〇尺工九〇五一五五尺工

九工〇尺五九五五九工尺工五九

工尺四一尺一〇五工九工尺〇工

五九工尺四一尺一〇結尾此句要

重二句工五九工尺四一尺一

樂律本原

樂書有言⺀定於律⺀出爲声⺀成文爲音比音以爲歌曲被之八音之謂而樂之及干戚羽旄則謂之樂以陰陽升降之氣數定管以爲音樂之法則謂之律所以然者蓋天地之間凡是陰陽五行之氣而天地人物皆由是以生有氣則有声十二律之声天地之声也其在于物則出于八音之器其在于人則出于喉牙齒舌唇但天地浮其氣之全故其氣之流行于十二辰之間升降進退又有氣序各發之數一定而不可易故其發而為声也又有高下清濁之殊亦一定而不可易物則浮其氣之偏故必須制造成器而後其声始發又以十二條為之數度寐量而後其声始正人雖得氣之全然囿于風氣而字音

書眼覩步活方知詩也又須量俵色大小輕重如勢閑窄鞋構頂整齊衣冠齊楚性格柔耐容儀溫雅遜讓爲先不失規矩方爲圓社

詩曰

圓社江湖雅氣多　風流富貴是如何

王孫公子來相踢　少年勤學莫蹉跎

● 齊雲射規

以鼻為界分左右是在左使左在右使右側近衣拐在肩使肩在膝使膝是搭使搭當膁即膁並要步活眼觀兩手如提重物

● 初學決法

踢不如撒　撒不如說　說不如肩　肩不如尖

身要平直　手如提石　心要旋安　脚要踏直

● 蹴踘訣法

蹴踘不易　全在用計　左顧右盼　前進後退

身要直不要軟　手要垂不要飛　脚要低不要起

踢要膁不要膝　撒不動不要顛　身直立左右分

● 十踢名

肩　背　拽　捺　控　膝

拐　搭　膁　尖

● 十踢決法

肩如手中持重物　用背捉下急回辟

拐要合膝折腰取　搭用伸腰不起頭

控時又使双睛覷　捺用肩尖微指高

機時且用身先倒　左膝右手要微高

背拍使之低頭覷　膁辟遠近着人傍

二、《士民万用正宗不求人全编》

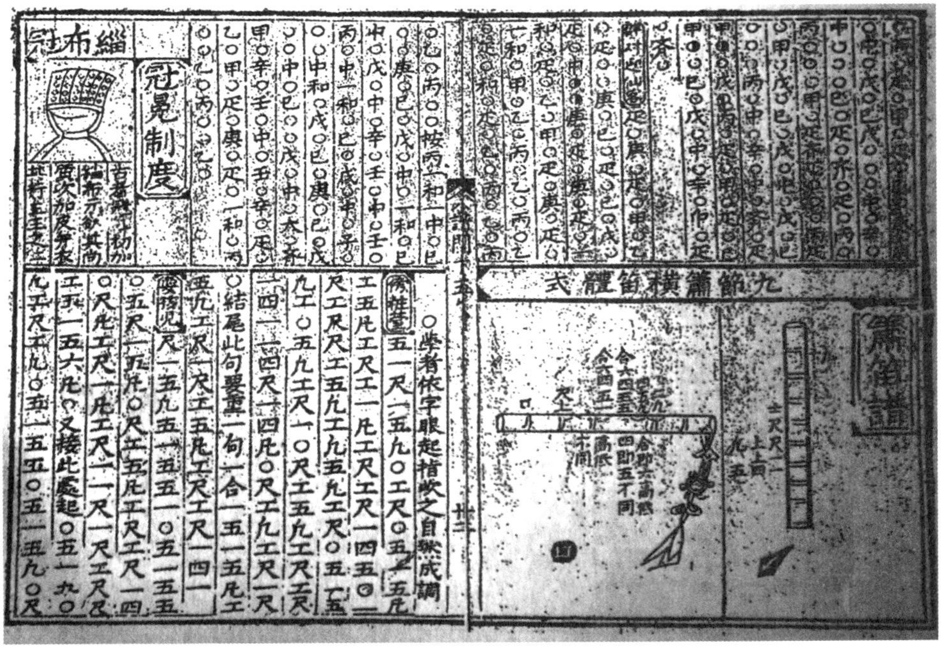

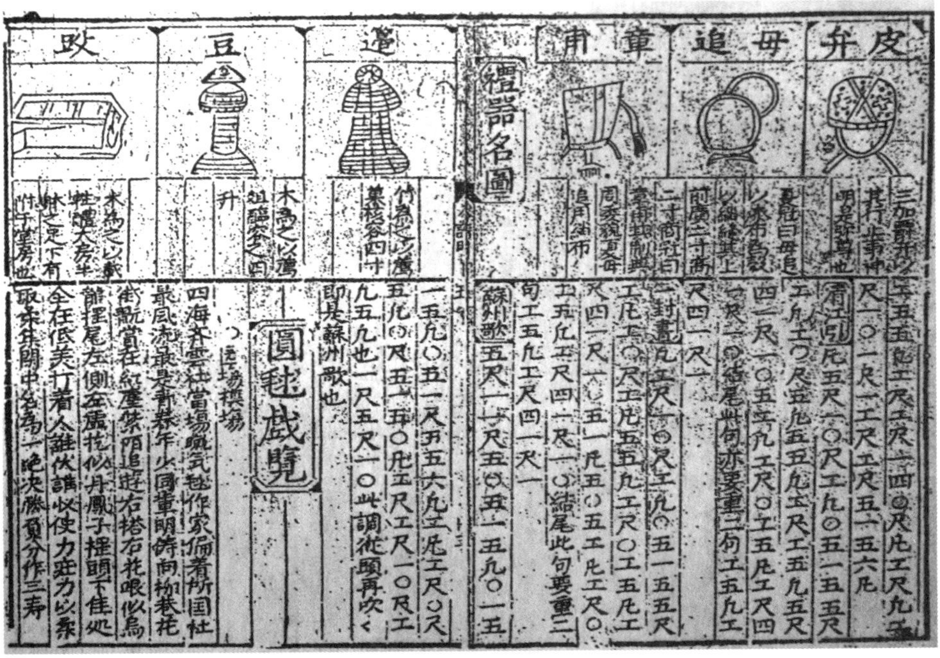

附　记

周玉波

本书定版以后，编者自国家图书馆藏晚明戏曲选集《古今传奇万锦清音》（残本，现收入《明清孤本戏曲选集》第一辑，国家图书馆出版社 2017 年版，陈志勇编）上栏所收冯梦龙辑《挂枝儿》《山歌》中，录得通行本《挂枝儿》《山歌》未见的民歌共计六首。其中《挂枝儿》未见的是以下三首：

夏：订归期准定在端阳时候，榴花吐蒲剑长不见归舟，不由人不把那冤家咒。青天上头起个大霹雳，告苍苍且莫要打着他的头。若吓得他归家也，天，始信神灵有。

窠妇：姊妹们有一班出色货，俏地里半开门唤做私窠，老鸨就是乌龟做。邻舍们都瞒着，亲眷们尽掩筛过。俨然是个良家也，只恐怕你夫君醋。

帮闲：问帮闲怎么叫你是曲蟮，只为我泥里来水里去到处游淹，呵脬唱曲般般健。凡事儿着地滚，趁王儿转曲湾，还道是我做人儿硬挣也，又叫做篾片。

在本书中的具体位置，《夏》位于《感部》七卷的《春》与《秋》之间；《窠妇》《帮闲》位于《谑部》九卷的《者妓》与《门子》之间。

《山歌》未见的也是三首：

惜：春二三月暖和和，百鸟衔柴修旧窠。可惜个阿奴热窝窝一个窠儿咦无鸟宿，我郎君有鸟咦无窠。

恨：小阿奴梳洗出房门，看见子个狗恋了失落子个魂。选千选万咦再选选，我里个冤家做啥人。

闺怨:帘幕风柔日正和,春闺冷落姐难过,罗衣懒看云髻懒梳。姐儿身靠阁屏手托香腮眼观好景,只见海棠初睡足,芳草绿茵铺,紫燕衔泥寻垒,黄鹂出谷相呼。咦见踏青士女花街成对柳陌调歌,偏我好逑未遂懊恨情多,纵然生得花容月貌年方二八弗曾有夫。也有东家求亲西家讨帖,怨杀我里个拣好拣慊占龟卜问,兜搭火个爹娘,加添子舌尖嘴快个嫂嫂,弗肯体恤个姑姑。弗指望渠撺掇介两句,倒打子多少退兵锣。姐儿忍子满肚皮腌臜臭气,只得捉胸前头挪介两挪,天天苏州人相打叫子多少屈,重修桶钵两边箍。姐儿无话苦处思量起来,去到阎罗殿前捉个三角眼回回鼻□鬓赤须黄蜡样个判官,打落子渠瘪头巾,剥落子渠破皂靴,扯住子渠旧圆领,拍嘴介两个响耳广,夺渠手里个婚姻簿,教渠从头介一改,方便子世上多少怨女旷夫。送娘配子待诏,媒公配子媒婆,搬演戏文须用男生女旦,回向功德要搭和尚尼姑。宣卷个师娘配子传香太保,打木鱼个道友配子挂念珠个佛婆。弹琵琶个配子杨花小唱,三棒鼓个配子设帐游徒。抔青包个并来驼笼子,摇航舡个对子做饭箩。绞面个阿姨配子篦头个大舍,走索个姐姐配来撮弄人哥哥。做花娘送来穿珠客,收生婆嫁来小儿科。招牌卖药个配子挑舡医士,针线娘子拨来裁衣铺。如何光首饰个就做银匠妻小,裹馄饨个便做子厨子家婆。女算命个对头就是劈面相,棹丝娘个盖老就会织绫罗。酒店菜瓜配来衙门中朋友,勾栏妓者留来商客欢娱。烧盐场上妇女嫁子挑煤个脚子,芦蕨棚里货物自有赶脚个车夫。打铁匠生男做木匠生女月子里配子夫妻正是钉打来木里,扒乌龟个生女弄蛇个生男月子里配子一对正是龟蛇交泰拜子祖师脚底下香炉。女先生赘子男师父正是斯文一脉也好订正字眼差讹,捉鱼娘嫁子樵柴汉正是水火既济弗要管渠问答罗多。还有南北两京三十六院娇娇滴滴弗曾梳弄个美女,并子妖妖娆娆现楼客个星小娘尽数配来未婚娶个清苦秀才,也省得渠生钱做债喜事蹉跎。只有个样做牵头个老妈恶心赖嬎捉渠来绑缚子手脚,丢来南海滩上送与日本国里倭奴。世间多少不平之事,只有夫妻一节熬磨。赤绳系定须是姻缘到底,冰人月老弗要贪酒糊涂。假如朱淑真何故嫁打平俗子,秦丞相那再讨子长舌妖魔。侯夫人为何使渠弗得好死,楚霸王那哼害个虞姬自截青螺,多少对头弗好人人叫屈。王昭君困子皮罗帐，蔡文姬吃子打辣酥。多少夫妻恩爱中途分散，张丽华怨杀子个胭脂井，杨贵妃怪尽子个马嵬坡。那间要用心捡点品搭均匀，长娘须对大汉，鳖嫂要对矮哥。呆郎弗许渠娶好妇，美姐须等伊得个标夫。鬍胡该对秃颈，黄子并来麻婆。大鼻要搭个阔嘴，秋猫眼须配夹肩跎。讨个弗得争长怨短，嫁个也弗可嫌精道粗。姐儿再仔细思量大明律上条约，半把也是虚挂画图。只要有些才干，便差些也弗在何。几曾见偷香寄简诱引良家子女问落子韩寿个令史，几曾见爬墙跳壁先奸后娶断开子崔张带被窝。几曾见拐骗孤孀盗椣财物捉子假弹琴个司马，几曾见用财逼奸致伤人命打子桑树底下秋胡。风流娘子窈窕娇娥，弗要是介闪闪缩缩，青春年少枉自空辜。从今已后上复阎罗老子，分付判官阿胡，婚姻簿上立定规矩，夫妻淘里注定规模。十三岁已上就该出嫁，廿五岁左右好做外婆。

在本书中的具体位置，《惜》《恨》位于卷一《私情四句》的《笑》与《睃》之间；《闺怨》位于卷九《杂咏长歌》的《烧香娘娘》与《破骔帽歌》之间。

此一发现，详情已作专文论述，此处不赘。